U0599883

宋代辭賦全編

（四）

四川大學出版社

主編　曾棗莊　吴洪澤

編委　張明義　李　静　李耀偉　宋恩偉　張家鈞
文　琪　劉正國　文　瑜　文國泰　舒澤群
盧本莉　盛華武　龍福華　程在茂　文　敏

校勘　文　波　文　莉　吴思青　龔文英

宋代辭賦全編卷之五十八

賦 文學 一

仲尼爲素王賦 儒素之道，尊比王者

王禹偁

鳳鳥不至兮，河不出圖；聖人無位兮，立教崇儒。道之將行，但棲遲而歷聘；民受其賜，猶南面以稱孤。有以見同乎王者，孰云乎蓋出司徒者也？原其運屬陵遲，力興儒素，道將侔於皇極，化實被於黔庶。文、行、忠、信，設萬世之紀綱；《禮》、《樂》、《詩》、《書》，崇百王之法度。

於時也，魯道有蕩，周德下衰，言念萬國，將同四夷，不有聖也，誰其救之？我所以行教化，序尊卑，造次顛沛兮於是，東西南北以忘疲。用能定君臣父子之道，述皇王帝霸之基。夫如是，則土無二以並矣，位通三兮偉而。異夫振乃素風，齊諸大寶，贊

《易》象兮奉天時[一]，修《春秋》兮行天討。講於洙水，初彰化下之功；登彼泰山，宛契升中之道。自然其教斯廣，其號彌尊，豈止同明於日月，亦將比德於乾坤。居無求安，四載之勤勞是效；弋不射宿，三驅之田獵斯存。蓋由宅一畝以卑宮，佩五常而克己。其位也困於陪臣，其道也齊乎天子。列四科而升十哲，八凱何殊；誅正卯而斬俳優，四凶竄比。聖德洋洋，同諸帝王。行束脩而陳玉帛，端逢掖而垂衣裳。夢見周公，求傅巖而允理；問於老子，師尚父而彌光。大哉！道濟古今，教流華夏。瞻不泯之廟貌，若無疆之宗社。悲夫商辛夏癸兮號獨夫，又安得比於儒者？四部叢刊本《小畜集》卷二。

復其見天地之心賦　天地幽賾，觀象斯見　王禹偁

動者天地之用，其震也勃焉；靜者天地之本，其復也寂然。故二儀之心乃見，七日之義斯玄。自可要終而原始，何必俯地而仰天。豈不以《復》卦之義，雷入於地，既

[一] 天：原作「人」，據四庫本改。

反本以無朕，亦見心而有自。躁君不撓，遂明萬化之源；剥道方終，未覩一陽之至。其或鼓萬物，蕩六幽，上健行而弗息，下剛克而勿休。《蒙》亨《艮》止以互作〔一〕，雷動風行而不收。此乾坤之功也，心無得而可求。

及其化功成，物理革，高明之體無用，沉潛之形莫索，凝然若混沌之未鑿，寂兮如庖犧之未畫。此乾坤之本焉，心有來而可賾。得不窮動静之旨，審語默之端？其心斯在，其妙可觀。聖人見之，則政尚簡，教尚寬，棄智而化萬姓，垂衣而總百官。

故帝堯之道，文思安安，非《復》之義者，諒至此而攸難。君子見之，則返諸身，視諸掌。既絶慮於嗜欲，乃遊神於罔象。故孔子所謂「其道蕩蕩」，非《復》之至者，亦舍此而奚往？是知運行者，天地之時；寂静者，天地之基。心亦在其中也，物莫得而見之。坐忘遺照之人，於兹得矣；至日閉關之義，何莫由斯？我后端冕凝旒，窮神知變，希夷之理斯極，清浄之風克扇。

大哉！天地之心，明明而可見。四部叢刊本《小畜集》卷二。

〔一〕互：原作「氐」，據四庫本改。《歷代賦彙》卷六七作「時」。

乾爲金賦 剛健純粹，其象金也

范仲淹

大哉乾陽，稟乎至剛。統於天而不息，取諸金而可方。外著元亨，想有英而可覩；中含變化，知從革之靡常。

原夫聖人之作《易》也，八卦成文，百代爲憲。索隱而神道可極，取象而物形何遁。立夫《乾》也，所以體乎高明；爲彼金焉，所以尚乎剛健。觀其爻繫斯著，擬議有倫。此則端四德而成象，彼則列五行而效珍。非同體於煥耀，實比德於貞純。畫而成三，三品之容可玩；統而用九[一]，九牧之貢斯陳。況乎運太始之極，履至陽之位，冠三才而中正，秉一氣而純粹。

萬物自我而資始，四時自我而下施。其動也直，誰觀躍冶之姿；其静也專，更想藏山之義。豈不以《乾》之德也，至健於斯；金之性也，純剛在兹。察之則宛若，配之則宜其。我道易知，喻披沙而既得；我功不拔，如在礦以焉虧。則知爲冰未良，喻

[一] 用：原作「容」，據四部叢刊本、四庫本及《歷代賦彙》卷四五改。

馬安仰。一則消釋而可待，一則老瘠而何往。曷若我取難得之寶，匹始亨之象。《乾》之運矣，蓋造物而罔愆；金之鑄焉，亦制器而不爽。有以見確然成務，昭乎若金。首萬化而道廣，方百鍊而旨深。始終不雜於陰爻，寧虞衆口；上下皆禀於剛德，若遇同心。

美矣哉！《易》之取舍，有如此者。仰運行之在上，荷生成之親下。故我后法乾元而居尊，致王度之如也[一]。清康熙刻本《范文正公别集》卷二。

《復小齋賦話》卷上　范文正公小賦，最工且多，無不確切。尤愛其《乾爲金賦》一聯云：「始終不涉於陰爻，寧虞衆口；上下皆稟於剛德，若遇同心。」直天成妙對也。

易兼三材賦　通彼天地，人謂之易

范仲淹

大哉！《易》以象設，象由意通。兼三材而窮理盡性，重六畫而原始要終。二氣分儀，著高卑於卦内；五行降秀，形動静於爻中。所以明乾坤之化育，見天人之會同者

[一] 致：原脱，據四部叢刊本、四庫本及《歷代賦彙》卷四五補。

也。昔者有聖人之生，建大《易》之旨。觀天之道，察地之紀。取人於斯，成卦於彼。將以盡變化云爲之義，將以存潔静精微之理。極其數也，必在乎兼而兩之；定其位焉，由是乎三者備矣。若乃高處物先，取法乎天，所以顯不息之義，所以軫行健之權。保合太和，純粹之源顯著；首出庶物，高明之象昭宣。此立天之道也，御陰陽而德全。又若卑而得位，下蟠於地。所以取沉潛之體，所以擬廣博之義。寂然不動，既侔厚載之容；感而遂通，益見資生之利。此立地之道也，自剛柔而功備。於是卑高以陳，中列乎人。剛而上者宜乎主，柔而下者宜乎臣。慎時行時止之間，寧迷進退；察道長道消之際，自見屈伸。此立人之道也，敦仁义而有倫。既而明三極之端，知八象之謂。存擬議而無爽，周變通而曷既。君子用之而消息，聖人執之而經緯。亦由璇璣測象，括運動於七辰；玉琯候時，含慘舒於四氣。豈不以《易》之爲書也，範彼二儀；《易》之爲教也，達乎四維。觀其象則區以别矣，思其道則變而通之。上以統百王之業，下以斷萬物之疑。變動不居，適内外而無滯；廣大悉備，包上下而弗遺。至矣哉！無幽不通，唯變所適。準天地而容日月，畜風雷而列山澤。鼓之舞之以盡神，統三才而成《易》。清康熙刻本《范文正公别集》卷三。

一生二賦 元氣之用，生是天地

文彦博

一者本乎妙道，二者資乎混元。道生一而既顯，一生二以斯存。通幽洞冥，作三才之肇祖；從無入有，爲萬化之本原。

昔老氏以識鑒道樞，心存義緯。和光允執於衆妙，施教遂熙於庶彙。以謂一之所起，蓋兆自於真宗；二者何先，必生因於冲氣。察其所以，因而陳之。本無象而生有象，自無爲而成有爲。旁攷斯文，類黄鍾之生六律；近探厥義，同太極之分兩儀。得不遠賾真筌，深窮妙用。當始在於冲漠，固未分於錯綜。無名漸散，惟道也寂爾而日彰；有物將形[一]，惟一也淵兮而景從。

是故一由道以昭著，二因一以潛生。清濁本兹而遂判，剛柔自是以方成。爲品物之宗，我則觸類而長；作聖人之式，我則與時偕行。若然，則大道俄分，澆風漸靡。既成形以成象，則有非而有是。茫茫兮仗我生成，浩浩兮因吾繼始。狀轔轔之華轂，起自

[一] 形：原作「刑」，據傅增湘校本、《古今圖書集成·學行典》卷一二改。

椎輪[一]；同皎皎之層冰，生於積水。則知一者生乎立極，二者兆乎先天。見相生之道備，得下濟之功全。當有儀未象之時，包藏莫顯；及自寡成多之際，孕育無邊。懿哉！事體無形，功符不器。始則混而爲一，終乃分而爲二。故侯王得之以大寧，可以經天而緯地。明嘉靖刻本《文潞公文集》卷二。

中爻辯是非賦 位居尊故，能辯是非

金君卿

八卦分位，六爻遞居。惟中正之所據，辯是非而匪疎。處内無邪，斷二體盛衰之際；履尊逢吉，推三才消長之初。昔之作《易》也，始列三爻，重分六位，必有主以領其會，必有尊以統其類。惟居中也，乘剛柔而不私；辯於外焉，定吉凶而悉備。彼且來助，吾惟獨尊。位與時至，理隨勢敦。進可以察來而彰往，退可以推亡而固存。統之有宗，别四懼三凶之賾；象動乎内，識初難上易之原。兹蓋寡者衆之所歸，本者枝之所附。苟居體以獲用，致斷疑而成務。至如《乾》九據飛龍之位，正無常有悔之由；

[一] 椎：原作「權」，據四庫本、傅增湘校本、《古今圖書集成·學行典》卷一二一改。

《坤》六履黃裳之尊，示後順先迷之故。

故知上不曰五，上體疇依？下不曰二，下體何歸？所據所因以無失，取物取身而豈非。亦何異太昊司春，正四序燠寒之分；北辰居極，分列星盈縮之輝。是以一陽居尊，五陰何得而不顯？一陰處上，五陽何得而不辨？總本末以昭著，燭幽明而大闡。雜物撰德，觀其變而玩其辭；占事知來，遏乎惡而揚乎善。況夫動不可以制動，制動者惟静之所乘；外不可以治外，治外者非中而曷能？正厥理以無悖，歸於尊而足稱。聖人以是揆兹爻變，補乎化興。宅會要而湊萬方，否臧攸驗；握璿璣而觀大運，淑慝皆徵。用能尾吝首孚，自我之所理；腓凶拇悔，由吾之所擬。稽得喪以斯顯，辯安危而於是。故君子樂而玩者爻之辭，鑒興衰而修己。四庫本《金氏文集》卷上。

損先難而後易賦

《損》德之修，先難後易

陳襄

《損》有至理，聖能極觀。謂修身而謹行，必後易以先難。始克己以圖仁，敢忘劼毖；終置躬而無患，以訖多盤。

聖人賛《易》於神，周身以智，因憂患而發乎慮，著《損》、《益》必明其義。故乃取山澤之二體，寓人時之深旨。謂進德修業，當克己以艱難；則心逸日休，斯措身於樂易。誠以惴惴夕惕，乾乾日修，内懲忿以窒慾，外損剛而益柔。義既無悔，福斯來求。當茲遠害之初，已事遄往；及爾有孚之吉，俾躬處休。且夫難莫難於初，慎莫慎乎損。況經綸乎德業，修思乎誠悃，無忘克責之意，斯乃安榮之本。雖二簋之可用享，志乃先勞；洎十朋之弗克違，事非往蹇。茲所謂艱乃無咎，損之有時。事君庇民，吾不以爲德；屈身降志，吾不以爲卑。雖一時之勞止，終百禄以康之。所以菲食卑宫，夏禹享聖功之茂；跋胡疐尾，周公成王業之基。蓋先聖居憂虞之時，明止説之則，物視其化，民懷其德。必先損益以修己，然後安榮而享國。亦猶《否》既傾而後喜，乃勵危心；《謙》以勞而有終，亦爲矜式。若然，則圖其終者在慎其始，逸於後者必勞於先。苟不刻意以慮患，謹身而圖全，又安得永有終譽，祐之自天？昔也利艱，雖甚涉川之患；俄而引逸，斯爲致福之筌。況一卦之始終，六時之先後，著聖王克損之德，戒君子操修之厚。故曰終於逸樂者，始於憂勤，吉又何咎？宋刻本《古靈先生文集》卷二。

《賦話》卷五 陳襄《損先難而後易賦》云：「雖二簋之可用享，心乃先勞；洎十朋之弗克違，事非往蹇。」本地風光，有此對仗，可謂漸近自然。

大易賦 並序

鄭剛中

觀如居士既取漢魏以來《易》學參訂其説，竊拾餘意，撰《窺餘》十五卷。每旦，又陳《易》書案上，往復誦之，作《大易賦》。

風雨冥冥，爐香晝清，初祓濯以危坐，徐玩味乎羲經。有奇偶兮，探《洛書》之數；有肩足兮，具《河圖》之形。彼《連山》、《歸藏》兮，雖絶編之已久；吾文王、孔子兮，尚端拜以猶生。秘七八而勿示，著九六以通靈。極三才而盡變，鬱萬化以含精。得鬼神以至理，發蟲魚之隱情。聖人謂象而用之，必有物也，故有以萬有一千五百二十之數，藏之於四十九莖。大矣哉！槩其凡，雖曰潔静精微，其教也，乃若挈天地、襲氣母者，要不可以容聲。揚子雲之骨朽矣，孰弔之曰：「此三大聖相授之妙，而方州部家敢以準自名乎？」吃魄不能對。

有客出而難予曰：「子謂《易》不可談，則今之學，古之學也。按隋《經籍志》，自漢抵魏，費直古文之訓，康伯《繫辭》之作，鄭玄之《易》，王弼之《卦》，合四家之注，已二十二卷，豈其皆糟粕歟？諸授業師探微抉隱，邃者稱聖，雄者折人角，河内女子亦得以《説卦》三篇補散落。子患言之多，曷不泛其浩浩而守其卓也？」予曰：「噫嘻！客孰知無跡則橐籥虚，竅多則渾沌鑿。字三寫而烏焉不真，語再傳而唾剉皆錯。是以説象則義遺，論數則象格。至有以龍爲驢，羊爲羔，果蓏爲果墮。是皆好奇之病，無病而進藥。又怪則五行傅會，六情假託。如蛇下梁，魚入寺，一牛兩首，逆陳幸中，僅巫祝之相若。大抵《春秋》可以言災異，而談諧射覆或流爲東方朔也。」

客辭屈，則拜而請曰：「先生之《易》何如？」曰：「我知我愚，我戒我慧，寔擁腫之似，而罔象之比。中夜以興，未明而起，高揖聖賢，如忽相値。讀《乾》、《坤》知覆載之恩，推《損》、《益》洞盈虚之旨。《恆》則可亨，《蹇》則當止。謂《中孚》兮則好爵之可靡，惟《無妄》兮則勿藥而有喜。既遠實兮斯爲《困》、《蒙》，矧攷祥兮天常視《履》。《壯》兮則爲觸藩之羊，《睽》兮則見負塗之豕。危厲已熏於《艮》背，遲泥必成於《遯》尾。故折獄致刑者《豐》之用，而赦過宥罪者《解》之理。火在天上兮，當出門而《同人》；天與水違兮，須作事而謀始。飛鳥以凶兮，蓋山有雷；尚口乃窮兮，豈澤無水。《泰》兮則小往而大來，《震》兮則驚遠而懼邇。益戒顛頤，無忘滅趾。《井》念羸瓶，《鼎》思出否，勿在《旅》以焚巢，將濟《渙》以奔机。卑以自牧，立不易方，然後藉用白茅，而爲慎之至。吾之所得於《易》者，如斯而已。乃若兼收象義，精粗不棄，窺竊衆説，拾其餘意，肴蔌同甘，莫分彼是。集而藏之，所以備遺忘於衰齡，教箕裘於不肖之裔，客勿視爲京郎之細也。」四庫本《北山集》卷一〇。

讀易賦

高似孫

嗟古人之不余欺兮，吐微言以昭宣。苞萬微以自圖兮，肯造端於坤乾。杳兩氣之吸噓兮，邀元化以齊甄。産六子以該輔兮，諧初畫以俱旋。人以事而鼓桴兮，物以數而琱鐫。昧罔窺其槖籥兮，智或殫其眇綿。

嗚呼！文與孔孰囿命兮，肯自放於踣顛。迄以道而著龜兮，特探幾於羲先。老世故之轇轕兮，信吾辰之迍邅。泯無悶之可汰兮，假羲翁以俱傳。西伯不知其所以兮，尼父亦莫知其攸然。任吉凶之盪摩兮，付吝悔之争挺。覽天人以自索兮，坦日用於平平。

於嗟乎！《九歌》其誰作兮，太圖絜而娟娟。既以身爲心累兮，猶輸情於蘭荃。又豈知薇有可采兮，匪伯夷之隘焉。抑不如歸去來兮，樂夫天命以自研。余亦消息盈虚兮，有余師者聖賢。索遺文以退儆兮，三加省而逾堅。審爻象以耽玩兮，粲日星而陳前。數固非可偏揲兮，理亦非可以獨筌。嗚呼！天生余有命兮，余有命其在天。妙矣夫！知之精之者，在玄之而又玄。尚有得於古人兮，幸加我以數年。誓將老於斯經兮，其毋忘乎三折編。百川學海本《騷略》卷三。

太極賦

陳普

予嘗倚闌干而問真宰兮，曷爲有此四方上下之六合。洪纖會而爲一兮，昆侖磅礴以至於羽毛鱗甲。一形一理性兮一體一儀，形度數分量各有定兮是爲千古萬古不易之常經。不舍晝夜兮，瀆然乎江河百川之水。無或踰其分兮，冥冥之中若有所裁指。百千萬億不出於一兮，萬古一陰而一陽。盈虚消息不能已兮，子半之心無或忘。味之足甘而足樂兮，念之可敬復可畏。鋪陳治道亦已勤兮，曷爲日新而不匱？恍兮惚兮若有答予者，曰中天地以觀物兮，而子亦可言有心。不悱不發兮，吾今請廓之胸襟。子之疑問亦已詳兮，第未見其本之不難知。推物以求之兮，觀其義之攸宜。理之安然者莫非其當然兮，有者莫知其固有。陽何可以不奇兮，陰何可以不耦。動則理須圓兮，静則義不容於不方。鶴不可以爲鳧之短兮，鳧不可以爲鶴之長。天不三百六十五度兮，無以開七政之運行。七政不日兮，無以發陽德而開光明。二道黄以爲寒暑兮，赤以持其大中。二極高下出入，地必三十六度兮，所以爲晝夜之永短、寒暑之衰隆。地必五嶽四瀆之行兮〔一〕，必會乎東滄與南溟。山高西北而水深東南兮，亦皆前後之常形；火南斯赤兮水北斯黑，金西斯白兮木東斯青。炎上潤下兮悉其勢，曲直從革兮咸其情。牝不容於不牡兮男何以不女，肢豈得而不四兮臟何可以不五？男女必夫婦，夫婦必父子，父子必君臣兮，於以立人之紀。綱固三而常實五兮，五教孰能闕其一？三百三千一不可無兮，品節度數分毫不可以或失。舉此而類推兮，何者非當然？纖極於一蟻一葉兮，洪極於一十有六萬里之乾元。精麤有無不相離兮，器亦道而道亦器。惟一當然之至極兮，夫是之謂天地之帥。所以韋編三絶兮，沛然得之曰太極。不過道之至理之盡兮，無聲無臭而有物有則。去來生死其性兮，其物其則常在於太虚之中。雖體物而不可遺兮，故常在物之上而優遊從容。止此而不可增損兮，是以無始而無終。增之損之則胥病胥勞兮，以此萬形爲一中庸。兩楹夢奠兮，千載而發於九疑之趾。既乃復起於武夷之下兮，吾徒始安於戴。履無跡之可躡兮，凜乎父母之命嚴。端衣冠以對越兮，鎮洋洋

〔一〕兮：原無，據《歷代賦彙》補遺卷八補。

乎在前之瞻。

天地間惟太極最大且妙，三五年嘗爲朋友言之，亦嘗妄意略綴數句而又復怠棄之也。省闈宏開，以此爲題，殊快人意，足之林下，以呈同志。明萬曆刻本《石堂先生遺集》卷一五。

三才賦

陳普

嘗疑一陰一陽之九六兮，迭相摩盪而爲《易》。迨大《易》之既成兮，爻位之數乃獨用其一。九爲龍而六爲馬兮，胡爲用馬而舍龍？六十四之反易兮，復重其數爲三十六宫。蓋嘗爲之深思兮，六合之中惟一二而已矣。是以卦各三畫兮，其中一畫其上戴而下履。定體三而各二兮，又天地之大義。陰陽柔剛仁義兮，遂成卦爻之六位。五上爲天而初三爲地兮，二四在中而爲人。一爲體而二爲易兮，涵不盡之經綸。一事尤要兮，實爲萬世之定主。以六包九六兮，主静以爲動静之府。

天下萬善兮，莫善於《太極圖》之主静。天地亦以爲主兮，何獨聖人之仁義中正。有爲本無爲兮，動亦定而静亦定。才者以其良能兮，良者以其自然之定性。剛健悠久天之才兮，行日月而飛風霆。一日十六萬里而過一度兮，萬古三百六十五日一周星。約堪輿於其中兮，剛風勁氣不足名。使萬類得以生成兮，各當其性而如其情。

持載生育地之才兮，載華嶽而振河海。兀浮空而不墜兮，千古萬古而長在。德合乾之無疆兮，分有大小而不失其大。仁義禮樂人之才兮，位九五而致時雍。達修六府而窮樂一簞兮，禹稷顔子無不同。愛親敬兄兮，亦無間於孩提之童。三者以其才則一兮，其要惟以静爲宗。惟以静而行動静兮，斯無一處之不通。故《易》以六涵九六兮，不過以陰爲陰陽之本。動静同一静兮，所以宏固而悠遠流行。發用陰一聽於陽兮，然終以陰爲家室。男女皆育於女兮，此亦一事之可質。何以謂之才兮，注疏之儒皆未及？各二之爲六兮，此事尤當以爲急。不然堯舜何以無爲無迹[一]，文王何以無聲無臭，而孔子何以無意無必也耶？

六者非他也，三才之道也。聖人之言端的是如此，至今未有一人爲之講明。明萬曆刻本《石堂先生遺集》卷一五。

[一] 無迹：原脱「無」字，據《歷代賦彙》卷六六補。

宋代辭賦全編卷之五十九

賦　文學　二

志在春秋賦　宣父之志，因史成法

宋祁

志假文表，事由教宣。攷彼信書之作，明乎素王之權。自顯惟微，舉二中而明歲；因初正末，包五始以承天。當其道闕東周，化興尼父，時不我用，仁非爾輔。由是約史法於當世，尊禮經於下古。素蘊内發，遺章遠取。立誠不昧，方祖述於唐虞；覃思無邪，遂憲章於文武。

志者孰爲，聖人之所之。欲成功於撥亂，非務麗於屬辭。筆靡藏弆，神無越思。隻字論褒，與山龍而並貴；一言示貶，將斧鉞以同施。莫不昭列異同，謹敷名器。賢雖小，不能遜其善；惡雖大，無所容其僞。動不遺策，舉皆善類。親則諱而賢則諱，互寫精衷；聞異辭而見異辭，迥分深意。得非聖人之道也，達加乎民；聖人之志也，窮止乎身。故我憫王政之弗著，抗策書而有倫。文豈虚設，教將有因。桓靡書王，所以謹明乎罰；豹惟稱盜，所以彰判乎人。是則吾志所存，存乎三代之美；吾志所極，極乎萬物之理。然建乃至道，即乎舊史。赴告以之不失，盟會爲之成紀。以宣盛德大業，以懼亂臣賊子。稱族舍族，見尊卑之不踰；傳信傳疑，示質文之有體。故得郊麟表應，斗玉告成。具四時而言備，大一統而化行。外略内詳，游夏之辭莫措；微顯志晦，隱桓之日咸明。異哉，肇述宏猷，敷施大業。既黜周而拒亂，終授劉而抗法。宜乎繼志之文，貫百王而不乏。四庫本《景文集》卷三。

春秋經傳類對賦 並序

徐晉卿

余讀五經，酷好《春秋》；治《春秋》三《傳》，雅尚《左氏》。然義理牽合，卷帙繁多，顧兹謏聞，難以殫記。乃於暇日撰成録賦一篇，凡一百五十韻，計一萬五千言。欲包羅經傳，牢籠善惡，則引其辭以倡之；欲錯綜名迹，源統起末，則簡其句以包之；欲按其典實，故表其年以證之；欲循其格式，故比其韻以屬之。首尾貫穿，十得其九，命曰《春秋經傳類對》。將使究其所窮，可以尋其枝葉；舉其宏綱，可以撮其樞要也。其間立意迂闊，措辭鄙野。不尚華而背實，但慮涉於淫競；不摘詭以抉奇，又懼傷夫名教，故用藏於巾衍，以自備於檢尋；傳之昆雲，而俾謹乎誦習。非敢流布聖旦，昭示鉅儒，以爲哂噱之資也。皇祐三年正月望日序[一]。

運及姬世，天生仲尼。修魯國之史策，遵周公之典彝。莫不編年示法，繫日摛辭。左丘明《傳》之釋義，杜元凱《注》之質疑。十二公之事言，用傳後世；五十條之凡例，式據前規。

有惠夫人，實生桓子。當平王遷都之末，是隱公即位之始。乃有伯樂獻麋，宣公十二年郤至奉豕。成公十七年許絶太岳之禋，隱公十一年鄭廢泰山之祀。隱公八年帥師入極，譏無駭克勝之由；隱公二年求好於邾，貴儀父會盟之美。隱公元年

[一]「皇祐」以下：原無，據《古今圖書集成·經籍典》卷一九八補。

問族衆仲，隱公八年詢名申繻。桓公六年子駟請息肩於晉，襄公二年荀息謀假道於虞。僖公二年天棄商而久矣，僖公二十二年神亡號以宜乎。莊公三十二年宋昭滅宗，知庇根之失所；文公七年鄭莊寵弟，慮滋蔓以難圖。隱公元年貴有常尊，宣公十二年禮有異數。莊公十八年石尚歸脤，定公十四年齊桓拜胙。僖公九年向戌尤孟獻之美室，襄公十五年韓宣譽季孫之嘉樹。昭公二年解黿而鄭國以亂，宣公四年更鷙而齊臣致怒。襄公二十八年魯築王姬之館，外禮彌尊；莊公元年晉爲太子之城，内讒益固。莊公二十八年

蛇妖禍鄭，莊公十四年豕怪害齊。莊公八年强鉏不能衛足，莊公十六年鄧侯徒後噬臍。莊公六年晉逐楚於潁北，宣公十年魯追戎於濟西。莊公十八年施氏沉郤犨之子，成公十一年鄭人奪堵狗之妻。襄公十五年姜氏搆謀，軌死歸於魯國；桓公十八年子比脇立，靈王失於乾谿[一]。昭公十三年

鄭息違言，隱公十一年晉楚結好。成公九年晉荀躒掩耳而走，昭公三十一年渾良夫被髮而譟。哀公十七年或驂乘以持帶，襄公二十三年或塞井而夷竈。成公十六年靈見梗陽之巫，襄公十八年

[一]靈王：原作「靈生」，據清光緒雙梧書屋本及《古今圖書集成·經籍典》卷一九八、《春秋左傳注疏》卷四六改。

寬生萑苻之盜。昭公二十年掩義隱賊，驩兜招渾敦之稱；文公十八年毁信廢忠，共工得窮奇之號。同上

伯有强死，昭公七年鄭莊寤生。隱公元年越椒有熊虎之狀，宣公四年伯石是豺狼之聲。昭公二十八年與玦衣者，表守國之意；閔公二年獻縞紵者，伸結友之誠。襄公二十九年虞公奔彼共池，因求寶劍；桓公十年得臣敗於城濮，爲惜玉纓。僖公二十八年

晉城虎牢，襄公二年魯築鹿囿。成公十八年婦姜貴聘而賤逆，文公四年鄭忽先配而後祖。隱公八年魯賄苟偃也，以壽夢之鼎；襄公十九年周分唐叔也，以密須之鼓。定公四年楚王伐畔，降許子於武城；僖公六年晉侯問囚，税鍾儀於軍府。成公九年

士會滅狄，宣公十六年甘歜敗戎。文公十七年獻六羽而用六佾，隱公五年節八音而行八風。同上叔仲帶竊其拱璧[一]，襄公三十一年魯陽虎納以大弓。定公元年雖未獲一吉人，行父則庶幾免戾；文公十八年而能流四凶族，重華則其有成功。同上

晉疆戚田，文公元年魯略棠地。隱公五年秦鍼之適晉也，車有千乘；昭公元年共叔之都京也，城過百雉。隱公元年鄭子産善相小國，昭公四年楚商臣能行大事。文公元年韓厥奉觴而加

[一] 叔仲：原作「仲叔」，據清光緒雙梧書屋本及《春秋左傳注疏》卷四〇乙。

璧，因遇齊侯；成公二年郤至免胄以趨風，蓋逢楚子。成公十六年鄭莊有禮，隱公十一年齊襄無常。莊公八年蛇乘龍而爲災於宋鄭，襄公二十八年水勝火而不利於子商。哀公九年虢公無德而禄，閔公二年楚圍不義而强。昭公元年鄧曼婦人，知莫敖之必敗，桓公十三年然明君子，識程鄭之將亡。襄公二十四年

魯鑄林鐘，襄公十九年唐分姑洗。定公四年周内史知文伯有後，文公元年季文子謂齊侯不免。文公十五年鄭國之井堙木刊，襄公二十五年郇瑕之土薄水淺。成公六年胥臣稱郤缺之善[一]，命以先茅；僖公三十三年士伯舉桓子之賢，賞以瓜衍。宣公十五年

莫敖梁溠，莊公四年艾獵城沂。宣公十一年潁考叔挾輈以走，隱公十一年魯莊公乘傳而歸。莊公九年吳有越，若腹心之搆疾；哀公十一年虞得虢，猶脣齒之相依。僖公五年楚國子文既毁家而紓難，莊公三十年宋邦公子遂竭粟以貸饑。文公十六年商臣忍人，文公元年狼瞫君子。文公二年杞生圃兮，歌南蒯之叛；昭公十二年莠在門兮，喻良霄之死。襄公三十年狐毛設其二旆，僖公二十八年文王獲其三矢。宣公四年曹太子樂奏而歎也，未免有憂；桓公九年宋元公酒樂而泣焉，誠知必死。昭公二十五年

[一]郤缺：原作「郤鈌」，據《春秋左傳注疏》卷一六及《古今圖書集成·經籍典》卷一九八改。

隕霜殺菽，定公元年雨雹爲災。昭公四年子産殂而仲尼出涕，昭公二十年太叔卒而趙簡甚哀。定公四年晉寘衛侯於深室，僖公二十八年秦舍晉君於靈臺。僖公十五年蔡昭侯兩佩兩裘，已爲怨府；定公三年郤子惡五兵五甲，更作禍胎。昭公二十七年

禆諶能謀，襄公三十一年叔向好直。襄公二十九年楚滅江也，秦伯爲之出次；文公四年越圍吳也，趙孟降於喪食。哀公二十年因龍命氏，蔡墨陳劉累之宗；昭公二十九年以鳥名官，郯子述金天之職。昭公十七年

衛人饋錦，昭公十三年宋公求珠。哀公十一年塞夷庚而絶晉，成公十八年城州來以挑吳。昭公十九年楚侍者知擠於溝壑，昭公十三年絳縣師辱在於泥塗。襄公三十年欒盈過周，既思父厲之過；襄公二十一年華耦盟魯，特陳祖督之辜。文公十五年

大官庇身，襄公三十一年舊職展體。定公四年轅頗之奔鄭也，既進其腵脯；哀公十一年葛盧之朝魯也，又饋以芻米。僖公二十九年晉軍風於澤，僖公二十八年鄭車僨於濟。隱公三年鄭饗楚子，爰伸九獻之儀；僖公二十二年秦饋晉侯，乃用七牢之禮。僖公十五年

秦人入鄀，文公五年楚國圍江。文公三年戎昭果毅，宣公二年民生敦厖。成公十六年荀吳圍鼓

而鼓人服，昭公十五年晉侯去原而原國降〔一〕。僖公二十五年棟折榱崩，子産心憂於鄭國；襄公三十一年踴貴屨賤，晏嬰相語於晉邦。昭公三年

歲害鳥帑，襄公二十八年辰伏龍尾。僖公五年頓子牂事晉而背楚，定公十四年悼夫人瘠魯以肥杞。襄公二十九年克黄得楚子以賜生，宣公四年士燮使祝宗而祈死。成公十七年僑如已獲，宣伯由是以旌功；文公十一年陽州既降，苫越因之而名子。定公八年季隗就木，僖公二十三年懷嬴奉匜。同上先軫怒兮，不顧而唾；僖公三十三年齊侯戰兮，不介而馳。成公二年公子啟五辭楚位，哀公六年鄧養甥三逐巴師。桓公九年楚國争囚，上下手於以決矣；襄公二十六年魯邦議戰，小大獄由是明之。莊公十年

荀偃癉疽，襄公十九年晉侯惑蠱。昭公元年或駼絓而止，桓公三年或旝動而鼓。桓公五年髮之短者，齊欲勝吳；哀公十一年鬣之長者，楚仍夸魯。昭公七年伯禽始封於魯國，土田陪敦；定公四年蚡冒篳啟於楚邦，篳路藍縷。宣公十二年

秦伯改館，僖公十五年晉侯加籩。昭公六年穆叔辭金奏之樂，襄公四年郤至驚地室而縣。成

〔一〕去：清光緒雙梧書屋本及《古今圖書集成·經籍典》卷一九八作「伐」。據《春秋左傳注疏》卷一五，當作「去」。

公十二年神奪虢公之鑑，僖公二年天假晉侯之年。僖公二十八年箕之役，先軫黜於狼瞫；文公二年夷之蒐，賈季戮於臾駢。文公六年許悼告終，仲尼加世子之罪；昭公十九年晉靈被弒，董狐書趙盾之愆。宣公二年

祀有執燔，戎有受脤，此養神之節也，則劉康公之言可準；成公十三年聘而獻物，朝而獻功，此事霸之禮也，則孟獻子之言堪崇。宣公十四年七札夸由基之射，成公十六年六鈞傳顔高之弓。定公八年晉侯治兵於綿上，襄公十三年闞止失道於弇中。哀公十四年魯封須句，念實司於太皞；僖公二十一年楚滅夔子，因不祀於祝融。僖公二十六年

魏犨束胸，僖公二十八年楚王傷目。成公十六年華臣弱臯比之室，襄公十七年子重殺巫臣之族。成公七年伊戾讒兮宋痤死，襄公二十六年無極譖兮朝吳逐。昭公十五年晉獻將廢於太子，衣以偏衣；閔公二年魯昭欲寵於家羈，賜之輕服。昭公三十二年

伯宗避重，成公五年荀吳驅衝。昭公十三年臧文仲宿於重館，僖公三十一年叔孫豹食於庚宗。昭公四年子干食百人之餼，昭公元年桓子獲千室之封。宣公十五年楚王浹辰克莒，成公九年齊侯三日取龍。成公二年歲在豕韋，萇弘識蔡侯之禍；昭公十一年星出婺女，禆竈知晉國之凶。昭公十年

屠伯饋羹，昭公十三年考叔舍肉。隱公元年賜魏絳以金石之樂，襄公十一年命士會以黻冕之

服。宣公十六年子産之爲鄭政也，田有封洫；襄公三十年趙武之相晉國也，民無謗讟。昭公元年鄭從子突[一]，三覆既殪於戎師；隱公九年晉用賁皇，四萃更敗於王族。襄公二十六年

伯有公怨，襄公二十七年季子私言。成公八年趙宣子秣馬蓐食，文公七年僖負羈寘璧盤餐。僖公二十三年葑菲不遺於下體，僖公三十三年葛藟能庇其本根。文公七年不虞制人，坐見燕師之敗；隱公五年無謂邾小，行聞魯卒之奔。僖公二十二年

城彼緣陵，僖公十四年盟於曲濮。定公八年潘崇掌環列之尹，文公元年趙盾爲旄車之族。宣公二年鄭之火也，出新客而禁舊客；昭公十八年宋之災也，徹小屋而塗大屋。襄公九年衛獻公與言於孫子，不釋皮冠；襄公十四年鄭子産將見於晉侯，乃加戎服。襄公二十五年

楚子汰侈，昭公元年文王惠和。昭公四年蔡昭侯沈玉而誓漢，定公三年晉文公投璧而盟河。僖公二十四年申包胥倚牆而哭，定公四年齊莊公拊楹而歌。襄公二十五年棄甲復來，念宋謳之頗衆；宣公二年守陴皆哭，傷鄭難以滋多。宣公十二年

政在務三，昭公七年國不堪貳。隱公元年虞貪屈産之乘，僖公二年晉受鄭人之駟。僖公十五年

[一] 從：清光緒雙梧書屋本及《古今圖書集成·經籍典》卷一九八作「由」。據《春秋左傳注疏》卷三，當作「從」。

錦二兩，子猶受申豐之貨；昭公二十六年珠一箄，趙孟得吳王之賜。哀公二十年欒鍼執榼以承飲，成公十六年魯侯申宮而儆備。同上祁奚稱善，不避親而不避讎；襄公三年魏舒舉賢，以爲忠而以爲義。昭公二十八年

衛多君子，襄公二十九年禹稱善人。宣公十六年夫差三年而報越，定公十四年長萬一日而至陳。莊公十二年鳥獸之肉不登俎，隱公五年蘋蘩之菜可薦神。隱公三年築室反耕，楚衆而惟將守宋；宣公十五年裹糧坐甲，晉人而且欲擊秦。文公十二年

孟明焚舟，文公三年繞朝贈策。文公十三年楚城陳蔡，昭公十一年晉滅虞虢。僖公五年莒子之城已惡，成公八年慶封之車甚澤。襄公二十八年郤犨傲而取禍，成公十四年觀虎勇而見獲。定公三年，賂以紀甗，齊將致於晉侯；成公二年樽以魯壺，周用享於文伯。昭公十五年

宋佐後至，昭公四年州綽先鳴。襄公二十一年襄伯殺嫡而立庶，文公十八年季札哀死而事生。昭公二十七年杞子掌北門之管，僖公三十二年屈罷簡東國之兵。昭公十四年楚聞倚相之譽，昭公十二年晉推董史之名。宣公二年竊藏而逃，頭須有納君之志；僖公二十四年握節而死，子卬無廢命之誠。文公八年

御廩延災，桓公十四年宣榭遘火。宣公十六年狂狡失禮而違命，宣公二年晏子去否而獻可。昭公二十年雖陽貨而願東，定公九年且楚人之尚左。桓公八年安於祀廟，趙孟感於前勳；定公十

四年煬公立宮，季孫免於後禍。定公元年郭榮扣馬，襄公十八年衛獻射鴻。襄公十四年杞國用於夷禮，僖公二十七年伊川變於戎風。僖公二十二年周襄王不忍小忿，僖公二十四年宋華元且多大功。成公十五年幄幙九張，子產適宜而相鄭；昭公十三年革車千乘，魯昭習武以蒐紅。昭公八年莫敖趾高，桓公十三年楚王心蕩。莊公四年晉士會問殽蒸之禮，宣公十六年周公閱辭昌歜之饗。僖公三十年二五耦譖於申生，莊公二十八年十一牢享於士鞅。昭公二十一年叔魚鬻刑侯之獄，足顯貪婪；昭公十四年皇戌攝鄭伯之辭，可知邪枉。成公四年邾悼朝魯，襄公二十八年孟獻聘周。宣公九年公孫彊以田弋而説曹伯，哀公七年晏平仲以和羹而諫齊侯。昭公二十年單頃公同盟雞澤，襄公三年鄭子然侵取犬丘。襄公元年衛獻啟服之馬，昭公二十九年楚獲餘皇之舟。昭公十七年楚有孟津之誓，昭公四年成有岐陽之蒐。同上圍原命三日之糧，用彰有信；僖公二十五年犒秦備一夕之衛，聿見多謀。僖公三十三年魚里覩優，襄公二十八年楚宮振萬。莊公二十八年狄有五罪，宣公十五年楚有六間。成公十六年子常賄而信讒，昭公二十七年楚王汏而愎諫。昭公四年文公施三罪而服晉，克慎邦刑；僖公二十八年魏絳陳五利而和戎，用蠲國患。襄公四年晉殺狐突，僖公二十三年楚滅慶封。昭公四年闔廬居不重席，哀公元年伯有飲必擊鐘。襄公三十年封伯禽以殷民七族，定公四年分唐叔以懷姓九宗。同上韓原敗師，晉惠愎諫而違卜；僖公十五年楚丘封國，衛文務材而訓農。閔公二年夷吾奔梁，僖公六年子囊伐鄭。襄公八年智伯愎而好勝，哀公二十七年樊須弱而用命。哀公十一年雖夫婦以爲賓，僖公三十三年亦男女之辨姓。昭公元年〔一〕命絳老作乎縣師，襄公三十年使敬仲爲之工正。莊公二十二年太叔對禮於趙鞅，始辨禮儀；昭公二十五年國僑問政於然明，方知政令。襄公二十五年物莫兩大，莊公二十二年事無二成。成公八年歌詩則齊有異志，襄公十六年吹律則楚多死聲。襄公十八年聽衛則憂而不困，襄公二十九年歌魏則儉而易行。同上隨會有足使之智，文公十三年魏萬有必大之名。閔公元年司徒妻與之石窌，成公二年新築人請以繁纓。同上韓起貪淫，求玉環於子産；昭公十六年晉侯讒惑，賜金玦於申生。閔公二年敬仲辭卿，莊公二十二年國僑讓邑。襄公二十六年子羽鋭敏，哀公十一年郲莊卞急。定公三年將

〔一〕昭公元年：清光緒雙梧書屋本及《古今圖書集成·經籍典》卷一九八作「襄公二十八年」。按：《春秋左傳》分别於襄公二十五年、二十八年、昭公元年言及「男女辨姓」，而昭公元年言之爲詳，見《春秋左傳注疏》卷四一。

欲修而車賦，襄公八年必在險其走集。昭公二十三年雖行李之往來，僖公三十年亦鼓譟之出入。成公五年慶封好田而嗜酒，坐見憂生；襄公二十八年齊侯棄好而背盟，行知禍及。襄公十八年

宋見星隕，僖公十六年晉聞石言。昭公八年莒展奪公子之秩，昭公元年齊侯斂大夫之軒。定公十三年子蕩以弓梏華弱，襄公六年晉人以幕蒙季孫。昭公十三年南蒯則始以費叛，昭公十二年黑肱而終以濫奔。昭公三十一年桓子功而賞狄，宣公十五年趙衰餒而處原。僖公二十五年棄室而耕，美季札之守節；襄公十四年易位以令，誚魏子之干尊。定公元年

救災恤鄰，僖公十三年取威定霸。僖公二十七年一則修陳而固列，成公十六年一則載燧而夙駕。文公十年莫不服冕乘軒，哀公十五年行爵食炙。同上申生哀歸胙之譏〔一〕，僖公四年合比被埋書之詐。昭公六年楚子玉治兵之日，鞭者七人；僖公二十七年晉文公報惠之年，退於三舍。僖公二十八年

世濟其美，文公十八年天誘其衷。僖公二十八年無忌之有疾也，讓於韓起；襄公七年宋穆之將死也，屬於殤公。隱公三年五星隕墜而化石，僖公十六年六鷁退飛而遇風。僖公十六年衛旱討邢而雨降，僖公十九年周飢克殷而年豐。同上勝欲迫於宜僚，承之以劍；哀公十六年楚將優

〔一〕歸：原作「獻」，據清光緒雙梧書屋本及《古今圖書集成·經籍典》卷一九八、《春秋左傳注疏》卷一一改。

於郤至，問之以弓。成公十六年

魯作晉脣，哀公八年虢爲虞表。僖公五年楚子問鼎形之輕重，宣公三年衆仲答羽數之多少。隱公五年史趙言魯必爲郊，昭公十一年伍員諫吳其爲沼。哀公元年適乎宋野，蒯聵聞艾豭之歌；定公十四年戰彼韓原，秦伯獲雄狐之兆。僖公十五年

陳歃如忘，隱公七年邢遷若歸。閔公二年晉文公受戎輅之服[一]，僖公二十八年衛文侯衣大布之衣。閔公二年仲孫既省於魯難，閔公元年秦伯又輸於晉飢。僖公十三年且陳衛之方睦，隱公四年實晉鄭之焉依。隱公六年晉臣貪天之功，人難競賞；僖公二十四年魯史諱國之惡，誰敢争譏。僖公元年

天生五材，襄公二十七年武有七德。宣公十二年郤至驟稱其伐，成公十六年紀侯大去其國。莊公四年子產掇蠆尾之謗，昭公四年荀息竭股肱之力。僖公九年伯宗實好其直言，成公十五年展氏得無於隱慝。僖公十五年鳥鳴亳社，非祥既告於伯姬；襄公三十年龍見絳郊，達識更彰於蔡墨。昭公二十九年

[一] 戎輅：原作「戎路」，清光緒雙梧書屋本及《古今圖書集成·經籍典》卷一九八同，此據《春秋左傳注疏》卷一五改。

晉臣羈紲，僖公二十四年秦僕紀綱。同上魯三桓獨季孫太盛，昭公五年鄭七穆唯罕氏後亡。襄公二十六年子雅辭多受少，襄公二十八年國僑就直助强。襄公三十年季平子行於東野，定公五年衛莊公踰於北方。哀公十七年會有常儀，歸餼必致於地主；哀公十二年取無正禮，求車可誚於天王。桓公十五年

薳罷歷情，襄公三十年郤至分謗。成公二年周重三恪之客，襄公二十五年宋輕千乘之相。襄公十五年事順爲臧而逆爲否，宣公十二年師曲爲老而直爲壯。僖公二十八年宮之奇以其族行，僖公五年宋茲父能以國讓。僖公八年邾莊公車先五乘，雖取遺言；定公三年宋文公椁用四阿，更從厚葬。成公二年

去疾莫如盡，哀公元年樹德莫如滋。同上周子兄謀非辨菽，成公十八年鮑莊子知不如葵。成公十七年魏顆敗秦師於輔氏，宣公十五年士燮會吳子於鍾離。成公十五年季孫樹於六檟，襄公四年葛盧辨於三犧。僖公二十九年夾谷會時，孔子相齊魯之禮；定公十年大宮盟處，晏嬰歃崔慶之辭。襄公二十五年

鄭伯先歸，昭公四年孔張後至。昭公十六年渾良夫犯其三罪，哀公十七年沈諸梁兼其二事。哀公十六年衛侯薄酖，僖公三十年陳氏厚施。昭公二十六年王師敗於茅戎，成公元年秦卒散於麻隧。成公十三年晉復公壻之封，文公八年齊歸汶陽之地。成公二年通徵舒之母，陳靈以無道遭戕；

宣公十年納閭職之妻，齊懿以不君見弒。文公十八年

唐成弄馬，定公三年晉靈嗾獒。宣公二年乞術聘魯，文公十二年伯姬會洮。莊公二十七年宋怨澤門之皙，襄公十七年齊歌魯人之臯。哀公二十一年見惡如去草，隱公元年逐寇如追逃。文公七年穆有塗山之會，昭公四年康有酆宮之朝。同上趙孟賦詩，欲鄭邦之一獻；昭公元年吳王棄禮，徵魯國之百牢。哀公七年

虢公之祖兮，勳在王室；僖公五年原繁之先兮，典司宗祏。莊公十四年毛伯賜魯文之命，文公元年晉侯受公孫之策。昭公三年楚國既烹於石乞，哀公十六年宋人復醢於猛獲。莊公十二年女寬歎食，蓋欲悟於魏舒；昭公二十八年考叔請羹，實將施及鄭伯。隱公元年

祁奚請老，襄公三年伯華得官。同上趙鞅以鐵鑄刑鼎，昭公二十九年季孫以鐘作公盤。襄公十二年欒王鮒請豹之帶，昭公元年范獻子求姞之冠。昭公二十三年吕錡占退泥而射月，成公十六年聲伯夢泣瓊而涉洹。成公十七年楚圍取蔿掩之室，襄公三十年鄭人斲子家之棺。宣公十年晉有秦憂，爲州兵而拯急；僖公十五年魯多齊難，作丘甲以謀安。成公元年

彼高齮兮，百兩一布；昭公二十六年此秦伯兮，千乘三去。僖公十五年楚軍右轅而左蓐，宣公十二年鄭師先偏而後伍。桓公五年天王狩於河陽，僖公二十八年晉侯盟於踐土。同上司馬牛致珪而適齊，哀公十四年蕩意諸效節以奔魯。文公八年楚金欲鑄於三鐘，僖公十八年晉鐵乃賦於

一鼓。昭公二十九年秦伯素服而迎明視，既以知臣；僖公三十三年叔武捉髮而逆衛侯，亦惟戀主。僖公二十八年

聲子斬鞅，昭公二十六年伯棼汰輈。宣公四年莒人滅鄫而鄫恃賂，襄公六年齊侯滅萊而萊恃謀。同上戟鉤欒樂之肘，襄公二十三年戈椿長狄之喉。文公十一年太叔之奔共也，故曰共叔；隱公元年晉侯之納鄂也，謂之鄂侯。隱公六年天道遠而人道邇，昭公十八年家量貸而公量收。昭公三年贖華元者，以百駟之馬；宣公二年犒秦師者，以十二之牛。僖公三十三年能禮國人，宋鮑得親賢之道；文公十六年不毀鄉校，國僑知議政之由。襄公三十一年

穆子投壺，昭公十二年齊侯舉矢。同上或擇善而舉，襄公二十九年或類能而使。襄公九年既哀樂而樂哀，昭公二十五年亦喜憂而憂喜。宣公十二年胥童以甲劫欒書，成公十七年越俘以刀弑吳子。襄公二十九年魯昭之出在季孫，昭公二十五年衛獻之政由甯氏。襄公二十六年季友念原仲之舊，葬禮非焉；莊公二十七年韓起結田蘇之遊，立之可矣。襄公七年

登車望陣，成公十六年馮軾觀兵。僖公二十八年楚幕空而棲烏樂，莊公二十八年齊師遁而班馬鳴。襄公十八年寺人柳熾炭於位，昭公十年晉士蔿寘薪於城。僖公五年文辭何爲，誚子朝之干命；昭公二十六年名器不假，惜仲叔之貪榮。成公二年

生而有文，隱公元年死而不朽。襄公二十四年晉文公朝以受策，僖公二十八年楚平王拜而厭

紐。昭公十三年荀偃親受矢石，襄公十年重耳躬擐甲冑。成公十三年叔弓卒而魯廟去樂，昭公十五年荀盈死而晉侯飲酒。昭公九年魯穆姜辯而不德，襄公九年宋共姬女而不婦。襄公三十年幾先楚使，雖知乎鄭昭宋聾；宣公十四年釁始齊臣，但見乎崔薄慶厚。襄公二十七年

魯爇雉門，定公二年齊饋魚軒。閔公二年曹人致餼之禮，桓公十四年宣伯餫穀之恩。成公五年秦晉匹而夫婦正，僖公二十三年姬姞耦而子孫蕃。宣公三年獲雉而賈妻始笑，昭公二十八年生子而息嬀未言。莊公十四年男有室而女有家，桓公十八年公當享而卿當宴，彝儀豈紊；縟禮斯存。宣公十六年

晉似瘠牛，昭公十三年秦如掎鹿。襄公十四年背盟孔達，宣公十三年歸罪先穀。宣公十三年魯侯祓殯而襚，襄公二十九年子家易幾而哭。定公元年宣子田於首山，宣公二年魏舒獵於大陸。定公元年鄭厲入而遂殺傅瑕，莊公十四年衛衎歸而乃讓太叔。襄公二十六年楚子觀兵於周疆，宣公三年成王定鼎於郟鄏。同上鞍師既克，成公二年晉賞雖行，介子推未嘗言祿。僖公二十四年

螽當秋出，宣公十五年蝝至冬生[一]。同上車裂觀起，襄公二十二年藩載欒盈。襄公二十三年郤

[一] 至：清光緒雙梧書屋本及《古今圖書集成·經籍典》卷一九八作「自」。

宛卒兮楚國謗，昭公二十七年良霄死兮鄭人驚。昭公七年雨入高魚之竇，襄公二十六年水灌徐子之城。昭公三十年不知貽譏，臧文仲山節藻棁；文公二年非儀致誚，魯莊公刻桷丹楹。莊公二十四年侏儒敗邾，襄公四年於思囚鄭。宣公二年宋左師簡而禮，昭公元年欒王鮒字而敬。昭公元年晉侯背大主而忌小怨，僖公十年魏戊有守心而無淫行。昭公二十八年曲梁之役，揚干由是以亂行；襄公三年城濮之師，祁瞞於焉而奸命。僖公二十八年

文王用衆，成公二年楚兵逮鰥。同上魯定築蛇淵之囿，定公十三年臧紇斬鹿門之關。襄公二十三年處父有侵官之罪，文公六年欒書無離局之姦。成公十六年畢氏後占，名冠萬民之數；閔公元年成季先卜，位參兩社之間。閔公二年慶克蒙衣，成公十七年楚子投袂。宣公十四年晉惠公惰於受瑞，僖公十一年楚越椒傲於執幣。文公九年鄭伯之弟不義，隱公元年周子之兄無慧。成公十八年登於三量，齊民歸陳氏之施；昭公三年鍾彼一鍾，鄭國感子皮之惠。襄公二十九年楚氛甚惡，襄公二十七年魯祲非祥。昭公十五年文伯豫知於鄭火，昭公六年裨竈先見於陳亡。昭公九年楚靈王殉以二女，昭公十三年秦穆公殲以三良。文公六年雖晉國之薦饑，且將乞糴；僖公十三年奈魯邦之大旱，便欲焚尫。僖公二十一年

兩釋纍囚，成公三年三肅使者。成公十六年鄭黑肱黜官而薄祭，襄公二十二年薳子馮無祿而多馬。同上仲由爲季氏之宰，將墮三都；定公十二年昭公孫齊侯之郊，請致千社。昭公二十五

年

蒐乘補卒，成公十六年深壘固軍。文公十二年子皮爲鄭國榱棟，襄公三十一年陳氏作齊邦斧斤。哀公十五年鐘紀魯侯之伐，襄公十九年鼎銘考父之勳。昭公七年庚宗婦人，執雉獻於穆子；昭公四年楚邦公子，用馬見於鄭君。昭公六年

神既福仁，成公五年天寧假易。桓公十三年周歸仲子之賵，隱公元年秦贈成風之襚。文公九年叔向謀而鮮過，襄公二十一年吳王度不失事。襄公三十一年韓之役，穆姬乞歸於晉君；僖公十五年殽之敗，文嬴免囚於秦帥。僖公三十三年得一夫而失一國，莊公十二年除三惡而加三利。昭公十四年楚囚操樂，既不忘於楚音；成公九年鄭卿賦詩，且不出於鄭志。昭公十六年

子木庀賦，襄公二十五年齊侯省刑。昭公三年辰主商丘之地，昭公元年參爲夏土之星。同上伍員諫吳而滅越，哀公元年管仲請齊而救邢。閔公元年晉荀偃卒而猶視，襄公十九年楚成王謚而乃瞑。文公元年允當則歸，楚子備知於軍志；僖公二十八年見可而進，士會先達於武經。宣公十二年

趙孟語偷，襄公三十一年華元言疾。成公十五年齊慶封與盧蒲易內，襄公二十八年晉祁勝共鄔臧通室。昭公二十八年季文子無藏金玉，襄公五年孫文子不聽琴瑟。襄公二十九年獻俘授馘，當晉侯克楚之言；僖公二十八年訓卒利兵，是趙盾敗秦之日。文公七年祝幣史辭，梁山崩兮

用以行禮；成公五年貶食省用，魯邦旱兮因以垂規。僖公二十一年向戌請免死之邑，襄公二十七年孟明虒拜賜之師。文公二年睅其目而皤其腹，宣公二年食其肉而寢其皮。襄公二十一年虞公貪垂棘之璧，僖公二年臧會竊僂句之龜。昭公二十五年掉鞅而還，乃欒伯致師之際；宣公十二年棄甲而復，是華元敗卒之時。宣公二年

楚人獻黿，宣公四年曹彊獲鴈。哀公七年甯喜擅權兮衛侯病，襄公二十七年祭仲專政兮鄭伯患。桓公十五年陳邦之公卿宣淫，宣公九年魯國之君臣多間。哀公二十七年秦虒殽戰，蓋違蹇叔之言；僖公三十三年宋敗泓師，罔取子魚之諫。僖公二十二年囊瓦城郢，昭公二十三年季然郭卷。昭公二十五年鄭作丘賦，昭公四年陳稅封田。哀公十一年晉師館穀三日，僖公二十八年周城勤戍五年。昭公三十二年子桑舉孟明之善，文公三年鮑叔稱管仲之賢。莊公九年鄭伯立勳，受惠王之鞶鑑；莊公二十一年于奚著績，請桓子之曲縣。成公二年

被吾甲兵，桓公六年戒爾車乘。僖公二十八年車既陷淖，成公十六年馬因還濘。僖公十五年公鉏恪居於官次，襄公二十三年孟明增修於國政。文公二年穆姜再拜，謝文子之賦詩；成公九年晉侯三辭，感天王之策命。僖公二十八年

子都拔棘，隱公十一年許伯靡旌。宣公十二年子家懷魯以及禍，宣公十四年重耳安齊而敗名。僖公二十三年嬰齊魯之常隸，成公十六年趙盾晉之正卿。宣公二年知伯怒而投機，襄公十年叔

孫惡而指楹。昭公元年帥甲而來，晉欒盈晝入絳邑；襄公二十三年命車以至，鄭子展宵突陳城。襄公二十五年

晉將裂田，哀公四年魯初税畝。宣公十五年周郊之雞已斷尾，昭公二十二年魯廟之牛還傷口。宣公三年羈妻知異而饋重耳，僖公二十三年成風聞繇而事季友。閔公二年齊之鼓也，再而衰兮三而竭；莊公十年晉之陳也，兩於前而伍於後。昭公元年與隨爲約，楚王割子期之心；定公四年共晉爲盟，涉佗捘衛侯之手。定公八年

遒人徇路，襄公十四年天子當陽。文公四年吳季札聘於上國，襄公二十九年〔二〕楚平王好於邊疆。昭公十四年晉一戰而始霸，僖公二十七年紂百克而卒亡。宣公十二年重耳文而有禮，僖公二十三年印段樂而不荒。襄公二十七年鄭君行速而視流，死期將至；成公六年秦使目動而言肆，懼色彌彰。文公十二年

晉上狄俘，宣公十五年齊獻戎捷。莊公三十一年闔廬傷指，定公十四年子鉏中頰。定公八年楚莊王有加惠之老，宣公十二年季文子無衣帛之妾。襄公五年齊婦人兮，笑郤克之跛足；宣公十

〔二〕襄公二十九年：原作「昭公二十七年」，據清光緒雙梧書屋本及《古今圖書集成·經籍典》卷一九八、《春秋左傳注疏》卷三九改。

七年曹共公兮，觀晉文之駢脅。僖公二十三年季武子三分公室，益振僭名；襄公十一年晉悼公九合諸侯，載興霸業。同上

郭書晳幘，定公九年郤至韎韋。成公十六年賜晉侯以彤弓彤矢，僖公二十八年分魯公以大路大旂。定公四年秦爲坎血以懷詐，僖公二十五年楚作京觀而示威。宣公十二年甯俞賂醫，故衛侯之不死，僖公三十年侯獳貨筮，致曹伯之復歸。僖公二十八年

蛇出泉宮，文公十六年龍鬬洧水。昭公十九年子鮮誓不鄉衛國，襄公二十七年公冶終不言季氏。襄公二十九年叔孫烹狗以啖吏人，昭公二十三年華元殺羊而食戰士。宣公二年黿長筮短，獻公但納於驪姬；僖公四年金寒玦離，狐突空傷於太子。閔公二年

秋乃有蜮，莊公十八年冬復多麋。莊公十七年鞭之長不及於馬腹，宣公十五年矢之利乃麗於麋龜。宣公十二年趙氏喻冬日夏日，文公七年賓孟諷人犧己犧。昭公二十二年楚軍之恩如挾纊，宣公十二年衛邦之亂若棼絲。隱公四年擐甲執兵，蓋郤克之遇敵；成公二年入壘折馘，乃攝叔之致師。宣公十二年

晉楚爭盟，成公元年周鄭交惡。隱公三年子晳信美，昭公元年欒黶甚虐。襄公十四年伯有汰侈，襄公三十年韓起懦弱。襄公三十一年郭重食言而乃肥，哀公二十五年原伯不學而將落。昭公十八年諫楚王而刖足，義見鬻拳；莊公十九年愛衛君而滅親，忠聞石碏。隱公四年

朱也當御，襄公二十六年子國請承。哀公十八年矢及鼓跗者，嘉伯棼之絶藝；宣公四年射中楯瓦者，表淵捷之殊能。昭公二十六年觀卦筮陳完之吉，莊公二十二年比爻占畢萬之興。閔公元年崇飾惡言，少皞有窮奇之號；文公十八年傲狠明德，顓頊得檮杌之稱。同上

楚復封陳，宣公十一年吳其入郢。昭公三十一年封桓叔於曲沃，桓公二年寘姜氏於城潁。隱公元年彌庸見姑蔑之旗，哀公十三年徐子賂甲父之鼎。昭公十六年隨不量力，方懷叛楚之謀；僖公二十年魯能待時，且折伐齊之請。莊公八年

楚遂入鄆，成公九年吳還伐郯。成公七年晉趙穿有寵而弱，文公十二年鄭曼滿無德而貪。宣公六年文子賦《韓奕》之五，成公九年穆叔拜《鹿鳴》之三。襄公四年智井逃時，無社昧「麥麴」之語；宣公十二年首山登處，叔儀明「庚癸」之談。哀公十三年拔本塞原，昭公九年裂冠毀冕。同上隨武子修晉國之法，宣公十六年孫叔敖擇楚國之典。宣公十二年吕甥畏晉文之偪，僖公二十四年后子懼秦景之選。昭公元年城濮之戰，文公能以德攻；僖公二十八年首止之師，祭仲信由知免。桓公十八年

子羽請墠，昭公元年國僑去壇。襄公二十八年楚作僕區之法，昭公七年晉爲執秩之官。僖公二十七年韓起求玉環而拜子産，昭公十六年楚王去皮冠而見鄭丹。昭公十二年陳靈不君，戲朝以夏姬之服；宣公九年齊莊無道，賜人以崔子之冠。襄公二十五年

士匄乞盟，襄公三年華元告急。宣公十五年陳恆斲喪於公室，哀公十五年子木暴虐於私邑。哀公十六年鱄諸魚中寘劍，昭公二十七年韓厥馬前執縶。成公二年晉朝周室，斥彝器之弗供；昭公十五年齊涉楚郊，責包茅之不入。僖公四年

雞鳴而駕，宣公十二年馬首是瞻。襄公十四年陳成子杖戈而衣製，哀公二十七年晏平仲枕草而寢苫。襄公十七年晉文公好學不貳，昭公十三年羊舌氏瀆貨無厭。同上宋邦欲厚於文公，葬加蜃炭；成公二年魯國將優於周閱，享用虎鹽。僖公三十年

享有體薦，宴有折俎，此周定王之儀也，於以示慈惠恭儉之禮；宣公十六年小有述職，大有巡功，此薳啟彊之言也，於以顯會同朝聘之風。昭公五年薦澤蘋於宗室，襄公二十八年羞澗毛於王公。隱公三年歌鐘者，鄭人所以賂晉；襄公十一年頌琴者，穆姜所以送終。襄公二年施及莊公，魯史美考叔之孝；隱公元年立於趙武，晉人思宣孟之忠。成公八年

家父求車，桓公十五年晉侯請隧。僖公二十五年解陽救宋國之難，宣公十五年丑父易齊君之位。成公二年宋公不王，隱公九年士穀堪事。文公二年烏爲宋得之吉，哀公二十六年熊見晉君之祟。昭公七年請說以死，利衛明孔達之誠；宣公十三年將焉用生，寧晉見安于之志。定公十四年

魯侯視朔，僖公五年梓慎望氛。昭公二十年周史相魯之二子，文公元年范巫知楚之三君。文

公十年闕鞏逮封於唐叔，定公四年屬鏤賜死於伍員。哀公十一年石厚與州吁并遊，旋聞禍及；隱公三年伍舉偕聲子相善，驟致名聞。襄公二十六年幸災不仁，僖公十四年阻兵無衆。隱公四年趙宣子之爲政也，董逋逃而由質要；文公六年晉悼公之即位也，宥罪戾而節器用。成公十八年華元激城者之謳，宣公二年子産感輿人之誦。襄公三十年子重制義侵衛，而楚卒盡行；成公二年華耦備儀盟魯，而宋官皆從。文公十五年晉修虞祀，僖公五年秦封殽尸。文公三年南宮萬裹之犀革，莊公十二年公子偃蒙以皋比。莊公十年章禹斷髮而逆吳子，昭公三十年衛侯戟手而怒褚師。哀公二十五年子産對徵朝之事，襄公二十二年游吉答送葬之儀。昭公三年楚平王禮新而敘舊，昭公十四年單獻公棄親而用羈。昭公七年子羽知四國之爲，使修辭令；襄公三十一年趙孟觀七子之志，命賦聲詩。襄公二十七年向戌弭兵，同上穆子崇卒。昭公元年趙孟翫歲而愒日，同上申叔生死而肉骨。襄公二十二年衛之非謀也，與惡而棄好；莊公十二年晉之非刑也，同罪而異罰。僖公二十八年晉邦三郤，既以怨而遭誅；成公十七年衛國二子，亦因忠而見殺。僖公二十年輿猳盟孔，哀公十五年燧象奔吳。定公四年鄭賈人不厚誣君子，成公三年范宣子乃淺爲丈夫。襄公十年弦子恃姻而國滅，僖公五年成虎懷寵而身誅。昭公十二年重耳對楚而語無佞，僖公二十三年知罃歸晉而言不諛。成公三年背施幸災，慶鄭發規於晉惠；僖公十四年阻兵安忍，隱

公驟問於州吁。隱公四年

子産遺愛，昭公二十年叔向遺直，昭公十四年愛利民兮直治國；考叔純孝，隱公元年石碏純臣，隱公四年義事君兮孝奉親。晉大夫反首而拔舍，僖公十五年秦穆姬登臺而履薪。同上齊令管仲以問楚，僖公四年晉使吕相以絶秦。成公十三年師服異晉仇之名，誠深預辨；桓公二年子囊謀楚共之謚，令問昭陳。襄公十三年

惠伯令龜，文公十八年姜氏問繇。襄公十年畜老憚殺，宣公四年獸困猶鬬。定公四年熊繹則桃弧棘矢，昭公十二年伯輿則蓽門圭竇。襄公十年陳武子失弓而駡，昭公二十六年重丘人閉門而訽。襄公十七年季文子馬不食粟，豈是要君；襄公五年衛懿公鶴有乘軒，卒難禦寇。閔公二年

楚子右廣，宣公十二年鄭伯左孟。文公十年夷吾射鉤而使相，僖公二十四年寺披斬袪而勿誅。僖公五年單靖公爲王室卿士，襄公十年晉士鞅乃公族大夫。襄公十六年魯伯禽得封父之繁弱，定公四年潁考叔取鄭伯之蝥弧。隱公十一年國子代人之憂，自知連禍；昭公元年臧孫干國之紀，孰謂無辜。襄公二十二年

子産爭承，昭公十二年曹伯會正。文公四年夏啟有鈞臺之享，昭公四年商湯有景亳之命。同上慶氏求專於陳國，襄公二十三年國子實執於齊柄。哀公十七年薛由任姓，會朝而既許長滕；隱公十一年魯本周宗，班次而更聞後鄭。桓公六年

楚子卒舊，成公十六年州綽隸新。襄公二十一年士蒍謀去於富子，莊公二十三年韓宣問賓於羈臣。昭公七年潘黨率游闕四十乘，宣公十二年天王賜虎賁三百人。僖公二十八年晉士會賤而有恥，文公十三年鄭黑肱貴而能貧。襄公二十二年臧文仲祀鳥於魯門，已稱不知；文公二年季平子用人於亳社，可謂非仁。昭公十年

發幣公卿，隱公七年歸事宰旅。襄公二十六年不有居者，誰守社稷；僖公二十八年不有行者，誰扞牧圉？同上華父督逆目而送孔妻，桓公元年魯莊公割臂而盟黨女。莊公三十二年孺子以景公爲牛，哀公六年臧紇以齊侯比鼠。襄公二十三年石碏愛子之説，教以義方；隱公三年狼瞫答友之言，未獲死所。文公二年

魯觀齊社，襄公二十三年祊易許田。隱公八年晉師左實而右僞，襄公十八年楚軍後勁而中權。宣公十二年重耳踰垣而走，僖公五年壽子載旌以先。桓公十六年終彼歲星，晉侯數魯襄之齒；襄公九年算乎亥字，史趙知絳老之年。襄公二十年

魯初尚髽，襄公四年晉始用墨。僖公三十三年齊侯毀關而去禁，昭公二十年楚王宥罪而舉職。昭公十三年孔悝反祏於西圃，哀公十六年無極取貨於東國。昭公二十一年燭之武夜見秦伯，備寫嘉謀；僖公三十年鄹叔紇宵犯齊師，驟宣巨績。襄公十七年

唐侯駿馬，定公三年慶封美車。襄公二十七年臧哀伯規桓納鼎，桓公二年公子彄諫隱觀魚。

隱公五年邾隱公執高而容仰，定公十五年單成公視下以言徐。昭公十一年叔段興師，繕甲兵而具卒乘；隱公元年郤縠謀帥，說禮樂而敦《詩》、《書》。僖公二十七年

晉乃虎狼，文公十三年吳爲蛇豕。定公四年籍父而雖謂無後，昭公十五年惠伯而且聞有子。昭公十六年鬻拳葬楚子於夕室，莊公十九年羽父弒隱公於寪氏。隱公十一年楚城陳蔡，既無宇以攸推；昭公十一年魯視邾滕，亦叔孫之所恥。襄公二十七年

衛國褊小，隱公四年楚師輕窕。襄公二十六年郲寄衛獻，襄公十四年鄆居魯昭。昭公二十七年慶封罔知於《相鼠》，襄公二十七年華定不答於《蓼蕭》。昭公十二年晉侯詢衛故於獻子，襄公十四年叔向問鄭政於國僑。襄公三十年犀兕尚多，難答宋謳之衆；宣公二年馬牛不及，敢辭楚地之遥。僖公四年

毛伯求金，文公九年子罕辭玉。襄公十五年地動而南宮震，昭公二十三年日食而叔輒哭。昭公二十一年衛侯與元咺争訟，僖公二十八年王叔共伯輿坐獄。襄公十年欒枝有勇，既起塵而曳柴；僖公二十八年重耳多謀，又益兵而伐木。同上

鄅人藉稻，昭公十八年祭足取禾。隱公三年邾文公之知命也，訖須遷繹；文公十三年楚昭王之知道也，終不祭河。哀公六年衛出公以弓遺子贛，哀公二十六年東郭書以琴問弦多。哀公十一年公子鮑美而艷，文公十六年楚郤宛直而和。昭公二十七年晉惠公言多忌刻，僖公九年孫文子

衡而委蛇。襄公七年鏘鏘鳳凰，協懿氏卜妻之兆；莊公二十二年跦跦鸜鵒，應魯侯去國之歌。昭公三十五年宋元公惡而婉，襄公二十六年太子痤美而很。同上伯有侈而愎，襄公三十年叔孫絞而婉。昭公元年子太叔惡能亢宗，同上石悼子是謂蹷本。襄公十九年秦伯召於郤氏，畏幣重而言甘；僖公十年晉侯辭於頭須，知心覆則圖反。僖公二十四年

楚邦赫赫，襄公十三年宋國區區。襄公十七年土功則日至而畢，莊公二十九年祭事則龍見而雩。桓公五年孟莊子爲楢琴而示暇，襄公十八年宋樂祁獻楊楯以貽辜。定公六年韓厥立趙衰之後，成公八年臾駢送賈季之帑。文公六年臺駘能業，其官曾無僥倖；昭公元年商人驟施。於國實有覬覦。文公十四年

叔儀乞糧，哀公十三年晉文受塊。僖公二十三年伯有嗜酒，襄公三十年齊侯好內。僖公十七年南史執簡以往，襄公二十五年右師受牒而退。昭公二十五年巫臣教吳而乘車，成公七年楚人惎晉而拔旆。宣公十二年授政子產，鄭罕虎能用善人；襄公二十年獻禮楚王，合左師善守先代。昭公四年蘧子蕩敏以事君，襄公二十七年吳夷昧德不失民。襄公三十一年齊侯閉門而索客，成公十七年高固桀石以投人。成公二年《行葦》、《洞酌》昭忠信，隱公三年潢汙行潦薦鬼神。同上閻田

未歸，天王興辭而責晉；昭公九年楚師方急，包胥發哭以告秦。定公四年

執斲執鍼，成公二年改步改玉。定公五年蹶由犒楚師而被執，昭公五年鬭廉諫子元而遭梏。莊公三十年趙武伐雍門之荻，襄公十八年士弱焚申池之木。同上子產獻楚王六禮，孰可規非；昭公四年太叔語趙簡九言，自堪尊勗。定公四年

子展儉而壹，襄公二十六年夏齧壯而頑。昭公二十三年魯定公作乎兩觀，定公二年臧文仲廢乎六關。文公二年晉國求知罃之反，成公三年魏人譟士會之還。文公十三年宋公會邾，執鄫人於睢社；僖公十九年楚君滅蔡，用太子於岡山。昭公十一年

五空卜郊，成公十年四不視朔。文公十六年魯公初獻於龍輔，昭公二十九年衛侯新成於虎幄，哀公十七年乃有舜帝《簫韶》，襄公二十九年文王《象箾》。同上韓宣子觀於魯書，昭公二年吳季札聽於周樂。襄公二十九年卜偃識虢亡之兆，可謂前知；僖公二年叔興明齊亂之機，允稱先覺。僖公十六年

魯秉周禮，閔公元年晉有堯風。襄公二十九年楚令尹改轅而北，宣公十二年鄭公子待命於東。僖公三十年子產避游氏之廟，昭公十二年季平益郈伯之宮。昭公二十九年駟蔑雖言於堂下，昭公二十八年知罃將寘於褚中。成公三年齊侯稅管仲之囚，卒興霸業；莊公九年秦伯赦孟明之罪，果立殊功。文公二年

子臧鷸冠，僖公二十四年郭書貍製。定公九年成爲孟氏之障，定公十二年葉作楚邦之蔽。昭公十八年匹嫡耦國者，周有子儀之寵；桓公十八年去順效逆者，衛有州吁之孽。隱公三年書社五百，乃齊侯興衛之時；哀公十五年被練三千，是楚子侵吳之際。襄公三年

楚分二廣，宣公十二年晉作三行。僖公二十八年許男則面縛銜璧，僖公六年鄭伯則肉袒牽羊。宣公十二年宫之奇爲人太懦，僖公三年陽處父立性過剛。文公五年蕩子山背族而既戮，成公十五年欒大心賤宗而必亡。昭公二十五年申侯專利而不厭，既云獲戾；僖公七年子皮飲酒而無度，亦自貽殃。昭公七年

城郢遺忠，襄公十四年伐原示信。僖公二十七年齊桓勞賜一級，僖公九年晉侯出入三覲。僖公二十八年陳子行具其含玉，哀公十一年公孫夏歌其虞殯。同上齊師已遁，空營聞烏鳥之聲；襄公十八年鄭伐欲興，列卒布魚麗之陳。桓公五年

滕薛争長，隱公十一年秦晉交綏。文公十二年孟孫之惡臧紇也，有同藥石；襄公二十三年甯子之視衛侯也，不如奕棋。襄公二十五年晉易秦而敗績，僖公十五年魯卑邾而喪師。僖公二十二年致大蔡兮，請臧紇之邑；襄公二十三年與拱璧兮，求崔子之尸。襄公二十八年聘彼晉邦，季文子豫求喪禮；文公六年至於楚國，孟僖子不能相儀。昭公七年

戕舟發梁，襄公二十八年抽戈結衽。成公十七年趙旃則棄車而走，宣公十二年鮮虞則枕轡而

寢。襄公二十五年周讌晉侯，則秬鬯一卣；僖公二十八年鄭享楚子，則籩豆六品。僖公二十二年衛二禮殺國子，滅族何多；僖公二十五年晉三郤譖伯宗，害賢已甚。成公十五年

子頹樂禍，莊公二十年[一]鄭伯效尤。莊公二十一年梁山崩而晉邦恐，成公五年桓宮災而魯國憂。哀公三年趙衰以壺飧而從重耳，僖公二十五年甯俞以橐饘而奉衛侯。僖公二十八年齊祭社而蒐軍實，襄公二十四年宋築臺而妨農收。襄公十七年季梁在隨，識楚子羸師之詐；桓公六年曹劌謀魯，知齊人亂轍之由。莊公十年

晏平仲枕尸而哭，襄公二十五年鄭魁壘閉口而死。哀公二十七年魯昭公不見於夫人，昭公三十一年齊子元但稱於已氏。文公十四年楚王待食熊蹯，文公元年衛人請執牛耳。定公八年虒祁宮就，叔弓賀於晉侯；昭公八年章華臺成，魯侯落於楚子。昭公七年

商臣蠭目，文公七年伯封豕心。昭公二十八年魯叔姬之反馬，宣公五年鄭子皙之委禽。昭公元年甯子弗祀於夏相，僖公三十一年荀罃不禱於桑林。襄公十年魯既勝齊，孟反抽矢而策馬；哀公十一年晉將救鄭，張骼踞轉而鼓琴。襄公二十四年

[一]二十：原作「十二」，據清光緒雙梧書屋本及《古今圖書集成·經籍典》卷一九八、《春秋左傳注疏》卷八乙。

斐豹焚書，襄公二十三年伯輿合要。襄公十年楚王使驛以奔問，襄公二十八年伯宗乘傳而赴召。成公五年子洩逆勞於郊，定公五年孟獻書勞於廟。襄公十三年伯樂致晉師之次，左射以菆；宣公十二年叔孫見士伯之時，右顧而笑。昭公二十四年

靈聞晉厲，成公十年妙見秦醫。同上汶陽者，魯賜於季友；僖公元年綿上者，晉旌於子推。僖公二十四年鄭翩爲鵝鸛之陳，昭公二十一年魏莊納虎豹之皮。襄公四年虢驕則晉侯問罪，莊公二十七年隨張則楚國興師。桓公六年魯重葛盧，且加燕好之禮；僖公二十九年鄭厚蔡子，爰申廷勞之儀。襄公二十八年

宋老時羞，文公十六年齊公日膳。襄公二十八年廚人濮以裳裹首，昭公二十一年楚子西以袂掩面。哀公十六年[一]伯封貪婪而無厭，昭公二十八年齊桓施舍而不倦。昭公十三年慶封受於朱方，襄公二十八年晏子辭於邶殿。同上衛仲由赴難之日，死猶結纓；哀公十五年祝佗父復命之時，卒不說弁。襄公二十五年

魏顆結草，宣公十五年鉏麑觸槐。宣公二年息侯犯五不韙，隱公十一年酆舒有三儁才。宣公十五年魯國不棄周禮，閔公元年晉邦實用楚材。襄公二十六年賁賁之鶉，其謠也豫傳於虢滅；僖

[一] 六：原作「二」，據清光緒雙梧書屋本及《古今圖書集成·經籍典》卷一九八、《春秋左傳注疏》卷六〇改。

公五年譆譆之鳥，其妖也先告於宋災。襄公三十年季氏介雞，昭公二十五年衛侯祿鶴。閔公二年孛見而四國皆禍，昭公十七年日食而二邦有惡。昭公七年梁伯徒好於土功，僖公十九年莒子不修於城郭。成公九年鄭鄧析用其竹刑，定公九年晉魏舒去其柏椁。定公元年周儋括足高視躁，已歎害成；襄公三十年盧蒲嫳髮短心長，更虞亂作。昭公三年

楚圍之威儀似君，襄公三十一年子旗之志氣不臣。昭公二年馮簡子能斷大事，襄公二十一年翬簡公好用遠人。定公元年況又赤雲夾日，哀公六年孛星入辰。昭公十七年鄭伯始朝於楚，僖公十八年子圉爲質於秦。僖公十七年晉侯遷於新田，靡求墊隘；成公六年晏子復其舊宅，豈避囂塵？昭公三年

楚設前茅，宣公十二年晉疑衷甲。襄公二十七年楚武王作荊尸之陳，莊公四年晉文公爲被廬之法。僖公二十七年士蔿謂虢將飢，莊公二十七年宮奇知虞不臘。僖公五年賦車籍馬，偉楚國之政成；襄公二十五年通商惠工，知衛邦之化洽。閔公二年穆姜擇櫝，襄公二年臧妾織蒲。文公二年楚人望葉公如慈父，哀公十六年齊侯戲南蒯爲叛夫。昭公十四年成季手文而名友，閔公二年唐叔天命以爲虞。昭公元年庸人囚於揚窻，三宿而逸；文公十六年晉國殺於秦諜，六日而蘇。宣公八年

楚能官人，襄公十五年晉爲盟主。成公三年楚鍾儀言稱先職，成公九年王子頹樂及徧舞。莊公二十年穆子禍起豎牛，昭公四年羊舌釁生叔虎。襄公二十一年禮以事主，陳桓子始大於齊；莊公二十二年德以諫君，臧孫達有後於魯。桓公二年

子臧守節，成公十五年萇弘違天。定公元年天奪趙同之魄，宣公十五年神賜虢公之田。莊公三十二年鄭鑄鼎兮，叔向諫矣；昭公六年晉重幣兮，子產譏焉。襄公二十四年魏絳簡授於僕人，蓋通晉悼；襄公三年子家書憑於執訊，用告趙宣。文公十七年

右屬櫜鞬，僖公二十三年左執鞭弭。同上趙武事不再令，哀公十年闔廬食不二味。哀公元年歸父壇帷而復命，宣公十八年芋尹尸柩而將事。哀公十五年楚王執鞭以出，昭公十二年子產乘遽而至。昭公二年趙文子薄幣而重禮，撫彼諸侯；襄公二十五年晉文公改服以修官，加於群吏。襄公十六年

坐而假寐，宣公二年行無越思。襄公二十五年叔弓辭致館之禮，昭公二年宋人修折俎之儀。襄公二十七年晉侯勞於魯使，昭公二年展喜犒於齊師。僖公二十六年游吉送少姜之葬，昭公三年楚人求襄老之尸。成公二年齊莊公通於姜氏，襄公二十五年楚巫臣聘於夏姬。成公二年晉戮叔魚，三數惡而無隱；昭公十四年吳煩子重，七奔命以尤罷。成公七年

萊駒失戈，文公二年齊侯喪屨。莊公八年齊之賂也，既以其宗器樂器；襄公二十五年周之

賜也，復用乎大輅戎輅。僖公二十八年宋三族而無害，襄公二十六年楚二卿之相惡。成公十六年季札逢子産如舊識，各以觀賢；襄公二十九年叔向見鬷明若故知，因悉言遇。昭公二十八年包胥逃賞，定公五年鄭忽辭婚。桓公六年季孫之還魯也，由叔鮒之誘；昭公十三年伍舉之反楚也，因聲子之言。襄公二十六年壽餘履士會之足，文公十三年狄人歸先軫之元。僖公三十三年爭鬬雞而平子怒，昭公二十五年逐瘈狗而華臣奔。襄公十七年子産壞其館垣，請辭克敏；襄公三十一年叔孫葺其牆屋，峻節彌敦。昭公二十三年

楚立夏州，宣公十一年魯築郎囿。昭公九年管夷吾讓不忘上，僖公十二年韓宣子辭不失舊。襄公二十六年楚王翠被而豹舄，昭公十二年右宰狐裘而羔袖。襄公十四年魯問宋之郜鼎，雖切箴規；桓公二年鄭賂晉之襄鍾，但期存救。成公十年

蜚災已降，隱公元年(一)螟害復興。隱公五年陽氣微而不宜震電，隱公九年寒雨過而乃有木冰。成公十六年宋雨螽兮，禍焉可逭；文公三年齊有彗兮，妖莫能勝。昭公二十六年秋水故無

(一)隱公元年：清光緒雙梧書屋本及《古今圖書集成·經籍典》卷一九八作「昭公二十九年」。按：《春秋左傳注疏》卷一於隱公元年云「有蜚不爲災，亦不書」，與「已降」不合；而昭公二十九年無蜚災事；莊公二十九年（《春秋左傳注疏》卷九）書云「秋，有蜚爲災也。凡物不爲災不書」。則「昭公二十九年」或爲「莊公二十九年」之誤，存疑俟攷。

其麥苗，誠傷洪潦；莊公七年 淫雨尚妨於稼實，蓋忌嚴凝。莊公十一年 宋魯斷肱，昭公二十年 張匄折股。昭公二十一年 齊滅譚而譚無禮，莊公十年 鄭伐京而京不度。隱公元年 加木於子皙之尸，昭公二年 樹檟於伍員之墓。哀公十一年 一乘葬於晉厲，則非禮然；成公十八年 四翣側於齊莊，良由亂故。襄公二十五年

《春秋》作矣，簡策昭然。總一百二十四國，計二百四十二年。滅國者五十二也，弑君者四十二焉。五十八戰爭之名，有大有小；三百十會盟之數，何後何先。異哉！世絶哲王，教墮儒術。書歎鳳而大道已喪，序獲麟而元經遂畢。傷周道之不興，嗟孔丘之告卒。所以魯哀誄之曰：嗚呼哀哉！尼父無自律。《歷代賦彙》卷六一，影印文淵閣四庫全書本。

《郡齋讀書志·後志》卷二《魯史分門屬類賦》三卷 右皇朝楊筠撰。以《左氏》事類分十門，各爲律賦一篇。乾德四年奏御，詔褒之。

《困學紀聞》卷一九 李宗道《春秋十賦》，屬對之工，如「越椒熊虎之狀弗殺，必滅若敖；伯石豺狼之聲非是，莫喪羊舌」，「王子争囚而州犁上下，伯輿合要而范宣左右」，「魯昭之馬將爲櫝，衛懿之鶴有乘軒」，「于奚辭邑而衛人假之器，晉侯請隧而襄王與之田」，「星已一終，魯君之

歲；亥有二首，絳老之年」，「作楚宫見襄公之欲楚，效夷言知衞侯之死夷」，「雞憚犧而斷其尾，象有齒以焚其身」，「虞不臘矣，吴其沼乎」，「好魯以弓，請謹守寶；賜鄭以金，盟無鑄兵」，「蛇出泉臺聲姜薨，鳥鳴亳社伯姬卒」。

王士禎《居易録》卷一三《春秋左傳類對賦》一卷，似連珠體，宋將仕郎試祕書省校書郎徐晉卿撰，海昌重刊本。晉卿自序云：「余讀五經，酷好《春秋》，治《春秋》三傳，雅尚《左氏》。然義理牽合，卷帙繁多，顧兹謏聞，難以殫記，乃以暇日撰成録賦一篇，凡一百五十韻，計一萬五千言，首尾貫穿，十得其九，命曰《春秋經傳類對賦》。」北宋人也。又有元至大戊申長沙教授區斗英跋云：「是賦乃徐祕書所作，江陵路總管太原趙嘉山得善本，授之郡庠，俾鋟梓以淑諸生。」予觀其比事屬辭，頗自斐然，然無關經傳要義。大抵宋人著述，如《事類賦》、《蒙求》之類，皆類俳體，取便記誦云爾。

朱彝尊《經義考》卷二二一　亡名氏《論語對偶》一卷，未見。按《論語對偶》，不知誰氏所撰，見吴興書估目録，索之則已售矣。大約與徐氏《春秋類對賦》相似，然不敢臆定也。

《續文獻通考》卷一八六《徐晉卿春秋經傳類對賦一卷》《左傳》文繁詞縟，學者往往緯以儷語，見於《宋藝文志》者有崔昇等十餘家，今並佚，惟此賦尚存，凡一百五十韻。

《賦話》卷一〇　《春秋類對賦》，將仕郎、秘書省校書郎徐晉卿撰，有皇祐三年辛卯正月望日自序。按：《春秋賦》見《宋藝文志》，有崔昇、裴光輔、尹玉羽、李象諸家，而晁氏《讀書志》

又有楊筠《分門屬類賦》十篇，獨不載是書。朱氏《授經圖》、焦氏《經籍志》亦無之，則諸君子皆未之見者。古人之書，往往不盡傳於後世，並其姓氏失之，若秘書賦是也。屬對之工，如「施氏沉郤犨之子，鄭人奪堵狗之妻」，「晉荀躒掩耳而走，渾良夫被髮而譟」，「吳有越若腹心之搆疾，虞得虢猶脣齒之相依」，「七札夸由基之射，六鈞傳顔高之弓」，「子干食百人之餼，桓子獲千室之封」，「錦二兩，子猶受申豐之遺；珠一簞，趙孟得吳王之賜」，「夫差三年而報怨，長萬一日而至陳」，「叔孫烹狗以啖吏人，華元殺羊而食戰士」，「楚國之恩如挾纊，衛邦之亂若棼絲」，「藏文仲祀鳥於東門，已稱不知；季平子用人於亳社，可謂非仁」，「子羽知四國之爲，使修辭令；趙孟觀七子之志，命賦聲詩」。

《四庫全書總目》卷一三九《春秋經傳類聯》……自序有曰「宋徐晉卿《春秋類對賦》拘於聲韻，選詞難工，事弗類從，猶如野戰，乃猶列入《經解》，得與諸家炳如列星，並垂不朽。兹編分類彙集，聯爲駢體，以便記誦。寧律不諧，不使句弱；寧句不工，毋使語俗。開府之長，庶幾有取乎。」其自命甚高。所稱「開府之長」，殆以倪璠注《庾信集》稱其善用《左傳》歟？然晉卿何足道，而殫竭心力，争此不足重輕之短長，是亦可已不已矣！

《讀賦卮言》自兩漢迄明，其篇之長者，無過宋徐晉卿《春秋類對賦》，凡換韻至一百五十，凡爲字一萬五千。

冠有記過之史賦 成人之後，宜此示戒

劉攽

禮崇上嗣，冠責成人。受記過而置史，期寡尤於治身。元服既加，思主器之增重；官箴御側，俾載筆以維寅。自昔明王，建兹元子。謂夫豫儲貳，所以恢壯於基構；早教諭，所以輔成其德美。故迺生則使吉士負之，暨少長而與正人處矣。迨春秋之甫盛，弁兮有容；免保傅之至嚴，史焉居此。將使夫言也無違，行也無疵。漸仁義以中立，繹温文而允宜。毓德少陽，由三加而諭志；紬書莊士，參衆臣而盡歸。非天子不得備夫官聯，惟聖人是以尚乎冠事。著代於阼，重名而字。著代所以壹繫於大本，重名所以使棄其幼志。惟命兮靡常，修身兮匪易。是宜繩愆糾繆，無隱惡以成章；廣記備言，職思憂而相示。

且夫事莫大於無悔，過莫先於改爲。故不恥於有咎，而甚病於弗知。不有史也，其誰詔之？結佩以朝，念服備而能謹；執簡識失，將文勝以無遺。是知教義方者，愛子而常然；惇孝弟者，既冠之所守。位愈尊而事愈重，德彌盛而養彌厚。或通之於前，或相之於後。纖介而必書，周旋於善誘。故得學宫齒胄，責四行而何訛？寢門問安，

日三至而奚咎！

大哉[一]！德茂明兩，材由少成。正萬拜於大卞，隆永世之英聲。彼望苑延賓，以方術而互進。洞簫作頌，資燕樂以娱情。是皆不踐於典彝，蔑聞於警戒。漢道似以未善，世嫡於焉有敗。夫豈若信臣書過，而日新焉。此《易》所謂「憂悔吝者，存乎介」矣。

《永樂大典》卷一六二一八。

蘭國賦　爲左氏作

姚勉

孔素臣之苗裔兮，厥鼻祖曰丘明。謂蘭有國香兮，載於傳感麟之經。耳孫有味乎斯言兮，爰嗜蘭以爲朋。若靈均之在郢兮，蜕衆濁而獨清。夢天與己國兮，以蘭而爲名。其封疆雖不越夫九畹兮，塞宇宙而皆馨。試周遊其邑都兮，芳菲菲其若英。繚夫容以爲池兮，扈江蘺以爲城。建薜荔而爲門兮，合百草使實庭。蓀壁桂棟兮匊椒成堂，辛夷爲楣兮葯之爲房。芷葺荷蓋兮，橑之杜衡。户素枝而赤節兮，家緑葉而紫莖。天氣如春二月兮，光風泛其載榮。又如秋之云初兮，露瀼瀼兮朝零。

[一] 大：原作「火」，據文意改。

人好脩而信姱兮，俗嚮清而湎汙。久而不聞其香兮，若居夫沅湘與澧浦。荃爲之君兮，蕙之爲妃；杜若爲之大夫兮，菊爲卿以相之。君子衆芳之所萃兮，紛揭車與留夷。竇菉葹不使盈室兮，屏萸樧而不使充幃。服蘭衽之芬菲兮，結蘭佩之陸離。焚蘭膏以爲炬兮，蘭藉烝以爲靡。啟蘭宮而擢秀兮，闢蘭省以儲材。演綸言於蘭坡兮，萃緗帙於蘭臺。士同心而如蘭兮，斷金其利只。化善人之蘭室兮，無薰染乎鮑魚之肆。芳草不爲蕭艾兮，荃蕙不變而爲茅。惟以蘭爲可恃兮，匪薰蕕之混淆。鼓蘭枻於江之湄兮，擁蘭旌而在郊。朝馳馬於蘭上兮，夕弭駕於蘭皋。

人間乃有斯國兮，無一蔓之穢雜。雖壤地之褊小兮[一]，可并包乎六合。於兹焉且止息兮，憺清興其安窮。倏蘧蘧而形開兮，乃得之於夢中。寐既寤而復思兮，欲彷彿其遺跡。乃種蘭乎丘園兮，重之郊圻之申畫。遂開國於兹土兮，奄其疆域。加千本爲食邑兮，餐風晨與露夕。

亂曰：以蘭爲國兮，蔓草必刪。願移之吾國兮，徧國中而皆蘭。爲國之道兮，種蘭乎觀。傅增湘校訂豫章叢書本《雪坡舍人集》卷一〇。

[一] 褊：原作「徧」，據四庫本改。

宋代辭賦全編卷之六十

賦 文學 三

聖駕幸太學賦 並序

文彦博

國家以寰宇昭泰，仍歲登平，務恢儒風，以章示黎獻。皇帝乃備法駕，幸於太學，詔諸儒博士，講論前典，親臨聽焉。臣獲逢休吉之期，恭聞偉盛之事，舞蹈不足，形於賦詠，誠不能述宣上德，褒讚形容。姑第樵夫之談[一]，以協擊轅之韻爾。詞曰：

炎宋受命之四葉，皇上御極之三年，九有咸若，六合晏然。黎庶躋於壽域，文教燭

〔一〕第：《新刊國朝二百家名賢文粹》卷一七六作「采」。

乎冰天。朝無闕政，野無遺賢。九敘可歌而不紊，百官承式以惟虔。刑罰幾措，宿澍不愆。荒憬清夷而偃革，狙獷慓讋而慕羶。軼漠踰沙，趣藁街者有萬；受纓請吏，伏魏觀者且千。碧砮文鉞之珍，充仞乎儲邸；黑章肉角之獸，馴擾乎郊阡。嘉祥麕集，異瑞蟬聯；天降甘露，地出醴泉。語鴻烈則超圖而益牒，較盛時則絕後而光前。宜乎優遊當宁，拱默承乾。尚乃惕嚴衷而馭朽，思嘉謨而涉淵。以爲治國之道，學校爲先。故周氏東膠，往誥之所顯；商人右學，來葉之以傳。上既行則民胥效也，君所令則臣必從焉。雖平昔之已務，在於今之益宣。於是命有司，涓良日，祲儀盛蕆，法駕乃出。天威穆穆，國容皇皇。采章煥爛，和鑾鏗鏘。太史協樂以前導，大丙弭節而徐翔。嚴羽衛，歷康莊。在浚之都，於國之陽。神移斗運，乃至於上庠。宸心虔聳，天步高驤。歷階逾閾，覩奥窺堂。晞將聖兮有穆，如悉數兮相當。然後趣講室，明典章。纓緌匝序，巾卷充廊。鉅儒碩生，奉帙而在列；禮官博士，掌媚而詔王。展東面之殊禮，法西周之舊章。禹聽彌審，堯聰益詳。夫子善言，由兹而不昧；虞舜好問，於是乎有光。時宣諸直講，臣講《魯論》。於時閒閈相歡，民靈胥喜，扶老攜弱，自遐及邇，莫不連踵而憬集，駕肩而戾止。悉雲委於橋門，盡堵觀於璧水[一]。

粤有華顛胡老，童牙冑子，含經味道之流，方領高冠之士，咸相與而言曰：赫赫胥遠[二]，而大庭尚矣，無得稱焉，不可詳已。自夫五帝而降，三王之始，書契可以傳聞，憲章可以追擬，悉皆恢雍泮之基，盛膠庠之阯。四術四教，因是而興；三行三德，所由而起。是故醇化丕隆，至德逾美，爲萬世之所宗，彌億載而罕比。

卯金之後，蓋不足紀。當塗窘蹙，典午淪弛，南取島夷之譏，北貽索虜之耻。干戈於是日尋，俎豆以之中圮。咸不永於卜世，但胥循於覆軌。逮乎有唐，皇維誕張。五室之儀兮絶而復嗣，四郊之制兮抑而復揚。置序於術，建塾於鄉。家知禮讓，民用和康。所以卜年久而享國長，號治古而振懿綱。朱石之際，鼃聲閏位。覆亡則曾不暇給，學校則誠非擬議。

噫！大道不可以終否，斯文不可以久墜。於是天命方有特眷之隆，世運遂有日新

[一] 璧：原作「壁」，據四庫本改。

[二] 赫赫：原脱一「赫」字，據《新刊國朝二百家名賢文粹》卷一七六補。

之意。維我太祖〔一〕，掃除僭僞，俾萬方無塗炭之勞〔二〕，百姓有息肩之地。三后繼明，百祥遝至〔三〕。展云岱之鴻儀，紹元封之故事。盛德大業，固無與二。

今我皇上克奉先烈，賁紹慶基。體元則大，累洽重熙。將使儒風寖盛〔四〕，文教日滋。故乘輿親視於學，俾億兆預覘其儀〔五〕。足鄙元鼎之間，屢有甘泉之幸；堪譏延熹之際，惟尚濯龍之祠。夫然，則三代之風必能緩步而越矣，兩漢之盛豈可並日而論之。偉乎！軌迹夷易，文物葳蕤，信千載而一時。明嘉靖刻本《文潞公文集》卷一。

多文爲富賦 儒者崇學，多以爲富

文彥博

稽先王之訓，見君子之儒。取多文以爲美，體至富以寧殊。蘊之則獨善於身，不失

〔一〕「於是」至「維」十九字：原作「故昊天命」，據四庫本改補。
〔二〕塗：原作「墜」，據四庫本改。
〔三〕遝：原作「還」，據四庫本改。
〔四〕寖：原作「寢」，據四庫本、《新刊國朝二百家名賢文粹》卷一七六、《歷代賦彙》卷五七改。
〔五〕兆：原作「醜」，據《新刊國朝二百家名賢文粹》卷一七六改。

其所；施之則兼濟於物，無得而逾。魯哀公道在崇儒，孔宣父心存化下。將令德之廣矣，必使道之行也。以謂勤諸博學，式彰乎善莫大焉；類彼多藏，自取乎文爲貴者。由是篤行無倦，脩辭罔窮。所謂學成而上，抑亦禄在其中。

韞玉俟時，我則非道而弗處；懷珠待價，我則惟德而是崇。豈假狥財，爰因嗜學。雖云既富而且庶，寔在懷忠而抱樸。博文者自顯豐盈，昧道者堪譏齷齪。抱義而處，寧須陸海之珍；藏器於身，便是荆山之璞。盈非損志，用本患多。匪予求而予取，假如切以如瑳。脩身踐言，信滿堂而可守；浸仁沐義，諒潤屋以難過。則知富於文者，其富爲美；富於財者，其富可鄙。故往籍之攸載，俾來者之所履。發論甚嘉，垂謨有以。且進德脩業，諒多積以攸同；温故知新，豈厚亡之足比？莫不郁郁斯盛，彬彬有爲。常同於富贍，又曷見於盈虧？雅符懷實之人，惟遵於道；豈類窮奢之士，必速於危。

懿夫！學海騰芳，儒林挺秀。彰聖教之不墜，見文風之是茂。寧虞喪實，罔同於無德而貪；詎比浮雲，寔異乎不義而富[一]。明嘉靖刻本《文潞公文集》卷二。

[一] 異：原脱，據四庫本補。寔異，《古今圖書集成·文學典》卷一二五、《歷代賦彙》卷六〇作「豈並」。

經神賦　明識經旨，能若神矣

文彦博

昔鄭康成，英聰挺生，擅窮經之妙譽，著饗德之嘉名。識洞精微，我則惟變所適；學臻幾奥，我則用晦而明。豈不以温故知新，博聞强識，明先典之奥義，曉聖人之遺則。足以道並無方，功侔不測。下帷靡怠，莫窮乎變化云爲；開卷自精，可驗乎聰明正直。豈止夫遊心萬仞，皓首一經。爰因學以知道，遂表人之最靈。闡揚乎黄卷青箱，難迷禍福；講貫乎三墳五典，可洞幽冥。

岳岳騰芳，孜孜擅美。允符得一之義，克配害盈之理。敦《詩》罔倦，應遵岳降之言；學《易》彌勤，自合蓍圓之旨。若夫彼之神兮，於冥漠而足稱；此之神兮，在探討以爲能。諒咸因於廣博，固靡自於依憑。皇士安之書淫，豈能方軌；杜元凱之《傳》僻〔一〕，誠宜服膺。厥號堪嘉，斯言可度。蓋經明之是務，豈石言之有託。多文爲美，知

〔一〕凱：原作「覬」，據四庫本、傅增湘校本、《永樂大典》卷二一九四九、《古今圖書集成·經籍典》卷三六一《歷代賦彙》卷六〇改。

福善以攸同；非聖不談，信依然而宛若。偉哉斯人，揚名立身[一]。以學優而既顯，將誠感以斯親。有同乎周季劉臻，皆稱漢聖；且異夫隋初楊素，止號江神。是何盛德昭然，遺芬若此！當一時之攸仰，俾千載而可蹝。神兮神兮，與百神而有殊，吾亦禱之久矣。明嘉靖刻本《文潞公文集》卷二。

《賦話》卷五　文彦博《經神賦》結處云：「盛德昭然，遺芬若此！……神兮神兮，與百神而有殊，吾亦禱之久矣。」恰好作結，不露押韻痕跡，亦是神來之筆。

雕蟲小技壯夫不爲賦

劉攽

古人之賦，詞約而旨暢；今人之賦，理弱而文壯。原屈、宋而瀾漫，下卿、雲而流宕。豈所謂言勝則道微，華盛而實喪者哉？觀夫緯白經緑，叩商命宫，以富艷而爲主，以瀏亮而爲工。家自以爲遊「二南」之域，人自以爲得三代之風。差之毫釐，譬無

[一] 身：原作「學」，據四庫本改。

異於畫虎；得其糟粕，殆有甚於雕蟲。亦猶樂府之有鄭衛，女工之有紈綺，悦目順意，蕩心駭耳。里人詠嘆其繁聲，婦女咨嗟其絶技，亦何足薦之宗廟，獻之君子哉？若乃託興禽鳥，致情芻蕘，上則恢張乎宫室，下則吟詠其笙簫。且《子虚》、《大人》之文，無益於諷諫；《靈光》、《景福》之作，不出乎斵雕。故白玉不毁，珪璋安取？六義不散，體物何有？夫殘樸爲器者，匠氏之罪；判詩爲賦者，詞人之咎，亦奚足以計得失、辨能否也？是以子雲以無益而自悔，枚臯以類得而詆諆，故曰：「童子之功，壯夫不爲。」且使孔氏用賦，仲尼删《詩》，則賈誼升堂而不讓，相如入室而不辭，然無益於王道，終見譏於聖師。豈非君子務其廣大，世人競乎微小。故爲學者衆，好真者少，非龍變乎詩書之林，曷蟬蜕乎塵埃之表。必若明敦厚之術，閑淫麗之塗，言必合乎雅頌[一]，道必通乎典謨，亦可謂登高能賦，宜爲天子大夫。四庫本《彭城集》卷二。

[一] 必合：原作「合必」，據武英殿聚珍版書本乙。

能賦可以爲大夫賦

因物能賦，可爲大夫

楊傑

鄰國交好，古人重詩。苟賢者之能賦，故大夫之可爲。感物造端，致二邦之協睦；量材録德，宜再命以優推。嘗聞侯以賢封，土由君胙。鄰邦不可以不睦，臣職不宜乎不具。將與謀事，必求能賦。且《詩》有六義，能宣列國之誠；而智効一官，當預大夫之數。蓋夫善比而興，能箴以懲。適四方則命無所辱，善一言則邦從以興。既達古之風雅，可爲君之股肱。誦三百之遺篇，足彰才智；宜五十而後爵，以寵賢能。

及其受命出疆，從君與會。講好以修睦，興利而除害。我則文寄其心，聲聞於外。揚四始以深諭，爲三邦之所賴。是以班固之言，圖事諭志居先；盧愷之議，審官語詩爲大。則知道佐列辟，尊爲大夫。禄不可過，爵不可踰。苟弗善其詩者，豈足謂之賢乎？必也鴻雁應機，可任歸生之職；羔裘善誦，是爲子産之徒。況夫主意淵深，國幾叢脞，託章什以後達，非賢才而安可？

詩人之詩，諷而誦義已精窮；禄士之禄，倍而兼材當克荷。故聖人著育才之法，正取士之因，以謂官欲入者學於古，夏所誦者弦於春。就胥雅以肄三，始從師氏；及君子之能九，進任陪臣。後世詩道陵夷，聖言湮鬱，義失風賦，文煩黼黻。學之不足以事君，詠之不能乎託物。然而位或至於公卿，得無愧於簪紱？宋紹興刻本《無爲集》卷二。

賓對賦

曾協

漫生伏於衡茅之下，詠「康衢」之歌，誦「賡載」之章，想唐虞之光明，欣吾身之親當。賓有引吭軒眉、揚袂濶步而前者，曰：「古之興王，必有武事以震疊海内，冶金伐石，昭示萬代。發成畫，運多算，蹴寇虐，搏强悍，定紛争，弭禍亂。如雷霆作而物始萌，氛祲清而日將旦。方其整師而鼓之，連龍蛇，翼鵝鸛，兼老弱，起庸愞。壯士斷髮，勇夫扼腕。旍旃旂幟，韅靷鞅靽。翕赫曶霍，燦爛炳焕。猿驚雁落，雲合星散。及其介馬而馳之，莫不魂褫魄奪，拳拘喘汗，側匿鼠扶，周章鳥竄，脯尸而食，薪骸以爨。然後俘寶玉以告廟社，築鯨鯢而爲京觀。夫無敵而不摧，又何寇之可玩？商頌猗那，周歌《江漢》，退之述下蜀之艱，宗元紀平淮之斷。雖先後之遼絶，悉同條而共貫。維聖代之闕如，無乃起後人之永嘆？」

漫生曰：「噫！子所謂志其小而遺其大，聞其利而不見其害。壯武威之遐暨，而不知文德之遠屆；憤敵國之俱立，而不知王者之無外。吾將反腐鼠之器，而飽子以大鯨之鱠；放咬哇之音，而饗子以九秋之天籟。」賓曰：「唯唯。」

生曰：「厥初生民，浩浩其多，林林而羣。雖形萬之不同，俱一氣之絪緼。聖人爰興，絶類離倫。配天地以合德，撫萬物而爲君。子焉其親，臣焉其隣。翕如其來臻，如獸之馴而鳥之賓。疾癢抑搔，天下一身。敷文德而舞干羽，又何有逆命之苗民？逮夫中衰，世道多變。《濩》有慙德，《武》未盡善。追盛制之莫及，矜善師之不戰。豈威略之不足，惡得名之至賤！降及秦漢，蜂聚蟻鬬，微哉眇乎，無足爲見也！若夫勒卒萬旅，出車千輛，斆徒衆於絶域，逞雄心於一餉，繚繞重湖，間關疊嶂，屣棄稚耄，星馳丁壯，風勁路永，天淒野曠，既啜泣以相送，復望轅而悽愴，則或馬負金勒，弓閑錦韔，悵暴骨之何所，撫遊魂而僞葬。天下之人既夕得哺，當寒未纊，輟衣食之所資，足軍須於塞上。曾分壤之幾時，已持兵而相向。霜積鋒刃，星攢鎧仗。肉飫野草，血殷川浪。係赤子以爲俘，迺矜功而獻狀。殺不辜其幾何，夫焉取乎霸王？方今會聖賢，諧明良，整地軸，正天綱。推不忍之良心，勉力行之方彊。瞻上天之高高，疑臨下之茫茫。持誠意以上格，如握券而責償。信王者之孔易，甚反掌之與探囊。濯燠暍，起仆僵，涼乎清風，驩乎康莊。即危爲安，以弱爲強，無調發之雜擾，儼不改其故常。曾延目之未瞬，四海欣其樂康。蓐收伏匿，蚩尤遁藏。隳欃槍於九天，而招摇瀸其不芒矣。其閒暇也，攷制度，修憲章，制旌旗，陳輿裳，法度著，禮樂彰。輯瑞三朝，升煙一陽。千畝之甸，九筵之堂。賓太一於閒館，謹燕禖而祈禳。攷鼓叩鐘，玉帛低昂。搜簡編，集縑緗，施丹青，刊琳琅。淵泙鏗鏘，焜燿煒煌。聚畫史而繪事，莫克象日月之光。兹所以轥夏轢商，磅礴虞唐，甄陶帝皇，垂永憲於萬祀，掩成功於百王者也。驩欣交通，比屋連牆。人曳綺縠，家儲稻粱。更餉迭饋，一肉五漿。仁心所覃，鳥魚勿傷。秋秋蹌蹌，圉圉洋洋，如栖鄧林而樂濠粱。槎蘖自保，喬木相望。豈物微而類異，懷報心而不忘。成迴巧以出技，將獻心以效祥。日星雲霧之燦麗，羽毛草木之繁昌，史不暇書，府不能藏。彼僊者禽，聿來壇場。不菑不畬，廼積廼倉。總瑞牒而歷選，蓋創見於未嘗。彼溢銀於山，躍魚在航者，何足以方之？其爲士者，則蔭以夏屋，範以良師，飽以粱肉，訓以書詩，非正不談，放遠怪奇。教其内也，則端亮廣肆，静專坦夷。貫穿悠遠，搜抉細微，道古驗今，涣然不疑，毁蓍擲龜，斯焉取斯。文於外也，則雅歌麗句，不浮不枝，虎豹炳蔚，珪璋陸離。如斯之人，鼓篋曳裾，雲萃影隨，放乎四遠，俗易風移。窮山之陲，野水之湄，四無比隣，巋然茅茨，莫不抑首竹帛，絃歌自怡。耳目端而志正，無異説以撓之。其爲農者，則力役不興，年穀屢豐。屏斥蟊賊，掃除螟螽。

人力不施，十雨五風。町畦綺錯，渠脈相通。交灌牙澍，蜿如游龍。白露始降，場圃獻工，或黍或稌，或稑或穜。粼粼重重，紛紛芃芃，如霧散雲，合之無窮。至若鳥獸，四靈來同。奉笥畫饁，篝燈夜舂。暴賦弗聞，什一是供。弛擔息肩，白叟黄童，扶攜笑歌，以輸於公。如川之融，如山之崇，茫洋巃嵸。歸視其家，囷廩既充，釃酒伐羔，以娱歲終。昔時服田，畏秋之逢。霜至草衰，肥馬勁弓。汙邪滿車，棄捐成功。自兵革之不作，含哺鼓腹，不自知其成翁。其百工之事也，各售其技，以安其生。業有世守，事無月更。棟宇器用，既備既成。人効侯伯，家擬公卿。里巷相聞，斧斤之聲。埴土伐石，鑿金屑瓊。貴適用之爲先，斥巧僞而勿營。長子孫而不遷，何他藝之敢名！其萬金之賈也，乘車衣絲，累累什百。草行露宿，交路阡陌。或水而舟，綿亘藪澤。張帆鼓柮，頃刻數驛。尚不取於厚征，何盜賊之敢迫？今吾與子，廣意肆志，泊乎安宅，休乎樂地，趨要道於百聖，詠餘音於六藝。室家載寧，憂患不至。履后土而戴皇天，庸可不知其所自也耶！今子譽其所鄙笑，拾其所餘棄，擬滄海於汙瀆，儕泰山於一簣，無廼顛躓頓踣，傷子之義？」

語未畢，賓曠目撟舌，頓顙振臆，進牘請書，以無忘吾君之德。四庫本《雲莊集》卷一。

詞賦與古詩同義賦

方大琮

文固有異，意無不通。雖詞賦之體變，與古詩之義同。形爲瀏亮之篇，豈無所主；若較詠歌之旨，均出乎中。自詞章之響無傳，而辭藻之工迭異。求諸體製，前後百變；槩以發越，古今一意。

且曷名乎賦？情托此以見。辭雖不謂之詩，實與之而同義。吐鳳摛藻，凌雲逸思。賈、揚等作，分種漢志；屈、宋諸人，擅名楚詞。久矣乎正聲之後，隱然者古意之遺。作者百六家，非徒侈刻雕之麗；去之千餘載，尚足爲風雅之追。豈非名爲托諷而譏刺意存，雖曰不刊而謳吟中寓。《校獵》非盧令，並以田諷；《離騷》豈《采葛》，均之讒懼。當知此意之猶詩，毋但以文而視賦。雖辭藻之文抑末，渾若可觀；幸聲歌之理未亡，托兹以吐。

大抵歷代有辭章，固隨體以迭變；人心真理義，不爲文而轉移。使刪後至今，詞賦不續；是詩亡未幾，性情亦隨。《上林》一賦有古《貍首》，《西征》一篇亦今《黍離》。雖作於文人才子，可采於春官太師。無容若楚子之詞，區區効雅；但見述蘭陵之志，凛凛追詩。論者曰：比興之賦在詩意固存，麗則之賦亦詩人所作。《羔羊》詩也，賦以子産：《車舝》詩也，賦於孫婼。既是名上世之已寓，豈後代曾古人之不若？《子虚》篇末，上言曩日之騶虞；《明水》韻中，遠引昔人之鳴鶴。

當知文章有異體，不可相混；詩賦同一機，特隨所施。獻太清、吟古詩，同是杜甫；感二鳥，著律詩，均乎退之。非作詩之意賦亦可用，何能賦之士詩皆可爲。所恨諸儒之作，不生三代之時。如雄遇宣王，當不遜《車攻》之作；若原出周末，必能發《巷伯》之思。乃若司馬三十篇，虚濫無歸；枚皋百餘作，俳優等語。既皆爲後學之玷，況可以古詩而推許？吾嘗謂藝文五種，有不經吾夫子之删，所以起壯夫之不與。明正德刻本《宋忠惠鐵庵方公文集》卷二六。

帝王歌頌刻金石賦

方大琮

詠播歌頌，美歸帝王。刻金石以具載，亘古今而不忘。眷兹聖明之隆，聲詩備寫；勒在堅剛之質，德業彌彰。蓋聞詩章有所托而存，聖治著無窮之迹。蓋揄揚不盡，加以紀述，使綿歷愈久，尚存赫奕。

觀自古帝王之盛[一]，著在詩書；宜當時歌頌之文，刻於金石。制不沿襲，治同泰和。在堯曰謠，在舜曰戒。誦武者《酌》，誦湯者《那》。既均侈一時之盛，可無紀萬世之歌？以累朝仁聖之休，永言不足；自今日雕鐫之後，終古難磨。想夫鐫功之時，皆勸戒之功；紀德之初，即形容之德。原廟有銘，丕緒世守；岐陽有鼓，中興績勒。乃知歷世以輝映，皆自此時之雕刻。法度之彰，禮樂之著，揚厲不窮；版牒所鏤，匱室所藏，流傳罔極。大抵詩所由作，皆發越於盛德；事無可紀，特揄揚於一時。衛功足銘，且以鑄鼎；唐績可勒，猶爲立碑。況此《南風》、《慶雲》之作，《烈文》、《有瞽》之詩。兹以鏤以刻，成績如是；信不鑽不磨，何時泯之。何晉史昧之，雅第同和之述；宜唐臣知此，業陳必見之辭。

或者謂鏤金而祀，可以爲漢之詩；立石而封，可以侈秦之麗。然何德可歌而配以三代，何功可頌而過於五帝？兹後世人主，猶不廢於紀述；則先王偉績，當若何而揚厲。樂陳有《濩》，想夏王作鼎之時；奏備《咸池》，在黃帝封山之際。非不知播「永言」之歌，而依磬猶石；發《思文》之頌，則間鏞以金。

[一]「自」下原衍一「自」字，據四庫本刪。

然古者猶勒於鐫刻，想當時不盡於謳吟。績著於古，詠流至今。想虞廟著銘，紀當日賡歌之戒；南山有徇，播橐時利用之心。雖然，古有大德，至悠久以難忘；銘在群心，於雕鐫而奚用？載歌數語，歷世不墜；三嘆遺音，於今可誦。若是者不爲金石而存亡，自有人心之歌頌。明正德刻本《宋忠惠鐵庵方公文集》卷二六。

制度文章禮之器賦

制度文章，爲禮之器　方大琮

制度攸設，文章並施。器本此以始創，禮於中而可知。四加品藻之工，將何所寓；一本範防之具，非强而爲。

昔者由異等乃有異客，凡一物豈無一義。兹曲折多端，初匪小用；而名分示人，中存深意。且禮者非威儀揖遜，隱若無形；故聖人以制度文章，托之於器。觀夫有等與數，自玄及纁，崇卑嚴古者之體制，雕琢妙天然之斧斤。小大長短，量以時飭；青赤白黑，績因色分。非百禮所關，有以托物；是四者俱隱，况乎有文。

且法備象彰，乃衆目觀瞻之係；非典因天秩，何聖人創立之勤。豈非冠屨不易，皆名數之嚴；玉帛交燦，乃動容之寓。六七君所以造設，千萬世交爲會聚。數量非苟別，相見之意厚；琇瑩不徒美，自妨之理具。信妙則心術，散則威儀；豈小爲文章，粗爲制度。此修明甚備，非一人一日而成；自開創以來，更三百三千之故。吾乃知聖心之巧，曲盡物宜之變；日用之間，無非天理之隨。以籍求禮，尚想分田之略；因羊存禮，猶知告朔之遺。

況於身履以目擊，可以事求而理推。王府鈞石，此禹有典；太廟瑚璉，在周爲儀。皆此心此物之妙者，豈一節一端而盡之。云云。蓋昔者火昭其文，玉琢其章，室得其度，帛爲其制。或衣服制度，正以邦典；或黼黻文章，敬其時祭。何舍禮求器，若是纖悉；亦在器即禮，本相關繫。信此非聖人防慮之過，蓋莫妙天理流通之際。素如當後，雖繪事可以起商；數苟不同，則繁纓難於請衛。

至如簋縷未爲過，懼不少越；殺蒸若可受，愧非敢當。一寶鼎之末則辨乃銘勒，一律尺之微則驗其短長。雖古器散逸，存者無幾；然人心敬畏，凛然不忘。況及見於全盛，又何如其限防。盍攷夫小大有差，分別都城之雉；繪絺必辨，輝煌冕服之章。又當知精粗本末，機果孰傳，振起提撕，理斯易啟。成服雖辨，猶建典之甚力；湯銘愈新，自檢身而默體。此所謂制度在禮，文爲在禮，行之其在人乎！否則，器徒藏禮。

明正德刻本《宋忠惠鐵庵方公文集》卷二六。

宋代辭賦全編卷之六十一

賦　武功

西郊講武賦　以「順時閲兵，俾民知戰」爲韻

田錫

吾皇帝以品物咸寧，方隅砥平，當北闕之無事，幸西郊而講兵。萬乘天旋，按和鸞之節奏；六師鱗萃，分部伍以縱横。蓋以安不忘危，先王之訓；理不忘亂，聖人所慎。雖寶祚之重熙，當昌朝之應運。《禮》稱秋獮，法無爽於威加；《易》貴師貞，動必遵於豫順。於是綸綍宣詞，西郊戒期，中謁者傳出兵之令，大司馬陳講武之儀，甸人奉職以奔走，軍吏宵征而陸離。觀象於天，當太白垂芒之際；陳師於野，協金風肅物之時。

於是駕太一之帝車，出兑方之近甸，聲容海蕩以川振，扈從風驅而電轉。宣傳號

令，若驪山之閱兵[一]；分布陳行，比滇池之教戰。百萬之衆，如虎如貔；三千被練，如熊如羆。或圓陣以右布，或方陣兮左施；或靈鼉以進矣，或金鉦以卻之。喧喧闐闐，天地爲之震蕩；乍離乍合，山嶽爲之分披。睿武皇威，讋四夷而盡恐；軍般兵勇，肅萬里以咸知。

既而臣下山呼，天顔兑悦，罷鵝鸛之行伍，散魚麗之布列。蚩尤扈蹕以遵路，風后陪乘而中節。乃捨爵以賞賚，追策勳於功烈。古稱耀德，我則克己以虔恭；孰可去兵，我則以時而講閱。

夫武有七德，修之於君；天生五材，用之於民。靖亂四方，必以武而底定；懷柔萬國，必用文以經綸。是知武輔於文，若雷霆表昊穹之怒；文經於武，猶舟航濟巨川之津。宜乎仁君纂嗣於丕圖，睿德方臻於至理。總兵三百萬，括地萬餘里。康濟黎元，混同書軌。然《春秋》有閱兵之禮，仲尼垂教戰之旨。故神武耀乎區域，天威震乎遐邇。《書》云：「華夏蠻貊[二]，罔不率俾。」傅增湘校訂淡生堂鈔本《咸平集》卷八。

[一] 兵：原作「真」，據四庫本及《古今圖書集成·禮儀典》卷三一二、《歷代賦彙》卷六五改。

[二] 華：原作「夷」，據《尚書·周書·武成》改。

御試不陣而成功賦

以「功德雙美，威震寰海」爲韻

田錫

聖人以德御天下，威加域中，諒至仁以無敵，故不陣以成功。徵《道德》之格言，謂乎善戰；取《春秋》之經武，自服皇風。是知恩始乎於萬靈，武實加乎七德。安民和衆以爲本，禁暴戢兵而是式。所以堂堂之陣弗施，而唯取柔懷；整整之旗何用，而陋乎剛克。

昔者成湯革夏，澤及萬邦，勍敵靡由乎力制，匪人自悦而心降。豈比夫祖龍霸秦，恃山河之百二；淮陰事漢，稱智勇以無雙。又若武王克商，靈旗前指，豈鵝鸛之是列，匪魚麗之稱美。自然威宣，有亳民率服以來歸；師濟盟津，衆悦隨而戾止。是知王者之取天下也，澤普群動，恩流九圍，道德爲城池之固，忠信爲甲胄之威。所以簞食壺漿，迓王師而自速；靡旗亂轍，望聖德以如歸。宜乎師克在和，動先觀釁。仁義之施也，若風雨之速；威武之加也，若雷霆之震。《傳》稱因壘，美崇伯之歸周；《書》曰舞干，紀有苗之服舜。

今聖朝以民濟壽域[一]，道洽人寰，將鑄劍於農器，方虛候於玉關。弭禍亂於未形，恩能服衆；布英威於有截，禮以防閑。下臣賡歌之曰：化洽無私兮，功符不宰。取仁義爲勝兮，豈干戈礪乃。德上冠於唐虞，政下任乎元凱。孫、吳之陣法奚取，韓、白之兵機弗採。宜乎車同軌而書同文，至化方流於寰海。傅增湘校訂淡生堂鈔本《咸平集》卷九。

鄂公奪槊賦

田錫

唐初鄂公，在二十四功臣之列，獨推其雄。力敵猛虎，氣揚飛虹。揮鞭而馬疾如電，運槊而身輕若風。棱棱真丈夫之勇，頷頷信武夫之容。於時擒李密，戮王充，靖隋之亂，致唐之功。非太宗不能得我之死力，非我不能赴太宗之指蹤。壯其叱咤喑嗚，而萬夫莫敵；摧堅陷陣，而一隧前空。雖孟賁之勇，鄭瞞之祟，固不足抗其鋭，當其鋒。所以秦叔寶之徒，屈突通之輩，隨我轉戰，指麾相從。既而蕩平天下，底定寰中，戎器既包於虎革，勳臣盡紀於鴻鐘。高祖位尊，正凝旒於北闕；太宗功大，方主鬯於東宫。

[一] 濟：四庫本及《歷代賦彙》卷六四作「躋」。

一旦上御便殿，公因召見，語艱難之創業，念辛勤於百戰。張膽信其如升，瞋目艴以流電。有若伏波馬上，據鞍而猶示筋骸；李廣病中，聞鼓而思驅組練。帝問以軍陣之間，何爲最難？奏曰：「唯避槊不易，然奪槊尤難。請殿下試臣斯藝，幸殿下臨軒以觀。」於時宗室有齊王元吉，力可以索鐵而伸鉤，勇可以挾輈而礫石。由是命之以角逐，合之爲勍敵。二人乃策馬交馳，鋒鋋若飛。千人看，萬人窺，廣場喧闐而將裂，高殿崔嵬而欲攲。一馳一驟，乍合乍離。紅塵漲天地，殺氣飄旌旗。若兩虎鬬而未知生死，二龍戰而不辨雄雌。天顏爲之動容，神武爲之增威。莫不鬼出神藏，風馳雨走。金吾之列衛旁震，武庫之五兵潛吼。或左兮或右，或前而或後。或翻身相避，或挺身以誘。王謂我藝必勝，公謂彼槊可取。俄而齊王之槊，已在鄂公之手。駭衆目，譟羣口。喧喧闐闐，足以見一勝而一負。王猶以爲偶然也，於是再躍鋒鋋，重飛驌驦，欲致於必死之地，將求乎一日之長。雖餘勇而可賈，豈突來而難防。適資我勝，終莫予傷。乃至於再、至於三，皆爲所奪，有以見鄂公勝於齊王也。

壯哉！厥藝如神，其名益振。信烏獲扛鼎之匹，項羽拔山之倫。宜其凌三軍而勢若摧枯，奪一槊而易如拾芥。聞之者誰不盡伏，見之者無不大駭。當其左擊右刺，星馳電邁，一場縱橫，使人神王而心快。上意欣愉，羣臣歡呼，憐公絶藝，多公壯圖。《書》

所謂「番番良士」，《詩》所謂「赳赳武夫」。霹靂可叱之而闢，泰山可挾之而趨。況陳安擅價於蛇矛，敢爲匹敵？羊侃得名於折樹，未知馳驅。是知天生聖哲，贊以英傑，料敵在於籌謀，破敵由乎勇烈，然後禍亂可弭，姦雄可滅。故漢高得樊噲，乃濟鴻門之危；太宗得鄂公，乃立皇唐之基。雖文皇之聖也，房、杜之謀也，而軍功武力，我實多之。傅增湘校訂淡生堂鈔本《咸平集》卷五。

大閱賦

王禹偁

大閱之義，載於《春秋》。彼乃一國之軍旅，千乘之諸侯，曾未若天子之大閱，揚神武而闡皇猷。天祚有宋，受禪於周[一]。太祖以武功戡定，太宗以文德懷柔。億兆人兮頌聲作，四十載兮王澤流。二后上仙，貽厥孫謀；一人繼統，承天之休。大舜孝思，四海遏密；高宗諒闇，三年宅憂。俯順先王之喪紀，重違百辟之勤求。於是延英入閣，端冕凝旒；鈞臺錫宴，拊石鳴球。天地同和，覩來庭之鳳舞；君臣相遇，歌在藻之魚

[一]受：原作「授」，宋刻呂無黨鈔補本同，此據四庫本改。

游。

惟聖克念，惟皇聿修。方欲生擒頡利，血滅蚩尤，輯大勳而光祖考，練武經而平寇讎。以爲天生五材，孰能去其兵革；武有七德，予將整乃戈矛。時也，鷹隼擊，虹蜺收，隕籜飛乎原隰，嘉禾斂乎田疇。因農隙而順時令，數軍實而修戎政。野廬設次，甸師奔命。御幄立而天開，教場平而霜勁。雷動風行，千騎萬乘，於以威八荒，於以安百姓。師出以律，我所以表嚴莊之稱〔一〕；器不示人，我所以執征伐之柄。

乃幸近甸，出重城，天步順動，帝車啟行。申軍令於偃草，揭靈旗於晝荆。赳赳洸洸，衛社之將帥〔二〕；皇皇濟濟，扈蹕之公卿。從龍雲合，捧日霞生。鹵簿前驅，案禮文而不忒；招摇在上，法天象而有程。肅肅戈戟，鏜鏜鼓鉦。期門佽飛，雲蒸而鱗萃；材官騎士，岳立而山横。旌旗衣服，文物聲明。列羽林之仗，空細柳之營。錫鸞和鈴，鏗天籟於曉吹；槍棓鋒盾，戢星芒於太清。

〔一〕莊：原作「壯」，據宋刻呂無黨鈔補本及《歷代賦彙》卷六四、《古今圖書集成·禮儀典》卷三一二及《戎政典》卷七四改。

〔二〕衛社：四庫本作「環衛」。

皇帝乃降步輦，陞帳殿，明誓六師，誕修一戰。法武侯之陣，示以縱横；按風后之圖，親加訓練。出游兵以定兩端，握奇數而制四面。摇乾蕩坤，飛霆走電。八尾四頭，千化萬變。開闔舒卷，若常山之蛇蟠；沸渭喧闐，如滄海之鰲抃。則有超乘賈勇，戲車爲郎，挾輈射戟，挽强蹶張，劍倚青漢，戈揮太陽，可以越巨壑，踏崑崗，氣壓乎北方之强。又若屈産新羈，渥洼逸駕，汗血蘭筋，騰霜照夜，師子花獰，胡孫色赭，可以走高山，突平野，勢吞乎南牧之馬。莫不虓若虎貔，猛如熊羆，鏖兵神速，彉騎飈馳。前禦其前，必參長而補短；陣間容陣，亦雁行而魚麗。疾徐有節，動靜有期。無窮如天地之運轉，不竭如江漢之渺瀰。没而復出如兩曜，盡而復生如四時。同子弟之親父兄，急難相救；若手足之捍頭目，斯須不離。屹屹然立不敗之地，堂堂乎成無敵之師。以虞待不虞，則禍亂息矣；治多如治寡，則進退隨之。所謂有備無患，居安慮危。保寧宗社，震讋蠻夷。暢皇威於禹畫，生兑悦於堯眉。夫如是，岐陽大蒐，安能竊比？驪山講武，不足稱奇！以此攻城，何城不克？以此平戎，何戎不北？

兵雖示乎服習，戰必分其曲直。周武桓桓之衆，尚以仁而伐不仁；漢高將將之材，固鬬智而不鬬力。既而皇歡洽，白日斜，還北闕，御東華。燕喜斯備，慶賞有加。氣增堡障，聲動幽遐。通大漠，極流沙。佇見破天親可汗之名，風行紫塞；賜奉國契丹之印，永屬皇家。

帝庸作歌曰：「順時獮狩，安邊禦寇，揚我武兮。師人輯睦，軍陣習熟，威醜虜兮。不教而戰，秖取敗兮。不戢自焚，予深戒兮。」

近臣再拜而賡歌曰：「秋大閲兮威窮邊，兵力鋭兮人心堅。封狼居兮禪姑衍，抵瀚海兮登燕然。俾遁逃兮無地，咸扶服兮朝天。無外之化兮被率土，升中之禮兮告上玄。然後飛英聲，介景福，億萬斯年。」四部叢刊本《小畜集》卷一。

善勝不武賦　能善勝者，無煩威武

陳襄

以威治國者國罔乂，以義服人者人必歸。故王者因善勝而無越，在黷武以誡非。將成不陣之功，豈煩戎事；自得無爲之戰，奚用兵機？斯蓋本道德以爲治，異權謀而尚威者也。伊昔良臣，上言聖者，以謂君有其德，則固於邦本；國用其武，則黷於天下。但爲善之可勝，必興戎而無假。既守不争之道，率服群心；奚資固敵之勞，始平諸夏？善教旁出，純誠誕敷。自格華夷之俗，且忘征戰之虞。蓋以道自吾有，争將爾無。不怒而威，豈假闐闐之旅；惟仁無敵，奚煩赳赳之夫？

且夫耀德者，匪尚於觀兵；修文者，是期於偃武。嘉聖治以昭格，且軍儀而何取？自然邦乃其昌，人誰敢侮？運籌於帷幄之内，豈尚戈矛；折衝於樽俎之間，詎揚卒伍？則知善而能勝者，由教化以罙敦[一]；勝而不武者，示威懷而可尊。既烝黎而自化，信攻敵以無煩。所以舜格苗民，且班師而勿用；周降崇國，惟務德以斯存。此則治道光昭，聖猷丕闡，括民下以遠服，惡戎容而外顯。不戰而尅，非勞繕甲之能；廣德而强，詎假行兵之善？彼大勇推乎不鬭，善結本於無繩，曷若我守彼自强之志，昭夫去敵之稱？武王之七伐乃齊，終懋撥亂；文公之一戰而霸，豈足矜能？斯所謂聖化光敷，民心嚮應，非烈烈以威取，蓋巍巍而道勝。故得大邦懷德，而小邦畏威，成功允稱。宋刻本《古靈先生文集》卷二。

我戰則克賦

以「仁義行師，何有不克」爲韻

劉敞

以仁合衆，以義濟師。内輯和於中國，外震慴於四夷。當之者失其據，動之者悦而

[一] 罙：《歷代賦彙》卷六四同，四庫本作「彌」。

隨[一]。故曰我戰則克，其義在斯。

且夫以道德爲藩，以禮讓爲國，以忠信爲用，以仁義爲力。故守必有威，動則能克。蓋威也無暴彊之名，克也非權詐而得。在乎審所治，修厥誠，使民愛之若父母，而敵畏之如神明。若是則綏之而服，令之而行。決機兩陣之間，孰能違我；制勝千里之外，敢有争衡？且兵者凶器，戰者危事。何衆人言之甚難，而君子用之反易？蓋言之難，以其有後患；行之易，以其無死地。無死地，故雖柔而必彊；有後患，故雖勝而不義。籌於廟堂之上，寧越余心；陣於原野之中，罔違朕志。

且彼憑其衆，則不加我民；恃其勇，則孰若吾仁？故金鼓之聲，未之能以會；旌旗之用，未之能以陳。然而必敗之形，已兆於勍敵；獨克之勢，方在於斯人。是以堯伐三苗，禹誓羣后，高宗討叛於鬼方，周武致戎於商紂。念刺伐而豈無，謂奔北而則不。乃知戰在勝不在多，術在德不在他。是以棄天時與地利，貴王道與人和。四國順之，顧獨夫其安往；上帝臨汝，非大凱而如何？若是失吾道者，棄其衆，敗其績，亦孔之醜；用吾義者，保其國，伏其敵，於戰何有？蓋用不用之間，爲克不克之道。是

〔一〕而：原作「也」，據傅增湘校改。

以喟然嘆曰：莫我知也夫，何功業之可偶？四庫本《公是集》卷一。

御試戎祀國之大事賦

劉敞

戎在禦侮，祀專饗神。皆有邦之大事，豈庶政以同倫？宜社而行，外伸威於殊俗；受釐以報，内均福於生民。蓋所謂朝廷之先務，教化之本因者也。稽合前經，發揮至理，政有常法，事或殊軌。以保民者莫若戎，以馭神者莫如祀。善師不戰，諒治體之孰加；精意克禋，眷彝倫之莫擬。

是故將命武事也，必有歸脤；將格神貺也，必先執膰。蓋大其所當大，尊其所可尊。干戈省躬，信丕經之斯在；玉帛薦德，微末節以同論。然則治道有後先，國務有小大，威四海者兵爲急，敘五經者祭爲最。民神之事不一，皆以底和平；腥熟之俎不同，皆以福中外。故聖王勞意於用衆，致誠於逆禧。動則謹爾，下皆仰之。知夫事之大不在於彼，禮之重莫先於斯。亦猶仲尼陳三慎之端，惟齋及戰；箕子序八政之目，兼祀與師。用能祭典不奸，天威無隕。或謹以進胙，或重之受脤。邇遐一體，慢武節而服從；上下交歡，欣德馨之明允。故曰聖人之祭，不能獨豐；天下雖治，亦將禦戎。大而愼之則蒙福，細而慢之則亡功。謹禁暴戢兵之機，惟政之本；明昭孝息民之義，何治之隆。

盛哉！丕冒羣生，欽崇大節，非戎無以威遠，非祀無以著潔。故蠻夷服而鬼神饗焉，有以緝熙於鴻烈。四庫本《公是集》卷二。

長嘯却胡騎賦　清嘯聞外，胡騎潛去

范鎮

制動者以靜，善勝者不争。伊劉氏之長嘯，却胡人之亂兵。初歷歷以傳聞，合圍風靡；遂稍稍而引退，一境塵清。當其分晉室之憂勤，守并門之衝要，邊寇衆至，虜戰數挑。勝不可以近決，敵不可以前料。凌雲拔幟，誰爲趙璧之謀[一]；訴月登樓，獨引蘇門之嘯。出自予口，期於衆聞。徵角更變，宫商互分。儼神意以不動，服戎心而若醺。終夜長吟，故異雞鳴之客；遠人咸聽，遂收烏合之羣。是知安可破危，利能圖害。攻

[一] 璧：原作「壁」，據《宋文鑑》卷一一、《新刊國朝二百家名賢文粹》卷一七七、《歷代賦彙》卷六四、《宋代蜀文輯存》卷七改。

而至，吾不爲之戚；服而去，吾不爲之泰。亦猶雅歌之樂，坐鎮軍中；不假射聲之威，横行塞外。

豈不以嘯本予發，抑揚而自娱；騎雖爾衆，顧視而如無。既傾聽以知漢，乃散逃而入胡。若楚軍夜遁之時，聞歌於四面；殊漢將道窮之日，振臂而一呼。宜夫深謀者爲衆歸，尚力者必自匱。此以安而得儁，彼以彊而失利。因惟口之出好，去滿目之異類。遂使本朝雙闕，時有内面之人；廣莫一隅，不逢南牧之騎。

大哉！人籟斯發，邊兵遂潛。蓋得先聲之術，曾無黷武之嫌。談笑而卻秦軍，理宜共底；偃息而藩魏室，功亦難兼。是何據一郡之尊，憑百姓之助。勢至小也，以德而大；嘯甚微也，因誠以著。使被髮之醜類，咸審音而遠去。夫如是，則有天下之君，曷爲西北之慮？《皇朝文鑑》卷一一。

《能改齋漫録》卷一四《賦長嘯却胡騎》 范蜀公少時，與宋子京同賦《長嘯却胡騎》。蜀公先成，破題云：「制動以静，善勝不争。」景文見之，於是不復出其所作，潛於袖中毁之，因謂蜀公曰：「公賦甚善，更當添以二『者』字。」蜀公從其説，故謂之「制動者以静，善勝者不争」。然景文賦雖不逮於蜀公，然他人亦不能到，破題云：「月滿邊塞，人登戍樓。」眞奇語也。

《欒城先生遺言》范蜀公少年儀矩任真，爲文善腹藁。作賦場屋中，默坐至日晏無一語，及下筆，頃刻而就。同試者笑之。范公遂魁成都。

《宋史》卷三三七《范鎮傳》帝在位三十五年，未有繼嗣，嘉祐初，暴得疾，中外大小之臣無不寒心，莫敢先言者。鎮獨奮曰：「天下事尚有大於此者乎？」即拜疏。……因入謝，首言：「陛下許臣，今復三年矣，願早定大計。」又因祫享，獻賦以諷。其後韓琦遂定策立英宗。……其學本六經，口不道佛老申韓之説。契丹、高麗皆傳誦其文，少時賦《長嘯却胡騎》，晚使遼，人相目曰：「此長嘯公也！」

《復小齋賦話》卷上　范忠文鎮少時賦《長嘯却胡騎》，晚使遼，人相目爲長嘯公；元祐間，蘇子由使契丹，館客者侍讀學士王師儒，能誦其《茯苓賦》。此與雞林相以百金易白學士詩一篇，蠻人織梅都官《雪》詩於弓衣上，何以異？

郭子儀單騎見虜賦　汾陽征虜，壓以至誠

秦觀

回紇入寇，汾陽出征。何單騎以見虜？蓋臨戎而示情。匹馬雄趨，方傳呼而免冑；諸羌駭矚，俄下拜以投兵。

方其唐祚中微，胡塵内侮，承范陽猖獗之亂，值永泰因循之主，金繒不足以塞其貪

嗜，鎧仗不足以止其攘取。雲屯三輔，但分諸將之兵；烏合萬群，難破重圍之虜。子儀乃外弛嚴備，中輸至誠，氣干霄而直上，身按轡以徐行。於是露刃者膽喪，控弦者骨驚。謂令公尚臨於金甲，想可汗未厭於寰瀛。頓釋前憾，來尋舊盟。彼何人斯，忽去幢幡之盛；果吾父也，敢論戈甲之精。

豈非事方急則宜有異謀，軍既孤則難拘常法。遭彼虜之悍勁，屬我師之困乏。校之力則理必敗露，示以誠則意當親狎。所以徹衛四環，去兵兩夾，雖鋒無鏌邪之鋭，而勢有泰山之壓。據鞍以出，若乘擒虎之驄；失仗而驚，如棄華元之甲。金石至堅也，以誠可動；天地至大也，以誠可聞。矧爾熊羆之屬，困乎蛇豕之羣？於是時也，將乘驕而必敗，兵不戢則將焚，惟有明信，乃成茂勳。吐蕃由是而引歸，師殲靈夏；僕固於焉而暴卒，禍息并汾。非不知猛虎無助也，受侮於狐狸；神龍失水也，見侵於螻蟻。曷爲鋒鏑之交下，遽遺紀綱而不以？

蓋念至威無恃於張皇，大智不資於恢詭。遠同光武，輕行銅馬之營；近類曹成，獨造國良之壘。向若怨結不解，禍連未央，養威嚴於將軍之幕，角技巧於勇士之場。攻且攻兮天變色，戰復戰兮星動芒。如此則雖驍雄而必弊，顧創病以何長？苻秦夸南伐之師，坐投淝水；新室恃北來之衆，立潰昆陽。固知精擊刺者，非爲將之良；敢殺伐者，非用兵之至。況德善之身積，宜福祥之天畀。故中書二十四考焉，由此而致。宋高郵軍學刻本《淮海集》卷一。

《履齋示兒編》卷八　昔秦少游賦《郭子儀單騎見虜》，第四韻云：「兹蓋事方急則宜有異謀，軍既孤則難拘常法。遭彼虜之勁悍，屬我師之困乏。較之力則理必敗露，示以誠則意當親狎。我得不徹衛四環，去兵兩夾，雖鋒無鏌鋣之鋭，而勢有泰山之壓。踞鞍以出，若無擒虎之威；失隊而驚，如棄華元之甲。」押險韻而意全若此，乃爲盡善。凡八韻皆即此，可反三隅矣。近歲效莆陽體者，雖貴意全，然疊字多而失之冗，句法長而失之强，此非善學柳下惠者也。若解試、省試，尤貴得體，切宜知之。

楊慎《秦少游單騎見虜賦》（《升菴集》卷五三）《單騎見虜賦》，秦少游場屋程試文也。其略曰：「事方急則宜有異謀，軍既孤則難拘常法。遭彼虜之勁悍，屬我師之困乏。較之力則理必敗露，示以誠則意當親狎。我得不撤衛四環，去兵兩夾，雖鋒無莫邪之鋭，而勢有泰山之壓。踞鞍以出，若蔑擒虎之威；失隊而驚，如棄華元之甲。」此即一篇史斷。今人程試之文，能有幾此者乎？一本作「果吾父也，遂有壺漿之迎；見大人焉，盡棄犀渠之甲」。

《賦話》卷五　宋秦觀《郭子儀單騎見虜賦》云：「彼何人斯，忽去幢幡之盛；果吾父也，敢論戈甲之精？」又：「據鞍以出，若乘擒虎之驄；失仗而驚，如棄華元之甲。」又：「遠同光武，輕行銅馬之營；近類曹成，獨造國良之壘。」敘事工整，暨義透快，兼能摹寫一時情景，以此步武坡公，殆有過之無不及也。

《復小齋賦話》卷上 秦少游論律賦最精，見於李端叔《濟南先生師友談記》者凡十三則，觀其《郭子儀單騎見虜》一賦，洵琢磨之功深矣。

《賦學指南》卷一二 賦以鋪陳爲正格，宋人每以議論見長，論者訾其爲有韻之文。此作逐層騰挪，往復不厭，然每段必有一二工整之語，摹寫生動，故雖變唐格，而不入破體。

恢復河湟賦 並序

毛滂

崇寧壬午，皇帝即位之三年，舉用俊良，歸河湟之地，盡復神宗、哲宗之政。明年取西平，復以爲州縣，升平故事，無有遺恨於今古者。羣臣上萬年之觴，薦勳宗廟，天下驩忻，共戴皇帝，蕲千萬年如一日。草茅臣滂謹稽首北闕下，獻《聖主恢復河湟賦》云。

洪惟元符庚辰，皇帝升聞潛宫。奄有四海，時御六龍。扶桑出日，杲杲在東。下臨萬國，蓋靡有不照；退托三年，而言出乃雍。爰登弼輔，庶代天工。何棟撓而鼎折，方雲陰而氣蒙。俄八風之顯宣，倏五色之當中。一之日剔蠹去惡，二之日遂良顯忠。鏡照姸媸，龜灼祥凶。了然見治道之所以然者，其堯、舜、禹、湯、文、武之業，固已素定於淵衷。地平天成，仁洽德隆。無一夫之失所，意比屋之可封。於是屬王猷於清浄，付名器於至公。遂成一王之典則，遂尊九仞於熙豐。皇帝乃眷西顧曰：嗚呼噫嘻！在昔泰陵，長撫遠駕。抗棱四裔，布德中夏。有事鬼方，飲馬三河。坐變椎髻，其冠岌峨。念恢拓之崇閎，卒圮壞於么髍。嗟乎！方當耕葱嶺之雲，何忽阻玉門之獵？肆鷙鳥之還巢，顧伏疹之在脅。吾將何以西厭月窟，東震日域，而嗣守丕業也？遺臣老將，折衝萬里之士，流落江湖，身放名圮，撫劍躑躅，中夜而起。

皇帝曰：吁，方啟丹冊，開雲臺，用以待爾。往復而功，無煩折箠。將臣拜手曰：惟陛下聖德丕冒，海隅出日，罔不率俾。雖櫜弓卧鼓，當使四夷而爲隸；豈染鍔刓刃，獨謂三河之可髓？維太歲之癸未，六師臨於湟水。猶順風而疾呼，無遺鏃而亡矢。椎牛釃酒，波屬雲委。以迎王師，如見兄姊。工不下機，農不輟耒。露頂肘行，東向而朝天子者矣。於是緹衣韎韐，攜持萬里。望觚棱之鬱葱，識勾陳於太紫。孰謂荷氈而被毳，亦得昭景而飲醴。籯金龜綬，雨露泥泥。遂開亭障於覆盂，坐得山川於聚米。

唯是西平老羌，據險負固。尚假氣於遊魂，聊倔强於朝暮。故介冑之士、貔貅之衆，相與虓闞而勃怒，紛流涎而睥睨。將膾其肝，以益朝餔之哺。歲在甲申，乃盡發五路之戍。左攬繁弱之弦，右接肅慎之羽，帶干將而秉玉戚。飈奮霆擊，其往如霧。

皇帝慈仁寬大，唯生是好，唯殺是惡。徘徊受降之旌，丁寧出生之路。聲與風翔，而德從雲遊，大啟歸途之寬裕。王師陟巘履險，排揵陷扃，凡十有三日，肅然烟滅於蟻聚。兹可謂之神速，殆若從乎天雨。巢清穴冷，去若脱兔矣。念彼遺死窮深，僵骨寒沍，如將飲其頭，如已扼其嗉。如刃在領，何敢反顧？臣竊聞沃野千里，厥田上上，是爲《禹貢》雍州之域。在漢爲州十九，而蟬聯内屬者三十六國。逮幽州之亂唐，而西平河湟之地，盡爲贊普所盜而得。此皇帝所以赫然憪然，未嘗忘於頃刻。

顧爲此羌，憑凌險阻。鎧冑精良，種類健武。來不齎糧，集若風雨。雖謀夫策士、老兵宿將，爲世飛虎者，聞師出之日，猶逡巡㗁眙，計利鈍且十五年也。惟皇帝沈幾先物，神武雷斷，知天與而必取，故選將授兵，而曾不泮奂也。矧大臣魁壘，蔚爲棟幹，制勝於兩楹，成謀於几案。實仰禀於聖畫，乃克濟以廟筭，韙其壯哉！夏折右臂，脣亡齒寒。猶寄命於頃刻，漸羽毛之凋殘。雖然，烏止於一方，其荒服君長，殊隣絶黨，罔不矯足抗手，以尊天可汗者矣。惟我宋受命，更八聖人，今一百四十五年，德在生民，風流管絃。其博厚高明，悠久無疆，坤轉而乾旋，變化開闔，妙萬物而無方者，逮皇帝得其大全。焕乎其有文章，巍巍乎其有成功，宜肆覲東后，告格皇天。自古在昔，婦人賤隸之言，或載之雅頌，信於後世，以攷其君臣之賢。矧賤臣滂本江東之諸生，漁獵文囿，老於筆耕，顧得解衣盤礴，摹寫升平。感茂陵之遺忠，尚覬援筆而賦，冀目覩陛下之告成。四庫本《東堂集》卷一。

毛滂《進恢復河湟賦表》（四庫本《東堂集》卷五）　臣某言：臣頃以縣令守陛下民社於封禺山中，日夜所以噓呵父老，磨礪子弟，皆仰承熙寧、元豐之遺德。故臣於當時簡書號令，亦竊耳剽日久。陛下初登納牖之法座，道隱旒纊，恭默不言。適大臣新用事，頗失經綸之意，孤奉陛下仰成之恩，而觖天下望，臣甚惑焉。明年臣當改任，西入國門，竊於道路聽聆風聲，尚因循而踵故也。小臣不知國家治體，其惑益甚。未幾舊德真儒更起於江湖上，翔集廟廊，於是其風丕變，稱陛下之意，慰裕陵、泰陵之神明，快士大夫之心，治與古合。惟是河湟故封，棄而未復，臣惑未解，忠臣義士，所共憤懣。然又未幾，湟中之地指麾而定，雋功休烈，無愧前日。方聖謀獨運，天機默啟，而奇蹟未暴也，將士猶休馬解甲，而枹鼓未鳴也。臣竊聞縉紳之論，老兵宿將之言，咸謂狐兔穴深，恃嶮守隘，鎧甲犀利，其衆梟雄，敢死而善戰，故將士不敢有輕老羌之心，吞河湟之氣。然天聲一臨，威武紛紜，湛恩汪濊，鳥驚鼠竄，遊魂窮山，不知死所。臣然後知聖人有作，天應地隨，關機闔開，神聖出入，妙乎其不可識矣。矧廟堂之老，帷幄之傑，仰奉睿謀，如手應心，此豈容天下所共知也？臣中謝。恭惟皇帝陛下，練天地之純粹，攬道德之精剛，行大人正己之事，知童子害馬之言？倚丕基於南山，納衆流於東海，使先帝十九年盛德大業，上格於天，下格於地，中浹於人，而外冒四夷，昆蟲有命之物，無不仰戴。蓋自陛下夙夜追述纘紹，基構累積而峻極如是也。尚乃兢兢業業，無自廣之色，有爲善不足之意。故小大之臣，咸懷忠良，僕御侍從，罔匪正人。日月軌道，風雨時節，草木遂茂，山川鬼神以寧，而鳥獸魚鼈咸若也。荒服君長，移珍抗手，稱臣闕下。百姓驩忭，中誠感發，致治之敏，尚以置郵爲淹。臣質之《詩》、《書》，攷之傳記，踰唐跨漢，引領軒虞，所以稱治者五六君而已。陛下棄其糟粕，收其英華，接武治道，如涉東西之衢，超此五六君，蓋已萬里矣。臣本江東諸生，材學行能，無可算録，頗嘗漁獵六藝之囿，素知筆硯淺事。陛下天縱聖學，言成五經，昭回之光，下飾萬物。故褒衣博帶之臣，相與涵泳聖涯，丹青景化，而結綬金馬之門，磊落相望。惟臣命薄骨寒，抱病溝壑，草木之年，亦已晼晚。尚區區誦書洛陽市中，徒聞有四庫之典，蓋曾不及蘭臺之蠹魚者也。竊聞王師掃洒湟中，盡有故地，功德顯著，聲施甚美，而大手筆之臣，炳然在廷，其所以鋪張論述，刻玉牒，藏金匱者，其筆勢宜盡出班馬右。方鳳鳴高岡，鶴唳太清，而小蟲唧唧，微鳴草間，蓋時所感動而不能自已也。故昧死獻《聖主恢復河湟賦》，謹繕寫隨表上進以聞。

《四庫全書考證》卷七九《恢復河湟賦·序》：「崇寧壬午，皇帝即位之三年，舉用俊良，歸河湟之地。」按：《宋史》崇寧二年癸未，王厚等取湟州，乃徽宗即位之四年。賦中云「崇寧壬午，皇帝即位之三年，歸河湟之地」，與《宋史》異。

韓信背水破敵賦

慕容彦逢

井陘之役，信提孤軍，師出間道兮輕騎傳發，敵據便地兮高旗糾紛。乘喋血之新勝，建背水之奇勳。卒破强敵，進兵席卷，清四海之妖氛。

原夫項氏暴興，漢師數潰，屯壘蚌鷸，形勢腹背。將軍以上，惟敵所愾，指揮迴天地，叱咤摧嵩岱。擄魏豹於陣，禽夏説於代。彼趙人兮擁全軍之盛，據空道之隘，登山以望，衆寡既非其倫，即鹿之圖，得失於是乎在我。雖攻戰屢捷，威武益張，然師實遠鬭兮法之所忌，士非素拊兮用或不臧。欲以生之，必陷諸死；欲以存之，必置諸亡。於是對大陣之整整，背廣澤之湯湯，還途塞兮議不返顧，衆志竭兮鋒何可當？爾乃棄鼓以驕敵人之心，易幟以惑敵人之視。洪瀾無際兮軍焉用殿，怒濤有聲兮神若同恚。雷葴電掃，風起炎至。血陳餘以染諸鍔，擄趙歇而併厥地。國步浸廣，群心愈親，斷楚之臂，亡楚之脣。故初軍滎陽，不能寸進者數歲；及會垓下，卒集大統於真人。由是知兵法貴奇，將謀在智。雖背山阜者，彼難於衝突而驅市人，則我易以攜貳。惟變通不窮，故勝可決。惟洶湧在後，故退無自。於斯時也，望而大笑者多矣，聞而未然者有之。計非常兮故所不載，神莫測兮敵無以爲。不然，安能以一當百而取之不疑，以勞制逸而用之不疲？古有擊虛，排術家之多忌；《易》稱左次，違經旨而從宜。故得智勇兩全，功名兼擅。由漢以來，言兵者莫不稱淮陰之善戰。四庫本《擒文堂集》卷一。

上留守章侍郎秋大閱賦

楊冠卿

《司馬法》云：天下雖安，忘戰必危。聖天子規恢遠圖，留意武備。親御鞍馬，閱武近郊。威震戎夷，國實幸甚。秋九月，留都大帥待制侍郎蒐明國典，訓齊士卒，宣上意也。門下士楊冠卿取《左氏》所書魯桓公「秋大閱」爲題賦之，用以形容甚盛之舉。其辭曰：

太昊司秋，時維九月。天子教田獵以習戎，諸侯簡車馬而大閱。此固國之重事，禮之盛節也。矧曰金陵，龍蟠虎踞，襟帶江淮，控扼吳楚。行殿九扉，嘗留清蹕之塵，而駐翠華之馭。是日陪都，國之門户。分陝而治，必時碩輔。

我公以名世真儒，簡知當宁。陞西清次對之華，命鎮臨於兹土。其始至也，砭膏劑肓，剜瘍剔蠹。威惠既孚，人士信許。一如家至，口訓手拊。夏畦告病，請禱而雨。既饑而穰，飽食安堵。民大歡樂，公猶祗懼。謂夫害藏於隱，患防於豫，泰則大來，豐乃多故。雖天子接千歲之統，大臣軫四方之慮，萬民是若，百廢具舉，當保治而已亂，敢專文而廢武。迺命僚佐，將校鎮戍。鍛礪戈矛，訓齊隊伍。前期戒飭，莫予慢侮。雲合水回，有萬其旅。法遵司馬兮既叶於仲冬，經攷獲麟兮又符於壬午。

月亞於良，日用其剛。金神按節，玉女降霜。天鏡静而雲不翳，地軸清而塵不揚。公乃衣狐貉，控驌驦，燦軍容，閲戎行。雲頹火熾，山行水立，抱地勢也；窮谷雪深，鬼行無跡，聽號令也；魚麗鱗鱗，偃月斜斜，布陣形也；星隕電落，鶻翻鷹擊，角鬭争也；胾肥東山，醲盎淮浦，犒士卒也；刀布川流，罽縷蟻疊，輸賚予也。輪運蹄負，轆轆驛驛，肩頳汗赭，懽騰笑溢，杳不知其數，抑何夥也。人如虎兮馬如龍，甲曜日兮車鬬風。倏往兮忽來，馳突兮奔衝。軍聲沸兮山四摇，陣雲捲兮天一空。小安邑之水灌，陋咸丘之火攻。豈特擣姦心而雄國勢，又將助殺氣而全天功也。

若乃金革無聲，幕烏不驚，振旅而入，棠陰深明。馬歸於廐，士休於營。令朝行於一日，威夕遍於百城。良由方伯之修職，曾小試於勒兵。皇乎哉！號發令施，霜慘冰冽，營壘增明，麾幟變色。一申將軍之令，若臨淮代尚父於朔方之時，其嚴整有如此者。屬爾櫜鞬，崇我斧鉞，以宰相禮，受將臣謁。大明上下之分，若涼國見晉公於淮西之日，其儀度有如此者。

淳熙聖人，膺運龍起，夢説以康兆民，命相使宅百揆。將以歸齊人之疆，澡渭水之恥。詩衮繡而書歸禾，非我公其孰能與此？客有銜戴殊私，形容盛美，聲爲歌詩，以獻天子。蓋將請勒勳於鼎彝，又且特書屢書於太史。四庫本《客亭類稿》卷七。

受降如受敵賦 以「受降之際，亦當嚴備」爲韻

樓鑰

上將甚武，神機獨潛。雖在受降之際，亦如待敵之嚴。納夫授首之人，敢矜已勝；類彼臨戎之日，以備無厭。

夫惟兵收決勝之功，將有防微之智。謂寇之窮也，雖已見於屈服；而心之險也，猶未知其誠僞。彼既降矣，曾無自滿之心；如受敵然，必謹非常之備。於時大敵堅壁，旁標碧幢，撫醜類脅從之衆，納渠魁肉袒之降。如將受夫大敵，懼見欺於小邦。方陳釋

縛之儀，深虞變詐；若處交綏之地，敢恃敦厖？莫不肅我軍容，嚴予兵衛。雖殘寇之臣附，猶兩軍之交際。非惟伸大將之威，蓋恐墮敵人之計。受其璧，焚其櫬，豫防一旦之危；稱爾戈，比爾干，陰養六師之鋭。

議者曰：「彼之降也，既挺身而至矣；我之受也，當開心而待之。何必招攜之日，乃同禦侮之時？」蓋念犬戎之難信，深恐狼心之或欺。與其有變以無備，孰若居安而慮危？豈不見行儉審玆，果能平夫突厥；耿公明此，遂終定乎車師。彼有坑既降者，固出詐謀；使自縛者，尤非善畫。曷若我外弛金鼓，内嚴矛戟，深防禍起於所忽，亦慮敵乘夫吾隙。彼如犯順以欲爲，我則稱兵而將亦。伐崇因壘，既施文考之威；就塞築城，兼取武皇之策。因知力角於鋒鏑者敵尚能禦，變生於肘腋者患何可當？

今也勍敵雖聞其讋服，禍心猶恐其包藏。惟吾之爲備也，既自嚴密；則彼雖好亂也，烏能陸梁？且異夫魏子會秦，卒受欺於商鞅；唐臣盟狄，果見刦於平涼。噫！方屈膝而服也，人固畏威；噬臍何及也，吾當慮後。毋弛禁以自忽，必整軍而後受。今將軍納降衆而獻俘於廟焉，不廢嚴兵之守。武英殿聚珍版《攻媿集》卷八〇。

擊楫誓清中原賦

以「渡江擊楫，誓清中原」爲韻

樓鑰

國讎未雪，壯夫請行，擊長楫以前渡，誓中原之復清。共涉巨川，爰叩舟人之枻；備言素志，願恢天子之京。

時其典午中衰，永嘉南渡，憤晉元攘敵之未暇，有祖逖奮身而不顧。揚舲以往，方乘天塹之流；擊楫而言，誓復皇都之故。爾乃緩引蘭櫂，旁瞻碧幢，一鳴而英氣先奮，再鼓而羣心已降。志必復於故土，誓有如夫大江。吐我赤心，忽形言於刳木；指夫白水，期浄掃於中邦。

謂夫戰塵久滿京師，突騎交馳洛汭。期狼煙之必掃，顧鯨波而作誓。方横橈徐撫，獨決策以前征；儻諸夏未平，尚何顔而復濟？豈不以國始草創，人思苟存？江山有異也，或作楚囚之泣；綱維不舉也，至形北客之言。故我浮巨艦以勇奮，視强敵而氣吞。倡義有先於温嶠，定從不假夫平原。遂將電掃風驅，盡復神州之大；肯使龍蟠虎踞，久留法駕之尊？

果能扶神器之阽危，拯遺黎之沈溺。長淮以北也，復見夫冠帶；大河以南也，悉除夫荆棘。不渝江上之盟，坐制目中之敵。澄清抗志，車同范氏之登；慷慨論功，柱鄙漢臣之擊。向使無妖宿以示異，緩若思之代終，則必蠢爾醜類，墮吾計中。盡郊圻而申畫，舉幕庭而一空。振起江南，益大中興之烈；掃清冀朔，遂成再造之功。惜乎大廈未成而忽撓棟梁，中流欲濟而遂亡維楫，不聞壯志之成就，徒有餘威之震疊。方今矯矯虎臣，皆欲濟河而焚舟，下視祖生之事業。武英殿聚珍版《攻媿集》卷八〇。

簞食壺漿迎王師賦 以「王師所至，食漿以迎」爲韻

樓鑰

民意胥附，王師出征，持簞壺而咸至，實食漿而相迎。飲食雖微，用表歡欣之志；遐邇均集，喜覩仁義之兵。

蓋憫赤子之無依，奮神戈而大舉。惟兵之所至也，既已不擾；則人之樂從也，其誰敢拒？櫜弓韔矢，往平敵國之民；簞食壺漿，來勞王師之所。覩夫老幼紛至，饔飧共持。我之至也，救民於水火；彼之迓也，恐吾之渴飢。凡爾一時之衆，悉迎《六月》之師。饋餉鼎來，皆望風而遠附；干戈所指，曰後我以奚爲？兹蓋兵收不戰之功，人有再生之喜。竭蹶而趨也，欣塗炭之時脱；襁負而來也，知父母之孔邇。顧慕義以皆

然，非弔民而何以？以萬乘而伐萬乘，罔敢抗衡；其小人以迎小人，咸來造壘。大抵窮兵以殘民者，孰肯徯后？行師以救亂者，衆斯向方。今也軍罔秋毫之犯，人無血刃之傷，是宜至者獻酌，來皆裹糧。夏衆咸來，功可同於商后；燕民不悦，事有異於齊王。向非東征西怨也，民望來蘇；邇悦遠歸也，衆無攜貳。又安得輟仰事俯育之物，見心悦誠服之意？自坐見於功成，曾不煩於家至。如是則三軍益飽，何煩挽粟之勤？千里遐征，不假望梅之智。非不知給餉不絶也，何必饋食；釃酒以犒也，奚煩挹漿？

然念禮雖薄而心則甚至，食雖菲而情烏可忘？苟匪同心之奉，曷云厚意之將？亦何異咸篚玄黄，人盡歸於周室；争持牛酒，民皆勞於高皇。彼有築道而饋軍者，用力亦多；投醪而飲衆者，爲功非易。豈知多助之舉，自有争先之饋。方今中原之民，皆開門而迎王師，又豈止於壺漿簞食？武英殿聚珍版《攻媿集》卷八〇。

光武乘時龍而御天賦 以「時乘六龍，以御天也」爲韻

樓鑰

炎德繼統，漢光得時。惟乘龍而特起，以御天而有爲。獨收興復之功，系隆丕祚；蓋際飛騰之會，統制方維。

迹其奮宛邑而戰昆陽，誅青犢而降銅馬。念再造丕圖也，雖本自於神聖；而獨逢興運也，故能安乎區夏。軍摧九虎，成止戈之武焉；時乘六龍，顯御天之造也。觀其業務紹復，符能握乾。將登四七而上應於列宿，載當二百而適際於中天，體純剛而有作，蒞至尊而獨專。受命而興，協彼真人之應；逢辰則奮，攬夫帝位之權。用能驤首而飛也，非在田而在淵；馭世而起也，遂得位而得禄。威羣盜之鼠竄，掃中原之鹿逐，尊既正於九五，祚遂興於百六。爰究位天之載，允協羲經；詳推鬭野之符，又同赤伏。

大抵聖不世出也，世必治而斯起；龍不時見也，時純陽而後升。今我恢雄圖之赳赳，濟大業以兢兢。既當陽而有造，宜取象於時乘。小利見之神堯，第伸潛躍；仰同符之高帝，果致隆興。因以兆應金刀，祥飛白水，赤光之照也已新於育聖之際，佳氣之鬱也又見於舉兵之始。由天意之久屬，宜帝尊之獨履。蓋有致而斯能，苟不然而何以？遂令耿氏攀鱗翼以願從，肯使聖公假風雲而能起。故得息盜集之奮蝟，破野戰之羣龍。回飆既止於九縣，彗雲寧見於高鋒。靈貺自甄，類五馬渡江之化；功臣皆厚，笑四蛇入宇之從。

噫！感如諸將也，有鱗集之歸；驤如吳公也，擅風行之譽。抑知天德之位，亦賴人謀之助。吾皇復受天命，而遠跨於漢光，乘時龍而在御。武英殿聚珍版《攻媿集》卷八〇。

本强則精神折衝賦

以「本强則以精神折衝」爲韻　樓鑰

本既强固，人斯服從。得英雋以制勝，致精神之折衝。俊士朋來，益聳尊崇之勢；威風遠暨，坐摧奔突之鋒。

竊原君得士則昌，國以賢爲本。苟并謀兼智也，能以德而爲固；則懷姦伺隙者，自聞聲而遠遁。蓋朝廷爲諸夏之本，能制勝於九重；故精神折千里之衝，自宣威於四遠。觀其多士同德，一人勵精，肅爾幄中之妙算，凜然堂上之奇兵。勢既聞於克聳，勝自全於不争。朝有德而益尊，人皆奠枕；敵望風而引去，孰敢争衡？兹蓋威棱之振也，足以聳動於華夷；譽望之隆也，足以永爲夫儀則。人咸想於風采，我何勞於聲色？宜其上兵伐謀，大邦畏力。晏子不出於尊俎，兵自罷於鄰疆；齊桓必勝於朝廷，會果來於敵國。大抵千里制難者，以重任於賢士；匹夫敢争者，以輕量於大臣。今也俊乂垂紳而搢笏，臣主聚精而會神。惟用儒而無敵，宜不戰而屈人。止須裴度之神明，以威悍將；不假魯連之談笑，坐郤强秦。譬如猛虎在則藜藿不採於山，神龍居則網罟不親於水。今也紀綱法度有以聳固，威靈氣燄不可嚮邇。

國家按堵以無事，鄰敵從風而自靡。顧厭難於無形，非得人而曷以？賢五千之騎，隨何徒詑於片言；止百萬之師，處厚亦稱於一士。噫！子玉不去，則爲晉之患；季梁猶在，則挫楚之强。矧多士之濟濟，佐中國之堂堂。赫然臨之，則夫誰與敵？望而畏之，則彼烏敢當？豈不見汲黯居朝，寢淮南之異議；仲尼相禮，歸魯國之侵疆？彼有威卻匈奴者，未免於窮征；口伐可汗者，猶勞於面折。未若此動容貌而鄙暴斯遠，宣靈武而姦邪盡絶。方今優遊於巖廊之上，而精神折衝九有，自聞於有截。武英殿聚珍版《攻媿集》卷八〇。

《朱子語類》卷一三九　顯道云：「李德遠侍郎在建昌作解元，做《本强則精神折衝賦》，其中一聯云：『虎在山而藜藿不採，威令風行；金鑄鼎而魑魅不逢，奸邪影滅！』試官大喜之。乃是全用汪玉谿相黄潛善麻制中語，後來士人經禮部訟之。時樊茂實爲侍郎，乃云：『此一對，當初汪内翰用時卻未甚好，今被李解元用此賦中，見得工。』訟者遂無語而退。德遠緣此見知於樊先生。」

濟河焚舟賦

以「濟河焚舟，志在立功」爲韻

樓鑰

戰欲必勝，歸寧豫謀。既濟河而赴敵，遂決策以焚舟。涉彼大川，肯思還於故國；火其巨艦，誓死報於强讎。

昔秦穆違蹇叔以襲人，越晉邦而趨利。二陵之敗也，既自咎於覆將；三年之戰也，又貽譏於拜賜。全師再出，俱懷奔北之羞；雪恥不忘，常起向東之志。孟明乃慷慨發憤，歡呼即戎。謂將之屢敗也，固難以語勇；而君之專任也，當先於效忠。昔也喪師，曾媿萬全之策；今焉賈勇，願收一戰之功。

由是提虎旅以徂征，絶鯨波而永逝。念解驂之遺辱，遂舍舟而自誓：兵苟勝也，仇則可報；功不就也，我寧復濟？顧吾壯志已爲死戰之期，慮彼士心猶作生還之計，莫若揚一炬以獨決，聚萬舟而畢焚。烈燄奔電，長煙走雲，俾歸者以絶望，庶往焉而立勳。回視歸途，渺洪濤之千頃；示無還志，激壯氣於三軍。故得我師奮臂以長驅，鄰國斂兵而自戢。縱横馳河内之地，談笑取王官之邑，指茅津而反濟，封殽尸而洒泣。挫夫强晉，既聞國恥之湔；威彼西戎，尤喜霸功之立。兹蓋舍生而往也，非徒誓於擊楫；好謀而成也，非不悔於馮河。百敗而勇氣不讋，一勝而戰功愈多。歸志與灰而共滅，盛烈如山而不磨。誓必破於秦師，類湛船之項籍；悲不還於易水，小叩筑之荆軻。噫！秦將之忠也，既懷報國之心；秦伯之任也，不數覆軍之罪。苟因一眚而遂棄，徒使終身而自悔。又焉得千載之下，仰焚舟之風，凛然如在？武英殿聚珍版《攻媿集》卷八〇。

天下可傳檄而定賦　以「今天下可傳檄而定」爲韻

樓鑰

世仰英主，威行普天，既望風而應也[一]，可傳檄而定焉。王旅既興，將大蘇於遠邇；軍書所至，當自底於安全。夫惟信已結於人心，助遂多於天下。彼陷於塗炭也，無不徯我；則聞吾號令也，孰能禦者？赫然一怒，皆延頸以望焉；於以四方，可傳檄而定也。時其士勇咸鼓，民思已深，萬里起簞壺之念，中原徯車馬之音。苟用十行之札，足安四姓之心。寰宇雖

[一] 原注：「一作『乘破竹之勢也』。」

遥，已欣聞乎大號；尺書所至，自平難於當今。是宜敘百世之仁恩，收三軍之勇果。書至河西，則驚萬里之明見；節入北軍，則舉一呼而袒左[一]。何在我之能然，蓋斯時而固可。極彼不毛之地，咸已順從；馳吾插羽之書，自然安妥。

大抵强人之服者，必假征誅之及；從民之望者，止煩命令之宣。今也久矣願王師之至，歡然聞軍檄之傳。自然姦雄畏力而屈膝，老穉聞風而息肩。所以光武陶儀函紙，首安於平廣；淮陰遣使尺書，亦足以降燕。或曰民已見於歸心，國何煩於馳檄？殊不知近者已附而遠或未至，弱者欲來而强猶作敵。故我形惻怛之言也，慰雲霓之望；振威猛之詞也，若雷霆之擊。俾爾懷德而畏威，俾爾敉功而底績。掉舌而賢五千騎，豈勞辯士之隨；憑軾而下七十城，何用狂生之鄙？向非戴商之民家則相慶，思漢之人心焉悦隨。則何以當率土之紛擾也，可空言而聳動之？興可冀也，亂斯已而。固異夫通彼夜郎，止諭意於蜀道；守夫鴨緑，卒遣誚於高麗。

皇乎哉！鉛槧之儒也，既務於討論；帷幄之臣也，又加於審訂。俾萬姓以咸悦，聳百蠻而退聽。方今檄書風馳，而人望中興，不假一戎衣而大定。武英殿聚珍版《攻媿集》卷八〇。

[一] 呼：四庫本作「麾」。

文止戈爲武賦四韻

劉克莊

吾鄉徐正字夤唐末有能賦聲，外國皆誦其賦。集中有此賦題，然試讀之[一]，乃不逮它作，戲爲補遺。

書契智創，毫釐義分，欲止戈而爲武，遂肆筆以成文。心畫初興，已寓防微之意；師干不試，坐凝保大之勳。

聞之五材誰去於五兵，一字各含於一義。戒後人窮黷之漸，見書法簡嚴之至。載揚我武[二]，適當奏凱之初；徐攷其文，中示止戈之意。

昔者制字，隱然示規。科斗以還，詞古義奥；涿鹿而後，兵凶戰危。乃知孫吳之書傳末矣，蒼史以偏傍盡之。上古造書，以代結繩之政；清朝偃伯，宛然舞羽之時。想是時班師振旅之餘，歸馬放牛之始，無勞揮此而日返，奚必枕之而夜

[一] 試：原作「諸」，據四部叢刊本改。

[二] 揚：原作「陽」，據四部叢刊本改。

起。信乎筆由心法之先正，兵匪聖人之得已。造於鳥迹，俄然灑翰之工；包以虎皮，靡俟聞金而止。清鈔本《後村先生大全集》卷四九。

宋代辭賦全編卷之六十二

賦 性道一

橐籥賦 天地之間，其猶橐籥

王禹偁

伯陽以體道立言，探乎極玄，見乾坤之用也，取橐籥而比焉。豈不以德無疆者謂之地，功不宰者謂之天？譬翕張而氣作，猶吹煦而聲傳。用能萬物自化，八音克全。故王者法之以虚受，帝道用之而無偏者也。

原夫橐也者，利於鼓風；籥也者，存乎運吹。雖有質以克殊，且無心而匪異。故可以侔造化，比天地。一開一闔，勃焉而元氣生；變宫變商，泠然而正聲至。亦如天道無爲，地道博施，於以麗百穀，於以行四時。皆虚中爲動也，故自外而應之。是以橐之用，則飛霆走電；籥之運，則如塤如篪。信天地之義若此，而橐籥之理在茲。得不求諸繫表，取自無間？不言而應物，妙用而循環。趨聖域，叩玄關。昧其旨者，徒小心翼翼；得其要者，惟大智閑閑。是知虚而不屈，爲槖之師；動而愈出，爲籥之資。

本虚無而生矣，因形器以觀其。所以天地之心，悠也久也；帝皇之道，斯焉取斯。懿夫二儀吻合，一氣夷猶，或動或静，克剛克柔。取乎鞴焉，氣動而物來斯應；類乎笛也，樂出而人無我求。至矣哉！天地有大德，其鼓動也，於囊於槖；天地有希聲，其煦嫗也，維竽維籥。雖小大之不類，信擬議而咸若。

今我后道合希夷，心無適莫，蓋囊括以爲用，豈管窺而可度？所以百姓日用而不知，又孰見聖人之有作？四部叢刊本《小畜集》卷二。

天道如張弓賦

王者喻身，則此宜施

王禹偁

上天如之何？匪謙莫益；張弓如之何？匪高莫抑。瞻倚杵之爲狀，攷彎弧而取則。所以老氏賾之以立玄言，王者法之而建皇極。豈不以天實虧盈，弓唯審固，既命中以有式，若無親而設喻。善惡之効，自應弦而靡差；禍福之祥，同流矢之所注。

吾嘗觀善射之人，如天道兮有倫。下者舉其勢，高者俯其身。左馬右人，落彀中而不失；十發九中，視掌上而彌親。又嘗觀上玄之理[一]，與張弓兮匪異。損有餘以示誡，補不足而平施。小人用壯，唯六極而是罹；君子好謙，乃百祥而咸萃。又嘗觀上聖之姿，法天道兮緝熙。令先禁於强暴，心不忘於惸嫠。百姓與能，自樂財成之道；四時咸序，爰歸輔相之宜。

天之道也既如彼，弓之義也又如此。懿乎男子之事，克叶聖人之旨。自可移於邦，求諸己，蓋裒多益寡者焉，唯舉下抑高而已。夫如是，則張其弓，挾其矢，體由基之所長。天道遠，人道邇，非裨竈之能量。是以君者撫其弱，抑其强，如猿臂之盡妙，中鵠心而允臧。向使天理或爽，君道靡常，自然反時而反德，又烏可稱帝而稱王者哉？故曰：孰能以有餘奉天下？唯有道者。四部叢刊本《小畜集》卷二。

巵言日出賦　盈側空仰，隨變和美

王禹偁

巵之爲物也，空則仰，滿則傾。伊斯言之無係[二]，假厥器而强名。日出彌新，尚安

[一] 又：原作「人」，據四庫本、《永樂大典》卷一三一九四、《歷代賦彙》卷六八改。

[二] 係：四庫本作「像」。

知其適莫；天倪自得，亦胡繫於虚盈。豈不以巵無所識，每逐物而欹側；言無所執，但因時而語默。諒何思而何慮，固靡失而靡得。用能滿天下以無過，體寰中而可則。徒觀夫巵䡅𧙕以弗定，言支離而不窮。孰見兆眹，難明始終。冥其心，若虚舟之泛水；應乎物，類天籟之鳴空。是以至道無形，至人絶想，詎難追於駟馬，實冥求於罔象。以不器之器是資，以不言之言爲上。存於身，則大智之閑閑；移於邦，則王道之蕩蕩。喻鳴鐘之大小，物莫我欺；取膠柱於樞機，吾將安仰？

大哉！巵也者，既異欹器，且殊漏巵；言也者，亦匪確論，又非詭隨。知萬物之種也，奚千里而應之？智過挈瓶，《檮杌》之書徒爾；信踰盈缶，《連山》之象云爲？故曰：不言則齊，同形相禪。巧如簧兮非偶，卒若環兮無變。得之者毁譽兩忘，失之者是非交戰。詳夫巵有空滿，於義則郣；言無凖的，在理云何？亦猶君不言而黔首化，天不言而玉燭和。是以大道五千，取不知而立誡；《老子》云：「言者不知。」寓言十九，藉外論以同波。

今我后據北極之尊，窮《南華》之旨，思欲體清浄而率兆庶，故先命辭賦而試多士。盛乎哉！崇道之名，不爲虚美。四部叢刊本《小畜集》卷二。

王禹偁《律賦序》（《小畜集》卷二） 淳化中，謫官上洛。明年，太宗試進士，其題曰《巵言日出》。有傳至商山者，駭其題之異且難也，因賦一篇。今求向所存者，得數十紙，焚棄之外，以十章列爲一卷，仍以《巵言》爲首，尊御題也。

《歸田録》卷上 太宗時親試進士，每以先進卷子者賜第一人及第。孫何與李庶幾同在科場，皆有時名。庶幾文思敏速，何尤苦思遲。會言事者上言舉子輕薄，爲文不求義理，惟以敏速相誇，因言庶幾與舉子於餅肆中作賦，以一餅熟成一韻者爲勝。太宗聞之大怒。是歲殿試，庶幾最先進卷子，遽叱出之，由是何爲第一。

《隆平集》卷一三《路振傳》 淳化中舉進士，殿試《巵言日出賦》，獨振知所出，而文亦典贍，遂登甲科。累擢知制誥，詞命温雅，深愜物論。卒，年五十八。振淳厚無臧否，恂恂如也。作詩有唐人風。有文集二十卷。

《東軒筆録》卷一 孫何榜，太宗皇帝自出試題《巵言日出賦》，顧謂侍臣曰：「比來舉子浮薄，不求義理，務以敏捷相尚。今此題淵奥，故使研窮意義，庶澆薄之風可漸革也。」語未已，錢易進卷子，太宗大怒，叱出之，自是科場不開者十年。

《能改齋漫録》卷一《試詩賦題示出處》 本朝試進士詩賦題，元不具出處。因淳化三年殿試《巵言日出賦》，獨路振知所出，遂中第三人。是年，孫何第一人，朱台符第二人，亦不能知，止取其文耳。自後，所試進士詩賦題，皆明示出處。

《九朝編年備要》卷四　是歲，諸道舉人凡萬七千餘人，蘇易簡舉殿試，始令糊名考校，内出《卮言日出賦》題，試者不能措辭，相率叩殿檻上請。有錢易者，日未中，三題皆就。以其輕俊，特命黜之。得孫何以下三百餘人，諸科八百餘人，就宴賜御製詩三首、箴一首。

正性賦 並序

趙湘

性，天性也，不可以不正。《易》曰：「各正性命，保合太和，乃利貞。」又曰：「利貞者，性情也。」從而正之，則爲仁，爲義，爲剛直，爲果毅。其於君也，爲唐堯，爲虞舜，爲禹、湯，爲文、武。其於臣也，爲夔、龍，爲伯益，爲皋陶，爲説，爲申，皆是也。其於教也，爲尹，爲旦，爲丘，爲軻。反而邪之，爲詭，爲詐，爲淫亂，爲錯襍。其於君也，爲夏桀，爲商受，爲秦始，爲隋煬。其於臣也，爲檮杌，爲窮奇，爲管，爲蔡，爲高，爲斯。其於教也，爲楊，爲墨，爲申，爲韓。抑邪之正，損益可知也。士君子立身，將保太和，決利貞，非正性則不可得，故作《正性賦》。

噫嘻乎！淳和之邈兮，天性靡常；澆漓之生兮，錯襍玄黄。執之以正兮，厥道彌昌；捨之而邪兮，其道將亡。悲夫君子之爲性兮，豈不宅正而居方。將卜基於聖閫兮，實爲其良。薙詭譎之根兮，投彼遐荒；騁忠良之砥兮，即乎中央。斤道斧德兮，振乎紀綱；繩聖墨賢兮，求諸棟梁。崇仁乎高墉兮，壘義乎牆；搆禮於廡兮，作樂於廊。惟聰啟户兮，惟明啟房。惟智是奥，惟孝是堂。始經中而營外，終藻文而繪章。嚴其閫兮，魑魅不得而飛揚；職其事兮，淫亂不得而弛張。次三皇兮，爲虞而爲唐；後二帝兮，爲禹而爲湯。尹完旦葺兮，其址熒煌；丘整軻修兮，厥道芬芳。伊姦回之肆毒兮，情性爲殃；惟昏愚之嗜味兮，仁義攸荒。隨澆逐浮兮，深爲滄浪；積亂堆邪兮，如彼高岡。蠹壞朽桷兮，爲韓爲莊，拔柱傾基兮，爲墨爲楊。始絶聖棄智兮，其禍微茫；終反道敗德兮，罹毒汪洋。孰當救之兮，捨短從長。非正夫性兮，其何以當？惟其固之兮，罔用弗臧。俾之求象兮，繫於苞桑。四庫本《南陽集》卷一。

君可思賦

楊億

夫民生在世兮[一]，事之攸同。子之能仕兮，父教之忠。念委質而勿貳兮，本陳力以

〔一〕世：原作「三」，據《宋文鑑》卷一、《歷代賦彙》卷六七改。

首公。雖代耕而傒禄兮，曷期侈以圖豐？亦懷材而待試兮，將乘時而奮庸。夫何直諒不回，孤堅寡偶？貫歲寒而勿改兮，濯江漢而無垢。中履潔以好修兮，外葆光而虛受。筮仕逢亨，奏技承平。濯鱗禁沼，拊翼丹楹。堯文載郁，禹律惟精。荷紫囊而舐筆兮，從單于之勒兵[一]。霜飈刮骨，流塵滿纓。自此研精藻翰，局影天扃。毫殘雞管，香消鶴綾。鬢凋屋幘，心懸閣鈴。矧乃郢坊酒醇，武都泥紫，版急鵠頭，書詳馬尾。石屋紬書，鴻都約史。攟摭闕遺，發明統紀。竊企跡於前修，庶同風於古始[二]。慮罔越思，身亦勤止。宣漢德於無窮，納舜《韶》於盡美。志本勿矜，言乎有憑。非施勞而伐善，豈揚己而害能？每燥吻而躑躅，屢撫心而屏營。敷談泉而載涸，鼓思風而弗興。感外邪而遘癘[三]，殆五日之沈冥。悵官事之孰了，汩勞府而靡寧[四]。豈望夫連城之報？豈愛乎畫餅之名？

嗟民生之樸忠，希在昔之遐蹤。思不出位，罔貪天功。慕臺駘之業官，肯有二事；

〔一〕勒：原作「勤」，據《宋文鑑》卷一、《歷代賦彙》卷六七改。
〔二〕同：原作「司」，據《宋文鑑》卷一、《歷代賦彙》卷六七改。
〔三〕癘：原作「厲」，據《宋文鑑》卷一、《歷代賦彙》卷六七改。
〔四〕汩：原作「汨」，據《宋文鑑》卷一、《歷代賦彙》卷六七改。

念犁彌之辭賞，愈激厥衷。庶克終於雅尚，聊有裨於素風。奈何虺心昌熾，錦言萋斐，蠅薨薨以交亂，犬狺狺而迎吠。賢登朝而共嫉，女入門而各媚。乍緝緝以翩翩，競翕翕而訿訿。結合陰邪，締造疑似。俾朕師之震驚，恣星箕之華哆。幸大度之不校，專巧言而縱毀。胡能傷君德之巍巍，徒以動賢心之惴惴。然後飾衛鶴之華軒，銜黔驢之短技。竊名器以晏居，絶上下之愧畏。俟貫惡之既盈，將幽神而共棄。

若夫睟穆東房，奚望清光？定心服物，偉量包荒。耿求賢兮不及，慎乃憲而惟康。延登體貌，義問覃詳。伊蓬心之受惠，憐橘性之有常。置之近署，採其寸長。遇忠見察，浸潤無傷。犯四禁而多恕，緩千編而不遑。丁寧一札，在宥三章。踐丹塗而乃春，宴華林而釂觴。動群倫之聳羡，曷丹心之弭忘？盛憲多憂，長卿沉疾，退迹東岡之陂[一]，舉首長安之日。色變愁鬢，讒消病骨。周田食粟，聊强飯於數升；江徑誅茅，姑卻掃於一室。豈不念悲哀作主，畎畝思君？羈心蘗苦，别緒絲棼。岷江一廛，幸天機之接畛；成周五世，庶宰樹以參雲。感騷人之遺韻，聊抒意於斯文。《皇朝文鑑》卷一。

[一]岡：原作「閎」，據《宋文鑑》卷一、《歷代賦彙》卷六七改。

《宋史》卷三〇五《楊億傳》 楊億字大年，……淳化中，詣闕獻文，改太常寺奉禮郎，仍令讀書秘閣。獻《二京賦》，命試翰林，賜進士第，遷光禄寺丞。屬後苑賞花曲宴，太宗召命賦詩於坐側；又上《金明池頌》，太宗誦其警句於宰相。……億有別墅在陽翟，億母往視之，因得疾。請歸省，不待報而行。上親緘藥劑，加金帛以賜。億素體羸，至是以病聞，請解官。有嗾憲官劾億不俟命而去，授太常少卿，分司西京，許就所居養療。嘗作《君可思賦》，以抒忠憤。

《武夷新集·楊文公逸詩文》題注 億公司西京，許就所居養病，以抒忠憤。

有物混成賦

虚象生在天地之始

王曾

妙物難模，先天有諸？著自無名之始，生乎立極之初。不縮不盈，賦象寧窮於廣狹；匪雕匪斲，流形罔滯於盈虛。原夫未辨兩儀，中含四象。雖欲兆於形質，曾莫知夫影響。問洪纖而莫得，自契胚渾；攷上下以都忘，孰分天壤？及夫大樸將散，三光欲萌，清濁待兹而一判，昏明由是以相生。然後品彙咸覩，用作有形之始；淳和外發，或知至道之精。是何小不隱於纖介，大不充於寰海。配一氣以冥運，亘終古而斯在。縱陰陽之推盪，我質難移；任變化之紛紜，斯形不改。豈不以有者真有之筌，物者生物之先，冥搜而兆朕斯顯，寂聽而音容莫傳？得我之小者，散而爲草木；得我之大者，聚而爲山川。視焉且無，訝深蟠於厚地；搏之不得，疑上極於高天。本自彊名，誠難取類。

其始也，既出無而入有；其終也，亦規天而矩地。既不可指掌而窺，又不可因人而致。明君體之而成化，則所謂無爲而爲；君子執之而立身，亦同乎不器之器。無反無側，神之聽之。諒潛形於恍惚，實委化於希夷。傾毁何由，固秉持之在我；剛柔有體，將用捨以隨時。

今我后掌握道樞，恢張天紀，將窮理以盡性，思反古而復始。巍巍乎！執大象而撫域中，達妙有之深旨。《皇朝文鑑》卷一一。

《宋景文筆記》卷上　莒公嘗言：「王沂公所試《有教無類》、《有物混成賦》二篇，在生平論著絕出，有若神助云。」楊億大年亦云：「自古文章立名不必多，如王君二賦，一生衣之食之不能盡。」

《隆平集》卷五《宰臣》　王曾字孝先，青州益都人。咸平中登進士甲科，所試《有物混成賦》，天下以爲賦格。

《青箱雜記》卷一〇　王沂公《有物混成賦》云：「不縮不盈，賦象寧窮於廣狹；匪雕匪斲，流形罔滯於盈虛。」則宰相陶鈞運用之意，已見於此賦矣。又云：「得我之小者，散而爲草木；得我之大者，聚而爲山川。」則宰相擇任羣材，使小大各得其所，又見於此賦矣。

《石林燕語》卷七　寇萊公初入相，王沂公時登第，後爲濟州通判。滿歲當召試館職，萊公猶未識之，以問楊文公曰：「王君何如人？」文公曰：「與之亦無素，但見其兩賦，志業實宏遠。」因爲萊公誦之，不遺一字。萊公大驚曰：「有此人乎？」即召之，故事，館職者皆試於學士院或舍人院，是歲沂公特試於中書。

《習學記言》卷四七　諸律賦皆場屋之伎，於理道材品非有所關。惟王曾、范仲淹有以自見，故當時相傳，有「得我之小者，散而爲草木；得我之大者，聚而爲山川」，「如云區別妍媸，願爲軒鑑；儻使削平禍亂，請就干將」之句。……《有物混成》「先天地生」，老氏之言道如此。按：自古聖人中天地而立，因天地而教道可言，未有於天地之先而言道者。有司不攷詳，以邪説取士，士亦以邪説應之。既以此得，遂以爲是。豈惟不以德而以言，又併其言失之矣。

《古今源流至論》前集卷二　文章雜體，至我國朝而尤盛。……進士科舉之文，如王曾之《有物混成》，蓋有古詩風骨。

《宋史》卷三一〇《王曾傳》　王曾字孝先，……從學於里人張震，善爲文辭。咸平中，由鄉貢試禮部、廷對皆第一，楊億見其賦，歎曰：「王佐器也。」

《續歷代賦話》卷九　銑按：「有物混成，先天地生」出老子《道經》。

有教無類賦

王曾

神龍異稟，猶嗜欲之可求；纖草何知，尚薰蕕而相假。《歸田録》卷二。

《歸田録》卷二　咸平五年，南省試進士《有教無類賦》，王沂公爲第一，賦盛行於世。其警句有云：「神龍異稟，猶嗜欲之可求；纖草何知，尚薰蕕而相假。」時有輕薄子擬作四句云：「相國寺前，熊翻筋斗；望春門外，驢舞柘枝。」議者以爲言雖鄙俚，亦着題也。

省試自誠而明謂之性賦 誠發爲德，彰彼天性

范仲淹

聖人生稟正命，動由至誠。發聖德而非習，本天性以惟明。生而神靈，實降五行之秀；發於事業，克宣三代之英。稽《中庸》之有云，仰上聖之莫越。性以誠著，德由明發。其誠也感於乾坤，其明

也配乎日月。我生既異，初鬱鬱而有融；我性在斯，終存存而不竭。上智不移，無爲而爲。蘊被精醇之志，發爲濬哲之資。文王之德之純，既由天啟；周公之才之美，亦自生知。故得冠乎人倫，立乎聖域。所以見至矣之性，所以成自然之識〔二〕。究其本也，蓋鍾純粹之精；及其顯焉，乃著文明之德。

豈不以自誠而明者，生而非常；自明而誠者，學而有方。生而德者，實茲睿聖；學而及者，惟彼賢良。顔生則自明而臻，謂賢人而可擬；夫子則自誠而至，與天道而彌彰。若然，則誠之道也既如此，明之道也又如彼。蓋殊途而同致，亦相須而成理。發乎仁義，遂使跂而及之；著乎聖神，所謂誠則明矣。且夫明乃誠之表，誠乃明之先。存乎誠而正性既立，貫乎明而盛德乃宣。有感必通，始料乎在心爲志；不求而得，終知乎受命於天。

大矣哉！攷彼格言，見茲元聖。施爲可覿於君德，動靜必遵於天命。由至誠而達至明，是爲聖人之性。清康熙刻本《范文正公集》卷二〇。

〔二〕識：原作「誠」，據四部叢刊本及《古今圖書集成·經籍典》卷二九九、《學行典》卷五一、《歷代賦彙》卷六六改。

《賦話》卷五　宋歐陽修《魯秉周禮所以本賦》云：「雖周公之才之美不行於時，而文王之德之純盡在於魯。」此聯屬對，傳誦當時。然周公之才之美，申伯於蕃於宣，張燕公《宋廣平遺愛碑頌》已開之於前矣。范仲淹《自誠而明謂之性賦》云：「文王之德之純，既由天啟；周公之才之美，亦自生知。」施之此題，更爲親切有味，似勝歐公。

蒙以養正賦　君子能以蒙養其正

范仲淹

蒙者處晦而弗曜，正者居中而弗羣。守晦蒙而靡失，養中正而可分。處下韜光，允謂含章之士；居上棄智，斯爲抱一之君。

聖人以設彼《易》文，授諸君子。攷其在《蒙》之象，得此養正之理。渾兮若濁，下民無得而稱焉；闇然而彰，聖功亦在其中矣。是以不伐其善，罔耀其能。惟樸素而是守，又濬哲而曷矜。故知我者，謂我愚不可及；不知我者，謂我智不足稱。

務實去華，育德之方斯在；反聽收視，養恬之義相應。故得悔吝不生，純和自履。隱其明而若昧，保其終而如始。至賢者孟子，在養素而弗違；亞聖者顔生，性如愚而有以。是知蒙正相養，聖賢是崇。欲求乎不失其正，必在乎受之以蒙。石蘊玉而外質，蚌含珠而内融。天地何言，育物之功潛用；龍蛇處蟄，存身之道不窮。其或謀畫爲先，聰明自廣。不務淳淳而處，每思察察而往。則彼蒙也喪乎其真，此正也失其所養。曷若我知白守黑，老氏之教寧忘；用晦而明，箕子之風不爽。

至矣哉！正之在斯，養亦宜其。藴道德而不衒，豈禍福之能隨？志士體之而修身，素履無失；聖人執之而行化，赤子焉知。迺有修辭立誠，窮理盡性。常默默以存志，將乾乾而希聖。庶幾進退之間，保君子之中正。清康熙刻本《范文正公集》卷二〇。

窮神知化賦 窮彼神道，然後知化

范仲淹

惟神也感而遂通，惟化也變在其中。究明神而未昧，知至化而無窮。通幽洞微，極萬物盛衰之變；鉤深致遠，明二儀生育之功。大《易》格言，先聖微旨。神則不知不識，化則無終無始。在乎窮之於此，得之於彼。苟精義而入焉，如至誠而感矣。原其不測，識陰陽舒慘之權；察彼無方，得寒暑往來之理。莫不廣生之謂化，妙用之謂神。視其體則歸於無物，得其理則謂之聖人。必先賾其真宰，然後識其鴻鈞。載審聰明，見日居月諸之象；寧迷肸蠁，合春生夏長之仁。仰止天倪，探諸神造。扣寂之情斯至，觀妙之言可攷。不疾而速，思左旋右動之機；不怒而威，悟福善禍淫之道。豈不以化之布也，無黨無偏；神之理也，自然而然。亦猶究彼靈蓍，審萬象而無失；推兹妙律，測四時而罔愆。若然，則眇覿虚無，遐觀妙有。知微妙而斯在，欲擬議而何後[一]？所以虞舜運璇璣之日，不爽昭回；仲尼窮《易》象之年，自明休咎。念兹在兹，不可不知。稽惡盈而是則，將應變以何疑。以此觀天，通乾道而明矣；以斯設教，助人文而用之。是以聖人德合乾坤，道通晝夜。法至神而有要，臻大道而多暇。有以見秉堯智以無爲，而民自化。清康熙刻本《范文正公别集》卷二。

天道益謙賦　天道常益，謙損之義

范仲淹

士有探造化之真筌，察盈虚於上天。雖秉陽之功不宰，而益謙之道昭宣。萬物仰生，否者由斯而泰矣；四時下濟，屯者自我而亨焉。

[一] 後：四庫本及《歷代賦彙》卷六六作「就」。

原夫杳杳天樞，恢恢神造。損有餘而必信，補不足而可攷。是故君子法而爲政，敦稱物平施之心；聖人象以養民，行裒多益寡之道。豈不以謙者物之自損，益者時之與昌。龍蛇蟄而後震，草木落而還芳。於以見其物理，於以見其天常。月既虧而中盈，於時不昧；陽盡剥而來復[一]，其義爰彰。然則高明之運也，善行無迹；盛衰之應也，惟變所適。苟守之以謙，必受之以益。有中之士[二]，我則錫元吉而弗違；罪己之君，我則助勃興而無斁。

雅契姬文之述，何煩太史之占。處幽晦者，日星必照；在焦枯者，雨露必霑。取類而言，如江海之潤下；殊塗同致，若鬼神之福謙。得不觀庶物之情，究至理之本。貴必始之於賤，益乃生之於損。既人事之在斯，又天道之奚遠。高者抑而下者舉，一氣無私；往者屈而來者伸，萬靈何遁？

大哉！覆受無遺，神之聽之。執虛者不言而應，用壯者雖猛何爲？卑以自牧之

[一] 來：原作「求」，據四庫本及《歷代賦彙》卷六七改。
[二] 中：四庫本及《歷代賦彙》卷六七作「終」。

人，實受其福；貴而能降之者[一]，不失其宜。我后上德不矜，至仁博施。實兆民之是賴，無一物之不遂。貴退讓而黜驕盈，得天道益謙之義。清康熙刻本《范文正公别集》卷三。

《賦話》卷五　仲淹《天道益謙賦》云：「高者抑而下者舉，一氣無私；往者屈而來者信，萬靈何遁？」取材《老》、《易》，儷語頗工。

水火不相入而相資賦（其性相反，同濟於用）

范仲淹

水火之性也，偏其反而；水火之利也，一以貫之。居惟異處，動必相資。始則無自入焉，受諸睽而已矣；中則往有功也，取既濟以宜其。

原夫兩儀肇生，五行並命。水以流而順，火以明而盛。一彼一此，自分燥濕之情；知和而和，匪間炎涼之性。烈烈湯湯，曰陰曰陽。其數六者柔而勝，其數七者熾而昌。六以陰而習乎坎位，七以陽而配彼離方。離坎誠非其一致，陰陽安得而兩忘？雖天生

[一] 者：四庫本及《歷代賦彙》卷六七作「君」。

之材，本四象而區别；蓋日用之利，合二體以交相。道非獨善，功不相遠。翻疑乎方以類聚，何患乎體與情反？

作鹹作苦，始殊同氣之求；曰潤曰炎，豈宜相得之晚。施之無窮，和而不同。亦猶天地分而其德合，山澤乖而其氣通。日月殊行，在照臨而相望；寒暑異數，於化育以同功。則知質本相違，義常兼濟。六府辯盛德之美，九鼎洽大亨之惠。分而爲二，曲直相入。以誠難會之有元，胡越異心而自契。象則遠爾，理則依於。當異位而有别，終同功而靡疏。從政者寬猛相須，體兹至矣；爲道者恬智交養，觀此行諸。是故躁以静爲君，有以無爲用。相薄類風雷之益，違行殊天水之訟。我道也不相入而相資，與天下之公共者也。清康熙刻本《范文正公别集》卷三。

黄離元吉賦

胡宿

《黄》居中而秉色，《離》含章而守柔。蹈至和而不競，統元吉以來求。粲兮有章，履文明之盛位；沖然處順，被謙益之鴻休。明兩之卦聿陳，《黄》、《離》之象斯得。能居六二之位，遂配中央之色。有文在内，符聖人赫赫之明；守正於中，契君子温温之德。

粲英華兮發外，迪清明兮在躬。安六爻而順守，執一德以内融。焕乃文章，發耀於重明之際；惡夫朱紫，含華於正色之中。豈不以五采平分，黄者色之懿；八卦並列，《離》乃文之粹？觀一陰之成象，統二美而居位。法之繼照，天光臻下濟之功；執以嚮明，文德有化成之利。

蓋由體無剛壯，道有休明，乘初陽而不憂於患，履大中而克立其誠。故能主斯文於《易》象，配其色於土行。昭明之德，内融虚而不耀；和順之猷，中積動乃咸亨。然則柔而不害者，物之所應；剛而自用者，衆之所病。既章明之在御，又沖和而守正，故得百祥由是而告休，萬福以之而協慶。履乎中道，守一色以惟醇；秉乃至柔，配休光而爲盛。

精義惟賾，聖文有爲。雖垂言於麗正，俾觀象而緝熙。黄裳之所謂在中，誠非遠爾；白賁之但能无咎，奚足方之？異哉！美質無華，至虚攸保，成兹顯懿之德，由乃黄中之道。宜乎重華光表之君，爲法式而是寶。四庫本《文恭集》卷一。

顏子不貳過賦

胡宿

偉顏子之賢哉，亞聖人之上才。既知過以無貳，益閑邪之不回。秉先覺以觀身，幾微必顯；敦至誠而適道，悔吝何來？

原夫處陋巷以屢空，冠孔門而博雅。能盡去於貳過，將動由於純嘏。事有未善，但見乎必先知之；改而後行，孰云乎不早辨也？然則過不可顯，貴乎內遷；貳不可長，防乎外宣。可離則且非乎道，有開則必辨其先。極深而研，在方寸欲萌之際；造形則悟，當細瑕未兆之前。

守爾中庸，敦乎誠慤。去邪惟務於得善，達節更聞於好學。稽仲尼之無大，所謂前知；攷子路之喜聞，誠爲後覺。莫不慎乎幽獨，戒在防虞。既度思而不亂，諒憂患以終無。自同乎禹稷之道，豈比夫師商之徒？

苟知恥以方迴，是謂過矣；既表微而克正，其殆幾乎？則知善乃貴乎則遷，過實重乎勿貳。自存淵默之境，不在彰聞之地。復爲德本，我則體復以終誠；幾者動微，我則研幾而繹志。故得改兮勿憚，去以無疑。蓋慎乎亂之生也，且殊乎人必知之。苟洗心而奉若，在滌覽以宜其。未嘗復行，諒無憂於祇悔；不可則止，豈有患於小疵？彼視履考祥，退思補過，皆已成而是改，非未朕而能破。所以保中道之誠明，爲至聖之翼佐。四庫本《文恭集》卷一。

豐宜日中賦　《豐》尚光大，宜照天下

宋祁

豐，大也，貴夫擊蒙；日，實也，盛乎居中。攷卦體之至象，配陽精於上穹。二體迭昌，麗午躔而光大；六爻俱盛，協瑞景以昭融。聖人所以仰之如日，受之以豐者也。昔之作《易》也，妙探神幾，冥符心匠。《離》明乎下，《震》動而上。大道既備，微生斯暢。由是因《豐》體之甚盛，與日華之相尚。必稱其大，取羣彙之勿憂；必貴其中，欲萬靈之咸向。胳合精義，燦爲烈光。彼貫八象，此臨萬方。引繫表之幽奥，對天心之焜煌。動且有明，候允符於爲市；亨而可格，位必契於當王。且夫時得其隆，理據於會。景鑠不震，隱微何賴。是必取厥運行，比夫光大。故初九未至，獲有尚之譽；六五既正，受來章之泰。見斗見沬，二與三而迭凶；其蔀其家，四及上而交害。則知豐自不盛，道乃致危；日之不正，照或有遺。故我包三極以

備體，媲萬景而不欹。居幽者各安其所，晞光者罔失其宜。觀象惟明，式在無偏之際；玩占弗隱，雅當必賛之時。

是則《豐》協於日者，見廣被之勤；日對於《豐》者，有宣精之妙。昭然物理，煥焉典要。我功甚大，不求餞谷之名；我化既敷，不取嵎夷之照。用能義周萬物，明暨八埏。辭存乎卦，象昭乎天。究神道以臨下，爍洪暉而在前。用以致刑，法平分於瑞采；推而尚大，符表正於高躔。王者所以丕建謀猷，慎守宗社。觀《豐》則澤寖於無外，宜日則明被於羣下。因一卦之義焉，見聖人之道也。四庫本《景文集》卷三。

大信不約賦 誠著天下，無取於約

宋祁

信惟去僞之道，約乃未孚之名。既外盡於末節，俾中含於至誠。化自不言，表聖人之執契；衆將來助，非君子之屢盟。原其至治有開，羣生在御，五教既備，百志中處。乃謂信者本也，本立則道化可行；約者末也，末成則僞端益著。故我悉蕩偷薄，專求明恕。同底於道，詎屑屑於至期；不戒以孚，豈孜孜於豫慮。何則？

信出於我，感物而能宣；約徇於彼，致疑而易愆。在顯猷而祗若，胡約請以紛然？得不遠取諸物，仰觀乎天？萬彙生成，本宜符於氣候；三辰盈昃，孰邀會於經躔？薰然太和，納以純嘏。蓋明亮而格物，匪誓言而接下。武有不期之伐，功乃告成；蒲稱胥命之辭，違之蓋寡。勿謂信之小，行而永乎；勿謂約之至，久而必渝。譬夫道之深，反見其不器；德之盛，乃謂之若愚。理自吾有，詐將爾無。明允克敦，令未行而已應；篤誠斯至，祥不召而先符。亦猶神無言而四時行，海不争而羣流聚。

況夫君唱臣和，聖作物覩。由衷之教鬱興，久要之文何取？鄭交質而無益，足驗離心；周作誓而始疑，終乖禦侮。曷若化行輗軏，功被豚魚？俾大猷之廣矣，寧宿諸以依於。發乎身而加乎民，克昭上德；推其心而置其腹，詎載盟書？宜乎大禮攸稱，明君卒度。體天地之覆燾，總邦家之興作。苟允執以存誠，亦何勞而用約？四庫本《景文集》卷四。

孝者善繼人之志賦 人子行孝，能繼先志

文彦博

稽禮經之垂訓，見孝子之奉親。俾繼襲於先志，蓋博諭於後人。必學爲箕，既顯奉

親之要[一]；無改於父，克彰務本之因。得不載攷斯文，深窮秘旨。非徒樹彼教本，蓋以勗於人子。欲令不悖於親，固在必從於始。克纘丕緒，始則揚武王之休；追祀先公，次則顯周旦之美。徒觀其孝道斯盛，國家遂行。

悉務無違之教，或敦不匱之誠。其父析薪，孰云負之靡克；若攷作室，但見構之方成。斯蓋君令臣從，上行下效。俾百姓以從化，則一國而興孝。用勞用力，率從安義之文；學禮學詩，敢悖過庭之教。罔墜先德，彌增懿稱。於顛沛而克肖，寔前後以相承。

子路之貧屢傷，斯爲直養；孟莊之臣不改，是謂難能。所謂乎君子能勞，後代有繼。遵地義以寧失，守天經而罔替。克紹前烈，我則益務於矜莊；無廢舊勳，我則彌懷於遜悌。是曰有後，無聞辱先。非惟世濟其美，抑亦代不乏賢。史談著書，遷繼而立言垂世；夏鯀治水，禹紹而隨山濬川。

懿哉！念《凱風》之言，遵《白華》之義。蓋將無忝爾祖，是用不違其志。夫然，則上自君而下達民，固宜守茲而勿墜。明嘉靖刻本《文潞公文集》卷一。

[一] 要：四庫本作「孝」。

中者天下之大本賦

天下之教，由此而出

文彦博

中者存乎性，性者命於天。爲萬化所宗之本，乃七情未發之前。澹乎自持，政教自兹而出矣；感而後動，吉凶由是以生焉。原夫賾禮典之淵微，得中和之用捨。聖人極之以育物，君子循之而化下。人生而静，故能用其中焉；教所由興，是以謂之本也。始其惟寂惟寞，何慮何思？道所從而隆矣，人可得而由之！喜怒不形，守爲樸素之本；嗜欲將至，散成禮樂之基。外物未牽，中扃是斆。苟能發以中節，是致廣而成之教。始惟所禀金則義，而木則仁；終乃有還父爲慈，而子爲孝。是知言其中者哀樂之未發，謂乎本者教化之必由。藴之則五常盡在，散之則百禮交脩。何異夫大樸將分，上者道而下者器；洪鈞欲播，達乎萌而出乎勾。得不載考斯言，詳觀至理。雖化育之甚大，亦權輿而自此。誠明内著，兩儀蟠極之宗；和順外融，萬物經綸之始。有如此者，不其偉而！爲最靈而可美，著達道以攸宜。若然，則天下之精，無能及此；縱域中之大，何莫由斯。故知道不自於天生，禮非從於地出。起於人性之静，肇彼民心之質。所以王者之致中和，雖百慮而同歸於一。明嘉靖刻本《文潞公文集》卷一。

天衢賦　亨達之路，無復凝滯

文彦博

否窮必泰，畜極當亨。取天衢而垂諭，在《易》象以著明。孰謂乎險不可升，半塗則廢；誠因乎利有攸往，直道而行。

原夫乾以剛升，艮能柔遏。卦成《大畜》之象，亨在六爻之末。言其天者，示吾道之高明；譬彼衢焉，表時途之洞達。徒觀其蕩蕩罔極，平平甚夷。必在與其進也，方可跂而及之。將列曜以同遊，曾無險阻；與群龍而共躍，迥出喧卑。

廣矣亨途，坦然大路。小人寸進以無便，君子階升而有素。遠者近者，已當開泰之時[一]；何斯違斯，詎見艱難之步。豈不以屈伸道異，窮達路殊。困躓率由於邪徑，超騰宛在於康衢。瑣瑣管闚，固上行而莫有；區區跛履，信高蹈以應無。蓋以本乎天者悠

[一] 已：原作「自」，據四庫本、傅增湘校本改。《歷代賦彙》卷六八作「自」。

遠而不窮，況於衢者遵循而惟速[一]。既亨達之有遂，則制畜而無復。初惟藏密，同鶴鳴之在陰；終乃升高，類鴻漸而及陸。

偉乎！高連雲漢，直比絲繩。將何人之率履，欲誰氏之先登。上士行之而克勤，大勳必集；王者蹈之而不返，庶績咸凝。若然，則道遂坦夷，往無凝滯。豈惟推四達之廣，蓋將及九重之際。何當履此高衢，振芳縱而出世。明嘉靖刻本《文潞公文集》卷二。

大匠誨人以規矩賦 良匠之誨人以規矩

歐陽修

工善其事，器無不良。用準繩而相誨，由規矩以爲常。度木隨形，俾不欺於曲直；運斤取法，必先正於圓方。

載攷前文，爰稽哲匠，伊作器以祖善，必誨人而攸尚。有模有範，俾從教之克精；中矩中規，貴任材而必當。誠以人於道也，非學而弗至；匠之能也，在器而攸施。既諄諄而誨爾，俾拳拳而服之。默受以全，曲則輪而直則軫；動皆有法，完爲鞠而斲爲

[一] 循：四庫本、傅增湘校本作「行」。

棋。

然則道不可以弗知，人不可以無誨。苟審材之義失，則教人之理昧。規矩有取，爲圭爲璧以異宜；制度可詢，象地象天以是配。匠之心也，本乎大巧；工之事也，作於聖人。因從繩而取諭，彰治材而有倫。學在其中，辨蓋輿之異狀；藝成而下，明鑿枘之殊陳。

義不徒云，道皆有以，將博我而斯在，寧小巧而專美？殊玉工之作器，惟求磨琢之精；異扁人之斲輪，但述苦甘之旨。是知直在其中者謂之矩，曲盡其妙者本乎規。然工藝以斯下，俾後來之可師。道或相訾，引圓生方生而作論；言如未達，譬周旋折旋而可知。是何樸斲爲工，剞劂斯主，翫其役以雖未，聽乃言而可取。故孟子謂學者之誨人，亦必由於規矩。宋慶元刻本《歐陽文忠公集》卷七四。

至誠盡人物之性賦 惟至誠，盡人物之性

陳襄

性理雖奥，聖神可知。緊此誠明之德，盡夫人物之爲。禀上知於中和，冥通化育；燭群生於動植，深極謀惟。

凡厥民生，應夫天粹，有性之德，曰仁與義。罔之生也則失，誠而明之則備。故窮本以知本，推類而知類。上以觀三極之道，可得而明；下以究萬物之情，亦莫不至。所謂與性俱生，配天而誠，不思而理得，無爲而化成。深則盡人之道，微而極物之精。敦一德以清明，坐無遺照；格二儀之覆載，居得輿情。蓋夫人性均義也，在推其所不爲；人性均仁也，在行其所不忍。將悠久以無息，兹照知於未朕。窮吾理則人理斯得，推吾情則人情可準。心渝金石，則毫釐千里而差；孚格豚魚，則天地一言而盡。

且夫蠢焉非齊者，庶物；危而難保者，蒸人。何治之能格，何施而能臻？必在先誠其性，内本諸身。其深也，有以通天下之志；其幾也，有以盡天下之神。凡在化育，孰不尊親？大不失夫婦之愚，必蒙其澤；小不遺草木之細，亦被其仁。

若然則情靡有遷，道無所屈，大人之事斯備，赤子之心無拂。伊尹之聖，且思拯於匹夫；虞舜之仁，亦推明於庶物。斯乃性格天道，德爲人師。有氣，帥以爲之用；有心，官而爲之思。宜爾小者大者，樂之利之。神藏在中，通變而民罔倦；智周於下，曲成之類無遺。故孟軻明四端之由，荀子辨五官之正。知之者善，成之者聖。稽諸高厚而不悖，質之幽明而孰病？況於人乎，況事倫乎，莫不盡其性。宋刻本《古靈先生文集》卷二。

貴知我者希賦

以「知我者希，其貴多矣」爲韻

劉敞

衆所共知者其器小，人鮮能察者其理微。故聖人不從事於俗，老聃貴知我者希。和其光，同其塵，毋衄驁民之怨；出乎類，拔乎萃，豈嫌舉世之非？然後覩其操之畾畾，見其德之巍巍已。

古之聖賢，以賤爲在人，以貴爲在己。蓋審乎内外之分，辨乎榮辱之理。是以不同譽於流俗，期度越於諸子。豈以其重若彼，其輕若此？未遘真賞，雖多亦奚以爲；忽逢知音，有以少爲貴矣。且夫在邦必聞者，斯佞人之行也；遯世無悶者，惟有德者能之。如是則苟患乎不立，無憂乎弗知。遇非其人，則同舟有胡越之異；得其所謂，雖萬世猶旦暮之期。物固有密不若疎，衆不若寡，與其顯於常士，孰若稱於識者？盡獲下流之譽，我必其辱焉；一遇忘言之知，吾見其珍也。譬夫荆山之璞，以非寶見欺；魯郊之獸，以不祥獲疑。及夫被旌於卞氏，見賞於仲尼，然後一角之麟，後王明其瑞矣；連城之璧，歷代仰夫温其。況乎道之精者，可以神交不可以功計；意之微者，可以心照不可以言謂。

是以知之彌衆者，其術彌下；識之愈希者，其身愈貴。亦猶巴人之唱，苟下里皆可以繼聲；虞《韶》之音，非至人不能以忘味。豈德與世邈者應必少，技與衆同者和必多？多而易求，斯賤也已；少則難得，非貴如何？嗟乎！世之士務於人之知，而不計其不可；急於己之貴，而不悟其在我。將市義於比周，而衒名於衆夥。斯人也，鄉原之徒歟，道奚由果？四庫本《公是集》卷一。

三命不踰父兄賦 以「内朝治親，尊卑以齒」爲韻

劉敞

元聖制禮，内朝治親。屈三命之殊寵，後先生於下陳。受位造庭，義不踰於父行；循牆盡禮，恭無亂於天倫。古訓與稽，舊章爲美。正外者必慎其内，化遠者亦資於邇。由是敕公侯以惇睦，自燕朝而基始。班異官爵，位雖極於命卿；誰無父兄，理自宜於序齒。疏不凌近，卑不瀆尊。修之廷内，而君臣之敘立；達於天下，而孝友之教存。車馬之賜雖優，豈無定著？長幼之倫勿廢，以詔後昆。然則百官疎也，故朝於外；九族親也，故治於内。於外，故右賢而貴爵；於内，故尚親而立愛。貴爵，然後知王官之不可亂；立愛，然後

見人道之不可廢。禮或三賜，親惟一概。若弟若子，敢介寵而自矜？有尊有先，宜適卑而少退。肅肅合族，雍雍在朝，飾情文而皆盡，戒容貌之有驕。名位不同，彼鄉飲也，或不齒之爲尚；少長有禮，此宗室也，宜入事而勿佻。

且夫事父嚴，則忠可資於君；事兄謹，則順可達於治。故尊尊貴貴者，禮之敘；親親長長者，仁之至。奈何治其外不修其内，有其一遂慢其二？爵雖元士，非父黨之可踰；位絶諸昆，亦鴈行之相次。職在庶子，教成有司。示訓民於親愛，昭辨等於尊卑。想考父之益恭，由兹可見；雖唐堯之惇敘，捨此奚爲？是謂人之大倫，國之元紀，以睦兄弟，以親父子。貴無驕汰之失，賤有和順之理。故曰正家而天下平，非此則何以哉？四庫本《公是集》卷一。

不愧屋漏賦

以「君子慎微，心無所媿」爲韻

劉攽

噫！治身莫若慎獨，求仁在乎表微。故屋漏之不媿，則君子其庶幾。誠而明之，雖户白之甚邇；禮無違者，豈顔厚以蒙譏？

攷垂訓於前經，達嘉猷於《戴記》，謂夫仁也非顛沛之可捨，道也非須臾之能離。

故中庸之爲善，欲内外之同致。然而十目所視，惟愚夫知其不欺；一室之間，獨至人可以無媿。斯蓋擇善圖遠，閉邪慮深，非曰鬼神之處，儼如師保之臨。仰瞻西北之隅，曾微物覩；内省光明之德，罔憾余心。

且夫資之深者處之安，爲之難者行之慎。故不爲顯晦以殊節，出處而易信。達黄中之理，常祇若以存誠；念陽厭之方，豈傀焉而終吝？衆謂之微，以其弗見；世謂之隱，以其弗聞。蹈先覺而秉哲，無慙德而集勳。邇之足以治下，遠焉可以事君。謹爾燕居，自獲申申之樂；仰夫匪隱，罔貽負負之文。

向若識謝鄰幾，仁亡由己，昧知非乎伯玉，違好學於顔子，則雖志深媚奥，寧足逭於多慙，名或升堂，亦深虞於可恥。是知觀大者莫若小，責有者始於無。則善惡不能以理奪，賢愚不可以智誣。美子思之著書，誠爲治本；稽衛后之興刺，彼實迷途。

異哉！閫奥之間，尋墨之所，猶内深乎戒惕，而外齊其居處，則夫朝廷鄉黨之中，復何虞乎失步！四庫本《彭城集》卷二。

駟不及舌賦

王回

彼駟能行，駸駸萬里；此舌能言，人纔聞耳。萬里遠矣，駟行有疆；聞耳甚微，舌言無方。六轡在手，縱之吾遊，見險逢艱，不可控留。一出諸口，死傳吾志，善惡吉凶，孰追孰避？蓋古君子，取物以箴，學士誦焉，可毋慎今！《皇朝文鑑》卷四。

事君賦

王回

北面以受命兮，命同而功則異。矢中心而自贊兮，非有道曷明其所爲？蓋圖國之在人兮，我得之故爲貴。若貨利之不敢愛兮，奉君欲之所便。役股肱而忘死兮，濟君難於已然。豈不輸忠而塞報兮，奈何猶憾於天！倬我圖而孔臧兮，志常足而名全。閲萬物之至衆兮，孰一人之至寡。呼同德以佐佑兮，賴先權於取捨。張有司而賦政兮，寄聰明於夙夜。儻虛其人而瘝厥官兮，雖有食而誰暇？臯以進夫賢能兮，罄巖澤而無留。但見朝大夫士兮，暨四方之守侯。咸顯任其所知兮，迓交泰之時休。君無爲而垂拱兮，我亦退食而優遊。

昔重華之弼唐兮，拔嶽牧與禹稷。文命躡其近武兮，晤臯陶而謨九德。摯虺夾以相湯兮，美遂良而舉直。文公作周衡兮，尚勤訓於三宅。其誠可薦於天地兮，況我民之馴格。君臣享其淑問兮，詒萬世之矜式。亞斯之不敢緩兮，亦何世而無人。隨小大以成功兮，但挾霸而未純。諒要道之自然兮，如歲運於陽春。迷咫步以它之兮，固治亂之所分。臧仲之蔽展禽兮，坐掛譏於竊位。公孫託擯於仲舒兮，衆交詆其疾忌。夫豈不念於善傳兮，反貪巧而速累。曾莫望於貨之徒兮，猶可以逃罪。彼匠者之構廈兮，操斧墨而自能。使楩楠老於深林兮，斧墨具而焉程？惟得人而事君兮，乃受命而有成，感先儒之話言兮，聊頌箴而一明。《皇朝文鑑》卷三。

《習學記言》卷四七　聞之吕氏，讀王深父文字，使人長一格。《事君》、《責難》、《愛人》、《抱關》諸賦，可以熟玩。自王安石、王回始有幽遠遺俗之思，異於他文人。而回不志於利，能充其言，殆非安石所能及。然若少假不死，及安石之用，未知與曾鞏、常秩何如？士之出處，固難言也。

《續歷代賦話》卷一〇　銑按：深父名回，福州侯官人。西麓周氏曰：王深父學於歐陽公，其文出歐陽體而尤淡，序事曲折不窮，特壯偉不及也。至於摘經傳語以爲賦，詞短而意深，有味其言哉。

責難賦

王回

臣卑而君尊兮，侔地道之承天。北面贄以伏朝兮，南面受之偃然。役股肱於夙夜兮，須有命而後虔。含厥美以自忠兮，避成功而不敢先。何責善於難行兮，奄恭名而獨傳。蓋曰善之爲猷兮，匪身修而弗克。五事生之所稟兮，覺初微而漸碩。儻一失其本源兮，外物來而横逆。況宅勢於人上兮，百度叢而歸責。治則身安而名榮兮，亂甚者喪其家國。賢臣出而登用兮，爵既好而禄又豐。師保阿焉受教兮，箴諫謹於群工。匪聖法而不敢述兮，推天命於始終。

使吾君至誠兮，執忠信以自主。使吾君達其所忍兮，仁無不恕。使吾君恥不若先王兮，遵義之路。使吾君不敢慢於匹夫兮，禮乃大具。使吾君察天下之理而無鑿兮，智足以成務。勤君之思而劬君之力兮，誰謂吾倨？蓋志行則爵禄可報兮，否則遁而去。

昔舜禹之相堯兮，斯猷著於典謨。商摯慕其遺風兮，引撻市而爲虞。説冢宰於武丁兮，繩正木而靡渝。周公之告孺子兮，揚文武之永圖。召伯又歌乎公劉兮，美厚民而匪居。雖孔、孟之遊於衰世兮，固守經而嚴如。宜其名實之一揆兮，彼興廢何區區？後千載豈無臣兮，忘鑽仰於我極。逢君欲以就利兮，凡枉尋而直尺。量君才爲不及兮，聊順時而姑息。詆高論曰迂闊兮，喜近己而循迹。

嗚呼！君名貶於雜霸兮，專頌美於在昔。臣不恭莫甚於此兮，徒没齒而愧惕。竊獨嘉夫魏公兮，沃唐文而迓衡。知正己而民服兮，破俗辨之刑名。既柔遠而能邇兮，尚惜其學略而功速成。作正位之儆戒兮，雖芻蕘者亦聽。匪吾言之能賦兮，唯尚文之易明。《皇朝文鑑》卷四。

愛人賦

王回

俶天民之秉彝兮，同懿德而自好。縱百骸以徇物兮，義與利其殊報。彼君子兮，唯先覺是號。故忠恕以愛人兮，捨元元其焉肖？竊誦夫曾氏之求志兮，忘違禮而寢於大夫之簀。感童子之關諷兮，雖疾病猶扶而反席。元與春務養吾欲兮，何屑屑而姑息？詒話言於一朝兮，可推而措諸靡極。

蓋曰德之爲物兮，在己而不在他焉。其形輶於鴻毛兮，其力重於太山。吾人所以相保而生死兮，固賴此而能然。俾各達其常心兮，因厥類毆而復還[一]。孝莫大於尊親兮，不格姦於幾諫。慈莫隆於燕子兮，擇明師而講善。忠莫美於致君兮，專責難於可願。禮莫隆於任臣兮，敕欽職而有間。莫戚於夫婦之際兮，風睢鳩而誰溷。莫孺於兄弟之間

[一] 毆：原作「區」，據《宋文鑑》卷四、《歷代賦彙》卷六七改。

兮，泣闟弓而弭怨。莫樂於朋友之交兮，競切磋而成信。其餘泛吾義之所及兮，亦應乎求而敢倦！異此則陷父於惡兮，晉申生纔謚爲恭。納寵孽於驕奢兮，衛莊侯卒覆其宗。逢主欲以厚斂兮，冉求服鳴鼓之攻。王僚試於私人兮，形變《雅》之《大東》。恣同牀之干政兮，嬉妲繼以興戎。小不忍於咈母兮，鄭克叔而俱凶。損友之三科兮，匪孔門之所容。況巧言與佞色兮，賨媚衆以雷同。嗚呼！是非之甚明兮，成敗亦不爲効。歷萬古而猶惑兮，寧醉昏而夢未覺。惜勞心而日拙兮，竊方循理而造要。庶無忝於曾氏之言兮，聊矢賦而彌邵。《皇朝文鑑》卷四。

《項氏家説》卷一〇《讀王回深甫文集四章》《三黜賦序》曰：「今之州掾縣佐似士師，而不似抱關擊柝也。」安世曰：「此言可以爲從事者之箴。」……《謹微賦序》曰：「顧恃於不可見之德，而不謹於可見之行，吾恐子志未白，而效者已成俗矣。」……安世曰：「此言可以爲任情者之箴。」

宋代辭賦全編卷之六十三

賦 性道 二

公生明賦 公不偏黨，明則生矣

許安世

事欲無蔽，心宜盡公。既守正以宅志，遂生明而在躬。祛一意之黨偏，不私乎物；照百爲之情僞，罔汩於中。若夫外交事變之繁，中固心誠之守，以謂虚己鑑物則枉直昭晰，挾情適事則是非紛糾。欲庶理之皆辨，捨至公而則不。中立不倚，始持正於群倫；旁燭無疆，遂致明於萬有。無陂無側，不阿不偏。非妄惡也，惡其衆之所棄；非作好也，好其衆之所賢。蓋依違牽制者固已去矣，則明白洞達者乃其自然。百志惟寧，居絶傾邪之漸；五綦不亂，遂觀昭曠之先。蓋夫智因窒而後昏，性以私而有黨。愛憎既絶，則真僞必審；

取捨既平，則善惡不爽。抱純正以中執，涵機靈而内養。所以主心善治，湯無蔽塞之憂；直道欽承，文有照臨之廣。

豈不以湛静者人之性，偏闇者性之情。知静爲本，故虚之則定；知闇爲害，故去之則明。正厥心官，始閑邪而制物；發爲智燭，終迪哲以通誠。大抵處有累之地者，莫不徇私；對無窮之變者，鮮能不惑。凡適理以非眩，由秉心之自克，得不保守天質，蹈行聖則。周而不比，無一曲之蔽情；静之徐清，有三知之入德。因知心乃物之鑑，公爲職之衡，係吝既屏，純明自生。以之察己則事至不惑，推而成務則物來敢名。是故君子養源，於以致忠邪之判；大人正己，豈徒無譖愬之行。

嗟夫！有爲者易失其本心，無憚者或迷於至理。故伾、文黨與以醜正，恭、顯庸回而嫉士，智尚昧於自保，識敢期於遠視。惟夫以公正爲心，明則生矣。《皇朝文鑑》卷一一。

《巖下放言》卷中 玉素處士張舉字子厚，毗陵人。治平初試春官，司馬温公主文，賦《公生明》，以第四人登第。

《彦周詩話》 先伯父治平四年舉進士第一，少從丁寶臣以文字爲歐陽文忠公、王岐公所稱重。其試《公生明賦》曰：「依違牽制者既已去矣，則明白洞達者乃其自然。」此不刊之語也。《齊東野語》卷五《方翥》馮京知舉，張芸叟賦《公生明》，重疊用韻，已而爲第四名。」

智若禹之行水賦 明智之大，如禹行水

孔平仲

古有大智，中潛至明。何行水以爲喻，蓋存心之自誠。淵然創物之謀，敏而外發；沛若決川之勢，順以東傾。

夫惟靈萬類而生，毓五常之粹，不滯於物，其端曰智。然順其故則不致於交譎，悖其本則浸成於大僞。居惟適正，委美質之自然；舉若下鴻，措安流於無事。審利圖害，籌安計危。蘊千慮以無惑，包萬殊而不遺。每優遊而處此，不汩亂以行之。内畜清明，陶天真而去詐；遠侔疏鑿，適地勢以流卑。湛然恬養於中，廓然識周於外。不滌源而滌性之垢，不治水而治情之害。較迹無間，成功亦大。可通塞壅，順意表以彌綸；如決懷襄，貫地中而滂沛。

大抵多計者流於機巧，好辨者溺於空虚，其弊明甚，惟人戒歟。故我抱靈鑑以無隱，導沉幾而自如。心常惡其鑿也，勢若排而注諸。舜以是而察邇言，聰明並決；堯

因之而急先務，障蔽皆除。夫運至計以利仁，紹徽謀於平土，德一也，何獨議乎智？人一也，何獨尊乎禹？蓋智之於物兮，必順適其理；而禹之於水兮，亦疏導其苦。苟能此道，宜效臯陶之謨；一失其原，或謂白圭之愈。後世蘇、張之辯勝，莊、老之道鳴，其耀才者或籠愚而不正，其矯枉者又絶聖以無聱。皆與性以相戾，譬濬川而逆行。亦猶戕柳以爲之棬，並非其質；揠苗而助之長，反害其生。

噫！喻玉瑩者楚有屈平，侔蓍龜者秦聞樗里。或以易變而貽誚，或以不知而爲恥。皆莫若順其性以行焉，所謂智者樂水。《皇朝文鑑》卷一一。

德至者色澤洽賦

德輝發形，顔色斯洽[一]

劉弇

德既能至，形斯有歸，故兹色澤之洽，率由充實之輝。根百善之大全，初忘物我；暢四支之積美，罔汨脂韋。竊原樂莫大於誠，人之生也直，厥有備善，是爲至德。苟本諸中扃者未始虧贅，則

[一]《歷代賦彙》卷六八題注云：「以『德輝發形顔色斯洽』爲韻。」

見之外貌者何煩藻飾。立其大者，性命默爾以皆安；人焉廋哉，色澤油然而可識。外秉四重，中清五綦。其中周旋，而盛亦已至；其蓄剛健，而新從可知。純德發若，粹和在斯。朝廷之上誾誾而侃侃，閨門之內愉愉而怡怡。志意致修，居有潤身之積；英華外發，形爲睟面之滋。接物非特既其文，成己爲能用其極。如霧豹焉，澤彩於幽眇；如山玉焉，揚輝於伏匿。杜人僞之象恭，發天真之踵息。默然而喻，始符通理之黄中；即之也温，卒異鮮仁之令色。

誠以矜壔祭而歸者，驕泰可賤[一]；取夏畦之病者，諂容孔艱。又孰若藻德小言容之足，美身卑口耳之間。窮而衡泌，則神王而氣逸；達而朱金，則心舒而體閒。陋骫髀之元叔，體柔嘉於仲山。覩我朵頤，微羲《易》捨龜之躁；赫如渥赭，得衛詩錫爵之顔。有動之而斯遠暴之明，無就之而不見畏之忽[二]。趨行奚事於舜禹，肝膽靡憂於楚越。何假地文之示，自得天光之發。所以養氣而無是餒，嘉孟氏之醇醇；樂内而何其臞，偉顔生之勃勃。

[一] 驕泰：《歷代賦彙》卷六八作「驕態」。

[二]「有動之」二句：《歷代賦彙》卷六八作「有動之而斯遠暴慢之明，無就之而不見可畏之忽」。

向若蒿目自累，火馳弗寧，窘勞倦不枯之貌，囿睢盱承豫之形。槁項黄馘者既中已無主，曼膚騈肩者又愚而不靈。遂使赧赧而非所知，徒槧表襮；詡詡而相取下，舉昧沉冥。夫豈知彪外之君子不誣，踐形之聖人可法。蓋泚顙而達面目者未免愧積，則養指而失肩背者良由智乏。故曰德至同於初，色澤何從而不洽。四庫本《龍雲集》卷一。

齋居賦

張耒

仲夏之月，陰氣始至。陽既盛而初剥，陰浸亨而用事。水伏畏涸，火燎方熾。其於人也，心實過炎，而腎受其弊。惟人之生，受命在子。推卦曰《坎》，於行爲水。微陽所潛，元氣之始。故火甚烈，則正氣或因而衰，則水受害者，君子之所深畏。於是屏事燕息，滌慮齋居。既静事以無刑，又遠眺而高居。却紛華而弗陳，與淡泊乎爲徒。絶嗜窒慾，愛精嗇神。聲色不御，滋味弗親。沖然與和俱遊，湛兮以道合真。故能體强志寧，愉樂壽考，遠去疾癘，保此難老。

嗚呼！苟能推此以盡道，攷此以察物，則豈惟齋戒以御時，宜其顛沛而勿失。且夫冰炭相乘，利害交至，隕真盜和，豈獨陰沴！道心惟微，易失難常，困於侵陵，有如微陽。則洗心滌志以却外垢，虚中保和以全天君，故能涉至變而不濡，更萬變而常存。蓋將窮年以齋居，豈特養生而善身乎？明趙琦美鈔本《張右史文集》卷二。

懷居賦 並序

程俱

士而懷居，弗可以爲士矣。蓬桑之志，見於始生，誠以歲月不可以坐失，力命不可以偏廢，此古之聖賢所爲汲汲遑遑者已。余轉徙四方，實自始生之年，今兹二十有八年矣。上不得謀道，下不得爲貧，内外無所營，如病狂東西走者又三年矣。旦暮將適東，慨然有疲苶之歎。夫天地之大，春熙而冬冥〔一〕；昆蟲之微，晝動而夜息。余人也，役役曾不得少休，則其懷一日之安亦人之常情也。賦曰：

歲作噩兮招摇指辰，戒余舟兮東征。抱衾兮夜喟，接淅兮晨興。逐飛櫓兮無蔕，擁敝裘兮懸鶉。山之連兮蒼蒼，水之駃兮濺濺。

〔一〕春熙：原作「春直」，據明寫本改。

我初來東兮芽甲始拆[一]，今之還兮甲者奮而芽者榮。顧四時兮幾何，嗟汲汲之圜清。天囿余兮不釋，亦馳驅而靡寧。

余生魏而長吴兮，閒蓬轉乎四方。既僑食乎岐隴兮，又薄遊乎宋梁。躡龜峰之奇兮，酌桐江之清。弔采石之英兮，叩灊山之靈。由祼齔以迄今兮，與日月而競馳。曾謀食之不遂兮，豈云道之敢誉。異匏瓜兮可繫，羡侏儒之太倉。懷鉛刀兮一割，感二鳥之寵光。耕兮不足以卒歲，仕兮不能以安親。徒遑遑兮羈旅，操危心兮若零。

亂曰：稟氣不嫵，命不偶兮。進以分寸，退尋丈兮。三年以仕，七年飢兮。齒髮日長，將及壯兮。才非卧龍，誰三顧兮。名謝文虎，無三書兮。孔明相玄德及韓愈登第時皆年二十八矣，退之登第時又謂之龍虎榜。笑長年之貧賤兮，悼道德之初心。託妻孥於昏友兮，奉親闈以北南。悵宇宙之浩莫兮，茫不知乎安止。仰浮雲之蒼漭兮，望白日之駸駸。吾窮死其無憾兮，豈爲余而咿喑也。四部叢刊本《北山小集》卷一二。

[一] 拆：原作「折」，據明寫本、四庫本改。

本生賦

薛季宣

元始鴻濛兮，肇太初惟皇極。聲色恍其無朕兮，希微夷爲至德。天墜生而滋數兮，是分人紀。人本生於父母兮，體陰陽之萃美。

羌圓顱而足方兮，二儀之性也。紛坐作之更王兮，惟動静也。九竅作而四支行兮，孰司其柄也。强不息而運乾乾兮，於穆惟皇之命也。余既克格此至誠兮，又將之以至愚。冠芙蓉之芳馨兮，扈荃蘭以爲繻。珮明玉兮長劍，履瓊華兮瀲灩。病世俗之顓蒙兮思將以免，畏修名之不立兮悁悁。登崇丘而攬桂兮，踐草茅於溝瀆。仰高山兮瞰谷，既瘏兮我馬。茫洋兮厭若，悠揚兮莫之我持。

余惝怳而侘傺兮，命巫咸以占之。巫咸啟余以其兆兮，曰而慊焉如有失。耿營皇之隱憂兮，浮切身之疢疾。宜沐芷之芳潔兮以歸，毋昏迷於糞壤兮驅馳。宜飲水於華池兮自潤，毋力争於虎狼兮騁俊。宜種菊於籬東兮，卒歲優遊；毋習嘗彼野葛兮，懼外物之余仇。

感春秋之川逝兮，日與月其相除。反視其多過兮，越美人之軌度。弗忙遽而言旋兮，荏苒歲其將莫。駕騏驥而驂白虬兮，揖句始其爲御。勾芒蓐收趨走夾余輈兮，祝融用之先路。豐隆、飛廉共洒掃而從輿兮，列玄冥爲犇屬。帶浮雲而乘太微兮，招摇遨其容與。凌崑崙而放於六漠兮，鼂徜徉而遊處。九陽駕言夕歸兮，顥顥洋洋。期泰初而爲交遊兮，將叱咄乎黔嬴。媲淑申申其証余兮，曰胡爲而不爲卓行。混茫彷像兮，徒爲詖病。求異世之落落兮，嗟倫類之緬邈。人斯與而不羣於鳥獸兮，巍巍乎古之先覺。

帝鴻氏余鼻祖兮，惟大宗曰伯陽。侯於薛而姓惟任兮，芳澤三王。奚仲萊朱之思誠兮，左右夏王。洎商武誥明明如日月兮，祖已追於臣扈。摯仲任之京配兮，嬪文公而接魯。粲三秀之偕芳兮，天香郁乎往古。秦漢世之足蓬艾兮，丕南辟於丹陽。轔七朝而軋唐李兮，令之作於閩方。牓龍虎之肇名兮，天荒是破。日晻靄兮，粤言旋於故處。四百齡兮，我祖光禄；道蘭洲兮，遠追前躅。菊香流兮宜黄中冀。體石蓮之剛固兮，菡萏芬敷而廣被。右史君兮含月精，衣卿雲兮帶青萍。信杜衡兮縈薜芷，服荷裳兮腰蕙茝。冠獬首兮珥汗青，武光祖兮在楓庭[一]。剛百鍊兮有折，視氛朕兮無刑。懼前修兮弗稱，聊相羊兮往行。

[一] 光：清初鈔本、永嘉叢書本及《歷代賦彙》補遺卷九並作「先」。

反曰：川瀆委蛇，道幽通兮。波澤淪漪，德涵溶兮。清静沈潛，浸淙鴻兮。泥滓隄坊，混而窮兮。澄澈滔滔，反流東兮。浩蕩汪洋，惟太空兮。邈其無象，將何從兮？

四庫本《浪語集》卷一。

《復小齋賦話》卷下　賦後有亂、有誶、有訊、有謡、有理、有重、有辭、有頌、有歌、有詩，唐顧逋翁《茶賦》有雅，裴晉公《鑄劍戟爲農器賦》有系，無名氏《蜀都賦》有箴，宋薛士隆《本生賦》有反。

修身以爲弓賦

以「修身爲弓，發必中矣」爲韻

樓鑰

學貴務本，志當適中，惟修身而由道，遂取喻以爲弓。正以不他，曲盡飭躬之術；張而弗弛，自成中的之功。士有該百行以研窮，端一心而折衷。謂存於吾者，苟不知審；則發於外者，何以示衆？今也見聖師而由聖，當明四重以四輕；猶弓人之爲弓，要在百發而百中。

觀夫學問尚志，操修及時。忠信以進德也，我則務敏；驕奢所自邪也，吾寧詭隨。

故此誠身之道，類夫弦木之爲。慮以動，動惟時，罔蹈黨偏之失；奠而發，發必中，宜先審固之持。茲蓋有不言也，言則中倫；有弗行也，行皆審是。施於遠大則何止百步，時乎遊息則爲之一弛。苟出乎而發乎，信高矣而美矣。勉夫百行，折中矩而周中規；志在四方，義爲的而思爲矢。

彼有忠信爲甲冑者，第取防閑之固；以言行爲樞機者，深明榮辱之因。我是以鑒彼省括，謹夫檢身。動切戒於失鵠，發何勞於扣輪？亦猶率乃攸行，《書》取若虞之度；反而求己，軻言如射之仁。因知身之修也，有立功立德之方；弓之作也，有尚角尚筋之術。然器不臧者，曷成功於射隼？材不良者，難求奇於貫蝨。理既無邪，中斯可必。肯同詭遇，一朝獲禽以爲良；尚小儀成，終日射侯而不出。

噫！主於皮者徒聞遊藝之巧，佩以弦者但知矯性之柔。曷如志正以體直，自然誠立以身修。殆將覿德於矍相，奚假矜能於養由？如是則有志於弧，禮何拘於《戴記》；其直如矢，道兼得於成周。誠以枉尺直尋也，固所不爲；志眉中目也，亦何敢忽？取友必端，則道豈反害；與人無爭，則行何有闕？又當兢兢業業，以修吾之身，肯廢前功於一發？武英殿聚珍版《攻媿集》卷八〇。

子使漆雕開仕賦

以「開未從仕，聖人使之」爲韻

樓鑰

夫子善誘，漆雕受知，念從仕之未也，爰因言而使之。顧至聖以何心，惟均教育；視吾徒之可用，俾效施爲。

蒙嘗尚友及門，潛心諸子。仕焉非苟於利禄，學也所期於官使。眷茲尼父，當日則何以哉！謂彼漆雕，可以出而仕矣。觀夫心本愛日，志思澤民。惟可行之道不試於事，以有用之學私淑諸人。及門之士也，皆欲效職；升堂之子也，誰忘進身？惟此魯人，頗能參於聖學；雖當周季，俾往廁於王臣。開也倏爾有聞，欿然自視。謂吾之學也，固欲見於行事；而學之優也，乃可施於從仕。苟吾信之未能，何己長之足恃？斯言既發，殆門弟之未聞；此意孰知，惟聖師之獨喜。議者謂士之仕也，固所素願；師之言也，宜無不從。然念道之將行，則急於一命；才或未充，則難求萬鍾。雖尚遲於奮迅，聊自適以從容。所以進則未能，垂嘉言於穎達；喜其志道，激高論於司農。

噫！有帝王之學者，使之爲邦；在言語之科者，使之辭命。苟非此子之善學，安得發言於將聖？今也師以爲可，而猶切於退託；道既未成，則尚資於涵泳。志有同於曾點，姑樂舞雩；藝或及於冉求，始當從政。彼有求價而沽者，賜亦陋矣；干祿而學者，師何過哉！豈若此心不求於爵祿，迹寧滯於蒿萊？

歷攷闕里，賢惟子開。固異夫何必讀書，子路飾有民之説；使之學邑，尹何非製錦之才。誠以志則在於恬愉，心不謀於富貴。才已成而已則猶歉，師之可而吾猶曰未。使斯人也出而仕焉，功利之及民也，尚何有既？武英殿聚珍版《攻媿集》卷八〇。

仁孝二致同源賦 以「仁孝之道，二致同源」爲韻

樓鑰

仁孝至重，性情所根。用若出於二致，理蓋同於一源。究此兩端，皆良知之固有；初無異體，以大本之中存。

嘗聞才非曰於爾殊，人或多於自異。語其大體則似有異用，本之一貫則了無餘事。惟兹仁孝，在人皆可以廣充；究厥本源，是理曾何於二致。觀夫惻隱素禀，愛欽自持。行之閨門，則致終身之慕；散之民物，則由一念之推。莫匪斯心之舉，初非二道之爲。皆是物也，孰能外之？總百行以率先，悉由所性；雖兩兼之難備，安有他岐？

豈不以親其親而因不失親，老吾老以及人之老。篤近舉遠，雖則有别；舉斯加彼，

率由内抱。信此理之不殊，推是心而足保。顧施物事親之際，雖曰殊途；如鉤深探賾而言，孰云異道？大抵孝之化也，先以博愛；仁之實也，本於事親。苟志於仁，則豈好犯上？有一非孝，則適能害仁。雖運用或疑於前後，而本原不離於真淳。當戒波流之蕩，曾何派别之因？本立道生，載考《魯論》之訓；功多事寡，備形延篤之論。

是源也，會精粗於一致之中，合内外於同歸之地。使兼愛者知厚親之道，而敬親者備仁民之意。重輕非復於銖兩，先後豈殊於源委？尊而安義，道同曾子之三；愛則無差，本異夷之之二。厥後道不明而去本益遠，性好偏而所施不同。刲股孝也，而深溺鄂人之過；摩頂仁也，而或淪墨子之風。是皆得於此失於彼，我則觸而長廣而充。純若顔回，可並有虞之體；德如閔子，豈殊管仲之功？

以是知天下之得，蓋以其仁；聖人之德，無加於孝。見於日用，雖有殊品；求之吾心，初無異教。信夫仁孝之道，雖二致而本同源，又何必分其大較？武英殿聚珍版《攻媿集》卷八〇。

孟荀以道鳴賦

以「二子皆以其道而鳴」爲韻

樓鑰

周、孔既遠，孟、荀挺生。以斯道而自任[一]，在當時而善鳴。仰兹名世之賢，同宗一聖；抱此覺民之術，茂著英聲。

當六國之下衰，有二賢之可攷。以亞聖之才而無所施用，以宗王之學而終於窮老。其遇於世何如也，既不逢辰；不得其平則鳴焉，獨能以道。觀夫名重楚國，學傳子思，優入聖人之域，卓稱王者之師。恐斯文之喪也，振吾道以鳴其。顧二儒仁義之言，一根於正；用六藝詩書之教，大警於時。兹蓋二百餘章兮，皆立教之文；三十二篇兮，悉綴文之美。闡其前而振其後，著乎心而入乎耳。蔑千載未光之病，豈没世無聞之恥。時將駕説，鼓木舌於諸儒；經本吐辭，和金聲於夫子。誠以軻之辯也，非出於得已；況之説也，不貴於難持。

奈何承道傳之弊也，歎德衰之已而。如草木無聲，而風或撓矣；如金石無聲，而

[一] 道而：原作「而道」，據四庫本乙。

人或擊之。苟匪一鳴之善，曷能萬世之知？久而愈盈，固異震雷之喻；大而且遠，允同木鐸之爲。寧不由別王霸之尊卑，明禮義之統紀。一時衛道也，信同聲之相應；後世聞風也，有德音之不已。顧響應以能然，非言揚而何以。假於《韶》樂，鄙弗能之后夔；鏘若鈞天，小爲文之韓氏。故能倡正道以相和，詆異端而力排。南蠻之鴃兮，豈巧舌之能騁；天下之鴞兮，豈好音之孔懷？俾衆議之不惑，由大聲之孔皆。且異夫卿、雲最其善焉，文徒稱於壯麗；魏、晉未嘗純也，辭只見於淫哇。

噫！大醇小疵也雖或不同，立言指事也未嘗有二。羣儒敢飾於邪説，處士不容於横議。然則先王之道，至今在人耳者無他，由孟荀之不墜。武英殿聚珍版《攻媿集》卷八〇。

廣居賦

楊簡

四明楊子家本三江之口，徙居西嶼之麓。緑野横其前，青巒維其外。東海之水，不憚餘百里之勞遥，崎嶇委蛇，日致兩潮之勤於其門，輸清納潤，曾不少懈。北山之桃李，方春盛時，相與聯比，參紅錯白，間青厠翠。組織西蜀之錦，環石魚之樓而屏之，美於畫繪。

南園之竹，櫛櫛差差，如立萬琅玕；疎疎剪剪，微風過之，簫然如奏天上之樂於碧雲之端。竹之南有水，水之中有荷青圓，有蒲緑纖。水仙微酣而立，炯若出塵之風度，而隔以雲煙。游鱗戲涼，羣羣然、圉圉然。至於芙蓉秋紅，菊金布錢，橘梢之黄未垂，而葡萄堆架，擁千萬夜光之珠而争先。雖朔颸之戒寒，爛丹邱於四山，而壓冰之梅獨出其奇，吐孤芳而盤旋。玄冥又從而佐之，剪玉鏤瑶，雨花其間。

有家如此，亦可謂奇矣，而楊子方悠然而笑曰：吾又有廣居焉益奇。吾所謂廣居，非棄此而他之，特前所陳，有目者之所共瞻，有口者之所共言，吾今所敘，有目者之所不睹，有口者雖欲言而無所。

廣居之上，天所不覆。胡爲乎天莫之覆也？天可指，天可語，吾之廣居不可指，不可語。廣居之下，地所不載。胡爲乎地莫之載也？地有所寄，有所止，吾之廣居無所寄，無所止。

廣居之東，其東無窮。胡爲乎無窮？扶桑有名，欲往莫從。陽精朝升，猶在青冥之中。青冥有象，有象有窮，無象無窮。吾廣居不可以象言，奚窮？廣居之西，其西無窮。胡爲乎無窮？崑崙而西，其遠益迷。雖極夫日入焉之涯，道阻且倏，已莫之躋，矧其日外之冥冥，與東則齊。有涯、有冥冥、有窮；無涯、無冥冥，無窮。吾廣居不可以涯言，不可以冥冥言[一]，奚窮？

廣居之南，滄溟渺漫。海外有國，國外有水，水之外人莫得而觀。可觀者必有所窮，吾廣居尚不可得而觀，奚窮？廣居之北，沙漠無極。骨利幹近日出之所，北距大海，海又無窮。海雖大，不逃乎形，有形之物終窮，吾廣居不可以形，奚窮[二]？

廣居之中，天生其中，地生其中，日月經其中，星辰羅其中，雷霆風雨霜雪變化其中，人與鳥獸蟲魚萬彙盡産其中。然則所謂楊子者居於其中之何所哉？三江之口乎？西嶼之麓乎？室乎？堂乎？序乎？塾乎？石魚之樓乎？南園之竹塢乎？謂不居乎三江之口不可，謂果居乎三江之口，亦不可；謂不徙乎西嶼之麓不可，謂果徙乎西嶼之麓亦不可。堂無中邊，室無户牖。序豈東西，塾非左右。樓雖可登而難升，塢雖可遊而莫有。

大哉乎，廣居！以文宣至聖猶莫知其鄉，以洙泗諸賢猶不得其門。學者愈行而愈遠，智者愈言而昏者愈不聞。壁闥四闢，而宗廟之美、百官之富，非立牆之外者所捫。

[一] 言：原作「焉」，據四明叢書本及《歷代賦彙》卷六九改。

[二] 奚：原作「其」，據四明叢書本及《歷代賦彙》卷六九改。

是中有不求自有之至樂：宫商日奏，金石日諧，油油而溶溶。易直子諒，莊敬正中，高明而有融，泰和而粹沖。世樂有窮，斯樂靡終。舉視聽心知之屬，不以爲有旦暮、有古今、有始終。而寂然莫之移，洞焉乎空空。緝熙靈府之光明，混涵聖域之冥濛。而圜首横目之子方且日持鑽堅之錐，力運鑿深之鋤，進寸而退尺，欲前而倒趨。嘻嘻，吁吁！四庫本《慈湖遺書》卷六。

袁甫《跋慈湖先生廣居賦》（《蒙齋集》卷一五）　慈湖先生既作《廣居賦》矣，廣居之室，後轉而之他。先生之猶子叔正，能復其故物。夫廣居，豈室廬云乎哉？室廬有廢興，而廣居萬古如一日也。端平三年夏，余屏處山樊，叔正過余，求紀其事，且曰：「更爲我敷暢廣居之旨。」余不得辭，設客問以見意。客問：「廣居之義何如？」曰：「坐一室，牆之外無所睹。忽焉步名園，登崇臺，心目頓豁。遊城市，未羡曠野之適。俄而汎輕舠，尋幽壑，恍然疑非人間世。此見廣也。塗歌里諺，朝夕薰習，一旦縱觀都邑，鍾鼓管磬之迭奏，琴瑟竽笙之交作，已爲之洗耳傾聽，況乎鈞天之樂，來從天上！吾乃得周旋其間，相與共宴衎而聆雅音。此聞廣也。襟度曠夷，規爲恢張，視外物如浮雲，脱名利如敝屣。與人則傾肺肝，不事城府；捐財則等泥沙，不限繩尺。是作爲之廣，未足爲德心之廣也。非意相干，曾不介懷，不虞得譽，付之嬉笑。疾雷破柱，色不爲動，泰山壓前，目不爲瞬。想其胸中汪洋博大，澄不清而淆不濁，是足以爲廣矣，而未足以臻其至也。夫莫廣於天矣，而周天三百六十五度四分度之一，雖毫釐不差焉，其微如此，所以成其廣也，然猶未也。巧歷之所能算，猶有盡也；巧歷算數之所不及，是無盡也。無盡乃所以爲廣也，豈獨算哉！離婁竭其明，目眩而不能視；師曠竭其聰，耳聵而不能聽。夫超於聲容之外者，無所極也。無極所以爲廣也，豈獨耳目哉！激西江之水，水窮而不可測；殫南山之竹，竹盡而莫能紀。繪畫之所不能形容，詠歌之所不能摹寫，是必有妙於此者矣。夫妙於此者，其變動不居，其出入如神，闔闢無常，奚可端倪？運轉不息，孰知紀極？吾顧膠焉，滯焉，拘焉，吾懼喪吾天，窒吾淵，何自而保吾廣大之全？」客難余曰：「一枝之託，搏風之翼也。坎井之蛙，東海之鼈也。蟪蛄之暫，大椿之壽也。何如？」「噫嘻悲夫！余告子以周孔之道，而子乃詰我以莊周之寓言，毋乃非其類也乎？」客曰：「敢問周公之大道。」曰：「言其廣，廣乃狹；不言其廣，廣其庶乎！」「曷謂不言其廣？」曰：「終日言，未嘗言；終日不言，未嘗不言。坦坦蕩蕩，非偏非黨。混混融融，無際無窮。左之右之，何左何右？一往一來，何往何來？」「廣居子居於何所？」「掃方丈地，卧六尺牀，琴一張，書一卷，飯一簞，水一瓢，取於天壤間者，纔若此而已。世人憐吾之窮，吾不憐吾窮，而憐世人不知吾之不窮。夫憐世人之不知，未爲廣也，猶有彼己心也。無彼無己，浩乎太虚。」「貴匪卿相，賤匪癯儒，富匪萬户，貧匪窮閻，是可以廣乎？」曰：「未也。卿相之貴如其貴，癯儒之賤如其賤，萬户之富如其富，窮閻之貧如其貧，各足吾分，各樂吾樂，故曰：「老者安之，朋友信之，少者懷之。是不亦太虛乎？是不亦無彼己心乎？無彼己心，是謂道心。子往矣，吾已多言矣。」客拱曰：「願有記。」曰：「奚記爲？」雖然，固辭勿記，猶未廣也，遂即此爲記而授諸子楊子。

勉學賦

吴如愚

人具四體，性均一天。由或學與或否，故有愚而有賢。德欲昭明，端在修身之謹；理資講貫，莫先用志之專。

蒙嘗息念簪纓，究心弦誦。時時不倦於時習，日日常知於日用。道惟可樂，忘簞瓢陋巷之憂；友必相親，願車馬輕裘之共。誠以命分素定，塵生漫勞。務道樞之謹守，宜德柄之常操。勢榮孰若義榮之顯，人爵何如天爵之高。深念惜陰之過隙，每懷繼晷以焚膏。惟理義心所同然，味猶熊掌；惟富貴人所欲也，視若鴻毛。

茲蓋無爲其所不爲，於止而知所止。絶去私欲，復還正理。視聽言動，嚴遵四勿之戒；意必固我，默會四毋之旨。物交物而物莫能奪，心感心而心無所倚。學以聚，問以辨，志在操存；居之安，資之深，躬勤踐履。一塵眯目，物雖近而莫覩；一事縈心，理雖存而莫通。欽厥止，安汝止，則何往而非止；執厥中，用其中，則何行而匪中？故此觀無體之禮兮敬以直內，聽無聲之樂兮和而不同。欲致有孚之益，必全養正之蒙。四庫本《準齋雜説》卷下。

覺賦

袁甫

厥初生民兮，通天地之性情。名之曰覺兮，爲萬物之最靈。此靈此覺兮，匪自外生。知學之爲覺兮，亘千古炯炯以光明。懿姚虞之傳心兮，曰惟一以惟精。伊尹憫後覺之未覺兮，非予覺之誰其鳴？衛武公歌有覺之句兮，千載猶播其芳馨。洙泗先覺之是賢兮，此道參前而倚衡。人日周旋乎此覺之中兮，蚩蚩之氓。自榛義路兮，自辱自榮。委厥美於昏昏兮，悵終身之冥行。

嗟乎！孰聰爾聾兮，孰明爾盲？瞻彼飛鳥兮，整羽翮以霄横。伊人之時習兮，一日覺之維心亨。誦《魯論》之首編兮，澹然玄酒與太羹。得懌悦之真味兮，舉萬物莫之能嬰。須良朋以切磨兮，感伐木之丁丁。苟精神之默契兮，輕千里之脩程。樂莫樂乎新相知兮，皆天下之英也。神之聽之兮，奏九磬之和且平也。説樂之極矣，愠奚自而萌？

天地之并包兮，善勝以不争。滄海之納藏兮，又何間乎濁與清？知不知無與於我兮，吾何心乎毀譽之營營？

嗟乎！此覺之妙兮，本無虧以無贏。第見觸物畢露兮，觸事畢呈。紛萬有之形象兮，本無象以無形。覩太虚之寂寂兮，孰識音聲於杳冥？嗟乎此道，吾終莫得而名。四庫本《蒙齋集》卷一九。

鹿野賦

袁甫

山因人高兮，山何怪奇？水隨人潔兮，水何清漪？山水契予之心兮，不惠不夷。昔臯、禹之爲輔兮，躋虞氏於雍熙。何東魯之栖栖兮，彼沮、溺夫又奚知。春與秋其代序兮，羌造物亦莫之違。拯赤子於塗淖兮，策駟馬孰予追？誓攄蘊於予心兮，絫毫繭以敶辭。

既知予之眷眷於靈修兮，蓋庶幾乎濟時。爲世臣、襲世官兮，奚敢惰其四支？茫茫九州孰爲安處兮，乃欲遺君父以其危。自古困厄屯邅之極兮，乃見賢哲之騰輝。余故曰無可無不可兮，胡不覩天道之推移。合與不合、行與不行兮，又奚必逆料而過思。吾但知行吾之命義兮，舍靈修復將安之。四庫本《蒙齋集》卷一九。

静壽賦

袁甫

試觀夫宇宙之大，廣漠鴻濛。無際兮無畔，何始兮何終。乃於其間，有物穹窿。小而培塿，猶有屹立之狀；大而喬嶽，不知幾千萬重。曲折兮回旋，起伏兮蜿蜒。其長亘地，其崇倚天。吾履其麓而不敢指其肩，曰：是孰使之然耶？其毋乃元氣扶輿磅礴，偶得其全耶？又毋乃性質孤高峭拔，獨立萬物之表，已在天之先耶？不然，何以不與萬物忽生倏死，而獨綿綿延延，不知紀年耶？

吾夫子對此巋然，若有以警。將使後學默自深省，迺發仁者樂山之語。不得已狀之曰静，又申之曰壽，以見其静而且永。大哉聖訓，日星炳炳。言近指遠，神交心領。既不可求其象，又烏可繫其影？且獨不覩夫草木發育，雲煙蓊鬱，寶藏晶輝，虎豹出没。隨四時朝暮以無窮，常見夫生意之勃勃。加之無益乎纖毫，損之不虧乎一髮。振萬古以如兹，度歲月兮倏忽。

反而觀乎一身之所寄，以求夫静壽之深致。赤子之生，湛然清粹。及乎漸長，乃殊童稚。真淳一散，横生情僞。謂耳目驅之耶？然有耳不可禁其聽，而目不可止其視。謂事物汩之耶？然物來不可得而拒，事至不可得而遲。耳目本以發吾明，吾反以晦吾明。事物本以資吾生，吾反以喪吾生。咎其未能静也，吾將塊然獨處，脱屣夫世故之營營。患其不克壽也，吾將泰然養浩，伴明月而侣長庚。徐而察之，迺形存神往，境寂心馳，萬感俱集，朋從爾思。填膺私慾，滿腹羣疑。言乃多悔，駟馬莫追。戕賊天常，罪孰大斯？

吁！始謂静者善之徒，今乃惡之歸；始謂静者壽之胎，今乃夭之基。然則其殆静壽誤之耶？曰：非然也。《易》稱不動，無思無爲。《詩》歌帝則，不識不知。無思爲也，而非死灰；不識知也，豈槁木哉？動常生於静，静乃動之友。天地有陰陽，人物有牝牡。生生不窮，是以能久。久而不息，不息不朽。静，壽之母；壽，静之子。當其静時，意念不起。起從何作，不起誰使？起從何來，不起誰止？誰令意生，誰令意死？非死非生，誰識此理？意或在此，亦或在彼。非彼非此，何物比擬？蓋至於是，吾不知孰爲動，孰爲静？動静尚無迹，人安可形諸言？亦不知孰爲壽，孰爲夭？壽夭尚無端，又安可以書傳？且萬籟盡息，静之至也。然而谷虚響答，有若鼓吹。狂飆怒號，厥聲震地。山雖守其寂寂，而動也亦通乎一氣。萬古不改，壽之極也。然而陵谷遷移，俄焉一息。負之而走，何俟有力。山欲與天地長久而變也，遽失其青葱之色。吁！本無静也，静則有體。無動無静，妙哉斯旨。本非壽也，壽猶有算，非壽非夭，義乃一貫。變態多端，而静自如。摧裂無常，而壽莫踰。匪實匪虚，匪行匪居。孰測其極，孰究厥初？

吾悲夫後之論者有二説焉：或挾山以傲人，則曰：「人役役兮，不如山之閒。山處閒而享長年兮，豈人生脆弱之所可攀。」或挾天地以傲山，則又曰：「山不能載地，而地則能載山。山不能增天之壽，而天則能使山壽於兩間。」陋哉二説，又何足班？蒙於是斷之曰：「子謂天地大於山，山大於人之身。吾謂人不能獨大如山，而天地亦不能外吾仁。是仁也，天地未判，其存純純。天地奠位，其用無垠。當其安止，洞然忘我，曾不累乎一塵。及其無窮，以永天年，又奚八千歲之椿。凡有血氣，體同愛均。自吾親以及吾姻，由吾鄰以及吾民。發生萬彙兮，氣序之春。潤澤普天兮，其膏匪屯。開八荒之壽域，皆仁静之所因。天地尚待我以裁成，況此囿形之嶙峋。蒙也居遠於山，願與山親。累石爲之，斯未足珍。胡不登余之樓兮，森翠巘而横陳。目爲豁兮眉爲伸，愛之無斁兮遂日以新。富此奇觀兮，孰爲吾貧？」

或曰：「堂擅此名兮，山匪天而以爲人。樓不有此名兮，山匪假而得其真。若子命名，豈實之賓？」予拊掌而笑曰：「子若以真假較淺深耶？余與子終日論仁，而子不自知其心。子謂心可得而摸索兮，孰知是中之妙，不可得而尋。尋之不見，浩然長吟。吟非以口，以寫我襟。我襟既寫，泳魚飛禽。渾渾融融，如鼓瑟琴。山乎山乎，亦賞余音。」四庫本《蒙齋集》卷一九。

孔子登泰山小天下賦

方大琮

子在東魯，時登泰山，莫小敷天之下，具存吾目之間。儼然將聖之儀，高升岱岳；超彼衆形之表，藐視人寰。

大凡德盛則望隆，己大而物眇。非此心有狹於宇内，由所見獨超於世表。昔夫子周行天下，莫徧而觀；自今日一登泰山，乃知其小。意其時不我用，躬膺道傳，設教適杏壇之暇，駕言升東岳之顛。昔過其側，念不到此；今立其上，望之悵然。胸中自有遠見，天下眇然在前。吾不徒行，載陟巖巖之魯岳；目之所擊，了無蕩蕩之堯天。

自是極意旁觀，興言永慨。北其瞻兮，蕞爾邾、莒；西其望兮，藐然陳、蔡。衛若是褊，魯若是削，秦非果强，齊非果大。惟此身所寓者高，視天下不知其泰。今古何適，徘徊五嶽之宗；由是而觀，咫尺八荒之外。

大抵道大則物不能大，處卑則見無不卑。觀於海者水亦何取，坐於井者天非可窺。況岱宗峻極以自古，適孔聖周遊於此時。雖非居夷，夷陋可見；不必過周，周卑自知。昔所歷者，今皆見之。安得孟軻不發難言之歎，果令趙氏亦形所覽之辭。

子若曰，予生而處則尼山之丘，予長而遊則農山之野，旁僅及於東山之所，西不到於岐山之下。矧一朝處此巍然，信六合特其小者。無庸作史，已知晉室之卑乎；豈必刪《詩》，方歎《魏風》之褊也。其或小衆山者少陵之望，小介丘者楊子之升。彼夫人尚切於興慕，況大聖獲親於一登。自謂曩時空有轍還之聘，不圖今日第惟掌指之稱。

已焉哉！丘垤之喻類固爾殊，山梁之嘆時非我必。削迹不容，無所措足；接淅而行，不遑終日。不然，則天下之大，七十二國之多，何莫措吾身之一？明正德刻本《宋忠惠鐵庵方公文集》卷二六。

遂性賦

時少章

余受性剛褊，與物多忤。賴先人明訓，行年三十，未隳大節。獨以寒餓切身之故，黽勉從俗。懷薰蕕同臭之懼，思欲遠舉自遂，翱翔世表，而揆之義理，或謂非宜。乃作《遂性賦》，推天假命以自戒。其辭曰：

嗟予生之藐艱兮，年未老而既衰。粲縞髮之垂領兮，兀輭跨其拄頤。隨流俗而泛濫兮，忝先人之徽猷。懼年歲之已迫兮，白日汩乎西流。惟世道之涓薄兮，般總總其相加。抑美球之極摯兮，崇頑珉之積瑕。鳳凰低摧於汙溼兮，燕雀横鶩於蒼冥。冉冉披披而胥下兮，奄四極而東傾。露纖材以爲覯兮，蓄污志而須便。苟芒芴其可冀兮，殫溷濁其猶羨。

予高冠之岌岌兮，荷夙訓於明師。禪天質而弗虔兮，恐自棄於有司。操方矩而入員兮，勢扞格而難親。鞭跛駑而不進兮，遻鬼倏而神騰。飾厲人以自售兮，諒愈修而更醜。進與退其皆谷兮，忽茫洋而失守。予遊太行之崔嵬兮，挾艨艟而無庸。方闔門而脂犖兮，遭洪流之奔洶。維堪輿之緼絪兮，獨畀余以孤虛。北杓翕智兮，南箕簸愚。卧擗摽而屢起兮，行頷顑而懷傷。漂一身其何泊兮，念世德之純剛。望金華之紆繙兮，蒼雲湧而上征。翼萬山而繞霤兮，傾千漲而沃楹。

仙人遺予以丹節兮，敕朱鳥使奔走。飛廉挾輈而翱翔兮，豐隆執鞅以先後。軼蒼顥而超忽荒兮，覿洪造之宏矩。挹沆瀣以徐沐兮，攬青飆而遐翥。旦弭節於陽谷兮，夕予暨於流沙。擷若木之芳藹兮，搴碧奈之繁華。賜天鼎之精啜兮，給仙駕之副車。蒼虬騁而前訶兮，白鹿之角嶷然而賸余。乘祥風而逆帝兮，帝矯首而不歡，曰：「道可蹈兮而不可刓，據厥中以自宅兮，委羣誕之鮮扁。擲成虧於北景兮，獨春容乎自然。汝何文肆而質鬒兮，内徬徨而靡怡，忽横潰而四出兮，終不奠其所歸？」

瞰故鄉之草木兮，紛披離而捷獵。籓籬穿而不理兮，落日汨乎西陌。彼狐兔猶首丘兮，余何獨忍而違茲？長太息以掩涕兮，馬踡足而不移。魯叟之元德兮，惟狂簡之爲求。楚纍放而莫徵兮，睇章臺而增憂。申屠剞木以自閟兮，卒皜皜而完節。馬生務近而不浮兮，驅羸蹇於下澤。茲聖賢之奇致兮，朗遺躅其猶白。矧余懷之隘陋兮，寧不反顧而内索？奉慈母之歡忻兮，接羣昆之盎和。棲衡門而保静兮，瑱鳴瑟而長歌。

慨旁地之百弓兮，觀卉木之天真。攬菱芡之披秀兮，翫蓓蕾之懷新。冬網鮮於微波兮，夏摘脆於彎碕。釀巖下之甘液兮，淅玉山之精靡。迎夜氣之方來兮，屏百慮以鎮之。導聰明而適正兮，卻謀畫而不持。瑞慶以爲宅兮，廣漠以爲庭。視衆嘷之淫淫兮，予胡盂晉以超羣？悲人生之無幾兮，耆纖芥而損軀。涸方剛之英氣兮，昌蕪穢之陋區。惟自信而無惑兮，常陟降乎明神。諒天性之固然兮，何殃慶之足陳！ 續金華叢書本《敬鄉録》

徵玄修賦

時少章

徵玄修之終始兮，寳惟主玆下人。握否泰之冥機兮，運盈虚之逸輪。抗紫霄而忽蹶兮，潛黄壤而遽申。或千秋而同狀兮，或一息而異形。褐夫睨酒兮，眸子濫而不知其旨。通俠敞兹祟閲兮，奇羞遠乎奴史。般紛紛其萬變兮，職吾修其謀之。叨厥程子於往聖兮，曰禍福人其自求之。

予冠切雲之顯章兮，踐敬義以方直。道愈亢而滋窮兮，莽不測其所極。特純樸之介姿兮，衆謂余其悻驕。柔顔色以接言兮，彈膏澤而不韶。負欄宇之暖日兮，受絺綌之淒風。脂肪涸而萬物利其莫沾兮，固一窮而獨存[一]。昔仲尼之元良兮，曾削迹而莫容。虎踞尊而雄盼兮，佩青廟之元弓。回醆終而彌天兮，擬聖車以爲槨。跖富甃而綦壽兮，絲猥附而龐合。蕭縲絏而强死兮，葱珩錫夫腐餘。元機餓而枉絶兮，委芻豢於猿狙。奔利

[一] 一窮而獨存：四庫本作「焉往而不窮」。

而逢吉兮，蹈道而蒙尤。恐前志之不然兮，端拜而徵兹元修。謂穹邈其莫覿兮，枉日月之盛明。將廣裕而難撼兮，又奚用夫雷霆？恢幽酆之黨庭兮，積忠魂與義魄。張晭極之備福兮，叢嵬瑣之猥籍。

予既不能滑稽以改節兮，修又顛而莫測。登皇閫而陳詞兮，曰予其流辟於裔民。皇告予以吉占兮，願少安其勿憂。孰有種而無獲兮，孰既獻而靡酬？羌末運之方紹兮，視恍恍若有亡。逮攷要其攷詳兮，亦何以遁夫玄枵？援勁弨以射日兮，赤烏瞠而莫逃。揮悍鞭以笞社兮，衆叢聚而呼號。虛近而理遠兮，豈不足以騁厥志？尚爾驅之僥倖兮，在裔子猶顛沛。桓彝則以待世兮，世雜襲而萬殊。要厥終之有類兮，夫何怪於須臾？戴厥聲而折困兮，負鄙號而恣睢。亦一失而一幸兮，在哲士其擇之。若骨腐而滋馨兮，惡肉澤而踰穢。賢世短而聲長兮，愚年引而名厲。彼聲利之兩濟兮，乃元氣之所會。孰偏得而獲幸兮，猶抱恨而慷慨。舍一旦之榮悴兮，通往轍而並觀。余色康而心怡兮，視臭惡猶肥甘。

亂曰：養性保真，復吾性兮。體常履正，順吾命兮。仁爲吾居，由義徑兮。援古爲則，今爲證兮。要不爽厥生，孰殃慶兮！

續金華叢書本《敬鄉録》卷一一。

天秩有禮賦 有序

陳普

先儒曰：「天專言之則道也。」又曰：「天即理也。」夫以形體而言謂之天，以主宰而言謂之帝，其實即一，自然之道體也。秩者，品位之次序也。朱子曰：「禮之爲體雖嚴，而皆出於自然之理。」所謂天秩，有禮者也。禮者，聖人之所制，而實皆天則之當然，天理之自然，天道之本然，聖人不過循之而已。舜之無爲，禹之無事，文王之不知不識，順帝之則，皆此事也。有者，天理之所本有當有，人心之同然，非本無此理而獨出於聖人之所作爲者也。

夫禮即道妙，體居用先，非人爲而始有，皆天秩之當然。莫高覆幬之形，一原從出；寔敘節文之理〔一〕，萬善皆全。聞之帝則之中，無在不然；王道之行，以斯爲美。燦然截然，和以爲貴；主是張是，命之不已。禮之秩也，豈獨出於聖人？性所有焉，一皆本於自然。主宰謂帝，性情曰乾。心則人心之妙，體皆道體之全。不已文王，常在

〔一〕理：《歷代賦彙》卷六八作「禮」。

左右；何言孔子，初無後先。禮之制也，初不在我；理之因也，皆自於天。天矣無私，乃物類之太初大始；截然有序，爲人倫之三百三千。玆蓋皇矣臨下，辨上下之等差；高而聽卑，定尊卑之位次。本原已具於定，則毫髮不容於小智。父子君臣，皆《大學》之當止；爵齒昭穆，本《中庸》之不離。有者其初，非强而有，自然之理，當知所自。高也明也，渾然太極之純全；品斯節斯[一]，同是一初之付畀。大抵天理流行，散作蒸民之則；聖人制作，初非有意之私。一事一理不造之妙造，五品五教無爲之至爲。欲識制度品節文章之本，當歌出衍出遊文王之詩。孝子忠臣，天理素定；尊君嚴父，天威莫欺。本然定者之謂秩[二]，有者生民之秉彝。敬主於心，隱若運行之不已；讓形於外，顯然道理之相推。孰不謂衣裳之制垂自黄唐，玉帛之儀修於虞夏？夫子教人，鄉黨朝聘；周公體國，禘嘗郊社。豈知萬殊一本，有素定之裁制；百聖羣賢，非妄爲之虛假。禮焉所謂體焉，人也實皆天也。室家男女，妙陰陽二曜之合離；堂陛尊卑，昭南

[一]「節」下原有「文」字，據《歷代賦彙》卷六八删。

[二]者：原作「秩」，據《歷代賦彙》卷六八改。

北兩樞之高下。是何漢晉隋唐不爲堯舜禹湯，金張許史無復孔顏思孟。夫婦之别，誰得文王之太姒；兄弟之倫，未若叔齊與伯夷。豈非天序天常，上聖能盡；天精天粹，淺心莫窺。雖禮之所在，皆天秩之常也，然道不虚行，必人存而舉之。所以聖學流傳，斷以大人之語；帝朝議論，斷之自我之辭。又當知化成於禮，非教則不成；政舉於人，何由而得舉？禮義之民皆出於禮樂，禮樂之士悉由於庠序。不然，則民命不立，士習不善。而一以三綱五典委之天，事物何由而得所？明萬曆刻本《石堂先生遺集》卷一五。

道不遠人賦

陳普

道本同得，學惟反思。不於人而遠也，率吾性以爲之。即是理之常行，稟生則具；取諸身而皆有，莫近於斯。聞之天賦性命之正皆在吾身，日用之常莫非至理。渾然全體，至善至粹，凡厥有生，甚親甚邇。所當行者，命則然而性則然；夫豈遠乎，人在此而道在此。是道也，本太極體，爲天地公，坦易明白，流行貫通。視聽貌思，各有天倫之極；喜怒哀樂，俱全未發之中。並生天地，均賦均得，豈有須臾不偕不同？是謂理然，不過云爲動静；其於我也，未嘗南北西東。

道者何也？父慈子孝，兄友弟恭，男外女内，君上臣下。皆自近取，初何外假？但求於我，欲則至矣；如在於室，未之思也。人者仁也，不亦善乎？道即性焉，又何遠者？即是訓是行之《洪範》，並受共由；凡有物有則之《蒸民》，有操無舍。大抵人之相去雖尺寸以異地，理之同得無毫釐之離人？塞吾體，帥吾性，何止戶庭；見於面，盎於背，本無主賓。信知一理之費隱，常與四支而屈伸。恭常在手，重固在足；正豈外心，修寧外身。固無毫髮之疎遠，但用工夫於率循。影形響聲，尚有彼之與此；天水地火，猶分類以殊倫。

自陰陽二氣賦質化生，而健順五常同時付托。純四體之中，默然自喻；隨百感之來，順時如躍。暗者顧之，有如天壤胡越；明者取之，若在苞苴囊橐。求之斯得，舍之斯失；離之則非，由之何莫。所謂不下帶而存，夫豈如捕風之若？所以孟軻洞見，但求端於性情〔一〕；劉子深知，惟驗中於動作。

噫！禮樂散殊，充周於天地高下；夫婦知行，昭晰於鳶魚躍飛。序別見於鴻鴈雎鳩之小，仁義見於豺狼螻蟻之微。彼兩間有萬，皆與道以無間；此三才居一，豈有時

〔一〕端：原無，據《歷代賦彙》卷六八補。

而或違？去道而遠，曰仁則非。胡乃慕彼糟糜，思肥甘之在己；棄其蘭茝，蘇糞壤以充墇。又當知月至而已者，忘逆旅之非家；日用不知者，昧自身之有寶。冥行方寸，邈若海山；明於一念，取之懷抱。此孔子於「豈不爾思，室是遠而」之詩，而以「未思」言之，教求道者但用心於内也已。明萬曆刻本《石堂先生遺集》卷一五。

宋代辭賦全編卷之六十四

賦 農桑

桑賦

吴淑

伊柔桑之醜條，禀純精於箕星。止交交之黄鳥，集肅肅之鴇行。蠶室有近川之制，圓丘傳北海之名。

若夫靈輒始見於宣子，蠶妾初遇於重耳。慕容布江南之種，天錫稱北方之美。禁野虞而勿伐，候戴勝之來止。亦有環五畝而爲宅，比千户之封侯，陽谷大明之浴，范宫周穆之遊。至於美沃若，稱有儺，楊沛以乾椹爲糧，張堪以附枝見歌。復有沈瑀行勸課之教，馮跋下篤察之書[一]。大戊之懼，既七日而拱；愍懷之廢，亦數日而枯。狀鳳闕之萬桷，擢帝女之四衢。

若夫種殖傳氾勝之書，繁茂見陸機之賦，顧出水而得伊尹，游大冢而生尼父。或間以榆棗，或用爲綿布。貢美青州，名傳三輔。得齊王之奇女，見秋胡之烈婦。至若枝上拂乎十日，根下屈乎三泉，食之美君仲之孝，採之接龐統之言。争則有卑梁之鬬，讓則有係伯之賢。知天風而已枯，變東海而爲田。至其禁原蠶而慮殘，獲死龍而有害。蜀主之舍邊羽葆，齊祖之宅南車蓋。

又若《詩》稱「猗彼」，《易》著「其亡」。條之蠶月，執以懿筐。既兩兩以同根，亦葉葉而相當。或有左衽既結，化民自裹，仙人食之而變金，季夏鑽之而取火。復有馬領殺人，伏蛇療疾。過路室而目待，想姜嫄之履迹。子産相鄭而貽謗，孔子至陳而自得。非獨瑯邪國相用之而爲梧，亦有陳留隱人依之而作室。宋紹興刻本《事類賦》卷二五。

〔一〕篤察：《晉書》卷一二五《馮跋傳》作「督察」。

水車賦 如歲大旱，汝爲霖雨

范仲淹

器以象制，水以輪濟。假一轂汲引之利，爲萬頃生成之惠。揚清激濁，誠運轉而有時；救患分災，幸周旋於當世。有以見天假之年，而王無罪歲者也。

當其東作云布，西成以期。何密雲不雨兮，若焚若灼；而大田多稼兮，如渴如饑。耒耜之功既至，倉箱之望將危。豈無陂池，抱甕之行曷濟；亦有溝洫，挈瓶之利胡爲？

乃有智者樂水而起予，梓人治材而和汝。謂一溉之可洽，俾百兩之斯舉。固無傷於濡軌，軋軋臨川；初有認於埋輪，翹翹在渚。是車也匪疾匪徐，彼水也突如來如。補畎畝之不足，損谿壑之有餘。渤潏騰波，忽若刺山之泉湧；潺湲去浪，漸如澄江之練舒。詎見瓶羸，那慙綆短。流洋洋兮乍若膏潤，苗忻忻兮初如律暖。載脂載舝[一]，幾通

[一] 舝：原作「牽」，據《古今圖書集成·考工典》卷二四四改。《詩·邶風·泉水》云：「言載脂載舝，還車言邁。」舝指車轄，孔穎達疏：「古者車不駕則脱其舝……今將行，既脂其車，又設其舝。」諸本及《歷代賦彙》卷七一、《古今圖書集成·藝術典》卷一一俱作「牽」，誤。

鄭國之渠；弗馳弗驅，自解成湯之旱。動將勢旋，發與機會。既引重之象著，亦救焚之功大。河水浼浼，得我而不滯不凝；原田每每，用我而無災無害。仁常汲下，智復鉤深。於以見因民之利，於以見洗物之心。

若夫大禹之年，應資治水；必也高宗之世，亦命爲霖。至如賢人在輔，德施周普，五日一風，十日一雨，則斯車也，吾猶不取。清康熙刻本《范文正公集》卷二〇。

《青箱雜記》卷一〇 公又爲《水車賦》，其末云：「方今聖人在上，五日一風，十日一雨，則斯車也，吾其不取。」意謂水車唯施於旱歲，歲不旱則無所施，則公之用捨進退亦見於此賦矣。蓋公在寶元、康定間，遇邊鄙震聳，則驟加進擢，及後晏静，則置而不用，斯亦與水車何異。

鑄劍戟爲農器賦 天下無事，兵器銷偃

范仲淹

兵者凶器，食惟民天。出劍戟而鑄矣，爲稼穡之用焉。我武不施，當四海和平之後；公田盡闢，啟兆民富庶之先。蓋以理定區中，文經天下，知無用於利器，俾改作

於良治。以謂前王鋒鏑，不得已而用之；此日鎡錤，有以多爲貴者。於是施巨橐，發洪鑪，索矛盾，斂干殳。鏌耶之鋒，冰銷於倏忽；轅門之器，金鑠於斯須。露穎者惟變所適，餘刃者復歸於無。務材訓農，假工人之鼓鑄；備物致用，取田畯之規模。不知我者謂我前功偕棄，故知我者謂我欲善其事。

繇是星陳畎畝之具，日新錢鎛之類。好戰者隨之而挫鋭，力穡者因之而受賜。器非求舊，委六師征伐之資；日用不知，增百姓耕耘之利。足使上敦淳朴，下無戰争。三農以之勸，萬國以之平。去故從新，茂百穀而寧同百戰；深耕易耨，闢五土而何愧五兵。况乎清净是崇，聲教遐被。任甲冑於忠信，施干櫓於禮義。去彼取此，息南征北伐之勞；小往大來，變東作西成之器。是知偃武者除其禍亂，勸農者臻乎庶饒。五野之豐登時至，四方之戰鬪聲銷。與世作程，鄙黄帝弦弧之智；去惡務本，笑夏王鑄鼎之朝。

大哉！聖政惟新，文德來遠。務三時而倉箱日益，卻十德而華夷草偃。有以見我后易俗移風，敦天下之大本者也。清康熙刻本《范文正公别集》卷二。

《復小齋賦話》卷上　律賦最重破題，李表臣程《日五色》，夫人知之矣。宋唯鄭毅夫《圓丘象天賦》一破，可與抗行。外此如黄御史滔《秋色賦》「白帝承乾，乾坤悄然」，能摹題神。范文正公《鑄劍戟爲農器賦》「兵者凶器，食唯民天」，能使成語，亦其亞也。

稼穡惟寶賦

王者崇本，民食爲貴

范仲淹

資時者稼穡，務本者惟王。顧民食而可貴，爲國寶而允臧。田疇播殖之時，豈慙種玉；倉廩豐登之際，寧讓滿堂。稽彼前賢，垂諸大雅。謂養民而可取，必重穀而無捨。惟農是務，誠天下之本歟；以寶爲名，表物中之貴者。耒耜無廢，黍稷是崇。每訓耕耘之績，如敦追琢之功。闢五土之時，披沙豈異；載千箱之處，照乘攸同。蓋以順彼天時，美茲政本。觀艱難而有獲，稱瓌奇而何損？年多膏澤，連城之價可期；瑞有嘉禾，希代之姿奚遠。是知寶金璧者，見棄於聖人；寶稼穡者，克濟於生民。得之則九年利用，闕之則百姓食貧。多既如雲，寧愧白虹之氣；祁於元日〔一〕，似求赤水之珍。其或剖巨蚌以勞心，攻他山而竭力。在寒暑則非民之服，在饑饉則非民之食。徒聞賈禍之辱，莫見作甘之德。曷若我東作可嘉，西成不忒。既堅既好，亞父欲碎而何能；如京如坻，季子比多而莫得。念茲在茲，百王不移。此盈疇而是貴，彼韞櫝而何爲。見三時之有倫，如分三品；與四民之共給，胡畏四知。今國家崇后稷之功，廣神農之道。既豐年以爲瑞，蓋惟穀而是寶。故能富庶之風，告成穹昊。清康熙刻本《范文正公别集》卷三。

蠶說〔二〕

宋庠

里有織婦，著簪葛帔，顔色憔悴，喟然而讓於蠶曰：「余，工女也，惟化治絲枲是

〔一〕祁：原作「析」，據四庫本及《古今圖書集成·食貨典》卷三七、《歷代賦彙》卷七一改。

〔二〕米芾《寶晉英光集》卷一亦收此文，題爲《蠶賦》，清初鈔本題注稱：「新添，見《英光堂帖》。」文淵閣四庫本補注云：「或云非公所作，俟攷。」今考此文當爲宋庠所作，而米芾書帖，且略有改動。《寶真齋法書贊》卷一九載其法書，題爲《米元章蠶賦帖》，後人據以輯入米芾集，實誤。此文在《元憲集》雖入論類，實近賦體，故米芾題爲《蠶賦》，今收入本書。

司，惟服勤組紃是力。世受蠶事，以蕃天財。爾之未生，余則浴而種以俟；爾之既育，余則飭其器以祇事；爾食有節，余則採柔桑以薦焉；爾處不慁，余則弭温室以養焉；爾惟有神，余則蠲其祀而未嘗黷也；爾惟欲繭，余則趣其時而不敢慢也；爾欲顯素絲之潔，余則具繅盆澤器以奉之；爾欲利布幅之德，余則操鳴機密杼以成之。春夏之勤，髮蓬不及膏；秋冬之織，手胝無所代。余之於子，可謂殫其力矣！今天下文繡被牆屋，余卒歲無褐；緹帛嬰犬馬，余終身恤緯。寧我未究其術，將爾忘力於我耶？」

蠶應之曰：「嘻！余雖微生，亦稟元氣。上符龍精，下同馬類。嘗在上世，寢皮食肉，未知爲冠冕衣裳之等也，未知禦雪霜風雨之具也。當斯之時，余得與蠕動之儔，相忘於生生之域，蠢然無見豢之樂，熙然無就烹之苦。自大道既隱，聖人成能，先蠶氏利我之生，蕃我以術，因絲以代毳，因帛以易韋，幼者不寒，老者不病，自是民患弭而余生殘矣。然自五帝以降，雖天子之后，不敢加尊於我。每歲命元日，親率嬪御，祀於北郊，築宮臨川，獻繭成服。非天子宗廟〔一〕，黼黻無所備；非禮樂車服，旂常無所設。非供祀無制幣，非聘賢無束帛。至纖至悉，衣被萬物。女子無貴賤，皆盡心於蠶。是以

〔一〕天子：《寶真齋法書贊》卷一九作「天地」。

四海之大，億民之衆，無遊手而有餘帛矣。秦漢而下，本搖末蕩，樹奢靡以廣君欲，開利塗以窮民力。雲錦霧縠之巧歲變，霜紈冰綃之名日出。親桑之禮頹於上，災身之服流於下。倡人孽妾被后飾而内閑中者以千計，桀民大賈僭君服以遊天下者非百數[一]。一室御績而千屋垂繒，十人漂絮而萬夫挾纊。雖使蠶被於野，繭盈於車，朝收暮成，猶不能給，況役少以奉衆，破實而爲華哉？方且規規然重商人衣絲之條，罷齊官貢服之職，衣弋綈以示儉，襲大練而去華，是猶捧凷堙尾閭之深，覆杯救崑岡之烈。波驚風動，誰能禦之？由斯而談，則余之功非欲厚古而薄今，時之異也；子之織非欲嗇身以侈物，勢使然也[二]。二者交墜於道，奚獨怒我哉[三]？且古姜嫄、太姒皆執子之勤，今欲以一己之勞而讓我，過矣。」於是織婦不能詰而終身寒云。四庫本《宋元憲集》卷三六。

《寶真齋法書贊》卷一九《米元章蠶賦帖》行書，六十七行。……右，寶晉米公《蠶賦帖》真蹟

[一] 此二句，《寶真齋法書贊》卷一九書作「倡人孽妾被后飾者以千計，桀民大賈僭君服者蓋百數」。

[二] 「余之功」以下，原作「余之功非欲厚嗇身以侈物化，勢使然也」，據《寶真齋法書贊》卷一九改補。

[三] 怒：《寶真齋法書贊》卷一九作「怨」。

一卷，有內府及楚胄印各一。寶慶乙酉，得之中都鬻書吳氏，筆力差似少年時。贊曰：桑柘之利被天下，而不足以芘一女。鬢蓬手筥，而身不縷。雲織露組，便疏曲户。世之類此者，又何可勝數。是將誰尤？曰本是務。彼棄我取，維終以無窶。

拙蠶賦[一]

韓元吉

韓子晨起，視牕中有物延緣，投隙抵穿，口如飛蛛，足若蟄蚿。呼嫗輩問之，嫗笑曰：「是拙蠶也。絲疏而弗績，食飽而嗜眠，亡所用旃，戲置此焉。」韓子感而賦之曰：翳樗櫟之不材兮，信能保其天年。豈有用之則貴兮，抑不用之或偏。吁造化者奚私兮，盍亦賦之自然。惟桑蟲之何知兮，生蠢蠢而比肩。資採摘而不自養兮，甘鼎鑊之烹煎。大則施於紈綺兮，細則麗爲純綿。雖曰衣被四海兮，猶爲螻蛄之所憐。方衆巧之競鶩兮，萬族仰哺而争先。何繭栗之弗爲兮，耻營軀而自纏。匪畏死而遁逃兮，將羽化而飛翾。宜婦姑指以爲拙兮，蹇冥心於棄捐。彼莊生取喻於犧牛兮，

[一] 題下原注：「壬寅年作。」

支離攘臂於兵間。不能務悦於人兮，殆亦自全其天。聖有抱璞而深藏兮，時有不争於尚賢。粤撫檻而三歎兮，吾亦樂乎《太玄》。四庫本《南澗甲乙稿》卷一。

不易之地家百畮賦

多少之限，因地豐埆

楊傑

歲不易者爲美地，地所美者善養禾。惟君賜萬民之限，凡家無百畮之過。田居三壤之先，靡虚其種；户給一廛之廣，敢益而多？

嘗聞田不授則倉廩虚，食不足則民人夭。故姬周平定畎畮，頒分億兆。然而爲土有肥墝，出物有多少，利或而偏，仁何以表？是故再變易者三其地，補生育之所虧；不代更者一其夫，防兼并之所肇。

大抵王錫以土，民耕以時。衆者不當過而寵，寡者不可使之飢。必在計夫家之費，辨黍稷之宜。以中地給六人之用，下田供五口之資。凡同居之七者，擇上腴而賜之。既殊休歲之疇，常豐所利；當取限農之數，以授其私。勿謂土之美也，爾家不足與之耕；勿謂齒之衆也，其畮不宜使之簡。況夫任土之法待其政，生齒已上書於版。所養以之知，所給因而限。異漢臣之代畎，農不定居；如楊子之廛田，世爲常産。

蓋夫堉地之民勞以悴，沃野之俗逸而伸。沃焉至多，則太逸其俗；堉焉加少，則大勞其民。所以上上之田不廣，蒸蒸之利將均。虚一歲而虚二年，誠非此類；爲前朝而爲後市，數若相因。然後再易之間，八家所治，内以公田奉於國，外以餘夫次其地。猶有萊晦，六遂之遠得而優；不奪農時，數口之飢無以至。

惜哉！運革三代，權分七雄。井地一變，民田不同。或負郭以無仰，或連阡而自豐。夫豈知辨野而頒，遂師之典彝得正；數室而制，司徒之法則從中。後之君鑒古是非，隨時沿革。重孟子之經界，鄙秦人之阡陌。必也一丘甸以惠斯民，損其豐而益其堉。宋紹興刻本《無爲集》卷一。

送吴郛賦

胡寅

宣和四年，江陵吴衛道求師於漳水之濱。因遂稔熟，亦復切偲。逮庚戌秋，脱寇難來湘灘，敘舊道故，又八年於兹矣。聞湖之北，稍稍有城郭村聚，流散幸存者皆思還其故處。一旦束書買馬，慨然告别而去，誦子路之言曰：「何以贈我？」再而三而益勤。予應以可，且問之曰：「子裹囊窶貧，行乎凋殘之千里，山川良是，而無蛩然似人之喜，曷嵩其行，而又曷以康夫至日之訃耶？」衛道愀然曰：「丘壠所以不忍離，而先人之敝廬庸葺，而世業之常産所不可不治也。是三者，泝而修之，其必有序，庶幾於苟合以不忘畀付，則生於斯世，又何慕矣？」

予應之曰：「是之所志，確乎本務。然子故鄉荒萊蕪没，蓋有年所。子將啟而闢之，必有烈薙之勤；墾而畝之，必有斲揉之利；溉而滋之，必有源泉之蓄；播而稼之，必有五種之美。高下肥磽之宜，風雨霜露之齊，滅裂鹵力之殊，螟蝗水旱之氣，於是有苗而不秀，秀而不實，稊稗之莫比者矣。幸而登場，舂釋簸揚。炊以釜甑，薦以匕鬯。乃不曰常珍而異饌之嗜，又有不知其味，雖食而弗肥者矣。故凡今人之田，荒萊蕪没不能自理，至於流離漂轉，仰哺待活，以死於凍餒，蓋不可勝計也。子獨有復業之志，惟本是力；益既乃心，勿中道而畫；泯饑豐於穮蓘，毋輟耒而太息。觀沮溺之避世，察荷蓧之體勤，懲宋人之無益，攷陳相之並耕，問大舜於歷山，訪伊尹於有莘。若禹、稷之躬耕，與樊遲之小人，孰爲力穡，孰爲曠耘？孰舍其田，孰收其成？用彼之效，爲我之績，固將稻粱蔽疇，稂莠不殖，倉箱既盈，時萬時億，鼓腹行歌，醉於酒而飽於德也。我未能有行焉，敢謂老農之不如。書以遺子。」辭曰：「餽贐倘可以爲開荒之資乎？」四庫本《斐然集》卷一。

老圃賦

洪咨夔

嗟余生之刺乖，甘偭密而即疏。痛虺隤其勌遊，羸盤薄乎閑居。老既怯於山橋，窮莫備乎澤車。坐玩相牛之經，間鈔種樹之書。五十弓兮野園，數百武乎破廬。一禿翁以自業〔一〕，羣癡兒而共鉏。冰解寒祛，霏開日舒。濯濯我畦，瀏瀏我渠。稺甲怒長，鮮荚蔚扶〔二〕。涉熟成趣，驩然忘劬。

翁放鉏顧兒而言曰：「汝亦知夫世有遇不遇之蔬乎？駕釀施蓼，甗醢侑葅，蔌蒲羞鱉，食苽薦魚，芥醬且截，葱渫且朐，烈有桂椒，滑有堇榆，已多乎燧人、庖犧氏之

〔一〕業：《古今事文類聚》後集卷二二、《全芳備祖集》後集卷二四、《古今合璧事類》別集卷五九、《歷代賦彙》卷七一作「樂」。

〔二〕荚：原作「英」，據《古今事文類聚》後集卷二二、《古賦辯體》卷八、《全芳備祖集》後集卷二四、《歷代賦彙》卷七一改。

初。而況織翠屩麻，殷紅氍毹，淋漓觴斝〔二〕，轟豗鍾竽，猩脣豹胎之鼎，素黿紫駞之廚，始饞涎其趨新，中便腹而厭餘。於是葷臊望風而引卻，芳辛候色而應須。擷翠茗於崑丘，掇瑶穎乎方壺。蔗漿盛夏而涷合，萍虀祁寒而煖敷。行以白玉，奉之緑珠。五侯鯖兮遜美，天酥陀兮失腴。此其遇合，不翅初識之機、雲，晚見之嚴、徐也。若乃巖壑棲遲，竹屋槿籬。蓴擅場於秋風，空結鱸魚之思；韭爭長於春雨，未辦黄粱之炊。莪生而河鲀上，橙熟而蟹螯肥。指雖動而莫酬，腹不負其幾希。已而凌寒採薇，迎陽刈葵，秸萱堂背，穭芹澗湄。鑱黄獨之雪苗，筐白薤之露蕤。茗蘼蕪以滌煩，醪枸杞而補羸。冷淘煮兮槐苗，餺飥斫兮薺滋。泫膏鍘兮雹突，飫糞火兮蹲鴟。酣糟紫蕈之掌，沐醯青蔯之絲。雲蒸罌粟之乳，濤洶胡麻之糜。輪囷鵝鴨之瓠，鬱屈龍蛇之芝。婆娑熊蹯之菘，鬛鬖虬髯之菭。鰣孕子兮椶魚，鱉解裙兮樹雞。竹競綳兮稚子，蕨初拳兮小兒。以至太華之藕，黄河之菇，婆羅之波稜，大宛之苜蓿，南越之鹿角，江東之耑蹄，與夫蜀之雞蘇龍鶴栮脯加皮，名品紛綸，色光陸離。性異温涼，氣分王衰。芼擇加精，調胹得

〔二〕淋：原作「沐」，據《古今事文類聚》後集卷二二、《古賦辯體》卷八、《全芳備祖集》後集卷二四、《歷代賦彙》卷七一改。

宜。香聞爽心，味適解眉。有舉桉之接敬，無轑釜之見欺。芬芬苾苾，雜陳更進，可以甦文園之渴，療首陽之飢。彼其石芥老而逾勁，苦筍少而已奇。蕈有拂士之風，菊抱幽人之姿。回睨蔓菁隨地而易質，薯蕷視人而變形，曾不滿乎一嗤，矧肯數乎惡苣、邪蒿、臭蒜而穢荽？然是蔬也，進不榮於珥貂鳴玉之齒，退不豪乎灑削胃脯之頤。煙雲歕薄乎夜讀之吻，風露簸蕩乎朝吟之脾。與齋鉢其爭道，食方丈乎何期，其不遇可知已。」

兒拱而前：「其然豈然。諸葛以姓行，元脩以字傳。玉糝得坡老而重，銀茄爲涪翁而妍。與其見賞於肉食之鄙，孰若託名於捽茹之賢？蓋窮患姱名之不立，而不患併日之食粥；達患宿學之不能行，而不患一筯之萬錢。苟道義之信，飽飯蔬食而樂焉。」翁捧腹一笑，長歌振林：「皎白駒兮束芻，毋金玉兮爾音。」四部叢刊本《平齋文集》卷一。

《古賦辯體》卷八《老圃賦》，賦也。雖未免簇事，然治擇精，援引工，亦得鮑、謝之祖者也。

《朱子可聞詩集》卷五 洪舜俞《老圃賦》曰：「蕈有拂士之風。」即此首句之意。三、四摹擬盡致。林洪山家清供，相傳先生每飲後，輒以蕈菜供蔬品。

宋代辭賦全編卷之六十五

賦 宫殿 一

明堂賦

范仲淹

臣聞明堂者，天子布政之宫也。在國之陽，於巳之方。廣大乎天地之象，高明乎日月之章。崇百王之大觀，揭三宫之中央。昭壯麗於神州，宣英茂於皇猷。頒金玉之宏度，集人神之丕休。故可祀先王以配上帝，坐天子而朝諸侯者也。

粤自蒼牙開極，黄靈耀德，巢穴以革，棟宇以植，徹太古之弊，明大壯之則。風雨攸止，宫室斯美。將復崇高乎富貴之位，統和乎天人之理。乃聖大造，明堂肇起。明以清其居，堂以高而視。壁廓焉而四達，殿巋焉而中峙。禮以潔而儉，故表之以茅；教以清而流，故環之以水。暨二帝之述焉，合五府而祭矣。

逮夫夏禮秩秩，奉以世室；商祀穆穆，制以重屋。神禹卑宫，階以一尺之崇；成湯受命，革以三尺之盛。赫赫周堂，制度景彰。七筵兮南北之廣，九筵兮西東之長，堂并包於五室，室辨正於五方。左青陽而右總章，面明堂而背北堂[一]。耽然太室，儼乎中黄。都徽名之在南，取盛德之向陽。或謂厥堂惟一，厥室惟九，闢闔其三十六户[二]，疏達兮七十二牖。亦規上而天覆，復矩下而坤厚。近郊之宫，廣而能受。通天之宇，高而弗偶。八方象其幅員，九陛參其前後。桓桓焉聽政之廟，應辰而周彰；趪趪焉承天之柱，列宿而相望。環林兮葱葱，圓海兮泱泱。既方舟而經梁，復素飾其迴牆。陳位序以有嚴，議法象而必臧。示邦域之景鑠，期人神之樂康。左有辟雍，天子學宫。墳籍浩以明備，文物森其會同。奉三壽以勗天下之孝，設三乏以勸諸侯之風。右有靈臺，庶民子來。若經始於神明，乃占候於昭迴。天之道也，惟默默以有象；聖之心也，蓋惕惕於無災。此三雍之大者，故百世以欽哉。

若夫約周之禮，稟夏之正，天子升青陽之位，體大德之生，彼相協謀，有司奉行。

[一]「左青」二句：四庫本及《宋文鑑》卷二、《歷代賦彙》卷七二作「面明堂而背北室，左青陽而右總章」。

[二]其：《新刊國朝二百家名賢文粹》卷一七六作「兮」。

慶賜必均，曆象必明。布農事於準直，習舞德於和平。止伯益之伐木，禁蚩尤之稱兵。惟倉廩兮賑天之窮，惟幣帛兮禮邦之英。無隱不彰，無潛不亨。蒙蕩蕩之至仁，浸灝灝之醇精。此明堂之春也，萬物爲之榮。

又若炎以繼天，羲以永日。始於仲吕之管，復於清宫之律。天子乃登諸明堂，暨夫太室。命盛樂以象德，致大雩以祈實。升高明而有豫，定心氣而無逸。静百官之事，驅五穀之疾。無索於關，無難於門。止北伐之威，以助養於生生；導南風之和，以飾喜於元元。此明堂之夏也，萬物爲之繁。

爾乃象正火位，德王金行。羽漸干以南嚮[一]，穀萬斯而西成。天子乃居總章之奥，奏清商之聲。圖有功而專任，詰不義而徂征。脩法制以謹收藏之令，養衰老以惻摇落之情。同我度量，平予權衡。人社以崇，厚兆民報本之志；神倉以秘，示萬邦致孝之誠。此明堂之秋也，天下爲之清。

及夫蟲介時分，虎威夕永。詩人發其涼之詠，日官賓可愛之景。天子乃北堂以居，南面而省。錫飲蒸之慶，從祀寒之請。於是戒門閭，備邊境。勞三農於休息，警百辟於

[一] 羽漸干：四庫本作「鴻漸于」。

恭請。闤市必易，宫室必整。無用之器斯徹，無事之官必省。飭國典以俟來歲之宜，講武經以肅萬邦之屏。此明堂之冬也，天下爲之静。斯乃順其時，與物咸宜，適其變，使民不倦者也。

稽夫宗祀之文，大享之辰，上儀乎皇皇，盛節兮彬彬。比於郊也，我則取文之勝；方其廟也，我則取質之純。損益其禮，尊嚴其親。五天之座，曄曄以陳；五常之席，弈弈而倫。惟太室之位，乃上帝之神。作配者先王，從祀者五臣。樽罍離離，玉幣莘莘。牲牢之舉既遵於夏后，蔬果之薦復本於周人。禮無不當，誠無不臻。聖人於是出齋宫而肅肅，被法服而循循。酌一獻以從質，躬百拜而表寅。司儀實相，樂正攸賓。進俎豆之吉蠲，羅簨簴之輪囷。六樂咸在，統美乎列皇；八風相盪，同和乎大鈞。下舞上歌，蹈德詠仁。非常之祭，駿及者萬國；莫大之孝，蟻懷者兆民。於是神醉其德，人樂而極。太史書於策，大夫頌於國。頌曰：

明堂崇之，明王祀之。禮以成之，樂以歌之。光天之下，教以化之。

若夫元朔會同，羣后對越。穆穆乎舜門之闢，晰晰乎宣燎之發。帝時待旦而久，求衣以先。紆黄組，冠通天，建日月，服乾坤，佩干將，升崑崙。進山嶽之圭，當雲龍之軒。正聖人之大寶，示天下之有尊。巍巍焉負扆而立，濟濟焉辨色而人。太常正其等衰，九賓序其名級。中階之前，三公屹然。應門之外，九采察焉。阼階之東，諸侯以同。西階之西，諸伯以齊。門東北面者子之位，門西東上者男之次。

東門之外，則有樂浪、蟠木九夷之國，西面而北上；西門之外，則有蒙汜、大秦六戎之屬，南上而東向；南門之外，則有朱垠、越裳八蠻之族，唯北是望；北門之外，則有葷粥、幽陵五狄之種，唯東是尚。於是兟兟旅進，鏘鏘肆覲。嚮明者蓋取諸《離》，觀光者受之以《晉》。君臣之位定，禮樂之道振。雅韶以奏，文鐸以徇。皆望雲而就日，必歌堯而頌舜。上和而下樂，金聲而玉潤。況乎晨光赫曦，天顏弗違。冕紱兮霞集，玉帛兮川歸。盛乎王庭之聲明，焕乎天家之光輝。若北辰之會衆星，咸粲粲而在共；如太陽之臨多露，普湛湛而將晞。莫不君三揖於上，臣載拜於下。行典禮，揚風雅，訪儁良，議窮寡。人曷幽而覆盆，賢曷惻而遺野。於以盛名器，於以休宗社。署聖法於圓闕，馳神教於方夏。皇哉耀今昔之榮觀，至哉敷億兆之純嘏。故曰：揖讓而治天下者，明堂之謂也。

惜乎三代以還，智者間間。諸儒靡協，議者喋喋。而皆膠其增損，忘禮樂之大本；泥於廣狹，廢皇王之大業。使朝廷茫然有逾遠之嘆，惘然有中輟之議。殊不知五帝非沿樂而興，三王豈襲禮而至[一]。爲明堂之道，不必尚其奥；行明堂之義，不必盡其制。適道者與權，忘象者得意。大樂同天地之和，豈匏竹而已矣；大禮同天地之節，豈豆籩之云爾。

自漢魏之下，暨隋唐之際，堂或三五之上，道非三五之世，蓋不取其厚而取其薄，不得其大而得其細。享配之文[二]，或然未分；政教之烈，斯焉弗聞。是則帝道不施，胡取乎總期？皇德不隆，胡取乎合宫？故夫明堂之設也，天子居之，日慎日思。思之何也？萬微存乎消息。慎之何也？兆靈繫之安危。繇是惟克念以作聖，思堯舜之齊名。懼巍巍之弗逮，乃孜孜於雞鳴。唯至平之休代，思阜財於吾民。懼四維之有艱，尚瘡痍而百辛。故聖人之寶儉，弗下剥而上侈。思寡費而薄索，民庶幾於格耻。惟下武之太寧，亦省躬於干戈。取諸豫於四方，慨風雲以長歌。惟知人其古難，思濟濟乎賢者。蓋舉一於臯陶，乃連茹於天下。惟好生之至德，思與物而爲春。懼幽陋之靡及，常咨命於

[一]至：四庫本及王應電《周禮圖説》卷上、《歷代賦彙》卷七二作「治」。

[二]享：原作「亨」，據四部叢刊本、四庫本及《古今圖書集成·禮儀典》卷一七八改。

仁人。惟及人之一德，始若晦而彌彰。故三五之君子，騰茂實而無疆[一]。惟皇極之大範，思天下而與平。懼萬物之或差，持我心於誠衡。然後見天下齊於無體，和於無聲。厖眉而壽，吾何仁之有？含哺而嬉，吾何力之爲？但淵淵綿綿，無反無偏。浸淳澤以咸若，樂鴻化於自然。此明堂之道也，蓋無得而稱焉。

我國家凝粹百靈，薦馨三極，東升煙於岱首，西展琮於汾側。未正天神之府，以讓皇人之德。祖考來格，俟配天之儀；諸侯入朝，思助祭之職。豈上聖之謙而愚臣之惑也。臣請攷列辟之明術，塞處士之横議。約其制，復其位。儉不爲其陋，奢不爲其肆。斟酌乎三五[二]，擬議乎簡易。展宗祀之禮，正朝會之義。廣明堂之妙道，極真人之能事。以至聖子神孫，億千萬期，登於斯，念於斯，受天之禧，與天下宜而已乎。北宋刊本《范文正公文集》卷一。

《習學記言》卷四七　《籍田》、《大蒐》、《大酺》不常有賦頌，所以記也。《明堂》未之有，所以

[一] 實：四庫本及《歷代賦彙》卷七二作「質」。

[二] 三五：《新刊國朝二百家名賢文粹》卷一七六作「三王」。

兆也。凡此類以事觀可也。

明堂賦

羅椅

大哉明堂乎！造作經聖人之手，典章繫歷代之傳。宫室壯京師之勢，紀載備經史之編。賦詳於范文正，詩昉於班孟堅。拾古人咳唾，豈不能於敷宣？然而衆甫各喙，竊有疑焉。

宗祀文王，《孝經》已載；朝會諸侯，祀禮已具。左个右个，《月令》以爲天子之居；五室九階，《周禮》以爲宗廟之數。至於大戴，乃渾辟雍以爲一；暨乎蔡邕，則合太廟而同處。射饗養老，教學選士，皆在其中，靡所不聚。宜乎袁準之譏，以是爲未可據也。人鬼混黷，死生錯雜，囚俘截耳，瘡痍流血，此爲何理，無乃謬説？況茅茨采椽，至質之物，車乘玉輅，旗建日月，無乃非類，文質無别？若夫橋門聚觀，豈冠帶之能容；大射爰舉，豈三侯之能設？誠足以破諸家之説，而流千載之惑也。

且夫自古王都，其門有九。應門以前，雉門以後，明堂在焉，四尺八牖。又名中朝，爵禄所詔。何羣公不是之取，而徒議論之紛糾？噫！是未可以口舌辨也，必當證之於古。天子廟及路寢皆如明堂制，獨非明堂之注乎？蓋古之宫室，必南向而治。故凡曰明堂者，皆其治事之所。宗廟之明堂所以享祀，而路寢之明堂所以居處，辟雍之明堂則所以絃誦享射與夫饋酳選舉者也。故皆可以言明堂，而非拘拘然一語也。吾嘗以朱子《月令之圖》與《考工記》而參詳，粲然可證，豈云荒唐？夫所謂象木即《月令》之青陽，而象金者即《月令》之總章，玄堂者即其象水，則象火者獨非明堂乎？古者制度，多取於井，豈惟都邑與土疆？王者宫室，蓋莫不然。故凡言明堂者取其向之南而離之乎下，此則固無東西南北之室矣，又何必明堂而表章哉？若乃度筵度几，曰修曰廣，可隨當代之制，豈必嘐然曰必古之是倣？方今書文混一，治象明兩，三年大比而興賢，萬邦效職而來享。臨雍邦老，郊廟格饗，鹵簿之廟既設，封禪之儀將講。愚敢獻明堂之一賦，而振千載之遺響。清羅嘉瑞刻本《澗谷遺集》卷一。

明堂賦

劉敞

淳祐五禩季秋中辛，朝家藏禋，適駿寧考，肇陟嚴配。聖孝通幽，百神效靈，金景開祥，上帝宴饗。允乎休哉！　雁山劉黻瞻禮容而拜稽曰：古聖王之建明堂，順時荅貺，尊祖敬宗，不忘其始。厥後迺以黄琮鴟尾、鐵鶩金龍而耀美觀，抑末矣。於穆我皇，先尊故典，不侈不啬。欽兹一忱，以令執事。神人洽和，厥應如響。然植木者必根，演流者必源。隆家國，定社稷，必建太子。迺今嚴父之侑雖陟，中儲之位尚虚，寧不孤在天之靈？故作《明堂賦》。其辭曰：

皇鑒哀於下民兮，屬萬物之最靈。羣爪力而争分兮，賴上聖而始寧。領天牧而巍處兮，匪生殺之我私。庸典禮以崇本兮，欽后皇而藏祠。按世室與重屋兮，制上圓而下方。皇帝名以崑崙兮，虚四壁而八窗。《考工記》之紀周兮，猶古意之是將。公玉帶之繪古兮，乃浮辭之鋪張。

粤我宋之拓興兮，起百廢而具新。迨皇祐之蒐典兮，遵明堂而告神。即大慶而藏禋兮，剖禮義之紛紜。分五室以定制兮，揆季商而用辛。陟祖考以嚴侑兮，務尊尊而親親。中景鑠以開後兮，翚皇圖而四維。儵陽九之中厄兮，緬禾黍而含悲。洎駐蹕於錢塘兮，賴火德之載燃。思陵原之淒涼兮，渠湖山之燕安。

於我皇之仁聖兮，心臨淵而履冰。灼元姦而遠迹兮，闢衆正而通靈。陟文考以祈報兮，假帝饗以孝思。分禮官以執事兮，中敬齋以自持。先夕宿於太廟兮，遂嚴更而警惕。儼天仗之夙戒兮，戴平幘而平從。列虎賁之萬騎兮，羅劍戟之百重。燎夾道而燭光兮，恍銜璧之焜煌。迅羽毛之掃電兮，耀遊纓之拂天。被編廬以帟幕兮，迤雌霓之連蜷。羣貂璫之疾驟兮，奉奔走而侁侁。聯鐵駿之鏦鏦兮，森鹵簿之鱗鱗。崇供御之甹紛兮，載皾班而增華。整班而盡衢兮，皆安徐而不譁。展蟬冠之前驅兮，導玉輅之巍巍。憲越席之椝制兮，錯夜光之陸離。齊六馬而錫鸞兮，駕三辰之旂旂。端龍顏而中御兮，承玉立而執綏。遵皇道而入闉兮，詣複門以儲精。被法服以眡事兮，奏韶夏以迎牲。用陶匏以昭儉兮，奉灌爵以薦馨。陳鼎俎之在列兮，羅鼓鍾之在庭。皓星月之交輝兮，息宇宙之纖塵。和神人以交妥兮，鑒悽愴與焄蒿。嗟濳靈之遄邁兮，仰雲漢之昭迴。眡東方之啟曉兮，肆閶闔而宏開。蔚皇儀之壯觀兮，臨麗正之崇臺。目中夏之布德兮，普萬姓以覃恩。飛金雞而銜赦兮，滃拜稽之如雲。採童謠之載路兮，美積慶之深源。願河海而清宴兮，荷天子以萬年。重曰：

藏事兮秋禋，濳妥兮三靈。顧祺嚋兮祈祥，眇匕鬯兮孰憑。聿追考兮在茲，曷悠悠兮儲英。築室兮肯堂，畚斯兮繩繩。倘資善兮宏開，奠宗祏兮以寧。宅哲人兮俾輔，垂無疆兮太平。四庫本《蒙川遺稿》卷四。

正陽門賦

胡宿

有宋受命，惟皇建國。獲九金之神鼎，應五精之火德。將以定九廟之攸居，彌萬世而不易。陋洛陽之如掌，纔可以備離宮；謂函谷之扼關，不足以創宸極。於是即房心之廣野，據神明之華域。得天帝布政之廷，命司空度土之職。申畫郊圻，繕營宮室。建萬雉之都城，順五土之方色。王畿千里，侔日徑之傍開；君門九重，法天關之上闢。

粵藝祖之創基，逮永熙之御歷，戰壘尚多，寅車未息。方且法神禹之卑宮，循姬文之旰食，重長府之仍貫，惜露臺之勞役。惟此應門，闕乎盛飾。屬三葉之承祧，配九皇而比迹。受萬玉之會朝，覽四海之圖籍。老上修懽，日際來格。風德周乎四面，言語重乎九譯。天業暉昌，國財厚積，遹廣先猷，乃籲衆力。謂皇居之偪下，虧萬乘之尊嚴；謂寶儉之過中，非四方之表則。矧帝闔之峩峩，圖天象之奕奕。一開一闔，於以順乎陰陽；不壯不麗，何以威乎戎狄？

於是申嚴戒告，條具章程。運松石於海岱，下杞梓於荆衡，瓌材畢至，美礎森呈。詔將作之利器，按堪輿之秘經。天老推策，石師督繩。晝則瞻乎陽景，夕則攷之極星。

雲漢昭回，正瑶光於神縣；山河表裏，裁寶勢於坤靈。築金椎兮堅重，置水槷兮端平。子來輪力，人謀獻能。千章兮俱度，萬斧兮並興。賦東山之悦使，造靈臺之樂成。挺庶物而首出，恍緣雲而上征。覆壓九軌，森倚萬楹，冠廣内以凝宇，標正陽而定名。寶篆鸞飛，耀煌煌之金刻；榮簷虬聳，壯翼翼之瑶京。崒兮天黨，屹若神行。麗譙横亘，磴道階升。雲梁布藻，煙瓦摇青。

方疏洞開，璇題彪列，藹若鮮雲，蔽嬋娟之素月；鏤檻周施，彤欄鉤折，宛在半空，横連蜷之雌霓。俯畢昴之中街，聳象魏之雙闕。觚稜上拂，隱日月之回環；輦道相過，瞰煙雲之明滅。綴以昆金，飾之和璧。塗艧澄鮮，榮光射激。離朱奪其目精，計然喪其心畫。形半起而還正，勢將翔而復抑。跂而望之，若太陽御六龍，升扶桑而耀色；迫而察之，若威鳳將九雛，下丹山而接翼。

東虬兮西獸，交鎮兮左右；南箕兮北斗，夾照兮前後。赫赬壤以周布，岌飛廊而御走。刻雕辰象，按宣夜之渾儀；圖狀神靈，選尚方之畫手。偓佺飛步，來曝於南榮；曼倩凝睛，下窺於朱牖。瑰譎萬態，於何不有？雄吒兮赫侈，磅礴兮穹崇。彈壓兮萬寓，冠映兮九宫。如衣服之有冕，譬鱗介之宗龍。配天之業兮，巍巍而蕩蕩[一]；鬱鬱而葱葱。俯太行兮卻倚，瞰洪河兮注東。漢圖五嶽之形，儼存於宇下；周制九丘之地，悉布於檻中。

是知帝者之有爲也，闡元極，稽邃古，述作表聖明之功，擬議成變化之序。宅中肯構，法太紫之圓方；大壯取模，用高曾之規矩。故能御六辯，總群綱，安天下於置器，尊人主以如堂。鼓協氣而中出，導靈風而遠翔。納物於崇丘之富，躋民於壽域之康。樹闕中天，闡三正之教法；建瓴高屋，制萬國之侯王。

若乃分至御辰，清寧貺吉，攷太史之宏議，酌觀臺之故實。命保章之職，仰以占乎五雲；詔師摯之官，中以吹乎六律。此所以察羲易之時變，助箕疇之陰騭。又若禮罷神壇，詔回天蹕，御百常之豐樓，端九章之華黻。肆赭案兮横霞，植靈芝兮翳日。俯輪奂之神構，耀顒卬之聖質。樹孑孑之雞竿，降洋洋之龍綍。法眚赦於帝嫣，效祝飛於天乙。感人之樂，悦發於鈞霄；呼歲之聲，喧踰於少室。兹又恢一代之典禮，俾百王而祖述。

[一] 原注：「按：此下似脱一句。」

大哉！三光之所照，九賦之所均，有宫室以安體，有衣冠而正身。穆穆中夏，眈眈紫宸。功崇則業大，德盛則禮尊。斯干詠於周家，落成百堵；建章營於漢代，麗極千門。況乃業包海岳，道格乾坤，踰蒼姬之拓統，超金卯之集勳，撫和曠俗，惠養齊民，秋毫皆出帝力，率土莫非王臣。靈臺偃師，靡務先王之武；闔廬蔽雨，施及吾儕之人。故得中外畢力，大小懷欣。胥靡之工，驩趨乎版築；斲墁之匠，投衒其風斤。役不愆素，事俱中倫。彼土階載乎往牒，茅殿標乎舊文。或出墨家之瑣瑣，或主玉帶之云云〔一〕。繩以大中之法度，彼又齷齪而奚足論？

若乃攷乎默定之理，剽諸故老之聞，正者所以建萬事之紀，陽者所以爲衆陰之君。鎮天安之路寢，壯帝宅之威神。豈人謀之經始？亦天意之冥存。蓋以恢久大之德業，崇燕謀於子孫。利貞元亨，四德扶於君位；謳歌獄訟，萬年繫於天閽。下臣委質盛期，棲蹤禁陌。睇閶闔之華峻，干青冥而烜赫；愓位貌之喧卑，悵威顔之踈隔。禁門引籍，非如司馬之朝臣；行在獻文，復愧甘泉之賦客。乃作系曰：

〔一〕原注：「案：『或主』原本作『或生』，就文義當是『主』字。『玉帶之云云』，謂漢武帝時公玉帶所上《黄帝明堂圖》。今改正。」

煌煌特闈，明明哲后。樹華構兮無疆，建豐規兮可久。拂倚杵之寥廓，鎮方輿之博厚。拓基鞏固，將金狄以同堅；卜世脩長，配神樞而不朽者也。四庫本《文恭集》卷一。

《賦話》卷一〇　當時朝廷大著作，典重贍麗，上法六朝，於韻語尤工。有《正陽門賦》，又《顔子不貳過賦》，最工。

金鑾賦　並引

李廌

蘇先生自中書舍人拜翰林學士，門人李廌以《金鑾賦》賀之。其詞曰：

惟金鑾之閎宇兮承明廬，天門九重兮直帝居。青雲邈爲後塵兮，紫清絳虚。履泰階以布武兮，瓊闕玉除。侍上帝兮友真宰，贊造物兮俯璿樞。視下土以爲滓濁兮，徜徉乎河洛之圖書。代上帝以有言兮，作典謨。曷誰尸之兮，疇咨明世之真儒。惟令聞升聞於帝兮，有臣曰蘇。

客曰：是超然之先生耶？惟超然之先生，冠百世而稱傑。操忠而秉哲，執義而全節。文章鮮儷於古今，德行争光於日月。昔下士之興讒，智相遼而欲軋。不量厥才，徒自黥刖。純然粹玉，久苦埋涅。濯之愈明，始鄙羽雪。於穆皇王，登崇俊良。爰自謫逐，乃命作牧，乃命爲郎，乃寘紫微，乃居玉堂。佩服粲以有輝，輿衛儼以煌煌。潤色太平，黼黻玄黄。非先生之有榮，實吾道之有光。

猗歟先生，處斯金鑾。爲龍爲光，莫匪具觀。饋天餉於寶床，下晝漏於花塼。錫尚衣之宫錦，分御座之金蓮。縉紳具云，内相惟賢。嗚呼！官隨人以重輕，職因時而貴賤。爰置翰林，近在貞觀。伎卜雜進，名同實眩。吴筠、太白，久待詔兮，竟無官封；公輔、樂天，苦俸薄兮，求兼府掾。惟眷遇之無常，故榮滯之相半。乃若叔文、執誼，陰狠陽媚。潛妖伏禍，城狐山鬼。二吴争恩，甚於火水。恃爲巢社，公肆姦宄。惟兹金鑾兮，待太平而後重；惟兹金鑾兮，待賢者而後貴。

猗歟先生，處斯金鑾。方江湖之放逐，望魏闕以如天。叫九閽兮靡訴，濱九死兮永歎。惟阨窮而處忌，雖忠憤兮奚言。今也侍帷幄兮朝夕納誨，却視象魏兮敻以在外。況舉天下之重兮自任，遘兹辰兮嘉會。無使目爲私人，無止習爲三昧。夙志可宣兮，時不易得。時不易得兮，蒼生跂踵而希澤。將錫圭兮錫衮，聊假道以兹職。四庫本《濟南集》卷五。

金鑾後賦 並引

李廌

元祐元年冬，今餘杭龍圖先生初入玉堂，廌作《金鑾賦》。四年夏，小蘇先生九三丈復自地官貳卿入翰林爲學士，廌故作《後賦》，欲以見儒者之榮，兄弟之美，而以尚之，故曰《後賦》云。其詞曰：

噫！顥穹之祐民兮，必降賢俾保釐。雖降賢必有神兮，詎俾下土而測知。惟帝意兮靡忱，故或儷兮或奇。或千歲以相望兮，或接蹟於一時。或千里以相遼兮，或同胞而連枝。惟忠義以合符，雖千一以共規。卿雲景星，醴泉靈芝。晷瑞圖兮偶應，矧常數兮可推。維伯仲兮俱賢，異千祀兮膺期。

難乎伯仲之俱賢也！粤若三叔謗旦，有庳傲虞。禽有膾肝之盜跖，肸有鬻獄之叔魚。義琰有義琛之劣，世南有世基之諛。瓜甘蔕苦，源清流污。蠹或毁堅，瑕多敗瑜。惟物情兮相戾，焉人理兮可誣。故有高陽之凱，高辛之元，並稱才子，皆相賓門。稷、契之功，萬世之隆，莫之與崇。夷、齊之節，萬世之烈，孰並其潔。漢酇商寄，因緣勳勞。楚季心布，義俠名豪。建慶兮以謹貴，賢弘兮以讓褒。上郡淑吏，二馮藹聞。吳都風流，妙稟機、雲。民庸兮襲志襲譽，戰多兮萬均萬徹。彥博、大雅兮謀謨，真卿、杲卿兮義烈。或武或文，惟德惟哲。伯仲俱賢，才難道缺。冀有於斯，千載願閱。

惟二先生，驚代稱傑。坤維一方，堪輿效祥。兩蜀鍾靈，二江儲英。峨眉薦祉，並生世程。凜然擢秀，蔚在妙齡。觀光來賓，掞藻王庭。三道奉宸，忠貫杳冥。言揚帝所，日月俱鳴。騰芳上國，馳譽八紘。間關仕版，顛沛周行。忠義爲質，皦皦相望。永矢不渝，用行舍藏。聖塗並驅，方駕抗衡。珪璋璜璧，韶濩雲莖。世知俱賢，莫能重輕。放逐江海，梗轉蓬飄。白首兮於行，雅意兮在朝。歲不我與，偃蹇下僚。天定勝人，德久自昭。松柏兮御寒，貫時兮弗彫。雨雪兮霰零，杲日兮晛消。偕來兮寶文，回翔兮紫霄。凌厲兮列缺，閬風兮逍遥。柱史兮載筆，紫微兮贊書。黼黻兮洪業，鼓吹兮聖謨。婆娑兮淵禁，布武兮天衢。金鑾兮玉堂，絳闕兮清都。明光帝居，北扉禁廬。璇題彤楹，青瑣金鋪。文林兮極寵，命世兮真儒。故二先生，迭處更居。

昔在有唐，危葉亂根。懿之禕之，容身摘文。通玄通微，諂訕争恩。雖曰伯仲，尸職金鑾。朋邪比媢，德忝厥官。方我二蘇，俱賢實難。彼二龔二鮑兮惟僚，二疏二謝兮惟族。勢醜兮位均，名齊兮義篤。矧我二蘇，同氣異息。惟學與文，並造聖域。惟忠與信，皆貫金石。否泰慘舒，皆共消息。非聲氣兮偶同，適與命符兮心迹。名非實違，名乃在德。周旋嚴近，代掌翰職。朝廷昌兮屬承平，一門慶兮兩名卿。王國兮多賢，儒冠兮預榮。先生兮固有，在寵兮弗驚。方將比德兮稷契，儷德兮元凱。並時登庸，咸熙天綷。羽翼兮王躬，塤篪兮帝載。鋪張兮所蘊，康濟兮四海。儻末光兮肯分，庶餘暉兮永賴。四庫本《濟南集》卷五。

磁石門賦 並序

孫堪

孫子讀古書，見有執邪以禦物，設怪以防惡，而終離其酷者，乃知邪不勝正，怪不勝德，有自來矣。故作《磁石門賦》。

六國窮，四海同；周鼎飛，秦業隆。崛阿房之宫，示皇都之雄。臥棟彎睍，周桓矗峰。盤盤焉，爛爛焉，有以磨層霄而絳碧空。斯宫既成，君體攸寧，尚欲懲匕首之難作，慮蕭牆之釁生，乃曰：「有礨者慈，石之擅奇。彼金雖良，此克止之。氣感所及，委同縶維。發硎者無以遁其質，割玉者無以矜其績。得非天假其靈，神資其英，俾其制至剛之凶，伏至銛之形。雖使穎若邪溪，卓若鄄城，尚安能挫吾之力，回吾之精！苟磨之以爲户，諒雖使聶、豫重作，荆、曹繼生，則謀未施而刃困，愿未逞而器驚，又安能過吾之門，入吾之扃？設使楚人得之，則堦也無毛遂之進；吴王及之，則魚也無專諸之刃。千古未覺，吾謀能獲，足以斗碎凶膽，塵飛姦魄。」將使韓趙鋒鋋，燕齊兵伍，苟有動爰命良工，載磨載礱，雙扇呀呀，不日成功。苟有興者，止於斯石。笑傲羲皇，扃促禹湯，奮者，困諸斯户。五嶺戈鋋，長城鉤戟，坑賢燼書，窮奢快欲。黎元未平，吾吏有吾獨識，□□舊章。由是隳仁義，扇苛酷，可係可征。火炎邦家，狼噬寰瀛。及夫忠良逋，刑，可殛可黥。戎狄未庭，吾吏有兵，不能止望夷之徒；群雄叛，彼石雖奇，不能制劉項之矛。陰賊盱，彼門雖高，

嗟乎哉！皇王之區宇也，成其安，去其殘，雖土階之卑，茅茨之微，三苗格於舞干。肆其荒，用其强，防若太行，阻若羊腸，二國終於隕亡，況於石乎？況於門乎？而秦之治也，逆天紐，弛地維，迷陰倒陽，惟意所之。而徒創異造怪，搜珍設奇，謂一石可以固國本，雙闔可以閉亂基。其滅亡也，誰謂乎不宜！

吁！天將使秦篤於禍，極於凶，爲萬世覆車之蹤。知其蹤，知其凶，賢乎聖乎？

《新刊國朝二百家名賢文粹》卷一七六。

宋代辭賦全編卷之六十六

賦 宫殿 二

鴻慶宫三聖殿賦 並序

劉攽

臣伏見陛下追述祖考，崇奉明祀，新作三聖殿，以昭孝明功於天下。臣以文學中第太常，試官秘書，目覩盛事，不敢以鄙薄自絀，輒作古賦一篇，以歌詠盛德。昔《靈光》、《景福》之作，世稱其美麗，然其所謂壯大，不出雕刻畫繢文彩之煌煌而已。又盛道工人之巧，民力之衆，材木之多，金玉之偉。臣以謂王者有作，則必智者獻其巧，壯者輸其力，山林不敢愛其材，府庫之聚，皆所供億也。是物理之常，不足以夸大，臣愚竊陋之。若夫天命廢興之際，聖王授受之符，非敏智通達，未有能究知其始終者，固難爲寡見淺聞者道也，臣竊大之。是以略所陋而張所大，不敢仰希風人《雅》、《頌》之列，庶幾有其志云爾。

蓋上帝之所以選建明聖，命以天位者，乃所以享德而報功焉。未有德盛於前，功播於後，而其子孫寂寥，千載無聲者也。賢哲所談，六籍之云，德莫著於有虞，功莫隆於五臣。禹平水土，夏姒以家。司徒后稷，是教是食，肇商興周，歷載數百。皐陶大理，五刑以明，於其苗裔，乃興於唐。

若夫董淳耀以攸司，奏庶民之鮮食，焚山烈澤，害服妖息，鳥獸咸若，草木允殖，固伯益之力焉。天報以位，俾秦周繼。於其子孫，誣祖不紹，去火即水，叛禮尚刑，法以慘急，然猶并六國、一天下。而不知變於初，二世以斃。非天不相朕虞之後，乃其否德，得罪於祖而斷棄也。惟伯益之功未報，是以大命復集於趙氏焉。

五代喪德，九土分裂，海水横流，民用墊溺，鳥獸昌熾，黔首失職，滔滔惑惑，蓋若洪流之未闢。於是太祖乘火而帝，繼益之功，天胙吉土，曰惟商丘。是爲星火大辰之居，亦曰明堂布政之由。出潛離隱，或躍在淵，以有九有，百度正焉。削禍戡亂，出民塗炭，風揮日舒，天地正觀。荆燕吴蜀，楚越梁冀，懾威懷仁，奔走失氣。崛强者執服，柔從者加賜。太宗承之，真宗成之，登封降禪，矢直砥平。巍巍乎邈三五而儔儷，彼漢魏之瑣瑣，曾何比京。

夫伯益始掌火而底績茂，宋以火帝，興於火墟，天之報施，豈不昭昭可推而類也哉？且夫積功以凝命而創業，因物以胙土，由土以建號，樂以反初，禮不忘其本。是故作於原廟，建之别都，三聖鼎列，大廈以居，以答景貺，以昭成功。俾子孫知厥所由，億兆仰德而不窮也。厥後烈風雲雨，雹雷震曜，儆戒於下，濫炎流燒。

天子怵於大異，反己正德，伏念七年，乃其有得。曰：「天以德訓予，而以威震予，依類託諭，予敢不信？夫政不變不足以日新，禮不修不足以化民。天之示人，若曰政禮之緻，雖祖宗之爲，猶當勿憚乎改更。」於是詔三事、飭九卿，和布揆於舊政，載損載益，以承天誡，以舉聖職。

夫既天行而日白矣，乃復閟宮，奬夫神衷，三后在天，對越上穹。經之營之，不日成之，閎偉奇麗，所以使宮寢之勿踰也。清閒窅密，又鬼神之所都也。絜百圍而置楹兮，度千仞以架棟。擇一木於萬章兮，顧餘羨者猶衆。般倕獿人之儔，獻巧而林立兮，莫不心競而賈用。亘長廊其如城兮[一]，闢重門其似洞。欒栱粲其如星兮，侏儒屹其承重。如翬斯飛、如鳥斯革兮，誠可慄其將動。闔陰房之密静兮，雖六月其必寒。闢陽榮之敞麗兮，蓋中夜而已旦。涉廣除而徑上兮，每百盡而一級。歷青珉之瑩滑兮，曾不得而側立。顧風雨之在下兮，足以避夫燥濕。良非人力之所爲兮，宜鬼神之攸集。於是使夫設色之工，後素之巧，想像形容，圖寫必效。夫其龍顔日角、天質之顒昂兮，臣乃今知真人之異表。

於是駕鑾輅，登玉虯，千乘萬騎，雲動而景附兮，想平生之豫遊。旂常繽紛以絶翕兮，鐘鼓軒轟，簫管發而啁啾。雜魚龍之奇技兮，蜿蜒曼延於道周。百神紛而並迎兮，出閶闔而御夫龍舟。爾乃川后静波，屏翳息風，舳艫相銜，若複道之延屬兮，亘千里而相通。百工備官而夙設兮，棹夫讙呼而奏功。惟吉行之五十兮，餘日力而靡窮。既屈既止，威儀若初，以幸夫壽宫。乃即前楹，以修祀事。威神如在，望之可畏。殫金玉以備用，罄飛潛以薦味。帷帳筦簟之安肆，几杖筆研之儲偫。靡一物之蓋闕兮，所以廣孝思

[一] 廊：原作「廓」，據武英殿聚珍版書本及《皇朝文鑑》卷四、《古今圖書集成·職方典》卷五九七、《歷代賦彙》卷七三改。

而盡心志也。守臣侍祠，罔不肹飾，既事而旋，閟而莫覿。列仙之儒，偓佺之倫，迎神頌祇於其側。

若夫祝融、重黎，相土、閼伯，固已喜動乎魄，情見乎色，護清蹕而睎盛德也。巍巍大哉！不可得而記已。且夫天命之不忘，人主之大寶也。祖宗之有繼，子孫之勿替也。兹聖王所以正統垂業，超商邁周，卹嗣錫羨，貽厥孫謀，使萬有千歲，得以睎風而承流也。遂作頌曰：

崇崇商丘，大火主兮。曰宋之興，道是配兮。建邦設都，以有九土兮。有皇上帝，明德輔兮。伯益之功，邈不可忘兮。三聖承承，有烈光兮。奕奕寢廟，神翺翔兮。胥千萬年，尚無疆兮。四庫本《彭城集》卷一。

慈寧殿賦

王廉清

臣聞乾天稱父，坤地稱母。天地至大，必言之以父母者，明其尊崇博厚無以加也。是以圓首方足，皆仰之壽之，欲報欲奉，無不極盡。繇古以來，聖人之盛，莫過堯、舜。而孟子以謂堯、舜之道孝悌而已矣。恭惟皇帝陛下繼大人之照，宜日中之豐，體堯邁舜，憲古明王，以治天下，發爲號令、典誥，廟謨宸斷，親仁善鄰，開物成務者，莫不以孝爲首。臣聞孔子謂曾參曰：「明王以孝治天下，故災害不生，禍亂不作。」仰惟陛下曩者以皇太后扈從未還，顧見之心，致軫宵旰。四方兆民，延頸指日，以冀來音久矣。斯焉天人交孚，鄰邦修睦，櫜弓箙矢，息師偃革，寰宇之間，遂臻安堵。恭奉魏駕，言歸闕庭，凡在動植，孰不手舞足蹈，翼鼓膺奮？逌觀古初，夐無前此。臣伏以老氏三寶，以慈爲首；乾元之道，萬國咸寧。洪惟慈寧之殿，合爲嘉名，超軼前世，致安之道，繇是以始。形勢制作，焕乎其有文章，儀刑萬邦，風化際薄，無所不及。若堯之光被四表，舜之丕冒海隅蒼生者，行見於今日，甚盛烈也。臣生長當世，薰陶漸摩德義之久，目覩心欣，不能自已。思欲頌良圖協恭，式化成規，誠開金石，感動遠邇，以彰聖治莫大之慶，而昭述巨美者有日矣，輒因殿之名，以推原萬一。至於辭意淺陋，言語膚率，不能抉奇摘異以爲偉，不惟不能，亦有所不敢也[二]。臣謹昧死再拜而作賦焉：

[二]有：原無，據《古今圖書集成·考工典》卷二補。

臣恭惟皇帝之嗣位十六載也，海宇澄清，四方砥平。受上天之眷命，紹洪基於大明。邇安遠至，措刑寢兵。人熙熙兮春臺，物蕩蕩兮由庚。六服承德，衆心成城。所以復炎德之輝，而迓周邦之衡。先是，騪駕從狩鄰國，克享天心。咸有一德，式遄來歸，懽動九域，乃命羣工。擇基之隆，儲祥之勝，拆建問安之上宫。列辟肅然而赴職，百執鎗然而效忠。爰即行闕，以成厥功。於是上高擬天，下蟠法地。削甘泉之繁縟，屏含元之侈麗。揆太極之宸模，就坤靈之寶勢。乃諏龜筮，龜筮協從；乃稽萬物，萬物無異。帝曰欽哉，乃彰鴻名。慈以覆育於天下，寧以鎮服於寰瀛。蓋將昭徽音於太姒，而表思齊於周京者也。

有嚴有憑，或降或昇。揆之以日，築之登登，經始勿亟，百堵皆興。伎者獻其伎，能者精其能。否往兮泰來。闔決兮垠開。倉昊馳耀兮，黄祇助培。運郢碩之斤斧，攻杞梓之良材。萬杵散雨兮，千鑱轉雷。離婁督繩兮而公輸削墨，夏育治礫兮孟賁掇荄。聳隆隆兮伐喬枚，勢轞轞兮豁層厓。長林巨植兮，千年之産而萬年之材。輾如闖、直如矗兮，崔嵬於時。山壤獻靈，川流效祉。陸架水浮，風屯雲委。輻湊鱗集，衡行櫛比，以萃於殿之址也。於是匠氏經營，百藝駢并。礪焉而礪，硎焉而硎。高下曲折，塗塈丹青。此興造之本意，而動作之形容也。

既而四周凌天而岌嶪，九門參空而伶俜。闞百常兮屋十尋，皆楗爵兮建瓴。儋儋千栭，閑閑旅楹。岫綺對砌，窗霞翼櫺。彤墀洋洋，金碧煌煌。神鴟展吻而呀呀，文犀壓牖而赫張[一]。寶琲象栱[二]，列星間梁。橑桷欒楶，黼藻鉛黃。玫瑰玳瑁，翡翠明璫。方疏圓井，琑連斗扛。枅櫰上承，柱石下當。騰雙猊兮盤礎，刻怒兕兮伏相。其蟠也類九淵之虬屈，其翥也若千仞之鳳翔。或倒文漆於衡社，或薦孤桐於嶧陽。烏枎橫截，緗蘖交相。第栲栵與椅榎，積楩柟兮豫章。蓋天下之奇幹，盡羽粲而國櫰。夫然未足以比其制，未足以形其雄。轇轕巃嵸，飛雲架空。出入兮日月，吸呼兮雨風。開重軒兮纍玉，鱗萬瓦兮游龍。高下髮直，左右翼從。西八東九，金礫珉鎔。平寫三山之景，坐移群玉之峰。喜洩洩兮樂融融，入如遇兮出如逢。映斗杓而曈曨，挹天漢兮春容。

觀其巨鎮在南，長江在東，前擁後顧，盤錯窿隆。占皇圖之奕奕，鬱佳氣之蔥蔥。天海相際，造化溟濛。雕題貫膂，大艑舸艨。尋撞戴斗兮航浮索援，皆馳驅而致恭。採肅慎之楛矢，職夷黔之布賨。上則天目於潛之山，鳳凰南北之巔。巉巖巀嶭，窈窕回

[一]壓：原作「厭」，據《古今圖書集成·考工典》卷二、《歷代賦彙》卷七三改。

[二]琲、栱：原作「排」、「拱」，據《古今圖書集成·考工典》卷二、《歷代賦彙》卷七三改。

旋。狀群羽之集麓，若萬馬之奔川。海門之潮，滄溟之淵。濠洶奔放，勢如朝焉。皆足以小崤函而吞涇渭，等河雒而隘隴岍。夫以此而駐蹕，實一制而萬全。然而不以爲離宫，不以爲别宇，而獨以奉長樂之安，而爲承顔之所。故能遠邁漢唐，夸歷三五。則雖兼天下之奉，極天下之貴，亦人所樂而天所與也。凡臣所鋪翼而陳之者，尚可名言之也。非比三吳之盛麗，九旂之容衛，六宫之深嚴，萬物之侈冶，不足以隆一人之孝於無窮。於是俯而拜，仰而重，曰：

當乎法駕言歸，宗祏生輝，千丈萬騎，如指如麾。備一時之盛禮，慶萬國之洪禧。望閶闔兮瑞霏微，剨觚稜兮祥威蕤。馭嚴嚴之玉輦，建獵獵之朱旗。華蓋攸杠，天驥騑騑。增日星之光明，闐老幼之提攜。千官之班兮鴛鷺，兆民之欣兮嬰慕。喜慢動於堪輿，澤周流於道路。樂極者或至於抃躍，感深者争先於馳騖。泬漻晏然兮屏翳收風，霙靆不興兮豐隆霽怒。雙闕敞兮如升，萬室昂兮如訴。若乃萬壽誕日之辰，一人會朝之際。濟濟峨峨，群臣在位。皆輔皐而弼夔，過房杜兮丙魏。奉玉巵兮瓊醍，展采儀兮文陛。皇帝躬蹈事親之美，以獨高於萬世。進退禮樂，抑崇下貴。隆帝業兮億載懽，祝聖人兮千萬歲。然後敷兹睿化，徧於中下。尊卑模範兮盈里閭，膏澤滲漉兮盛王霸。工在衢，士在朝，而農在野。百度修明，萬幾閒暇。無有遐遺，睦如婣婭。四海安若覆盂，九有基如太華。

於是有客相謂曰：「子聞今日之盛事歟？」曰：「然。嘻爲堯舜，神人以和。運紹五帝，獄訟謳歌。但無爲而已矣，於致養以云何。豈若我皇躬勤儉之資，恢隆平之時。約己以奉太母之訓，致美以化群黎之爲。端壹心而應感，斥衆異之盱睢。焕爛方冊，照溢書詩哉！且客聞歷代之制乎？土階之卑不免乎儉固，雕椽之飾不免乎驕奢。魯夸靈光而但述土木之巧，魏稱景福而徒爲制作之華。俱遊觀之是云，奚文辭之足誇？又豈若我皇綏定邦家，以成孝道，允邵羲媧哉！且上棟下宇，聖人所取也；至德要道，聖人之孝也。作於楚室，能修泮宮，諸侯之功也。與其論諸侯，曷若言聖道；與其言雄壯，曷若言聖德？明明我宋，得天下之統。蒸哉祖宗，膺器之重，殆二百年，休聲無壅。下之所奉者惟君，上之所承者惟親。當君享九重之實，而親安萬乘之尊。蓋匹夫之孝，曾閔所難，不足以言。惟據域中之大，饗天下之養，然後爲重也。已析而合，既失而得，然後爲喜之至也。曠古所無，一旦在己，漢唐所恨，自我而得。凡是數者，兼而有之，不特爲四方之賀，又將爲萬世之光寵也。今是殿也，不奢不陋，不高不卑，合禮之界，與天下齊。以是爲固，鞏於鼎龜，以是爲寶，保若山谿。雖廣八荒而爲城，開溟渤而爲池，倚圓天而爲蓋，立棟梁於四維，亦奚有宜乎？」

於是再拜而歌曰：「蒼蒼高旻，覆下民兮。與物爲春，澤無垠兮。一人孝至，通帝意兮。金石可開，不可移兮。上下合契，定大議兮。法駕六騩，言還歸兮。勅以慈寧，爲殿名兮。厥功告成，百室盈兮。居之克安，若石磐兮。四方瞻觀，化益寬兮。天人合應，助其證兮。光啟中興，祖武繩兮。紹復大運，法堯舜兮。旋澤曲軫，翕然順兮。孝道克全，鑒上天兮。壽禄萬年，其永延兮。聖人孝兮，感人深。責成賢輔兮，雋功克忱。廣殿軒軒兮，巨廈深沈。晨昏之養兮，萬乘親臨。財豐俗阜兮，寫於薰琴。百姓克愛兮，諸侯克欽。亘萬國兮，得其懽心。宫殿之制已陳之矣，天子之孝既備述矣，四方之心見於斯矣，口軟字碎其言畢矣。欲昭聖孝，永無極矣。日月爲宇[一]，天爲卑矣。四庫本《揮麈餘話》卷二。

《揮麈餘話》卷二 紹興壬戌夏，顯仁皇后歸就九重之養，伯氏仲信年十八，作《慈寧殿賦》以進云：……王仲信此賦，如河決泉湧，沛乎莫之能禦也。天資辭源之壯，蓋未之見。昔柳柳州云：「辨如孟軻，淵如莊周，壯如李斯，明如賈誼，哀如屈原，專如揚雄。」柳州論之古人，以

[一]宇：原作「字」，據《古今圖書集成・考工典》卷二、《歷代賦彙》卷七三改。

一字到今不可移易，顧吾仲信兼用六語，而加意於莊屈，當與古人並驅而争先矣。許顗彦周跋云：「王仲信此賦，如河決泉涌，沛乎莫之能禦也。天資辭源之壯，蓋未之見。昔柳柳州云：『辨如孟軻，淵如莊周，壯如李斯，明如賈誼，哀如屈原，專如揚雄。』柳州論之古人，以一字到今不可移易。顧吾仲信兼用六語，而加意於莊、屈，當與古人並驅而争先矣。」伯氏天才既高，輔以承家之學，經術文章，超邁今古；真草篆隸，沈著痛快；天文地理，星官曆翁之所歎伏；肘後卜筮，三乘九流，無不玄解；丹青之妙，模寫煙雲，落筆人藏以爲寶。奏賦之時，與范志能成大詔俱赴南宫。其後志能登第，名位震耀，而伯父坎壈以終。輿言流涕，如昔人《二老歸西伯賦》云「一爲尚父，一爲餓者」，雖升沈之不同，其趣一也。

五鳳樓賦

梁周翰

伊京師之權輿也，遐哉邈乎！驗《河圖》之象，按輿地之書，宅《禹貢》豫州之域，距天文辰馬之墟，因四履建侯之地，爲六代興王之居。城浚而都，泒河而渠，結坤之絡，振乾之樞。星甍櫛堵，我民之廬；海漕山嶟，我田之租。勢雄跨胡，氣王吞吳。

茫茫萬國，魚貫而趨。惟聖皇之受命，應期運而握符。光濬躍於龍德〔一〕，踐元亨於帝衢。道德何師？尊盧、赫胥；揖讓何比？陶唐、有虞。英略神武，威憚八區。封豕必誅，長鯨盡刳。虎皮包刃，鵠板搜儒。墜典皆索，闕政咸鋪。成天下之大務，若雷奮而風驅。乃顧京室，時行聖謨，陋宸極之非制，稽紫垣之舊圖。且曰不壯不麗，豈傳萬世？禹之卑宮，蓋匆暇之計；堯之茅茨，非經久之制。矧象魏之縣法，伊億兆之所視。況我力如天，我貲如地，不漁爾民，不牟爾利，一毫之費，差足爲易。

乃詔共工，度景之中，因舊謀新，庀徒僝功。臺卑者崇，屋卑者豐，棟易而隆，椽斲而礱。去地百丈，在天半空。五鳳翹翼，若鵬運風；雙龍蟠首，若鼇載宮。丹楯霞繞，神光何融；朱楹虹植，晴文始烘。繡楣焜燿，雕栱玲瓏；椒壁塗赭，綺窗暈紅。雙闕偶立，突然如峰。平見千里，深映九重。奔星墜而交觸，靈景互而相逢。門呀洞缺，若天之裂。縱舉百武，橫駕六轍。金鋪爍人，光景明滅。舞陽之力莫得而排，叔梁之力胡可以挾！其下則冠蓋葳蕤，劍佩陸離，車如流水，待漏而馳。駕肩排踵，兼鑾

〔一〕於：原脱，據四庫本及《玉海》卷一五八、《古今事文類聚》續集卷五、《汴京遺蹟志》卷一九、《歷代賦彙》卷七四補。

渾夷。萬衆紛錯，魚龍尊卑，咸去來之由此，競奔湊於玉墀。亶皇風之無外，豈朝盈之有時。

三事庶尹，乃拜表蕭牆，謁帝未央，以落大壯，登歌永昌。曰：「元聖明兮帝道昌，威四海兮君萬方。峙高闕兮冠百常，赫宋德兮垂無疆。瞻天顏兮獻壽觴，願君王兮長樂康。」帝曰：「俞哉！爾觴且置。當聽朕言，庶曉朕意。頃於戎馬之暇，詳窺歷代之紀，乃知乎夏德之衰，璇室自庇；商政之壞，傾宫大侈[一]。楚王章華，一身何寄；秦皇阿房，二世而棄。漢武栢梁，孽火隨熾；陳后三閣，義師尋至。豈非乎禍生於漸，欲起於恣？亦如崇飲不已，必至昏醉；嗜色不已，必至乏瘁；遷怒不已，必絶人紀[二]；窮兵不已，必暴人胔；甘諛不已，必杜忠義；溺讒不已，必斥賢智。亡國之君，未嘗不爾。朕皆知之，得以趨避。淫於土木，雅不如是。美其成功，良以爲愧。不舉君觴，恐驕朕志。其大者天地，所重者神器。尾虎足冰，終日惴惴。當共重之，勿使

[一] 傾：四庫本及《歷代賦彙》卷七四作「瓊」。

[二] 紀：原脱，據四庫本及《古今合璧事類備要》別集卷一三、《玉海》卷一五八、《古今事文類聚》續集卷五、《汴京遺蹟志》卷一九、《歷代賦彙》卷七四補。

顛墜。謹謝公卿，無忘納誨。」群臣乃退，咸呼萬歲。《皇朝文鑑》卷一。

《東原録》藝祖時，新丹鳳門，梁周翰獻《丹鳳門賦》。帝問左右：「何也？」對曰：「周翰儒臣，在文字職。國家有所興建，即爲歌頌。」帝曰：「人家蓋一箇門樓，措大家又獻言語。」即擲於地。即今宣德門也。

《朱子語類》卷一三九　吕編《文鑑》，要尋一篇賦冠其首，又以美成賦不甚好，遂以梁周翰《五鳳樓賦》爲首，美成賦亦在其後。

《習學記言》卷四七　《五鳳樓賦》，是時大梁宫室始與西京比，而梁周翰歷陳前代亡國之君淫於木土者爲戒，何止諷也。蓋顯刺必出於明時，「無若丹朱傲」，信其爲舜、禹之盛矣。

《玉海》卷一五八　建隆三年正月十五日，廣皇城東北，五月大修宫闕。乾德元年五月十四日，復增修宫闕，凡規爲制度，並上指授。既成，坐寢殿中，令洞開諸門，皆端直通豁，謂左右曰：「此如我心，少有邪曲，人皆見之。」直史館梁周翰爲《五鳳樓賦》以進。

《古今源流至論》前集卷二　文章雜體，至我國朝而尤盛。縉紳揚厲之文，如梁周翰《五鳳樓賦》，鋪陳藝祖聖德。

《宋史》卷四三九《梁周翰傳》　會修大内，上《五鳳樓賦》，人多傳誦之。

《紫山大全集》卷二五《語録》　爲學莫先乎窮理，……選擇前人文字，亦窮理之一也。吕東萊

《文鑑》，甚不滿朱文公意，去取不當故也。……宋朝一代文章，只爲頭一篇《五鳳樓賦》已不足道，朱文公亦曰「當時爲别尋不得，且教壓卷」，本欲光國，適足以辱國。至於《文選》之首《兩都》，《文粹》之首《含元殿》，亦何足以取法？踵佻襲陋，在鉅儒猶不免，況餘人乎！漢唐之追紹三代，君德相業，聲明文物，豈在城郭、宫室、遊獵、富庶而已耶？孔子之稱唐虞，後賢之稱三王，奚在游辭夸詫若是之淫靡耶？

艮嶽賦 有序

李質

宣和四年，歲在壬寅，夏五月朔，艮嶽告成，命小臣質恭詣，作古賦以進。臣俯伏惴慄，懼學術荒陋，不足以奉詔，正衣冠屏息，竊誦宸製如日月照映。至於經營終始與其命名之意義，備載奎文，使執筆之臣徒震汗縮伏，辭其不能。雖然，臣之榮遇，千載一時，敢不祇若休命。於是虚心滌慮，再拜稽首而獻賦焉。其詞曰：

偉兹嶽之宏厚兮，固磐基於坤軸。跨穹隆之高標兮，俯萬象於林麓。一氣肇其吐吞兮，割陰陽於晦昱。信天造而地設兮，行聖心之神欲。相美利於艮維兮，膺億載之假福。允定命以匹休兮，同澗瀍之乃卜。

惟重熙兮累洽，固帝祚之無疆。緊浚都之是宅，陋周原之匪臧。誠體國之有制，擬形勢而辨方。伊岡聯與阜屬，翼慶瑞兮綿長。仰黃屋之非心，融至道以垂裳。即崇山之奥區，翳薈鬱其蒼蒼。紛川澤之沮洳，限江湖之渺茫。類曾城與丹丘，仍飈馭之來翔。鳴遼鶴於晝寂，嘯巴猿於夜央。靄煙霞之超絶，殆未邈乎康莊。時萬機之餘暇，頓六轡以高驤。逸天步之轍跡，恰聖情而弗忘。俾飛雲以川泳，均草木之有光。軒重闉之敞敞，植梅桃以時崗。挺八仙之桂檜，漲潤氣以疏香。屹舞手之奇石，導風袂以前鄣。仰奎文之聖述，如震慄乎春雷。兼虞商之渾灝，類雲漢之昭回。蟣蝨之臣不敢久以伏讀兮，一再誦而心開。燦八龍之神藻，覺虎卧之煤埃。惟明光之絢練，永作鎮於鈞臺。俄北行而少進，驚泛雪之虚闢。屏分翠緑以雙抗兮，沃泉中湛而凝碧。伊留雲與宿霧，佐清致於瑶席。飲甌面之瓊腴，貯風生於兩腋。登和容於射圃，僂弧矢之神威。流芳馨於素華，且舒笑而忘歸。撫跨雲之欄楯，驚倚翠之翬飛。陟半山而前矚，虚廡亘其繩直。聳凝觀而北列，視鑑湖之湜湜。忽崢嶸而環合，想幽山之嘉色。敞玉霄之閟洞，仙真過而寓息。冀煉丹以服餌，生身體之羽翼。闢瓊津與清斯[一]，望龍江而西東。何茂

〔一〕清斯：《歷代賦彙》卷七七作「清澌」。

脩之夾植，中演漾而溶溶。覿山莊之派别，引回徯而曲通。挹飛岑於秀發，倚躡雲之崇崇。虚蕭閒之邃宇，貯毫楮於厥中。延勝筠之宿潤，發五蓋之遊蒙。無雜卉以周布，端此君之迎逢。委檜陰之修逕，出高陽之酒亭。奉千鍾之湛露，傾葵藿於堯齡。欲洗練其神宅，耳漱瓊之泠泠。度金霞而矯首，介亭屹其上征。嶮羊腸於九折，升雲棧而心驚。有排衙之巨石，間珍木之敷榮。爲巉妙之絶巘，類簫臺之玉京。宜帝真之下墮，後雷掣而雷鳴。繼神光之燭壇，響環珮之琮琤。何天人之無間，本皇上之精誠。路透迤而東轉，經極目之蕭森。下來禽之茂嶺，披合歡之華林。始祈真於磴杪，終攬秀於軒陰。啟龍吟之虚堂，面紫石之高壁。分竹齋於向背，沸不老之泉液。愛揮雲之翔鱗，若騰躍於天地[一]。踰萬松之峻嶺，設兩關而嶔崎。垂濯龍之瀑布，與蟠秀而東馳。憇練光以容與，仰奇峰而登躋。矧梅蘆之二渚，結雲浪與浮陽。俄就夷而絶嶮，復淵澄而沼方。池名鳳以號硯，乃餘波之洋洋。即流碧之霞錯，又環山之翼張。嚴宏堂之三秀，奉九華之玉真。悵白雲之已遠，追音徽之尚存。壯阿閣以巢鳳，擁萬木之巖春。何漣漪之颯爽，仰拱霄之是鄰。覿書館之幽致，擅著古之佳名。極驚蛇而走虺，知草聖之縱横。臨清流而

[一] 天地：《歷代賦彙》卷七七作「天池」。

喜賦，鄙秋風之淫聲。揭崑雲兮承嵐，相岧嶤而抗衡。彼會真之高館，惣羣玉之邃清。儼疎梅之盈萬，常沐雨而披煙。儷冰姿於萼緑，非取媚而争妍。駭白龍之噴激，落銀漢於九天。方巢雲之入望，亘黄果之綿連。登絳霄以遊目，聳萬壽之南山。瀉烏龍之垂霤，注鴈池於石間。企嗺嗺之峻亭，諒絶塵而可攀。欣藥寮之西闢，藴丹華之秀巖。羅玉芝與雲桂，産南燭之非凡。下丁香之密逕，有間植之松杉。嗟禾麻兮菽麥，蓺黍稷兮惟艱。開西莊以務本，信農事之匪閒。俯明秀之傑閣，睎梅巖及春華。偃霜風之老檜，跂鳳翼之欹斜。蔭檀欒之芸館，豁凝思之雅堂。備上臺之珍文，若星燦而霞章。

臣蓋聞赤縣神州之説，方壺員嶠之言，既不周之具載，亦同紀於崑崙。定洪荒之無攷，宜姑置而勿論。窮山川於疇昔，效子長之飛騫。登岱宗而佇眙，嘗歷井於天門。瞻巍然之日觀，視鳧繹之駿奔。維祝融之巨鎮，鬱紫蓋之奇峰。摽赤城而霞起，滴九疑之翠濃。觀羅浮與鴈蕩，望廬阜之横空。陟嵩高之峻極，有二室之重巒。森峩峩之太華，若秀色之可餐。聳天平於林慮，睇王屋之仙壇。何諸山之瓌異，均賦美於一端。豈若兹嶽，神模聖作。總衆德而大備，富千巖兮萬壑。何小臣之榮觀，忽承詔而駭愕。捨葦門之圭竇，詣鈞天之廣樂。驚蓬心與蒿目，蕩胸次之煩濁。麄粗窮其勝槩，徒喙息乎林薄。蜂房櫛比，視閭閻也；垤蟻往來，觀市人也；縈紆如綫，貫汲流也；布算縱横，俯阡陌也；累塊積蘇，羅層臺也；翾飛蚊聚，聽輪跡也；其體穹崇，旁日月也；其用浩博，行變化也。塵翳翳以電掃兮，雲溶溶而承宇。既崛起以崷崒兮，又盤互而深阻。遠而望之，則或抗戾以分睽，或附從而黨伍，或跧然而仰，或偃然而俯，或相蹲踞，或相旁午；迫而視之，則或如躍龍，或如虓虎，或若會同之冠冕，或若隱翳之環堵，或引援而維持，或參差而齟齬，或名三奇，或號太古。萬形千狀，不可得而備舉也。而又瑕石詭暉，嶙峋巉巖。靈壁之秀，發於淮之北；太湖之異，來自江之南。伏犀抱犢紫金之峰，凌雲透月瓊玉之巖。遂根拏而固結，成聳翠之煙嵐。植湘水之丹橘，列洞庭之黃柑。盈待鳳之椅梧，聳負霜之楩柟。篔簹篁簡橚矗以森萃，青綸紫筊曄曄而髿鬖。遂凌岑而跨谷，仰締構於其間。虹梁並亘，旅楹有閒。嘉玉舄之輝潤，睇雲楣之斕斑。臨飛陛之揭孽，森平江之汪灣。艤青翰、投文竿，卻龍舟而弗御，規就橋而處安。得玄珠於赤水，仰神聖之在宥。推無爲於象先，擴堯仁之天覆。且帝澤之旁流，復上昭而下漏。宜乎絶珠殊祥，駢至迭輳。潛生沼之丹魚，萃育藪之皓獸。神爵棲其林，麒麟臻其囿。屈軼茂而蓂莢滋，紫脱華而朱英秀。何動植之休嘉，表自天之多祐。

臣又聞：「積水成淵而蛟龍生，積土成山而風雨興。」皆物理之自然，豈人力之所能？蓋嘗觀雲氣之靄靄，時出没而相仍。作寰區之潤澤，肇五穀之豐登。霈爲霖而復斂，抱虚壁之層層。舉兹山之盡美，渠可得而誦稱。爾乃或遐矚以寄情，或周覽以託興。衆彩迭耀，臣目迷而不能得視；羣籟互鳴，臣耳惑而不能得聽。何神用之莫測，使凡氣之無定。品物流形，各正厥命。如文王之在靈臺，民樂其有德；武王之居鎬京，物不失其性。豈若左太華而右褒斜，爲長楊之誇；南丹水而北紫淵，爲上林之盛而已哉！

夫昔唐堯訪四子於藐姑射之山，周穆賓西王母於瑶池之上，是皆篤要妙而有輕天下之心，務逸舉而有和雲謡之唱。蓋翠華之遠遊，徒赤子之在望。惟吾皇之至神，擴廣愛之遐想。曾何遠於九重，邁蓬瀛之清賞。得忠嘉之信臣，協規制於明兩。罄丹款以爰謀，念賢勞之鞅掌。迄成功於九仞，説見知於天奬。凡經營於六載之間，而爲萬世無窮之休，豈不廣哉！四庫本《揮麈後録》卷二。

《揮麈後録》卷二　元符末，掖廷訛言祟出，有茅山道士劉混康者，以法籙符水爲人祈禳，且善捕逐鬼物。上聞，得出入禁中，頗有驗。崇恩尤敬事之，寵遇無比。至於即其鄉里建置道宫，甲於宇内。祐陵登極之初，皇嗣未廣，混康言京城東北隅地叶堪輿，倘形勢加以少高，當有多男之祥。始命爲數仞崗阜，已而後宫占熊不絶，上甚以爲喜，繇是崇信道教，土木之工興矣。一時佞倖因而逢迎，遂竭國力而經營之，是爲艮嶽，宣和壬寅歲始告成。御製爲記云……又命睿思殿應制李質、曹組各爲賦以進。

艮嶽賦應製 有序〔一〕

曹組

臣伏蒙聖慈宣示李質所進《艮嶽賦》，特命臣繼作。顧臣才短學疎，豈能仰副睿旨？進退皇懼，不知所裁，謹齋心百拜以賦。其辭曰：

客有遊輦轂之下，以問京師之主人曰：「東北之隅，地勢綿連，岡嶺秀深，氣象萬千，不知何所，而乃如此焉？」主人曰：「國家壽山，子孫福地，名曰艮嶽。」客曰：「蓋聞五星在天，五嶽在地。東有泰山，甲於區宇，下臨滄溟，旁跨齊魯；南有衡山，祝融紫蓋，湘潭爲址，九向九背；西有太華，三峰插天，枕瞰函谷，横斜渭川；北則常山，以限天驕，大河朔漠，仰其岧嶢；中則嵩高，與天峻極，襟帶河洛，屏翰京國。復見兹於中都，何前此而未識？且山嶽之大，天造地設，開闢之初，

〔一〕題目及注，從《歷代賦彙》卷七七。

元氣凝結。是豈人爲，願聞其説？」

主人曰：「清濁既分，爰其陰陽〔一〕，播之大鈞，孰爲主張。是必造物，區處維綱。今以一人之尊，大統華夏，宰制萬物而役使羣衆，阜成兆民而道濟天下。夫惟不爲動心，侔於造化，則兹嶽之興，固其所也。而況水浮陸走，天助神相，凡動之沓來，萬物之享上。故適再閏而歲六周星，萬壑千巖，芳菲丹青之寫圖障也。」

客曰：「嶽有五焉，今益其一，在於五行，數則差失。」主人曰：「客不聞五行在天乃六氣，君火以名，相火以位，寒暑運行，曾無越次。矧此有形，創於神智，生生不窮，悠遠之義。然則五嶽視三公之官，艮嶽爲多男之地，乃其宜也，夫何擬議？」

客首肯久之，曰：「吾見乎嶽之外矣，吾聞乎嶽之説矣！獨有未詳，孰知其中？蓋禁鑰十二，皇居九重，深嚴祕奥，内外莫通。願子陳其次第，庶因以形容。」

主人唯唯，曰：「其大則可以槩舉，其細則莫能縷數。唯乘輿有時臨幸，雖山嶽亦類於庭廡。請先陳其巖谷岡巒之體勢，後狀其樓觀池臺之處所。皆聖作而神述，盡宏規而傑矩。夫艮者八卦之列位，嶽者衆山之惣名。高爲峰則秀拔，拱爲岫則崢嶸。霽色晚

〔一〕其：《歷代賦彙》卷七七作「具」。

静，風光曉凝。陟崔嵬而直上，俯磴道以寬平。雜花異香，莫知其名。佳木繁陰，欣欣其榮，唯特立於諸峰之右者，乃主乎壽，照之以南極之星。所謂山者如此。淺若龍龕，深若雲竇，鎖煙霞於杳冥，留風雨於昏晝。或秉炬而可入，或捫扃而可叩。石磊磊以巉巖，木森森而聳秀。間則流潤雲蒸，可卜以陰晴之候，所謂洞者如此。爲山之屏，爲洞之扃，承乎上則安若榱桷，芘於下則覆若簷楹，珍叢幽芳，古木長藤。蘢絡蔽虧，高低相層，鳥啼花發則春容淡蕩，霜降木脱則石角崚嶒，所謂巖者如此。「兩山之間，氣聚其中，衆木斯茂，泉流暗通。或重羅以暝晝，或偃草而進風，裊長春之翠莖，挺堅節之霜松。每晨曦之照耀，靄朝霧以空濛，所謂谷者如此。又有岡則隱然而起，勢連山谷，崒屼之峰巒，縈紆之林麓。白雪照夜則寒梅盛開，紅雲嬌春則仙桃極目，恍如望千畝之錦〔一〕。北巖之秀〔二〕，横若壁壘〔三〕，亘若岡阜。既草木以敷榮，復地形之延袤。迢迢大庾，隔絶遐荒；落落萬松，得名錢塘。今移根於南北，亦不限於

〔一〕錦：原作「鋭」，據《歷代賦彙》卷七七改。
〔二〕北：原作「非」，據《歷代賦彙》卷七七改。
〔三〕若：原作「石」，據《歷代賦彙》卷七七改。

炎涼。

「至若溶溶大波，瀦爲巨派，其流則小，其合則大。瑩上下之天光，溉淺深之湍瀨。有巨魚以潛波，扈龍舟而夾載。岸容萬柳，春風柔柯，飛花滿空，長條拂波。或趂景而移棹，或鳴根而笑歌。此謂之江者。回環山根，縈帶奇石，淺以蕩谷，深以凝碧。潺湲不窮，流衍漱激，泛桃花之露紅，浮洞天之春色。輕鷗文禽，棲息其側，荷花不斷，雲錦舒張。或聚而爲曲沼，或漲而爲横塘。煙梢露篠，交翠低昂。此之謂溪者。

「夫山洞嵓谷，岡嶺江溪，既略陳矣。子獨不見樓有絳霄，朱欄倚空，跨晴雲之縹渺，挂瑞日之曈曨。綺疎凝霧，天香散風，覺星辰之逼近，如霄漢之穹隆。招飛仙於蓬壺，揖素娥於蟾宫，霓旌鶴馭，税駕其中。又不見閣有巢鳳，異乎高崗，豈丹穴之瑞應，無雄構以翺翔。即其軒楹，架以傑閣，芘五彩之鴛鶵，下九霄之鸑鷟。因太平之象，會廊廟之人，置酒大嚼，歸美逢辰。續夏日之句，頌南風之薰。

「其北也，諸山之上，衆木之杪，俯雲壑之沈沈，視煙霄之杳杳。西瞻太行於晴霽，東望海霞於清曉。山巃嵸，石嶙峋，挹長風之回玉宇，導明月之湧冰輪。齋心嘗比於崆峒，精禱每延乎上真，見飄飄之仙馭，隨裊裊之青芬。視其榜曰『介亭』，有排衙蒼碧之前陳者也。

「因山高下，周以回廊，如璧月之環坐，復晴曦之騰光。玩牙籤之甲乙，發寶書之祕藏，徐遶砌而散步，間挾策而寓興。花雖芳而晝寂，鳥雖啼而人静，傚隱士之山堂，取逸人之三逕。其榜曰『書館』，豈蓬户陳編之可並者也？

「亭有勝筠，周以美竹，何禁籞之寶檻，迸藍田之叢玉。已交戛而近砌，復扶疎而出屋，分月影之瑣碎，聽風聲之斷續。遊塵不到，清意自生。目蒼雲之翳翳，面霜節之亭亭，挺然不屈，四時長青。宸襟對爽，固以睨名[一]，且館曰『蕭閒』，深庭邃宇，來萬籟之清風，無九夏之劇暑。棲寓懷之寶玩，備宸章之毫楮。前横江練，傍列山莊，或遣乘槎而上漢，或笑喝石而爲羊。超然燕處，眞逍遥自適之鄉。雜花争妍，紅紫相鮮，或引繩而爲逕，或彌望而成川。錦繡照空而明焕，風露散曉而香傳，肅然行列，若羽林之萬騎；粲然艷粧，如宫女之三千。

「四時之候，參差不齊，異塵埃之桃李，雜紛蹂以成蹊。斯號林華之苑，見鏤玉之珍題。至若山莊竹籬，蘿蔓蓊鬱，睍緑筠之共茂，夾脩逕而高出。俯以愛蒼苔之承步，仰以見雲梢之蔽日。軒亭欄檻，各相方而榜名，故扶晨散綺，洞焕秀瀾，隨所寓而不

[一]固：《歷代賦彙》卷七七作「因」。

一。晴波融怡，是爲鴈池。望風中之飛練，接雲際之虹霓。南山巍然而蒼翠，北渚湛若而漣漪。聽雝雝之下集，覩肅肅以高飛。朝離乎雪霜之野，暮宿乎葭葦之湄。唯恩波之可泳，豈隨陽之恨遲？練以幽芳，蕚緑華堂。何玉顔之濬佇，見奇姿之異常？鄙江梅之尚紅，陋臘梅之太黄，得天上碧桃之露，掩薰爐清遠之香。恍聖情而異稟，蒙天笑以增光。故賜神仙之號，潤珠户而敞文窗。然而如此之類，安能悉紀？若夢遊仙，髣髴而已。」

客曰：「子之所陳，心存意識。或欲周知，何從皆得？」主人曰：「人間天下，飛潛動植，率在其中，不可殫極，姑陳述乎二三而已。徯累言於千百，非若《子虚》、《上林》之夸大，《兩京》、《三都》之緣飾，顧難狀於言辭，徒充塞於胸臆。」

客曰：「姑置是事，請質所疑。何一隅之形勢，若千里之封圻？」主人笑曰：「嘻！夫耳目之不際，何可以意測；思慮之不至〔一〕，孰可以强知？望壺中者，初不察其天地；遊武陵者，亦豈意其有桃溪？矧都邑紛華之地，藏十洲三島之奇。」

客又曰：「蓋聞橘不踰淮，貉不踰汶。今兹草木，來自四方，原莫知夫遠近、物理

〔一〕之：原無，據《歷代賦彙》卷七七補。

地宜，請得而論。」主人曰：「天子神聖，明堂頒制，視四海爲一家，通天下爲一氣。攷其迹則車書混同，究其理則南北無異，故草木之至微，不變根荄於易地。是豈資於人力，蓋已默然運於天意。故五嶽之設也，天臨宇宙；五嶽之望也，列於百神。兹嶽之崇也，作配萬壽。彼以滋庶物之蕃昌，此以壯天支之擢秀。是知真人膺運，非特役巨靈而驅五丁。自生民以來，蓋未之有。」

客恍然聞所未聞，於是鼓舞懽忻，頌詠太平，等乾坤之永久。四庫本《揮麈後録》卷二。

宋代辭賦全編卷之六十七

賦　室宇　一

石室賦

狄遵度

石室之幽，古城之陬。煙剥雨落，苔萃蘚稠。斷勁頑而植立，攢衆磊而互鳩。鼇首屹以孤挺，虹氣攄而外浮。誚築金之用侈，陋銘燕之積偷。傑立西土，邈視千秋。何愛人而思樹，卒頽否之靡由。室之經始，請稽其紀。其人則遠，其室甚邇。其室也奠，維人之繫。其繫維何？維德之被。其被維何？撤華於裔。棄民而夷，嘗亦聞之。易夷而民，侯其偉而。

惟蜀之啟，邈乎遠矣。會牧野而微盧與同，導嶓冢而檋橇斯汩。或斃力而啟其隘，或窮兵而伐其地。東抗諸夏之喉，右得秦原之臂。地不爲之限，天不設其閉。氣清肅而休晏，物菴茂而被麗。奈何椎髻之與雜，卉服之與俱。貪其地則地或爲己有，視其民則曰非吾徒。己雖善忍，彼亦何辜？有大人者，民之是圖。視爾之鄙，嗟予其吁。曰吾不智，將彼之愚。教而有類，聖其欺予？解辮而冠，削衽而裾。疏之濬之，使蕩其瀦。培之養之，使豐其枯。誘而利之，麾督而趨。圜而規之，不縶而拘。乃豫乃詠，以嬉以娱。處乎其變，泱乎其舒。始也夷貉之弗如，今也鄒魯之靡殊。始也自我兮居居，今也視我兮姁姁。孰我有德，室其視諸。

室之奠兮，知公之德，安以肆兮。室之堅兮，知公之德，純以一兮。室之磊兮，知公之德，傑以卓兮。室之魁兮，知公之德，碩以鉅兮。德不可忘，室不可隳。隳其室，則胡以見公之德？泯其德，則胡以示後之規？孰治其業，我將趨之。孰締其迹，我將經之。故教無俗兮不變，俗靡教兮弗移。曰吾之智，斯亦其宜。曰彼之愚，故甚之欺。況乎位天下之正位，居天下之廣居。其所爲民，皆二帝三王之故俗；其所治具，皆二帝三王之成謨。法不更造，事不更謀。曰是懵者，奚足以教？則斯室也，其謂何乎？

《皇朝文鑑》卷三。

齸室賦

釋居簡

向斯蹇，户斯墐。甫容膝，僅休影。雖晴而陰，不夜而暝。進則面牆，退則坐井。柱忽不支，壁忽就殞。豁然而虚，漠然而冏。如蒙之擊，如震而警。識天地之大全，見造物之遐隱。盡草木之態度，極川原之畦畛。萬緒紛紜，一瞬而領。沙平露背，山層透頂。高木呈枅，孤塔出穎。風煙慘舒，化變俄頃。如無盡藏，如大明鏡。前山送青，若壯士之排闥；後山回闖，擬良工之御駿。撫鴻鵠而晚眺，入冥冥而遠引。笑雲煙之輕去，漫悠悠而無定。駐落日於西崦，延初蟾於東嶺。皆是中所得也。於是因陋而飾，就隘而整。力不足侈，志不足騁。儉適茅茨，静愜幽屏。自抱窮獨，自負不敏。信吾樂吾樂也。

或曰：「蕩蕩四海，茫茫九區，結客締交，春生吹噓，木李木瓜，利兼苞苴。志之所之，稱其所如。今也跼促如轅下駒，所樂只爾，將胡爲乎？吾爲子不取也。」則語之曰：「履仁正途，蹈義廣居。仁義而已，安知其餘。惟正則廣，安知其拘。一簞之陋，同躬稼之濬哲；千駟之富，媿採薇之瘠癯。我則謹終，執之如初；我則守約，執之如愚。客則貌敬，其心揶揄。」反復之而不聽，則謂之曰：「子去矣，子非吾徒。」四庫本《北磵集》卷一。

隸業堂賦 並序

蒲宗孟

隸業堂，乃諸葛孔明隆中隸業之所。孔明舊廬在州西二十里，堂過舊廬又十餘里。今有五代時所立碑，尚在。

水潺潺兮清波，山掩覆兮峨峨。蒼龍連卷兮緑柯，長帔蔽鬱兮垂蘿。谿谷幽深兮誰之處？孔明故居兮山之阿。曰惟隆中肄業之所兮今我來過，緬懷夫子兮碩大而薖。萬古一室兮優遊而邐迤，仰法上世兮俯蹈丘、軻。仁義律己兮忠信切磋，事業伊、周兮五霸譏訶。所逢雖狹兮所樂則多，豈同陋儒兮朱墨研磨。竄簡塗策兮正誤救訛，終身一經兮齒豁頭皤。

夫子之心不然兮是惟有承，志在康濟兮澤此黎蒸。慨亂離之斯瘼兮，會四海之沸騰。欲出民於無聊兮，畏己力之未能。乃潛蟠乎兹堂兮，探前哲以爲朋。躬耕隴畝兮，慷慨抱膝而長吟。揖遺芳於管、樂兮，將有嗣乎佳音。夫子之懷遠舉而高攀兮，又孰止乎二子之用心。自任以天下之重兮，晞有莘之昔人。願爲王者之佐而世否道塞兮，徒羡乎釣築之逢君。養蒙處晦兮正以自固，樂道畜德兮有待而臣。

嗟堯舜之不得見兮，又湯武之不偶。睥姦雄之猖狂兮，悵漢鼎之顛覆。逐饑狼而得貪虎兮，去長蛇而來猛獸。增暴益亂而不知其已兮，曷饜乎姦腸與逆口。忽三顧之降己兮，亦風雲之所遘。發平生之所懷兮，樂與斯人而左右。以仁敵不仁兮，以順勝不順。逆首延命兮，寄頸數日而受刃。四方翕然兮，知劉祀之未殞。庸蜀雖隘兮，從容周旋而不窘。扼秦控楚兮，終己之世，使魏俘吴囚不敢一鏃而西進。雖會遇之使然，亦術業之有蘊。

俄經營以勤勞兮，遽長星之下墮。梟兒鼓舞以爭快兮，鼠子酣歌而相賀。豈靈意之奪漢兮，乃赦權而宥操。適夫子之故國兮，望兹堂而嘆悼。嗟風流之已遠兮，徒見乎麋鹿與野草。使余徘徊而不忍去兮，訊邑人以攷故基。畫地指形兮欲信而疑，兹堂蕪没兮彷彿而知。字刻半缺兮土埋空碑，俯視就讀兮誌者謂誰？事遠日長，愴廢嗟隳。欲問耕者兮聊丐一犂，重敞兹堂兮慰我之思。《新刊國朝二百家名賢文粹》卷一七七。

歸來堂賦

楊傑

碧虚子陳景元，字泰初，入道爲右街録〔一〕，賜號真靖，主中太一宫。屢請歸廬山，朝廷不從。大丞相舒公因真靖自言而題之云：「官身有吏責，觸事遇嫌猜。野性難堪此，廬山歸去來。」無爲子楊傑蓋碧虚子之友也，聞而歎曰：昔靖節先生賦《歸去來》以歸廬山之陽〔二〕，且八百年矣。其辭未亡，罕有繼其聲者。今大丞相因子之言而及之，愛子之深也。夫靖節遠害於汚俗，真靖引分於治朝，雖其去不同，而所歸則一。廼追靖節遺韻，而歌《歸去來》以貽之，庶亦自警云。

歸去來兮，當太平之時，胡不歸？寵難處而易辱，樂或過而生悲！田園蕪兮不耨，歲月流兮莫追。非彼馬而是是，是我指而非非。黼黻爛兮眩吾目，塵埃坌兮緇吾衣。不收視以返聽，將安望乎希微？

〔一〕「入」上，四庫本有「初」字。

〔二〕靖：原作「静」，據四庫本、宋人集乙編本改。下文「靖節遺韻」同改。

胡爲乎疲足孤輪，與時競奔？行不顧乎夜漏，往取愧於晨門。余聞有其善者善喪，外其身者身存。享不俟乎牛鼎，酌不假乎象罇。内苟適其志願，外何靦乎面顔。一簞足以自養，一枝得以自安。車善行而無跡，門善閉而無關。動不離乎輜重，超燕處乎榮觀[一]。河泝流兮九曲，丹伏煉兮七還。師不陳而坐勝，勇無取乎桓桓。歸去來兮，請從逍遥之遊。委天與之定分，在道外以何求？有名教之真樂，絶世俗之妄憂。玩幾微於八索，鑒福極於九疇。齊物我而一致，汎忘心之虚舟。躡遺舄於子喬，接逸袂於浮丘。礪吾齒而漱石，清吾耳而枕流。投空谷而響應，憩長林而影休。幽鳥翔而後集，白雲去而復留。歲云暮兮何之，叟擊壤以爲期。捨我田而營它，使勞力於耘耔。子胡不歌大丞相之詩，脱官身之吏責，廬山歸去夫何疑！宋紹興刻本《無爲集》卷一。

是是堂賦

晁補之

是是堂，彭城劉子義仲之所作也。劉子讀古人書則曰：「文王我師也，周公豈

[一] 燕：宋人集乙編本作「然」。

欺我哉？處今行己，則欲就有道而正焉。抑荀子所謂『是是非非謂之智』者。」以名其堂而居之。而南陽晁子補之聞而疑之曰：「劉子果於自信，果於不信人也哉！夫理無常是，事無常非。使天下舉以爲非，而劉子獨曰是，將誰使取正？使天下舉以爲是，而劉子獨非之，安得力而勝諸？嘗與劉子問津於無可無不可之塗，而弭節乎兩忘之圃，夫安知吾是之所在？」故賦其名而連犿其義，則操吾戈以伐我者遠矣。其詞曰：

隘區中之無覩兮，邈荒忽以遠求。軼太始以爲元兮，日與月之幾周。本獲鼎之推筴兮，四千歲其已多。謂過此或不遠兮，世倏眒而謂何？紛蛇身與牛首兮，詭變化之莫原。神與民其雜糅兮，或傳之於余先。川東南而辰西北兮，余不知其何故。憯絶維與折柱兮，又孔氏所不語。莽湯革之相質兮，駴一世以共疑。一身吾不自識兮，疇莫覿而能知。邅吾輈乎八埏兮，旋吾舳乎四海。蘄不死之遺岷兮，稽吾聞之所在。

曰七聖至此而競迷兮，羌誰使之正女？朅輕舉而遠遊兮，吾將從巫咸之所處。離屯雲以衛屬兮，前犇霆使抗旌。王良御以蹁躚兮，何鼓隱其砰磷。涉横潢而櫂淹兮，借斗車而轟轟。九虬蜿以承綏兮，六鳳翼而繽紛。載格澤而雉厲兮，欻砉撇捩，捐旬始而遺攙搶。藐無朋吾孤往兮，騰光景之所經。俯六合以周流兮，觀一氣之所營。叩潏湟之何居兮，問黔嬴所休屯。芒東西之無軌兮，沕晝夜之無門。追汗漫而與言兮，若不見而不聞。將下車而從之兮，則竦身而遐征。忽寐寤而莫質兮，形欺魄而獨存。神黮晻而載浮兮，涕淫夷而霑襟。聞佺僑之達者兮，將與議夫本根。蘄乎保己而不失兮，何足與論此之至。神鵬南徙而終息兮，彼安知夫天地？譬井蛙之跳榦兮，吾亦安知其孰智？

謂道非物之外兮，盍反求諸世間？泮得失之兩塗兮，一智者之足明。世溷濁而智鮮兮，薪得鹿而國爭。曰吾不知孰是兮，據有鹿而偶分。待黃帝以占夢兮，曠百世而莫尋。雖人跡之所至兮，如窮北之衣皮。聞中國之有蟲兮，咀葉飽而吐絲。化草木之所染兮，涣五色而陸離。所不睨而戃怳兮，咸莫信而我非。饗香以爲朽兮，視素以爲黑。有迷疾而慮易兮，意是者之反疾。衆謂西施美兮，何高舉而深潛？魚熊掌以爲羞兮，帶蝍蛆之所甘。物各騖其所知兮，孰爲是而正女。

蹇多知而博辯兮，盍質諸魯之君子？曰經禮三百兮，曲禮三千。非堯舜禹湯之適兮，爲他道而勿傳。守株以待兔兮，卒不可得。從女以決疑兮，而增余之惑。規吾觚以轉圜兮，如二兒之干國。權謀既不用兮，仁義又見賊。哀失時而齟齬兮，改此度誠不能。陳瓊茅以潔中兮，愬神龜以吉占。朝從而莫違兮，吾安所行女意？王倪蹲循乎不知兮，齧缺昧懵於同是。違一世何不可兮，山澤又多龍蛇。深林杳以無人兮，雨雪雰其來加。前夔魖後虎豹兮，猧狒笑而施施。石嶟嶟嵸嵸以增波兮，路阻艱以委移。結幽蘭以獨立兮，歲將暮而增唏。懷同心之離居兮，悵猶豫而狐疑。必處廓若此而後可兮，雖濟百世何足以嬉！譬鄙夫之硜硜兮，經溝瀆其誰與？懷古人之兼善兮，吾不忍抱吾之所獨。五官異用兮，物各派吾之一。以聞聞性兮，一非有異。回車易野兮，絶道九州。吾既不從夫斯人兮，盍反吾之初修？闔萬宇以聚間兮，載百族與並遊。人羣固有倫兮，生固有涯。蠶桑而被兮，粟以禦飢。吾何以異於人兮，曾踶跂而支離。伯夷死名兮，盜跖死利。溺者入水兮，拯者亦用以顛沛。曾稽失之未暇兮，羊固已遠去而千里。

重曰：道無封不可畔兮，雖千歲由今日。忘彼與是兮，吾何愛嫉。乘虛無以爲輿兮，託不得已以爲鄰。忘處石而出火兮，超同物而獨生。四部叢刊本《雞肋集》卷一。

松菊堂賦

李廌

賦曰：冉冉兮運征，物隨化兮俱逝。雖品類兮萬殊，率變遷兮一氣。刿草木兮代謝，制陰陽兮榮瘁。

惟凡木之柔兮，松則有心；惟衆草之弱兮，菊則有芳。鍾靈氣兮異禀，挺正操兮能剛。若乃金行正秋，玉律司商。清風戒寒，殺氣賈霜。菅茅蕭艾，委靡玄黄。蒹葭蒲荇，慘黯蒼蒼。菊於斯時，敷華芬薌。呈孤芳於樊圃，明麗彩於秋陽。葩藹葳蕤，附屬苞萼。寧共槁以摧仆，詎紛披兮摇落。如幽人之素履，傃所遇而無怍。保永正以終始，善長處乎約樂。若乃冰堅風壯，日道北陸。雪霜總至，水泉下縮。椅桐杞柳，柔脆先衰。

枳棘栲杻，堅緻何支。松於斯時，充茂蕃滋。衆奄奄兮早彫，獨青青兮自持。柯葉締固，貫時無易。自咫尺兮彊立，干雲霄兮蔽日。如至人之遊世，罔拘累乎信詘。既才全兮德盛，閲萬變兮如一。

粤有達士，秉德安育。訓義方於庭壼，振惠慈於邦族。行素封之萬户，間蛾眉於列屋。敞樂囿以娱賓，峙宏堂而游目。飾榮觀於臺沼，萃衆芳之草木。函枝莖於汴雒。遷根荄於吴蜀。森喬林兮紫翠，眩珍叢兮紅緑。懵性遷而質變，獨知心兮松菊。春向闌兮芳歇，火已流兮暑徂。觀百卉兮左右，閔將槁兮株枯。俯連錢兮黄金，仰修蓋兮紺羽。擷露英兮泛醴，折雲梢兮代麈。

想魯詩於徂徠，睎壽侯於南陽。湔秦封之濫爵，徵於夢之佳祥。追元亮之風，誦天隨之章。聊日涉兮觴詠，樂成趣兮未央。方善頌兮善禱，豈三徑之就荒也邪？四庫本《濟南集》卷五。

撫松堂賦遺王居士

宗澤

嵩少之麓，萬松鬱然。偃高蓋以鳴風，盤深柢而切天。却揮斤於睥睨，款化石而頑堅。悵莫致之，華我林泉。發聘士之幽尋，課畦丁而小遷。培拱把而氣藏，運桔槔而智圓。寓修身於種藝，戒除惡於蔓延。期百尺於歲寒，扶大廈於將顛。

眷焉撫之，倚笻於麓。薈翳其成，森若巖谷。且溉且壅，濯我喬木。或攢膏而爲酒，或飛煙而取墨，或採脂以儲藥，或祈明而代燭，或盤縷以爲扇箑，或折枝以當麈玉。倘聘士之見須，效尺長於必録。我觀此物，磥落節目。擅巨棟於廊堂，備行艫於海瀆。用扶危而利涉，肯收功於芒粟。

肖象伊何，萃於一庭，蒼官侍坐，青衣侑尊。鼓琹瑟於晚吹，晃屏幄於朝暾。聘士顧之，内娱外忻。陋軒駟之飛馳，避門箔之炎薰。我觀此物，受命不羣。稟直氣以自如，信孤標之獨尊。聳若高才，嚴如正人。思仰止而企及，罷童語之紛紜。苟好尚之不移，質是非於老生。姑置勿談，羽服綸巾。時矯首以怡顔，毋折腰而役形。處身世於無心，看出岫之飛雲，以聘士爲後來之淵明也。金華叢書本《忠簡公集》卷五。

學古堂賦 並序

趙鼎臣

秉之主寶應簿書之明年，新作燕堂，而大夫石侯名曰「學古」，爲記以揭之。於是鼎臣方侍親於京師，聞而慕焉，思欲從下客之後塵，追二公之英遊，自以謂不可得也，乃爲賦曰：

秉之將慶學古之成，乃諏吉涓剛，陳壺潔觴，肅厥僚友，燕於新堂。酒中樂酣，客有言者曰：猗歟美矣，經始偉矣。卓哉顯矣，寓意遠矣。孰登斯堂，而昧其誼？我即於名，爰得其志。今也方策，古之聖賢。暫俯仰以萬世，忽顧瞻而億年。炳往行以不没，粲流風而具傳。宜乎高居以拱揖，燕坐而周旋。有以師典常而取訓，不徒侈遊憩以相先也。

椎輪於室，不量轍而自通；察影於鑑，不度形而自同。雖世忽晦顯，道常汙隆，有禮樂以治性，有仁義以飭躬。行既往以無斁，播方來而靡窮。固可騖精思於物表，挹芳馨於轂中矣。

在官彬彬，拊循吏民；退休愉愉，討論詩書。朝而出，以古爲律；夕而居，與古爲徒。得於内者充我之不足，發於外者推吾之有餘。吾聞古人，學無終始。且安窮閻，暮都顯仕。居廊廟以儀衆，斡魁樞而自己。詎不慮而遽能哉，良素修之有以也。今使來者歷階得從政之方，舉隅佩入官之誼。仁見之而隆仁，智見之而睎智。蚤夜黽勉，起居顧眎。由此而爲公爲卿，有爵有位。資古道以長民，懋儒風而廸世。亦不出於函丈之席，而數楹之地也。

然則後之君子能無樂於是歟？乃系之曰：於樂有堂，匪奂且輪兮。若古是訓，如見其人兮。既種乃德，將惠我民兮。來者勿怠，益紹以新兮。四庫本《竹隱畸士集》卷一。

餘慶堂賦

葛立方

歸愚居士泛金溪上有居焉，其堂三楹。衆户發樞，四阿垂平。砌瓴甓潔，窗綃耀明。陋不至於斧木，侈無羨於雕甍。其東偏之寢室也，翠被翻波，香篝吐穗，狀衲僧之夜禪，類鰥魚之弗寐。西偏之書幌也，下綆汲古，捉鼻哦詩，風散滿牀之書葉，雨滋臨案之墨池。

有客過余而言曰：「凡物之設，惟人所處，脱逆曳而倒施，是冬絺而夏絮。今君之堂，其高三十尺，其廣四十步，而乃障以沙版，組以箇簬，是何異反衣狐白之裘，以白地光明錦裁爲販婦之袴也哉？」

余乃徹雙柱，架兩梁，載清夢於别宇，移蠹簡於前廂。於是房櫳疏敞，心意舒張，室虚而自然生白，泰定而發乎天光。是謂摧藩籬於大方之家，散羣漚於滄海之洋，豈不甚快矣哉！

時其戚會賓從，時移節换，雕欄煒兮羣葩散錦，玉磩平兮月華鋪練。或遇結褵之夕，或壽懸弧之旦，莫不裒詒燕之簪纓，粲歸寧之揥瑱。倒壺觴於夜永，響絲竹於天半。御兹閎達之居，則豈復有勃谿之歎！

既落成，客請名曰「餘慶」。余因謂曰：子所謂慶者，豈非三聘幣加，一札書細，焚芰製於駒谷，絢龜章於鴛綴者邪？彼以其貴，吾知居易而已。又豈非充甍疊綵，積蚪儲胎，峙鈞石於金穴，斂億秭於雲堆者邪？彼以其富，吾知節財而已。苗英裔俊，學優身奮，搴仙桂於月窟，奪錦標於文陣，以是爲慶乎？彼得失有數，吾知義訓而已。鮐背鶴髮，熊經鳥申，悟三一於涓子，邁甲子於絳人，以是爲慶乎？彼壽夭在天，吾知修真而已。大抵可必者在性，而不可必者繫乎時命。儻能躬行其可必，而召其不可必者，則又何愧於黄卷中賢聖乎？在《易》有之：「積善之家，必有餘慶。」宋刻本《侍郎葛公歸愚集》卷九。

及老堂賦　胡銓

爲長彦姪作　壽堂，蓋長彦爲繼母作也。

孝爲人之本兮，惟仁爲壽之基。念斯堂之作兮，蓋榮親而名之。人孰不事其親兮，事繼母爲尤難。喟顧威之一忿兮，死愧閔生之三單。緊敬臣之進粥兮，曾不知過庭之泉寒。寥寥相望數百禩兮，史炳炳其若丹。換骨靈砂，化鐵成金。噫嘻孝子，化虎爲仁。羌封人之錫類兮，舉潁谷以皆純。韪安豐之至行兮，亦紹美而鍾醇。吾苟未壒然兮，尚或題於斯人。《永樂大典》卷七二三八。

民事堂賦　並敘　王十朋

堂名民事，志天語也。某備員越幕，歲將期，顧惟不才，懵然無補，日以敗官曠職爲憂。所幸黃堂主人甚賢，同僚皆士君子，朝夕講論，無非民事之要者，因爲之賦，以志其一二云。

緊越幕有下僚兮，名所寓曰民事之堂。誦天語之丁寧兮，銜聖恩而不敢忘。啖民脂以飽妻子兮，猶雀鼠之偷太倉。苟不民事之是思兮，又將奚逭乎天殃？

嗟會稽之大府兮，罹薦歲之凶荒。颶風作於孟秋兮，雨浸淫而異常。天吳怒而江濤沸溢兮，飄廬舍而壞隄防。粢盛害而歲大祲兮，民餓踣而流亡。射的黑而米斛千兮，擷蓼花而爲糧。是歲饑民擷蓼花、掘草根而食。痛瀕海之蚩蚩兮，葬江魚之腹腸。上虞縣淹死者幾百人。

予嘗告其故於前使君兮，請敷奏於巖廊。顧幕中平日之辨兮，人迺靳其爲狂。會伯尊之傳召兮，達民瘼於九重。予殆有類於輂者兮，亦何恨夫言之不庸？洪惟當宁之至仁兮，視赤子其如傷。蠲常賦而救天菑兮，出内帑之所藏。哀東州之無告兮，惠吾民以龔、黃。左公孝而右孟博兮，相與協贊其惟良。先撫字而後催科兮，正今日之所當。寬公私之積負兮，以俟乎歲之豐穰。省訟牒之煩苛兮，抑蠹政之豪强。節無用之浮費兮，俾斯民之小康。兹政事之所急兮，敢不忠告乎黃堂！

至若鑑湖利及九千頃兮，日侵削而就荒。歲和買無慮十萬縑兮，曾無一錢之償。權酤之利半奪於有力兮，財賦浸以荒涼。兼并之弊熾於大族兮，編氓餒於糟糠。茲又越中之巨害兮，姑略言其大綱。若夫民事之在天下兮，固不足以知其詳。有一言以盡之兮，曰生之而不傷。擇守令兮去姦贓，愼弗擾兮如牧羊。茲畎畝之惓惓兮，願入告於天王。

四庫本《梅溪後集》卷一。

《會稽三賦》卷中　此賦凡三十三韻，今詳三十一韻即今之所用韻也，其九重不庸二韻，廼古之所用韻也。古韻其原出於鄉音，則古今所用一韻爾。謹按：吳棫《韻補》十陽韻内重庸二字皆收。重，傳王切。《道藏謌》：「神暢感寂庭，嘿思徹九重。靈歌理冥運，百和結朱章。」庸，于方切。陳琳《車渠椀賦》：「廉而不劌，婉而成章。德兼聖哲，行應中庸。」今又按：《進學解》：「方今聖賢相逢，治具畢張，拔去兇邪，登崇俊良。占小善者率以録，名一藝者無不庸。爬羅剔抉，刮垢磨光。蓋有幸而獲選，孰云多而不揚。」凡三家用韻如此，是以先生所用，皆與古合，蓋本於此。

《賦話》卷一〇　《會稽三賦》，宋王十朋撰。一曰《會稽風俗賦》，二曰《民事堂賦》，三曰《蓬萊閣賦》。以上皆高宗紹興戊寅年秋冬爲府簽判時作也。明陶望齡合三賦序行，而注之者則渭南逢吉也。

朝山堂賦

晁公遡

吾行半天下兮，閲重岨兮西南之坤。北有萬夫莫開之劍關兮，東有嶮過百牢之夔門。外聯六詔作屏兮，中貫三巴而爲垣。梯磴鉤連莫知其際兮，巇嵯嵯以峋峋[一]。遠宛延相屬而赴望兮，高蔽遮乎日星。臨以白帝之神秀兮，誠衆山之所尊。

有美一人眷顧此方兮，謂柱下史之耳孫。高四海以視營兮，時樹羽乎江濆。屹三峽之鎮其穹然兮，翼山四面而駿奔。啟物色分留之秘兮，欣所遇之畢陳。擇勝會以還縹緲之飛觀兮，廩老氣九州之傾。觀萬川猶知宗海兮，雖九土莫得而堙。則群峰之起伏綿延兮，至是而亦必有所臣矣。

奚興感於此義兮，蹇顏堂而正名。憎負固之非無意兮，髮有時或上衝乎冠巾。惟漢中興已受天命兮，而成家乃欲争帝而亡新。吾直欲鏟赤甲白鹽之疊嶂兮，洗蒼藤翠木之幽昏。恐此復其偶然兮，綢繆牖户以逆消侮予之下民。讙五更之鼓角兮聲悲壯，印殘夜

[一] 嵯嵯：原作「差差」，據四庫本《全蜀藝文志》卷二上、《歷代賦彙》卷七八改。

之山月兮樓空明。諒身雖去國萬里兮，心未嘗一日忘君。嗟乎名堂之意高矣，爲慨然而賦之，尚庶幾起九原於東屯、瀼西之詩人也。《全蜀藝文志》卷二。

《復小齋賦話》卷上　宋晁公遡《朝山堂賦》云：「吾直欲鏟赤甲白鹽之疊嶂兮，洗蒼藤翠木之幽昏。恐此復其偶然兮，綢繆牖户以逆消侮予之下民。」全用少陵《劍門》詩。

壓波堂賦

楊萬里

陳晞顏作堂洮湖之上，榜以「壓波」，命其友誠齋野客盧陵楊某賦之。其辭曰：

敦復先生宅於洮湖，日與湖而居，猶以湖爲疏，乃堂其涯，去湖丈餘[一]。蓋城虎牢以逼鄭，晉退三舍而子玉不止者歟？一夕波歇，鏡底生月，忽失洮湖之所在，但見萬頃之平雪。先生欣然曰：「吾又將

[一] 丈：原作「寸」，據汲古閣本、四庫本改。

載吾堂於扁舟，對越江妃之貝闕。我芰我裳[一]，我葛我巾，筆床茶竈，瓦盆藤尊。左簡齋之詩，右退之之文。」舟人之櫂一縱，而先生飄然若秋空之孤雲矣。

先生方獨酌濁酒，悲吟苦語，攬鬚根之霜，搜象外之句，管城子、楮先生環而攻之，麾之未去也。有風颯如，有瀾熚如。舟人曰：「浪將作矣，夫子其歸乎？」先生未及答，而小波屋如，大波山如；鼉魚陸梁，蛟龍睢盱；馮夷擊鼓而會戰，川后鞭車而疾驅；眇一葦之浮没，眩秋豪之有無。舟人大恐，相顧無色。先生投袂而起，仰天而嘆曰：「吾與洮湖定交久矣，而未嘗識此奇觀也。子産曰他日吾見蔑之面而已，今見其心，請改事湖，庶幾歲晚之斷金。」四部叢刊本《誠齋集》卷四四。

遂初堂賦 並序

張栻

洛陽石伯元作堂於所居之北，榜曰「遂初」，廣漢張某爲之辭曰：

皇降衷於下民兮，粤惟其常。猗於穆而難名兮，維生之良。翕衆美而具存兮，不顯

[一] 芰：汲古閣本、四庫本作「茇」。

其光。彼孩提而知愛親兮，豈外鑠緊中藏。年燁燁而寖長兮，紛事物之交相。非元聖之生知兮，懼日遠而日忘。緣氣稟之所偏兮，横流始夫濫觴。感以動兮不止，乃厥初之或戕。既志帥之莫御，氣決驟以翺翔。六情放而曷禦，百骸弛而孰强[一]？自青陽而逆旅，暨黄髮以茫茫。

儻矍然於中道，盍反求於厥初。厥初如何，夫豈遠歟？彼匍匐以向井，我惻隱之拳如。驗端倪之所發，識大體之權輿。如寐而聰，如迷而途。知睨視之匪遐，乃本心之不渝。

嗚呼！予既知其然兮，予惟以遂之。若火始然而泉始達兮，惟不息以終之。予視兮毋流，予聽兮毋從，予言兮毋易，予動兮以躬。惟自反兮於理，茲日新兮不窮。逮充實而輝光，信天質之本同。極神存而過化[二]，亘萬世以常通。嗚呼！此羲文之所謂復，而顔氏之子所以爲道學之宗也歟？

吾友石君，築室湘城，伊抗志之甚遠，揭華榜以惟新。命下交兮勿固，演妙理以旁

[一] 强：《新刊國朝二百家名賢文粹》卷一八〇作「張」。

[二] 神存：《新刊國朝二百家名賢文粹》卷一八〇作「存神」。

陳。探上古之眇微，得斯説於遺經。謂非迂而匪異，試隱几而一聽。然則兹其爲遂初也，又豈孫興公所能望洋而瞠塵者乎？明嘉靖刻本《新刊南軒先生文集》卷一。

《黄氏日抄》卷三九　爲發明復之意，方以羲文之復明收，而末句僅以一語及孫興公，此理之所在，亦文法也。

熊節《性理羣書句解》卷五　此篇言上天賦予，萬善充足，人當去慾存理，以遂其初心。

《復小齋賦話》卷上　孫興公作《遂初賦》，蓋即《離騷》復修初服之意。宋張宣公敬夫作《遂初堂賦》，作復性義解，言各有所當也。

惟安堂賦

陳造

子鮑子爲己之學，經世之資。投刃成風，儒先吏師。作爲新堂，歸防暮遲。「惟安」是名，命陳子賦之。

陳子曰：「世有至愉佚，在己而非物；士有真富貴，非金朱之謂[一]。蓋是心也以道寧，以物碭。寧之存，碭之喪，孰能名仕版而志漁樵之往還，身官箴而思滄州之浩蕩？等聲利於桁楊，睨蘧廬於伯王。悗然乎進爲，悠悠乎去歸。羌卷舒之無心，豈出處之異岐。翳鹿門之衰翁，若方伯之予浼，偕子耕而妻耨，寧燠寒而飽餒，曰遺安之是計，終長往而不悔。彼陶翁之不屈，爲無食而暫出，賦《歸來》而投簪，徑反關而容膝。審吾身之易安，顧何賴於紳笏。惟子鮑子，超然高驤。仁宅之爲居兮，匪義塗吾無行，玩名理以自怡兮，謹邊幅而爲防。鼓吹乎諷吟，介甲乎其温良。因時顯晦，偕道翺翔。遂初可尋，鷗盟不寒，固優追元亮之高躅；懷寶不迷，中外無擇，又不屑龐翁之退藏。雲脱岫以陰合，水反壑而鏡清，異屈子兮衆皆醉，如徐公兮世無常。夫何往而不安，顧眷眷於斯堂？惟歷聘而轍環，曾仲尼之暖席；當去齊而濡滯，孟子庶幾於齊國。矧火暵之肆虐，仰嗣聖之旰食。死徙蓋幾何人，而焦勞冀乎生息。行子學以撫時，吾固知可以寧奔迸而植僵踣。俾横目之同安兮，喜氣亦形於玉色。是謂推己以及物，心泰而罔咈。

[一]金朱：四庫本作「金紫」。《歷代賦彙》卷七八亦作「金朱」，《四庫全書考證》卷九七云：「宋陳造《惟安堂賦》「士有真富貴，非金玉之謂」，刊本玉訛朱，今改。」

與夫蘄吾之安而土苴一世者，於道孰爲失得耶？」子鮑子心融首肯，乃言惟服。明萬曆刻本《江湖長翁文集》卷一。

歸愚堂賦

周孚

蹇余生之多艱兮，慨余橐之失謀。委余佩於蔓草兮，捐余冠於濁流。進猖狂以干利兮，與一世而並騖。棄餘皇而涉川兮，策疲駑而争路。蹈荆榛而股夷兮，水滅頂而猶渡。當衆兆之所咍兮，石友哀而不忍。視蚊負山而欲覆兮，獨施施而不之畏。責扶摇於斥鷃兮，世固知其不能致也。拔六翮而自傅兮，吾亦知其爲身之累也。以斯術而欲達兮，固一步而百躓。

惟夫人之所能兮，蓋在夫稟賦之初。羌造物之迪余兮，不以智而以愚。洵天命之固然兮，吾何憚而不改圖。忽歲月之不留兮，駭東隅於桑榆。誠不忍其罵譏兮，胡不返余故居。去十年羞余歸兮，足欲進而趑趄。恍室廬之何在兮，悵逕術之欲蕪。揖北山以問津兮，挽衛蘧以相塗。送余者自崖而返兮，惜於兹休吾車。面余垢之少滌兮，喉余喘之少蘇。進苦荼以自犒兮，招鳴鳩而相與娱。覽浮雲之相蕩兮，笑衝風之疾驅。

幸夫今之至安兮，悼往昔之多虞。唯蹈道之未深兮，尚恐回之笑余。鈞播斯物兮，孰非自然。翼者不馳兮，陵者不淵。退縮而休兮，玆吾所以受之於天。吾非懟於斯人兮，因偃蹇而自欺。唯焦僥囂痞世無用兮，遜余志而不敢違。彼前人之猖披兮，不自悟其不辰。始誇詡以植朋兮，終申申而尤人。誣溪谷以自解兮，信雖愚而非真。幸余質猶未虧兮，佩玆韋而終身。

重曰：少日已衰老復惰兮，勇進不可守玆懦兮。皋比之炳以充貨兮，蝸潛於殼可無禍兮，歸休乎玆以復吾過兮。四庫本《蠹齋鉛刀編》卷一。

盡心堂賦　壬子爲同官張汝器司理作　　曹彥約

晉中軍司馬之冑裔兮，漢持平廷尉之雲孫。磊砢懷其至寶兮，相金玉而器璵璠。傲墳素之場圃兮，折道德使爲藩畦。揭車椒兮，宅仁里而入禮門。展肅肅穆穆、威儀抑抑兮，烜赫爗煜粲其有文。出王游衍上帝鑑觀兮，震動戁竦顏履而閔行。紛總總有此衆甫兮，又伸之以中正。於是乎以決曹參軍事也，廼新閒燕之所居。風雨此其攸除兮，鳥鼠此其攸去。非不能翬飛跂翼橐橐閣閣兮，堊朡而丹塗。

羌吾法乎前修兮，哀世俗之蕪穢。惟職思於盡心兮，率前聖之格言。戴氏舉以明刑兮，謂一成而不可變。彼臯事必即天倫兮，自往昔而固然。疇上下於手兮，冥眩乎震耀殺戮而無見。雖鞭朴不可弛於家兮，矧邦典其持重。胡寧烋休於狴犴兮，失德而斂怨。懿堯舜之畫衣兮，雜裾屨與領緣。

彼何人斯兮，炮烙斮涉而剖賢。臯陶儼而淑問兮，曰帝德之罔愆。咨秦人凝脂以密兮，救火揚沸任以武健。相司寇圜土不虧體以刑人兮，慮生齒之不繁。豈鋸項截舌爪甲以掊地兮，内深刺骨而外寬。真人約法於灞上兮，痛刀鉞鑽鑿之已殘。不數世改此度兮，鷹擊毛摯而虎冠。歸死囚四百之獄兮，歌七德無所慙。未再世而孽后兮，摺脅爊耳張罪罟以羅元元。慨末世之溷濁兮，掇糞壤以充幃。匪其心之不盡兮，顧西欲適蜀而東之。仰先哲之謨訓兮，歸求師而有餘。皇揆予於初度兮，好懿德而秉彝。見孺子怵惕惻隱兮，念入井之無辜。滿堂飲酒以爲樂兮，忍一夫悲泣而向隅？人命至重難生而易殺兮，斷不可復續而絶不可復蘇。思乾坤之稱父母兮，亶知化窮神則善述事而繼志。忽一念之或差兮，將政刑德禮錯行而逆施。已服弁於畫地刻木兮，矧梏拲係累而倒垂。吏示牘背以爲貴兮，幾置辭之不知。勃嘗將百萬軍猶若兹兮，又況幼弱老耄與惷愚。拘父子之訟兮，更三月而舍旃。

爲國家必以考兮，豈是老之欺余。盍亦思清源正本之論乎，以爲治古則人莫觸邪及陷乎戾。又直輕其刑兮，是殺人者不死，而傷人及盜不抵罪。爽鳩氏既失厥官兮，金天氏泯其美意。衆夔然得以文致其説兮，謂澤吻摩牙之可恃。彼傳生議於所欲活兮，所欲陷則予死比。且上覿下獲以取媚於時好兮，類韓盧之攫兔。冰炭枘鑿之不相入兮，固曷足以稱大君子之門？有是心而弗能盡兮，疾痛痾癢亦不切於吾身。善乎龍眠之論兮，能自杖也而後杖人。思余躬之博大兮，寄審克於方寸。彼桃蟲之肇允兮，遽雄鳥之拚飛。回盜飯而參殺人兮，匪余行之可迷。不倚榜掠以事上兮，柳士師三黜其猶未悔。敬之哉，欲明辯而力行兮，又將博學切問而近思。《永樂大典》卷七二四〇。

周必大《與曹檢法彦約書》（《周文忠公集》卷一八八）今讀《盡心堂賦》，非特知詞采高妙，其及漢唐本末，用意尤遠，倍深降歎。

清清堂賦

王休

清清堂，清清然。人蹤兮市井，風景兮林泉。空庭弗養鶴，翩翩好鳥飛山前；靚几弗張琴，雍雍雅調來湖邊。山隴勾連兮明秀，湖波渟蓄兮清漣[一]。白露乘風兮墮茵蓆，青蘿懸樹兮牽茶煙。公門沉沉兮晝靜，里閈熙熙兮春妍。客至兮嘉話，客去兮陳編。

清清堂，清甚矣。玉壺冰，金井水，冰無渣，水無滓。堂上之人當若此，堂下之人見底裏。古稱慈令張清清，今日堂名良有以。我來弔古天茫茫，一曲清歌白鷗起。朝望清清而行，暮望清清而止。吟耳嘗聽松竹聲，幽襟不着塵埃氣。道義苟非，彼千駟兮焉視？苞苴永絶，於四知兮何畏？仰希孤竹之風，俯嘗冰檗之味。祇恐清太過而罔中，不以人弗知而自棄。

嗟夫！山川不改，棟宇常更，品類不一，好尚殊情。匪人則然，物亦有徵：鳳皇非竹實不食，鴟鴞見腐鼠而争。秋蟬吸林杪之露，蒼蠅集砧几之腥。欲知清濁兩途之肯綮，實分乎公私一念之初萌。

嗚呼！日月皎皎兮今古悠悠，誰爲清流兮誰爲濁流？公評在人兮何恩何讐？濁流貽斯堂之羞兮，清流垂斯堂之休。《歷代賦彙》卷七八。

[一] 渟蓄：原作「停蓄」，《古今圖書集成·考工典》卷八三所載同，此據雍正《慈溪縣志》卷一四改。

北定堂賦 並序

程公許

起部尚書眉山楊公以西清學士総戎左蜀，作鎮三瀘。開幕府之二年，威令神行，惠化川流，民氣以和，邊堠不警，乃築堂於北巖，扁以「北定」。邑子程某竊窺盛心實與忠武侯尚友千載，敢竭昧陋，酌古揆今而爲之賦。若夫山川風物之勝，登臨覽觀之樂，非千里意想所能模寫。他日操几杖以從尚書，尚能伸紙援毫以爲後賦云。

客有遊於瀘而咤曰：「導江西來，百川所宗。内江附庸，匯而歸東。有國於斯，屹其墉。枕玉壘之崇岡，帶三峽之怒洪，控六詔爲外拒，羅萬山爲四封。由益州而下，蓋節度府之最雄者也。南定有樓，曩昔誰刱？作鎮南服，莫我敢抗。瞻彼北巖，峥嶸列嶂。忽高堂之幻出，抗霄極而顯敞。揭北定之璇題，隔川流而相向。安得與子鼓枻乘流，跕屣而上，周覽面勢，徵其扁榜？」

有聞客言，欣然而笑者曰：「子獨不聞諸葛忠武侯之事乎？卯金之微，霧塞飇馳。昭烈以帝室之胄，間關百戰，晚脱鞅於坤維。天授雄圖，傅之羽翼。南陽之墟，龍奮其蟄。片詞乳水，千載膠漆。非不知鼎峙於一隅，何以逞志乎中國？人事有興廢，天運有通塞。當其輟躬耕之末，抱長吟之膝，蓋伊、吕王佐之儔，豈管、樂伯圖之匹？彼有田一成，有衆一旅，乃能祀夏配天，不失舊物，而況蜀漢富饒，高皇帝所以奠四百基業於磐石者哉！五月渡瀘，深入不毛，以斬以夷，以櫛以薅。偉七縱而七擒，奚天威之可逃！蓋將定南方以恢遠略，寧采薇遠戍之憚勞。想其建旐設旌，禡牙於征，徒御嘽嘽，有聞無聲。峒溪縈曲，篁竹阻深。載清飈兮捲霧瘴，注甘澤兮滌煙氛。鐃歌鏗鏘，凱旋獻俘。乃息斂輪，乃休卒徒。顧神州而深矉，慨妖孽之未除，追渥惠於先朝，忍棄捐於半塗？爾乃稱戈比干，陳師鞠旅。男子戰而女子運，衆志一而義旗舉。流涕抗表，規復漢祚。雜耕渭濱，延頸子午。凛規置之綽綽，目何有於孱虜！雖殘灰莫起於炎精，然大義可伸於萬古。揆今瀘川，豈昔瀘溪。蓋寓名於都督之府，使如心腹之運四肢。王制所紀，交趾雕題。沐浴皇化，蔽遮南垂。委命下吏，貢琛遠來。緊撫御之得人，屹金城與湯池。中興四葉，金運垂盡。戍役未撤，軍民交病。乃眷西顧，勢靡有定。環劍以東，瀘爲重鎮，疇咨邇列，孰堪事任？當斯時也，起部尚書楊公方峨弁垂紳，拱備顧問。再拜請行，屏息惟命。先皇曰：『吁！汝無去朕，予違汝弼，斡我樞柄。』尚書於是九頓首固以請。帝曰俞，趣刻印。入辭便殿，欲别未忍。灩宣勤之玉卮，疊匪頒之宫錦。修門兮九重，回首兮萬里。十七年兮出入禁闈，三千牘兮劘切黼扆。步出晝以徬徉，屯余乘其千騎。茸纛兮金節，彤幨兮繒組。前驅兮塞途，往開兮幕府。風霆命令之信，雨露德澤之普。協氣洽而水紅並蔕，有年書而繭栗同乳。乃先事而防患，乃整軍而經武。籌帷密運，莫余敢侮。熟窺盛心，固將尚友忠武侯於千古。是則北定堂之建也，豈必拱坐隅、侍談塵而後詰其故也哉。」

客斂衽而對曰：「北定取義，則聞之矣。地以人重，子亦聞之否乎？」

「蓐收御辰，素煒中外。珠履集兮紅蕖幕，笳鼓沸兮細柳營。尚書乃揮羽扇，岸綸巾，據胡床，令三軍。陳角觝，簸紅旌，射命中，馬嘶騰，程勇力，簡伎能。笑呼喧闐，酒炙繽紛。人百其勇，惟所使令。飲中樂酣，投袂而起。慨昔武侯，南征道此，千里馳驅，僕夫瘁止。獨我治朝，聲教遠被，誦弦比屋，耕牧四履。邊柝夕沉，閣鈴晝閉，上恬下穆，可無事治。奈之何南國幸安，北塵騷屑，龍蛇則山澤交興，鷸蚌之陰晴莫決。姦豪側睨以旁伺，戰守一無於定説。尾大不掉，財殫力竭。孰能爲國家刷渭橋之恥，護金甌之缺？志感激以思奮，諒非余而誰責！陟斯堂以遐觀，髮上指而眥裂。使子斯時操几杖，綴下客，寧不慷慨激昂，爲尚書而擊節也！嗚呼噫嘻！今不與古並世，事或與勢異宜。忠武侯信於己而阨於運，得於人而違於時，蓋天厭漢德之日久，故大廈非一木之支。於皇藝祖，得天下以仁，聖聖相傳，翼翼繩繩。嗣聖御圖，側席儁英。天其或者相興復之景運，錫勇智於大君。総乾綱以獨斷，闢泰途以梟征。揮氛翳於九有，耀景光於太清。恢張聖德，圖任舊人。愚竊料尚書之德業，庶幾乎周室之甫申。弼宣后以復古，何王業偏安之足云！小子不敏，敢誦所聞，酌大斗而祈耄耋，跪敷衽而祝升平。」

乃歌曰：「王遣申伯，路車乘馬。我圖爾居，莫如南土。」載歌曰：「四牡騤騤，八鸞喈喈，仲山甫徂齊，式遄其歸。」

客曰：「泱泱乎歌矣哉！德盛者，非斯文無以被金石；功高者，非斯文無以流管弦。請濡毫於三瀘之川，磨墨於三瀘之山，書以爲北定堂之賦，而附之《崧高》、《烝民》之篇。」四庫本《滄洲塵缶編》卷一。

六野堂賦 並序 爲林似之作

王邁

野有二義焉：自野人禮樂言之，則質朴無文謂之野；自同人於野言之，則廣大無間謂之野。要之，皆古君子事也。親友紫洋林君佀之博雅好修，榜其堂以「六野」，以曰山、曰郊、曰田、曰景、曰輿之野，與人之野而六之，自序其目。余嘉其居今世而行古道，爲之賦以廣之。

山色兮蒼蒼，郊原兮茫茫。田疇高下兮稻熟秔香，景物周遭兮奇卉脩篁。野輿之來無極兮，煙霞雲月相射而流光。有美一人，幅巾道服，彈琴著書兮，友五者以相羊。榜其堂以「六野」兮，意甚真而味長。彼李愿之盤谷兮，與子美之草堂。吾欲鞭吾驂以從之兮，耿千載其相望。一日盤礴乎君子之六野兮，宛與二子參翱翔。荷屋兮葯房，芰衣兮蕙纕，晞髮兮朝陽，濯纓兮滄浪。時趣於文兮，犧尊青黃。君獨從野人之禮樂兮，外被褐而内珪璋。人習於險兮羊腸太行，君獨於野以同人兮，心太虚而履康莊。世翻雲而覆雨兮，君獨爲徐公之有常。世偭矩而背繩兮，君獨爲元子之惡圓而好方。吾不意閲盆盎而見罍兮，厭喧啾而聞鳳凰。

惟世道之否泰兮，關斯人之行藏。儻蒼生命未窮兮，當宏此道於八荒。返頑劃僞兮，追還乎樸素之鄉；含和飲醇兮，蕩滌乎忌刻之場。窮則以野善其身兮，如養生者之珍稻粱。達則以野捄斯世兮，如大醫之治膏肓。此野之爲義其大兮，吾所以樂爲之平章。四庫本《臞軒集》卷一〇。

愛賢堂賦

為叔正甫作

王邁

臞軒一日倦於酬酢，掃几焚香，解衣盤礴，乍爾欠伸，誰歟剥啄？闖扉而視，倒屣而躍，則吾叔正甫手攜《愛賢》之篇，謂得之於故槖。詰堂之所以名，則曰：「人皆愛珠玉，我愛子孫賢之詩，乃前修之所樂。今從而賦吾堂，非吾子而誰託？」

臞軒作而言曰：傳不云乎，惟聖知聖，惟賢知賢。況知之而又愛之，不賢者必不能然。經不云乎，人之有技，好之若己。他人之賢且好之，況爲吾之孫子！今吾叔也，世膩之不嗜，生産之不訾。曰吾有書可讀兮，足以藐南面之百城。曰吾有子可教兮，足以賤黄金之滿籯。挾吾所有之二樂以居吾堂兮，彼區區者曾足爲吾之重輕！

若乃髹几兮晝浄，銀釭兮夜熒，課羣兒之吾伊，咀六藝之精英。大兒引喙而高吟兮，如唳天之鶴；小兒調舌而學誦兮，如出谷之鶯。吾傾耳聽之兮，若不脛而造玄圃，不翼而翔蓬瀛。抑余聞之，人之有生，其欲逐逐。食欲肥甘，衣欲華縟。暑穤欲涼，寒館欲燠。至於愛子孫之賢，則又人之大欲。然或鴟鷟兮鵷鶵，或龍駒兮牛犢。紛八品之參差，雖造物者安得人人而饜屬？則亦如彼何哉，惟自求於多福。故曰：太上種德，其次種木，又其次種穀。木僅十年之需，穀纔一年之蓄。惟德則享之而不窮，酌之而不涸。吾門舊有三槐，其大如屋。本之以孝友兮，可以厚栽培；澤之以詩書兮，可以深灌沃。不尋之以斧斤兮，縱之以樵牧。淮水之流兮未乾，文正之芳兮可續。如以吾之言爲然，則吾叔也異夫人之癡叔。四庫本《臞軒集》卷一〇。

宜堂賦 爲張倅作

姚勉

魯丘稱好賢之詩兮，曰如鄭之《緇衣》。惟周司徒之善於職兮，國人美之而曰宜。適子館而授粲兮，衣苟敝而又改爲。邈千載而誰嗣兮，乃復見於此時。粤高安之勝區，俗清孅而易化。乃以從遊赤松之僊人，而爲平分風月之別駕。居無何而政成，思欲樂其閑暇。爰啟新堂，以宜字之。騁椽筆而成記，發江山之潛輝。

有厖者眉，左扶右攜。來觀厥成，載笑載怡。私問於公之客曰：「宜堂之名何居？其此堂之宜我公乎，抑我公之宜此堂乎？顧天衢之方亨兮，展驥足於千里。決非如休亭主人所謂之三宜也，又非如竹樓使君所記之六宜也。以宜字堂，厥有其義。客如知之，願爲父老言公之意。」

客曰：「叟不讀公之記乎，公之意在於爾民而樂事其寓也，故其爲堂也，不雕其楹，不峻其宇，席可函丈，室如環堵。寓意於鼓琴弈碁之間，而意不在於樽俎，托興於賦詩吟嘯之時，而興不在於歌舞，故能無所往而不宜。而斯堂也，亦真宜行樂之所。是故煙晴景明，花菲柳縈，則宜於春；翠陰鬱蒼，冰壺晝涼，則宜於夏。風露鮮霽，則宜於秋之晨；雪月争清，則宜於冬之夜。焚香讀《易》，則宜於自公之餘。品茶評詩，則宜於對客之暇。頌聲溢清水之庭，訴牒稀蔽棠之舍。此宜堂之無所不宜者也。況夫鄰碧落之洞天，對蓬萊之絶頂。荷山自獻其萬狀，錦江横陳乎千頃。揖安期於九霄，吸流霞之八景。宜騎氣而馭風而遊於方壺圓嶠之境，又不特製菡萏於劍池，酌清泠於丹井也。宜之義大矣哉！孰爲之宜，蓋有其故。鈴閣無有蟹之嫌，寮幕深詠魚之趣。全芒刃於解牛，微捷徑之窘步。此堂之所以爲宜，而斯名之所以無負也。」

言未已，父老欣然而笑曰：「宜之義知之矣，而斯堂則豈公之所宜乎？我聞佩僊花、吟紫薇時，則有白玉之堂；列三槐、植九棘時，則有中書之堂。公之所宜，蓋宜於此，而豈止宜於分雌堂之半席乎？」客以爲然，遂從而歌之。歌曰：

公作新堂，是名以宜。可以飲酒兮，可以賦詩。攬風月兮無邊，樂朝暮兮四時。身軒冕兮志丘壑，匪堂之樂兮樂民之樂。時和歲豐兮民物阜康，公領嘉客兮來宴斯堂。撞鐘兮擊鼓，鼓咽咽兮醉言舞。祝公眉壽兮俾熾而昌，公宜天下兮豈止宜於此邦。抑公之宜兮奚堂之居，匪槐堂之位，則玉堂之廬。傅增湘校訂豫章叢書本《雪坡舍人集》卷一〇。

訓畬堂賦 並序

傅自得

提刑、寶謨、常卿千峰陳公，書諗予曰：「子昔爲泉谷徐公賦味書閣，吾得其文讀之，喜其旨深而辭暢也。今吾治一堂，置書數千卷，扁曰『訓畬』，子爲我暢厥旨，可乎？」僕乃復於公曰：「昌黎平生名節偉特，如疏佛骨，撫鎮州，死生且不計，於富貴何有？《誨子》諸篇，類皆有羨於榮禄；《勉符》一詩，以經訓爲菑畬，是矣。然究其三致意者，不過公相皂隸之殊，居第輿馬瑣細之事，識者疑焉。今公三登於朝，再以直去，咫尺禁從，抗章固辭，豈汲汲富貴歟。」公曰：「子弗聞乎，賦詩斷章，予取所求。今夫義理之腴，稻粱之甘似之；學問之勤，耕耨之力似之。吾之命名，是之取爾，豈曰朝種夕穫，爲榮名利禄計邪。」僕曰：「旨哉！」乃援筆以賦。其辭曰：

惟鴻濛之肇開兮，風氣以異。有龜龍之特出兮，載籍由起。六七聖人，隨時以制。

妙造化之機緘兮，極上蟠而下際。羌人事之萬端兮，貫一理而在是。《易》探消長之幾，《書》紀帝王之治。《樂》感其和，《禮》别其劑。《詩》具美刺之章，《春秋》嚴褒貶之旨。仁義道德之所從出，而正脩平治之要，皆由此其推也。千峰陳公心醉六經，學該百氏，掇英取華，既已發於事業，見於議論，以震一世矣。相彼寓居，巋然樓宇，據高面勝，開牖洞户，挹盱水於襟懷，納軍山於指顧。草木之華滋蔥蒨，曉夕之煙霏呑吐。乃建庭階，乃飾屏著，几席儼若，籤皮得所。熟潰緗素之前陳，緑幕黄簾之珍護。名以百計，卷以千數。上則庶幾平棘清豐之儲，下亦可與荆田亳祁而並騖。豈無金匱石室，汗青信史，亦有炙轂雕龍，百家諸子。悉不見稱，惟經是主。蓋指南設而東西不迷，明鑑照而妍醜無誤。合乎經者，必盡心焉；戾乎經者，吾所不取。此所以表羣經而摘「訓畲」以名斯堂也。

雖然，吾嘗聞之矣，明經取青紫，其志固甚小；教子勝籯金，其諭亦已卑。惟下帷發憤，潛心大業，正誼不謀利，明道不計功，乃純儒之所爲。故義貴於集，不可爲宋人揠苗以助長；仁在乎熟，不可使五穀之不如荑稗。規規然其守肯播肯穫之戒，癝癝乎其畏不稼不穡之譏。行無越思，當如農夫之有畔；播種而穫，當識同然於此心之微。謹無春耕其丘，有何時實粟之歎。謹無豚蹏壺酒，有穰穰滿家之祈。嚅嚌道真，涵泳聖涯。如是則公相之尊，輿馬之盛，昌黎之所以望符者，有所不暇計。而義方之訓，端有在此而不在彼者。以士希賢，以賢希聖。居公之堂，讀公之書。尚其勉旃，聖賢同歸。

海山仙館叢書本《隱居通議》卷四。

《隱居通議》卷四　徽宗皇帝萬幾餘暇，戲御毫素間，作花草蟲魚，以示天縱多能之意。李公甫侍郎得而藏之，幼安爲作《秋花草蟲賦》……泉谷徐尚書鹿卿，豐城人也，嘗構閣以藏書，名之曰味書閣，幼安爲之賦。……紹定中，建昌朱守憲以嚴刻激營卒周威、陳寶之變，朱隕於兵，里寓公聶善之侍郎子述撫定之。未幾而城内火，延燎郡廨，民居幾盡。時徐監丞瑑來領郡事，更創郡治，而鼓角樓尤壯偉。幼安爲作《麗譙賦》，以寓頌規，辭旨精妙。……千峯先生陳文定公寓居盱城，作一堂，名之曰訓畬，幼安爲之賦。……以上數賦，皆幼安所作，見《燕石藁》，蓋其所著集也。幼安本以箋表見知諸公間，然四六殊不及賦筆。景定中，曾仲實侍郎起家爲江西運使兼知隆興府，會前宰相濆山謝公方叔寓居隆興，謝公居相位時，曾公實爲宰屬。曾公屬予通謝相啟，予爲之言曰：「詣丞相府，曾聞堂上之都俞；佩太守符，來問山中之安否。」曾公既到任，大合樂以宴謝公。幼安當爲樂語，有曰：「我某官今郡太守。舊宰府寮。入政事堂，得與聞於國論；送夔龍集，每親近於元台。」其後文會，幼安笑曰：「吾文正同子意，而子之語殊勝予也。」予笑曰：「先生古賦，獨步當世，是謂大手筆，而與晚進校小技，無乃卑乎！」幼安復大笑。

東桂堂賦

劉辰翁

中州劉君端伯扁其教子讀書之堂曰東桂，客有過而問曰：「東烏指？」則應之曰：「胚腪發於仁氣之温厚，事業方乎青春之磨礱。物所從始，總名曰東。豈以出乎震者，然後顯發生之鴻蒙？」「然桂烏在？」「堂即桂之宫，人即桂之叢。善培植根，莖葉菁葱。芽荄萬實，皆一氣之所充。」「敢問秀氣之所鍾。」曰：「吾之桂不待移栽於八盤之絶頂，亦豈遠躡乎五嶺之遐蹤。其蟠然於清虚之府者，乃密陰之所同；及其一日而來天闕者，乃清芬之所從。詠遊其間，啟明發聰。暮而屬思，膽靈肝通；朝而運筆，活兔生風。其花也豈有不攀而挹[一]，其香也豈有不薰而濃者乎？」言未既，明輝澄徹乎冰壺之内，清影流入乎霞杯之中。主人於是指而示客曰：「人以爲山河大地者非也[二]。婆娑婆娑其出乎，必由析木駕蒼龍，浴滄海之清潤，沐陽谷之

[一] 不攀而挹：《須溪先生四景詩集·補遺》作「不摘而麗」。

[二] 原注：「原闕二字。」茲據《須溪先生四景詩集·補遺》補「爲」、「非」二字。

和融。故其延光舒采，藹滿璇穹。郄生得其一而爲瑞世之詞藻，竇氏得其五而爲毓秀之陰功。兹乎萃東堂之四，而斯所以爲機會之逢。是則名之所定也。」

客乃整襟肅容而謝曰：「君將以主乎生者爲東，而以根諸心者爲桂耳。欲梯丹霄，乘素魄，以漱其芳於二十八宿之心胸。君之志誠大已。膏之沃者其光炫，根之溉者其菡濃。君誠益修乎人事，兹乃大契乎天工。然則斯堂也，薰兩間之仁氣，會合璧之光重。夫既已薑英騰茂於爾嗣，而且流芳垂耀於無窮也。猗與盛哉！」四庫本《須溪集》卷六。

《四庫全書總目》卷一六五《須溪四景詩集》四卷，……末附《東桂堂賦》一篇，爲劉端伯教子讀書而作，此集殆亦授劉之子備科舉之用者歟！

賓月堂賦

林景熙

南鴈蕩葉君，堂於山之陽，野蔌盈俎，春醪在觴，索居無朋，欲飲誰相？俄有客自天東駕五雲而來，水佩金裳，冰姿玉質。初流光於簷楹，忽散彩於庭闥，不由介擯，竟造几席。

主人見而異之曰：「噫嘻！此佳賓也。」揖與同坐，清寒襲肌。於是撤觴與俎，挹沆瀣以爲醴，攜斗柄而酌之。匪曳裾而投轄，意炯炯以相依。

主人謂賓曰：「古稱孟嘗三千珠履，勢交何常，合散如市，生死翟門，喜怒廉里。太行之山，灎澦之水，陶潛所以息交，劉勝因而掃軌。乃若高照萬古，渺視九寰，不翻覆於雲雨，豈遷變於燠寒？對之可以增雙眸之碧，即之可以洞寸心之丹。若子者，予所樂賓，恨相見之晚也。」

賓冉冉促膝，若復於主曰：「當今非但主擇賓，賓亦擇主。尼父所主〔一〕，不主衛疽。宗元亦客，辱於王伾。開閣漫爾，入幙何爲？黃金之臺徒觀美，五花之館空遺嗤。自開闢以至於今，閱人多矣！知愚好醜，惇澆臧繆，伏意廋情，靡有遺照。乃若持玉斧兮掞河漢以爲文，斫丹桂兮梯層飈而絶塵，斯靈府中，自具廣寒清虚也。而不然者，豈予所屑賓！峨眉秋影，昔白之賓，今賓子乎？南樓夜色，昔亮之賓，今賓子乎？」

主人聞賓言，再拜起謝，顧影復自笑曰：「嘗聞天地間，萬物之逆旅，往過來續，寓形幾何。吾方擾擾焉身自爲賓，又安能賓夫賓也！雖然，是當有耿耿者留天地間，

〔一〕主：《歷代賦彙》卷七八作「至」。

萬古唯道不朽。天所以高，地所以厚，象緯所以著明，誰實主之？夫豈以有限之形而欲結無窮之交哉！」

言未既，天雞咿喔，斗轉河低。賓不答，去亦不辭，第見斜光回薄，林鳥驚棲。主人舉手招賓，賓已在西山之西。四庫本《霽山文集》卷四。

求初堂賦

陳仁子

抱素靚林，束謀無施，問語以鑽刺求媚，自度終難入調。築室東山之阿，閉關謝客，回顧初心，烱烱猶在，遂反而求之，以扁其堂曰「求初」。

繄鴻靈之幽紛兮，肇勛華之淑軌。鑿混沌之氛氲兮，滋末叔之瘡痏。躡崆峒而騁懷兮，撫垓埏而逌矖。蹇皇衢之坎壈兮，羌正塗之壅底。彼河源崑崙而清澂兮，奚流委之溷滓。嵩華崪嵂以承天兮，儵騰振而阤哆。悲吾生之彳亍兮，履姬室之如燬。腸涫鬻而誰語兮，心怐愗而隱几。輂豫章以柱明堂兮，投巵醪於秋水。怒螳臂以當車轍兮，魄羊犢於虎兕。寶囊錐之銛利兮，姑匿穎而勿試。駕騄駬之千里兮，奚自縶於金柅。何世俗之澳涊兮，錯榘度而骳骫。競帣韝而鞠臚兮，孰戍削而揚裗。冠切雲之岌峨兮，曾未弊而苴履。車五乘而可覬兮，舌舐痔而寧恥。謂務、光矯兮謂共、兜美，謂龔、鮑拙兮謂光、禹婉。喬松挽萬牛而竟斧兮，曾不若延緣之葛藟。鳳凰匝千林而莫棲兮，曾不及穴附之螻蟻。

指蒼天而爲正兮，從詹尹而乩只。孰隨波而流行兮，孰觸險而坎止？顧非不能擘捩婉攣以邀媚兮，心侘傺而莫之徙也。又非不能伺鑄抵巇以投好兮，怒婞婞而不能止也。揆前脩之程則兮，巋千仞其壇壝。飢吼雷而弗粟兮，甘山薇之雋美。寒皸瘃而勿屨兮，甘雪霰之印指。吾亦不知其何心兮，獨齗齗而不倚。後隔世而磨洗兮，竟莫索乎瘢疻。矧余生之何斯兮，身抱仁而襲禮。一策名於計偕兮，航洪瀾其欲檥。際坤輿之凷隤兮，訖未施於劑匕。彼榮名之薺甘兮，直秋毫之仳仳。方引首而弗濡兮，肯舐鼎而齕蠛？

維嘉橘之生南兮，弗踰淮而爲枳。樸昭琴而不鼓兮，渺天地於一指。幸田園之未蕪兮，安偷生之窳呰。朝畦蘭芷兮夕刈菊杞，前布壺觴兮左揖圖史。遡周、孔而難夢兮，指程、張而礪砥。起柴桑而更和兮，挽天隨而齊企。抱子懷之耿耿兮，羞銜竊而巒詭。不嚅呪而生兮，寧骯髒而死？不儃佪而張兮，寧偃蹇而弛？迪本初之未沫兮，俯靚淵而澡洗。誓山靈而鍵關兮，與大化以終始。影印清初影元鈔本《牧萊脞語》卷二。

宋代辭賦全編卷之六十八

賦　室宇　二

疊嶂樓賦[一]

田錫

宛陵之丘，玄暉舊遊，城連延兮百雉，世綿歷兮千秋。流水白雲，惜依然而在覽；遺風往事，信怳若兮如浮。余以丹陛策名，皇華奉使，通莅於此，乘春以至。驛梅江柳，動遊宦之芳懷；風觀露臺，起高明之逸意。疊嶂居先，登之悦焉。憑落絮之危檻，向飛花之晚天。複嶺連岡，峙昭亭兮作鎮；平蕪遠樹，引句水兮爲川。因而以古興懷，臨高凝睇。

[一] 疊：原作「壘」，據四庫本及《歷代賦彙》卷七九、《古今圖書集成·考工典》卷九四改。正文同改。

自春秋戰國之後，洎吳魏鼎分之際，干戈僭王，乘輿擬帝。斯爲形勝之區，恃以控臨之地。襟帶三江，咽喉五湖。歸句踐兮稱越，隸夫差兮曰吳。比弈棋之靡定，唯霸略兮能圖。方今禹迹重新，堯封復古。銜王命於北闕，詠皇風於南浦。登高而賦，憐宋玉以才多；覽景自怡，非仲宣之思苦。江渺渺兮涵春，草萋萋兮感人。指蘇杭之達道，介常歙兮爲鄰。兩槳何歸，引迴眸於天際；微雲似畫，帶斜陽於水濱。既而閲謝守之詩，蒼苔滿石；覽獨孤之文，芳塵在壁。杏花含露，念昔我之來時；菊蕊迎霜，乃今余之暇日。歲云豐稔，民之悦逸；思命儔兮嘯侶，聊登樓兮自適。傅增湘校訂淡生堂鈔本《咸平集》卷六。

望京樓賦

田錫

餘杭上游，古曰嚴州。入松院兮何處，七里瀨兮清秋。歸去來兮，陋風土之卑濕；日云暮兮，爲印綬之縻留。

危樓乃登，京師是望。天遥而閶闔來風，海闊而蓬萊架浪。雲成宫闕，似瞻丹禁之間；吾豈匏瓜，久戀滄江之上？雖汎蘭橈，游泳乎子陵之灘；沙蝨有毒，又巇險乎鳴淵。雖攀雲梯，登眺乎烏龍之山；山嵐瘴人，惡躋升乎絶頂。《詩》不云乎「式微」，《書》亦畏乎「懷歸」。濯纓兮南澗之水，盈襜兮北山之薇。葵藿載傾，雖見小人之意；樞機一發，豈知君子之機？然何所不適，孤懷自惜，欲將體物之辭，留向他山之石。登高必賦，羡海水之朝宗；徒歌曰謡，望長安兮見日。始余來兮，蒹葭蒼蒼；今余言歸〔一〕，白露爲霜。安得乘彼白雲，歸乎帝鄉？傅增湘校訂淡生堂鈔本《咸平集》卷六。

黄樓賦 並敘

蘇轍

熙寧十年秋七月乙丑，河決於澶淵，東流入鉅野，北溢於濟，南溢於泗。八月戊戌，水及彭城下。余兄子瞻適爲彭城守。水未至，使民具畚鍤，畜土石，積芻茭，完室隙穴，以爲水備，故水至而民不恐。自戊戌至九月戊申，水及城下者二丈

〔一〕言歸：似當作「歸兮」或「回兮」。四庫本、宋人集丁編本及《歷代賦彙》卷七九並作「言兮」，祁氏淡生堂鈔本作「言回」，傅氏校改作「言歸」。

八尺，塞東西北門，水皆自城際山，雨晝夜不止。子瞻衣製履屨，廬於城上，調急夫、發禁卒以從事，令民無得竊出避水。以身帥之，與城存亡，故水大至而民不潰。方水之淫也，汗漫千餘里，漂廬舍，敗冢墓，老弱蔽川而下，壯者狂走，無所得食，槁死於丘陵林木之上。子瞻使習水者浮舟檝，載糗餌以濟之，得脱者無數。水既涸，朝廷方塞澶淵，未暇及徐。子瞻曰：「澶淵誠塞，徐則無害。塞不塞，天也，不可使徐人重被其患。」乃請增築徐城，相水之衝，以木堤捍之。水雖復至，不能以病徐也。故水既去，而民益親，於是即城之東門爲大樓焉，堊以黄土，曰：「土實勝水。」徐人相勸成之。轍方從事於宋，將登黄樓，覽觀山川，弔水之遺迹，

乃作黄樓之賦。其詞曰：

子瞻與客遊於黄樓之上，客仰而望，俯而歎曰：「噫嘻殆哉！在漢元光，河決瓠子，騰蹙鉅野，衍溢淮、泗，梁、楚受害二十餘歲。下者爲汙澤，上者爲沮洳。民爲魚鼈，郡縣無所。天子封祀太山，徜徉東方，哀民之無辜，流死不藏，使公卿負薪以塞。宣房瓠子之歌，至今傷之。嗟惟此邦，俯仰千載。河東傾而南泄，蹈漢世之遺害。包原隰而爲一，窺吾墉之摧敗。吕梁齟齬，橫絶乎其前；四山連屬，合圍乎其外。水洄洑

而不進，環孤城以爲海。舞魚龍於隍壑，閲帆檣於睥睨。方飄風之迅發，震鞞鼓之驚駭。誠蟻穴之不救，分閭閻之横潰。幸冬日之既迫，水泉縮以自退。棲流枿於喬木，遺枯蚌於水裔。聽澶淵之奏功，非天意吾誰賴？今我與公，冠冕裳衣，設几布筵，斗酒相屬，飲酣樂作，開口而笑，夫豈偶然也哉？」

子瞻曰：「今夫安於樂者，不知樂之爲樂也，必涉於害者而後知之。吾嘗與子馮兹樓而四顧，覽天宇之宏大。繚青山以爲城，引長河而爲帶。平皋衍其如席，桑麻蔚乎旆旆。畫阡陌之從横，分園廬之嚮背。放田漁於江浦，散牛羊於煙際。清風時起，微雲霮霸。山川開闔，蒼莽千里。東望則連山參差，與水皆馳。羣石傾奔，絶流而西。百步湧波，舟楫紛披。魚鼈顛沛，没人所嬉。聲崩震雷，城堞爲危。南望則戲馬之臺，巨佛之峰，巋乎特起。下窺城中，樓觀翱翔，嵬峨相重。激水既平，眇莽浮空。駢洲接浦，下與淮通。西望則山斷爲玦，傷心極目。麥熟禾秀，離離滿隰。飛鴻羣往，白鳥孤没。横煙澹澹，俯見落日。北望則泗水湠漫，古汴入焉，匯爲濤淵，蛟龍所蟠。古木蔽空，烏鳥號呼。賈客連檣，聯絡城隅。送夕陽之西盡，導明月之東出。金鉦湧於青嶂，陰氛爲之辟易。窺人寰而直上，委餘彩於沙磧。激飛楹而入户，使人體寒而戰栗。息洶洶於羣動，聽川流之蕩潏。可以起舞相命，一飲千石，遺棄憂患，超然自得。且子獨不見夫昔之居此者乎？前則項籍、劉戊，後則光弼、建封。戰馬成羣，猛士成林。振臂長嘯，風動雲興。朱閣青樓，舞女歌童。勢窮力竭，化爲虚空。山高水深，草生故墟。蓋將問其遺老，既已灰滅而無餘矣。故吾將與子，弔古人之既逝，閔河決於疇昔。知變化之無在，付杯酒以終日。」於是衆客釋然而笑，頹然而就醉。河傾月墮，攜扶而出。明清夢軒本《欒城集》卷一七。

蘇軾《**次韻和劉貢父登黄樓見寄并寄子由二首**》（《施註蘇詩》卷一七）自寫千言賦，新裁六幅圖。公自注：近以絹自寫子由《黄樓賦》爲六幅圖，甚妙。傳看一坐聳，勸著尺書呼。莫使騷人怨，東遊不到吴。

又《**答張文潛書**》（《蘇文忠公全集》卷四九）作《黄樓賦》，乃稍自振厲，若欲以警發憒憒者。而或者便謂僕代作，此尤可笑。是殆見吾善者機也。

又《**與文與可**》（《西樓帖》）軾輒有少懇，托幼安干聞。爲近於守居之東作黄樓，甚宏壯，非復超然之比。曾告公作《黄樓賦》，當以拙翰刻石其上。其臨觀境物，可令幼安道其詳，告爲多紀江山之勝，仍不用過有褒譽（若過譽，僕即難親寫耳，切告）。又有少事，甚是不識好惡，輒附絹四幅去，告爲作竹木、怪石少許，置樓上爲屏風，以爲彭門無窮之奇觀，使來者相傳其上有與可賦、畫，必相繼修葺，則黄樓永遠不壞，而不肖因得掛名，公其忍拒此意乎？

又《書子由黄樓賦後》（《蘇文忠公全集》卷六六）　子城之東門，當水之衝，府庫在焉。而地狹不可以爲甕城，乃大築其門，護以塼石。府有廢廳事，俗傳項籍所作，而非也。惡其淫名無實，毁之，取其材爲黄樓東門之上。元豐元年八月癸丑，樓成。九月庚辰，大合樂以落之。始余欲爲之記，而子由之賦已盡其略矣，乃刻諸石。

黄庭堅《題蘇子由黄樓賦草》（《山谷全書》别集卷六）　銘欲頓挫崛奇，賦欲弘麗，故子瞻作諸物銘，光怪百出。子由作賦，紆徐而盡變。二公已老，而秦少游、張文潛、晁無咎、陳無己方駕於翰墨之場，亦望而可畏也。

《欒城先生遺言》　公曰：「余《黄樓賦》，學《兩都》也。晚年來不作此工夫之文。」貢父嘗謂公所爲訓詞，曰：「君所作强於令兄。」

《墨莊漫録》卷三　徐州有營妓馬盼者，甚慧麗。東坡守徐日，甚喜之。盼能學公書，得其彷彿。公嘗書《黄樓賦》未畢，盼竊効公書「山川開合」四字，公見之大笑，畧爲潤色，不復易之。今碑中四字，盼之書也。

《珊瑚鈎詩話》卷一　東坡《黄樓賦》，氣力同乎《晉問》。

《遊宦纪闻》卷七　嘉定甲申夏，有持潁濱先生帖十數幅求售。蹤跡所自，知非贋物明甚。有《黄樓賦》一篇，讀之，其間「前則項籍、劉戊」一句，《觀瀾文》作劉備，《潁濱集》作劉季。《觀瀾文》注云：「徐州牧陶謙病篤，謂別駕糜竺曰：『非劉備不能安此邦。』及謙死，竺率州人迎先主，先主未敢當。陳登、孔融曉諭之，先主遂領徐州。」劉戊乃楚元王交之子也。漢六年，既廢楚王信，分其地爲二國，立劉賈爲荆王，交爲楚王，王薛郡、東海、彭城三十六縣，先有功也。及薨，戊嗣，稍淫暴，遂應吳王反起兵。會吳與周亞夫戰，絶吳糧道，士飢，吳王走，戊自殺。彭城即徐州，先生之意，蓋以此也。不知當來作「劉備、劉季」，而後來易以「戊」耶？或傳寫訛謬，而意其爲備爲季耶？要當以先生手書爲定也。

周必大《蘇文定公遺言後序》（《文忠集》卷五二）　昔人疑《黄樓賦》非出公手，東坡蓋親爲之辯。今公自謂此賦「學《兩都》，晚年不復作此工夫之文」；至《和陶擬古九首》，則明言坡代作，識者當自得之。

楊萬里《和王才臣再病二首》（《誠齋集》卷三）　燕外將心遠，鶯邊與耳謀。如何再卧病，對此兩悠悠。《赤壁》還坡老，《黄樓》只子由。二蘇三賦在，一覽病應休。

《朱子語類》卷一三〇　道夫問：「看老蘇文，似勝坡公。黄門之文，又不及東坡。」曰：「黄門之文衰，遠不及。也只有《黄樓賦》一篇爾。」

《却掃編》卷下　東坡既南竄，議者復請悉除其所爲之文，詔從之。於是，士大夫家所藏既莫敢出，而吏畏禍，所在石刻，多見毁。徐州黄樓，東坡所作，而子由爲之賦，坡自書。時爲守者獨不忍毁，但投其石城壕中，而易樓名觀風。宣和末年，禁稍弛，而一時貴遊以蓄東坡之文相尚。

鬻者大見售，故工人稍稍就濠中摹此刻。有苗仲先者適爲守，因命出之，日夜摹印。既得數千本，忽語僚屬曰：「蘇氏之學，法禁尚在，此石奈何獨存？」立碎之。人聞石毀，墨本之價益增。仲先秩滿，攜至京師盡鬻之，所獲不貲。

《步里客談》卷下　東坡辯《黄樓賦》非作於子由，此所謂欲蓋而彰也。

《古賦辯體》卷八　賦也。雖不及他義，然無當時文體之病。嘗謂自漢以來，賦者知賦之當麗，而不知賦之當則。自宋以來，賦者雖知賦之當則，而又不知賦之當麗。故各墮於一偏，正所謂矯枉過正者也。此篇却有麗、則意思。

《復小齋賦話》卷上　作賦先要脱應酬氣，即如蘇子由《黄樓賦》入後人手，必鋪張水勢之洶湧及子瞻捍禦功，後寫黄樓形勝。子由卻以一序了之，而另立一意，便已識見高人百倍。至子由自謂此賦學孟堅《兩都》，則在讀者領略耳。蓋學之云者，特其製局結搆，非如晉公所譏「等句讀、襲徵引」者也。

黄樓賦　並引

秦觀

太史蘇公守彭城之明年，既治河決之變，民以更生，又因修繕其城，作黄樓於東門之上，以爲水受制於土，而土之色黄，故取名焉。樓成，使其客高郵秦觀賦之。其詞曰：

惟黄樓之瓌瑋兮，冠雉堞之左方。挾光晷以横出兮，干雲氣而上征。既要眇以有度兮，又洞達而無旁。斥丹雘而不御兮，爰取法乎中央。列千山而環峙兮，交二水而旁奔。岡陵奮其攫拏兮，谿谷效其吐吞。覽形勢之四塞兮，識諸雄之所存。意天作以遺公兮，慰平日之憂勤。緊大河之初決兮，狂流漫而稽天。御扶摇以東下兮，紛萬馬而争前。象罔出而侮人兮，螭蜃過而垂涎。微精誠之所貫兮，幾孤墉之不全。偷朝夕以昧遠兮，固前識之所羞。慮異日之或然兮，復厭之以兹樓。時不可以驟得兮，姑從容而浮遊。儻登臨之信美兮，又何必乎故丘。觴酒醪以爲壽兮，旅殽核以爲儀。儼雲髾以侍側兮〔一〕，笑言樂而忘時。發哀彈與豪吹兮，飛鳥起而參差。悵所思之遲暮兮，綴明月而成詞。噫變故之相詭兮，猶傳馬之更馳。昔何負而遑遽兮，今何暇而遨嬉？豈造物之莫詔兮，惟元元之自貽？將苦逸之有

〔一〕雲髾：《皇朝文鑑》卷九作「雲霄」。

數兮，疇工拙之能爲。韙哲人之知其故兮，蹈夷險而皆宜。視蚊虻之過前兮，曾不介乎心思。

正余冠之崔嵬兮，服余佩之焜煌。從公於斯樓兮，聊裴回以徜徉。宋高郵軍學刻本《淮海集》卷一。

宋高郵軍學刻本《淮海集》卷一附　子瞻謝詩云：太虛以《黃樓賦》見寄，作詩爲謝。「我坐黃樓上，欲作黃樓詩。忽得故人書，中有黃樓詞。黃樓高十丈，下建五丈旗。楚山以爲城，泗水以爲池。我詩無傑句，萬景驕莫隨。夫子獨何妙？雨雹散雷椎。雄辭雜今古，中有屈宋姿。南山多磬石，清滑如流脂。朱蠟爲摹刻，細妙分毫釐。佳處未易識，當有來者知。」

秦觀《與蘇先生簡》（《淮海集》卷三〇）　頃蒙不間鄙陋，令賦《黃樓》，自度不足以發揚壯觀之萬一……詞意蕪迫，無足觀覽，比之途歌野語，解顔一笑可也。又多不詳被水時事，恐有謬誤并太鄙惡處，皆望就垂改竄，庶幾觀者不至詆訶，以重門下之辱。

又　寄上次《黃樓賦》，比以重違尊命，率然爲之，不意過有愛憐，將刻之石。又得南都著作（蘇轍）所賦，但深愧畏也。

張耒《跋吕居仁所藏秦少游投卷》（《柯山集》卷四五）　予見少游投卷多矣，《黃樓賦》、《哀鎛鍾文》卷卷有之，豈其得意之文歟？少游平生爲文不多，而一一精好可傳。在嶺外亦時爲文。臨歿自爲挽詩一章，殊可悲也。此卷是投正獻公者，今藏居仁處。居仁好其文，出予覽之，令人愴恨。大觀丁亥仲春，張耒書。

《宋史》卷四四四《秦觀傳》　秦觀字少游，一字太虛，揚州高郵人。少豪雋慷慨，溢於文詞。舉進士不中，强志盛氣，好大而見奇。讀兵家書，與己意合。見蘇軾於徐，爲賦《黄樓》，軾以爲有屈、宋才。

《古賦辯體》卷八　東坡作黄樓時，少游客彭城，樓成，因使賦之。賦也。子由《黄樓賦》，其漢賦之流與？少游《黄樓賦》，楚辭之流與？

《詩藪》外編卷五　蘇長公極推秦太虛《黄樓賦》，謂屈、宋遺風固過許，然此賦頗得仲宣步驟，宋人殊不多見。

《賦話》卷一〇　見蘇軾於徐，爲賦《黄樓》，軾以爲有屈、宋才。

盛儀《淮海集序》（嘉靖乙巳重刻）　長公初見公《黄樓賦》，以爲有屈、宋才。

林紓《林氏選評名家文集·淮海集》　「天作遺公」句，不是説樓，正以此樓塞河患後始成，故接處即承起。「河決」，其下慮異日之復然，則文中鎖筆也。「哀彈豪吹」以下四語，真掇得宋玉之精華，自是才人極筆。

南定樓賦

李燾

帝有熊之苗裔兮，課蟬蛻於城陽。遡凱風而浮遊兮，爰謁沔而蹈襄。念莫足與爲政兮，乃退耕而俟時。或三顧以咨當世之務兮，翻然遂許其驅馳。奉命於危難之際兮，一言而鼎足之勢成。公安狼跋不可以久留兮，亟泝江而西征。兼弱攻昧古所貴兮，矧吾謀之嘉定。於信義其何傷兮，庶幾漢後世之復興。

維蜀則二祖之關河兮，先固基本足食與兵。寧崎崛巖阻之恃兮，指日還都於舊京。既蕩平乎山南兮，亦漢厲乎樊北。涼州若可以指呼兮，許下業業其將拔。按吾素定之謀兮，若盤走丸而弗出矣。孰啟蒙、遜之禍心兮，彼天公真不仁。雖雲長之仇不可不報兮，較計輕重盍姑置此而專圖秦？

嗟夫！此行莫能尼兮，更撓敗乎東鄰。宛洛進取之途繇此遂改轍兮，跨有二方遽爽其一。遭大喪而内外晏如兮，賴忠正以勿失。吾豈須臾忘漢賊兮，又懼南鄙之侵。閉關息亦已久兮，顧獨施諸蠻夷。函養篡逆莫詰問兮，丕死三載昉出師。視初謀愈落落難合兮，諒非得已而至於斯。

吾因斯知帝王之窮荒勤遠兮，適足貽後世子孫之憂。越蘭津爲他人兮，當時固已厭苦其煩勞。豈無攻心之上策兮，頓刃挫鋭亦深入乎不毛。渡瀘水臨滇池兮，併日而食則他可知也。收資財以給軍國兮，殆簡牘之虚辭。間一歲乃出祁山兮，弔民伐罪兮公來獨何遲也。儻無所事於東與南兮，舉全力而加諸當逆。漢賊斯蒲伏而受首兮，王業詎偏安於蜀都！攻益州之疲弊兮，訖莫遂其良圖。慨東隅之得失兮，疇克收此桑榆！抑天之所壞不可支，故使至此極兮，植殭起仆，盡吾意之區區。揆厥所元終都攸卒兮，孔明之於昭烈蓋無言不酬矣，又何負乎？

亂曰：高橋巋然壓繩若兮，俯仰千載懷諸葛兮。德如伊、周過管、樂兮，孰云所長非將略兮！變故横發巧言奪兮，倉卒應酬不躓跲兮。本志先定惟北伐兮，回兵南討路紆曲兮。言旋言歸暫休息兮，祁山之役最後出兮。魏人聞此猶震疊兮，矧及當時用全力兮？摧枯拉朽彼固弗敵兮，事不如意八九且十兮。然自亦何憾孽匪自作兮，自兹已來可惜兮。徼外蠻夷今畢服兮，不復弄兵暨邛木兮。偃旗卧鼓不頓一戟兮，我獨北望傷宛洛兮。極目千里氛甚惡兮，沈吟遺章涕零落兮。攘除興復將焉託兮，登兹銷憂聊假日兮。《宋代蜀文輯存》卷五二。

飛舄樓賦

李開

環山出雲，架天爲梁。渺二江之合流，瞰萬井之耕桑。浩煙海之眯目，悦塵宇之多鄉。毫髮邱山，較論短長。我不屑於此來，壒氛埃於簿書之場。西風滿扇，看人如蠅。揮之不可，爾來成朋。嗟世緣之滚滚，峻闊步於騫騰。前者梶，後者掣，初念已清，後念旋繼。是孰爲之哉？身與世馳，心與物制。胸次棼絲，山川成蔽。欲登高以避人，增豪氣於目翳，暢樓居之入雲，未始不溷於人間世也。

吾友杜子，得邑山間。襟懷灑落，眼中無山，謂吏塵之染人，已絲悲之變顔。江流汩汩，二水拱揖，會城下以洶湧，待主人之肅客。盃酒不豐，客或違言。嗤譙以移怒奔，一城於何山之巔。緩帶拯溺，其亦可及？信仙人之所好，尚四載之先策。

爾民不知，傑觀凌巍，不畫而圖，霞織霧霏。端天津以立表，酌北斗以引絲。卷月上，俯星沉，寂景物之不作，獨長嘯如金玉之有遺音。五隘此世，豈獨於今！鏘鈞天之無餘響，而電裳之不可委轡。

有雲在空，有御爲風，舍車而徒，風雲孔從。帝顧我以一笑，班列仙之和雍。脱人間之凡埃，瑩天上之神丰。我念一歸，誰其弋之！彼殆見吾之兀兀，而豈知此特其善者機耶？華表柱頭千歲歸，江皋如故井邑非。君今晚作桐鄉想，弋舄汝名名翬飛。民國《合川縣志》卷七一，民國十年刻本。

淮海樓賦

陳造

帥相郭公即揚州南城，爲淮海樓，偕客落成，高郵陳造在焉，命之賦。其辭曰：

娛暇日以登覽兮，若斯樓之巨麗。瞑簷影於空闊兮，循雕欄而徙倚。目定眎而猶眩兮，足佇立而竦⿰犭思。棲浮靄於朱甍兮，遲羲馭於平楚。來禽去雁却略跕跲而掠去兮，霧霏羃奕蓊聿而在下。陵迴漢而搴飛雲兮，鶱鵬舉之垂天。覞萬井而數計兮，挹峰磴之横前。吴封楚甸間列疊出而自獻兮，納納未憖；明霞斷煙谺海門之塊峙兮，眇浮玉之一拳。演江流之横界兮，衣帶之紆餘。修蟒之蜿延曠莽，恢大四向而無際兮，篕袵席而瞭然。我遊武昌，載登南樓。想元規之遺躅，泊典午之清流。緬懷仲宣，登樓有作，顧臨眺之信美，終回遑而靡樂。孰知夫曠千載而相望，叵賢否之俄度。惟汾陽公分君相憂，功存宗祧，身臨邊陬，屹控阨之巨防，躬熙代之康侯。静鎮榆塞，創爲兹樓，將歷覽而俯省，目所圍之備周。深計遠圖，寧爲觀遊。彼擁扇而障塵，每解顔而借羞。

揮旌纛而少彌，肅賓僚之濟濟。匪晉公之儀曹、外郎，陳思之程、楊、應、劉，疇獲偕此？玩面勢之隆崛，瞰山川而顧指。表桑麻，中甍宇。揭舒畫軸兮，對主賓之宴喜。借胡牀於末席，容霜毛之客子。儕氓廛而分惠，殿羣英而薦醴。浩逸興之漂蕭，豁幽懷而憑虚。倚北户以微睇，儼桑枌之弊廬。親色笑於犀麈，陪觴詠於晨餔。靳依劉之羈棲，曾愴惻之不無。訂休戚於今昔，詎劣優之錙銖。夫此衆君子之所以扳援遇逢之厚幸，顧餘瀝之丐予者也。

羌勝集之超然，寧飫宴之云計，究樂事之攸寓，後謫僊而鮮繼。進牘命賦，合辭一喙，泚吾筆而長吟，颯天風之摇袂。明萬曆刻本《江湖長翁文集》卷一。

問月樓賦

陳造

休予暇兮銷憂，緣空闊兮躡飛浮。小萬象以孤凌，聊徙倚兮兹樓。主人敬客，玉其醴而瑶舟。忽霜月之飛來，傍欄角兮窺簾鉤，媚客衣而不去，疑即人而有求。俯皓魄以可攬，宜致辭而見酬。

挈吾所疑，舉其維陬，曰：「厥分天地，則有此月乘空，明鏡寥泬，零沆瀣，噴玉雪。知廣袤兮幾何，曾珠宮而貝闕。塊僊子之幽獨，儼童顔而紺髮。是耶非耶，肇爲此説？藥臼丹成兮孰所嚌茹，桂枝漂香兮何許根蘖？玉斧兮何用，修妖蟇兮胡此穴？寒可禦兮何術，筯可昇兮似譎。珠何賴兮瓌成之異，潮何待兮隆殺之絶？方中兮俄墜，適圓兮復缺，奚所恨而頓虧，誰所役而遽没？世同曹此，請究終始。」

主人長笑，避席而起，酌酒謂客：「毋泰多事。萬古兮明月，短生兮客子。彼高閲於起滅，此同囿於生死。一歡乘興，且用慰喜。若夫南浦結恨，幽閨凝淚。窮簷漏屋之瑣尾，孰若兹樓之尺咫。微之弦，暝之晦，煙霏之陰曀，風雨之披靡，孰若晴霄之如洗？偕良會於今夕，嗟百年兮有幾。底用計茫昧之傳聞，研儻恍於非是。吾肴則豐，吾酒甚旨。姑可置興亡於度外，冥身世於一醉。」

客曰：「韙哉！」長噱大哈，迭勸更酢，挹瓶注罍，撫月姊於座隅，啐桂影於瑤杯。誦《楚騷》，蹌吳歈，信醉山之欲頽。啟明上，寒雞催，羲馭昇，駢車回，冒軟紅之舊塵，悦市聲之隱雷。明萬曆刻本《江湖長翁文集》卷一。

濟南辛侯作奠枕樓於滁陽余登而樂之遂爲之賦

周孚

稅余車於南樵兮，歲方迫於凛秋。紛叢薄與灌莽兮，無以蕩吾之幽憂。杖予策而出遊兮，舒予情於兹樓。脱塵坌之喧卑兮，揖群山於几席。嶔岑巃嵸以獻伎兮，余應接之不暇給。清風颯以來媵兮，曖歸雲之娱予。渺大江之何許兮，鍾阜淡其欲無。爵文饒於懷嵩兮，弔子羽於陰陵。面清流之故關兮，快暉鳳之就擒。放遠目以四顧兮，恐夕陽之西沈。振予衣而欲起兮，顧坐客而復止。眷兹地以擇勝兮，將誰爲之肇始。壓鋒鏑之餘腥兮，焕丹堊於蒿艾。惟因名以見意兮，識若人之有在。吾聞哲人之憂樂兮，蓋視民而後先。匪土木之惟尚兮，庶逋播之少安。使顰呻之一有兮，吾將食而不下咽。招父老以前進兮，潔予尊而使飲。凛德星於虚危兮，固爾曹之深幸。屹琅琊之千仞兮，與兹樓而相望。雖歲月之逾邁兮，爾思侯兮勿忘。四庫本《蠹齋鉛刀編》卷一。

南樓賦 並序

程公許

武昌在今爲上流巨鎮，南樓得名，以庾公重，雖風流邁往，而勳業無聞焉。悦齋先生李公由館殿壞望，久吏外庸，上念荆州已試之績，疇酬洡水南定之功，陞直圖書，載頒英簜，就領征鎮，以世厥官。推平日經綸之盛心，運神州規恢之長算，以一洗江左之陋。其在是行，門生程某追送江干，想南樓偉觀，恨不能耴翮而從也。詠歌不足，爲賦以獻。

帝奠國於南服，迤長江以設屏。紛裂土以作鎮，錯犬牙其接畛。考形勢之雄峙，壯武昌之名藩。扼上流之要衝，天設險之自然。偉南樓之顯敞，壓睥睨而連騫。曲雕楣之縹緲，翼繡藻以回旋。蔽虧日月，吞吐雲煙。

曼余櫜賦於遠遊，心軫紆以煩迷。想危眺以流豁，企斯樓而神馳。於是落風桅，振霞袂，緣百雉之巀嶪，倚層軒而矚睇。悵南北之瓜分，獨惆悵而累欷。風號怒兮浪翻空，日晻曖兮雲改容。弔江右之陳迹，遡元規之緒風。想其羽衣褊襬，佩玦鏘鳴，據胡床以笑傲，鑒月采於空明。雖老子之興復不淺，而奈何西風之塵汙人也。

嗚呼！介吳、楚而建國，匯江、漢以爲池。控淮甸之平衍，回大别之嶔巇。上洞庭之深阻，下九江之淼瀰。地非人而莫守，是爲委金湯而棄之。我宋南渡，鑒在典午，眷此重鎮，爲國之阻。括湖外之轉輸，寄千里之鎮撫。孰能屹一面之長城，守北門而卧護？

有天下士，巽巖之子。其翰墨發揮，如芳葩之麗春；其丰神灑落，如璧月之湛水。磅礴乎萬物之表，轥藉乎羣士之軌。曩讐書於天禄，儼正色乎朝端。孤忠表乎獨立，百壬爲之熱顔。竟柄鑿之難投，遠修門其幾年。秉姱節以事君，何中外之間然。夫文以緯國，學以用世，舍是而求，土苴而已。自非括今古於方寸，何以融體用於一致？卓哉我公，周情孔思。險夷不能揉其操，仕止無以奪其志。使之謀謨廟堂，必蹇蹇以匪躬；經綸宇宙，固恢恢乎餘地。彼其七縱七擒，使敵人繫首請命於下吏者，此特公事業之緒餘耳。皇明燭遠，萬里如見。陸圖書寓直之華，仍禮樂使華之遣。輂車驪駕，爍風采於雲煙；高牙大纛，振籌策於方面。吾想夫南樓之上，翠琰深刻，爛巽巖之遺墨，媲雄深於古作。今也江山眩耀，煙雲雜沓。先聲隱䜲，三軍改色。坐嘯事簡，觀風時隙。驅貔虎於列屯，出驪騵於華櫪。擁珠履其雜遝，粲雕俎其繁飾。旗建十丈，鐘撞千石。駐目鸚鵡洲，以酹正平之英魂；流眄煙波江，以弔崔顥之詩魄。酒中樂酣，乃命武士，駕樓船，棹蒙衝，飈輪激濤，粉雉翔空，出没蛟蜃，悲嘯魚龍。嚴武衛於整暇，壯尊俎之折衝。豈徒襲守江之誤計，抑將收北定之成功。豈與夫詑石頭成就而貽難於賊峻，倚方嶽道勝而過猜於茂洪，昧經邦之遠略而矯迹以風流者同哉。

舲。皇帝坐宣室，思賈生，悵去國之日邁，軫朕懷其不寧。盍賜環以趣歸，呼順風以揚鶴嶺秀氣之鬱積。邈修門其九重，寧虎豹之復獰。矧苗裔之蟬聯，評家世其第一。鴈湖夜雨之蕭瑟，兮天朝，舊物兮世職。紅藥翻兮北門，紫薇爛兮西掖。汗簡青兮蘭臺，鼎鉉調兮台席。平武金躍冶以成鑄，玉藴璞以希礱。蹇余生之落寞，尚玻瓈之味同。企龍門其千仞，願爲御而無從。之孤鴻。步躑躅兮江沚，意欲往而忡忡。望南樓其何許，眇天末之黄鶴，援長毫以欲賦，慙抽思之匪工。綴余佩兮瓊枝，岌余冠兮芙蓉。何當借以樓頭之黄鶴，送以九萬之順風，竦身以攀若士之袂而一遊夫蓬萊道山之宫也！四庫本《滄洲塵缶編》卷一。

懷仙樓賦

葛長庚

巍乎高哉！斯樓位置，上接層霄，下臨無地，宜羣仙之所居，日觴詠以爲娱。與造物以遊遨，有青天兮爲徒。曉日曈曨，卷上真珠；十二欄干，悉如金鋪。翠煙藏山，乍有忽無，晚風颯至，琪林扶疏。明月初上，天籟虚徐；松竹起舞，自然笙竽。樓中仙子於此時也，玉鑪金鼎，妙香繞衣，興即舉酒，醉即賦詩，詩成大笑，鬼神歔欷。仙子自樂，問天何時。至如霧雨空濛，千巖顯晦，平田萬頃，白水汪濊，一望冥茫，如江之匯，星月交光，空水澄霽。下視女牆，花木蔽翳，滿城樓臺，飛燿天際。及乎夜深，清露飄草，八表無雲，煙沈斗墮，與彼晝閒，玉雲在檐，飛鳥啼斷，落花廉纖。仙子呼青童，命素娥，捧翠盤，薦金螺。白眼視朱紫，未許飈塵高眇。吟情其不極，放草聖以舒豪。覽江山以慨想，望虛無兮高遠。嗟光景兮如流，覺青春兮婉婉。於是敕六吏，擻五官，竄三尸於大淵，殛六賊於崑崙。嘯命風霆，歸奉絳君。延羲娥於大庭，友堪輿於無始。烹天得滓，鍊道取髓。蓋將把八空之氣，御九極之風，呼玉鸞以爲轡，使瓊英以爲容者也。故闢斯樓，於焉興懷。

夫樓之北鬱然高岡，則任敦於此乎仙；樓之南紫氣在望，則何氏九仙於此乎得道。樓之東鹿徑就荒，榴洞猶存；樓之西怡山翠峙，壇空井寒。彼何人斯？有志者事竟成也。《歷代賦彙》卷一〇六。

秀錦樓賦 並序

方岳

直寶謨閣汪侯守歙之明年，政恬事熙，民以嘉豫。間從賓客僚吏登城西北隅，挹其山川而樂之，喟然曰：吾先世郡人也，今吾適守於是，其得竊自比於晝錦之榮乎？乃作秀錦之樓。樓成，大會賓客落之，而使其民方岳賦之，其詞曰：

俯春城之杳渺兮，遡碧溪之紺寒。搴朝嵐與夕霏兮，秀色蔚其可餐。挹浮丘而欲仙兮，撫玉蜍以盤桓。曰山川其信美兮，吾曾祖之所家。幾何時其此去兮，竊空老於汀花。鶴千載而來歸兮，覽城郭而長嗟。皇畀予以左竹兮，豈錦衣之晝行。森戟衛之靚深兮，燕香閿其欲凝。睠童牙其予姓兮，耋老予之父兄。羌呢呢以兒語兮，肯自詑於新硎？

幸里黨之我與兮，散佩犢於春耕。嘻無事其可了兮，寄吾筆於鷗盟。偉飛樓之聳翠兮，納風煙於簷楹。洗古彝之娟碧兮，與暢敘其幽情。激沙彈與豪吹兮，落孤嘯於青冥。罔巒忽其翔舞兮，紛不暇於逢迎。紫陽繚以西轉兮，倚謫仙而自矜。北黃山其六六兮，軒后軼而上征。巋問政之東峙兮，逗春霧於花屏。飄吾袂以輕舉兮，訊許聶乎深雲。紉崇蘭以爲珮兮，綴明月而成纓。受山氣之朝爽兮，截鷺波之晚清。夕陽澹其未收兮，指素娥以將升。弄林影以扶醉兮，酹吾樽於江山。曰堯民其熙皞兮，吾何心於鑄顔。鹿擾之則駭逝兮，魚自樂於深潛。審左餐而右粥兮，桁楊卧而晝閒。來牟蓊以相依兮，桑麻沃其蓁蓁。吾與客而樂此兮，覬枌社之皆春。公在樓而燕喜兮，民歌袴而遨嬉。孰有筆其如椽兮，梯青壁而劖之。釃練江以爲壽兮，取玉兔以爲巵。起祝公其少留兮，聊暇日以委蛇。

明嘉靖刻本《秋崖先生小藁》卷三七。

壽台樓賦

王象祖

倉使寶謨葉公再造台邦之明年，作危樓於舊栝蒼之上，仰攷天文，扁以「壽台」，欲此城與台星長久，爲民之意無窮也。又明年紹定己卯五月丁亥，與賓彦落之，郡人王象祖與焉。賦曰：

偉天台之宅國兮，聚神秀於山川。環千岑而拱揖兮，會三江之蜿蜒。即長虹之霞采兮，罩蒼龍之雲煙。通滄溟之潮汐兮，亦有時而奔潰。颶風作而南溢兮，潢潦湊而西匯。駭聞見於恍惚兮，忙運棹於不戒。襲其虚而頽其弊兮，擣崇墉如灘瀨。帝哀民而求其欲兮，欲莫如舊之求。今赤子而昔父母兮，奪襁褓於横流。孰宜先而尚敏兮，孰可後而遲留？兼保養於内外兮，合二一急而交修。侈舊雉於加倍兮，作新意於危樓〔一〕。嗟洪濤之懷襄兮，更二百載而再造。棄人事於不謀兮，委天數於有攷。使知及而仁守兮，何千齡之不可保。瞻昊天之靡遠兮，彼昭晰者何星？非上台之主壽兮，亦豈不福乎此城。插穹蒼而上引兮，光下屬而熒熒。鎮流峙於高卑兮，安反側於常經。曩人物之顛錯兮，今萬壑之順序。曷陵谷之變遷兮，有既平之水土？道待人而後行兮，天亦可求其故處。功成而不自足兮，參泰階之軌度。

噫！變化之難諶兮，嘉剥復之有常。娱賓彦於觴豆兮，易勞佚於弛張。放吾目於萬有兮，收吾耳於宫商。駢城陴之士女兮，同其樂於未央。驚吾土之有此兮，綴履舄之末光。詠黄樓之騷雅兮〔二〕，争日星之煒煌。齊彭城於丹邱兮，美哲人之相望。匪登高之能賦兮，鋪盛德於難陳〔三〕。彼此一時兮，尚懷遠於蘇與秦。四庫本《赤城集》卷一〇。

〔一〕意：《歷代賦彙》卷七九作「椽」。

〔二〕之：原無，據《歷代賦彙》卷七九補。

〔三〕「匪登高」二句：《歷代賦彙》卷七九作「媿登高之匪才兮，鋪盛德焉難詳」。

寶婺新樓賦

王柏

炯乾象之轇轕兮，麗玄運而不息。殷七政之後先兮，表輝躔之清則。謂四星十有一度兮獨司女職，剪帛裁繒兮供袞衣之黼黻。問機杼之友兮，隔河漢以相望。御真氣之皎皎兮，籍人間之陰陽。卻綵藻而衣青雲兮製白蜺以爲裳，珩璜深杳兮德彌彰。姓爾國兮湯沐，據地勢之曠遠兮潔神宮之穆穆。皇靈靈而來下兮瑶席而瑱玉，絶塵囂兮夜氣肅。睠千嶂之相繆兮東南最佳，架脩梁而承宇兮豁往古之壯懷。自家令之著句兮意俗而辭俳，雙溪瀰瀰兮流恨無涯。當其出守兮腰猶未瘦，昧於榮利兮不償厥售。夢回劍舌兮史有餘臭，吁嗟乎赤章兮終莫宥。紫志兮重瞳，篤學兮博通。一念差兮百智窮，八詠八詠兮胡爲乎樓中？

士生斯世兮，莫先乎器識。富貴不可苟求兮，聲名不可以虚得。孰有不養而成兮，不耕而穡？所以設爲庠序兮，綏猷而明德。大廈渠渠兮有赫泮宫，像闕里之森嚴兮巍巍乎樓之東。山川斯拱兮清淑斯融，藹圭璋兮卬卬顒顒。時習兮矻矻，日邁兮志奪。安得方寸之清明兮人欲絶，與君來此兮吟風弄月。

亂曰：風月常見兮景常新，清明光霽兮胡爲而異名？存爾天兮不昧，湛一氣兮孔神。與風月兮無愧，斯能評古兮談今。四庫本《魯齋集》卷一。

吟飛樓賦

趙宗道

亞中大夫、知湖州軍州事江夏趙宗道，於景定元年春因到東林祇園寺瞻回仙像，又登吟飛樓，誦本心文翁詞有「朗吟飛過」之句，觸目發情，不可勝述，作賦以識之。固不敢希前人之品藻，聊以紀其遊覽之勝云。

江表大郡，一曰吳興。山川清遠，號極樂城。泉金沙而溪罨畫，水太湖而山洞庭。儲英毓秀，棲真宅靈。泝霅川而南匯，肇真境於東林。因艤舟而遨遊，得探奇於幽冥。訊榴皮之話靶，藻藤蔓之精神。弔東老之遺跡，謁純陽之真人。曰此地之開鑿，豈一朝之經營。慨風景之寥廓，念原隰之紆縈。

由是度基營室，象斗引繩。抗以崇臺之雄麗，表以層觀之峥嶸。儼帝御於中天，煥奎章於日星。前拱會仙之閣，後翥榴書之亭。堂虛扁「有餘」之號，樓高揭「吟飛」之名。觀其層梯緣石，亞欄拱辰。軼迅風於霄漢，佇流景於欄楹。高明擬列仙之珍館，兀兀睨三山之蓬瀛。可以相羊而觀化，宜於頫暢而遥聆。入牖而花卉香，敷庭而松蘿陰。巖扉野木，出雲氣而馳風雨；天光水影，挾景色而媚魚禽。盡斯樓之所有，遊乎目而常親。

其東則苕川縈帶，遥岑翠横。日出而煙光開，水浄而溪潭清。風高鳧渚，月淡漁汀。可以候喬仙之舄，聆玉簫之音。其南則寶塔插天，錦峰列屏。羅怪石之隱嶙，擁柏幢之陰森。飈開煙闔，霧翠霞頳。於以茹芝莖之秀，斸松根之苓。其西則岡峙繡毬，波涵水晶。日銜山兮韜璧，月沉流而浮金。猿吟夜悄，鶴唳秋深。可以挹嵐光之爽，餐沆瀣之精。其北則煙嵐昡翠，霜崖劃青。瀋甘泉於丹井，鎖紫氣於巖扃。冰凝玉粉，日匝雲骿。可以泛吕巖之駕，闖葛洪之靈。萃景氣於四封，隘塵寰於獨醒。想其清風之宵，紫霞之晨。羽衣蹁蹮，玉玦翔鳴。披霧闕，俯雲甍。據胡牀而笑傲，鑑月彩於空明。戴荷巾以寄南窗之興，揮羽扇以障西風之塵。渺一粟之宇宙，夐萬狀之輪雲。孰凡孰仙，非古非今。脱韁鎖於猿馬，豁視聽於蝸蠅。撲滅聲利之膏火，畏遠塵俗之迷阬。透玄關而洞徹，抗丹霄而騫騰。既而俗類灰，静慮凝，遡道源，湛天真。可離塵而遠遁，擬乘鶴而飛吟。

回仙主人於是凝然如有思，欣然如有聞。援琴而歌曰：登斯樓兮巍巍，挾仙遊兮吟飛。身與世而相忘，吟而飛兮何之？風舉袂而長笑，劍橫空兮來歸。輕富貴兮一夢，歎營營兮何爲？緬寂寥兮千古，耿悠悠兮遐思。撫琴柱兮思靡從，渺予懷兮樂無涯。嘉慶十八年刻《東林山志》卷九。

清静蓬瀛樓賦

陳仁子

表弟李仁伯得族人樓居，高明爽塏，不染市塵。江山映帶，雲煙滅没，恍若着身十洲三島間，且以乃翁昔年所藏晦翁先生「清静蓬瀛」四大字扁之。諸公有記者詩者，疊見奇兀。古迂陳某尾後塵而賦之曰：

薇峯兮撐雲，屏岫兮攢青。散僊兮鶴骨，有樓兮城闉。蜕闤闠兮塵坌，亞雉堞兮崢嶸。帶晴江兮如玦，粲衢隧兮棊枰。樓中何有？清供駢集，清風穿牖，皓月墮席。竹牀石屏，畫軸書笈，唐碑晉帖，杜藁蘇集。可酒可茗，可琴可弈，可憑可卧，可吟可笛。寫漁歌之斷續，圖萊豎之來往。俯市簾之飄颺，送車蓋之下上。餐晴嵐之朝秀，納天籟之西爽。溘祐槎兮問津，指蓬瀛其在掌。推敲徙倚，景色便娟。人其謂子，孰爲真僊？敲朴屏囂，催科息喧。人其謂子，孰不非僊？

乃退而拾考亭之字，拍乃翁之肩。抱洪崖與浮丘，揭舊扁於楹顛。既而夜半，天風淅瀝，四無人聲，星沈影寂。欻羽衣之東來，駕玄鶴之的皪，鏘霞珮之棉襹，扣窗櫺之青碧。開户熟視，恍惘莫識。徐而起迎，且拜且揖。乃采石宫錦袍之僊，脈絡乎隴西之籍，將討論於斗酒百篇，而自成乎一家之繩尺。亟頮以沉香亭下之餘瀝，擘麟脯之芳飱，酌蒲萄之玉液。

脱靴捧硯，援筆而賦曰：如蓬如瀛，樓兮玉京；匪蓬匪瀛，僊兮樓成。静遊神詣，清隔緇塵。天花時墜，鈞樂隱鳴。閬風玄圃，闊步伶俜。王喬子晉，翼駕降升，乞詩之訣，藻漢起雲。陽酒之量，吸川吞溟。若民間簪紱之樂，何足以傲子？而子之蓬瀛之樂，亦勿以語人。須臾賦畢，跨蟾騎鯨，永盟斯樓，清静蓬瀛。幽客兮倒屣，勝士兮盍簪，俗子兮掃軌，至人兮合并。千載之下，樵童牧豎，皆曰李白飲於此樓矣。其相與招邀山澤之臞僊，而傲樓觀之玲瓏。影印清初影元鈔本《牧萊脞語》卷二。

麗譙賦 並序

傅自得

盱江以辛卯八月融風告災，越明年，伐材鳩工，鼎建郡治，麗譙雄峙，得制度豐約之中。竊伏惟念立壺植箭而晝夜分，鳴角伐鼓而昏昕定，一郡耳目在焉，非如登眺遠覽、窮賞玩以自適者比。昔魯作閟泮，史形歌頌，蓋以其所作上有補於國，下有益於民也，是以序而賦之：

環江山之佳麗兮，有雄樓之突兀。曾日月之幾何兮，儷規範之崇崛。新斯人之觀瞻兮，鎮千里之寧謐。羌孰紀而頌之兮，抽祕思之秒忽。於時牛犢帶佩，螳蜎斧鋒。四野沸騰，初息阻訌。天跳地踔，四起融風。瓘斝不禳，樓觀爲空。盡緐華於一昳，莽蕭條於四封。幸天惠以仁侯，提一郡以摩撫。逮政通而人和，汔無斁以無惡。

乃相巨材，乃營故址，乃命工師，乃建定制。儉不得陋，宏不得侈。稱侯國之規，宜邦君之治。棼橑岋嵲，櫺檻堅緻。晝下漏於抗爽，夜鳴鉦於虛敞[一]。角凌霜以騰音，鼓逐風而震響。豈非賓餞有法，天時於焉正邪[二]？聽休有時，郡政於焉修邪？作止有候，民事於焉節邪？駕受有式，兵籍於焉制邪？

東望則長川喧虺，趨我城郭，雲樹參差，月波瀺灂；南望則巨石峙立，偉然下瞰，

[一] 鉦：原作「址」，據四庫本改。

[二] 天：原作「大」，據四庫本改。

超狡麛蹲踞，髬髵攫啗。西望則奇峰插天，刻削巀嶭，白露晨縈，紅曦夕抹；北望則超超九逵，直走京畿，郊原蒼莽，亭驛紛披。蓋今之麥熟禾秀，芒芒布野，昔之霜露荆棘而傷心者也。今之上棟下宇，翬飛鳥革，昔之瓦礫糞壤而劌目者也。

登斯樓者，亦有思乎？巨宗細桷，巍峨穹隆，屹若特立，非夸其雄。斲削摩礱，黝堊髹赤，舉以法故，非侈其飾。出入是門，必肅必恭，冰食葛製，爰端汝躬，反側陧阢，化爲春融，則增秩賜金，可以紀功。出入是門，俛怍仰愧，囊帛匱金，祇爲私計，四民失業，五兵猶試，則前車之覆，厥鑑亦邇。是用斟酌民言，式警有位，尚聽茲哉，以福千里。海山仙館叢書本《隱居通議》卷四。

《隱居通議》卷四　紹定中，建昌朱守憲以嚴刻激營卒周威、陳寶之變，朱隕於兵，里寓公聶善之侍郎子述撫定之。未幾而城内火，延燎郡廨，民居幾盡。時徐監丞璩來領郡事，更創郡治，而鼓角樓尤壯偉。幼安爲作《麗譙賦》，以寓頌規，辭旨精妙。……結尾數語，辭嚴義正，凛然《春秋》衮斧之意，讀之令人懍惕。

宋代辭賦全編卷之六十九

賦 室宇 三

秋香亭賦 並序

范仲淹

提點屯田鉅鹿公，就使居之北，擇高而亭。背孤巘，面横江，植菊以爲好，命曰秋香亭。呼賓醑酒以落之，僕賦而侑焉。

鄭公之後兮，宜其百禄。使於南國兮，鏗金粹玉。倚大旆於江干，揭高亭於山麓。江無煙而練迴，山有嵐而屏矗。一朝賞心，千里在目。時也，秋風起兮寥寥，寒林脱兮蕭蕭。有翠皆歇，無紅可凋。獨有佳菊，弗冶弗夭。采采亭際，可以卒歲。畜金行之勁性，賦土爰之甘味。氣驕松筠，香滅蘭蕙。露溥溥以見滋，霜肅肅而敢避。其芳其好，胡然不早。歲寒後知，殊小人之草；黄中通理，得君子之道。飲者忘醉，而餌者忘老。公曰：「時哉時哉，我賓我來。緩泛遲歌，如春登臺。」

歌曰：「賦高亭兮盤桓，美秋香而酡顔。望飛鴻兮冥冥，愛白雲之閑閑。」

又歌曰：「曾不知吾曹者將與夫謝安，不可盡歡，而聿去乎東山；又不知將與夫劉伶，不可復醒，而蔑聞乎雷霆。豈無可而無不可兮，一逍遥以皆寧。」北宋刊本《范文正公文集》卷一。

《續歷代賦話》卷一〇引陳貽範《范文正公鄱陽遺事録》　范文正景祐間罷天章閣待制，守鄱陽，爲提點鑄錢魏侯作《秋香亭賦》。公賦之就，攷其景趣，求其意思，宛在目下。公之製作，信非苟成也，必其成法以矜後世。古人云「賦體物而瀏亮」者，乃公之所能賦也。今其舊址雖易爲征官所居，而提點之别廨於大廳之東偏傍，猶以「秋香」名，是不忘公之所愛也。

漫泉亭賦

陳洙

漫泉，唐元子漫叟所銘冰泉也。去今七百餘年，泉湮銘石廢，亦其宜矣。然銘字盡泐，獨元子官名尚存，若冥護然者。吁，亦異矣哉！今御史大夫崑山葉公重元子仁政，庸箴有官君子[一]，以啓迪民教[二]，作廢而易名，蓋非細故也。公又紀文於石而亭覆其上，洙爲之賦，義無他取，亦同歸於賢賢而申警在位焉耳。其辭曰：

天與貞良，七葉中唐，令聞令望，漫叟漫郎。繄大曆之初載[三]，駐玉節於南荒，諭蠻酋而王化洽，綏八州而民事康。爰顧以瞻，曰此邊土，政雖少紓，俗或未煦。乃駕輶車，乃歷險阻，乃采風謡，以問疾苦。於時蒼梧東、灕水北，地闢元脈。泱泱涓涓，盈盈湙湙。注醴泉之芳溶，溜石髓之香液。匯六月之甘寒，貯兩涵之深碧。挹之而杯勺冰凘，歃也而齒牙霜刺。清飈颯兮凄容，霽月湛其流魄。斯媲潔於襜帷，又鑑槃於棨戟。心爾醒兮澄涼，熱斯濯兮疏澤。於是俯而歎，仰而興，洪休泳美[四]，命名曰「冰」。伐堅貞於星魄，繹雅思以鐫銘。穹龜負兮屹屹，蟠螭紐兮亭亭。麗林谷兮鳳鸞翥，

〔一〕君子：原無，據《粤西文載》卷一補。

〔二〕啓：原無，據《粤西文載》卷一補。

〔三〕繄：原作「繫」，據《粤西文載》卷一改。

〔四〕泳：原作「沭」，據《粤西文載》卷一改。

燭天壤兮奎章明。雖星移以物換，愈境勝而地靈。火山畏滋而收燄，疾疫飲潤而攸寧。亭累廢而累植，卒昭爍於遐齡。

聖明盛世，用賢致理，盡嶺海之瘡痍，出弼臣之德履。豸冠兮峨峨，繡衣兮煒煒。曰撫曰巡，於皇至止[一]。莽四瞻兮就湮，碑一角兮無幾。洗蝸篆於蘚青，剔蚓文於苔紫。固皆殘蝕之無餘，僅存官名於元子。噫嘻，殆天乎哉！光有唐而斂庶位，表楨幹於賢才。擷忠貞而偃蹇，庇民物而勞來。耿遺文之光燄，曉誦讀以增懷。

今復全名於毀石，夫豈人力之能爲？矧於泉而固休澤之儼在，抑兹州而又仁愛之所遺，忍置焉而不治，於以慰遺黎之永思。乃鳩而工，乃斲而木，爰葺爰營，紀勒貞玉。易「漫」以「冰」兮，人政之潔浮於泉；冠泉以亭兮，蓋因泉以覆屋。庶登斯亭也，曰元子也仁明之牧。而觀斯泉也，昔冰寒於水，今冰凛於人，寧不澡煩洗熇？引後兮光明，所係兮匪獨。敦民教兮警士風，夫豈適觀遊兮而於斯取繇。

亂曰：有唐元子，賢也哲兮。世皆溷濁，彼獨潔兮。受命南綏，駐玉節兮。嗜泉甘寒，曰冰冽兮。刻以銘詩，溥莫竭兮。後百千年，石殘缺兮。不有君子，澤其替兮。

[一] 皇：《粵西文載》卷一作「泉」。

易名履亭，匪遊資兮。爾古爾今，民幾陧兮[一]。契仁於斯，庶唓唓兮。凡百有官，佩章曳兮。履亭誦文，嚙冰於熱兮。豈惟泉時渫兮，去吾民憂，永忘惙惙兮。《古今圖書集成·職方典》卷一四三五。

休亭賦 並序[二]

黄庭堅

吾友蕭公餉濟父，往有聲場屋間，數不利於有司。歸教子弟，以官學而老於清江之上，開田以爲歲，鑿池灌園以爲籩豆。兒時藝木，今憩其陰，獨立無鄰，自行其意。築亭高原，以望玉笥諸山，用其所以齋心服形者，名之曰「休亭」。乞余言銘之，將遊居寢飯其下。豫章黄庭堅爲作《休亭賦》。

槃礴一軌，萬物並馳。西風木葉，無有静時。懷蠹在心，必披其枝。事時與黄間同

[一] 幾：《粤西文載》卷一作「杌」。

[二] 並序：原無，據乾隆本《宋黄文節公文集》正集卷一二補。其後有注云：「元豐三年，公赴太和，由清江道作。」

機，世智與太行同巇。

飲羽於市門之下，血刃於風波之上。至於行盡而不休，夫如是奚其不喪？故曰：衆人休乎得所欲，士休乎成名，君子休乎命，聖人休乎物，莫之嬰。吾友濟父，居今而好古。不與不取，亦莫予敢侮。將强學以見聖人，而休乎萬物之祖。曩遊於世也，獻璞玉而取刖，圖封侯而得黥。驕色未鉏而物駭，機心先見而鷗驚。撫四方者倦矣，迺歸休於此亭。濯纓於峽水之上游，晞髮於舞雩之喬木。彼玉笥之隱君子，惠我以生芻一束。是謂不蓍而筮從，無龜而吉卜。四部叢刊影宋乾道本《豫章黄先生文集》卷一。

《能改齋漫録》卷一四　豫章先生《休亭賦》，其卒章云：「蓋嘗聞伯夷之風，何能問詹生之卜。」洪駒父云：「晚年刊定，云：『是謂不蓍而筮從，無龜而卜吉』云。」

《文章精義》　學《楚辭》者多矣，若黄魯直最得其妙，魯直諸賦，如《休亭賦》、《蘇李畫枯木道士賦》之類[一]。他文愈小者愈工，如《跛奚移文》之類。但作長篇，苦於氣短，又且句句要用

[一] 李、枯木：原闕，據乾隆本《宋黄文節公文集》正集卷一二補。

事，此其所以不能長江大河也。

放目亭賦 有序 元符元年黔州作

黄庭堅

走馬承受丁君作亭於其廨東北，吾友宋楙宗以爲盡表裏江山之勝，名其亭曰「放目」，而黔江居士爲之賦。

放心者逐指而喪背，放口者招尤而速累。自作訿訿，自增憒憒。登高臨遠，唯放目可以無悔。防心以守國之械，防口以挈瓶之智。以此放目焉，方丈尋常而見萬里之外。

乾隆本《宋黄文節公文集》正集卷一二。

披榛亭賦

晁補之

舒陳儀甫官於魏，覽觀公圃廢城之堞，墾其土作亭堞上，名曰「披榛」。斬木枝爲梁柱，菅蒯衣之。目踰四垣，矚五里外。進客而語曰：「樂哉此亭！」客曰：「微主人言之，固願有謁也。今夫山居者，遺世遠舉，煙霞之府。㕒巖之巔，翠微之顔，穹石曲隖。上正宛中，如堂如防，猱玃之所處。首更奔星，高出雲霧。足蹈太虚，下見雷雨。邈乎杳冥，一攬九土。此人以登邑門之垤，蹤步齟齬。若絆若縶，若見陆櫓，遊意無所。至於平原案衍，秫麥之土，漫漫漠漠，蔑有堆阜。下澤之車，短轂幎爾。晝日旁午，出汗霑渭。此人適逢沙丘宿莽，廣不蔭路，怠而願息，解轡弛負。相攜傴僂，忽如飛翔，延頸顧慕矣。若迺平時室處，曚曨環堵，窮年不出，四壁爲伍。周以闤閈，域以牖户，如彼井谷，潛逃之鮒。衡從北南，適在跬步，仰而視之，不識天宇。此人出城而望，見桑麻緑野，猶將樂之，況乃矗乎巍巍，據城之陴，出屋之危，前無蔽虧，俯首而窺哉！夫明不求晦，處内慕外，各以其不足，所遇生貴。雍門之技，悲者驚心；鍾儀見縶，尚猶南音。主人殆倦遊窮居者耶？不然何以趯然於此，而志意洋溢也？嘗與主人周覽五嶽，岱、嵩、衡、霍，巫、廬、九疑，白鹽赤甲，青城峨嵋。歲暮深林，攀援桂枝，結軌羨門、高谿，方駕赤須、安期。委區中之踽踽，遊太上之無涯。則主人樂此耶？嘗又與主人服纖離、驂騄耳，夸父前乘，魯陽奉轡。超人跡、馳萬里。以觀乎八紘九野、觚竹北户，與西王母日下之地。扶桑月窟，紫淵丹水，大章所步，盧敖所履。殊方怪物，齊諧之志，焜煌譎誑，經目而記。則主人樂此耶？嘗又與主人觀乎京洛神州、宋魏兩都，未央、建章，天子之居。前殿武庫，金闕玉除。東華耀靈，西華望舒。複道氤氳，飛閣渠渠。千官鏘鏘，劍佩以趨。朝會而出，冠蓋布途。富貴潤奴隸，衣食仁里閭。則主人樂此耶？嘗又與主人校術孫、吳，抗技頗、牧。左象弭，右魚服。韓厥中御，州綽爲右。馮軾而寓目，以觀三軍之斬伐擊刺。琅琅磕磕，風起雲會。北登燕然，躪轢長塞，西屠石堡，飲馬瀚海。麒麟圖形，贖死肯代。則主人樂此耶？嘗又與主人出咸陽，經上蔡、過邯鄲，桑中大隄、石城之間。士女亟會，倡樂止客。盃酒相索，吹竽鼓瑟，鳴箏擊筑，六博蹋鞠。宛珠之簪，傅璣之珥，羅裾從風，衆曲入耳。人生得意，亦何能已？則主人樂此耶？」

主人油然而笑曰：「人壽幾何，而時易失。細猶不果，巨安可必？深山大澤，實生龍蛇。高明之家，鬼瞰其室。吾非以狹驕廣、以儉笑侈也。狹易治，儉易供，此吾所以樂也。窮秋九月，狐狸出穴，宇宙隆冽，時亦登吾亭而支頤。叢棘之分披，朱實之離離，秋風鳴枝，久而不去。羣竅盡奏，若歌若歗，起左作右，時亦杖藜隱几而聽之。寂寥兮無爲，淡乎熙熙似遺，己離物而不知。飛鴻滅没，夕陽就微，月出埤堄，樂而忘歸。則客亦樂此乎哉？」

於是客曰：「我以衆夸主人，而主人以少奪我。主人賢哉，非僕所及也！」四部叢刊本《雞肋集》卷三。

北渚亭賦

晁補之

北渚亭，熙寧五年集賢校理南豐曾侯鞏守齊之所作也。蓋取杜甫《宴歷下亭》詩以名之，所謂「東藩駐皂蓋，北渚凌清河」者也。風雨廢久，州人思侯，猶能道之。後二十一年而祕閣校理南陽晁補之來承守乏，侯於補之丈人行，辱出其後，訪其遺文故事，廑有存者。而圃多大木，歷下亭又其最高處也。舉首南望，不知其有山。嘗登所謂北渚之址，則羣峰屹然列於林上，城郭井閭皆在其下，陂湖迤邐，川原極望，因太息語客：「想見侯經始之意，曠然可喜，非特登東山小魯而已。」迺撤池南葦間壞亭，徙而復之。或請記其事，補之曰：「賦可也。」作《北渚亭賦》，其詞曰：

登爽丘之故墟兮，睇岱宗之獨立。根旁礴而維坤兮，支扶疎而走隰。跆琅邪與鉅野兮，梁清濟而北出。前淤漫而將屯兮，後摧嵟其相襲。坯者、扈者，嶧者、峘者，礐者、礅者，障魯屏齊，曰惟歷山。或胏附之箕，拱環連勢；匡絶而脈泄兮，萬源發於其間。谷射沙出，浸淫潗濈，瀺灂汩泌，澎濞渤潏，忽瀵起而成川。經營一國，其利汾澮。防爲井沼，壅爲碓磑。得平而肆，洒滉漾而滂沛。經民閒而貫府舍兮，瀦爲池之千畝。惟守之居，面巖背阻。邈闉闍之遺址兮，肇嘉名乎北渚。悲經始之幾何兮，牛羊牧而宇頹。非境勝之爲難兮，善擇勝之爲難。嘗試觀夫其園，千章之萩，合抱之楊，立而成阡。躋歷下之岧嶢，望南山之孱顏，修榦大枝，出櫚造天。藐砠岫之蔽虧，乍髣髴其雲煙。思僊人之樓居，尚輕舉而高翻。盍駕言其北遊，登斯渚而盤桓。岡巒忽其翔舞，萩楊眇以如箸。撫千里於一眒，收城郭乎環堵。其下披湖汗漫，葭蘆無畔，菱荷荇藻，蘅荃杜茝，衆物居之，浩若煙海。歲秋八月，草木始衰。乃命罾罟，觀漁其涯。鳴榔四合，方舟順涯。鱨鯉窘乎深塘兮，鴻雁起於中泜。復有桂舫蘭枻，浮遊其中，榜歌流唱，自西徂東。纖餌投隈，微鱗掛空。客顧而嬉，傾盂倒鍾。明月出於缺嶺，夕陽眇其微紅。天耿耿而益高，夜寥寥其方中。駭河漢之衝波，拔海岱之泠風。恐此樂之難留兮，願乘槎乎星渚。期韓終與偓佺兮，採芝英乎瑤圃。庶忘老而遺死兮，路漫漫其修阻。

於是酒含太息，中座語客曰：「自昔太公，奄有此丘，是征五侯。桓公用之，攘狄尊周。方其盛時，山河十二，號稱東秦。臨菑遨樂，中具五民。秋田青丘，實囿海濱。而薛又其小邑也，區區之賦，食三千人。其彊孰與比哉！觀華不注，揭其孤巇，虎牙桀立，芙蓉菡萏。尚想三周，追奔執轡，下車取飲，僅以身免。困責質於蕭同，尚何私乎紀甗？而齊自是亦不競矣。夸奪勢窮，雖彊安在？事以日遷，而山不改。則物之可樂，固不可得而留也。認而有之，來不可持；所玩無故，去何必悲？此齊侯之所雪涕，而晏子之所竊嗤也。今我與客，論古人則知迷，屬有感而歔欷，豈不重惑也哉！仕如行賈，孰非逆旅？託生理於四方，固朝秦而暮楚。曾無必於一笑，尚何知乎千古？」

於是客驩然喜，再拜舉觴而前曰：「凡主人言，理實易求，而我曠然，已忘昔憂。使客常滿，使酒不空，請壽主人，如漢孔公。」主人亦驩然喜，受飲反觴，執客之手而言曰：「詩固有之：『未見君子，憂心忡忡。既見君子，云乎不樂？』」再拜，洗觴而酬客，舍然大笑。四部叢刊本《雞肋集》卷一。

《齊東野語》卷五　曾子固熙寧間守濟州，作北渚亭，蓋取杜陵宴歷下亭詩：「東藩駐皂蓋，北渚陵清河」之句。至元祐間，晁無咎補之繼來爲守，則亭已頹毀久矣。補之因重作亭，且爲之記。記成，疑其步驟開闔類子固擬《峴臺記》，於是易而爲賦，且自序云：「或請爲記，答曰賦可也。」蓋寓述作之初意云。然所序晉、齊攻戰，三周華不注之事，雖極雄瞻，而或者乃謂與坡翁

《赤壁》所賦孟德、周郎之事略同，補之豈蹈襲者哉！大抵作文欲自出機杼者極難，而古賦爲尤難。惟陳言之務去，戛戛乎其難哉！雖昌黎亦以爲然也。

《香祖筆記》卷一二　吾郡遺文，惟晁無咎《北渚亭賦》最爲瑰麗，有淮南小山之遺風。……今水面亭、歷下亭皆在明湖之南，而湖北水關之西有小圃，傳爲北渚亭故址，尚有古屋數椽，修竹數十竿。其地瀕湖背城，絶無高明爽塏之觀，不知子固所剏、無咎所賦果此地否？

夢遊覽輝亭賦

李之儀

露下木落，天宇澄徹。日欲傾頽，蟬方淒咽。姑溪居士支笻步屧[一]，臨階之絶。顧視節物，推遷歲月。感覽輝之昔遊，詠生塵之羅襪。惝怳差池，躊躇騷屑。御者不進，將誰與説？既鵠立以不怡，疑株枸之無别。已而人斷風怵，月出雲裂。繁星不能蔽其光，萬籟於此號其穴。兹欲遣而不暇，更百糾而千結。

[一] 支笻：粵雅堂叢書本《姑溪居士文集》作「杖笻」。

於是解衣就枕，寤寐纔分。紅舒綠卷，蘭郁麝薰。更笑語於鶯燕，襲環珮於煙雲。恨秀絕之不與，方展轉而凝魂。忽若星墜，倏如鸞停。拊背藉以相款，極情柔而見文。謂子之約何爽，叩予之實彌勤。顧倚玉之未及，俄司晨之遽聞。

嗚呼！夢邪覺邪，則亦莫知其然哉！今已非是，昔安可追？徵夢幻於物我，遂割昵網於頑癡[一]。庶幾夢覺與今昔，不能俯仰於群迷。四庫本《姑溪居士後集》卷一。

魚計亭賦

宇文虛中[二]

惟造化之賦物，各異形於一氣。伊衆魚之甦衍，實有繫於庶類。凡物皆病水之覆溺，而爾獨忘之以生死。視波濤若虛空，是未概之以常理。

若乃江河陂澤，潢汙沼沚，依蒲藻以孕轂，散蟻粟與蛟秠。春陽噓以和柔，亦舒中而胖體。迫而視之，則若有若亡，棘端稻芒。群眩旋以角逐，烔雙目之微光。表裏洞其

[一]「徵夢」兩句：粵雅堂本作「懲夢幻於逐物，割昵網於頑癡」。

[二] 原署「宇文黄中」。按：虛中原名「黄中」，徽宗御筆爲改今名。

何有，亦自適而相忘。日月云邁，既漫而長。告添丁於水府，脱阽危於鱬網。漸鱗髻之完好，差可别其名狀。於是南嘉丙出，北鮪春登。河朠濁膩，海月因仍。縱頒首於鎬澤，釣縮頸於襄陵。井谷旁出以距躍，涸轍號呼於斗升。口明珠以酬惠，腹丹書而掛罾。雙鯉贈以修好，三鱣墜爲吉徵。泳梁濠以自得，越山澤而可乘。避城火而勿近，鼓風雷而上征。出北海而秦滅，躍中河而姬興。

若其詭狀殊形，目駭心忤。象喙鹿觡，跂行翼翥。擁海若以前驅，擊馮夷之靈鼓。奔騰乎決堰之津，冠帶乎毁犀之浦。若石言於晉郊，若星隕於晝雨。溟海善下，蛟龍所舍。呼則流沫千里，吸則萬艘一呀。噴霧則天地昏晝，吐風則星辰蕩夜。伊天地之末徒，詮造物其將化。忽鱗蜕而矯翼，九萬里而風斯在下。嗟山川與古今，曾何異乎塵埃與野馬？

夫先生兹之爲計也，將何所取舍乎？將小取於武陽，千針而一舉筋乎？大釣於會稽，十五犗而未飫乎？抑畜之三年，致陶朱之富乎？救之十千，得長者而悟乎？羊裘澤中，避萬乘之主乎？直釣渭曲，希卜獵之遇乎？

先生笑而言曰：「子觀其外，我遊其内，語大則宇宙猶隘，語小則毫末非礙。冥二者於一致，復何疑於變態？悠然一世，埃旋茅靡。挾勢交於翻手，快淫福於盈眥。據累棋以自逸，忽尋撞之危墜。彼且甘心於馳驅，則孰知真樂之所在此？故必曰於蟻棄知、於羊去意，然後曰於魚得計也。」予於是驩然而喜，釋然而悟，曰：「微先生，吾不聞此言，願書紳而志之。」同治《玉山縣志》卷一七。

陸游《跋魚計賦》（《渭南文集》卷三〇）　某恭聞徽祖宣和末，將下罪己詔，學士王孝迪當直，不召，顧謂輔臣曰：「非小宇不能作。」遂召肅愍公。公初不在北門，既至，辭以非職守，不許。遂授以聖意，下筆亹亹，不數刻進御。今載在國史，與三代訓誥并驅，蓋千百年間詔令所未有也。晚讀《魚計堂賦》，贍麗超軼如此，則施之大手筆，固宜絕人遠甚。某嘗見公遺像於友人趙恬家，英氣如生，恨不得獨拜床下，致欣慕之意。今得記所聞於賦後，亦幸矣。開禧二年六月己巳，笠澤老民陸某謹書。

周必大《跋魚計亭賦》（《文忠集》卷五〇）　徽宗皇帝宸文天縱，最重内外制官，非詞學俱優不在此選。蜀人宇文公黄中以政和六年自右史除中書舍人，既兼修《國史》，又兼修《詳定九域志》，又修《神宗寶訓》。八年，言者疑公學術淵源蘇氏，奉祠而去。宣和二年秋，上思舊人，復還詞掖，方且進用，而公疑不自安，明年以顯謨閣待制出知陝州。又明年二月，爲滎陽趙公叡作《魚計亭賦》，引物連類，開闔古今，深得東坡、潁濱之筆勢。適有天幸，出入侍從，身名俱榮者，值好文之主也。趙公字彦思，熙寧六年進士。

雍正《江西通志》卷四〇 魚計亭。《名勝志》：宋趙叡元祐中官職也。先居鄭州作魚計亭，字文黄中爲《亭賦》。其子賜以提點坑冶來居玉山，亦作亭於章泉上，刻舊賦於石。

魚計亭後賦

真德秀

玉溪先生結廬章泉之上垂七十年，無軒冕之累己，有簞瓢之樂天，揭「魚計」以名亭，紹祖風於圃田。居一日，飲客於斯亭之上，超方羊以自得，顧萬象之皆妍。時也，日將夕而紅酣，沼無風而緑淨，炯儵魚之成群，鬨寒波而游泳，若空行而無依，涵天水之一鏡。俄初月之沈鉤，倏深潛乎翠荇。其浮游也，似無心而時出；其遠逝也，似見幾而知警。先生听然[一]，心曠神怡，諷小宇之雄篇，哦稼軒之英詞。

客有起而問曰：「魚本無情，何計之爲？子固非魚，奚魚之知？」先生笑而應曰：「謂魚爲有計邪，子將詆予之欺，謂魚爲無計邪，吾亦笑子之癡，盍亦兩忘而俱適

[一] 听然：原作「聽然」，四庫本作「悠然」，《雲莊集》卷一作「忻然」，據《歷代賦彙》卷八〇改。

可也。抑嘗即莊生之言而試思乎？粤自太古邈，淳風離，勇者角力以倖勝，巧者矜能而衒奇，苟一餉之可樂，快性命而争之，謂謀身之允臧，卒反蹈乎危機。偉南華之著論，將警愚而覺迷。富貴人所嗜則媿之腐鼠，紛華人所羡則況之文犧。爲利而鬬則争地之蝸，以智而死則刳腸之龜。獨魚之自適其適，若忘情於得喪，故大則述鯤化於天池，小則玩儵游於濠上。蓋其爲物也，從容夷猶，逍遥閑放。静則以蘋藻爲室廬，動則視江湖爲尋丈。不借潤於嘘濡，而相忘於沆瀣。任公何所投其犗，豫且何所施其罔？此其所以爲得也。彼區區之蝨蟻，方且娱暫安於股鬣，饕微腥於砧几，又烏可同域而議哉？嗟利欲之誘人，甚香鉤之餌魚。彼潛鱗之何知，猶或避而全軀，人固靈於萬類，迺昧笱而蒙罛。曾所得之幾何，甘顛冥於畏塗。此累棋危橦之喻，宇子所以慨然而長吁也。睠我生之無庸，幸脱世之羈馽，付萬事於浮雲，獨觀魚以終日。誠作計之甚左，差身閑而心逸。」

於是客憮然自失，曰：「先生之言達矣，僕何足以闚其萬一！」乃相與釂飲浩歌，不知烏輪之東出。四部叢刊本《西山先生真文忠公文集》卷一。

萬象亭賦[一] 有序

韓元吉

紹興十有三年，石林先生自建康留鑰移帥長樂。惟公以文章道學伯天下，推其緒餘，見於政事。時閩人歲饑，餘盜且擾，曾未易歲，既懷且威，倉廩羡贏，野無燧煙，民飽而歌。乃闢府治燕寢後，築臺建亭，盡攬四山之勝，字曰「萬象」。公時以宴閒臨之，命賓客觴酒賦詩，以紀一時之盛。某適以舊契之末，獲拜公於庭，知邦人之德公而公之能與共樂也，退而爲之賦。其詞曰：

石林先生治閩之初，邦人詠歌。延覽登眺，臨城之阿。面長江之迴旋，俯重嶠之嵯峨。剪凡草於荆杞，發層臺之新基。收攬宇宙，以萬象而目之。

先生曰：「天地之内，所謂景與物者，不可以既也。方其交於吾前，而其象無窮，觸於吾心，而其意無窮，惟達者可以道會而不可以知通矣。斯亭也，處於户庭重複之

[一] 題下原注：「案：集中葉少保詩注云：『公在閩中作萬象亭，某爲之賦。』則此題應有亭字，原本脱去，今據補。」

末，而出於闤闠膠擾之中。危梯直上，十尋倚空。窺井邑之鱗次，張九衢之飛塵。囂聲四起，人煙繽紛。勵絲竹之餘響，郁椒蘭之清芬。當其連山如環，秀色四出，林巒鬱其映帶，煙雲度而髣髴。陰晴變態，所獲非一。極東南而凝睇，莽遊目於窮髮。海波蕩漾，蛟龍驚獝。粲朝日之初升，數山川於異域。颶風角於天際，卷千帆之飄忽。或一瞬而千里，或窮年於咫尺。瞻雲鵬之獨運，哀斥鷃之短翼。天池倏其九萬，羌決起於蒿藾〔一〕。白鷗去而西飛，澹長煙之遠没。田疇俯見，禾黍如績。耕夫耦而長謡，牛羊散於砂磧。餘霞被於林杪，明月皎其東壁。掛北斗於欄楯，瀉銀漢於雉堞。披風露之泠爽，想飛仙之來接。聽雞犬於雲中，奏笙簧之激越。嘆佳賞之奚盡，雖妙意其莫述。惟吾興之所寓，與彼物而所得。故可以追閬風之遊，而謝華胥之國也。」

客有聞而歎曰：「嗟嗟先生，百代之英。玉堂金馬，載蜚厥聲。厥帝所之鈞天，歛光芒於一藩。而餘風所被，猶足以息潢池之盜而慶高廩之豐年矣。今夫此邦之形勢，最

〔一〕原注：「案：《莊子》『我決起而飛搶榆枋』，又云『翱翔蓬蒿之間』，此運用其語，而改蓬蒿爲蒿藾。攷《詩傳》『苹，藾蕭也』，郭璞曰：『今藾蒿也。』義與蓬蒿可通。但藾是九泰韻，與上下句用陌、錫通叶者不合，疑有誤。」

於八州。繚周垣其百里，渺澄瀾而爲溝。三峰峙而鼎足，蓋有類夫蓬萊與瀛洲。自無諸迄今，千有餘載，中更王氏，窮侈自泰。異時離宫别館，乘山瞯海，而今之所存，大則浮屠老氏之室，小則公卿大夫之廬，鳴鐘相聞，擇勝以居，飛欄危榭，往往而在。倚巖鑿之幽清，翳松檜其晻藹。雖一斑之或見，曾未若斯亭之宏大。碧油畫戟，來藩此府。往賢近臣，蓋已百數。慨登臨之遺跡，咸褊陋而無取。獨先生至而有之，舞山光於簾幙，馮地勢之襟帶。雜支離之萬種，爛錦幄其旆旆。薦醽醁於樽俎，剥珍錯之螺貝。發角徵之清唱，挽行雲於天外。使邦人聚觀，白首驚拜。豈吾先生浩然之氣，六合爲隘。蟠萬象於胸中，耿星辰而不寐。遇至美而一發，借佳名以自快。而景物之來，適際其會，彼千古而莫識，信一時之有待者耶。」於是先生聞之，囅然而笑，衆賓避席，迭起爲壽。四庫本《南澗甲乙稿》卷一。

望海亭賦 並序

范成大

會稽太守參政魏公，作望海亭於卧龍之巔，率其屬爲歌詩以落成，録與書來，且使賦之。予謹掇其膏馥之餘，擬賦一首以寄，後日獲從杖屨，其上於山川之神，尚有舊焉。其辭曰：

諸侯之客，有來自東，而姹會稽之遊者，曰：佳乎麗哉！越之爲邦也。縈山帶湖，樓觀相望。背卧龍而崛起，焕丹碧之翬翔。躋攀下臨，顧瞻無旁。平疇蔚以穉綠，喬木森其老蒼。淙萬壑之春聲，寫千巖之秋光。朝霞暝霏，扶疎微茫。望山河之故墟，弔草木之餘社。夏后萬國之朝，勾踐百戰之野。興亡梗概，猶有存者。至於流觴泛雪，高人之舊事。浣紗採蓮，遊女之遺跡。鬱溪山之如畫，尚彷彿其可識。訪故老以問訊，興慨歎於疇昔。是爲遊覽之大略，而蓬萊觀風之所得。

雖然，士固多感，而況於對景以懷古，撫事而凝情。往往使人魂斷意折，酒澮而歌不平。故麗則麗矣，而未擅乎登臨之勝也。若夫浩蕩軒豁，孤高伶俜。騰駕碧寥，指麾滄溟。墮憂端於眇莽，挹顥氣於空明。飄飄焉有連鼇跨鯨之意，舉莫如望海之新亭。

嘗試登茲而望焉：沃野既盡，遥見東極。送萬折之傾注，豔寒光之迸射。浸地軸以上浮，盪天容而一色。珠輝具芒，蝱蝀横霓。快宇宙之清寬，悵百年之偪仄。

當其三星曉横，萬境俱寂。浴日未動，晨光先激。波鱗鱗而躍金，天晃晃而半赤。頳輪騰上，東方皆白。煙消塵作，棲鳥振翼。俯羣動而紛起，寄一笑於遐覿。永我暇日，苒其將夕。餞斜暉於孤嶂，候佳月於滄浦。沉沉上下，杳無處所。驚玉虬之破碎，漾銀盤而吞吐。忽褰雲而擁霧，獻霜影於庭宇。夜色既合，初聞鐘鼓。鷓屢至而不辭，詩欲成而起舞。

又若潮生海門，萬里一息。浮光如綫，濤頭千尺。方鐵馬之横潰，倏銀山之崩坼。氣平怒霽，水面如席。吳帆越檣，飛上空碧。此亦天下之偉觀，然猶未極乎目力。燕香春容，俗客莫陪。神清意消，徙倚徘徊。天風激吹，波濤闔開。五雲明滅，丹宫絳臺。睇三山之不遠，其爲公而飛來。遂招汗漫之勝遊，下飈車之逸軌。屬紫霄之妙質，侑玉斝之清醴。勤歌鸞與舞鳳，壽仙栢以多祉。恍風雨之皆散，但驚塵之四起。悟真靈之不隔，而何有乎弱水之三萬里也。

噫！昔之居此者多矣，曾靡暇於經營。逮山靈之效奇，發遺址於巖扃。殫妙巧於天藏，超埃壒而上征。極觀聽之所接，遂杳渺而難名。嗟此樂之無央，與來者而同登。決眥盪胸，雪其塵纓。且安知前日之蒼煙白露，斷蔓而荒荆者哉？

顧客子之所能道者，纔管中之一斑。惟覽者之自得，會絶景於憑闌。心凝神釋，浩如飛翰。而後知茲亭之仙意，而凌虛御風之無難〔一〕。

主人瞿然而起曰：有是哉！吾將觀焉。四庫本《石湖居士詩集》卷三四附。

《黄氏日抄》卷六七《望海亭賦》設客辭以誇之，亂曰：「有是哉，吾將觀焉。」

遠宜亭賦

陳造

創小亭，名而賦之，曰：

遊女之翩翾，望之疑仙也。迫而視之，或不逮前。奏樂於座，鏗𣷾膠葛，心之適、耳之妍也，有不若張諸空曠，聞之眇綿，婉以清，和而圓。

南山之信美兮，吾乃挹其杪顛。惟夫近故湫，束於闉堞，蔽虧於市鄽。緊斯亭之表立峰岫，隥嶺之嵐霏濃淡，煙雲幻變，按領其全。譬斯名斯，庸諗時賢。休暇日而一

〔一〕凌：原作「臨」，據《歷代賦彙》卷八〇改。

登，是可以誦《遠遊》、賦《超然》也。明萬曆刻本《江湖長翁文集》卷一。

波光亭賦爲帥相郭公作

陳造

汾王後身，金阜老僊。笑譚功名，師友簡編。手神丹而活國，身長城之護邊。虎節所臨，犢佩已捐。興仆振蠱，輩古所傳。

有亭屹立，城闉右偏。插深池之清泚，凌蒼靄而高騫。面勢之孤危，簷桀之躧連。在公之設張經畫，纔太倉之稊米，已度越於後前。

想旌纛之每臨，宛笙鶴之雲軿。賓從嫭姱，笑歌嬋娟。掃亡國之淫哇，奏新唱之清妍。泛淑景之香紅，鏡靚粧於明瀫。接罷亞於畦疇，眩縞潔於山川。春秋冬夏信非我有，而我桉與之周旋。佳月上兮闖冰奩，微風動兮媚漪漣。撫物而得之，應世之心，池月之湛寂，緯武有文，風漪之自然。

推此用之，躋世五三，軼勳四七，將俯拾而需旃。是猶衡氣機也耶。世識之規恢之後，吾得之拱默之先。彼不知者方以吾爲億中，而或者必予其知言。明萬曆刻本《江湖長翁文集》卷一。

延緑亭賦爲高秀才作

陳造

子高子襟度脩然，抱負崛奇。辟俗如讎，而愛客如色，故築亭寄隱，屹莽蒼而瞰渺瀰。方竭澤而揚塵，喈吾遊之不時。因援毫而進牘，聊想像而嗽辭爾。

其泓渟兮鏡揭，浩汧兮天垂。妥寒晶之如空，湛蔚藍之無涯。奏蛙吹以分部，凜冰崖之合圍。素揚暉兮連娟，紅倒影兮芳菲。目謀心愜，把玩四時。晴雨晦明，雲煙紛披。江蘺芷蘅之緑縟，别崎枉渚之因依。眩多景之偃蹇，隱几者默焉袖手領攬而無遺。固可以動楚客之清吟，抗陶觴而一揮。

況夫挺萬蓋之傾欹，覆千韈之逶迤。嫣然笑粲，媚靚粧與醉態，或玉頩而冰肌。無乃飛瓊姑射之娣姒儔侶，儷香叢艷，不招挽而陪隨。彼翔翠碧於蘭苕，點屬玉於淪漪，皓鶴側頸於淖濘，鵁鶄偵影於鯤鮞，烏鵲窺篙而誶語，意而拂袂而差池，則皆怡然莫逆，相晤忘機者也。

至其樵歌之斷續，漁笛之嘔咿，欸乃之無惡聲，笭箵之有安棲，塵外之適，子其可私？若乃悟直鉤之妙意，飫葦間之新得，倏有至樂，漚無驚飛〔一〕，則又有以超然乎芸芸之表，豈獨詩可瓢而酒可卮？予將爲子飥道腴而醉真醇〔二〕，何必要汗漫而與期。明萬曆刻本《江湖長翁文集》卷一。

綺川亭賦

王質

苕溪之北，有山曰貝錦之山；並山而西，有亭曰綺川之亭。仰睨葛仙之丹鼎，旁招下山之白雲。王子愛之，坐見於牆，食見於羹。夜航溪而十往返，晝履山而百降登。客有問焉者曰：「造化治形，耳目分職，耳則司聲，目則司色。彼聲色之無有，顧耳目之何得？胡乃廢寢興，輟飲食，墮目於窈窕之境，喪耳於默默之域？」王子曰：「子嘗覽於綺川之亭乎？」曰：「未也。綺川何如？」王子曰：「子欲聞之乎？」曰：「然。」「然則爲子言之。綺川之上，巖穹谷淵，青松魁奇，翠竹浄娟。絡以蒼藤，激以

〔一〕漚：四庫本及《歷代賦彙》卷八〇作「鷗」。「漚」通「鷗」。

〔二〕飥：《歷代賦彙》卷八〇作「飽」。

飛泉，聲如應和，上徹雲天。百鳥吟呼，或高或低，或僄疾而激烈，或清深而逶迤。如天球大鏞並作於庭，笙以《小雅》之《南陔》，歌以《召南》之《采蘋》。綺川之下，洲渚參差，緑水紅蓮，汎兮相依，露濯而清，風摇而緋，月麗而皎，煙蒙而奇。白蘋青藻，前導後隨；屬玉鵁鶄，戀不忍飛。如洛水之浦，巫山之陽，戴金摇兮熠耀，振文佩兮颻颺。此其大略也。故曰不律吕而聲者，天下之至聲也；不黼黻而色者，天下之至色也。且有喜而無憂，有利而無害，有得而無喪，有成而無敗。今夫洪震纖響，銷神奪精，命之曰伐命之兵；豐頰長眉，秀骨鮮膚，命之曰銷軀之爐。非獨聲色而已，美酒甘餐，温醇濃渥，命之曰腐腸之藥；縟衣逻裳，靡曼繁鮮，命之曰沈躬之淵。子亦知之乎？」

於是客俯而思，仰而歎曰〔一〕：「嗚呼殆哉！客與夷猶而戲虎狼，禹行舜趨而涉瞿唐。然則流蕩遁逸，清宫洞房。眩曜恍惚，蜀文吳章。邪氣湊襲，正氣蔽藏，精魄紛紜，若有若亡。日盛月新，乃溘而僵。嗚呼殆哉！向也吾見子之陋，今也吾見子之高。小人敢不敬再拜受賜。」四庫本《雪山集》卷一二。

〔一〕歎：原作「歡」，據李文藻校本改。

君子亭賦

楊冠卿

時子以衆香草植於其居，命名曰君子之亭。郭友屬余賦之，爲作楚語。

震澤兮百里，朝余隮兮西澨。望幽篁兮隔水，願一見兮君子。中洲兮若英，白蘋兮既盈。芳菲菲兮誰採，睠下女兮幽貞。荷屋兮蔆蓋，繚之兮以杜衡。攬蘭茝兮紉佩，薜荔纚兮垂纓。俯麗澤兮潛鑒，系寶璐兮自程。麇何食兮林間，鱣何游兮水裔。承朝蔭兮芙蓉，容夕飲兮佳蕙。帝鄉兮悠悠，望道兮遠遊。藹衆芳兮襲予，邅吾道兮夷猶。紛兹世兮詭好，然偘傺兮多憂。擷兹秀兮自媚，荃獨爲兮宜修。願鶗鴂兮不鳴，恐蕙草兮先秋。擢繁枝兮繼佩，聊偃蹇兮淹留。四庫本《客亭類稿》卷七。

真僊巖亭賦

易祓

融州太守鮑公，作亭於真仙巖之前，長沙易祓爲之賦，其辭曰：

莽芝巖之崒立兮，歷磴道之委蛇。慨晨日之臨閣兮，訪危亭於故基。迺芟迺剔兮，迺詢我龜。寄錘鉤於心宰兮，付匠石以成規。奐翬櫩以雲浮兮，殆與古以爲期。猗歟異哉！

物與人之相求兮，每扞格而難逢。苟襟度之弗宏兮，彼將隱而緘封。何前節而後麾兮，曾莫表其遺蹤。倏楚歌之噭咷兮，迺指顧於從容。匪斯亭之傑特兮，羌邱壑於心胸。

試登臨而偶步兮，追昔人之勝遊。仰余瞻於峭壁兮，俯獨瞰於湍流。旁一人之髣髴兮，儼冠服以清幽。怳陳前之萬象兮，森舞鳳與騰虯。宜斯亭之對峙兮，若將近而獻酬。融州之民兮爾裳爾衣，從公於亭兮公不我違。公朝而往兮山川暉乎清暉，公暮而返兮煙雲藹其霏微。樂其樂於吾民兮，非公其誰與歸？

亂曰：天地鬼神之所祕兮，不以古今爲之存亡也。紛宇宙之萬有兮，於人實爲之低昂也。緊達人之大觀兮，固將渺崑崙而隘八荒也。歛經綸於方寸兮，聊杖履以倘佯也。使後人登斯亭而懷感兮，此吾融州太守之甘棠也。雍正《廣西通志》卷一一一。

鮑粹然《真僊巖亭賦跋》（《八瓊室金石補正》卷八六）僊巖舊有傑閣，歲月寖久，漫不復存。粹然假守是邦，念勝景不可湮没，因其遺址，重創數椽。侍讀、直院、尚書易公，即舊名大書以榜於亭。又出緒餘，爲之賦。一旦玆巖發揮勝槩於久廢之餘，舊觀復還，隱然爲嶺服之重，粹然與有榮焉。謹志諸石，庶託不朽云。嘉定二年十二月丁卯，朝奉郎、權知融州軍州兼管内勸農事、借紫鮑粹然書，迪功郎、融州懷遠縣尉兼主簿柳之方隸額。

愛方亭賦

爲鄭伯昌逢辰宗丞作

王邁

環閩州兮多奇山，品方山兮爲第一。如玉笥兮列洞天，如金匱兮出石室。有美人兮愛山，日流覽兮鮮碧。結數楹兮爲亭，題「愛方」兮爲額。

客見亭名，恍然動色，爰問主人：「於義胡得？子昔立朝，匪有言責。匭奏囊封，披寫忠赤。唐突廟堂，觝排宫戚。持鑿納枘，以水投石。有圓而卿，立乎君側，嫉子之方，肆爲蜂蠆。子胡不削之以爲圓，猶有愛方之痼疾？」主人曰：「嘻！請對以臆。時有污隆，道無伸屈，出處何常，以方爲的。猗歟大哉，方之爲物！莊士端人，靈墨神式。王咸舉之爲救司隸之幡，曼倩執之爲止倖豎之戟，朱雲仗之爲斬佞臣之劍，秀實出之爲擊逆賊之笏。今予此山，真大奇特，如幡開張，如戟嚴直，如劍横陳，如笏端植。此吾取之以名堂，不避乎人之吾嫉。」

王子聞而狀之曰：惟剛故方，不可撓而爲繞指之柔；惟直故方，不可屈而爲枉尋之尺。彼時人之好圓，猶四肢之無骨。議政兮模味道之稜，作史兮曲魏收之筆。獻張禹之蓍兮神其欺，握孔光之杖兮弱無力。佞者依憑，巧者鑽刺。突梯兮如脂如韋，反覆兮爲鬼爲蜮。使其足斯堂而面斯山，寧不甲其顏而芒其脊。嗟我狂生，久矣廢斥，家雖無愛方之亭，心已有愛方之癖。流俗兮滔滔，書空兮咄咄。何當浮湘水兮，問訊道鄉之臺，過南都兮，物色元城之壁？抱此方兮終身，瀕九殞兮不怵。

亂曰：守初節兮非艱，全晚節兮良獨難。堅萬仞兮壁立，保孤標兮歲寒。一生無愧兮方寸地，千載流芳兮方冊間。要使方山之愛主人兮，亦如主人之愛方山。四庫本《臞軒集》卷一〇。

蠅館落成賦 並敘

周紫芝

静寄老人晏坐，有室狭隘褊小，僅容吾膝，名曰「蠅館」。客問其所以名者，曰：「昔楚襄王命宋玉作《小言賦》，其語有云：『館於蠅頭，燕於毫端。烹蝨腦，膾蟣肝。會九族而同嗜，猶委餘而不殫。』今吾室類是，故命曰『蠅館』也。」糞階室穴，掃堊塗丹。治於八月之壬子，而落成於是月之甲寅。落成之日，喜而作賦。其詞曰：

子周子生於蝸牛之國，居於坎井之間。地止一席，屋止一椽。下飲蹄涔，上窺醯天。憑蚊睫以顧盼，附蠛蠓而周旋。雖傴僂以盡日，聊嬉戲而蹣跚。是曰「蠅館」，宅於蠅顛。

念此有生，坎壈多歎。先人敝廬，載築載焚。一歲之間，十徙九遷。分窗共户，或哀王孫。遭嗔蒙斥，亦怒其顔。蘧廬逆旅，莫適爲安。今也身爲酒母，以給上官。萬蟻旋磨，電轉雷喧。量升較勺，飛塵滿前。曾不旋踵，長廊寂然。勞少逸多，歲有餘閒。男豐女肥，月有餘錢。以燕以遊，以樂吾觀。曾不知足，而猶欲渠渠廣廈以大吾居焉，是可笑也已矣。

況乃自昔佞幸專變，權臣擅美。富家鉅賈，高門大第，家僮五百人，步障三十里。奇禍忽作，室瞰百鬼。朝存華屋，暮掩藁梩。嗟乎人生，電忽如此。視吾舍館，豈不巨偉！

於是館成而落之，主人喜甚而爲之歌曰：「心有天遊，室生白兮。天宇雖大，何迫窄兮。爰築吾館，爲安宅兮。覽觀六合，於几席兮。避陰休影，匿吾迹兮。絶交屏遊，晦吾德兮。蟻穴蜂房，以自適兮。」四庫本《太倉稊米集》卷四一。

臨芳觀賦 並序

程俱

政和七年春，蔡州作臨芳觀於牙城之上。太守，翰林葉公也。俱爲之賦云：

覽飛霞兮鼇丘，翩乘風兮下遊。觀豫俗兮安舒，弭霓旌兮少留。衷天孫之錦裳，戲毫端兮組繡。驅陳前兮萬象，付心宰兮錘鈎。撫曾城兮坐歗，睠山川之曠修。矗連雲乎蜚觀，負翬檐兮上浮[一]。席沈息兮南榮，帶汝潁兮雙流。仰晨宵兮閶闔，寄心馳兮北眸。俯動植兮欣榮，緊童耋兮休休。眇桑麻兮牟稷，藹平皋兮廣疇。嗛臣力之何有，歸鴻庬乎帝猷。方青春兮浩蕩，落斯成以旨羞。揭臨芳之高顔，聊託物兮優繇。面柴潭之滈衍，被璀錯兮華洲。森號風之僵木，留豐豔兮敷柔。

[一] 負：原作「奐」，據四庫本、袁氏貞節堂鈔本改。

知造化之神駿，寧與物兮爲謀。等孤荄與叢蔓，何此恩兮彼仇。紛游鱗與翔羽，亦乘和而出幽。蹇鶡鴠兮將鳴，見有生之王囚。閱芸芸於過目，澹無心乎獻疇。

念千古兮一晌，經向來之樂憂。笑東門兮黃犬，異晉國之青油。吷奇功兮劍首，謝酣寢於矛頭。想平輿之二龍，匪罦罝兮可蒐。豈嵁巖兮無伏，羌莫挽兮誰侜。要曳塗之靈介，勝泣河之鮑鱐。緬句吳之旅人，守冰墟兮海陬。聞凌虛之傑觀，怳夢寐兮將求。愁贏糧而即之，嗟道岨其奚由。儻從公乎嵺廓，挹浮丘之長衰[一]。覽熙熙兮無外，同春臺兮九州。寫登高之遐素，斯可以補由庚而賦何尤也[二]。四部叢刊本《北山小集》卷一二。

[一] 衰：明寫本、四庫本、袁氏貞節堂鈔本並作「衷」。
[二] 由庚：原作「由庾」，據明寫本、四庫本改。

宋代辭賦全編卷之七十

賦 室宇 四

超然臺賦 文同

方仲春之盎盎兮，覽草木之菲菲。胡怫鬱於余懷兮，悵獨處而無依？陟危譙以騁望兮，丘阜摧崣而參差。窮莽蒼以極視兮，但浮陽之輝輝。忽揚飇以晦昧兮，灑氛霾於四垂。

躋余心之所行兮，欲溷溷其安之。蜕余神以遐騖兮，控沆寥而上馳。闢晻曖以涉鴻洞兮，揮霓旌而掉雲旗。導長彗以夭矯兮，從宛虹之委蛇。曳采旒以役朱鳳兮，駕瓊輈而驅翠螭。涉横潢以出没兮，歷大曤而蔽虧。踅萬里以一息兮，俯九州而下窺。有美一人兮在東方，去日久兮不能忘。凛而潔兮岌而長，服忠信兮被文章。中皦皦兮外琅琅，蘭爲襟兮桂爲裳。儼若植兮奉珪璋，戢光耀兮秘芬芳。賈世用兮斯卷藏，遊物外兮肆猖狂。

余將從之兮遥相望，回羊角兮指龍航。轉嵎夷兮蹴扶桑，倚泰山兮聊徜徉。下超然兮拜其旁，願有問兮遇非常。勿掉頭兮告以詳，使余脱亂天之罔兮，解逆物之韁。已而釋然兮，出有累之場。余復僊僊兮，來歸故鄉。四部叢刊本《丹淵集》卷一。

蘇軾《書文與可超然臺賦後》（《蘇文忠公全集》卷六六）余友文與可，非今世之人也，古之人也。其文非今之文也，古之文也。其爲《超然》辭，意思蕭散，不復與外物相關，其《遠遊》、《大人》之流乎？熙寧九年四月六日。

超然臺賦 並敘

蘇轍

子瞻既通守餘杭，三年不得代，以轍之在濟南也，求爲東州守。既得請高密，其地介於淮海之間，風俗朴陋，四方賓客不至。受命之歲，承大旱之餘孽，驅除螟蝗，逐捕盜賊，廩恤饑饉，日不遑給，幾年而後少安。顧居處隱陋，無以自放，乃因其城上之廢臺而增葺之，日與其僚覽其山川而樂之。以告轍曰：「此將何以名之？」轍曰：「今夫山居者知山，林居者知林，耕者知原，漁者知澤。安於其所而已，其樂不相及也，而臺則盡之。天下之士奔走於是非之場，浮沉於榮辱之海，囂然盡力而忘反，亦莫自知也，而達者哀之。二者非以其超然不累於物故邪？老子曰：『雖有榮觀，燕處超然。』嘗試以超然命之，可乎？」因爲之賦以告曰：

東海之濱，日氣所先。巋高臺之陵空兮，溢晨景之絜鮮。幸氛翳之收霽兮，逮朋友之燕閑。舒堙鬱以延望兮，放遠目於山川。設金罍與玉斝兮，清醪潔其如泉。奏絲竹之憤怨兮，聲激越而眇綿。

下仰望而不聞兮，微風過而激天。曾陟降之幾何兮，棄溷濁乎人間。倚軒楹以長嘯兮，袂輕舉而飛翻。極千里於一瞬兮，寄無盡於雲煙。前陵阜之洶湧兮，後平野之淤漫。喬木蔚其蓁蓁兮，興亡忽乎滿前。懷故國於天末兮，限東西之險艱。飛鴻往而莫及兮，落日耿其夕躔。嗟人生之漂搖兮，寄流枿於海壖。苟所遇而皆得兮，遑既擇而後安？

彼世俗之私己兮，每自予於曲全。中變潰而失故兮，有驚悼而汍瀾。誠達觀之無不可兮，又何有於憂患？顧遊宦之迫隘兮，常勤苦以終年。盍求樂於一醉兮，滅膏火之焚煎。雖晝日其猶未足兮，竢明月乎林端。紛既醉而相命兮，霜凝磴而跰躚。馬躑躅而號鳴兮，左右翼而不能鞍。各雲散於城邑兮，徂清夜之既闌。惟所往而樂易兮，此其所以爲超然者邪？明清夢軒本《欒城集》卷一七。

蘇軾《書子由超然臺賦後》（《蘇文忠公全集》卷六六） 子由之文，詞理精確，有不及吾，而體氣高妙，吾所不及。雖各欲以此自勉，而天資所短，終莫能脱。至於此文，則精確、高妙，殆兩得之，尤爲可貴也。

《古賦辯體》卷八 賦也。語亦精。其宋之近古者歟？

《復小齋賦話》卷上 《超然臺》有子由、與可、文潛三賦，予以子由爲最。

超然臺賦

鮮于侁

佳人兮何爲，超然臺兮獨處。極勞心兮悵望，登寶峰兮仰止。天之西兮海之東，不憚遠兮欲從其遊。秣余馬兮次余車，道阻長兮不可馳驅。天蒼蒼兮雲垂垂，風雨冥冥兮愁余思。

余之思兮何在，遠遊兮六合之外。御一氣兮周流，横八風兮上下。絶人世之囂氣兮，捐區中之狹隘。命豐隆使先驅兮，飛廉掃清於晻藹。陽子蒼皇而不及馭兮，陲良騁眙而不及駕。朝五嶺兮晝崑崙，晡玄圃兮夕三山。乘雲氣而騎日月兮，陟降洽乎群仙。王喬韓終惠好而遊兮，訪丹丘而揖羨門。顧超然之佳人兮，相對而忘言。忘言兮道存，冠岌岌兮服芳芬。飲沆瀣兮飧芝英，氣充髮鬒兮貌可長生。金丹煌煌兮五色，服之一九兮生羽翼。聞風恍惚兮，或有求而不得。蜉蝣之生兮，蟪蛄之年。朝菌曄煜兮，舜華鮮鮮。蠻觸之角兮，醯雞之天。壽命幾何，皆去如絶弦。佳人兮奈何，道不可流人兮時不再來。聊逍遥兮自得，與日月兮同存。《新刊國朝二百家名賢文粹》卷一七九。

超然臺賦 並序

李清臣

惟太史氏守膠西之明年，政平民裕，易勤勸爲燕閑。寓所樂於登望，成高臺於此園。以屬濟南從事，以事賦之，命爲超然。客有過膠西者，覽觀乎其上曰：「信乎，美哉臺也！抑可以緣名而見意，即事而知賢。」乃繼之曰：

山則帶篋覆釜，五疑九仙；水則膠皎盧落，陽馮維涓。枕以句遊之島，帶以卻淇之川。深回回以索阜，高叢叢其刺天。

晨金烏之始出，搏碧海而孤騫。雖夸父知不可從兮，惟明霞之後先。立瞪視以既久，目眩晃而飛圓。欣草木之得時，野蒨鬱而生煙。惡百里之氛垢，喜太虛之澄鮮。下不接乎物之迹，旁不慁乎人之言。獸騰原以躑躅，鳥隱木而間關。謂行雲之無心，何既往而復還。雨誰者其使之，忽馳駈以北南。惝躊躇以慕古，感四敘之徂遷。朝迎旦乎扶桑，夕餞日乎虞淵。下四顧而愍裕，惜所趣之奇偏。得有徵於鼠臂，喪有巨於牛肩。視溺者之紛紛兮，愈疾走而争前。

余宏望而獨得，思浩渺而難傳。軼昊氣而與之遊，遺事物之羈纏。嗤榮名之喧卑，哀有生之煩煎。萬有不接吾之心術兮，味《逍遥》之陳篇。蛾眉弗以爲侍兮，識幻假於朱鉛。雖巫神與洛妃，吾不覩其爲妍。湛幽默以静思，屏秋耳之繁絃。嗅緑縟之雜芬，叱層壇之龍涎。斥醪醴而不御，塵芳茶以瀹泉。

系曰：世所甘處，我以爲患兮。物皆謂危，己所安兮。非彼所争，爲樂不愆兮。佩玉襲綬，得考槃兮。《新刊國朝二百家名賢文粹》卷一七九。

蘇軾《書李邦直超然臺賦後》（《蘇文忠公全集》卷六六）世之所樂，吾亦樂之，子由其獨能免乎？以爲徹絃而聽鳴琴，卻酒而御芳茶，猶未離乎聲、味也。是故即世之所樂，而得超然，此古之達者所難，吾與子由其敢謂能爾矣乎？邦直之言，可謂善自持者矣，故刻於石以自儆云。

超然臺賦　有序〔一〕

張耒

蘇子瞻守密，作臺於囿，命以「超然」，命諸公賦之。余在東海，子瞻令劉貢父來命

或有疑於超然，曰：「古之所謂至樂者，安能自名其所以然耶？今夫鳥之能飛，獸之能馳，與夫人之耳目手足、視聽動作，自外而觀之者，豈不以爲大樂乎？然鳥獸與人未嘗自以爲樂也。古之有道者，其樂亦然，又安能自名其所以然耶？彼方自以爲超然而樂之，則是其心未免夫有累也。」客有應之曰：「吾豈以子之言非耶〔二〕？吾方有所較，而後知超然者之賢也。予視世之賤丈夫方奔走勞役，守塵壤，握垢穢，嗜之而不知厭。而超然者方遠引絶去，芥視萬物，視世之所樂，不動

〔一〕有序：原無，據四部叢刊本、民國刻本補。

〔二〕子：原作「予」，據四庫本、民國刻本改。下同。

其心，則可不謂賢耶？今夫世之富人，日玩其金玉而樂之，是未能富也；忘其所有而安之，是真能富矣。夫惟有之，是以貴其能忘之，使其無有，則將何所忘耶！予以謂將忘超然爲真超然，則其初必有樂乎超然而後忘可能也。子以謂樂夫世之樂者乎？然則子亦安知夫名超然者果非能至樂者也？」賦曰：

登高臺之岌峨兮，曠四顧而無窮；環羣仙於左右兮，瞰大海於其東。棄塵壤之喧卑兮，揖天半之清風，身飄飄而欲舉兮，招飛鵠與翔鴻。

莽丘原之茫茫兮，弔韓侯之武功；提千乘之富强兮，憑百勝而稱雄。忽千年而何有兮，哀墟廟之榛蓬。有物必歸於盡兮，吾知此臺之何恃？惟廢興之相召兮，要以必毀而後止。彼變化之無窮兮，嗟其偶存之幾何？聊徼樂於吾世兮，又安知夫其他？

或有疑夫超然者曰：「豈其知道而未純。」曰：「彼天下之至樂兮，又安能自名其所以然？惟樂而不知所以樂兮，此其所以爲樂之全。彼超然而獨得兮，是猶存物我於其間。」

客有復之者曰：「子知至樂之無名兮，是未知世之所可惡。世方奔走於物外兮，蓋或至死而不顧。眇如醯雞之舞甕兮，又似乎青蠅之集污。衆皆旁視而笑兮，彼獨守而不能去。較此樂於超然兮，謂孰賢而孰愚？何善惡之足較兮，固天淵之異區。道不可以直至兮，終冥合乎自然。子又安知夫名超然者，果不能造至樂之淵乎？」明趙琦美鈔本《張右史文集》卷二。

紅梅閣賦

李石

閣茂歲春，次於稷下。始至有謁，主人可者。虛治寢之右偏，潔窗櫺之邃雅。主顧謂客，且焉此舍。横書與琴，中食息矣。始以迄今，時之易矣。彷彷徉徉，如遺如忘。主人之謂誰，而客亦不知身之爲客也。

夜半朔風，隱然動地。草木摇落，鳥驚蟄閉。姚黄魏紫，灰冷無氣。猗彼嘉樹，儼乎庭前。含太素以獨秀，破小萼之微丹。友松與篁，真伯仲間。咄嚴霜其何畏，似古人之歲寒。夜色希微，簷月沉浮。攬衣起步，誰與獻酬。耿耿清質，忍令暗投。影横陳以向夕，香徹曉而不收。

客曰：「美哉！天贊我也，其何不承。有琴我援，有酒我酌。我亦有身，曷云不樂。蹈大方於無閡，味至理於淳樸。望三山之匪遥，欲翔風之寥闊。賓進塊之匪予，庶懷歸之敢作，然後主人命客之不薄也。」

既醉而夕，既醒而晨。具衣與巾，以謝主人。主人曰：「噫，此客能勤矣哉！」《永樂大典》卷二八一〇。

蓬萊閣賦 並敘

王十朋

越中自古號嘉山水，而蓬萊閣實爲之冠。昔元微之作《州宅詩》，世稱絶唱。近代張公伯玉三章，膾炙人口，好事者從而和之。獨未聞有賦之者。某筮仕之初，辱爲蓬萊客，廼者中秋之夕，與同僚會飲於兹閣，覽湖山之勝，翫月於樽俎間，即席賦詩，諸公皆和。既而念之，閣不可以常登，一詩不足以盡意，遂從而賦焉。

王子遊會稽，客蓮幕，登卧龍之山，躡巨鼇之閣。秀閲千巖，流觀萬壑，縱遠目於東州，暢幽懷於廖閣。

於時天高氣肅，秋色平分，簪蓋良朋，把酒論文，俯仰湖山，懷古傷今，登高賦詩，以寫我心。周覽城闉，鱗鱗萬户，龍吐成珠，龜伏東武，三峰鼎峙，列障屏布，草木籠葱，煙霏霧吐。棟宇峥嶸，舟車旁午，壯百雉之巍垣，鎮六州而開府。

東望稽山，思禹之功。喬松鬱乎故陵，丹青儼於祠宮，藏丹書於魈穴，流遺畫於無窮。南目秦望，哀秦之過。方鑱石以頌德，驕顔色以相賀。嗟仙藥之不來，俄腥風之已播。西望夕陽，送目蘭亭，懷王謝之風流，感斯文而涕零，徒觀夫茂林脩竹，鎖煙靄而冥冥。北望滄海，渺其無涯。方吳門之畫龍，視越國其如蛇，轟雷鼓於一震，虚吳國而成窪。訪麗譙之故址，第見乎古木之號鴉。

前瞻鑑湖，滿目雲水，嘉馬侯之偉績，慕賀監之高軌。祠荒兮遺迹半湮，宅冷兮黄冠無幾，徒有漁舟賈楫，風樵航葦，往來乎鷗鷺之鄉，欸迺乎煙波之裹。仰瞻高閣，翬飛崔嵬，俯瞰州宅，緬懷高才，面無時之屏障，家終日之樓臺，長湖山之價於几席之上，惜斯人之安在哉！

言未畢，客有指斯閣而謂予曰：「子亦知夫閣之所以得名者乎？蓋始於元和才子也。以玉皇案吏之尊，擁旌麾於千里也；蓬萊隔弱水三萬里，以筆力坐移於是也。齊名有白，從事有鞏，胸中有萬頃之湖，真一代之奇偉也。詩章一出，遂能發秦望之精神，增鑑湖之風采，《蘭亭絶唱》亘古今而莫擬也。子亦讀夫才子之傳否乎？姑問訊其從何而來、集乎彼而至於此也？才子之才，固足以起吾子數百年之聳慕，才子之所以獲侍玉皇者，亦吾子之所喜攻而深耻也。夫何昔之有？」

予於是引客之手，揚袂而起，言契予心，諾諾唯唯，有是哉〔一〕，斯人也而至於斯也，尚忍言之哉！

俄而鼓角作於人間，明月出於林端，妙三弄之梅花，爛十分之銀盤，釂一觴而徑醉，有不盡之餘歡。頃之陰雲忽興，點綴青天，漸山川之蒙籠，若有娬乎嬋娟。倚危闌而感槩，覺興盡而思旋矣。

於是相與啜茗於清白之堂，漱齒於清白之泉，閱唐宋之題名，終夕爲之慨然。嗚呼噫嘻！死者可作，吾誰與歸，其無出乎文正范公之賢。四庫本《梅溪後集》卷一。

《會稽三賦》卷下史鑄注　此作固在二賦之後而成，然其中所述，即戊寅之中秋，蓋追思而作者也。先生又有《蓬萊閣》詩云：「萬壑千巖氣象雄，卧龍山與道山同。秦皇辛苦求仙藥，不識蓬萊在此中。」又云：「祖龍車轍遍塵寰，只道蓬萊在海間。空上皇秦山上望，不知此處是神仙。」

史鑄《會稽三賦序》（湖海樓刻本《會稽三賦》卷首）　會稽之山川風物載於圖經地志者，固不少也。然人一一泛觀則興易盡，屑屑徧讀則神且疲。儻非有所去取，纂次成文，焉能資於玩繹？

〔一〕有是哉：《歷代賦彙》卷八一、嘉慶刻本《會稽三賦》卷上作「有是哉，有是哉」。

紹興閒，詹事王公以射策魁多士，入官越幕。贊治之暇，廼於圖志掇其赫奕之事迹，志謂輿地志之類，今賦注所引惟《會稽志》一書，非先生作賦之前所有者。加以舊傳新睹可紀之事，從類鋪張，著爲《風俗賦》，以抑揚品藻寓於答問，其事實，其辭贍，旨趣明暢，字字淵源，誠爲傑作。公之究心，可謂平章風物之宗主，其有光於吾邦者大矣！及賦《民事堂》、《蓬萊閣》，文皆醇正，語亦高妙，其有見於奉君命、紀勝槩者備矣。吁！昔人所言擲地作金聲者，豈得專其美哉？竊惟《風俗》一賦，雖有剡溪周君之注，惟以表出山川事物爲意。而公之文章，以經史百家之言盤屈於筆下者，殊未究其根柢。曁《民事》、《蓬萊》之作，其注又闕然無聞，遂使覽者惜其未備。鑄平日嗜公之文至於成癖，由是不揆蕪淺，輒皆爲之注。雖未必一一盡得公本意，且以補周君遺闕。至其閒固有闕略詳備之不齊者，然而意各有所謂，闕謂故闕不注者，如西子、王室、風騷、遺迹、德教、民事、啜茗之類是也。略謂出處非一，而只取一二書爲注者，如詁言、虞子、多士、舞干戚、一統、甄陶、九重之類是也。大率事涉於隱者則從詳備，目熟乎見者則從闕略，蓋非徒事夫繁文，而貴夫有以證明也。李善注《文選》云：「諸引文證，皆舉先以明後，以示有所祖述。」愚今注賦亦本此意，然閒有於事不切者，恐其繁冗，不敢悉取，如黄冠不引《禮記》之文而引《唐書》是也。若夫士大夫居是邦，遊是境，則是賦也不可以不知。其或外此者，苟能一目，則不必上會稽，探禹穴，不必投剡中，登天姥，其若耶、雲門，又不必青鞋布襪也。或從官於此，則鏡湖、秦望之遊，亦不必月三四焉。況人材風俗與夫登覽之勝，班班靡不具在，俾盛傳於世，豈曰小補哉？凡讀之者，嘗患乎奇字之爲梗，從而爲釋音，區布於句讀之下，凡檢《類篇》、《集韻》無見者，則據夏英公《古文四聲韻》爲音，故其中有特該出處者也。庶幾不俟討論，可以助眼過電而口傾河也。區區注釋之意，於是乎併書。時嘉定歲在丁丑，日長至，愚齋史鑄序。

《四庫全書總目》卷七〇《會稽三賦》三卷，禮部尚書曹秀先家藏本。宋王十朋撰。十朋字龜齡，樂清人。紹興二十七年進士第一，官龍圖閣學士，謚忠文，事迹具《宋史》本傳。所著有《梅溪集》。此賦三篇，又於集外別行。一曰《會稽風俗賦》，倣《三都賦》之體，歷敘其地山川物産、人物古蹟；一曰《民事堂賦》，民事堂者，紹興中添差簽判廳之公堂也，元借寓小能仁寺，歲久圮廢，十朋始重建於車水城；一曰《蓬萊閣賦》，其閣以元稹詩「謫居猶得住蓬萊」句得名。皆在會稽，故統名曰《會稽三賦》。初，嵊縣周世則嘗爲注《會稽風俗賦》，郡人史鑄病其不詳，又爲增注，併注後二賦。末有嘉定丁丑鑄自跋。十朋文章典雅，足以標舉茲邦之勝。鑄以當時之人注當時之作，耳聞目見，言必有徵，視後人想像攷索者亦特爲詳贍。且所引無非宋以前書，尤非近時地志杜撰故實，牽合名勝者可比。與十朋之賦相輔而行，亦劉逵、張載分注三都之亞也。

《賦話》卷一〇《會稽三賦》，宋王十朋撰。一曰《會稽風俗賦》，二曰《民事堂賦》，三曰《蓬萊閣賦》。以上皆高宗紹興戊寅年秋冬爲府簽判時作也。明陶望齡合三賦序行，而注之者則渭南逢吉也。

味書閣賦

傅自得

山水明秀，邑稱劍江。於其中而擇勝，建傑閣之巍昂。黄簾緑幕之閉，牙籤玉軸之藏。出則連車，入則充粱。是書也，非有酸鹹甘旨之可啖，醯濫滫瀡之可嘗也。然而古今嗜之者，飲則過於醪醴，嚼則美於稻粱。既咀其華，又漱其芳。或欣然而廢食，雖終日而不忘。以其怡神者，有黄嬭之目；以其旨美者，有雋永之題；以其説心者，舉芻豢以爲比；以其用之不竭者，至謂五穀不能以庶幾。是皆有得於書味，而其深淺醇駁，則未能一概而周知。

書之類也，百種千名。言之立也，異軌多歧。隨吾所取，往往而有。至其合聖道之與否，則如十指之難齊。絺章繪句，抽黄媲白，味則美矣，而不適於用。譬之雞肋，雖勤抉剔，而不足以療飢。老氏之清虚，釋氏之超詣，味則高矣，而不協於極。猶蝤蛑瑶柱，食之爽口，終不免動氣而嚬眉。申、商刑名之學，儀、秦縱横之説，味則奇矣，而用之有害。猶河魨野菌，纔一下咽，而腐腸裂胃之患，已隨之矣。

惟《中庸》之誠，《魯論》之孝弟，《大學》之德，《孟子》之仁義，食之有益而無損，咽之有信而無疑。可以澤膚，可以充腹。終朝不食，則枵然不知其所爲。正猶菽粟之甘，太牢之肥，仁人之所先得，而古今之所同嗜。君子所以哺其膏液，而鮮能知之者，所以爲凡民之所歸也。

泉谷先生博極羣書，屬饜正味，立朝則奏對偉然，出守而治行卓爾。有大人格君之業，得君子愛人之義。味書之效，蓋已試矣。雖然，萬皋稽古，未有經籍之傳；良弼典學，豈待文史之富。而道貫百代，功高千禩，蓋旨不在於語言，妙多離於章句。故默識者通融，心潛者理悟。儻專泥於筌蹏，亦何得於魚兔？泉谷先生義理厭飫之餘，掩卷默坐之次，顧以此語，爲僕思之。海山仙館叢書本《隱居通議》卷四。

《隱居通議》卷四　泉谷徐尚書鹿卿，豐城人也，嘗構閣以藏書，名之曰味書閣，幼安爲之賦。

尊經閣賦 有序

丁椿

寶慶旃蒙作噩余月之次日，滌江老圃丁椿舟泊湘陰，矯首江下，層閣輪奐。質之邦人，乃知邑大夫林公新建於環庠，且扁曰「尊經」。少焉乘風一登，俯視楚國山水於雲霄之上，真可以小魯、小天下而無望洋之歎矣。然則公之惠邑士，不其厚乎？退而作賦以獻。辭曰：

伊南湘之故土，跨重湖之上形，眇山明而水秀，號人傑而地靈。厥有學宮，頫視滄溟，新傑閣以撐漢，揭巨扁以「尊經」。閣有梯雲，攀檻而登。眺斯閣，且曰四望一空，如遊洞庭，顧於六籍而何預，遂以「尊經」而爲名哉！彼豈知闡造化於八卦，恢至道於四代。詩歌近以志言，禮樂是所謂大。又有一聖，操賞罰於筆削，以示萬世，爲賊之大戒。宜後世之所仰遵，伊羣言何得而汩壞也。

迺有異端邪説，諸子百家，無父無君之學紛起，入佛入老之路太差，蝕杲日於爝火，亂大吕於淫哇。甚而荀、揚之徒，亦有純疵之誇。況夫專明於漢，而不知同歸之道；時文於唐，而誰爲諸儒之倡？混亂散亡者不得其真，狂瀾既倒者莫東其障。嗟聖經之不尊也久矣，此先聖所以在川上而悵也。

於是闢土地，使工師。杞梓楩楠兮畢集，欂櫨侏儒兮各宜。雄虹長亘，如翬斯飛。窮江天於萬里，莽湖山於一機。後瞰汨羅之浸，前望碧灣之溪。引領群岫者山名白鶴，底柱石流者洲號印龜。汀渚錯落，林木依稀。則何慊於《岳陽》之記，又何媿於《黃鶴》之詩？人謂先生寄登覽之至樂，豈識先生示學者之攸歸也？蓋以其澎湃上流，收覽在目，曰𤅺曰瀟，曰來曰漉，吞漣川之一綫，合清流之幾曲。由橋口而經此邦，下黃陵而奔四瀆。蕩蕩茫茫而學海，湯湯浩浩而朝宗，豈不猶衆言淆亂而一折諸聖，百川汎濫而萬折於東？先生於以明尊經之義，學者於以知統一之功。然則今日設庠化邑而作是閣者，豈尋常開學校而誘人以利禄者同哉？

嗟夫！逝者如斯，有本如是。後世不得觀瀾之術，徒有趨下之弊。詞詩倒流，文擅翻水。將簧惑於異説之紛，推本原於聖經之理。先生不眩鳴絃之名，獨得操刀之製。於此而一正人心，於此而一明大義。迨見學者知所宗師，聖門可以徑詣，遠接洙泗之脈絡，近啟伊洛之關捩。他時所學，見諸行事，將使後世之有賴，何止一方之加惠？昔人有曰孟氏之功不下於大禹，愚則曰尊經之功不下於孟氏也。《歷代賦彙》卷七六。

雙楠軒賦

慕容彥逢

南郭夫子，養素丘園，於室之右，面楠爲軒。客謂夫子曰：「予昔放浪，迹如漂萍，南遊北涉，舟車靡停。睠彼通邑，豪俊誇矜，崇飾土木，以麗爭聲。青樓朱閣，邃室危亭，月臺嶢甃，風軒霧甍。列嘉植以助蔭，裒名葩而播馨，聆珍禽之巧啄，玩怪石之殊形。洽比婚友，意氣相傾，飲何拘於卜晝，醉夜色之澄明。今夫子之軒，廣不數椽，攬幽僻以自誑，甘寂寞以窮年。豈願言而弗獲，將懷土而樂旃？」

夫子拊髀而歎，斂袵而對曰：「予樂在内，子觀在外，思莊生之貴真，與老氏之去泰。審予心之所安，雖容膝以爲大。予之爲軒也，雙楠在前，環以茂林，來清音於南澗，挹爽氣於西岑。方春之陽，予楠向榮，萌芽葱蒨，錯以瓊英。入夏扶疎，芘我牆屋，翠陰正繁，秀色可掬。商秋既肅，淒兮向彫，凝露丹葉，涼風韻條。凛凛隆冬，雪景尤勝，玉幹高聳，瑶枝互映。四時代謝，此景循環，載欣載矚，獨寐寤言。罇中芳酒，暢予情瀾，勸言酌之，亦既酡顔。荒徑自掃，衡門晝關，乘化委分，顧何有乎憂患？予自謂此樂無窮，而豪俊之樂不可保。彼樂以物，而此樂以道。嗚呼！昔居此邦，胡可勝記？同歸乎盡，逝若湍水。釣臺嚴子，茶舍陸公，遺址雖在，荆棘摇空。予有安宅，亦曰廣居，匪土匪木，卷舒在予。予軒足矣，將復何慕？」

客聞若驚，腆墨而去。四庫本《摛文堂集》卷一。

清虛子此君軒賦

楊萬里

吾友清虛子家有竹軒，命曰「此君」，誠齋楊某爲賦之。

客有問於清虛子曰：「昔者子猷愛竹，字之曰『此君』[一]，謂此君一日之不可無，古之知竹者未有若子猷之勤者歟？」

清虛子曰：「子猷可謂愛竹矣，知竹則未也。古之知竹者，其惟吾夫子乎？蓋嘗聞之，夫子適衛，公孫青僕。子在淇園，有風動竹，聞蕭瑟檀欒之聲，欣然忘味，三月不肉。顧謂青曰：『人不肉則瘠，不竹則俗，汝知之乎？』其詩曰『瞻彼淇奧，緑竹如簀』，『言念君子，温其如玉』。吾乃今知竹之所以清，武公之所以盛也。蓋君子於竹比德焉。汝視其節凜然而孤也，所謂『直哉史魚，邦有道如矢』者歟？汝視其貌頎然而臞也，所謂『伯夷叔齊餓於首陽之下，民到於今稱之』者歟？汝視其中洞然而虛也，所謂『回也其庶乎屢空』，『有若無』者歟？故古之知竹者，其惟夫子乎？子猷非知竹

[一] 此：原脱，據汲古閣本、四庫本補。

者也。」客曰：「甚哉，清虚子之言似夫子也！敢賀此君，從陳蔡者皆不及門，君何修何飾，乃得與四子而同席乎〔一〕？願堅晚節於歲寒，以無忘夫子之德。」四部叢刊本《誠齋集》卷四四。

借軒賦

張侃

彼美人之容止兮，詹姿儀之端潤。卻萬邪而不御兮，秉心本而爲準。囿宇宙爲一府兮，揮是非於一刃。聲名如浮雲兮，提養生之四印。蓋嘗商榷奇譎，特其遊戲。不根蒂於歲時，而墮賤隸之計。乃餐明月，揖清風。踐羊豕之隧，而入幽人之宫。爰觸感諭，在亡有中。笑芸芸之各役，杳不知其所終。藏須彌於一粒，絢瑞彩於青穹。引之則俯，用之則仰。譬呼吸於寸景，易有同於反掌。繹折楊於《皇荂》，猶及見乎古唱。吾不知一身之適，而强名曰借。豈非俟萬物陶

〔一〕乎：原無，據汲古閣本、四庫本補。

冶耶？腐臭爲神奇耶？靈府清冷耶？笑傲塵表而不視耶？計楮中之分綮耶？蛾綠粉白之麗耶？不然，其借也，非南非北，非東非西，胡然而安，亦胡然而歸耶？吾曾體性抱神，以遊世俗。莫不有機械，必有機事；有機事，必有機心。機心所存，而咎膠舟於坳堂之水不深。是借又委之無可奈何。

子陵之釣，志和之蓑，甫里之耕，商山之歌。當其未得，孰不哂夫退縮；及其欣於所遇，而視之已多。吁！青黄豈木之病，圭璋豈玉之福。蝸豈在鬭，黽豈在續，惟人心因是而揉局之耳。若乃日月左右，天之明兮；河瀆小大，地之經兮。花木妖麗，春之榮兮；雪霜嚴肅，冬之刑兮。至於腐草化螢，光何燭兮；污水爲蚋，飛何速兮。蜂呪蜾蠃，本何親兮；雀投而蛤，果何分兮。橐籥紛冗，互變易兮。肖形班象，終不一兮。孰測其狀，孰標其名。氣類秀育，區別以生。既不諳其所來，又託之於秋聲。

嗟夫！架木爲楹，疏土爲池。醴泉千斛，摘茶一旗。入則繩樞，出則扶藜。竹有晚節，梅有清姿。水能容量，山能呈儀。自得膜外之樂，不染世間之絲。佩玉鎗鎗，印綬纍纍，孰若一飽以佚代危？刑賞之用，鞭朴之施，孰若袖手以隨四時？然則吾之借，非朝得而暮失，初順而後抑者也。借文以傳其意，借詩以騁其神。既沃潤乎肺腑，而不勞乎斧斤。與鳴則鳴，與寂則寂。縱其百來，付之一息。方將如禦寇之行風，莊生之夢蝶。一牋天公，百拜僭躐。試抒借之義，而爲予作一奇特事。四庫本《張氏拙軒集》卷五。

三友齋賦 並序

劉一止

余行年二十有四，不知取友，即家君遊息之會，别爲一小齋，可方丈許，常兀兀獨坐，恨孤陋而寡偶也。有一塵尾，命曰白友，一拳石曰碧友，一琴曰黑友。因名其齋云。

劉子三友，白碧黑也，各以色稱，因其適也。謂友伊何，心莫逆也。并我而四，共兹室也。不笑不言，淡而默也。不見其損，亦不見其益也。

客有造余曰：「吾聞古聖賢之取友以人而不以物，以德而不以色。直諒多聞，豈非德之人與？今子友是，不可則也。」

余曰：「不然，天地剖判，萬物權輿，適然有生，若吸若嘘。寄一温於全潮，互出没於太虚。均形色其天性，奚物我之差殊。審如子言，則既惑矣。雖然，請爲子言之：余觀世間，争名於朝，争利於途，翕習沸渭，駘蕩温舒。閶闔紛其森羅，冠蓋儼其馳驅。净者易染，清者易汙。維是白友，涅而不緇，有於陵仲子之潔也。高下相形，利害所怵，信者可僞，智者可愚，勇者猶豫，辯者呫嚅。摧百鍊於繞指，回鼓瑟於吹竽。維是碧友，介然莫移，有伯夷氏之特也。至於鈎絃柱指，函宫泛商，寫天地之淳和，雜古今之興亡。或疏而越，或嘽而緩，或奮而厲，或發而散。《國風》、《雅》、《頌》，和而質也。騷人逐客，忠而激也。巍巍湯湯，奔放而屼岌也。促促剌剌，切切昵昵，怨斷而幽憶也。余於是乎玩其聲而略其意，寓於手而忘於心[一]，喜怒悲憤，初無所隨。俄而奏罷，風恬籟寂，反於無迹。是黑友者，其庶幾乎老聃氏之常德不忒也。嗟乎！余於三友，雖以物取，而人存其間；雖以色命，而在德罔棄。蓋所謂若有德而不知其德者耶[二]。」客俯焉而嘆，爽然而自失，出以告其徒曰：「吾得取友之術矣，二三子何患乎無友。」四庫本《茗溪集》卷一。

寄傲齋賦

趙鼎臣

趙子新作寄傲之齋，既成，客有見而笑者曰：「噫嘻，嗟夫！環堵之墟，瓦礫所

[一] 此句清鈔本作「寓以手而忘其心」。

[二] 兩「德」字，清鈔本並作「得」。

儲。高裁隱頂，廣劣容軀。白日穿漏，寒風嘯虛。褊淺迫仄，閟若囚拘。先生學不足以稽唐憲虞，行不足以左規右模。勢不足以濡乾潤枯，談不足以出有入無。動廓落以無偶，居寂寞以無徒。風吟雨呻，飢腸叫呼。飯不滿腹，見嘲妻孥。衆將傲子以弗忍，顧子反寄傲於誰歟？」

趙子曰：「吁！是則然矣，而客責之不已甚乎？吾儕小人，志不願餘。在山而樵，在澤而漁。或跣而步，或乘而驅。隨所寓以皆適，吾又安知夫窮達之所殊？貧與賤，吾不悔；富且貴，吾不諛。將修敬以不給，顧何傲之敢圖？在陰則慘，在陽則舒。凜霜雪之戒候，追葵藿而起余。遡愛日以擇地，得幽人之所廬。匪斲匪彫，既治既除。信容膝以有裕，廼左詩而右書。時縱目以流視，追冥茫於古初。友聖賢乎千載，同古今於一區。有治有亂，有賢有愚。有得有喪，有隆有汙。有去取以爲之寵辱，有褒貶以爲之賞誅。或雲而龍，或泥而豬。或憔悴於邱壑，或榮華於國都。前哲紛紛以既往，後生皇皇而益趨。森萬物之情僞，了坐判於錙銖。無異登藍田而採玉，據合浦以求珠。凡世之所謂壯觀巨麗者，固已盡載於吾居矣。吾俯而人，若滄海之浩浩；默而坐，如夏屋之渠渠。不知天地之廣大，日月之疾徐，軒裳之照曜，俎豆之蕭疎。將以是而寄傲也何如？」

客曰：「唯唯。」於是乃頓足而歌曰：「吾不如騶侏儒，錢多粟飽兮，偷以腯其膚。吾又不如爨之夫，附炎炎兮貌愉愉。獨衣被於簡策兮，咀前載之膏腴。嗟來此寄傲之室兮，此中聊可以與娱。」四庫本《竹隱畸士集》卷一。

山齋賦

鄭剛中

觀如居士榜所寓爲「山齋」，有叟趨其下，仰而笑曰：「名何謂？是翁號書生，頃嘗履玉階之方寸，奉天威於咫尺，非山中之人。今者囚竄，正木偶因漂，南冠而縶，非愛山之時。前有謝亭長之閣，右乃見督郵之縣，非居山之地。名何謂？」一趨而出。追問之，不告。觀如感而賦曰：

予世居金華赤松之下，深林豐草，曠野平岡，奥而爽，動而藏。初環翠以通幽，鑿嵌巖於邃府；忽數峰之拔起，入寒翠於穹蒼。蓋初平叱石之處，孝標讀書之鄉。雖雲可耕也，類子真之谷口；而盤之樂兮，無李愿之太行矣。有桑有麻，有梨有栗，吾非耕而伌伌，則灌而搰搰。或無餌而釣寒溪，或帶經而鋤晚日。不知芰製之異乎簪裾，不知編茅而類乎營窟。桃飛花而送春，雪擁門而入室。所以鹿豕不驚，烏鳥相得，蓋是山中之一物。欺吾者曰：「爲儒要當釋屩，作賦可以得官。不牧羊而隨人燒尾，何爲守枯槁而遠長安也？脱如豹隱，豈霧中許久，猶未成乎一斑也。盍亦捨蜩飛之控地，觀鵬翼之垂天乎？」

聞而甘之，炙背食芹，誠忘其陋，不謂沐猴之已冠也。奈何草茅之性終在，煙霞之痼不痊。服勞而力已朽，願息而中愈頑。雖侯與伯，鶉且特，而憂悲眩視，此心無一日不在乎山間。果以滄浪不濯之身，負藪澤難藏之垢。大不足以禦魑魅之祥，小不足以汙豺虎之口。風静雷收，天高地厚。爰葺此居，使韜百醜。蓬蒿兮隱前，松筠兮蔽後。湖光兮蕩左，江聲兮注右。賓客難過於高軒，書記不通乎下走。蓁茀蓁藹，崎嶇巀業。蓋蠻洞丁之所雜蹂，罪戾者居之不妨，戴隆恩於崧岱，寄危根於培塿也。

寂無人聲，柴門晝扃。隅坐一牕，度秋林之策策；如臨萬壑，聽風雨之冥冥。掃庸神之滯困，對孤爨之餘清。盥瓶罌而小汲，雜荼薺以同烹。問迷塗於貝葉，窺奥義於羲經。是皆追省愆尤，收召魂魄，處陰休影之地，洒心修行之庭。

彼何叟也，謂吾小齋爲無寔而名；殊不知憂幽之病，既定於中，州縣在旁，何落吾事。不須笏以拄頰，自披襟乎爽氣。故園之夢不生，稚子之迎且置。惟松楸之悲，或感動於造化；則首丘而死，尚有望於終焉之計。四庫本《北山集》卷一〇。

曠齋賦

葛立方

山横雲卧，波渺天接，鷗沙雁浦，清入目睫。吾將陳雷乎明秀之絶景，而研桑乎閒中之日月。乃吸塵象，結小棟宇，蘭欀藥房，皆中規矩，碧綃糴檽，玄箔垂户。是爲山人處士之廬，又何殊豹隱於煙霧也哉！於以琴，牛盎雉木之聲清也；於以棋，兔宫蛇穴之勢立也。觴焉而瓶罍罄，詠焉而鬼神泣，誠可以薄軒冕而謝維縶矣。

噫！行藏成虧，處順安時，一絲不掛，孰拂天倪？吾道重於九鼎，世事輕於毫釐，吾不能以所重易所輕也。冥鴻罷弋，天馬不羈，一乍佞賢，作半點癡，又奚愧乎北山之移！宋刻本《侍郎葛公歸愚集》卷九。

至樂齋賦 並引

王十朋

予讀歐陽詩，有「至哉天下樂，終日在書案」之句，因採其語以名齋，又從而賦之。

予與客坐於書齋之内，客仰而顧，俯而笑，曰：「子知天下之樂乎？散於事物之萬端，會於窮達之兩途，然皆有窮焉，吾言而子聽諸！高車駟馬，腰金曳組，前者呵，後者衛，士之得志於當時者之樂也，然有時而厭焉。前日朝廷之士，扁舟去而煙浪深也。枕流嗽石，吟風嘯月。採於山，緡於泉，士之無求於世者之樂也〔一〕，然有時而改焉。前日山林之士，蕙帳空而猿鶴驚也。」

予曰：「子之言皆外物之樂也，樂故有窮，烏知天下有所謂無窮之至樂哉？一簞食，一瓢飲，顔回之樂也；宅一區，田一廛，揚雄之樂也。是固無心於軒冕，亦不放志於山林，得乎内而樂乎道也。吾今遊心於一齋之内，適意乎黄卷之中，師顔回，友揚雄，遊於斯，息於斯，天下之至樂也。又烏得而能窮？」四部叢刊本《梅溪先生文集》卷一一。

竹齋賦

釋居簡

君富於蜀，漢中拔萃。洋川之濱，霧擁煙蔽。滄灣嵌竇，殘沙塍水；平原萬井，

〔一〕士：原作「土」；求：原作「永」，據四庫本改。

沃野千里。其類實繁，既昌而熾。胸中千畝，坡戲之耳。蘄黄之産，伯仲叔季。陶瓦是代，不才者棄。

竹樓文章，簡古新麗。湘江雨餘，籜龍養雛。爲筏爲桴，可稼可蔬。船步漁梁，雁户水居。汲湘然枯，欸乃清婉。於柳柳州，一唱三嘆。乃今勸遊，委羽買鄰。荒岡猗猗，崇山嶙嶙。蒼蒼含煙，矗矗連雲。農事方隙，揮斧運斤。萬山答響，千筏銜尾。蔽溪入江，送江入海。巨賈萬艘，運入諸國，蓋不知其幾也。惜無品題，以配三子，乃今賦之，刷此君恥。

嗟嗟竹齋，植無寸地，盆盎之間，筳篿而已。鮮風徐來，大火方熾，金流石鎔，背汗顙泚。望屠門嚼，乃雞肋爾。槩子所樂，固余所鄙。

竹齋主人矖然而作曰：「吾聞外物者，容膝之隘，甚於廣宇，不則寬曠，擬動輒拘。尺土寸金。中都吾廬。一屈一信，倏榮倏枯。禀姿虚心，歲寒燕如。吾梢止簷，清則厭餘。彼筍當道，屢干剪屠。縱懷是中，馳神物初。心交也親，迹求也疎。鄉子所陳，各天一隅。今子所有，不傍子居。豈不爾思，子居所無。」

吾於是泯而默，囁而嚅，四顧而躊躇，豈夔憐蛇，蛇憐風，而不自反與？吾其風乎！吾其風乎！四庫本《北磵集》卷一。

懶翁齋賦

葛長庚

眉山蘇森老於懶，以懶翁名其齋。翁其真懶耶？雖曰鷗不入鴛鴻也，其如蒼生觖望何？吾聞翁兒時不甚懶也，以黄絹鞭心，以青衫結髮，以勳業覽鏡，以文章鏖鋒，折旋俯仰於周孔之間，軒昂軼蕩於韓柳之外。彼時黔黎見翁者，以手争指，以目争覩，皆有望吾懶翁以禹臯爲心也，今何爲其懶乎？一班未露，而仕意已飽，儒林煙薄，學海波寒，豈不孤朋簪拭目之望？自嘉泰間收筠陽時，翁既乞祠，逮作衡陽倅，復有武夷歸隱之請。蓋懶翁無心於仕而宦情如秋，故於縉紳間無苞苴從臾之欲，所以龍蟠而不雨也。翁今已過於從心之一年，宜乎猶懶於前，而投閑終老於雲水堆中矣。

翁有金華之浮家，即其先侍郎之故廬也。堂前有丈餘空隙，遂以八九椽而宇之。三面開牖，粗可容膝。砌板代磚，濡灰飾壁。蓄一枝花，立緑桐之琴，事三尺汶陽碧荇之劍。翁欲睡時，化爲蝴蝶飛，上登華胥國；翁欲飲時，伸頸如玉虹，一吸酒海乾；翁欲吟時，玉樹忽生風，珠璣吐落紙；翁欲棋時，縱横星斗亂，剥琢玉聲寒；翁欲舞時，谷神移玉山，飛劍指空碧。翁欲行樂時，横拖七尺筇，松間一長嘯；翁欲狂歌時，一聲吹鐵笛，喚起玉淵龍。謂如溪山得名，草木無咎者，翁亦從而詩之。花魂無主，月魄不歸者，翁亦從而酒之。翁但懶於世事，而此皆不懶之懶也。閑時而棋，興時而飲，暢時而歌，醉時而睡。此生爲任真，所適得自若也。事各各付事物，無心於事，無事於心。此則翁之懶處也。

希顏之坐忘，傚綦之喪偶，漸入希夷，與物俱化，至於忘寢忘食之地，則謂之真懶也。翁也心君殿清閑，白眼視朱紫，政所謂杜鵑罵鴻鵠，丹棘笑楩楠也。翁居齋中，惟懶所適，雨送添硯之水，竹供掃榻之風，雲展遮山之簾，草鋪坐石之褥。晝則博山飛碧蛇，夜則銀釭泛紅粟。飲酒吞風月，吟詩咬水雲，斫竹斬春風，移花鋤曉月。此則翁之懶中不能懶也。

客從武夷來，見翁如此懶，遂造懶翁齋，醉筆自淋漓，應問懶翁曰：「東風開柳眼，黄鳥罵桃花，齋中自有春，不喜出郊飲，翁於此時懶於踏青乎？幽軒風雨過，明月一池蓮，筆下生薰風，此心不受暑，翁於此時懶於入林乎？落葉隨孤雁，呼霜要辨寒，秋光滿乾坤，萬象自瀟灑，翁於此時懶於登高乎？水浸梅花影，猿呼一樹霜，芋火煨地爐，烹茶自煮雪，翁於此時懶於探梅乎？」翁曰：「然。」噫！塵埃刺眼，名利焚心，豈能一旦頓然似翁如此懶也？

壁上之琴幾日蒙塵，窗間之硯幾日無水，翁懶之故也。清風而關門，留月而待榻，翁懶之甚也。懶翁有廬可以避風雨，有田可以供饘粥，有子可以嗣衣鉢，不與俗交，不與人語，翁之身前乃一老禪也。既見武夷白玉蟾，遂喜而終日與語，玉蟾喜而賦此齋。時乃嘉定丙子初夏十有五日也。毛穎玄、陶泓等侍。正統道藏本《修真十書·上清集》卷四二。

學林賦

楊萬里

吾友胡英彦取班孟堅《序傳》之卒章，與黄豫章「求益窗下」之意，命其齋房曰「學林」。誠齋野客楊萬里爲賦之，其辭曰：

學林先生，宇宙一室，書冊永日。江聲山影，排户而願交；詩臞書癡，牢關而不出。客有念其幽獨者，闖然詣之，仰瞻其玄霧之巾〔一〕，則垢以銖兩計也；俯視其烏皮之几，則埃以分寸量也。客意若不釋然者，而問先生曰：「子奚若是哉！癡臞之爲雙，

〔一〕巾：汲古閣本、四庫本及《歷代賦彙》卷八二並作「中」，下同。

埃垢之爲鄉。世與子忘乎，子與世忘耶？」先生塊然若不聞者，徐顧客曰：「子可與談乎？」

俄掀眉而奮袖，粲玉齒之有光。源以開闢，波以帝皇，幽以天緯，焯以人綱。脞以虞初之破碎，粹以東家之文章，初松風而澗水，忽玉磬而金簧。客驚而自笑曰[一]：「吾鄉也病子，吾今也敬子。子殆近於道者耶，不然何癡於今而黠於古歟？何臞於貌而腴於文歟？何埃其几而不埃其心歟？何垢其巾而不垢其德歟？子殆近於道者也。雖然，子之幽且退者，吾不能以問子[二]，子亦不能以告吾也，願問其膚而已[三]。吾聞檀柘有鄉[四]，不朋不植也；玉石有瑑，不友不益也。今子也，十趾之下無百里之歷，兩耳之竇無單辭之獲，則子也既絶學乎諒直矣，不幾於不羽而翱書囿、不脛而趨聖域哉！此吾之所以不惑而不得也。」先生曰：「非竹實林，惟書爲林。今吾百聖之與居，群書之與曹，蓋終日揖遜其間之不暇，子猶病吾虚空之逃耶？」

[一]笑：汲古閣本、四庫本及《歷代賦彙》卷八二並作「失」。

[二]子：原脱，據汲古閣本、四庫本補。

[三]問：原作「聞」，據汲古閣本、四庫本及《歷代賦彙》卷八二改。

[四]吾聞：原無，據汲古閣本、四庫本及《歷代賦彙》卷八二補。

客聞而悟，出而喜謂其人曰：「吾有聞矣，吾有聞矣。」其人曰：「子烏聞此？」客曰：「吾聞之學林之叟，學林之叟聞之小德之父，小德之父聞之叔皮之子。」四部叢刊本《誠齋集》卷四三。

賦　室宇　五

寄老庵賦　爲孫莘老作[一]

黃庭堅

生乎今茲兮，見曩之人。萬物一家兮，券宇宙而無鄰。槖橡可以爲澤兮，鬢鬚蒼然。獨奈何俯仰以是兮，吾獨立而不陳新。彼族庖之技癢兮，伐大觚以嘗巧風。悲郢人之宰木兮，顧無所用吾斤。

滸滸汗汗兮，黃川日夜流。吾誰疏親兮，行天下以虛舟。無地以受人之徽纆，故超世而不避世。槃礴於蝸牛之宮，經行於羊豕之隧。蔛甓社以爲樽兮，舉海門以爲㦸。觴

[一] 乾隆本《宋黃文節公文集》正集卷一二題注：「公此賦跋云：『劉貢父作庵記。庵在歷陽温湯之僧舍。』元祐三年，公爲秘書省，孫莘老來索此文。」

豆於無味之味，從衲子以卒歲。儻然以寓其不得已，是謂無累之累。

何用窮山幽谷爲，獨安往而非寄。寄吾老於簪紱，岌高位之疾顛。春秋以旅力去矣，奉腆禄而彫年。寄吾老於孫息，厭群雛之嗷嗷。眷火宅之無安，寧執枯而俱焦。寄吾老於友朋，未沬平生之言。人壽不能金石，忽相望於鬼伯之阡。

伊漢上之龐禪，空諸有以爲宅，沈貨泉以棄責，聊生涯於緯竹。維衡岳之懶叟，獨金玉其言音。踞燒木以燠寒，拉鼻涕而無寸陰。相彼宛童，寓於柏松。自干青雲，束縛舍翁。主人不承澤，螻蟻爲宫。薪者斧焉，賓主禍同。無意以爲智維此意，而夭夭申申從人以嬉。寡婦之茨，高明之榱。相與社而稷之，訖無累於去來。養生者諱盈，術竅者天門不開。此其是耶，非乎？窮於外者反於家，困乎智者歸愚。伊未嘗一用其智，對萬世而德不孤。若人者其在斯乎？託軒冕而鶉居。無德色之可鉏，殆其肆志於江湖。翁乎强爲我著書，無促駕青牛之車。四部叢刊影宋乾道本《豫章黄先生文集》卷一。

寄老庵賦

秦觀

或問：「孫先生之遊湯泉山也，嘗於佛祠之旁，二松之下，誅薙草茅，平夷土塗，規以爲庵，曰『寄老』焉。子時實從〔一〕，與見其事，願揚榷而陳之。」

僕曰：「唯唯。」寄老之區，在於湯泉，實惟歷陽，東城之域。山林鬱其修阻，水土婉而滋息。風和氣平，物無癘疫。

其出遊也，南則峰巒，經亘二百餘里，前望建業之都，却顧項王之亭，龍窟呀其旁出，江漫漫而徂征。東則惠濟、真相，二刹相望，殿寢中開，四注脩廊。閒從遊子，於焉相羊。沈燎茗飲，樂未渠央。西則赭落之前，三井天出，幽毖白浪，明晦如一。旁輪有斛，上庇有室，解衣入遊，百疾爲失。北則瓦梁之河，陰陵之澤，水潦之所集會，魚鱉之所充斥。芡菱蒲蓴，毛髮之富，被及鄰國。

其入居也，則閉關却掃，反聽收視，内外既進，與妙自會。湛乎若玉淵之澄，枵然如槁木之廢。其遊也，其居也，無所適而非道者，世奚足以識之哉？

雖然，先生方爲侍從之臣，充諫諍之官，論思獻納，日不遑給，雖欲復從二三子於寄老之上，未可得也。一旦功成事畢，引老乞身，天子憫之，不煩以政，公卿大夫設祖道供帳於國門之外，酒闋升車，望寄老而歸焉，則僕也亦將負杖屨而從之矣。宋高郵軍學

〔一〕子：原作「予」，據四部叢刊本及《歷代賦彙》卷八三改。

刻本《淮海集》卷一。

林紓《林氏選評名家文集·淮海集》 末句見微旨。

坐進庵賦

晁補之

有物於此，無梁無柱，圓廣六尺。非困非窌，粟米之宅。上蒙藁秸，下履瓴甋。塗墁晦外，中腹純白。平時鼠竄，俯仰不迫。主人懵學，敢謁之客。客曰：「此夫外丘阜而內穴谷者歟？上荷笠而下湊輻者歟？首枝撐而身純束者歟？有登降而無阼賓者歟？混沌既死，竅鑿乃張，牖則有目，户則有吭，橧巢營窟，太古所藏，周旋無間，病於德方，邑都莫賢，原野則良者歟？雖然，可以五人羣居，宇宙有餘，不可以八口次且，孰知婦姑。彊名『坐進』，其實中虛。聞諸博識，是謂廜麻。」四部叢刊本《雞肋集》卷一。

《復小齋賦話》卷上 王令《竹賦》、晁補之《坐進庵賦》……皆學荀子《禮》、《智》等篇也。

敬亭山翠雲庵賦

周紫芝

唯敬亭之靈巘，迤兹山之崤崒。絶旱麓而直上，干雲霄之崛屼。北横牛嶺，東接麻姑。俯萬山而合沓，邈一徑之崎嶇。

於是巉雲蒸霞，幽谷湧霙。蜿蜒蜥蜴，含石結陰。山霋霋而鍾異，澤靄靄以毓精。乃有紫氣棲巖，嵐光罥樹。絳雰浮巘，螭文映户。時不見山，惟見煙霧。窅兮若蛟騰而虬興，寞兮若螮亘而縢布。蔽岡岫，衍迴巒。纚絶嶠，覆元巖。靉靆恍惚，霮䨴瀰漫。固乾施而坤造，紛萬疊以千盤。

若乃皎虚赤霄，碧空晴昊。靁飄斂蹤，彤雲炫藻。開平野之光霽，愰衆峰而同照。至若夕陰起，幽晝晦。向息曜靈，潛影皓魄。甫出時則榱桷浮暉，樓臺得月。平野星垂，銀河波落。寂萬籟以同聲，合嬋娟而共榻。四郊雲斂，萬樹風疏。洸洸漾漾，唯月唯予。飄若控鶴以沖天，宛如跨虹以騁虚。駭青萍之冷逼，恍閬風之我居。

乃有殿閣，迥然中起。在山之阿，於宛之涘。傑構高驤，棼橑麗綺。因巖壑而啟扉，傍峆岈而作阤。飛檐連霄以上出，虹梁迴映於旁崎。基坯齊梁，功垂唐宋。恢蕞爾之重堦，棲神明以畫棟。旁有昌黎，啟祠於中。山斗凌雲，遺像倚崧。仰仙靈之渺忽，緬碩人之高風。苔文剥落，碣石摩空。嗟時運之奄没，慨瞻依而無從。羨斯文之丕振，與兹山而無窮。

爾乃萬松潛翳，千樟蒙蘢。王芻含榮，蓀杕敷紅。藤蘿樛繆，楫枒錯綜。鼪鼯晝憑於木杪，鶻鳩宵號於山椶。何廓外之近郊，聞人寰之寥闊。湛涓流之觱沸，沃瑶艸之萋碧。脱浮生之塵纓，暫敷遊以憩息。懷十洲之芳嶼，想崑崙之瓊室。豈丹竈之梯爐，實靈囿之窟宅。

夫其怪石懸磴，喬木參天；幻暈出没，沃野浮煙。此則城市所未嘗見也。元猿啼陰，祥鳩呼雨；反舌習禽，金衣求友；千態萬狀，載鳴載止。此則城市所未嘗聞也。瑞靄低霽，祥光遠籠；兀矗如奔驥之赴陸，聯絡如羽旗之揚空；嚉兮偈兮，若雨若風。此則平衍之隈、比壤之區所未嘗有也。

於是薜荔絆車，橘刺搴帷。偃蹇棲息，寄傲徘徊。或抱膝而朗吟，或憑欄以長嘯。谷口騰歡，郊關含笑。祛塵想於須臾，戀幽岨於晚眺。輟脂牽之湍徑，冀霞舉之高藐。相羊乎蘿月之陰，盤旋乎松風之陝。聊信宿以强顔，念明發以鼓棹。《古今圖書集成·山川典》卷九〇。

雪巢賦

楊萬里

天台林君景思之廬，字以「雪巢」，尤延之爲作記，廬陵楊某復爲賦之。其辭曰：

赤城兮霞外，天台兮雲表。有美兮先生，相宅兮木杪。厭人寰兮喧卑，薄市門兮囂湫。壑谷奥渫，蝸廬褊小。陟彼懸崖，天紳之涯。奇峰日拂，枯松霄排。飛上萬仞之顛，旁無一寸之階。我營我巢，維條伊枚。命黄鵠而銜枝，驅玄鶴而曳柴。斧辛夷以爲柱，刈山桂以爲棟。蘭橑椒其有芬[一]，荷蓋岌其不動。將旁招樵夫、朋盍溪友以落之，且有友其善頌矣[二]。

夜半風作，頓撼林薄，天駭地愕，山跳海躍。已而寂然，四無人聲，黯天黑而月

[一] 有芬：汲古閣本脱「有」字，四庫本作「芬芳」。

[二] 友：原作「曰」，據四庫本改。

落，忽入窗之夜明[一]，恍身墮於冰谷，羌刮骨其寒生。窮猿曹嗥，飢鳥獨鳴。先生夙興而視之，但見千里一縞，群山失碧。翔玉妃以萬舞，飄天葩之六出。皓皓的的，繽繽籍籍。蓋朔雪十丈，乾没吾巢而無人跡矣。

先生舉酒酬曰，巢成雪至，雪與巢會。式瑶我室，式珠我廨。空無一埃，點我勝概。繼自今匪仙客其勿迎[二]，匪詩人其勿對。廼擣水漿與雪汁，飲兔鬚於墨瀋，大書其楣曰「雪巢」，摽俗子出諸大門之外。四部叢刊本《誠齋集》卷四四。

《復小齋賦話》卷上　楊誠齋賦另自一種筆意，余最愛《雪巢賦》，何其構思之妙也。

繭窩賦

方岳

秋崖人飯牛而耕雪，罾魚而煮煙，以此與山相周旋者亦有年矣。爾廼攀蘿而上，陟

[一] 入：原作「八」，據汲古閣本、四庫本改。

[二] 迎：汲古閣本、四庫本作「近」。

雲之巔，則有若蒼虬龍之矗吾後，青玉案之界吾前，峙焉者環而不玦，流焉者弓而不弦。秋崖人顧而笑曰，噫嘻！天其以吾蜕鶴骨之寒而僊乎？抑亦知吾隘蝸殼之凡而遄乎？不然，將遂泯没其胸中之耿耿者而使無傳乎？

我之勞於生也久矣，雖閲宇宙於一瞬，吾猶厭其贅也，又奚以徘徊乎人間之世，浹涊於區中之緣？迺營斯丘，自成一川，所謂如蠶作繭，自裹自纏者也。而吾於是桑既老以百劉，箔已簇而三眠矣。既事之夕，山月正圓，顧見吾影，風袖翩翩，舉杯而屬之曰，聞子行且有日，敢問身後之勳鼎，孰愈目前之酒船？且生而神奇，我則與彼異矣；死而臭腐，彼不與我同乎？是區區者而爲羣狙之喜怒[一]，不亦鄙而可憐！彼爵有穹於柱石，冢有大於祁連，今皆荒煙滅没，野草芊綿，則桓司馬之石與劉伯倫之鍤，均之爲雍門之一笑也，吾焉知其孰賢？蓋自神農始方，不能以無疾；老聃獨壽，不能以無死，子奈何其遷延！

昔子之蠶也物也，其股躍不如春蟲，翼鳴不如秋蟬，造物之所以予之者則然也。今

[一] 狙：原作「徂」，據四庫本及《歷代賦彙》卷八三改。

子之藹也化矣，安知不經緯而有用於世、黼黻而爲章於天〔一〕？人之精靈往來變化於大塊而無窮者，是不可得而致詰也。行矣勉旃。影未及對，月沉於淵，起而視之，不見其處，惟吾在焉。明嘉靖刻本《秋崖先生小藁》卷三七。

江西道院賦　並序〔二〕

黄庭堅

江西之俗，士大夫多秀而文，其細民險而健，以終訟爲能。由是玉石俱焚，名曰珥筆之民。雖有辯者，不能自解免也。惟筠爲州獨不嚚於訟，故筠州太守號爲「守江西道院」，然與南康、廬陵、宜春三郡，並蒙惡聲。元祐八年，武陵柳侯子儀守筠之明年也，樂其俗之孅，使爲政者不勤，乃新燕居之堂，榜曰「江西道院」，以鼓舞其國風，且爲高安之父老雪恥焉。秋九月，遣使來告成於雙井永思堂，於是

〔一〕不：原作「下」，據四庫本及《歷代賦彙》卷八三改。

〔二〕並序：原無，據乾隆本《宋黄文節公文集》正集卷一二補。其後注云：「元祐六年，丁母安康郡太君憂，歸分寧。」

爲之賦。其詞曰：

句吳之區，維斗所直；半入於楚，終蝕於越。有泰伯、虞仲、季子之風，故處士有巖穴之雍容；有屈原、宋玉、枚乘之筆，故文章有江山之秀發。吳越之君多好勇，故其民樂鬬而輕死；江漢之俗多機鬼，故其民尊巫而淫祀。雖郡異而縣不同，其大略不外是矣。

若乃高安之城，豫章之別，雖風氣之未遂，亦爔俗之可悦。故柳侯下車，解牛而不割；未嘗發硎，初不折缺。則喟然歎曰：「江西道院，名不虚生。」爰作新堂，合陳鼓笙。有斐翰墨，賓贊令丞。作爲詩歌，接民頌聲。昔也憂民之憂，今則樂民之樂。懷僊伯之蜕蟬，有勿翦之喬木。製劍池之菡萏以爲裳，釀丹井之清泠以爲酌。醉而起舞，父老持足，恐使君之僊去，而鰥寡之長失職也。

吾聞風行於上而水波，此天下之至文；仁形於心而民服，此天下之善化。豈可多爲令而病民慢，自設險而病民詐耶？九轉丹砂，鑄鐵成金；兩漢循吏，鑄頑成仁。我簡静則民肅，我平易則民親。今使高安之農，養生於桁楊之外。珥筆教訟者傳問孝之章，嵍耳鎖亢者深春耕之耒[一]。賣私鬬之刀劍以爲牛，羞淫祠之樽俎以養親。雖承平百年，雨露滲漉，非二千石所以牧人者乎！

雖然，有一於此，堂密有美樅，而未聞處士之節；岑蔚有於菀，而不見墨客之文。豈其龜藏而自畀，蠖屈而不伸者耶？公試酌樽中之渌，謝山川之神，爲予問之。四部叢刊影宋乾道本《豫章黄先生文集》卷一。

黄庭堅《書江西道院賦後》（明嘉靖刻本《豫章黄先生外集》卷九）往在江南所作。來黔戎之間已五年，不復記憶。會夔州李元中自内地來，得高安石本，故復得之。王周彦求作大字，遂書此賦。有民社者觀之，或有補萬分之一耳。

《困學紀聞》卷一八《江西道院賦》：「堂密有美樅。」出《爾雅注》。《屍子》謂松柏之鼠，不知堂密之有美樅。

王若虛《文辨》《江西道院賦》最爲精密，然「酌樽中之醁」一句頗贅，但云「公試爲我問山川之神」足矣。

[一] 嵍耳鎖亢：《方輿勝覽》卷二〇引作「游手媮惰」。亢，乾隆刻本《宋黄文節公文集》正集卷一二及四庫本《山谷集》卷一、《歷代賦彙》卷八三並作「吭」。

《隱居通議》卷四 班孟堅賦《兩都》、左太冲賦《三都》，皆偉贍鉅麗，氣蓋一世，往往組織傷氣骨，辭華勝義味，若涉大水，其無津厓，是以浩博勝者也。六朝諸賦，又皆綺靡相勝，吾無取焉耳。至李泰伯賦《長江》，黄魯直賦《江西道院》，然後風骨蒼勁，義理深長，駕六朝，軼班、左，足以名百世矣。近代工古賦者殊少，非少也，以其難工，故少也。其有能是者，不過異其音節而已，而文意固庸庸也。

江東道院賦[一]

吴淵

大江以南，壤曰當塗。嘗訂定諜，聿求如初。或曰楚雄繹之故封，尚存築壘；或曰晉塗山之舊民，來兹奠居。以言其形勢，則襟江帶湖。牛渚天門，近對歷陽；裕溪栅江，遠通濡須。凡自昔之英雄豪傑，多由此而戰争馳驅。上岸擊賊，洗足登艫。殄此曹魏，壯哉孫吴。既克兇狡，照水而見赤幘；欲窺逆王，夢日而來黄鬚。英氣凛然如生，遠猷蔚其可書。

[一] 原注：「在太平府推官宅西北抵子城，公重修，作賦。」

乃若景物，則圖展畫舒，長江天塹，濤瀾洶湧；青山白苧，蒼翠縈紆。高人達士之所棲隱而遁藏，墨客騷人之所吟詠而寫摹。元暉卜宅，弘景結廬。袁臨汝長嘯，聲響於鸞鳳；李謫仙既醉，手弄乎蟾蜍。清風高出乎千古，逸氣超軼乎萬夫。

至於乃疆乃理，可舟可車，西接巴蜀，東走勾吳，北超中原，南入番禺，莫不由我之徑，出我之衢，信其非僻陋之邦、寂寞之墟矣。然而事以時改，地因代殊。其在分裂之朝，往往重如馮、扶；至如混一之世，每每視同莒、邾。

迨至本朝，始爲奥區。爰自藝祖，鏟平煜雞，初以卵壘，入於版圖。至於太宗，混一偏隅，西戎臣伏，北狄遠逋。興隆典章，際清朝之多暇；會同文軌，慶薄海之無虞。乃更太平興國之號，用多治定成功之模。乃睠吾邦，本遠帝京，何驟遇於明時，得躐陞爲州城。又即年紀，肇錫嘉名。雨露之恩，若偏於濡潤；日月之光，獨私於照臨。山川草木，增其燦爛，旌幢旗幟，倍以精明。聖主既紆於皇眷，高穹亦爲之世情。乃施天造，乃飭地靈，乃胚胎而醞釀，乃培養而發生。乃滋磽瘠，或爲膏沃之壤；乃化刀劍，亦爲淳厚之民。

觀其棊布田疇，支分岸塍，平衍夷曠，曲直縱横，桑麻被野，粹麥連雲。時雨少愆，有江潮以資其灌溉；潦水或降，有湖泊以泄其滔盈。是以時少旱潦，歲多豐登。

奇秧緑水，喜霑足於夏種；黄雞白酒，争慶賀於秋成。乃君其民，混然大朴。惟土物是愛，故能臧厥心；惟本業是崇，是以無末作。盡力畎畝，收功錢鎛。雖貧以其勤苦，易足以其儉約。故有婦女平生未識於綺羅，亦有父老終身不入於城郭。衣食足故多知廉恥，習俗厚故罕事鬪角。蓋皞皞乎有羲皇太古之風，熙熙然有唐虞擊壤之樂。

於是有厭承明之入直，乞銅虎以典州。凡中朝之人士，多出守而來侯，皆得以逃其瘝曠而遂其優遊。文如伯玉，可抒六經閣之思；詩如魯直，堪成一窩柳之謳。爾乃夜已既而更殺，日將晡而鼓掫，雖兩衙其不廢，縱數刻而已休。蓋賦税輸官而絡繹，靡煩程督；訐訟造庭而希簡，無可應酬。故治事之時每短，而退食之暇常遒。雖謂之邦伯郡守，實偶乎黄冠羽流。當其階庭如水，囹圄鞠草，燕寢沈沈，鈴閣杳杳，雞鳴寂晝，鵲聲鬧曉，何以異於道流之清浄而一塵之不到也！

避堂舍蓋，隱几對老，收視斂聽，回光反照，虚室生白，内境火熠，何以異於道流之煉養而臻其玄妙也！華陽可巾，清香可燒，《離騷》可讀，《周易》可校，南董京生，北窗夢覺，何以異於道流之蕭散而寄其高傲也！著靈運履，攜山翁醥，臨流賦詩，登高舒嘯，礉落棊聲，泉響琴調，何以異於道流之放曠而縱其吟眺也！夫吾儒與道流，邪正不對，官府與生民，休戚相關，必也道吾之道而不道彼之道，樂民之樂而後樂己之樂。使是邦不徒有太平之名而乃有太平之實，則是院不徒揭名道之扁，而有體道之誠。不然則月三夜而旱告，雷一聲而水浸，穡事靡秋，菜色實繁，人紀弗植，天常既殘。又不然則簿書如海，文牒如山，習方成於珥筆，訟咸甘於褫鞶。當是時也，其容心逸而身閑乎！故孟子曰文王樂以天下，范文正公曰君子後天下而樂，則以身爲樂者其樂也鄙，以民爲樂也其樂也有限，與民同樂者其樂也無怍。所以貴乎道院者，非樂慕道流爲高致，謂重夫清浄而吾以民爲樂也。

雖然，千里之内仰夫官，奚容無所興除；一命以上志於物，則必有所惠濟。夫苟貪無事之名，至於不事其事，吾恐情或壅於閭閻，姦必成於胥吏，氣血滯則病疚生，謳吟息則愁歎起，是爲乖謬必傷乎和粹，放縱難免於天殃矣。惟當以清浄爲本，以煩擾爲忌，政教因乎民，本非容心，號令從乎俗，未嘗作意，則有無爲之爲、不治之治。吾惟謹修於庭户之間，而彼將自得於湖山之外。此則老守之所當懃，而益可以廣道院之義也。四庫本《江湖小集》卷七〇。

中園賦

晏殊

在昔公儀，身居鼎軸。念家食之憑厚，斥芳蔬之薦蔌。粤有仲子，堅辭廪禄。率齊體於中野，灌百畦而是足。惟二哲之高矩，藹千齡之信牘。雖顯晦之非偶，諒謨猷而可復。豈不以崇高宅乎富貴，聲教移乎風俗？四民謹舊德之業，百乘鄙盜臣之畜。義利愧於交戰，矛盾蚩兮並鬻。代工而治兮戒在貪競，付物以能兮使其茂育。斯有位之良訓，乃羣倫之所屬。天地閉兮賢隱，罝網張兮獸伏。怖炎火之焚石，恧東龜之毁櫝。甘田畝以昏作，晦膏蘭而擇福。我負子戴兮終年靡勞，夏葛冬裘兮匪躬是辱。斯遯世之攸處，詎紛華之可瀆？

眷予生兮曷爲？幸親逢乎盛時。進寬大治之責，退有上農之貲。求中道於先民，樂鴻鈞於聖期。寓垣屋於窮僻，敞林巒於蔽虧。朝青閣以夙退，飭兩驂兮獨歸。窈藹郊園，扶疎町畦。解巾組以遨遊，飾壺觴而宴嬉。幼子蓬鬢，孺人布衣。嘯傲蘅畹，留連渚湄。或捕雀以承蜩，或摘芳而翫蕤。食周粟以勿踐，詠堯年而不知。琴風颯以解愠，田雨滂兮及私。

爾乃壇杏蒙金，蹊桃衒碧。李雜紅縹，奈分丹白。梨誇大谷之種，梅騁含章之飾。烏勃旁挺，來禽外植。櫻胡品糅而形別，堂棣名同而實析。大椑朱柹兮駢發，楟棗安榴兮間折。榠樝以馨烈蒙采，枳椇以甘芳見識。援蘡薁於林際，架葡萄於沼側。況夫霜薤含潤，露葵薦澤。芹自南楚，蒜來西域。蘇荏抽穎，蓼荌凝液。堇薺更茂，菲葑代殖。

苜蓿麗箍，蘘荷冪歷。鍾山之菘韭早晚，吳郡之莧茄紫白。織女耀而瓜薦，大昴中而芋食。匏瓠在格以增衍，藜藿緣陰而可摘。

若其愈疾栽菊，忘憂樹萱。香珍緑蕙，媚服崇蘭。玉蘂金莖，相思杜鵑。辛夷襲紫，芍藥含丹。游龍出隰，芳苡生原。蘺槿彫暮，宫槐合昏。四衢綺錯，五出星聯。蓑蓑落蘂，纂纂初妍。護臺香而蝶亂，聚崖蜜以蜂喧。與夫豬苓馬勃，澤茈溪蓀。荔芸禦凍，椒桂含温。莢房入佩，菰首登飧。薜荔成帷，昔邪在垣。獨椹除渴，酸漿治煩。菖蒲感於百陰，葶藶萌於大寒[一]。卷施心拔而不死，虎櫐蔓生而自懸。彘首牛脣之夥，雞腸烏喙之繁。紅鬢緗膚，丹房碧延。或《山經》之號著，或《藥録》之名傳。

至夫松檜被徑，梧楸蔭軒。江蕉凝緑，海栢渾圓。石南薈蔚，扶老縈纏。蠹蠏筠之東美，垂溪柳之三眠。或後彫而秀出，或總翠以相先。叢灌駢滋，翾飛所據。驗九扈以農正，察五鳩而民聚。戴鵀興蠶織之候，布穀起耕耘之務。當陸成而鶗鴂云止，粦麥秀而倉庚始翥。伯勞鷩於早寒，盍旦戒乎將曙。晨風不繫而逐雀，斲木無聲而食蠹。鷮介立以擅澤，烏羣嗷而反哺。鶬匪陋於荆棘，鶡無營於鍾鼓。順時律以弄吭，樂天和而命

[一] 葶藶：原作「亭歷」，據《宋文鑑》卷二、《歷代賦彙》卷八四、《元獻遺文補編》卷一改。

侶。鷔溢溢以交賀，鵲倏倏而告語。既罝罻之不設，在橧巢而可俯。談王道於樵子，接歡歌於壤父。鑿坎井之凝冽，決清渠而灌注。愚抱甕以殫力，智設槔而盡慮。咸不病於夏畦，各無憂於捽茹。

懿夫！觀品彙之零茂，識元精之所存。覩百嘉之穰儉，明四序之無愆。動植飛潛兮，得宜乃悦；雨暘寒燠兮，協度而蕃。且復諭名花於君子，興瑶草於王孫。採家臣之秋實，歌上瑞之豐年。資旨蓄而御冬，擷衆芳而鍊顔。至若嚴客幸臨，良辰是遘。載掃危榭，爰張宴豆。蒙山騎火之茗，豫北釀花之酎。或秋弈以當局，或唐弓而在彀。哨壺枉矢之設，博簺樗蒲之侑。誠一笑兮相樂，亦千金而爲壽。灑毫牘以摛思，極朋情而卜晝。送歸鴻兮海壖，揳鳴琴兮賓右。舞長袖兮相屬，命歡謡兮遞奏。無取次公之狂，不遺椒舉之舊。

春晼晚兮氣佳，臨高臺兮淑華。夏恢台兮日永，蔭茂林兮脩逈。涼月皎兮鍾漏寂，朔霰飛兮天宇敻。廓丹府以懲忿，悦靈龜而繕性。兹所謂袪魯相之介節，略於陵之獨行。却園夫之利兮取彼閑適，荷王國之寵兮遂夫游泳。禽託藪以思鶱，獸安林而獲騁。倡佯乎大小之隱，放曠乎遭隨之命。庶樂育於嘉運，契哲人之養正。《皇朝文鑑》卷二。

《習學記言》卷四七　晏殊《中園》、葉清臣《松江秋汎》，自謂得窮達奢儉之中，今亦以此録之。然上無補衮拯溺之公義，下無隱居放言之逸想，則所謂「中」者，特居處飲食之泰而已，不足道也。

《歷代詩話》卷二〇《瓜芋》　洪邁《老圃賦》：「織女耀而瓜薦，大昴中而芋食。」[一]　按吴旦生曰：《續漢書》：「牽牛星主關梁，織女主瓜果。」因觀《荆楚歲時記》云：「七夕，婦人結綵樓，穿七孔針，陳瓜果於庭中以乞巧，有喜子網於瓜上，則以爲得。」《天寶遺事》云：「宫女以錦結成樓，殿高百尺，陳以瓜果酒炙，設坐具以祀牛女二星。蓋以其主瓜果，故所陳亦必是物也。」《孝經援神契》云：「仲冬，昴星中收莒芋。」宋均云：「莒亦芋。」《説文》：「齊謂芋爲莒。」

懷故園賦

謝邁

余故園之幽寂兮，拓荒榛而經始。面銅山之峭崒兮，挹蕭晨之爽氣。擢夭矯之蒼松兮，參虬龍之遊戲。峙便娟之修竹兮，儼萬夫而環侍。築屋其閒兮，將以隱居而求志。

[一] 洪邁《老圃賦》：今未見其文，唯見洪咨夔《老圃賦》。吴氏所引二句，亦見於晏殊《中園賦》。

盤旋不出兮，殆不知老之將至。

夫何漂泊異縣兮，莽流萍之無蒂！山岑岑兮植璧，泉涓涓兮鳴珮。玩山水之清佳兮，亦足以樂饑而忘味。雖信美非吾土兮，昔之人所以登樓而橫涕。

嗟三畝之寬閑兮，豈一錐之莫置。畦西滋乎秋菊兮，牆東繁乎春薺。晚食可以當肉兮，徐行可以當騎。冬裘夏葛苟不完兮，寧紉荷而製芰。效鹿門之俱隱兮，逝優遊而卒歲。辟纑猶可以易粟兮，吾豈從墦閒之祭。緊古人之不食兮，獨貿貿然而蒙袂。事有感於予心兮，聊抽毫以寫志。周叔弢校跋古香樓汪氏鈔本《謝幼槃文集》卷八。

南園賦

楊簡

光風兮靜明，林塘兮翠深。雲閒兮不動，景妙兮莫尋。泰和融凝兮非浮而非沈，萬化造奏兮豈去曩而來今？不知吾足之所如往兮，不覺吾口之自吟。

百草千木兮，散蒼然之球琳。紛禽鳥之飛鳴兮，盡成韶頀之音。樂悠悠以自生兮，孰究其所始、究其所終。微覺其略如萬象兮，森羅雜錯於止水之上、明鑑之中。纖洪短脩畢陳互映兮，有不可勝窮之容。而澄光瑩然兮，曾莫省其聚散，矧復判其西東？

厥沈兮匪卑，厥高兮豈穹[一]。其驟焉輻輳兮非積，其忽焉以遁遂至於無兮詎空？斯妙兮可言而不可語，惟可弄明月兮歌清風。不索自獲兮愈思愈窮，古之人何以命之曰中庸？四庫本《慈湖遺書》卷六。

山園賦

胡次焱

景定元年春二月，鳳山查亭叔以書抵梅巖曰：「近築山園爲遊息之地，思欲得巨筆鋪張之，敢以爲請。」夏四月，一再不懈。家惟奔走於貧，不暇抒思。秋八月，養痾彌旬，少間，氣力未裕，未可與塵埃酬酢，於是始克運筆。効班固《兩都賦》體，離爲前後篇，所謂極昔之眩耀，而折以今之法度者也。

子胡子一日延四友而語之曰：「繄霜臺之胄裔，敞山園之秀麗，累徵予以品題，將何辭而模寫？」

毛穎輩欣然應曰：「媪神奠位，坤維隤然，高者爲山，坦者爲園，求其具美，戛乎

[一] 穹：原作「窮」，《歷代賦彙》卷八四同，此據四明叢書本改。

難兼。故山而不園者有矣，若司空之中條，龐公之鹿門，雖崔巍而乏平曠，何以騁騾裹而展輻輪？園而不山者有矣，若李氏之仁豐，牛相之歸仁，雖坦夷而乏碕礒，何以排閶闔而摘星辰？羌山園之風物，真東南之鮮麗。唐有工部之詩，近有博士之記。未獲登臨，實勞夢寐。誰驅鰲首而來，移在鳳山之里。玉壘嶄嶄，青螺簇簇。突龍蟠而虎踞，稍鳳翥而鸞伏。磵户欹林而嵂巀，石徑封苔而屈曲。中有百弓之園，是爲碩人之軸。譬猶義夫節士，巖巖不可犯，而即之坦然，中有容卿百人之腹。土平以衍，地曠而沃。可臺可榭，可亭可屋。可畹可蘭，可畦可菊。窈而深，障千章之古木；繚而曲，森萬箇之修竹。南崖青精，北岫黄獨，東丘菘韭，西崦豆菽。芋栗滿坡，蘭桂漫谷，串椒盈阿，荔薜披麓。拳蕨正肥，角笋如束。橘柚秋香，瓜李夏熟。亦有甘薺，亦有旨蓄。盼繚白而縈青，絢紛紅而駭緑。異芬徹骨，灔色眩目。可帶經而鋤，可叩角而牧。楗尺枳以爲籬，滿杜蘅之豐縟。希晉宮之蒲萄，陋城東之苜蓿。疑兩間之貢巧，與五丁之獻伎。不然則斯山在簷楹間舊矣，何今出而昔閟也。不然則山神之命有時，而塞亦有時而遇也。」

言未既，陳玄勱説進曰：「穎知其一，未知其二。澹風日之明媚，紛蜂蝶之遊戲，竹影瑣碎而侵堦，花陰扶疎而臥砌，是則山園宜霽。滃雲氣於山椒，棲煙靄於木末，點芭蕉而滴瀝，喧敗荷之蕭颯，是則山園宜雨。朔風嘷而枯聲，萷槭慘而離披，或隴梅破白，或霜葉賜緋，是則山園宜寒。蒸火雲於肉山，俯佳木之繁陰，或曲牟送風，或高嶺輸雲，是則山園宜暑。河低玉繩，桑浴銅鐺，赫明暾之熹微，林霏烱其廓清，是則山園宜曉。暝色蒼茫，返照依稀，牧笛怨而羊牛下來，樵路聞而禽鳥呀枝，是則山園宜暮。鹿隨笻杖，鶴認茶煙，蔑紅塵之污人，對清嶂以忘言，是則山園宜閒。虎嘯風烈，猿啼月高，飛羽觴之瀲灧，頽玉山於林皐，是則山園宜醉。羣嶂供題，列卉獻科，是則山園宜唱而宜和。俗客不來，柴扉晝掩，是則山園宜圖而宜史。至於可喜可愕、可遊可戲者，蓋不能一二而悉數也。」

楮先生在旁，捧腹不已，笑定而曰：「玄知其淺，未知其深。吾嘗隨至人以舒卷，洞主人之胸襟。曰山間之妙處，不獨在乎園林。前輩謂絲不如竹，竹不如肉，蓋又有海棠睡起之姝，荷花解語之嬪。故穠李韶華者山園之奇卉，歌鶯飛燕者山園之名禽。絳桃花貌，碧杏珠脣。裊娜乎章臺青青之柳，縹緲乎石榴醋醋之神。別有閒花野草邐列左右，惱公子而怨王孫。故夫是山也，迫而睨之似東山之偕妓，遥而望之如巫山之行雲。良時美景，挈榼遊賞，試捲簾而通盼，灩娉婷之繽紛。斷刺史之腸，絶坐客之纓。歡聲沸山園之鼎，和氣盎山園之春。后土瓊花羞顔而卻走，洛陽牡丹失色而逡巡。熙乎爽哉，此山園之小天台也。吾言誇矣，不知所裁。」

陶泓起而評曰：「韓愈稱穎，爲人强記而便敏，又通當世之務，故能援引古昔，敷陳名義。陳玄之先世生長山間，故極詫林泉之風味。楮乃白面書生也，故目恍紛華，口出麗語。之二三子之言，言各有爲。我石心人也，難乎去取，聽主人之自擇，以何説之爲是。」

主人傾耳以聽，開口而笑曰：「詩云：『他人有心，予忖度之。』其楮先生之謂乎？」四庫本《梅巖文集》卷一。

山園後賦

胡次焱

子胡子喟然歎曰：「文房四友，惟兹四子，卑之無甚高論，又何足與議？山之岧嶤，以其能興雲雨也；園之平衍，以其能毓花卉也。雲出於山而雨於園，所以滋本根而大豐美也。推而廣之，則甦大旱，澤蒼生，厥施斯普也。否則，山人之薪擔，園丁之菜把，世不乏此輩，主人又何是之取也？」

或曰：「不然。士之大節，非出則處。許由掛一瓢於樹枝，猶嫌其爲煩；蘇秦佩六國之相印，尚奔波而不止。故窮居達行，人各有志。士最惡夫以恬退爲占牌，以希進爲行李。昔盧藏用隱南山，抱捷徑之羞；周彦倫隱北山，負移文之愧。惟山園之美，人饜膏粱而不嗜。笑管窺之腐儒，希日涉之高侣，付功名於儻來，視富貴以無意，又豈肯使山園之叢譏而獻箴、騰笑而竊議。故其創山園也，提壺而來，倒屣而去。擊筑長歌，圍棋短具。有客則談，無客則睡。不佛亦不仙，不名亦不利。斯亦可謂蟬蜕人慾，超然無慮者也。」

胡子曰：「若爾之言，高則高矣，然而不可以不仕而不學，寧學優而不仕。古之林居谷耕者，但不着脚於形勢之途，未始不潛心於理義之趣。若但嗅蘂拈香，朝遊暮戲，此禽鳥之所樂，蜂蝶之故志。人所以與天地並立爲三者，果如是而已乎？」

或曰：「如之何？願聞其旨。」胡子曰：「萬彙葳蕤，一理攸寓。所貴善學，在觸其類。故觀松蘿而知夫婦之道，觀棣華而知兄弟之誼。觀向陽之葵而知所以爲人臣，觀南山之喬而知所以爲人父。觀葛藟而知睦親族，觀桑梓而知洽鄰里。觀伐木而知朋友之當親，觀葭莩而知親戚之當比。觀於竹而知堅剛之節，觀於梅而知高孤之味。觀蘭茝而知幽閒之雅韻，觀松栢而知炎涼之一致。觀籬菊不飄而知逸約之得計，觀萌蘖復生而知良心之當護。觀采苓而知所以遠讒譖，觀伐檀而知所以去貪鄙。觀芄蘭而知所以鋤驕矜，觀木瓜而知所以隆報施。觀梧檟樲棘而知貴賤去取之難，觀蓬茅槐芷而知善惡漸染之易。觀射干生於高山，而知植立貴於超人。觀蒹葭老於白露，而知貧賤所以玉汝。觀小草有遠志，而知廣狹在人所趨。觀紅杏與芙蓉，而知榮枯在時所遇。觀於碩果而知造化之剥復，觀於茅茹而知吾道之泰否。清潔則讀濂溪《愛蓮説》，取舍則讀日休《桃花賦》，御下則讀子厚《種樹傳》，好客則讀樂天《養竹記》。至於樂意關禽，生香交樹，是又可以觀浩然之氣。舉凡山園之内，一草一木，一花一卉，皆吾講學之機括，進脩之實地。顯而日用常行之道，賾而盡性至命之事。一坐山園，而盡在於此。此《大學》所以有致知格物之章，夫子所以有『多識草木』之語。豈但吳歈蔡謳姑樂其繁華，漿酒臛肉徒悦其綺靡也哉！吾欲着遊山之屐而登，抱灌園之甕而至。朝拄笏而眺臨，夕飛蓋而迤邐。諒主人一見欣然，下榻倒屣，曰：『吾創山園，自以爲得遊息之策，子賦山園，乃示我以修藏之矩。向微子言，吾之志荒矣。君子之愛人以德，敬拜受賜，以終吾身，而傳吾子。』」四庫本《梅巖文集》卷一。

蘆藩賦

張耒

張子被謫，客居齊安。陋屋數椽，織蘆爲藩。疏弱陋拙，不能苟完。晝風雨之不禦，夜穿窬之易干。上雞棲之蕭瑟，下狗竇之空寬。

先生家貧，一裘度寒，曾胠篋之不卹，何藩籬之足言？鼓鐘於宫，聲出於垣，中空然而無有，徒望意而輒還。故吾守此敗蘆，其固比夫河山。

若夫朝暘不出，微霰既零，聲如跳珠，淅淅可聽。及夫衡門暮掩，鳥雀就棲，掛荒山之落景，絡衰蔓之離離。其下榛草，樵蘇往來，螻蚓出入，羊牛覘窺。先生跫然杖藜過之，瞻顧四隅，憫然歌之曰：公宫侯第，兼瓦連碧[一]。紫垣玉府，十仞塗青。何嘗知淮夷之陋俗，窮年卒歲乎柴荆也哉！明趙琦美鈔本《張右史文集》卷一。

石湖賦

崔敦禮

崔子問於石湖先生曰：「富貴人所願，閒寂不可居，位通顯者有洋洋之志，處幽曠者懷戚戚之悲，此人之常情也。先生芥鍾鼎而不盼，屣軒冕而若遺，居無牆宇之飾而丘壑以爲樂，家無珠玉之玩而泉石以爲資，不已迂乎？」

〔一〕碧：四部叢刊本、四庫本、民國刻本並作「甓」。

先生莞爾而笑曰：「子安知予之真樂哉！寓形宇宙間，身世同浮萍。吾常委心任去留，奚肯逐物而營營？時乎見用，則進而上紫微之掖；一朝遇坎，則退而歸石湖之耕。方其余之在紫微，未嘗忘江湖之夢；及其余之耕石湖也，益自覺公侯之輕。蓋山林斯予之至樂，而簪紱不能以攖情者也。子嘗覽吾石湖之勝矣，其地有殘壖故壘，斷岸長雲，瀰迤延連，繚曲幽深者，越王之所城也。東臨具區，觀滄波之杳渺，怒濤之軒轟，風帆浪楫，出滅煙雲者，鴟夷之所經也。西傍越溪，見吳王之臺，想夫千軍萬馬，銜枚潛渡，黃金白璧之殿，化而爲荒萊。南連横山，北睇亞字城，樓觀相望，翼乎峥嶸，其地勢奇古如此。自越迨今千五百歲，霜露之所蒙翳，狐狸之所竄處，至於登臨之要，則不得而擇其所。我迺披天奧，發地藏，平夷土塗，誅薙蕪荒，抉萬象之偃蹇，洗千古之淒涼。築農圃湖山之觀，聳碧城崑閬之丘，岫幌納千峰之秀，雲莊開萬壑之幽。夜月兮嬉漁，春風兮芳洲。渺煙波兮鷗鷺，適忘機之樂度。雪橋兮鼉魚，聽拄杖之遊。皆園中名。至於水静鵠立，林幽鶴鳴，漾湖光於几席，占山影於臺亭，花粲粲以昌披，木欣欣其敷榮，菡萏兮十里，琅玕兮滿城，其他幽芳奇觀，間見層出，又不可殫舉而悉名。於是或命籃輿，或漾輕舟，或舒嘯以登皋，或賦詩而臨流，或掘雲於箐嶂之頂，或採月於澄泓之洲。若迺浩蕩連空，月華正中，鑒秋毫於浮玉，倒寒影於垂虹，鼓棹踏松江之浪，扣舷吟笠澤之風，訪蓴鱸於漁父，詰龍橘於江童，此天下之至樂也，其何得以加之？」

崔子聞之曰：「先生樂哉！矛頭淅米，劍頭之炊，不如枕流漱石，脱富貴之危機；翻手作雲，覆手作雨，不如遺名絶俗，與煙月爲侶。先生樂哉！雖然，趨朝市者患於既倦而不知歸，入山林者失於固藏而不肯仕。先生石湖之樂誠樂矣，當如江上之清風，山中之明月，欣然接之，可以寓意而不可以留意。若曰抱其道而不施，懷其材而不用，必欲就閒逸，樂幽隱，爲將老之計，此余所未取也。」

於是作石湖招隱之歌，歌曰：清且泚石湖之水，高嶄巖石湖之山。湖之幽可釣可遊，湖之側宜稼宜穡。有美一人兮樂無涯，朝出遊兮莫來歸。曳杖兮吳臺，維舟兮越溪。念夫君兮淹留，葺蘭芷兮芳洲。長松卧壑兮風颾颾，深山紫玉兮光彩浮。萬牛回首兮挽山丘，五城一覘兮禮必優。宜規明堂兮備前旒，去來去來兮石湖不可以久留。四庫本

《官教集》卷一。

林霏賦 並序

王炎

致政胡丈思成燕居之所，扁以「林霏」，模寫其景，寄於詩囊畫笥。誦其詩，

覩其畫，令人心志脩然，厭薄塵垢，因成古賦一首。其詞曰：

倚蕭灘之北滑，萃闤闠之萬家。獨德人之結廬，却市聲而無譁。開樓觀之浄麗，納江山之幽遐。疑老仙之一壺，藏物色之清佳。

招鷗鷺與忘機，湛方塘之淺緑。衛以竹君之蕭森，絢以蓮娃之温淑。欝喬木其參天，輸清陰而覆屋。抱虚白而不染，攬空翠而可餐。酌癭藤之釀玉，彈素琴之無絃。睇飛鴻之冥冥，覺燕處之超然。

主人爲誰，澶淵居士。方時承平，家在中土。偶赤縣之陸沈，隨一龍之浮渡。非無意於著鞭，可聞雞而起舞。恥捷徑之别驅，甘康莊之徐步。張使旜於蜀道，把州麾於淮浦。回老眼而内觀，笑浮名之絆身。遂選勝而卜居，以頤神而保真。規子美之浣花，摹樂天之香林。尊德誼者陪鳩杖而春容，談勢利者望龍門而逡巡。

乃相與竊議曰：「此非持己之潔而矯俗之汙者歟？有卷舒之道而無悔吝之疵者歟？眇外物於螽股而貴吾身於驪珠者歟？徜徉塵垢之外而與喬松爲徒者歟？」

居士聞之，局局然笑曰：「斯言過矣，吾何有於是？其歸來若差後於淵明，其止足尚庶幾於疏傅。既婆娑而即安，亦逍遥而無累。」客乃櫽括其辭，以命管城簿，寫林霏之佳趣。四庫本《雙溪集》卷九。

水西風光賦 並序

王炎

隆興癸未冬，龍圖閣待制吕公来守新安，覽其山川而樂之。後八年，卜居於城西南隅，榜其樓曰「水西風光」，門下客王炎賦之，附於衆作之末。其詞曰：

古歙爲郡，山水奇秀，飛仙往往窟宅於其中，號居江左十州之右。至於水西之勝槩，又稱甲於一州。挾以披雲之孤峯，遶以漾沙之寒流。昔翰林之詩伯，騎鯨魚而來遊。至今墨客騷人無不劇談其高風，而漁翁樵老亦能尋訪其遺迹。人與景而俱勝，首尾三百餘年而不可再得。

那知神崧夫子之卜居，而氣象反高乎疇昔。豈非人物爲主，山川爲賓，故風光雖滿於天下，然大半落莫而無聞。苟有恃而獲傳，歷千載而不朽。有白傅而知香灘，因叔子而知峴首。浣花寄聲於工部醉吟之篇，輞川託跡於右丞丹青之手。

況如我公，三朝廊廟之壽俊，六世軒裳之故家。荷紫乎文石〔一〕，鳴玉乎金華。一旦丐閒，引身而退，傲睨於煙塵之表，袖手於功名之外，遂令水西之聲稱，自於今而益大。飛檻渠渠，壓城之隅。予雖未獲寓目於几席之末，緬想其臨高眺遠，凡可以悦耳目而娱心志者，一皆領略而無遺。公舊爲伯於此邦，留去思於千里，父老兒童，見公而喜。故雖山靈與溪神，争欲回巧而獻技。攬波光空翠於冥濛杳靄之間，閲雲煙沙鳥於旦莫晦明之際。飄然如坐蓬萊方丈，而下視人間之世。憇曲几以欠伸，撫修欄而倚徙。彼謫仙放浪而一來，非可同日議也。

無已，則猶有太公望之事乎。處則釣渭水之璜，出則佐六州之王。方聖天子之仄席，登耆英於廟堂。胸中之策十未用其五六，恐未可留意於山水之風光。四庫本《雙溪集》卷九。

〔一〕荷：原作「何」，據康熙刻本改。《歷代賦彙》卷八四作「紆」。

壺村賦

蔡戡

旃梅協洽，皐月浡旬。子蔡子即所居之側，鋤瓦礫，薙荆榛。畚土爲址，誅茅爲亭。朴不至陋，潔不至精。越月既望，落亭之成。榜曰「壺村」，姑摭其實而寓之名。有客疑焉，問所以名之之因。

蔡子曰：「壺村之地，延袤不殊，折旋中矩，如在僊家之方壺。壺村之境，車馬不喧，花竹秀野，如遊武林之桃源。蓋壺以形似喻，村以景物言也。若夫天宇澄廓，萬象著明。疏星渡河，皓月經庭。風余髮兮蕭蕭，露余衣兮零零。此皆壺村之物，足以適野人之情。有醴有荈，有琴有書。或劇談抵掌，或愁吟撚鬚。或箕踞偃仰，或嘯歌懽呼。此皆壺村之趣，足以爲野人之娛。蟬噪木杪，蛩鳴草際。清晨而蛙鼓輒作，長夜而蚓歌不已。此壺村之至音，雖不合於衆聽，而足以悦人之耳。掇賓於花，拔萌於竹。剪芳根兮霜杞，擷清英兮露菊。此壺村之真味，雖不可於衆口，而足以充野人之腹。甚則三時不務，五穀不分。婦不知織，子不知耕。非理之征不及，非時之役不聞。是又有田家之樂，而無田家之勤。此吾所以自適其適，因以名吾之亭。」

客曰：「噫！人棄子取，彼重此輕。不山林而隱，不軒冕而榮。壺村之樂，獨全子真。此而無述，子意莫陳。」誰其誌之？壺村野人。《永樂大典》卷三五八〇。

碧幢賦

釋居簡

祇樹函丈之制，肖臨邛之四壁。藐然容膝之餘，地尠一鉏之隙。篬櫺藋翳，竹篠蒙羃。垝垣四繞，盧橘孤實。非廬而穹，非蓋而仄。可以休影，可以息迹。團團然，童童然，命之曰碧幢。

直曠欲牖，旁虛欲窗。颼飀怒號，屋頭秋江。弔楠樹之既摧，嗟杕杜之不雙。霖收宿梅，潯散初日。絺技小奏，筳勳試策。吟酣而嘯，喧止而寂。益者四友，坐者五石。四友之外，自撫其一。方其風甌自鏘，霧蟾自呵，閒雲自留，好鳥自歌。古恨如海，古愁翻波。萬化可搜，萬象可羅。余則散生蕉衿，搔短髮顛，愸然如瘖，泠然欲仙。乃命丈人鉤玄，既磨既研，楮生不約，卷舒在前。生不事邊幅，展盡底蘊，潔而直方，静以俟穎。穎探玄津，分命馳騁，聲吾胸中所無者。欲其清，露莖泠泠；欲其古，玉軫玲玲。富麗則金谷始繁，豪壯則秋潮未平。語其雄健則騄耳不調，鯨鵬勇鬬；語其沖澹則南山種豆，柳州種柳。至於典雅奇逸，軒豁縝密，精贍深秀，平漫湍激，正而葩，腴而瘠，千彙萬狀，各稱其挑剔。微四友輔相裁成也，庸須臾其間哉！於是斞碧茗之波，採北山之薇，呰而落之，又從而歌之。

歌曰：幢兮枇杷，菴兮桃榔。惟穀與臧，俱亡其羊，又何以異夫迹相疎、心相忘者耶？四庫本《北磵集》卷一。

水月圖後賦 並序

方岳

吟嘯翁謚其圖曰水月，圖而賦之，以寄秋崖方某，使掇拾其遺餘，次韻爲後賦。詞曰：

有秋崖人者，雲半間以堅卧，天四壁其皆空。翳顏竇之寂寂，絶環辔之瓏瓏。一我之外，是人不通。蓋其固如此，而又何有於手攬碧海、氣摩蒼穹？

吟嘯翁聞而哂之曰〔一〕：「子獨不見吾之水月圖乎？餐沆瀣以淋漓，與造物而撞春。

〔一〕聞：原作「問」，據四庫本及《歷代賦彙》卷八四改。

少焉定，則不滓以雲，不波以風。此吾心之水月，不可得而圖者也。吾惟寫之以碧玉調，釂之以琉璃鍾。蘚花乎其屐齒，松吹乎其裘茸。容與綠淨，嘯歌朣朧。則亦可以下視九垓之塵，渺立千仞之峰。夫豈但樵風之可笛，而釣煙之可蓬！安得與子共橫此笻，談間飛白，酒半潮紅，落醉墨之汗漫，鏘文響其丁東。雲合霧滃，冰凝雪溶。然則是不可得而圖也，而圖已具吾之胸中。子能起而從吾遊乎？亦聊以知吾興寄之適而筆墨之工。」

秋崖人忻然笑曰：「吾家蓬茆，景孰與翁？吾硯荆棘，詩孰與翁？然而翁方騎鱷魚，跨蟾蜍，將與飛仙以遨遊而莫之我同，則夫之二物者豈無清暉，誰適爲容？固未必如秋崖之人兮穿深逗密[一]，若將終焉久矣。冥吾身於亡何有之鄉，等斯世於大槐安之宫。」明嘉靖刻本《秋崖先生小藁》卷三七。

[一] 秋：原無，據四庫本及《歷代賦彙》卷八四補。

宋代辭賦全編卷之七十二

賦 器物 一

弓賦

吴淑

昔聖人弦木爲弧，剡木爲矢，故天下以服，而萬民以治。若乃六材、七幹之妙，三鈞、九和之美，著以角端，飾之象弭，繡質良材，烏號徑理。或爲備盜之用，或著爲箕之旨。賞功有彤旅之賜，射遠著往來之體。得繁弱於封父，用桃弧於楚子。爾其仰高舉下之道，執弰承弣之儀，或言其始於倕、羿，或傳其本自般、揮。初觀宛轉之形，翩其反矣；乍得穹隆之狀，受言藏之。若夫檿弧嘗見於亡周，大屈亦聞於賜魯。綦連四疊，陳球千步。招虞人而不進，佞

箭賦

吴淑

若夫勾越之簳，會稽之美，寶東房之垂竹，藏陳庭之楛矢。耿恭傅毒，郎基剪紙，飛衛見困於甘蠅，由基擅能於吕錡。

爾其夏服、忘歸之已作，三鐮、八法之既修，捨之如破，束之其搜。中肩兮夾脰，貫轂兮洑輈。或迴船而受敵，或緣水以相求。則有魯莊僕姑，鴻超綦衛，關羽中之而刮骨，項羽叱之而墜地。

至於飛蝱電影，毒鐵焦銅。取董澤而寧既，採蒲臺而欲空。或有蓬桑共施，彤玈并錫，圉人既見於浴馬，漢將方驚於射石，或以勉由也之學，或以比史魚之直。喻隨人而侯景能言，譬弦上而陳琳見釋。

至夫威號天策，神名續長，射丁侯而則病，異函人之恐傷。魯連之下聊城，安于之備晉陽。先驅既爲於無忌，居守仍聞於寧莊。亦有高禖祈子，夏官獻箙，翫彼鶻尾，重兹金鏃。李陵兵盡而徒手，隗囂勢窮而發屋。張侯既言於貫肘，顯達更欣於拔目。白猿擁樹以長號，神女銜寃而晝哭。蒴蒿楛以無餘，伐淇園而未足。

至其麗龜以獻，策馬言歸，紛然雨集，欻爾虹飛。中楯瓦以猶勁，穿楊葉以無虧。飲石梁而已絶，定天山而更奇。斯聖人剡木之利，亘萬古而申威。宋紹興刻本《事類賦》卷一三。

劍賦

吴淑

昔雷焕既得豐城之寶劍，致其一於張華。且言曰：「自葛盧發金，蚩尤造始，竭楚鐵之利，涸齊金之美。淬以清波，斂之越砥。曄若流星，湛如照水。斯乃羊頭精利，水心靈秘。七彩九華之飾，龜文龍藻之麗。陽文陰縵之奇，紫電白虹之異。雖曰一人之敵，且應八方之氣。故三賢所以受賜，而君子所以自衛也。」茂先見之，矍然而驚曰：「此蓋邪溪之粹，赤堇之精。傾秦去吴之異，五山六合之英。純鈞、湛盧之器，豪曹、巨闕之名。掩三鄉而擅價，敵千户以騰聲。定光既聞於太甲，照膽仍傳於武丁。兵動則飛，月蝕而成。顧此神物，終當合并。然則薛燭之鑑，歐冶之作，桃氏靡差於廣狹，質氏尤工於灑削。越女擊猿之妙，莒子試人之虐。至於採牛頭之鐵，獲汲郡之銅，利能切玉，銛聞剸鍾。既鎮山而沈水，亦斷犀而截鴻。佩北斗之寒星，伐南山之茂松。詠宋玉之詞，倚於天外；發王喬之墓，停在空中。亦有改此緡纓，鑄爲農器。或刻漢平之名，或鐫魏武之字。莊子之説趙文，張陵之呵梁冀，七見闌子之弄，六聞衛綰之賜。不可躍大冶而自衒，唯宜絶重甲而稱利。寒暑兼華，堅柔異制。斯希代之神兵，佩服之巨麗也。」

於是并華陰之土遺之而爲詩曰：「赤霄與步光，辟閭兼墨陽。楚子問風胡，吴國得干將。嬴秦佩鹿盧，虎丘葬魚腸。陸賈百金重，高皇三尺長。魏傳飛景制，漢應大横祥。佩牛化已遠，守路德彌臧。及寢嘗貽怒，倚户舊傳方。白靈號大澤[一]，朱雲請尚方。虞公求不已，宣帝意難忘。」

雷焕繼而和之曰：「季札嘗心許，楊修曾見思。昭王投五岳，文命藏會稽。穫稻寧同劂，攝履詎如錐。白首嘗被指，血流俄見揮。朱虚一何壯，項莊徒爾爲。鑠身有所就，代形郝可追。屬鏤既受餓，杜郵方見貽。雋生佩橺具，韓卒得棠溪。騎士徒云賜，黑卵竟無虧。刻舟愚已甚，斬蛟勇可奇。新都椎美玉，馮石受文犀。雷公爲發鼓，豐隆方奮椎。萬辟雖云就，千金持贈誰？」

[一] 白靈：明秦汴校刊本、四庫本作「白帝」。

張華見之，懣然心伏。繹精理之沉邃，翫驚采之繁縟。客有挹此餘風，過乎三復，千載神交，敢揚末曲，乃系之而爲歌曰：「菅涔輝五色，《周官》列三制。已服甘蔗工，俄驚水精墜。隴西專斷割，河内增歔欷。周瑜嘗秉持，陶君方鍛治。已荷孟嘗恩，復感方諸賜。延平終化去，武庫俄焚棄。聊此續陽春，顧慚妍唱麗。」宋紹興刻本《事類賦》卷一三。

劍池賦 並序

鄭獬

皇祐初元秋九月，予解帆豐城，迹寶劍之遺事，得故穴焉。夫神物靈，不能自用也。當其幽壤潛伏，其氣激烈，乃上燭於天，是必思有以奮於世者焉。遇匪其人，昵而見佩，雖濯之以紫淵，礲之以碣石，姦血不濡，豈劍之意哉？於是晉室晻晻，豺狼滿朝，老龍弭首，蟠於一匣，寂寞雄鋩，終以飛去。烏乎，其可悲也！予以謂至精神變，雖亡而存，疑其尚潛於天地間，顧未躍珌而再出爾。不然，則周鼎不薦於漢廟，荆璧不傳於秦璽，孰謂斯劍之不伸於浮者哉？因賦云：

弛予橈兮晨泊，岸晴沙兮少息。歸頹城之遺封，摎劍池之故蹟。若臼若缶，窳然[illegible]

黑。靈光邈兮，注雄心而增惻。昔之老龍蟠伏，金背鱗蝕，屈不伸角，疲已見骨。憤汚壤之久蟄兮，氣貫斗以横蜚。覬雄斷於當世兮，倒乾坤於一麾。有微先識，奕然肆爓。兆精英之軼發，策兹地之所屬。剖幽植以中闢，騈雄鋌而下伏。玉浪無聲，從匣涌出。虹氣兮見紫，天光兮漏碧。横西山以載磨兮，照澄瀾而動色。始期我知兮，終泯焉而莫伸。匪横而佩兮，蓄蒼虵之修鱗。退不當藁街兮，梟立朝之大慗；進不在兩觀兮，血外戚之奸臣。掩連環以怊悵兮，寄風雨而長鳴。彼司馬之奮策，刃加頸以猶疑。天子青衣兮，磨牙髮鬚。公蔓其禍兮，其將尤誰？怒鬣奮兮，躍雲濤而去之。

嗚呼！至化揉變，邈無遺音，倏然而徠，曷闚以尋？吾謂夫棄於晉，去於晉，而將復試於今者與？四庫本《鄖溪集》卷一五。

豐城劍賦

過豐城縣作

陸游

在晉太康，觀星者曰：夕有異氣，見於牛斗之躔。時方伐吳，或曰，吳未可平，彼方得天。獨張華之博識，排是説之不然。迨孫皓之銜璧，氣益著而不騫。

於是雷煥附華之説曰：是寶劍之精，惟太阿與龍泉。卒之斸獲於豐城之獄，變化於延平之川。

世皆以爲是矣。千載之後，有陸子者，喟其永歎。夫占天知人，本以考驗治忽，卜運祚之促延。彼區區之二劍，曾何與於上玄？若吴亡而氣猶見，其應晉之南遷。有識已悲宗廟之丘墟，與河洛之腥羶矣。華不此之是懼，方餙智而怙權。

嗚呼！負重名，位大吏，俛仰羣枉之間，禍敗不可以旋踵，而顧自謂優遊以窮年。夫九鼎不能保東周之存，則二劍豈能救西晉之顛乎？使華開大公，進衆賢，徙南風於長門，投賈謐於羽淵。則身名可以俱泰，家國可以兩全。彼三尺者，尚何足捐乎？煥輩非所責，予將酹巵酒，賦此以弔吾茂先也。四庫本《放翁逸稿》卷上。

《困學紀聞》卷一三　放翁《豐城劍賦》謂「吴亡而氣猶見，其應晉室之南遷」，愚謂豐城二劍事，出雷次宗《豫章記》，所謂孔章者，即雷煥也，蓋次宗之族。此劉知幾所云「莊子鮒魚之對，賈生《鵩鳥》之辭，施於寓言則可，求諸實録則否」，而唐史官之撰晉史者取之，後人因而信之，誤矣。顏師古注《漢書》，凡撰述方志新異穿鑿者皆不録。注史猶不取，況作史乎？《豫章記》，見《藝文類聚》。

《歷代詩話》卷二〇《豐城》 陸游《豐城劍賦》：「吳亡而氣猶見，其應晉室之南遷。」吳旦生曰：雷次宗《豫章記》云：「吳未亡，恒有紫氣見牛斗之間。張華問之，雷孔章曰：『是寶物也，精在豫章豐城。』華遂以孔章爲豐城令，至縣，掘得玉匣，開之，得二劍。孔章留其一，以一進華。後華遇害，劍飛入襄城水中。孔章亡後，其子爲建安從事，經淺瀨，劍忽於腰間躍出，遂見二龍相隨焉。」按：孔章名焕，乃次宗之族。後來詞人往往用合劍故實，相沿而不察。《困學紀聞》引劉知幾所云「莊子鮒魚之對，賈生《鵩鳥》之辭，施於寓言則可，求諸實録則否」，而唐史官之撰晉史者取之，後人因而言之，悮矣。顔師古注《漢書》，凡撰述方志新異穿鑿者皆不録，注史猶不取，况作史乎？

《復小齋賦話》卷下 豐城劍，唐人皆直賦其事，獨宋陸放翁謂應晉之南遷，蓋爲壯武，不能進賢，俛仰群枉之間，卒羅禍敗而發，要是翻案文字。

几賦

吳淑

几，庪也，所以庪物者也。故吉事變几，凶事仍几。或以見祭祀之典，或以供饗射之禮。喪偶既傳於南郭，不言仍聞於孟子。

若乃鴝膝狐蹯之飾，白玉青石之奇，既拂以獻矣，亦操而從之。或以致幽冥之召，或以紀訓誦之詞。《内則》嘗聞於斂席，時令攸稱其養衰。觀夫黄金之質，雲紈之覆，學重麟士，名推卓茂。撫之驚劉毅之亡，抵之見朱君之怒。

至於黄帝垂法，張華著銘，荀嵤投之而怒士勾，吕布斫之而責陳登。爾其虎附兩頭，花攢五色，或斵棐以備用，或加綈以爲飾。戴勝既見於王母，草文仍傳於阮籍。别有毛玠古風，楊彪舊德，魏舒遜位，吴王稱疾。靈産以止足荷賜，王冲以尊大蒙錫。斯所以表王澤之褒崇，優耆年於閑適也。宋紹興刻本《事類賦》卷一四。

杖賦

吴淑

夫杖者，所以褒元老，彰淑德。故六十杖於鄉，七十杖於國。則有號以延年，賜之朝直。荷篠曾見於丈人，吹火仍聞於太一。

若夫邛竹之來大夏，靈壽之出九真，金則有少千之侈，藜則有原憲之貧。若其刻塔狀新，飾鳩製古，麟角既傳於劉向，桃枝亦聞於魏武。投葛陂而遽化，棄鄧林而自茂。長房得之而靈變，介象與之而遐鶩。則有賜於卓茂，錫以袁逢，協楊沛之嘉夢，報糜竺之陰功。

聞負手於仲尼，逢掛錢於阮氏。山賓對巨源之目，昌邑求積竹之製。誦武王踐阼之銘，行鄉人飲酒之義。既執末以爲獻，亦在函而當祭。仲尼制禮，問之有貴賤之差；陸賈著書，用之在傾危之際。宋紹興刻本《事類賦》卷一四。

扇賦

吴淑

伊彼紈扇，居然可珍。象明月以常滿，發惠風而愈新。或以紀羊孚之雪，或以書柳惲之雲。想王莽之屏面，思梁冀之擁身。則有介子辭禄，何植居貧。張敷纏哀於喪母，黄香顯名於侍親。塗修反影，丁緩漆輪。彦回障日，諸葛揮軍。或畫以秦女，或遺之買臣。謝安賞袁宏之辯，王導蔽元規之塵。

若夫太子同心之奇，班氏合歡之製，曹植之寶九華，湘東之題八字，羊欣不書而偃蹇，子顯一揮而傲睨。製自武王，禁於晉帝，大見扶南，長聞漢世。

至若逸少六角，飛燕七華，傅咸之矜狗脊，少千之持象牙。見伯仁而障面，目温嶠以披紗。

爾其執以摇風，用之逐暑，號彼莫難，飾其雲母。武王救暍以遲留，顧榮揮陣而容與。至有堯廚翣脯，中宿蒲葵，五明靡麗，單竹精奇。緑沉之於紫紺，木蘭之與桃枝。將軍當夏而不操，京兆走馬而猶持。吴猛渡江而畫水，范曄繫獄而題詩。或羽翮有損少之歎，或篋笥有棄捐之悲。又聞佳晉宫之卞女，表商宗之鴝雉，何戢之凱蟬雀，文奂之圖山水。卻三伏而迎九秋，功無與比。宋紹興刻本《事類賦》卷一四。

筆賦

吴淑

禮曰：士載言，史載筆。古以爲能述事而言，故謂之爲述。又以爲能畢舉萬物之形，亦謂之爲畢。故秦謂之筆，楚謂之聿，而吴謂之不律。若乃漆管緑沈之妙，文犀象齒之殊，博山爲牀，錯寶爲跗。静女嘗貽於彤管，周公曾寫於龜書。爾其中山之毫，北宫之製，秦將蒙恬之造始，官師路扈之精麗。周舍執之而司過，班超投之而立事。怒王思而逐蠅，傷盛吉而流涕。驚何晏而遽失，駭曹公而忽墜。阮瑀而曾訝立成，禰賦而未嘗停綴。

至於湘東三品，春坊四枚，含毫緬邈，搦管徘徊。楊琁染血而書帛，陶景用荻而畫灰。觀其染青松之微煙，奉纖毫之積潤，白牙碧鏤之奇，雞距鹿毛之雋。王充之户牖牆壁，左思之門庭藩溷。削荊既自於任末，捶琴更聞於柳惲。或以作鋤耒於詞園，或以爲刀矟於文陣。

若至趙國秋毫，遼西麟角，鋒必九分，管唯一握。逢陸機而欲焚，過仲宣而見閣。闞澤既自傭書，安世亦嘗持槖。枕中而每欲傳方，薦下而還聞辟惡。鄭譯假潤以爲辭，曹褒懷鉛而嗜學。僧虔晦迹而見容，卜商括囊於則削。

若夫陸倕授之於幼瑒，郭璞取之於江淹，白雲先生以鼠鬚而傳法，晉陵太守謂牙管之傷廉。至於上剛下柔之名，三束五重之美，夢大手於詞臣，表赤心於史氏。給相如而賦遊獵，供荀悦而成《漢紀》。蔡琰求之而寫書，王隱受之而修史。耗白見識於辛毗，搢縹嘗聞於夫子。

別有點高洋而作主，賜渾瑊而録功。太初有不畜之慎，歐陽有不擇之工。至有寶胡盧而稱珍，卻琉璃而苦重。婕妤折之而尚存，鄭灼削之而更用。顔裴則炙以課薪，智永則瘞而作塚。

亦聞採彼龍籦，截茲箘簬，痛頡爲嘉，懸蒸有度。清麗識傳玄之銘，瞻逸仰嵇含之賦。行本明佩刀之職，公權陳正心之喻。訝蠅集於苻堅，卜蛇銜於管輅。仲將留神於製作，雉恭見求而靳固[一]。傳毛穎於韓公，目毫錐於白傅。逸少驚入木之七分，仲尼止獲麟之一句。斯濡翰之爲用，誠詞家之急務也。宋紹興刻本《事類賦》卷一五。

硯賦

吴淑

採陰山之潛璞，琢圓池於璧水，成墨海於一紐，侔夏鼎之三趾。選自斧柯，置之綈几，或採於吴都山下，或取於永嘉溪裏。若夫蓮葉馬蹄之狀，圓天方地之形，木則貴其能軟，玉則取其不冰。鴝曾聞於銜水，蟻或見於沈罌。滴蟾蜍之積潤，點鴝鵒之寒星。爾其郎官之樣，終葵之製，甄后則以爲常用，宇文則不能久事。劉弘嘗接於晉武，彭祖曾同於宣帝。盧攜怒以相投，韓愈

[一] 雉恭：當作「稚恭」，乃庾翼字，見《晉書》卷七三《庾翼傳》。《太平御覽》卷四〇七等引作「雉恭」，蓋承其誤也。

述其先瘞。

至於梁武不珍於翔鳳，道支初得於浮槎。蜯貽庚翼，鐵遺洪涯。甈微茫之金線，重點滴之青花。亦聞稠桑美石，興平青色，筆運翰染，浮津輝墨。學時方俟於凍開，洗處常聞於水黑。張華以麟筆同賜，王慈以素琴并得。取端溪者價重千金，出青州者名摽第一。或爲祖先而增感，或因雷霆而遽失。

至其汾水精奇，墐泥妙絶，歙山既重於龍尾，西域但施於竹節。秘雀臺之滑膩，寶栗岡之潤潔。斯所以作城池於筆陣，非徒比石墨於讒説也。宋紹興刻本《事類賦》卷一五。

古瓦硯賦

宋祁

有知己者，貺予以古瓦硯一枚，温潤可嘉，寶玩無斁。感物銘惠，因爲賦之。其詞曰：

粤有雅器，以硯爲謚。本瓴瓦之微物，荷坯陶之洪施。嗟興廢之靡常，念終始而殊致。昔何爲而湮没，今何爲而見異？得非大廈雲構，飛甍山峙。凌霧概日，横鄽蔽里。宫窈窱而相屬，闕觚稜而叢倚。敞金谷之爲樓，會叢臺而成市。莫不狀翠鱗而隱軫，浮青煙而旖旎。陽烏結阿以上承，玉女飛牕而下視。忽代往而棟撓，俄人非而室燬。遇昆陽之飛屋，逢霍家之徹第。化魏宮之鴛翼，災柏梁之魚尾[一]。

於是星墜冰散，光沈物遷。狼籍舊圃，沉埋野田。失虬檐之瑞色，掩銅霤之餘鮮。朽壤晦兮何日，縹苔封兮幾年。或深耕而出壠，或被發而當阡。詎毀方之可冀，甘勝注之長捐。何智者之胥會，爛奇姿之下顛。感無情之舊物，將有用於羣賢。爰究爰度，載磨載鑴。因其窳以爲受，即其陋而成妍[二]。我質具矣，幽光粲然。純漆侔黑，潤珉訂堅，謝泥塗之幽處，升文史之長筵。或兔穎而前試，或雞距而相鮮。荷提攜於手澤，涵文飾於言泉。

若乃尼父作經，太沖能賦，伯英臨池，王充置柱，君苗未之焚棄，范喬見而悲撫。雖寶肆之非齒，幸哲人之攸御。摩頂至踵兮墨之徒，將效勤於斯語。四庫本《景文集》卷二。

[一] 柏：原作「伯」，據湖北先正遺書本改。
[二] 妍：湖北先正遺書本作「研」。

缸硯賦 並敘

蘇轍

先蜀之老有姓滕者，能以藥煮瓦石使軟，可割如土。嘗以破釀酒缸爲硯，極美，蜀人往往得之，以爲異物。余兄子瞻嘗遊益州，有以其一遺之。子瞻以授余，因爲之賦。

有物於此，首枕而足履，大胸而大臏，杯首而箕制。其壽百年，骨肉破碎，而獨化爲是。其始也，生乎黄泥之中；其成也，出乎烈火之下。尾鋭而腹皤，長頸而巨口。餔糟啜酒，終日醉飽。外堅中虚，膚密理解。偶與物鬭，脅漏内槁。棄於路隅，瓦礫所笑。忽然逢人，藥石包裹。不我謂瑕，治以鼎鼐。烹煎不辭，斧鑿見剖。一爲我形，沃我以水，汙我以煤，處我以几。子既博物，能識已否？

客曰：嗟夫，物之成也，則必固有毁也邪？物之毁也，則又不可謂棄也邪？既成而毁者，悲其棄也；既棄而復用者，又悲其用也。是亦大惑而已矣。且以予觀之，昔子則非開口而受濕，泇辛含酸，而不得守子之性者邪？今子則非坦腹而受污，模糊彌漫，而不得保子之正者邪？且其飲子以水也，不若飲子以酒；以物汙子也，不若使子自保。子果以此自悲也，則亦不見夫諸毛之捽拔，諸楮之爛靡，殺身自鬻，求效於此，吐詞如雲，傳示萬里。子不自喜而欲其故，則吾亦謂子惡名而喜利，棄淡而嗜美。終身陷溺而不知止者，可足悲矣！明清夢軒本《欒城集》卷一七。

《欒城先生遺言》東坡幼年作《却鼠刀銘》，公作《缸硯賦》，曾祖稱之，命佳紙修寫裝飾，釘於所居壁上。

龍尾硯賦 並序

釋惠洪

予所蓄龍尾硯，比他硯最賢。龔德莊從予乞曰：「此石宜宿玉堂，豈公所當有耶？」既以與之，又戲爲之賦。其詞曰：

柳子嘗有言曰：「硯之美者，唯青石最賢，而絳石次焉。自絳、青而下，蓋亦不數，而世亦無傳。」何温然之子石，出高要之晴川。方其始造也，祠中牢以匃祐，犯驚湍之洄漩。探萬仞之崖腹，取勁石之堅圓。裹碧草以徑出，割紫雲之明鮮。縈金縷於廓岸，張鴝目於坳淵。

於是房以玉室，而綈以錦衣。名以虚中，而以居默字之。適風檽之春晝，偶莫逆於書幃。管城子方蒙茸而落帽，燕客儼峨峨之豐頤。愛知白之盡展其底蘊，而看君荅煙霞之譚詞。粲古今於立頃，而觀者若未始與聞。而有知以其有是之德，故君子見録而不遺也。

蓋嘗罥網而出鯉，昭以佳瑞而生之。涸於順山而鴝致，浴於越池而水緇。姿端重而有墨侯之封，腰微坳而作郎官之狀。逸于闐青鐵之羣[一]，秀蟾蜍玉器之上。又嘗汚盧攜之怒裾，印太真之醉掌。泮紫金於藥鼎，鎗清聲於書幌。殆其棄而弗用也，猶贐餘骸於弟子[二]，瘞朽骨於草莽。而狂生乃以鐵竊其名，而市工仍以瓦肖其像。由此硯之難致，故紛謬僞之欺誑也。

顧予此硯之清堅，出於歙溪之湄水。乃陋南荒之彘肝，而竊自比於龍尾。勻數寸之秋光，温一片之和氣。疑初得於魯祠，何朴美之如此？從予遊亦有年，愛其忍垢之類

[一]于闐：原作「干闐」，據四庫本改。
[二]贐：四庫本作「燼」。

己。嗟所值之不遭，紛白眼之相視。獨一龔之可人，輒傾蓋而見喜。將提攜而去歸，置玉堂之棐几。稔亨奮而逃窮，脱怒罵之焚毁。終未免腹洞於暮年，而猶勝支牀於壯歲。子行勉矣，予將覲子與管城輩耕於無所不知之鄉，而至豐年之義理也已。四部叢刊本《石門文字禪》卷二〇。

雪堂硯賦 並引

蘇籀

伯祖父東坡先生琢紫金石爲硯，圭首箕製，寘雪堂中。形範卓谿，鴻筆鉅墨，寬然運而有餘。先生以遺先人，此研與詩書並藏於家，子孫不忘。遭亂後不知所在。僕憂患餘生，悼失故步。北苑鳳咮山溪石，先生所謂勝龍尾者，因命工採斵，復爲斯製，庶幾乎不失舊物也。嗟夫！所以記録遺書軼事，傳君子百世之澤，點黝殆非復世俗器矣。乃作賦曰：

東坡先生入道窮微，曠聽婁視。不貪之寶，不鑿之智。輔物理之自然，廓無心乎數外。發爲藝學，舉世莫二。契聖哲之奇韻，示名教之樂地。

窮於黄岡，斵石爲研。底滯聱牙，發明不厭。皁白經緯，箴規忘倦。窮《易》之剛柔貞悔，盡《詩》之興觀群怨。原法語以折衷，續《盤》、《誥》之斷爛。評論銘誌，幼婦黄絹。波擎點畫，出入萬變。北扉東閣，言成謨典。感麟凡例之筆，瑿國膏肓之砭。鄰敵爲之折衝，姦邪以之喪膽。觀刹谿山之刻，槃盂枕几之篆。揭日月於簡牘，耀龍蛇於琬琰。搢紳微公則聾瞽，吾道非公則黯闇。諷誦伏膺，思見斯人。斯人九原，其器尚堅。不居廟廊，非硯恥焉。枕中之訣，父子之傳。裹以緹衣，藉以青氈。其器羽化，其制殆泯。雷槌取璞，月斧礪刃。三郛二趾，淋漓纖穎。色如青鐵，質如鑱鼎〔一〕。思公灑翰，毛髮竦凛。篤古舊觀，茵席之鎮。坡陁瀰漫，地闊海浸。提耳畫一，危失先訓。志一氣隨，旨達詞順。遺韔亡弓，斷絃折軫。窺乎窔奥，願竊繩準。齪齪腕脱，怱怱道聽。

至若葺宇廡下，施牀榻上。王蒙徐偃，坐卧摸倣。鵞之鑽之，誰爲遠過？人更相笑，儇淺叢脞。拊硯三嘆，韜翰亦可。剛健流麗，融會尾瑣。問思修省，老去疑惰。四

庫本《雙溪集》卷六。

〔一〕鑱：原作「讒」，據粤雅堂叢書本改。

米元暉山研賦

蘇籀

噫歟瑋哉！巒阜鍾巧，巖嶭玲瓏。三茆九華之前後，二室五老之西東。天作地寶，神力鬼工。矩矱然而剞綴，月斧斲於朦朧。搜漱融結，出乎龍宫。績潤秋濤之骨，霳霸春岑之尢。特見怪而何謂？乃壺中之仙丘。泙渫泓坻，黝黯雲浮。

文字之祥，點黐之勛。豁櫝啟羃，耳目清新。捫叩而胸次隗磊，賞激而肝膽輪囷。雖一篢蕞爾，么麽老拳。瓌姿殊態，庶物莫先。橘中肆遊於園綺，耳門不蔕於兜玄。邯鄲黄粱之身世，此殆小有之洞天。

竇晉父子，負能使氣。紫淵蒼璧，麝煤栗尾。挾此翠麓，用器之瑞。辟塵珍玩，凌雲高致。素靄撲襟，蒼霧嘘禨。軌範相承，措言屬意。亭皋隴首之章，補亡正始之義。《鵝經》、《禊帖》，《洛神》、《樂毅》。《破羌》、《梨橘》，《來禽》、《青李》。神明還觀，俚俗一洗。

雄拔健峭，凝情倣效。壓鄴侯之三萬，得二王之祕奥。慎守玉軸，備禦他盜。西清珥筆，承明應詔。天子面試而加賚，巍乎致主之有道。著聞寰中，煒煌衒耀。後生摽楷而趨造，前輩同明以相照。一聚英靈，非其人而蓄峙，則崖譏澗愧，衆峰詆誚。今造物出奇，副一門冥討；明窗細氈，對管簡之嗜好。雲騰泉湧，好詞似之，號稱墨妙。時望公左右天造，允王國所珍，享南山壽考。有開必先，此焉讖兆。四庫本《雙溪集》卷六。

紙賦

吴淑

方絮之體，平滑如砥，在古則無，簡牘而已。

若乃晉武側理，漢成赫蹏，松花鳳尾，玉屑香皮。意其裂之以告敗，朱詹吞之而療饑。

至於平准桃花，東陽魚卵，段氏雲藍，王公蠒繭，金花薛骨，剡藤麻面。分重輕於黄白，隨屈伸於舒卷。

至若千寳之賜二百，陶侃之獻三千，青童琅玕之美，范甯藤角之妍。五色方見於鳳銜，純白或遭於蟲蠹。貢以和熹，求之秘府，嘉百幅於杜暹，美一函於魏武。

爾其翫玆靡滑，閲此廉方，薛濤則矜誇蜀樣，僧虔則衒耀銀光。出晉朝者爲山公之賜，墜郴州者爲温裕之祥。美東宫之縹紅，重六合之雲陽。至有樹葉尤珍，桑根更潔，蔡侯始訝於鮮華，子良復稱其妙絶。因相如而逾貴，遇羲之而不節。羊續補被而道隆，葛洪賣薪而志切。斯可以資日用於詞園，垂無窮之芳烈者也。宋紹興刻本《事類賦》卷一五。

墨賦

吴淑

《真誥》曰：墨者陰之象。《釋名》曰：墨者晦之義。陸雲得之於魏臺，陶侃獻之於晉帝。或名重張金，或妙稱祖氏。王郎既受於嘉惠，張永亦傳其巧思。污扇上而因成駮牛，出池中而更驚童子。王遠書之而入木，班孟噴之而成字。復有二螺九子，上黨隃縻，其堅如玉，其紋若犀。别有吐於魚腹，磨之楯鼻。和冀公二兩之煙，矜仲將一點之漆。揚雄受賜而石室觀書，王肅通靈而東齋注《易》。故有領袖如皂，而脣齒皆黑。

至於藏廬岳之十年，給東宮之四丸〔一〕，王勃之盈衣袖，新室之污陵垣。亦有斮髓明志，刳心表虔，賣薪著業，飲水懲愆。玄光有文嵩之傳，青松吟曹植之篇。斯筆陣之鍪甲，實文苑之攸先也。宋紹興刻本《事類賦》卷一五。

水仙十客賦

釋居簡

子墨遇毛穎於玄泓，謂淩波仙子曰：「穎也，情與幻俱，思與化偕，爾能壞色衣乎？瑶叢瓊墀，意象倔奇。玉臺金甌，精爽發輝。既寫真以寵，而乃觸類而友之。丹兮焉加，鉛兮焉施。山黛弗埽，額黃奚爲。妙衆態於一緇，革殊轍而同歸。感意足於色盡，歎朝榮而夕萎。」

仙曰：「既聞命矣。凡物之生，豈不曰友。有杕之杜，亦孔之醜。梅兄在前，礬弟居后。蠟英騰馥，兄黨之秀。寄林處羣，無人自芳。並驅争先，瑞香國香。是皆臭味之偶較，等夷於兩忘。我有横榻，縣之北窗，楚英不來，餘烏足當？」起而些之曰：「花

〔一〕丸：原作「九」，據明秦汴校刊本、四庫本改。

中隱者兮與秋澄霽，故家東籬兮剪金繁碎。宿莽兮苾芬，羣空兮拔乎萃。雖卧樓百尺可也，豈特上下床之間哉？」

英避席而作，曰：「走不佞，請言志。簸之揚之，秕糠是懲。爲天下先，囊書諸紳。海棠豔春，山茶駐春。桃源霞蒸，李溪夜明。族大衆富，草木知名。其可爲吾下乎？」

仙憮然曰：「吾非不願交也，以色媚人，寡德也。」英曰：「子何見之晚也！可以攻玉，它山之石也。不賢則人將拒我，若之何而拒人也？」

仙乃曰：「唯。莫敢不承。」延之上座，死毋敗盟。相索於形骸之外兮，相忘於寂寞之濱。四庫本《北磵集》卷一。

宋代辭賦全編卷之七十三

賦　器物　二

菊花枕賦

田錫

粲粲佳人，虹綬珠纓[一]；采采芳菊，霜籬月庭。晞彩日以微燥，逗輕風而益馨。畫帕閑覆，珍盤久停。書閣閑開，讀錦囊之藥録；鑪香静爇，披瑶檢之仙經。味甘而豈獨蠲疾，品貴而仍堪續齡。於是翦紅綃而用貯金蘂，代粲枕而爰置銀屏。誰羡陳宫，帶黄金以加飾；慵思漢邸，祕鴻寶以稱靈。當乎夜烱玉蟬，漏催銀箭，拂芳塵於象榻，展餘霞之綺薦。蘭燈背

[一] 珠：四庫本及《古今圖書集成·考工典》卷二二三、《歷代賦彙》卷八七作「朱」。

壁，慘寒焰之九華；珠箔垂軒，掛繁星之一片。於是撫菊枕以安體，憐菊香之入面。當夕寐而神寧，迨晨興而思健。或松醪醒而心頓析醒，或春病瘳而目無餘眩。益知靈效，雖琥珀以奚珍；自悅幽芳，豈珊瑚之足羡。昔也睥紫菊與白菊，和煙容與露芳，咸見采於玉指，惜徒況於金觴。巧思潛得，重緘有方。錦文緣飾以增麗，彩線彌縫而漏香。價掩槐實，名踰蕙房。月幌斜開，恨西窗之欲曉；書帷半掩，順東首以延祥。魯國回賢，誰念曲肱之樂；漆園吏傲，空懷化蝶之鄉。每至蘭堂夙興，寶篋朝斂，輕藻繪於芙蓉，勝琢彫之琬琰。香在玄髮，芳留雙臉。致元首之康哉，美馨德兮難掩。傅增湘校訂淡生堂鈔本《咸平集》卷七。

斑竹簾賦

田錫

湘水春深，修篁翠陰。因善巧之凝睇，可爲簾而運心。金刃光翻，拂霜筠而互解；朱絲織就，鬬黛點以交侵。

雖曰皇英帝子，揮灑珠淚，亦秋露之曉滋，復春霖之暮漬。故錦章異狀，由造化之自然；綺錯奇文，入良工之經緯。或疊若連錢，或濃如濕煙。或黯若陣雲之起，或纍如滴水之圓。疏密增華，漏月光而未卷；斕斑若畫，隔花影以初懸。尤宜寶軸分輝，玉鉤加飾，垂旌翻虹綬之彩，飛額動金鸞之翼。彼海蝦之鬚，誰能貴之；神麟之毫，安足多之？編明珠者奚羡，緝翠羽兮胡爲？

未若我鬱金之堂，椒塗祕室，取守節以持操，貴以文而勝質。連垂香砌，透燭影於洞房；高掛曲瓊，延曙光於綺席。矧乎金犢將駕，雲輧欲升，闢繁華於戚里，閱芳菲於五陵。若玳瑁以粧成，前瞻繡軛；想瀟湘而意遠，後從玉乘。美哉琅玕之用，貴豪所共，悦珍華之外飾，致貞芳之可重也。

因而歌之曰：碧鮮有文，露點煙痕。簾者廉也，感人思重華之德，援毫頌南風之薰。傅增湘校訂淡生堂鈔本《咸平集》卷七。

籌奩賦

田錫

籌可運以經國，奩爲器兮因人。諒緘藏之在己，若智術以居身。巾箱是寄，刀筆相親。美方圓之合度，詢啟閉以何因。待用乎嘉謀之士，相從乎善計之臣。與夫玉藏於櫝，笏搢於紳，寶匣祕鋒鋩之利，錦囊包珠貝之珍。彼但拘於售使，我實濟乎經綸。當乎疆場無事，干戈不試，放勛、重華之享國，大臨、廷堅之就位〔一〕。政寡聚謀，兵無計利。籌則斂之而弗用，奮亦閉之而靡動。如晦迹而無營，比卷懷而自奉。亦猶伍員在越，士會居隨，隱吕望於朝歌，匿留侯於下邳。雖有謀而弗用，雖有志而何施。所以五曹九章之位，無得而闕。

若天地草昧，風雲交會，劉邦、項籍之圖霸，晉文、齊桓之伐罪。役智勞精，趣利違害。籌則虎躍而龍攄，奮亦罄中而赴外。如志士之變通，敢逢時而懈怠？亦猶陳平背楚兮歸漢，箕子去商兮事周，吕蒙拔於行陣，管仲釋於俘囚。既有謀而可衒，既有智兮堪薦。所以二首六身之文，可得而見。

余謂奮則人也，人則奮也。文王拘於羑里，奮於聖也；伊尹耕於有莘，奮於賢也。韓信忍辱，奮於勇也；晉宣詐病，奮於明也。籌也者，固躬之睿智；奮也者，周身之外防。宜乎入將軍之袵席，升真宰之中堂。得進退屈伸之理，有弛張斂散之方。斂之則天地品彙之數，寂然無覩；施之則陰陽造化之情，渙然而明。龍靈蛟神，局於勺水；

〔一〕廷堅：四庫本及《古今圖書集成·考工典》卷二一八、《歷代賦彙》卷八七作「庭堅」。

千兵萬馬，隱以嚴城。風雨動之而變化，號令發之而縱横。可以比罄奋用籌[一]，則善謀嘉畫，因事而生。傅增湘校訂淡生堂鈔本《咸平集》卷七。

麈尾賦

梅堯臣

野有壯麈兮，罹虞人於廣原。其身已殺，其肉已燔，其骨已棄，獨其尾之猶存。飾雕玉以爲柄，人君握而承言。聊指麾之可任，雖脱落而蒙恩。噫！譬諸犬豕，其死則均其肉與骨，亦莫逡巡。自古及今，若此泯没者，日有億計，曾不一毫以利人。是以生若蚍蜉，死若埃塵。生無以異於其類，死不爲時之所珍。故仲尼疾没世而名滅，子長亦著論而有因。乃感兹獸，而用告乎朋親。明正統刻本《宛陵先生文集》卷六〇。

[一] 比罄：原作「罄比」，據《古今圖書集成·考工典》卷二二八、《歷代賦彙》卷八七乙。傅校：「『可以』句有訛衍。」

沉香山子賦 子由生日作

蘇軾

古者以芸爲香，以蘭爲芬。以鬱鬯爲裸，以脂蕭爲焚。以椒爲塗，以蕙爲薰。杜衡帶屈，菖蒲薦文。麝多忌而本羶，蘇合若薌而實葷。嗟吾知之幾何，爲六入之所分。方根塵之起滅，常顛倒其天君。每求似於髣髴，或鼻勞而妄聞。獨沉水爲近正，可以配詹匐而並云〔一〕。

矧儋崖之異産，實超然而不羣。既金堅而玉潤，亦鶴骨而龍筋。惟膏液之内足，故把握而兼斤。顧占城之枯朽，宜爨釜而燎蚊。宛彼小山，巉然可欣。如太華之倚天，象小孤之插雲。

往壽子之生朝，以寫我之老懃。子方面壁以終日，豈亦歸田而自耘，幸置此於几席，養幽芳於帨帉。無一往之發烈，有無窮之氤氳，蓋非獨以飲東坡之壽，亦所以食黎人之芹也。宋刻本《東坡後集》卷八。

〔一〕詹匐：明萬曆刻本、四庫本及陳敬《陳氏香譜》卷四作「薝蔔」。

周嘉胄《香乘》卷二七 後卷載東坡《沉香山子賦》，亦爲子由壽香供上真上聖者。長公兩以致祝，蓋敦友愛之至。

和子瞻沉香山子賦 並引

蘇轍

仲春中休，子由於是始生。東坡老人居於海南，以沉水香山遺之，示之以賦，曰：「以爲子壽。」乃和而復之，其詞曰：

我生斯晨，閱歲六十。天鑿六竅，俾以出入。有神居之，漠然静一。六爲之媒，聘以六物。紛然馳走，不守其宅。光寵所眩，憂患所迮。少壯一往，齒摇髮脱。失足隕墜，南海之北。苦極而悟，彈指太息。萬法盡空，何有得失？色聲横騖，香味並集。我初不受，將爾誰賊？收視内觀，燕坐終日。維海彼岸，香木爰植。山高谷深，百圍千尺。風雨摧斃，塗潦齧蝕。膚革爛壞，存者骨骼。巉然孤峰，秀出巖穴。如石斯重，如蠟斯澤。焚之一銖，香蓋通國。

王公所售，不顧金帛。我方躬耕，日耦沮溺。鼻不求養，蘭殗棄擲。越人髡裸，章甫奚適？東坡調我，寧不我悉？久而自笑，吾得道迹。聲聞在定，雷鼓皆隔。豈不自保，而佛是斥？妄真雖二，本實同出。得真而喜，操妄而慄。叩門爾耳，未入其室。妄中有真，非二非一。無明所塵，則真如窟。

古之至人，衣草飯麥。人天來供，金玉山積。我初無心，不求不索。虚心而已，何廢實腹？弱志而已，何廢强骨？毋令東坡，聞我而咄。奉持香山，稽首仙釋。永與東坡，俱證道術。明清夢軒本《欒城後集》卷五。

《讀賦卮言》和賦亦不必奉和聖製，有儕友自相和者。唐高適有《和李邕鶻賦》，宋蘇轍有《和兄軾沉香山子賦》，梅堯臣有《和潘叔治魚琴賦》。

焚香賦

陸游

陸子起玉局，牧新定。至郡彌年，困於簿領，意不自得，又適病眚，厭喧譁，事幽屏，却文移，謝造請。閉閣垂帷，自放於宴寂之境。

時則有二趾之几，兩耳之鼎。爇明窗之寶炷，消晝漏之方永。其始也，灰厚火深，煙雖未形，而香已發聞矣。其少進也，綿綿如鼻端之息；其上達也，藹藹如山穴之雲。新鼻觀之異境，散天葩之奇芬，既卷舒而縹渺，復聚散而輪囷。傍琴書而變滅，留巾袂之氤氲，參佛龕之夜供，異朝衣之晨熏。

余方將上疏掛冠，誅茅築室，從山林之故友，娱耄耋之餘日。暴丹荔之衣，藏芳蘭之茁，茹秋菊之英，含古柏之實，納之玉兔之臼〔一〕，和以檜華之蜜。掩紙帳而高枕，杜荆扉而簡出，方與香而爲友，彼世俗其奚恤。潔我壺觴，散我籤帙，非獨洗京洛之風塵，亦以慰江漢之衰疾也。四庫本《放翁逸稿》卷上。

黄連香賦

周文璞

余披五嶽之圖，禮三茅之神。莎服笋冠，步行澗濱。有老人者，手持奇薰，颺於巖谷，乃賦以文。

〔一〕納之：原脱「之」字，據汲古閣本補。

句曲之天，華陽之山。黑武蒼螋，各持籬藩。爰有藥樹，流膏滿身。味苦氣厚，獻於丘園。有道所享，不肖所儇。世上齊民，業流灣澴。罔知紀極，孰能遮攔？爾惟昧昏，能反其元。當焚當燔，上聞九闕。爾惟飛翾，爾魂狙猿。速往逐臭，毋啟我垣。絪縕輪囷，化爲明煙。素皇泰尊，實鑒我言。欲盡其微，秖以贅煩。余方肅而聽，俯而拾，仰而不見，但見石壁。四庫本《方泉詩集》卷一。

藥杵臼後賦 並序

李綱

客有賦藥杵臼以示梁谿翁者。翁方餌藥扶衰，朝夕從事於其間，欣然喜之，拾遺意作後賦。其辭曰：

梁谿先生年甫始衰，憂患之所薰蒸，病疾之所摧頹，蒼顔華髮，百念已灰。乃從方士之流，攷神農之書。擷草木之精英，採金石之神奇。究心服餌，以自扶持。爰命小童，置杵臼於齋房邃室之隈，方牀曲几之側，擣和衆劑，服之無斁。俄而聲出於兩者之間，合散作止，自相撞擊。其始也投杵於中，如穀之舂，其聲東瓏；其卒也摇杵於傍，如翼之翔，其聲登當。倏方鳴而乍輟，欻已息而還鏘。韻和夢枕，響落塵梁。

先生大歡樂之，顧謂客曰：「此吾之無盡樂也。」客曰：「願先生賦之。」先生曰：「唯唯。厥初生民，百穀是播。斷木掘地，取諸小過。鑄金象物，藥石是資。上動下止，斯焉取斯。如鼎多趾，如壺闕耳。匪貫之鉉，載中之矢。兩金相薄，鏘然有聲。盪心駭耳，鐵中錚錚。作非柷敔，設非筍簴。疾徐應節，疎數合度。異鐘磬之四懸，謝鼓吹之兩部。含太和之宮徵，信難言而有數。蜺投霞舉，爵躍鯢旋。指無私於上下，聲不繫於中邊。得之心而應於手，殆有合於天。然吾方静攷幽經，博極仙方。鍊九轉之靈丹，搗千粒之玄霜。借蟾兔於月窟，屏雞犬於芝房。戒喧言而默默，發妙響之琅琅。耳根靈圓，心地清涼。資一物而兩得，殆將乘泠風、籥浮雲而翺翔者耶〔一〕！四庫本《梁谿集》卷三。

燈華賦

沈與求

耿宵寒之不寐兮，起攬衣而踟躕。無以散余之幽憂兮，憑插架之叢書。引短檠使置

〔一〕籥：《歷代賦彙》卷八八同。道光刻本作「篤」。

前兮，聊縱觀以嬉娛。注膏油續餘燼兮，發雙照之清臚。曷孤光之炯炯兮，舍生意其斯須。曾不根而自華兮，騁便娟與扶疎。初蓓蕾之星懸兮，葩萼爛其紛敷。中鬱勃而旁分兮，熒明滅而欲無。乍晻曀而蔽虧兮，卒勤余之翦除。悼飛蛾之撲緣兮，猶若擷芳而採腴。

童子旁睨而竊笑兮，曰：「此吉占奚忽諸？」苟禦福其不祥兮，余豈廢書而改圖。憂喜聚門唯所召兮，獨何爲此華之覬覦。彼九華之威蕤兮，灼百和之淳蘇。散春風之列炬兮，導珠翠與笙竽。挾光景以舒秀兮，紛榮落之自如。豈其規福而樂魌闇兮，蓋以衆而函胡。相風釭之一枝兮，屬山澤之臞儒。辨牛毛之瑣細兮，忌鶴彩之縈紆。緣桐君之藥灺兮，詫微光於鄰壁之餘。

童子曰：「噫嘻吁呼！已見背於群趨兮，悲夫主人之愚。」余掩卷而三歎兮，悼此言之甚迂。物不可必兮，神不可誣。忽若太乙之下臨兮，醮青藜以燭余。余何爲感此嘉貺兮，豈以夫余所讀者道載而與之俱。儻此花之可授兮，眇傳燈之老瞿。四部叢刊本《沈忠敏公龜谿集》卷一一。

穴情賦

蔡發

龍貴踴躍，氣妙冲和。穴法最難，宜加目力。莫道無頭無緒，橫看定踪；休言是木是金，動中取穴。順受逆受，何拘對定於天心；傍求正求，猶在消詳於龍虎。橫擔橫落，無龍須葬有龍；直下直扦，有氣要安無氣。魚尾擺開，看後倚前親之勢；虹腰雙下，認橫扦直就之情。橫山湊脊處曰鬭斧，直山扦柔處曰入簷。顩門玉枕，至高之穴至貴；合襟金壂，最下之情最玄。會窩打透肉盤弦，韌中取脆；軟腌下尋交骨起，柔裏鑽堅。

拋鞭須隱節，刺背要離根。反手粘高骨，衝天打顩門。側裁如把傘，平視合担壺。擺出情難緩，橫飛勢合翻。穴是神仙穴，龍分厚薄身。脉來分左右，勢落定君臣。匾大臨弦出，雄粗帶側循。打尖休動骨，點頜要粘脣。急緩隨形使，高低着意親。五直宜橫下，三停妙影尋。枕藍扦鼠尾，側耳定龍心。牛鼻防牽水，魚腮要合襟。更須詳要法，轉閃直折斜。突脉須尋窟，窩中妙泡金。金斜宜剪火，生尅要通精。玄微天意惜，舉世少知音。《牧堂公集》。

聞藥杵賦

劉子翬

病翁製藥齋閣中，杵聲琅琅然，聽而樂之，因作是賦。

窈窕兮曲空房，桐陰碎兮玄雲濃。藥杵兮晨舂，重扃静兮隱壠。冬廓落兮小軒明，麥風過兮緑紋驚。藥杵兮暮鳴，千巖迥兮散丁登。觀其票姚沉著，晶熒欻霍，舉雖一握之微，勢有百鈞之落。如唱兮復應，將定兮旋躍。乍降乍升，時散時合。幽深如寫其淒厲，激烈若舒其謇諤。喧喧方震於廂榮，闐闐忽沉於寥廓[二]。厭市鍜之音陋，鄙村舂之韻濁。矧群蛙之鬧池，徒蟈蟈而郭郭。斯蓋古今未賞，而病翁之所獨樂也。

翁方抱沉痾、隱空谷，坐胡床、據槁木，思物底於無厲，殆口嘗於衆毒，因神丹之揉鍊，發員機於磨觸。琅琅之中，獨聞和焉，自一而生，盈萬而復。徒耳煩於里巷，亦

[二]「喧喧」、「闐闐」下，四庫本並有「兮」字，《古今圖書集成·考工典》卷二四五、《歷代賦彙》卷八八亦無「兮」字。

腕脱於僮僕。衆嗤其强聒不休，翁好之常若不足。

或曰：「聲以律和，樂由心樂，故桓箏、融笛、嵇琴、阮嘯，各寓興以怡神，雖異趣而同調。彼鐵中錚錚耶，又何足資夫玩好？」翁曰：「木風嗚嗚，如塤如竽，誰爲吸呼？石流濺濺，如絲如弦，誰爲擊彈？不約而合，乃其自然。聲雖流而常寂，聽若遇而非緣。苟有當於余心，又何必八音之變而與夫九奏之繁哉！」且賞音於澹者，與道默契，有見於獨者，與衆必戾，亦各從其志焉，翁豈卹呶呶之議。明刻本《屏山集》卷一〇。

桔槔賦

陳藻

漁溪之民兮桔槔，一日不雨兮則勞。土既薄兮沙石多，水鑽鑽以下篩，井湊湊而湧高。十日不雨兮，因廻數而損泉。巽之愈低，力其倍宣。晝雖給於西園，夕恐焦乎東田。自甲至戊，惟丙能眠。夫婦蓬蟄，如鑾如猺。太陽升兮畢炎燒。嘉樹在前，若秦皇漢武兮慕三神山之絶遼。已而視瓶中之粟，曾不足以禦來者之一朝。思弗負於債家，秋已竭其膏膂。幸而禾稻成穗，雷腹有充，舉手加額，慚荷元穹。彼彎射虎之弓兮，恨侯印之阻封。援賦鵩之筆兮，少爲傅而曰窮。潘嫌宦拙兮達早，羽嘆天亡兮戰工。長卿不文，犢鼻皆可；仲卿凡者，牛衣足供。作《進學解》者非韓愈耶？昔有解嘲之揚雄。言若亡憾兮，意則由、賜之不容，斯可也。世莫如漆園之憤悱兮，羌託辭於苦空。場屋之士，戚戚未第，乍登九品，立俟隆崇。紈袴之子，厭厭肥甘，率然一飯，怒冠髮衝。妖艷之女，羞與醜婦共牢而食，安得淮陰壯客，甘絳灌之雷同者哉！曰聖曰賢，爲顔爲孔，已雖樂以無尤，人至今而屈訟。造物者起，笑而爲辭曰：賦汝厚兮責我深，隨自然兮吾何心。謂渠能兮昧矣，謂渠素兮呻吟。不若吝之兮，均桔槔而後食，庶無僥倖兮，豈聞相怨之音。四庫本《樂軒集》卷四。

梅屏賦

釋居簡

北山鮑家田尼菴梅屏傾京都，高宗燕殊宫，嘗令待詔院圖進。

屏梅於閒暇之際，固足以當一面之託。況夫花時不數，孔雀之金，塞門之樹兮城南悠然。蓓蕾露零，萸腴酥乾。玉頽可扶，雪姸可編。又若堵立十丈於蓬萊千仞之巔，北枝奔而不殿，南枝徐而不先。孰不願斜入屋簷，横蘸清漣，殆將小抑高韻兮從其權也。

雖屈折而拂性，終秀整而全天。蓋智巧所自出，愈出愈奇兮麗澤乎芳鮮。豈吳宫小隊艷冶於長虵偃月兮與之比肩哉！雖然，物貴守常，失常則舛，反常合道，何患乎反。牛可貫而任重，馬可絡而致遠。水沛然而東之，決之西而弗轉。又何以異夫結婆娑而亭亭，直蘧廬之南榮？

淪乳雲之甘兮，駕清風於玉川；倚紈素之潔兮，障順風之庾塵。使浪蕊浮花，知夫大邦維翰兮公侯干城。吾將取古今騷人墨客，盡疏録其姓名。首之以石心鐵腸，繼之以孤山逸民。俾登是選者，不啻拔山之與籥雲。寄風雅於晚生，發先覺之典型。廣平之貂兮不可復續，暗香浮動兮尚堪擷英。是舉也，得非東家捧心兮效顰於西家者耶？四庫本《北磵集》卷一。

死灰賦

釋居簡

已矣夫，斯其已焉矣。積之何益，宿之何閟？擁之弗煖，任之則已。撥之則尚何俟既掩之息，棄之則孰有是無用之地？始或病其燎原，終敢忘於祀帝？星之沉，螢之翳。卻燧人，謝司爨。非石中擊，非鏡中起。非海中光，非木中燧。雖千炬之連綿，與一龕之明偉。眇不得其所從，又安知其所止。初疑陳編斷而發是殘照，又疑疎襟虚而粲此冷蕊。肇自一傳，焕乎百世。惟取之者深，則用之者秘。豈顯晦之不常，固行藏之所係。必遺魄而潛影，則輝天而鑑地。

翳妄冀於復然，粤西京之内史。雖再振於餘燼，已見溺於獄吏。逮辱極而榮來，亦背芒而顙泚。矧漆園之老仙，傲楚聘而高眂。槁形骸與方寸，投綸竿於濮水。寧惡富而賀貧，寧去此而就彼。將貪得而徇財，抑舍生而取義。將豐犧之衣繡，抑靈龜之曳尾。孰若搏扶摇，跨鵬背，翱翔乎九萬里。拾《齊物》之餘論，續齋心之微旨。寓兔穎於遠思，作蠅頭之細字。搜精爽於空濛，使飛廉而馳寄。

些而歌之曰：盍歸乎來兮，吾其爲逍遥之遊。自無何有兮，奮於廣漠之野，而烏有之林丘。四庫本《北礀集》卷一。

金鏡書賦

方大琮

保治於後，貽謀自初。永示宸旒之戒，著爲金鏡之書。托兹寶鑑之名，意誠近矣；垂厥皇家之訓，義實昭如。太宗静觀理亂之形，親睹治平之盛。謂用舍兩途，若是易曉；故鑑戒萬世，使之取正。雖帝心視此，常如目擊於龜圖；恐後嗣忘之，所以書名於金鏡。帝也見理已熟，爲謀益深。雖自比之初，已賴得人之力；而朕保於此，豈無貽後之心？是書所作，正欲垂訓，言鏡不足，托名以金。何暗何明，斷不出實賢之意；載瞻載顧，如親承祖訓之臨。

是書也，興王期萬世之傳，舉要特數言而止。語及用人，則賢否之狀莫揜；論及爲治，則禍福之形甚邇。兹成書之鑑戒昭然，閱世故之興亡多矣。朕嘗保此，一時已驗於安危；訓以示之，萬世永貽於孫子。大抵致治亂之形，至昭若以易曉；處任用之中，有時焉而不知。惟帝與諸公講論熟矣，目擊八代，興亡在兹。故金鏡著明之訓，爲瑶圖久遠之思。雖終篇著述，不出謹用；然百王觀省，曉然不疑。言述始終，藴古有窮神之具；語陳治亂，令狐述興業之爲。是時大亮獻言，金重訂千；高馮奏疏，鏡嘗賜一。獻寶箴者親故毋用，以人鑑者佞邪必黜。

然此皆朕意之觀覽，未有爲後王之著述。書所以作，見之甚悉。使文宗睹此，必無去佞之非；如唐德見之，安有追仇之失？然而用舍多偏，莫唐世之爲甚；利害雖明，奈時君之自昏。然憲宗僅一采，猶識賞諫；宣宗嘗一讀，粗知聽言。彼莫分邪正，已非初世之所望；然少或觀省，猶愈此書之不存。載觀如是之謨訓，惜不盡循乎子孫。

以至臨朝有不樂之容，直焉隨斥；作殿爲履觀之地，賢豈能尊。抑亦諫獵不止，托爲厚賜之金；追言有恨，不念未忘之鑑。雖云爲後世之作戒，亦豈意帝躬之親陷？嗚呼！《金鑑》一書，太宗自爲之，亦自背之，何責子孫之不鑑？明正德刻本《宋忠惠鐵庵方公文集》卷二六。

渾天儀賦

羅椅

天其運乎，地其處乎？日月其争於所乎？孰爲其綱，孰爲其主？此古之神人駕風鞭霆，遊乎寥廓而不得其説，況可以管窺而蠡覷？雖知巧之有作，亦彷佛其行度。雖然，彼以彷佛言之，我以彷佛賦之，可乎？

粤自唐虞，羲和具職，璿璣玉衡，粲然典籍。何三代以來，其説不一？宣夜以泯滅而不傳，周髀亦參差而未密。渾然造制，超乎獨出。夫何秦亂天紀，此道湮蕪，事之謬而旌旗尚黑，時之悖而十月歲初。鼂聲紫色，□爲閏餘。漢興百年，稍稍復初。始經營於洛下，復量度於鮮于。迨至永元，範銅益巧；豈期開皇，鑄鐵仍迂。偉淳風與一行，垂百世之宏謨。紛紛五代，猶存王朴。後出愈工，東都制作。三議相成，盤糾交錯。外立三環，名曰六合。單環平置，以象地濁。天經跨地之平，而子午貫軸；地緯帶天之紘，而卯酉綴鄂。其去極之遠近，與赤道度數，皆一一其可準度。次内三辰，雙環復側。黄赤二道，由之以挈。赤道則外天緯，而列在前之度數；黄道則斜倚赤道，而爲三分之晷刻。最其内者，四遊之儀。亦立雙環，以貫兩倪。直距當要中以受衡，玉衡隨直距而轉移。南樞北樞，一隱一見；昏中旦中，必攷必稽。激之以水，匪駛匪遲。凡抱珥薄蝕之象，飛流背玦之機，如燭照而數計，不少失於毫釐。

噫！是儀也，斂之一掌，舒之彌天。蹙八萬里於尋表，括十二萬九千五百年於一丸。是老子三十輻而共一轂也，楊松五千文而起一原也。伏羲《河圖》，奇耦各變；濂溪《太極》，陰陽互根也。彼如雞之彈，如磨之旋，又何足以擬哉？是故卿雲郁兮太史奏瑞，妖祲興兮靈臺視祥。聖人於此，極參贊裁成之道；世主因之，得恐懼修省之方，夫豈彷佛云乎哉？

抑吾聞之，鄭竈猶昧於知天，魯官或譏其失日。周宣側身而旱魃消，齊景一言而熒惑失。王道明則天街清潤，君德平則皇風寧謐。是又不渾儀而渾儀，在吾心之大極。清羅嘉瑞刻本《澗谷遺集》卷一。

舟賦

吴淑

昔聖人刳木爲舟，以利千古。或曰肇自虞姁、工倕，或曰起於貨狄、共鼓。雖權輿於窾木，或矜夸於浮土。則有吴之餘皇，漢之雲母。白魚瑞周而斯躍，黄龍感禹而來負。苟汎然而無繫，則觸之而不怒。

若乃道濟舴艋，黄蓋艨艟，徐宣凌波而抗厲，鄧通持櫂以雝容。艤烏江而待項羽，燒赤壁而走曹公。大見馳馬，祥聞集蜂。故可以凌迅流、翼長風者也。爾乃浮江千里，攻楚萬艘，水淺而但能浮芥，河廣而曾不容舠。

至如沙棠之法，木蘭之麗，采菱、翔鳳之名，指南、常安之制，梁麗、晉舶之稱，吳艒、越女之類。或實薪芻而舉火，或建幡旄而照水。李、郭并泛而登仙，胡、越同心而共濟。樂兹清曠，嘉其輕利。卜式博昌之習，賀齊絳襜之侈。顔回知賜也之來，郭翻屈庾翼之至。詠桂櫂而見《楚辭》，被豹裘而迎晉使。巨川則道著傅説，五湖則功成范蠡。亦聞甘寧之錦纜示奢，顧氏之布帆無恙。風波已没於杜畿，艘檝豈長於梁相。孫權回之而受箭，蒼舒刻之而秤象。愚者既聞於求劍，智士俄觀其脱衣。漢水有沉膠之責，河流有泛柏之詩。亦有紼縭見維，舳艫相接。嘗聞其越舼蜀舲，豈用夫瓊艘瑶檝。復有蔡姬見蕩，秦將曾焚，泛兹五會，容乎萬人。飛雲嘗見於吳國，青翰曾聞於鄂君。復有漢武申汾河之歌，廣德有便門之諫。穆滿之乘龍鳥，山松之望鳧雁。或以伐江陵之木，或以習昆明之戰。

至若翔螭赤馬，鷁首鴨頭，泛越王之三翼，督孫權之五樓。先登見號，利涉爲謀。亦聞蒼隼晨鳧，飛廬青雀，或造以爲梁，或藏之於壑。天淵既泛於飛龍，靈芝亦浮於鳴鶴。岸上人驚，水中龍躍。所以浮巨浸而濟不通，爲利斯博。宋紹興刻本《事類賦》卷一六。

虚舟賦

連文鳳

汎彼中流，其名曰舟。遠可以涉，深可以遊。伊誰爲之，有熊氏作。如鳥斯飛，如馬斯躍。彼誕而迂，其名曰虚。若盈而竭，若有而無。伊誰爲之，太空是侶。奚放奚歸，奚涯奚涘？我有虚舟，不纜不維。篙不可設，桅不可施。

其材孔良，其質孔厚。般、輸顧之，吐舌縮首。匪樓而高，匪鐵而堅。李、郭升之，儼若登仙。放乎巨浸，泛無所著。係之頹岸，淡無所泊。萬斛匪重，一葉匪輕。東西上下，不羃而行。颸風橫江，弗震弗擊。惡浪排空，弗覆弗溺。昔有孟明，濟河自焚。賈勇作氣，敗北晉軍。繼有公瑾，蒙衝鬬艦。天與一炬，曹師破膽。勝則櫂歌，負則楫摧。一喜一戚，往來於懷。喜者患得，戚者患喪。孰若吾舟，從吾放浪。利污吾網，名玷吾罾。有鼈可庖，有魚可羹。暮雨朝煙，草衣蒻笠。日出而出，日入而入。萬山夜行，一笑當空。山河大地，在吾舟中。此時觀之，非舟非我。心焉如灰，形焉如槁。適有漁父，鼓枻而歌曰：

月白兮風清，雲淡淡兮水泠泠。子亦知夫月之所以明，風之所以生，雲之所以作，水之所以行乎？吾將與子汎濫乎寬閒之野、廣莫之濱。

余歌而答之曰：寬兮閒兮，天地之間兮；廣兮莫兮，天地之廓兮。嗚呼，天地亦不過其如是！四庫本《百正集》卷下。

閒艤賦　池上小閣

陳杰

融火向中，余方慎夏。接葉罷亭，依山忘樹。麗草長林，未卜與夜。臨池映水，不怡陰厦。伊清池之蹇淺兮，覺水氣之已多。蔭諼草而翳蘭兮，結斯構之峩峩。疏堂屬其南垂，清陰生其四阿。杜余門而却掃兮，日長往乎滄波。招月緒風，持雲沐露，窮夜爲日，迄於闌暑。

余淩波而雅步兮，魚鱗鱗其在下。若停橈之萬斛，當步仞之秋浦。朱塵倒景，若閶而飛。疏箔懸繪，五兩萎蕤。燕循檣而失據，鳧就槳而無依。不纜而繼，不枻而安，承艫絶後，接舳無前。四載不服，萬夫莫先。亡余檝之蘭桂，廢余橈之芳荃。又若委陋舟而弗御，猶誕寘之河隩也。

蔭斯亭以宴處兮，瞻浮榮之翔翥。文榭杏梁，珍窗桂户。藻離棟而成姸，題去榱而加旷。銀榜昭其碧鏤，皓壁煜以振素。波塵屬跋，雲松薦礎。澤葵生閣，蘋花照簨，浮萍附躓，雕胡承梠。愛芙蓉之婉婉兮，藉初日之明輝。色瀲灔於顔間，蔚藻繪之備施。傾蓋成蔭，聯袂成帷，含芳揚烈，茄華吐奇。當筵薦綺，在檻成綈。映白鷺之芳翰，增翠羽之緑姿。

鶯鶯在柳，媚蝶時來。爾乃御緅絺，攬蕉荃，肆莞蒻，燎芳蘭。緝靈草以爲蹻，緯楚竹以爲冠。白紈微舉，芳風可握。或進壺援矢，投瓊擊博。或從横竹素，佃漁六渚。或左設鴟夷，右操釣具。蓑笠長拋，笭箵不御，屑桂垂芳，聚粒爲茹。投八絲之翠綸，沉百囊之綬罟。於是丹鯉含腴，蓮菂豐耳。葵葉初肥，闌干映杞。山膚陸芼，華菓具翳。觴政在前，張飲命客。蕉葉無奇，金風猶窄。折葉薦芳，引筒分碧。挹三春之蘭英，釀五薤之芳液。洗慮延歡，祗以永日。雅歌清吹，與舟俱浮。合樽促席，敷袵綢繆。今夕何夕，與子同舟。抱月坐花，藉以蘋藻。視夜參半，衡漢廻薄。情盤景遽，賓客益落。乃起而爲扣舷之歌。歌曰：「世冥冥兮蹙汚，人慕貞烈兮凌青雲。食有魚兮蔌有尊，願投老兮守丘林。」座客聞之，又稱歌曰：「卉服兮舟居，荷爲屋兮荷爲袪。」宿沙子之徒歟？江上丈人之徒歟？四庫本《自堂存藁》卷四。

車賦

吳淑

聖人作舟車以濟不通，故車始於椎輪，因彼飛蓬。金輅則樊纓九就，耕根則青質三重。或駕於果下，或挽彼轅中。戒驅塵而出軌，當擊轂以移風。

若夫朱英緑縢，文茵暢轂，公侯則紫蓋兮朱裏，乘輿則黃屋兮左纛。力戰則朱血之染輪，疾讒則群輕之折軸。伏波之思下澤，楚子之及蒲胥。方載脂而載羣，豈弗馳而弗驅。施組銜璧，插羽流蘇。陳平方交於長者，輪扁俄譏其古書。漢則婕妤辭輦，魏則先主同輿。驚彼投人，駭兹載鬼。或號追鋒，或如流水。或因叔敖而高，或鄗慶孫之美。不可疾言，寧宜妄指。沈慶之乘猪鼻，王導之驅麈尾。網絡朱絲，徘徊黑耳。葦則沛相，箄聞楚子，大路昭儉，竿摩僭擬，趙簡好弊，田差惡侈。《大誓》有牧野之陳，遠行有祖軷之祭。

至如巢望晉軍，樓呼宋人，陳遵留客以投轄，張綱獻直而埋輪。爾其奚仲初製，軒轅始作，《書》著肇牽，《詩》稱孔博。狶膏棘軸之喻，鹽浦染輪之樂。或驅蒲輪，或駕皮軒。丞相之容馭吏，尹喜之占老君。桓榮稽古以荷賜，魏舒喪子而承恩。淳于既同於炙輠，吳起亦聞於徙轅。直如生而繼如附，方象地而圓象天。亦有節以鳴鸞，飾之雲母，貳轂重牙，倚龍伏虎。

亦聞長萬奔而輦母，考叔争而挾輈。行澤欲杼，行山欲侔。視之不過乎五寓，御之必經乎三周。則有指南司方，起於涿鹿，駟馬以駕，信旛是矚。見肅慎之獻雉，聞鄭人之取玉。馬鈞既洞其精微，解飛亦言其委曲。復有備其五色，名之七香，具之輗軏，矩以陰陽。杜林推之者鹿，晉武馭之者羊。駕牛聞張湯之禍，乘騾觀劉禪之降。諫趙談之共處，戒甯戚之無忘。周道之行有棧，渭陽之贈乘黄。又有三材之輪，四寸之楗，千秋駕之而入宫，安平御之而升殿。彼傅祗與王導，并優容於殊睠。别有祥聞曠左，武則綏旌，上帝運斗以爲用，天子建德以攸行。東宫畫輪之制，王后重翟之名。不巾不蓋之狀，三望四望之稱。龍首夭矯以銜軶。鸞雀聳峙而立衡。間關之鞏載脂，茱萸之軜尤精。

及夫金薄繆龍之飾，武剛陷軍之制，如輊兮如軒，左實兮右僞。四輪起於王莽，平上本乎梁冀。張季荷劉詡之仁，汝南受晉武之賜。或以香衣爲號，或以畫雲表麗，或軘廣而作賂，或輅軿而更貴，或爲輻以共轂，或騈衡而挂轊。巷出由於鄭人，轍亂知於曹劌。至夫專防風之骨，見長狄之眉，仕俄聞於生耳，瑞或見於垂綏。然丘則剛金爲軜，奇肱則從風以飛。美晏子之能讓，嘉宰予之見辭。辟惡記里之用，黄鉞豹尾之儀。斯國容之爲盛，見文物之彰施。宋紹興刻本《事類賦》卷一六。

鼎賦

吴淑

夫鼎者，鑄九牧之金而調五味者也。夏氏象物，鄭人鑄刑。魯有壽夢之賄，衛有孔悝之銘。危見魚游，妖聞雉升。逸少之紀書迹，張陵之刻丹經。識元常之受賜，嗟主父之見烹。爾其形觀附耳，象聞折足，或刻以萬壽，或文之五熟。則有陸遜破備，蕭何紀功。

或云昧旦以猶怠，或云三命而益恭。王孫滿之責楚子，臧哀伯之諫魯公。復聞扛自項王，舉由秦武，遺以子産，旌夫魏祖。既表太師之名，亦爲王商而鑄。

爾其銅簴生毛，玉璜出渭，見彼汾陰，齋於泗水，列之柏寢，陳於礿祭。動之而必資九萬，舉之而亦須十二。既不汲而自盈，亦不炊而常沸。得美陽者表厥尸臣，鑄荆山者當乎天紀。出有莘而見負，行罽賓而未已。梁武之寫仙經，楚子之求分器。觀象犧《易》，利金玉之貞；致用王家，有崇貫之異。宋紹興刻本《事類賦》卷一六。

鑄鼎象物賦

徐夤

足惟下正，詎聞公餗之攲傾；鉉乃上居，實取王臣之威重。《歷代賦彙》補遺卷八。

《分門古今類事》卷七引《歸田録》真宗好文，雖以文辭取士，然必視其器識。每御崇政，賜進士第，必召高第三四人並列於庭，察其形神，始賜第一人，或取其文辭理趣超遠者。蔡齊《置器賦》云：「安天下於覆盂，其功可大。」徐奭《鑄鼎象物賦》云：「足惟下正，詎聞公餗之攲傾；鉉乃上居，實取王臣之威重。」皆以爲第一。先是，上一日夢殿前菜苗生與堦齊。既唱名，聞蔡齊，乃召見，久之曰：「得其人矣。」遂以爲狀元。其著於辭，形於夢，見於形，如此非偶然也。

《澠水燕談録》卷七 艾穎侍郎少鄉貢入京師，中途逢一叟，謂穎曰：「子相甚貴，此去當第。」授穎書一冊，乃《春秋左傳》。穎熟讀之，禮部試《鑄鼎象物賦》，出所得書。穎甚喜，援筆立成，若有相之者，擢甲科。

《賦話》卷五 奭以此賦得置第一，蓋特賞也。

又卷一〇引《蓼花洲閒録》 祥符中，蜀中兩舉子赴試，夜宿張亞子廟。風雪夜深，席地而寢，忽見廟中燈燭如晝，嶽瀆貴神相會商，作來歲狀元賦，以《鑄鼎象物》爲題。諸神皆一韻，各刪潤凋改既畢，朗誦。兩人私喜，謂此爲吾二人發也，盡記其賦，無一字忘。至御試，果出是題，韻腳亦同，兩人皆昏然不復記憶，草草完局。及唱名，狀元乃徐奭。既見印賣賦，與廟中無一字異也。

古甕賦

喻良能

甕得於紹興丙辰，今二十有八年矣。愛其古甚，故賦之。其辭曰：

丙辰中春，積雨新霽，令僕夫以駕牛，治南村之廢地。耕未竟畝，洞然有聲，躑躅不進，人牛俱驚。下有物兮，混然天成，象田家之瓦盆，肖茅茨之土鉶。薄言扣之，其聲鏗鏗。款識不存，莫知其年。四耳附離，一蓋孤圓。口緘六寸之璧，腹受三斗之黍。不窕不槬，不苦不窳。團團焉，欒欒焉，何其肌理之堅，而形模之古也。

固藏甚密，宜有所盛，發而視之，枵而不盈。噫嘻悲夫！豈秋草朔風，閨人愁心，思寄征衣，欲擣寒碪，藉爾清響，振其遠音，歲久俱廢，塊然獨瘞者歟？豈天高氣清，落月横生，幽人妙興，將調素琴，假爾逸韻，相其悲吟。人琴云亡，草蔓見侵者歟？抑豈卻又豈白刃縱横，竄伏長林，埋金韜玉，規人莫尋，至寶忽逝，獨留綠深者歟？抑豈卻立鍊形，鶴駕鸞驂，窖其丹砂，靈泥是緘，五色羽化，此焉墋淫者歟？

夫物無隱而不彰，器無幽而不闡。美陽得尸臣之鼎，太康獲汲書之簡。皆所以秘之於古者，發之於久遠。顧此甕之誰藏，必因余而後顯。喻子於是濯以清泉，藉以香荃。貯濁醪之渾渾，充皤腹之便便。謝漢陰之低抱，伴吏部之高眠。旅滑稽之鴟夷，拍浮丘之酒船。每傾倒而一醉，益足以攀七賢而追八仙矣。四庫本《香山集》卷一。

燔薪賦

張耒

歲暮苦寒，烈風不休。先生家貧，衣無重裘。讀書夜闌，爐炭已灰。先生瑟縮，淒然不怡，顧謂童子，與薪皆來。

童子曰〔一〕：「是薪也，陳之壁間，自春徂冬，風日所熯，埃塵所蒙。固瀋液之乾竭，乃外槁而中空。唯利簇燔，無所獻功，與火相得，赫然大烘。堅柎勁節，久而後燃，後羣枯而效技，又熒熒而不煙。」於是先生欣然，環坐皆喜，或裸股出足，或引手張臂。窮谷蕭條，薪炭如土，蓋取之而不竭，顧此樂之甚富。又何必琴材修直、獸材攫搏，漢壁之椒効暖，魏宮之金辟寒。誰知空山寒夜之叟，敢傲温於狐貉之前。〔二〕明趙琦美鈔本《張右史文集》卷一。

〔一〕「童子」下，四庫本、民國刻本有「抱薪而來」四字。

〔二〕篇末原注：「今供上方炭，率斲成琴材、胡麻文、鵓鴿色。」

宋代辭賦全編卷之七十四

賦 音樂

五聲聽政賦 以「聖人虛懷，求理設教」爲韻

田錫

伊昔夏禹，君臨兆民，設五聲以羅列，從萬務以躬親。詢采謨猷，雖芻蕘之必達；敷陳忠讜，因金石以來伸。故德如天贊，功惟日新，所以文命稱爲聖人者也。蓋以事堯統天，翼舜爲理，常率職於曠土，遂成功於導水。昊穹賓運，因王者以應期；虞氏瑶圖，乃禪之而在己。莫不夙興念理，夕惕虛懷，思納善之有益，諒虛受以克諧。翼以聖功，繼達聰之與明目；將令儉德，比茅茨之與土階。於是筍簴交陳，鼓鞞斯設，泗濱之玉磬居次，鳧氏之金鏞就列。彼鳴鐸之在懸，亦揚音而中節。五音遞奏，來直諫以無疑；衆善畢臻，補皇猷而靡缺。乃曰：教我以道

者，振靈鼉而獻謀；咨爾以義者，聞華鐘而采收。攷鞞者謂余以獄，擊磬者告吾以憂。彼言事之激切，在鐸韻之周流。扣擊以聞，所謂乎同聲相應；鏘洋有節，罔殊乎同氣相求。是知居大寶以至公，納嘉謨而設教，有以見聖人以道爲體，以天爲貌。必包納而弗厭，蓋仁賢之可樂。兢兢業業，敢弗躬而弗親；穆穆皇皇，實是則而是効。

美哉！謙尊而卑不可踰，體道而受人以虛。信君臣之共濟，若魚水之相於〔一〕。諫有五焉，所以五器之音命爾；德惟一也，宜以一言之善弼余。故得天錫玄圭，帝傳大政，菲飲食以示儉，美紱冕而稱盛。宜乎仲尼曰：「禹，吾無間焉。」於以見有夏之至聖也。

傅增湘校訂淡生堂鈔本《咸平集》卷八。

大合樂賦 天地之禮，張樂雍美

王禹偁

王者作樂崇德，因高事天，固大合之奏也，暢至音於自然。本乎人心，風俗以之而變矣；攷諸古道，神祇於是而降焉。

〔一〕於：《古今圖書集成·皇極典》卷二六六、《歷代賦彙》卷四同，四庫本、宋人集丁編本作「濡」。

豈不以大樂之制，聖人能事，於以導淳和之氣，於以窒嗜慾之志。必使律吕克諧，宫商有次，絶靡靡之邪聲，表愔愔於大義。以此感人而人悦，以此薦神而神至。其用也，非八蜡以六宗；其大也，必父天而母地。見德音之孔昭，信同和而有自。又何止百獸率舞，丹鳳來儀。亦將動孝思於嚴配，揚和樂於華夷。皦如繹如，所謂樂之大者；載考載拊，乃得神其聽之。徒觀夫其儀濟濟，大合之樂兮發而中禮，於以用之兮，配至誠於祖禰；其聲洋洋，大合之樂兮發而有章，於以用之兮，表至德於皇王。匪但崇牙設，壎篪張〔一〕，金石間作，干戚成行，然後稱爲雅樂哉！

夫樂之設也，非管非籥；樂之用也，唯淳唯樸。若非審音以知政，安能制禮而作樂？聽之忘味，佞邪之道弗興；和而不淫，廉正之風有覺。是以大合之樂，其樂雍雍〔二〕。用之於圓丘方澤，施之於除禪登封。豈鐘鼓云乎，姑悦人之耳目；異鏗鏘而已，失盛德之形容。我國家《韶》、《濩》登歌，《咸》、《英》盡美。復夔樂於正雅，黜鄭聲於淴㶇。自然天地効靈，耿休光於大祀。四庫本《小畜集》卷二七。

〔一〕壎篪：四部叢刊本作「猛簴」。

〔二〕其樂：原脱，據四部叢刊本及《古今圖書集成·樂律典》卷四二、《歷代賦彙》卷九〇補。

吹律暖寒谷賦 以「陽氣中暖，寒谷和暢」爲韻

夏竦

懿彼鳴律，中含盛陽。激清音於極北，暖寒谷於窮荒。導太和之恩，成其地利；發重陰之窟，被以天光。鄒衍以幽谷至深，平皐可貴，思疆理於曠土，冀生成於品彙。偏吹六琯，乍迴天地之心；潛運五音，大合慘舒之氣。是何清聲激越，雅韻冲融，足以齊六氣，和八風。歌太簇之聲，勾芒發外；奏黃鐘之氣，和粹積中。已而遺響未終，朝陽乍滿，卻陰涸以冰釋，召天倪而風暖。

具簫韶之響，嘹唳鳳鳴；非孔壁之音，鏘洋玉管。是何元功既著，至理罔奸。律因陽而煦暖，谷以陰而涸寒。正累黍之儀，既無失度；感好生之德，足以勝殘。豈不以惟北者陰，極陰者谷？

因推律以條暢，故生物而孕育。當脈起之際，變潟鹵於閒田；覩甲拆之時，享膏腴於百穀。是知律資大一，聲感中和。發萌芽之蠢蠢，散冰雪之峩峩。律本相生，自契伶倫之伎；軍聲不競，無慚師曠之歌。是知民不干常，化猶其上。念涼德之可革，在仁風之潛暢。故聲爲律兮感蒼生，克符天貺。四庫本《文莊集》卷二三。

今樂猶古樂賦

民庶同樂，今古何異

范仲淹

古之樂兮所以化人，今之樂兮亦以和民。在上下之咸樂，豈今昔之殊倫。何後何先，俱可諧於雅頌；一彼一此，皆能感於人神。

原夫惟孟子之謨猷，激齊王之思慮。惠民之道將進，述樂之言斯著。以謂昔時拊，實用洽於羣情；此日鏗鏘，亦足康於兆庶。蓋在乎君臣交泰，民物兹豐。和氣既充於天下，德華遂振於域中。寔萬邦之所共，諒百世之攸同。聽此笙鏞，曷異聞《韶》之美；顧兹匏土，宛存擊壤之風。孰是孰非，爰究爰度。且何傷於異制，但無求於獨樂。移風易俗，豈惟前聖之所能；春誦夏絃，寧止古人之有作？

若乃均和其用，調審其音。上以象一人之德，下以悦萬國之心。既順時而設教，孰尊古而卑今。六律再推，自契伶倫之管；五聲未泯，何慙虞舜之琴。其或政尚滋章，民猶勞苦。樂雖遵於前代，化未暢於率土。曷若我咸臻仁壽，共樂鐘鼓。八風時敘，命夔而不在當年；萬舞日新，教胄而何須往古。

若然則不假求舊，惟聞導和。其制也雖因時而少異，其音也蓋理心而靡他。播兹治世之音，無遠弗屆；較彼先王之樂，相去幾何。今國家大樂方隆，休聲遐被。曾不惑於鄭衛，自能和於天地。舉今古而酌中，與英莖而豈異。清康熙刻本《范文正公集》卷二〇。

十二管還相爲宫賦 宫則時主，相繼而王

宋祁

十二之管，還相爲宫。自函三而資始，播吹萬以無窮。協杓建於斗綱，互分正位；應雌雄於鳳律，狎至成功。尚矣聖言，淵乎太極。包二氣以賾隱，參五行而垂則。氣物相盪，盈虚並得。迭處迭去，忽微由是靡差；一往一來，休王從而可測。懿其自律召吕，猶尊及卑。氣逐候至，陰隨月移。天不能以道愛，日不能以氣欺。隔八數以迴旋，來皆有次；定三分而損益，動各乘時。且夫管寓其形，宫謂之主。我當其會，則衆音不得不集；彼據其正，則羣倫不得不輔。蓋以下括人紀，上分天部。陽唱九而陰唱六，密極毫釐；吕生子而律娶妻，應如規矩。

豈不以二儀之氣，順之則爲祥；三辰之序，差之則降殃。故我轉五音而並劭，如四序之旋相。遂使春不愆暖，秋無迭涼。本自黄鍾，始同功而異位；終於南吕，遞捨短以從長。故得均校盈虚，宣精啟閉。本本無失，生生相繼。彼既舊而此新，吾將崇而

爾替。風由氣發，六十數而成聲；月以辰同，三百旬而作歲。

美夫！一動一靜，或煦或吹。得之者空積咸若，失之者慘舒遠而。亦猶三統體元，惟紀正於升降；六章凝采，互爲質以彰施。宜乎萬寶該成，一氣洪暢。顯厥應而有旨，當其時而自王。故吾於宮律之間，見天人之情狀。四庫本《景文集》卷四。

黄鍾爲律本賦 陽氣之琯，聲律茲始

宋祁

中之色莫盛於黄，鍾之氣孰尊於陽？本生律以類物，爰配辰而奠方。一以函三，肇無形於子午；九而唱六，列有象於宮商。茲乃研化之先，索和之貴。寓乃氣數，强其稱謂。遡寸管以在下，衍大聲而不既。推而上據，萬物之始基；左而旋孕，四時之茂氣。作者其誰，伶倫是司。裁筠均厚，聽鳳雄雌。

爾乃制其形，取長之最者；比其度，皆可以生之。我作爾信，爾無我欺。以候八風而風應，以呼六氣而氣期。乘二除三，由忖該而有得；上生益一，咸按歷以前知。然後效陰陽慘舒，參日月盈滿。以定權衡輕重，以均律度長短。先靡益疾，後無加緩。諒由應乾而位初九，處乎太陰；全寸而黜餘分，異乎衆管。且其黄，君也，化得君而明；鍾，種也，物待種而生。其統天，極尊之號；厥位子，孰先之名[一]。用能包五六以作合，無忽微而應聲。亦由至道開先，萬物之區遂判；太極資始，兩儀之象斯成。若乃八音有文，六同命律。二十五之數，十二宫之賓，雖動而徐生，皆我之自出。數不敢紊之於首，神不敢藏之於密。異爻得應，見林鍾生子之辰；同位均尊，著姑洗娶妻之日。噫！推歷於彼，統氣在兹。一寒一暑，或呴或吹。本本資於眇忽，生生著於云爲。候氣揚灰，冠地至而首出；旋宫統月，倚天數以無遺。異夫算命攸先，正聲有始。尊同心一統之用，助宣氣旅陽之美。諒非軒轅氏之聖功，疇能及此？四庫本《景文集》卷四。

黄鍾養九德賦

陳襄

惟黄鍾之起一，本太極以函三。導微陽而敷暢，養九德以稽參。五聲正而八音和，清宫旁達；六府修而三事治，元化中含。始其天地發乎大生，氣序轉乎三統。黄者中

[一] 名：原作「明」，據湖北先正遺書本改。

之色，配土位以居正。鍾者聚於下，首天陽而施種。故此致德産之盛大，阜民財而錯綜。氣鍾於子，斯爲萬事之本元；物遂其生，宜合九功之歌頌。且以宣和禮樂，入應虛危，四方統理而以序，萬寶滋生而不遺。得非致九序以咸若，居中央而主之？內播宫聲，暢百穀共成之利；上推天統，協五行時序之宜。

又若統一氣之元，冠三微之首。應律本以吹萬，配乾元之初九。使施生者曲盡於亭毒，正德者盡躋於仁壽。權衡度量從而出，使利用之得宜；陰陽氣序統以和，致常生之滋厚。豈不以十二之律兮，推候管以相旋；八十之絲兮，調正聲而內宣？況其稱道唱始，權輿率先。群生重畜，我總其化；九德萬事，我總其權。亦由太簇贊陽，達庶物於厚地；璿璣觀運，齊七政於高天。得不觀律府以宣揚，謹伶人而職掌？命之宫而商必應，祀於天而神必享。雖幽滯以咸出，無忽微而或爽。不然，何以成之數而該之積，鬯百穀以萌滋；功惟敘而敘惟歌，同六氣之宣養？

夫此統氣成類，含元處中。和於樂也，以中和而育物；養其化也，以造化而爲工。稽合天元，首鍾師而調律；陶成化本，贊夏禹之謨功。聖人由是作樂以暢乎清明，制器以規其小大。維茲六律之首，摠乎萬化之會。故伶倫深戒於景王，極天人之交泰。宋刻本《古靈先生文集》卷二。

延和殿奏新樂賦 成德之老，來奏新樂

蘇軾

皇帝踐祚之三載也，治道旁達，王功告成。御延和之高拱，奏元祐之新聲。翕然便坐之前，初觀擊拊；允也德音之作，皆效和平[一]。

自昔鐘律不調，工師失職。鄭衛之聲既盛，雅頌之音殆息。時有作者，僅存遺則。於魏則大樂令夔，在漢則河間王德。俾後世之有攷，賴斯人之用力。時移事改，嗟制作之各殊；昔是今非，知高下之孰得？爰有耆德，適丁盛時。以謂樂之作也，臣嘗學之。顧近世之所用，校古人而失宜。峴下朴律，猶有太高之弊；瑗改照尺，不知同失於斯。是用稽《周官》之舊法而均其分寸，驗太府之見尺而審其毫釐。鑄器而成，庶幾改數以正度；具書以獻，孰謂體知而無師。時維帝命，眷茲元老。雖退身而安逸，未忘心於論討。鏗然鍾磬之調適，燦然簴業之華好[二]。聊即便安之所，奏黄鍾而歌大成；

[一] 效：《東坡先生外集》卷一一作「協」。
[二] 簴業：《東坡先生外集》卷一一作「筍簴」。

行詠文明之章，薦英祖而享神考。

爾乃停法部之役，而衆工莫與；肆太常之業，而邇臣必陪。天聽聰明而下就，時風和協以徐回。歌曲既登，將歎貫珠之美；韶音可合，庶觀儀鳳之來。斯蓋世格文明，俗躋仁壽。天地之和既應，金石之樂可奏。延英旁矚，念故老之不來；講武前臨，消群慝之交搆。然則律制既立，治功日新。號令皆發而中節，磬筦無聞於奪倫。上以導和氣於宫掖，下以胥悦豫於臣鄰。以清濁任意而相譏，何憂工玉；謂宫商各諧而自遂，無愧音臣。嗚呼！趙鐸固中於宫商，周尺仍分於清濁。道欲詳解，事資學博。儻非夔、曠之徒，孰能正一代之樂？明萬曆刻本《蘇文忠公全集》卷一。

蘇軾《跋進士題目後》（《蘇文忠公全集》卷六六）元祐三年十二月二十八日，上御延和殿，奏端明殿學士范鎮所進新樂，自太中大夫待制以上皆侍。時西夏方遣使欵延州塞，而邊臣方持其議，相與往返未決也。故進士作《延和殿奏新樂賦》、《欵塞來享詩》云。翰林學士蘇軾記。

樂在人和不在音賦 以「聖人治民情以作樂」爲韻

朱長文

盛德興樂，至和本人。不在八音之制，蓋由萬化之純。既備情文，用寫歡心之極；

豈專聲律，誠非末節之因。竊原樂與天同，音由人起。蓋喜怒哀樂既怵於外，而噍嘽散厲遂形於此。惟聖人圖化俗而有作，慎感民之所以。積中發外，必資悦豫之深；易俗移風，非特鏗鏘之美。於時神武外震，烈文内宣。躋八荒於壽域，陶萬彙於仁天。於是制以《雅》、《頌》，播之管絃。既乘時而更制，唯探本以相沿。順氣正聲，爲羣情之影響；黄鐘大吕，乃至理之蹄筌。

羽毛干戚兮，是謂繁文；管籥鐘鼓兮，孰稱至樂。惟羣元咸得其情性，而雅奏密調於商角。理出自然，識歸先覺。四時當而天地順，既效緝熙；百姓樂而金石諧，未論清濁。且夫不僞者惟樂，可畏者惟民。聽暴君之作，則蹙頞而多懼；聞治世之奏，則抃躍以歸仁。匪聲音之異道，蓋憂樂以殊倫。是以鼓清角於晉邦，曾遭旱暵；歌《後庭》於唐室，誰復悲辛。是以興替關時，盛衰在政。桑濮非能致亂也，亂先起於淫僻；英莖非能致治也，治必逢於睿聖。未有功成而樂乃不作，未有民困而音能自正[一]。荀公嘗定於新律，終貽晉室之憂；鄭譯雖攷於舊音，曷救隋人之病？

[一] 自：《歷代賦彙》卷九一作「協」。

噫！莫備乎二帝之大樂〔一〕，莫隆於三代之仁聲。庶尹允諧兮，聽其擊拊；嘉客夷懌兮，感其和平。小則草木之繁廡，大則穹壤之充盈。非嗷繹之能及，實歡忻之所成。舜廟笙鏞，鳳有來儀之應；周庭簨簴，民懷始附之情。異哉！樂出於和，而還以審政之和；音生於樂，而復以導民之樂。逮王道之既遠，嘆古風之寖薄。絳、灌搆害，而孝文之議遂寢；房、杜未備，而貞觀之時不作。幸逢聖代之緝熙，繼有名臣之咨度。揆太府之尺以爲之度，累上黨之黍以爲之籥。推樂本之先立，感輿情而咸若。上方乘百年之極治，而集六聖之睿謨，臣請告成於簫勺。《樂圃餘稿》卷八。

《賦話》卷五　朱長文《樂在人和不在音賦》云：「興替關時，盛衰在政。桑濮非能致亂也，亂先起於淫辭；英莖非能致治也，治必逢於叡聖。未有功盛而樂乃不作，未有民困而音能協正。苟公嘗定於新律，終貽晉室之憂；鄭譯雖攷於舊音，曷救隋人之病？」寓議論於排偶之中，亦是坡公一派。

〔一〕大：原闕，據《古今圖書集成·樂律典》卷四二、《歷代賦彙》卷九一補。

〔附〕蘇軾《與朱伯原》（《寶真齋法書贊》卷一二）軾啟：盛製《東都賦》，舊於范子功處得本，諸公傳玩，幾至成誦，非獨不肖區區仰服也。示喻欲令作跋尾，謹當如教，顧安能爲左右輕重耶！適苦冗迫，少暇當作致之。軾再拜伯原先生足下。

紓情賦 並序

李新

元應季年得子，字以奏雅，度曲已終而後奏雅。奏雅君整麗秀發，生八月而卒。衰宗墜户，不得聞《韶濩》之音，使奏雅君以殤夭。其母追念之極，自言非特磔肺膂，腸且潰矣。會元應冬十月行縣，宿樂至池。夕夢奏雅，既覺，涕泗滂注，起呼燭，體《騷》以紓情。

荒山絶人，百蟲静匿，月逗光以入帷，露乘倪而霑席。一榻蜩蜕，四支槮梧。情通幽而窅窕，氣合漠以紓徐。夢遇亡子，爲樂只且！其始見也，翩翩婉婉，負青陽之葳蕤。趨而即之，皜皜烔烔，瑩素璧之晶輝。薦緑緹之重襲，柎絳綃之輕衣，若孤鴻之姁而來也，若良瑜之温以近也。目之翦明濤也，膚之斸層冰也，蘭之蜎如秀以發也，珠之的如粲以潤也。不知何以得此於桑樞蓽牖間，蹇莫究其所鍾也。於是畏渴命乳，訹笑指頤，攬所玩以戲庾，或含睇而迎之。音全孤竹之妙，章隱霧豹之奇。顧予貧之傑出，獲至寶而心疑。既歡焉若平昔，又焉知其鬼迮。謂偶耕已有伯直，授詩詎無宗武？繼阿戎之酬客，骫添丁之應户，童烏可與談《玄》，惠連定多佳句。爾固譏夫騂角，羌輒譽於珠樹。將誤徵於鳳毛，特置疑於梟父，何物老媪，生此寧馨！敢言起家，幸逃祝螟。方指示以之無冀，或傳於一經，彼悠悠之黄穹，廼昧德而弗靈。畀盜跖以鮐背，趣顔淵於雛齡，密攫拏於尤物，曷吾兒之適丁？豈彝鼎大吕，宗廟之具，置之虚野，肯安其所？輿御藻黼，歸之侯府，匹夫服乘，誓將去汝。

山之東西，將相攸宜，深丘大壑，龍實生之。惟其有之，是以似之，念蹇德之何堪，兹慶弔之相隨。自汝之化，汝母沈疾，惙然枕間，六十九日。千觴解結，莫闡隱憂，日約永辭，往偕汝遊。蓬萊神人，挾汝而飛，越海乘煙，丐汝而歸。黑風羅叉，誘汝而逸，訴於上帝，得汝則息。化爲芝草，母成本根。駿驥長往，阿閣奚存？汝未能言，孰懷至恩？吾甚痛夫無和緩以起疾，悵楓香而返魂者也。

已矣夫！情竇難窒，愛源幾潯。六合九泉之茫茫，走長夜而焉尋。騶隱見以非時，雲出没而無心。百珍均藜藿之飽，一漚窮渤澥之深。等椿蒲於旦暮，貫彭殤於古今。則翁之夢已覺，而媪之疾庶幾其可瘳與？四庫本《跨鼇集》卷一。

歌賦

吴淑

若夫瑶池《白雲》，楚國《陽春》。林類優遊於拾穗，宣父傷嗟於獲麟。聞越婦之採葛，聽買臣之負薪。憐被杖之曾子，美投壺之祭遵。石崇之哂郭訥，孟嘉之答桓温。斯皆善於繼聲，妙能入神者也。

又聞匏竹在下，人聲是貴，故手之舞而足之蹈，上如抗而下如墜。是以堯民擊壤，漢宫連臂，聽峽裹之鳴猨，聞隴頭之流水。薰風既調於虞舜，《麥秀》更傷於箕子。雍門得韓娥之妙，薛譚伏秦青之異。卿雲、天馬之辭，寶鼎、靈芝之瑞。梁塵爲之而自飛，行雲爲之而忽止。爾其馮諼彈鋏，寧生飯牛，横汾壯厲，過沛遲留。悠揚六引，纏綿九秋。曳履嘗聞於參也，鼓盆復見於莊周。

至於石城莫愁，北園瑣女，吐角含商，《陽阿》、《激楚》。鼓棹泛滄浪之水，倚瑟望邯鄲之路。詠之元首，陳其九序。役人既唱於管仲，決河曾傷於漢武。彈劍每想於子由，蓋世復悲於項羽。則有傳於《子夜》，聽彼綿駒。曼聲宛轉，清響紆餘。止如槁木，端如貫珠。夏后三嬪之獻，太康五子之須。仲尼陳、蔡之厄，文王羑里之拘。荆軻之渡易水，細君之入穹廬。師乙見傳而盡妙，延年特善而難踰。懸瓠竹堂，賞詠言之清麗；北林明月，含清韻之虚徐。

別有葛天《八闋》，梁鴻《五噫》，夫子反之，接輿已而。覆鄂君之繡被，采南山之紫芝。夢兩楹兮曳杖，隱首陽兮采薇。覩搏髀、撫絃之怨，驚繞梁、動葉之奇。嘉有辭之津女，偉守節之陶妻。齊莊拊楹而及禍，原壤登木而見譏。故曰：「詩言志，歌永言。」其義在斯。宋紹興刻本《事類賦》卷一一。

聲賦 並序

張詠

《聲賦》之作，豈拘模限韻，春雷秋蟲之爲事也？蓋取諸聲成之文，王化之本，苟有所補，不愧空言爾。賦曰：

罔象迷冥，大人忽生。混沌初竅，呀然震驚。二儀吐形[一]，萬靈吐英。天機動制，

[一] 吐：黄丕烈校本作「成」。

軋而爲聲。故形有美惡焉，聲有小大焉。伊物類之動作，俟人事而克全。至於大雷隱空，萬竅吼風，不爲之隆；品物磨臬，羽足動發，不爲之末。未若人聲，與天通功，與物長雄。口吻之啟，義於厥躬；道機之張，騰凌鴻濛。其所聞者，羲、黄、唐、虞，繼踵而至。宇宙隘其神，造化侔其智。

在聲之偉也，得不迴天而動地？觀其得一之發，清清泠泠，涼寰洗瀛，萬類聽之，如懵而醒。仁信之發，溶溶弈弈，呼道振德，萬類聽之，如白破黑[一]。曰禮曰義，相迭而起，嗚孝響悌，駭心清耳，萬類聽之，如愁得喜。廣成五老，聞而啟齒，曰：「是何帝皇之聲也如此？」九道交訛，華夷和歌。蠢動鼻息，歡咍實多。其在物也，昭昭融融，萬緣和同，萬籟響空，答天之功；其在人也，萬心氣平，萬口宣騰，《雲門》、《六英》，答君之聲。故知五音八聲，聲之枝歟？金石絲竹，聲之器歟？若本不正而聲不清，何嘗動天地、泣鬼神而有諸？

三王迭生，異業同聲，唱古寡應，呼今得精。儀禮以之繁會，時風爲之勁清。作禮

[一] 白：《皇朝文鑑》卷一、《新刊國朝二百家名賢文粹》卷一七六作「日」。

者有周旋之矩，制樂者有《大武》之名。故聖人之音，鏗如鏘金；四人之治〔一〕，潺若流水。加以商辛、夏癸，行無轍軌，情慾沸空，淫哇盈耳。民不知告，政聲遂毀。幽厲繼作，心胡可度。唱僻者輕脱，和僞者交錯。鼓鉦之響日馳，禮義之風日薄。王道民政，潰然投壑。攻乎亡國之音，聚爲終身之樂。秦怪一聲，天摇地坑。烘赫火烈，荒茫海傾。阿房輦材，枅臬山迴。紫塞築壘，匉轟震雷。鉗聖愚儒，四海睽孤。刮剥亡命，痛腦連脛。於是民失其業，怨口喋喋。野薄其農，荆榛飃風。刑失其矩，民哀無所。兵甲填委，死爲怨鬼。

故怨之爲氣也，散爲囂塵，積爲屯雲，閉鬱六合，陽靈不曛。怨之爲聲也，烈風相倚，怒濤兼起，鬼哭於郊，神號於市。川谷爲之鬬擊，山巒以之崩圮。陳、吴一呼，而宗社瓦毀。天窮地終，醜聲不已。洎於漢唐，惟高與光。太宗纘堯，開元嗣皇。皆智冠絶古〔二〕，氣淩昊蒼。倚天憑怒，即動盪於八荒；按劍大呼，即交映於中方〔三〕。

〔一〕四：四庫本及《皇朝文鑑》卷一、《新刊國朝二百家名賢文粹》卷一七六、《歷代賦彙》卷九五作「聖」。

〔二〕絶：黄丕烈校本作「今」。

〔三〕映：黄丕烈校本作「應」；方：《新刊國朝二百家名賢文粹》卷一七六作「央」。

借力者黎獻，助聲者賢良。亦不能廣仁義於遞奏，使道德之激揚〔一〕，掩商、秦之餘韻，系唐、虞之聲芳者也。未若我后，凝神定思，誠求理致。與聖作則，爲難於易。惟禮是崇，惟仁是嗜。叩乎杳冥，清淨以聽。聞古謬惑，皇心不平。於以忠良是旌，息嗟吁之聲；不肖是黜，息濫謬之聲；均物惻隱，息哀怨之聲；厚施薄斂，息流亡之聲；四人是別，息澆競之聲；狴犴是理，息冤枉之聲；道德是守，息兵革之聲；人勞是恤，息彫斲之聲；小人是遠，息邪佞之聲；正音是奏，息沾懘之聲。奇哉壯矣，堯嗟舜驚。致《章》、《濩》之調下，覺唐堯之頌輕。浩浩蕩蕩，無得而名。謂聲之襲也，揚溢昭灼。上賢下愚，既歡且謔。鳥獸蹌蹌，蟲虺躍躍。信千載之一時，與有生而同樂。余欲引聲而作，未知何若。影宋刻本《乖崖先生文集》卷一。

張詠《進文字表》（《乖崖先生文集》卷一〇）　臣又聞遇文明之治，不以文爲，不類也；逢知己之主，尚或形跡，不忠也。希顏雖勞，面牆無取。敢持爝火，輕冒曒日，允謂不知量也甚矣。臣曾著《聲賦》一篇，妄紀皇王治亂之本。

〔一〕激：原作「擊」，據黄丕烈校本、四庫本及《皇朝文鑑》卷一改。

韓琦《張公神道碑銘》(《安陽集》卷五〇)　文章雄健有氣骨，稱其爲人。嘗爲《聲賦》，梁公周翰覽而歎曰：「二百年來不見此作矣。」

《儒林公議》　嘗作《聲賦》，雖未能高致絶俗，然豪邁有理致。朋遊有勸詠以《聲賦》贄先達者，詠曰：「取一第，乃欲用吾聲賦耶？」其自負如此。

《湘山野録》卷上　乖崖太平興國三年科場試《不陣成功賦》，蓋太宗明年將有河東之幸。公賦有「包戈卧鼓，豈煩師旅之威；雷動風行，舉順乾坤之德」，自謂擅場，欲奪大魁。夫何有司以對耦顯失，因黜之，選胡旦爲狀元。公憤然毁裂儒服，欲學道於陳希夷摶，趨豹林谷，以弟子事之，決無仕志。

郭森卿《乖崖先生文集序》　當時老於文學者，稱其秉筆爲文，有三代風。蓋其光明碩大之學，尊主庇民之道，英華發外，而經奇典雅，得以天韻之自然，殆非言語文字之學所能到也。……讀其歌詩，有古樂府風氣，律句得唐人體。若《聲賦》之作，又其傑然雄偉者，因揭以冠編首。或者以《小英歌》等不類公作，然其詞艷而不流，政自不害爲宋廣平《梅花賦》耳！

《習學記言》卷四七　張詠《聲賦》，詞近指遠，宏達朗暢，異乎《鳴蟬》、《秋聲》之爲，蓋古今奇作，文人不能進也。

《四庫全書總目》卷一五二　(張詠)平日剛方尚氣，有巖巖不可犯之節，其文乃疏通平易，不爲嶄絶之語，其詩亦列名西崑體中。其《聲賦》一首，窮極幽渺，梁周翰至歎爲一百年不見此作。

則亦非無意於文者。特其光明俊偉，發於自然，故真氣流露，無雕章琢句之態耳。

舞賦

吴淑

夫舞者，所以節八音而行八風。故曰樂以舞爲主，舞爲樂之容。非徒明德，亦將象功。習干戈於春夏，學羽籥於秋冬。則有迅如飛燕，飄若驚鴻。李陵之别蘇武，王智之銜蔡邕。瞻彼兩階，舞行八佾，玉戚兮朱干，皮弁兮素積。聽籥師之傳教，識旄人之舉職。皇祈旱暵，帗祠社稷。既垂手而側弁，亦執籥而秉翟。觀彼行綴，察其勞逸。周穆嘗駭於東芻，齊武不容於簪筆。

若乃西楚拔劍，東夷荷矛，蹲蹲不已，僛僛未休。或見稱於鴝鵒，或被責於沐猴。爾其取彼成童，教之小舞，兵事以干，宗廟以羽。手之足之，進旅退旅，致右而憲左，再始兮三步。值其鷺翿，曳兹藟緒。忽鴻翥而龍游，俄縈塵而集羽。揚徵兮騁角，結風兮激楚。

若夫問數於衆仲，振萬於夫人。龍朔之一戎大定，調露之六合還淳。懿夫唐之《上元》，漢之《文始》，俯仰屈伸，發揚蹈厲。驚《旍夏》之忽來，歎《象箾》之爲美。嘉陸遜之受賜，鄙顧譚之不止。師經之撞魏文，晏子之慚晉使。聞陶謙之勝人，見長沙之益地。

及夫六成功立，四伐威行，鞞聞曹植，拂見楊泓。廣延既銜於無迹，飛燕亦矜其體輕。超踰鳥集，拉揩鵠驚。赴節奏以投袂，當指顧而應聲。漢有延年之善，魏有馮肅之能。駭操干之刑天，驚拔戟之甘寧。周武王之山立，唐高祖之龍興。風起而纓緌乍拂，蓮開而掘柘初呈。斯繁態之萬變，雖辯捷而難名。宋紹興刻本《事類賦》卷一一。

百獸率舞賦 和樂之極，生類馴感

宋祁

物有異類，天含至和。嘉率獸之屢舞，見大《韶》之可歌。綏之斯來，化雄心於擾搏；偪而不懼，蹈餘韻以婆娑。稽古有虞，命夔典樂。奮德輝之溥大，鼓頌聲以優渥。蠢爾羣動，居然後覺。爾乃拊樂石之鎗鎗，感毛羣之濯濯。德音是蹈，非狼子之野心；應節孔馴，異羝羊之羸角。

始其笙鏞序矣，金石陳之，律動風應，音生氣隨，蟠乎天地之大，滿乎坑谷之卑。將萬物之共逐，矧衆類之無知。宜乎擾我之原囿，樂我之壎篪。騶仁麟厚之儔，或羣或友；虎躍熊經之態，乍合乍離。樂聲協恭，獸臣動色。謂夫氣同者易以化達，類異者難乎情得。何微畜以來擾，實聖功之偕極。連軒矗至，孰謂不知其音；騰躍龍驤，何煩請對以臆？則知樂之至也，不在乎鏗鏘迭作，在乎和鳴；獸之來也，不以其羈縻終豢，在乎厚生。我將陳盛德於八變，彼乃弭雄姿於九成。深爪作鱗，似趨鳴簫之曲；跋胡疐尾，如投拊石之聲。嚮若五絃之曲未諧，兩階之干非備。專撞鐘伐鼓之侈，務張瑟鳴球之器。流乎逸樂，味諸性類。則毅然豨勇，或走險以深潛；矍爾鹿超，雖頓纓而莫致。聖人是以去樂之僞，存樂之真，音諧於德，聲託於仁。故能化鬔鬆於不狘，應蹈厲而來馴。性不我違，等淵魚之並躍；和非外感，參儀鳳以同振。不如是，則安得標甚盛於典墳，貫太和於舒慘，齊首瞪目之胥洎，詭狀殊形之同感？儒有賦古之諷，今願升聞於帝覽。四庫本《景文集》卷三。

琴賦

吳淑

伊朱絃之雅器，含太古之遺美。扣清徵於雲和，激流泉於緑綺。神女落霞，蔡邕焦尾。陶潛撫之以寄意，宓子彈之而爲治。周公之善越裳，文王之拘牖里[一]。傳古法於嵇康，感幽靈於女子。

若乃前廣後狹之制，圓天方地之儀，或懸壁以爲戒，或去軫以觀辭。衛女思歸之引，伯奇違養之悲。翫之有龍鸞之狀，聽之有志義之思。師襄既拱於夫子，伯牙亦哀於子期。則有寒山之幹，龍門之枝，空桑之美，嶧陽之奇。則九星而象六合，應八風而法四時。烏曾夜啼，雉亦朝飛。伯喈之許顧雎，鄒忌之識齊威。

至於《禮》著坐遷，《傳》云踞轉，漢則文姬，魏稱盧女。嗣宗之見孫登，稷丘之迎漢武。憐窮士之投楚，悵龜山之蔽魯。至如鬼谷之調五曲，女訓之著三終。斲茲美櫝，伐彼椅桐。楚莊之有繞梁，齊桓之重號鍾。松石方期於思話，林澗初從於戴顒。神氣冲和，獨推於千里；風韻清遠，唯稱於世隆。

若夫《水僊》之引，《文王之操》，揩擊稱工，操縵盡妙。桓譚被責以失次，戴述循聲而赴召。或云晏龍初製，或曰神農始造。趙師之辨吳蜀，漢宣之得龍趙。爾乃汧公韻磬，張生響泉。閔子初駭於取鼠，蔡邕始驚於捕蟬。傷中散之被刑，哂師曹之見鞭。爾

[一] 牖里：明秦汴校刊本、四庫本作「羑里」。

其倚扆而悲，向風而聽，見文王之思士，美琴高之養性。舞玄鶴於郭門，受清風於上景。

至有《明光》、《宛轉》，《霹靂》、《箜篌》，松間風入，石上泉流。季鷹之哭彦先，賈子之對應侯。亦有蔡氏五弄，啟期三樂，曾子殘形，商陵別鶴。師文雲浮而泉湧〔一〕，瓠巴鳥舞而魚躍。鍾儀之操南音，師曠之調清角。周人避之於岐山，孺帝棄之於大壑。彈薰風而解愠，鼓緇帷而講學。亦嘗詠兹在御，痛彼俱亡。相如之挑卓氏，荆軻之摄秦王。或傳之濮水，或受自華陽。晉王之感孫息，雍門之悲孟嘗。斯豈聲音之至妙，故聽之而易傷者乎〔二〕？宋紹興刻本《事類賦》卷一一。

古琴賦

陳襄

客有孫枝之琴，號曰太古之器。樸兮不文，淡焉無味。痕交錯而蠹生，色斕斑而塵

〔一〕湧：原作「踊」，據明秦汴校刊本、四庫本改。
〔二〕「斯豈」以下：原闕，據明秦汴校刊本、四庫本補。

蔽。疏絃危而不紊，瑤軫屼而幾廢。吁至道之難行，悵知音之未至。淒淒然，泠泠然，故獨以因時而遣意。洎乎夕照西沉，蒼梧半陰，對明月之千里，上高臺之百尋。爾乃豁妙慮，開沖襟，撫玉柱，揚清音。不獨解吾人之慍，將以平君子之心。

太丘子乃展轉不寐，振衣而起，悄焉凝懷，寂焉傾耳。意躑躅於幽蘭，心彷徨於流水。由是納中和，蠲侈靡。審樸略之遺韻，達真純之妙理。忽然不覺至道之入神，而大化之陶己。

別有宛洛佳客，金張貴侯，塗歌兮邑詠，朝歡兮夕遊。設瓊漿兮綺席，張翠幙兮青樓。莫不弄秦聲，歌郢曲，吹女媧之笙簧，播子文之絲竹。然後酩酊乎醉鄉，駢闐乎歸軸。又安能審雅操之微妙，聽丹絃之斷續而已哉？

嗟乎！大道既傾，澆風益行，雖歌吹之沸天，徒管絃之亂人。方今朝廷淑清，天下化成，願以古人之風，變今人之情；以今人之樂，復古人之聲。則斯琴也，可以易俗而移民；而斯世也，可以背僞而歸真。宋刻本《古靈先生文集》卷二。

魚琴賦 並序

梅堯臣

丁從事獲古寺破木魚，斲爲琴，可愛玩。潘叔治從而爲賦，余又和之，將以道其事而寄其懷。

爲琴之美者，莫若梧桐之孫枝。夫其生也，附崖石，遠水涯。陰凝其腋，陽削其皮。曾亡漫戾，而沉實之韻資。噫！始其遇匠氏也，有幸不幸焉，故未得盡厥宜。其於不偶，若陷於夷。刳中刻鱗，加尾及鬐。宛然而魚，日擊而椎。主彼齊衆之律令，則聲聞囂爾而四馳。

粤有好事者揭來睨之，取爲雅器，製擬庖犧。徽以黄金，絃以檿絲。音和律調，乃升堂室。嗚呼琴兮，遇與不遇，誠由於通窒。始時效材，雖甚辱兮，於道無所失。今而決可以參金石之奏焉，無忘在昔爲魚之日。明正統刻本《宛陵先生文集》卷六〇。

琴材賦　桐之良者，可以作琴

楊傑

世有嘉木，天鍾至音。抱良材而麗地，俟哲匠以爲琴。中藏山水之聲，能參大樂；未偶斧斤之手，獨秀喬林。嶧陽高峯，龍門淵壑。純氣所萃，奇材以託。宣情之具可以制，閑邪之操因而作。奈何時未我與，工未我度？固全天質，自爲物以混成；安得梓人，爲發音於寂寞？

百尺之木，特生之桐。落落聳榦，亭亭倚空。無繁枝以示外，畜太和而在中。時或裁成，宜取羲、黄之法；人能抑按，當移鄭、衛之風。正聲未揚，庸目雖衆，視之或捨。猶藏器之哲士，俟掄材之賢者。雖云陶令，非取意於絃間；又恐吴民，欲爲薪於爨下。

俄有智者，過而器之。且曰堪輿之秀，巖谷之奇。激風霰於冬序，感雷霆於夏時。足以道舜民之樂，足以伸楚客之悲。如玉在山，秘珪璋之重器；猶金藏鑛，屈劍戟之雄姿。毓質若然，成功在我。非鍾山之玉兮，其徽曷稱？非園客之絲兮，其絃安可？將致於用，必陳於左。然後欲天下之治者，調其音而爲表儀；有君子之聽焉，平其心而無懈惰。是材之所稟，用難自彰；巧之所述，器無不良。儻工匠見遺，不之剪而不之斵；枝柯雖茂，胡爲宫而胡爲商？別有藝藪俊髦，儒林綱紀，明堂之柱此其選，巨川之舟此其擬。材乎材乎，豈獨琴而已哉，冀匠師之明所以！宋紹興刻本《無爲集》卷一。

清廟瑟賦

陳普

文穆穆兮其神在天，廟以安之兮於穆其淵。王在新邑兮但攝政之七年，八鸞鏘其來會兮亦以祀焉。鬱合𨺉兮簫合𦾔𧂮，相肅雝兮不懈益虔。士濟濟兮駿奔走執豆籩，簫未舉兮鐘磬在懸[一]。有瞽有瞽升援瑟兮疏越朱紘，坐之西階之上兮使之奏《清廟》之篇。歌者人之一唱旃三歎旃，絲聲獨以遲兮人聲眇緜。淡乎若太羹兮酒之玄，衆耳所入兮神之聽也專。洋洋其上兮見者愀然，後有虞兮歲兮且千。

遺音此作乎兮尚摶詠之有傳，微夫子其孰知兮以之冠三頌之顛。自浴沂之一鼓兮寂寥塵編，人心日以靡兮鄭衛噪蟬。中夜以思兮涕淚漣漣，誰爲我瑟此頌兮寫予中之悁悁？明萬曆刻本《石堂先生遺集》卷一五。

笛賦

吴淑

惟籦籠之修榦兮，生萬仞之石谿。不假飾於雕鐫兮[二]，稟自然之天資。學龍吟兮相

[一] 磬、懸：原作「罄」、「縣」，據《歷代賦彙》卷九四改。

[二] 兮：原無，據文意補。

似，截馬篴兮易持。蔡邕識高遷之異，漢祖驗昭華之奇。攷其清濁之制，辨夫長短之宜。爾其伐昆谿之翠竹，翦雲夢之霜筎。爲《氣出》以《精列》，採《延露》與《巴人》。

則有卧平陽之塢，宿代郡之亭，聆宋同之新引，聽朝霞之變聲。固可以滌邪納正，感物通靈者也。

若乃傳妙理於馬融，美修能於丘仲，加之既自於君明，減之復因於奚縱。或以起路傍之愁，或以助軍中之勇。

別有黄門之署，東箱之制。向秀怊悵而思舊，王愷忍暴而殺妓。歌閑夜者已訝神奇，竇煙竹者忽驚裂碎。石崇每賞於宋偉，謝氏曾矜於阿紀。李謩瓜洲之逸思，桓伊青谿之遺美。傳於樂府，有《折柳》兮《落梅》；起自羌人，見飛鴻兮流水。四庫本《事類賦》卷一一。

鼓賦

吴淑

鼓，動也，含陽而動者也。若夫鼉鼓逢逢，矇瞍奏公，應春分而著義，當啟蟄以施功。聞臨平之擊石，見南郡之銘銅。「坎其擊鼓，宛丘之下。」伐以鉦人，御之田祖。識伊耆之蕢桴，孜籥章之毛土。訝雷門之鵠飛，驚建康之鷺翥。爾其廣首纖腹之制，八面四足之奇，或狀如博局，或形同麝臍。擊其小而導其大，應在東而懸在西。姚泓既駭於石鳴，李陵俄知其氣衰。承乾聞玄素之諫，孫抱遭高爽之譏。則有製自黃帝，始於少昊，雖云無當於五聲，豈可不鼓而不孜。至於王侯路賁之制，商、周懸置之殊，樹以崇牙，駕以樓車。都曇兮答臘，雞婁兮密須。禰衡解衣而不怍，王公揚桴而自如。伐彼淵淵，奏茲簡簡。或置在西房，或列之下管。辨徒擊與播鼗，美登聞兮敢諫。復有思話騎棟，楚王警民。山中石鳴，荒外雷震。穆滿黎丘之樂，王喬鄴縣之神。亦云摘以銅丸，節之金鐲，羅浮神鉦，始興聖木。《周官》列職，著雷、靈、鼖、晉之差；《爾雅》著名，有鼖、應、鼗、麻之目。四庫本《事類賦》卷一一。

擊甌賦

梅堯臣

余觀今樂，愛乎清越出金石之間。所謂擊甌者，本埏埴，異琳球，入伶倫兮間齊僾。其可尚者，嗚非瓦釜律度合，鼓非土缶音韻周，和非塤篪上下應，作非鐘磬節奏侔[一]。而又冰質瑩然，水聲翛然，度曲泠然，入耳瀏然。猶有非之者曰：善則善矣，未若艷女之歌喉。何則？是謂絲不如竹，竹不如肉。以其近自然之氣，況此曾何參於樂録之目乎！

余辨之曰：融結合於造化，堅白播於陶鈞，發和於器，導和於人，可以樂嘉賓，可以暢百神，安得絲竹謳吟之匪倫也哉？明正統刻本《宛陵先生文集》卷六〇。

秦昭和鐘賦 並序

劉敞

秘閣有秦昭和鐘，形制絶異，其始得之豳、雍之間，其銘首曰「不顯朕皇祖十有二公」云云。其藏於冊府久矣，予因爲之賦。直集賢院作。

閱故府之藏器，歷先秦之遺蹤，哀三代之逾遠，美昭和之寶鐘。何形制之瑰譎，駭

[一] 磬：原作「罄」，據《古今圖書集成·樂律典》卷一二八、《歷代賦彙》卷九五改。

觀聽之鮮同。上盤拏而夭矯，若騰蛟兮升龍。下紛結而扶倚，狀菱華與芙蓉。彼僻陋之小國，曾鑄作之絶工。非以其銘祖考之休烈，交人神之肅雝者哉。

越千祀而獨存兮，俟有道而一見。諒鬼神之圖佑兮，諶盛德之幽贊。夫固夏聲之所出兮，襲二周之餘徽。苟延陵之既没兮，哀知音其爲誰。詢款識之尚傳兮，邈沮、頡之遺迹。世行隸之趨俗兮，又雖久而不覿。響沈潛以寂默兮，文幽晦而蔽匿。鮮人情之好假兮，在獨異而爲謪。

幸蒙君之厚德兮，發陰壤之祕封。去瓦石之污處兮，歷君門之九重。庇高閣之虚爽兮，參衆寶而見容。儷笙鏞以干際兮，終詭時而不逢。審則而儀量兮，尚毋惑於權度。推律而攷鈞兮，猶將謹夫《韶》、《濩》。等棄之而勿庸兮，喟觀者之未悟。保厥美以安處兮，焉惆悵而懷遇。四庫本《公是集》卷一。

宋代辭賦全編卷之七十五

賦　服飾

金賦

吴淑

夫西南之美者，有華山之金石焉。斯蓋西方之行，百陶不輕。性惟從革，才堪贖刑。責冶築冕桃之業，閲銑盪鏐鈑之精。王陽則或聞能作，欒大則妄言可成。鄱陽披沙而乍得，清河隱粟以方驚。若夫陽邁奇光，狼慌夜市，噬之得乾肉之象，斷之有同心之利。躍大冶者知其不祥，雨櫟陽者稱其爲瑞。至於巴丘牛躍，林邑螢飛。美陳翼之無取，重王忳之不欺。既稱汝敦之婦，復歎樂羊之妻。不疑豈盜於同舍，楊震自明於四知。或以寵疏廣之告老，或以奬叔孫之制儀。

爾其登郭隗之臺，散竇嬰之廡。《書》著三品，《詩》稱大賂。韋賢匪重於滿籯，陳平每聞於間楚。利稱鼎耳，巧聞瓦注。或服之而成仙，或遺之而得土。獲蘇秦之舊宅，得董卓之遺塢。陳爵則波底求樽，郭巨則地中得釜。嘉邴原之見還，慕管寧之靡顧。則有應嫗探社，張氏得鈎。齊王之遺孟子，楚襄之聘莊周。

及夫葬驪山而雁成，懸咸陽而書就。遺雷義以知廉，贈袁叔而爲壽。或舉袖而不逆，或投園而靡受。攫之豈憚於市人，鑠之每聞於衆口。亦聞埋於幕下，生自碑中。入夜方驚於白鼠，積年或化於黄龍。當暑有衣裘之節，下聊見高士之風。

别有積之巨萬，賜之千鎰。數王莽之既敗，料梁王之已卒。井邊之黄鳥初飛，壁下之高冠乍出。亦云逐韓嫣之彈，獻梁冀之蛇，投烈女之瀨，雨仲孺之家。季布之諾誠重，郭況之穴難加。復聞置在韝中，唾之盤裹。或戒貪而藏山，或施仁而贖子，或睹於北荒高闕，或取於荆南麗水。入懷詎見於張奂，投海但聞於甘始。漢皇之重阿嬌，勾踐之思范蠡。斯生土之精剛，誠汝漢之至美也。宋紹興刻本《事類賦》卷九。

金在鎔賦

金在良冶，求鑄成器

范仲淹

天生至寶，時貴良金。在鎔之姿可覩，從革之用將臨。熠耀騰精，乍躍洪爐之内；

縱横成器，當隨哲匠之心。

觀其大冶既陳，滿籯斯在。俄融融而委質，忽曄曄而揚彩。英華既發，雙南之價彌高；鼓鑄未停，百鍊之功可待。況乎六府會昌，我稟其剛；九牧納貢，我稱其良。因烈火而變化，逐懿範而圓方。如令區别妍媸，願爲軒鑑；儻使削平禍亂，請就干將。國之寶也，有如此者。欲致用於君子，故假手於良冶。時將禁害，夏王之鼎可成；君或好賢，越相之容必寫。

是知金非工而不用，工非金而曷求。觀此鎔金之義，得乎爲政之謀。君諭冶焉，自得化人之旨；民爲金也，克明從上之由。彼以披沙見尋，藏山是務。一則求之而未顯，一則棄之而弗顧。曷若動而愈出，既踴躍以求伸；用之則行，必周流而可鑄？羡夫五行之粹，三品之英。昔麗水而隱晦，今躍冶而光亨。流形而不縮不盈，出乎其類；尚象而無小無大，動則有成。士有鍛鍊誠明，範圍仁義。俟明君之大用，感良金而自試。居聖人天地之鑪，亦庶幾於國器。清康熙刻本《范文正公集》卷二〇。

《青箱雜記》卷一〇　范文正公作《金在鎔賦》云：「儻令區别妍媸，願爲軒鑑；若使削平禍亂，請就干將。」則公負將相器業，文武全才，亦見於此賦矣。

《賦話》卷五　宋范仲淹《金在鎔賦》云……。文正生平實不負此四語。此等題須正寓夾寫。攷江都本旨，言上之化下如良冶之鑄金；文正借題抒寫，躍冶求試之意居多，而正意只一點便過，所謂以我馭題，不爲題縛者也。

《賦學指南》卷一二　躍冶求試，直自借題抒寫。詞成鏞鍔，義吐鋒鋩，人爲國器，賦尤利器。

《賦則》卷三　大賢懷抱，有自然流露處。

大冶賦

洪咨夔

余宦遊東楚，密次冶臺，職冷官閑，有聞見悉篹於策。垂去，廼輯而賦之。其詞曰：

堪輿奠位，峙嶽融瀆。合地四與天九，乾爲金而兑屬。發泰媪之珍閟，轉靈倄之妙軸。而築冶鳧㮚段，桃攻之有六。出智創物，重在泉幣。燧昊俶興，黄虞踵繼。奻乙鼓於莊歷，濟陽九之厄歲；姬姜均於九府，定帛刀之殊制。侈卯金之七福，筦鹽鐵於大農。榆莢之與赤側，獨五銖之適中。宜乎讖白水而謡黄牛，兆御天之六龍。晉陽崛起，齊秦賜爐。含三體之邈籀，印初生之望舒。雖會昌因州以辨名，不易開元之舊模。彼其於以供王府匪頒之用，於以補治臺貸本之闕。

是二品則然矣，請復究銅之爲説。劉濞萃逋逃之藪，擅採山之富，而吳之産豐於豫章；卓氏争王者之利，錮齊人之業，而蜀之産阜於臨邛；歐子破赤堇之山，涸若耶之溪，而越之産不止於鏌鋣、干將。錢幣或造於楚晉，冶鑄多出於齊梁。伏羲以來，銅山四百六十有七，今之大要，不過厥色之有三。

其爲黄銅也，坑有殊名，山多衆樸。蜿蟺扶輿，鬱積磅礴。巀嶭岑嶒，崴嵬嶢峭。璘彬闌斑，爣漾璀錯。碯脈見，函路灼，牛飲盤，天井落。礦紋異采，乍純遽駁。爊苗殊性，欲斷還絡。烏膠綴，金星爍，薂花淡，丹砂渥。鼠結聚團，雞燋散泊。資餌膏油，英潤濯濯。宿炎煬而脆解，紛剞劂而巧斵。批亢轟博浪之椎，陷堅洞混沌之鑿。巖雲欲起而復墜，石火不吹而自躍。磅磅馳霆，剥剥灑雹。丘示掩耳而疾遯，木客捧心而竦愕。膽寒野伏之夔罔，魂褫泥蟠之龍蠖。繚乎脩隧，黝乎幽壑。潛盧旁呀，陰竅斜卻。共工觸不周而地維斷，神禹闢伊闕而龍門拓。驪山百仞之下穿，昆明萬夫之偕作，曾未媲其功用之博也。逮其籠篢，齊畚臿具，專諸虎攫，孟賁豕負。徙堆阜於平陸，矗岑樓於爐步。熺炭周繞，蕘薪環附。若望而燎，若城而炬。始束緼於畢方，旋皷鞴於熛怒。鞭火牛而突走，騎燭龍而騰翥。戰列缺霹靂於焱庵，舞屏翳豐隆於煙霧。陽烏奪耀，熒惑遜度。石迸髓，汋流乳，江鏁融，臍膏注。鉅再鍊而羸者消，鈲復烹而精者聚。排燒而汕溜傾，吹拂而翻窠露。利固孔殷，力亦良苦。唯彼泉井，淘沙可鑄。

其浸銅也，鉛山興利，首鳩僝功，推而放諸，象皆取蒙。辨以易牙之口，膽隨味而不同。青澀苦以居上，黃醶酸而次中。鑒以離婁之目，泛浮漚而異容。赤間白以爲貴，紫奪朱而弗庸。陂沼既瀦，溝遂斯決。瀺灂澒溶，汨密滶洌。銅雀臺之簷霤，萬瓦建瓴而淙淙；龍骨渠之水道，千澮分畦而潏潏。量深淺以施槽，隨疎密而制閘。陸續吞吐，蟬聯貫列。乃破不轑之釜，乃碎不湘之錡。如鱗斯布，如翼斯起。湫之瓏瓏，濺之齒齒。沉涵極表裏以俱暢，蒸釀窮日夜而不止。元冥效其巧譎，陽侯獻其恠詭。變蝕爲沫，轉澀爲灑。或浹下簟，自凝珠蕊。且濯且漸，盡化乃已。投之爐錘，遂成粹美。

其淋銅也，經始岑水，以逮永興，地氣所育，它可類稱。土抱膽而潛發，屋索綯而亟乘。剖曼衍，攻崚嶒，浮埴去，堅壤呈。得雞子之肧黃，知土鉅之所凝。輂運塞於介蹊，掩積高於修楹。日愈久而滋力。礬既生而細碖。是設抄盆，筠絡以皮；是築甓槽，竹龍以釃。散鋸葉而中鋪，沃鉅液而下漬。勇抱甕以潺湲，馴翻瓢而滂濞。分醲淡於淄澠，別清濁於涇渭。其滲瀉之聲，則糟丘壓酒於步兵之廚；其轉引之勢，則渴烏傳漏於挈壺之氏。左挹右注，循環不竭；晝湛夕溉，薰染翕欱。幻成寒煖燥濕不移之體，疑刀圭之點鐵。若乃卄課登，綱程促，鐵往銅來，錫至鉛續。川浮舳艫之銜尾，陸走車擔之繈屬。出嶺嶠，下荆蜀，絶彭蠡洞庭而星馳，泝重淮大江而雷逐。四趍圜府，如輻有轂。殷轔軒礚，䞓岃複陸。頓之連城，貯之列屋。黑雲隤山而亂委，熊豹谽谺而起伏。蓋不待銷飛廉，鉟瞿曇，而鍾官之用足。

於是鑄錢使攷其會，辨銅令第其品。丁夫竭作，匠師讙奮。煤突整潔，炭户充牣。鼓兩儀之籥而大播，役六丁之工而迭運。祝融作，女媧進，一煽濤生海門之微波，再煽日吐扶桑之疊暈，三煽烘朝霞而爛照，四煽洶屯雷而欲震。張格澤之輝餤，迸攙搶之芒潤。夸父即之，汗翻漿而暍；河伯望之，瞳眩花而瞬。澄澈不殺，通明無燼。黑濁之氣竭而黃氣次，黄白之氣竭而青氣應。液爰瀉於兜杓，匣遂明於模印。繂之落落，貫之磷磷。磋之以風車之輣軋，轆之以水輪之砰隱。繒綱涓拭，蟲覈摩揗。肉好周郭，堅澤精緊，文勁銀鈎，色瑩玉填。既刮垢以磨光，始結緡而就準。盡東門之漚麻，不足以爲其貫引。百吏告功，三官動色。乃督餫艘，乃輸王國。版曹稽其贏虚之數，起部程其精悗之績。謹内府之登儲，衍外帑之椿積。天子守之以恭儉，冢宰理之以均節。與五銖、開元而並行，異黃榜、紫標之私殖。金工鑠之則有禁，鑾舶洩之則有辟。宜京師貫朽而莫校，天下藏鏹而山則也。其或用取鹿皮，制參飛錢，通物之變，扶時之偏，亦本於輕重之相濟，子母之相權。至論殖財，莫如擇使。有管仲則藏富於國，得劉晏則錢流於地。

言未畢，客有在旁啞然而笑曰：「子來自番，知泉則詳。坎蛙難語乎海水，醯雞未窺乎天光。獨不聞負扆南面，運坱圠之鈞而鼓四方者乎？盪八卦，範九章，颺《關雎》，播《我將》，融庶品於道德之橐，歛衆寶於俊乂之場。磨而不磷者布在臺省，動之斯和者坐諸廟堂。旋乾轉坤，闔陰闢陽。陶唐冶虞，規周矩商。禮樂凝俗，易竄而良。仁義鑄人，革否而臧。泰階以平，天步以康。前星爛乎重暉，旄頭濳其不芒。南風薰而民財阜，膏雨時而年穀昌。於以植帝王太平之業，詎止圖霸功之富强！」

余乃豁然悟，蹶然起，拜手而系之曰：天不愛道，聖賢興兮。地不愛寶，稼穡登兮。人不愛情，富壽且安兮。化工之巧，莫窮其端兮。四部叢刊本《平齋文集》卷一。

《宋史》卷四〇六《洪咨夔傳》洪咨夔字舜俞，於濳人。嘉（定）〔泰〕二年進士，授如皋主簿，尋試爲饒州教授。作《大冶賦》，樓鑰賞識之。

毛晉《平齋詞跋》（四庫本《平齋詞》卷末）舜俞，於濳人，其功烈載在史冊。如毀鄧艾祠，更祠諸葛武侯，告其民曰：「毋事仇讐而忘父母。」尤爲當時稱歎。迨卒時，御筆批其鯁亮忠慤，令抄所著《兩漢詔》暨詩文行世。樓大防又極賞《大冶賦》一篇。予恨未見全集。其詩餘四十有奇，多送行獻壽之作，無判花嗜酒之篇。昔人謂王岐公文多富貴氣，余於舜俞之詞亦云。湖南毛晉識。

玉賦

吴淑

古人有言曰：「君子於玉比德。」若夫《周官》六器，大秦五色，趙之連城，晉之垂棘。或瓘斝以禳，或苕華是刻。愛一環而韓子受賜，納十瑴而衛侯見釋。爾乃觀瑟彼，翫温其，偉祁子之不佩，美襄仲之見辭。虞卿受賜於趙國，楚相加辱於張儀。贈之則報其繡段，沉之則係以朱絲。寧有餘而抵鵲，不蒙污以投泥。

至於温嶠鏡臺，胡綜如意，著兹五德，班斯六瑞。堅而不蹙，廉而不劌。白圭以夜光受賜，林回雖千金必棄。甕不汲而自盈，管方吹而有異。斯皆攻以它山，而使之成器者也。

若乃山玄表德，白虹象天，先於駟馬，假夫許田。或食之以禦水，或服之而成仙。賈害見虞叔之志，不貪知子罕之賢。爾其石變山中，瓜頹冢裏，火出夜山，膏流丹水。

燕人瑶蘊之遺，子玉瓊弁之美，劉聰汾水之祥，吕光于闐之市。亦聞德推旁達，質重方流，潤木逾茂，輝山更幽。採於龍首，出彼平丘，常山有命，靈昌載浮。或登臺而不取，或破石而斯求。

别有瀛洲酌酒，扶桑觀日。晉侯受之而容惰，邾子執之而禮失。張伯懷之而見欺，亞父碎之而靡惜。或類彼武夫[一]，或疑於燕石。得楚山而被刑，詣鄭人而求直。斯皆真僞混淆，而不精識也。

亦有齊之甗磬，魯之璠璵，價踰十萬，名重五都。辨其鰓理，見此瑕瑜。想老聃之被褐[二]，思穆滿之披圖。復聞執則不趨，受之以掬。釵留而閣號招靈，玦見而山名奚禄。無故而豈可去身，待價而常宜韞櫝。觀其黑如純漆，白若截肪，戩之碌碌，佩以將將，曾城是植，海島斯藏。駭流虹之變化，訝積雪之消亡。毁櫝中而咎罰焉避，獻闕下而詐諼已彰。思滈池之反璧，想磻溪之釣璜。納懷曾聞於叔帶，壓紐更見於平王。當入用之時，氣騰光禄；及焚如之際，火烈崑岡。

[一] 武夫：原作「嘷沱」，據明秦汴校刊本、四庫本改。
[二] 老聃：原作「老耽」，據明秦汴校刊本、四庫本改。

別有漢武樹之於前庭，周成陳之於東序。赤松服之而蹈火，羊公種之而娶婦。虞舜之受昭華，齊侯之得龍輔。賜虢公以五轂，錫子家之雙琥。王莽潛姦於椎璏，宋人留情於刻楮。莒僕竊之而來奔，膠鬲索之而不與。取其象德，非宜改步。既閲咸陽之宫，更睹玄菟之庫。識白首之老翁，見紫衣之神女。斯天地精粹之徵，不能悉數。宋紹興刻本《事類賦》卷九。

監試玉不琢不成器賦 良玉非琢，安得成器

歐陽修

至寶雖美，因人乃彰，欲成器而斯尚，由載琢以爲良。瑕玷弗施，始中含於温潤；切磋有則，取應用於圓方。披大禮之遺言，洞先儒之所録。以謂玉不因琢，器莫得以自貴；人不因學，道無由而内昺。故我誘之於人，諭之以玉。内含其美，雖禀質而可嘉；外飾其形，假載雕而後足。

然以寶有可尚，世誠所希。價連城而有待，氣如虹而上揮。禮神之用斯在，磨玷之言則非。禀爾天真，包十德而成質；制由工巧，參六瑞以凝輝。然則攻自他山，列乎良璞。雖曰寶也，不能效於自用；雖曰堅也，未有成於不琢。美在中矣，徒内抱於英

華；礲而錯諸，始外成於圭角。豈不以玉者華於國而可重，器者用於人而克安。規矩殊形於圭璧，短長具制於躬桓。亦猶在鎔者金，必資乎鍛礪之設；從繩者木，遂分乎曲直之端。

且夫人務其師，玉貴其德。性雖本善，不學則弗至於道；質雖至美，不琢則弗成其飾。

稽匪刻匪雕之説，理實異斯；嘉如切如磋之言，義誠有得。彼大圭貴乎尚質，鳴珮取乎揚聲，雖效珍而并用，在設諭以非精。曷若彰教誨而有漸，譬琢雕而可成。是故西琥東圭，捨規模而安創；半璋全璧，非制度以難明。向若追琢不加，刻畫非備，雖縝密以含彩，在文華而曷視？故揚子以謂玉不雕，則璠璵不作器。宋慶元刻本《歐陽文忠公集》卷七四。

荆玉賦

王灼

卞和秉耒荆山，耕獲玉璞，喜曰：「天降異物，非賤者有。盍歸主君，爲國鎮守？」占協龜筮，謀洽妻孥。宿舂撰目，脂轄問塗。百里一飽，十舍一休。前持後負，雉門是求，以獻厲王。記卞和事者五家。《韓非子》謂初獻厲王，厲薨，獻武王，武薨，獻文王。韓，戰國公子，言近事可信。《十二國史》唐人所集，亦因韓書也。蚡冒死，其弟熊通弒蚡冒之子而代立，是爲武王。《史記》諸書皆不名蚡冒爲厲王，然楚稱王起於熊通，疑是熊通既自王，因亦追王之，既殺其子，因加其父謚，所謂惡之以自信者。韓似得之《楚檮杌》，而《史記》失其傳耳。或曰厲王即蚡冒之子也，無所攷據。劉向《新序》作厲、武、共，厲至共七君，卞和已百餘歲，不可信。蔡邕《琴操》作懷平、荆平，乃懷九世祖，懷之後曰頃襄王、曰考烈王，今世次謬妄不足信。許慎注《淮南子》作文、武、成、許，又居蔡後，不足信。今獨取《韓非子》。

王使玉尹相之，曰：「石也。飾僞罔上，罪死莫贖。」執畀獄士，刖其左足。厲棄群臣，武臨江漢。儲鋭再獻，右趾亦斷。步趨廢矣，志念匱矣，坐胥斃矣，無復恃矣。

文王承序，政令從新。抱璞哀號，越三夕晨，淚盡血續，目枯如焚。王聞而反之，曰：「國中刖者衆，子獨過悲，何也？且先君重於剖石，輕於刑人。吾其不然，試爲子辨。」於是追師理璞，潛寶遂出。既磨既礲，名以和氏之璧。命有司賞宜，亟賜衣幘，拜爵秩，頒金幣，授田宅。

和匍伏辭避，不敢即也，《十二國史》曰：謝和而重賞之。《琴操》曰：封和陵陽侯，不就而去。因進説曰：「玉居山則木潤，居水則流方。浮青氣，吐紫光，天性自然，不可掩藏。必其呈露，寸短尺長。黑如純漆，白同猪肪，雞冠擬赤，烝栗比黃。然後能色題瓊瑶，器題圭璋。何用目之不詳哉？凡今衆臣，侍列中外，才伸於用，理不得晦。雖時有就琢，尚隱石者多。倍勤主君以研慮，將取之如拾塊。臣又有請焉。我先熊繹，受封荆蠻，至蚡冒十六葉。民順神聽，基本已固。乾陽之氣，在玉爲具，刀錯可攻，棄之弗顧。武王雄心，厭處南藩，連兵侵隨，巧圖自尊。鄖絞州蓼，奮起如雲。亦又失剖，幸乃得存。主君都郢，獵申俘蔡，殪息與鄧，楚邦始大。美矣斯璞，發見符彩。臣實刑餘，敢逃錫賚。事貴明驗，賞非所愛。」

和罷歸荆，父老嘆曰：「卞子捨屨求踊，忠甚効而計則違矣。」石有韜玉，人有蓄奇。善價少諧，韞櫝莫窺。售者但已，韞者未虧。高士恥於自鬻，如彼又焉知之？四部叢刊本《頤堂先生文集》卷一。

荆玉後賦

王灼

趙惠文王得楚和璧，秦昭王聞之，發使奉牘，用十五城兩易。藺相如曰：「秦强趙弱，其可不許！臣請報聘，西面而去。尺土不償，全以返殽陵之路。」約車治行，晝日出祖。

望諸君樂毅謂王曰：「相如習機，權鑒情僞，銜命疆外，宜無廢事。雖然，玉有妖孽，主者所忌。和再以斮其足，始作楚子之瑞。方謹藏於郢府，又焉得此遐棄，越黄流之廣深，徙禍本於吾地。幸暴秦之肆貪，皷饞吻以奔餌。當垢滌而糞除，啟嬴氏之顛躓。夫一璧微器也，連城重寄也，賈直懸隔，得失不類。謀國者若此醉寐乎？趙使納關，秦壘不割。其計誕，果於授地，規後必取；其計悍，浪起兵端，誘吾孰應；其計嫚，酖毒不可嘗，虎兕不可玩。捐璧辭城，是謂長筭。遇彼欺奪，猶得十半。昔在唐虞，三代以來，尊則禮天，卑則問士，羡以起度，瘞以嬰祭。是朝是享，子穀男蒲。贄見勞貺，儀法甚都。叔末道衰，物與凶隨，懷之越鄉，匹夫自危。杼有拱者，以戮其尸；成有大者，以幽其妻。周穆飾臺，徐戎畔之；鄭伯假田，魯史諱之；晉遺取虞，荀息請之；申挾奔鄭，濤塗殺之；許男降楚，面縛銜之；楚繼滅賴，賴子效之；舅犯要君，晉文投之；齊侯敗北，韓厥進之；襄没楚宫，仲帶竊之；師襲衛境，智伯先之。遠窺近察，有則不祥。君王其審思哉！」

惠文曰：「秦趙方睦，惠文即位，未嘗與秦交兵。十四年，樂毅將趙、秦、韓、魏、燕兵攻齊，與秦會中陽。十五年，與韓、魏、秦共擊齊。十六年，與秦王會穰，秦復與趙數擊齊。蘇厲遺趙王書，於是趙輟謝秦，不擊齊，秦始怨趙。易璧事在十六年前也。藺生甚健。相國止矣，徐覘其變。」毅謀不合，相如竟成命而歸。自後西甲歲出，雷駭漳濱，邯鄲不守，璧遂入秦。十七年，秦拔我兩城。明年，拔我石城。又明年來攻，斬首二萬。趙奔命不暇，以至亡。更爲璽章，篆刻無倫。廟中所受，軹旁所陳。璽材之餘，存爲漢珍。岌岌路寢，華帶輝春。張懷瓘《書斷》曰：「始皇以和氏之璧琢爲璽，使李斯書其文，可謂傳國之偉寶、百世之法式。」史載趙高令子嬰齋，當廟見受玉璽。子嬰知高因廟中殺己，稱病不行。高來，遂殺之齋宫。沛公至灞上，子嬰奉天子璽符降軹道旁。《三輔黄圖》曰：「未央宫因龍首山制前殿，至孝武以黄金爲璧帶，間以和氏珍。風至，其聲玲瓏。」《戰國策》曰：李兑送蘇秦明月之珠、和氏之璧。兑，惠文初相也，雖專政，必不以趙所寶資遊説之士。藺相如在兑死後，兑既以送蘇秦，豈復有璧可易城？今不取。蓋甚美必甚惡，亦尤物之移人。蠱一時以爭奪，閲百世之故新。況寶之者，殃及其身！四部叢刊本《頤堂先生文集》卷一。

琬圭賦

王賜之節，修德崇好。　明道元年

宋祁

彼玉之貴，待人而彰。嘉琬圭之作瑞，旌列辟以勤王。使介奉承，殺鋒芒而見美；繅文升薦，挺温潤以含章。古者利厥建侯，寵其受賜。琢兹縝栗之質，獎彼蕃宣之懿。事備著於《周官》，職兼存於《漢紀》。秉爲瑞節，爰發采於帝庭；奉作龍光，自凝華於國器。

始也效珍美璞，獻狀攸司。圓首露粹，方形究奇。信爲寶之尤者，非假人而用之。申錫以庸，居有握瑜之美；保持在德，絶無磨玷之疑。及夫臣告成功，君嘉茂烈，則是圭也，出國之府，旌邦之傑。外碌碌以云堅，内温温而表潔。其致也，行人達命，邁刻虎以爲符；其聘也，大夫以時，越鑄龍而用節。

噫！治德本乎無怠，講好在乎勤修。爾功之昭，則贈圭之重；彼績不建，則貽玉之羞。是以上無虚授，下靡妄求。初疑前詘之葵，光昭臣範；終比不趨之玉，茂對王休。是知嘉乃愛民，觀其述職，保邦則據以爲重，命事則陳而有翼。什襲之緹是奉，何患越鄉；五等之爵不踰，蓋將比德。和難者，安能均美；判規者，未必同功。曷若我徽章所被，禮典是崇。藴虹采以自照，賁天光而有融。受事於朝，式並舜頒之瑞；永孚於下，本非周剪之桐。

美哉！元后嚮明，多方匪傲。不愛寶以酬德，惟協邦而結好。爾公爾侯，宜念吾王之厚報〔二〕。四庫本《景文集》卷三。

〔一〕文後原注：「此賦係明道元年召試學士院所作，祁即直史館，見《東原録》。」

《東原録》宋子京明道初召試學士院，試《琬圭賦》，其辭有曰：「爾功既昭，則增圭之重；彼績不建，則貽玉之羞。是以上無虚授，下靡妄求。」又曰：「爾公爾侯，宜念吾王之厚報。」時翰林盛公度奏御日，極褒稱之曰：『此文有作用，有勸戒，雖名爲賦，實若詔誥詞也。』即授直史館。

《麈史》卷中　魏公少年巍科，與宋景文同召，試祕閣《琬圭賦》。景文賦獨行於世，魏公歎服。景文語客曰：「既賦《琬圭》，又與韓氏少年同塲。」意甚少之。魏公聞之不平。景文後修《唐書》，久之，魏公登庸，遂請改命歐陽修分撰《唐紀》與《志》。景文出知成都，聽以書局自隨。既成上之，旌賞都畢，已而景文召還，故有《罷郡將還先寄永興梁丞相詩》云：「留滯魚符素領垂，十年方喜覲彤闈。平臺賦罷鄒陽至，宣室釐殘賈誼歸。疲馬有情依櫪歎，倦禽知困傍林飛。相君門下餘塵在，擁篲應容一叩扉。」至雍，道中被命鄭州，不得朝，卒於外。

《邵氏聞見後録》卷一九　韓魏公與宋尚書同試中書，賦琬圭。宋公太息曰：「老矣，尚從韓家郎君試邪？」蓋宋公文稱已著，韓公以從官子弟二名登科，然世尚未盡知也。或聞韓公則愧謝曰：「某其敢望宋公？報罷必矣。」已而韓公爲奏篇之首，宋公反出其下。後韓公帥中山，作閲古堂，宋公詞有云：「聽説中山好，韓家閲古堂。畫圖名將相，刻石好文章。」韓公見之不悦。

璪藉賦

圭瑞之藉，文藻爲飾

陳襄

器由禮制，飾貴文爲。嘉寶圭之致用，資璪藉以成儀。絢組交陳，妙極彰施之度；縷綦錯布，光含温潤之姿。聖典遐稽，邦儀順考。謂玉器之攸重，欲朝家之永保。必有藉，以承其瓌異；必有飾，以加其文藻。英華挺制，誠資設色之工；廣袤中儀，式藴非常之寳。炳作良具，裁成茂規。詔王人而慎守，飭典瑞以勤司。莫不昭其文也。禮以行之，備三采五采之容；中含瑞信，分一就再就之式。内掩瓌奇，其或朝有多儀，國陳大事。君臣分上下之等，珪璧顯尊卑之摯。非璪無以成其飾，非藉不能成其瑞。木爲内榦，蔽瑜瑾以光昭；韋作外衣，焕朱蒼而色異。

蓋夫國有至寳，時稱大圭，儻非加於慎重，誠有患於顛隮。故我制藻率以爲用，表禮文而可稽。有方有圓，式薦諸侯之瑞；授賓授介，終高十襲之緹。若然，則昭備禮容，欽承玉德。周陳藻績之制，密蔽孚尹之色。炳然發彩，侔水草以成章；焕乎有文，異錦琮而著飾。故得規模焕備，等數咸分。藴六玉而中度，昭大彩以成文。彼武有韄橐，但取包戈之用；使持英蕩，徒彰輔節之勳。曾未若保兹希代之珍，重爾連城之價。

欲節度以無越，設璅文而是藉。宜乎自天子達於諸侯，致等威而相亞。宋刻本《古靈先生文集》卷二。

珠賦

吴淑

德至淵泉，明珠出焉。銜光芒於照乘，發晶熒於媚川。出於赤野，産自丹淵。映秋波而圓折，與夜月而虧全。若夫列淮夷之貢，挺霍山之美，識夫餘之似棗，見館陶之若李。或埋青蛉於地中，或採赤蜯於泉底。漢武通夢於昆明，馬援被讒於薏苡。若夫郤文襲之貢，納蘇則之詞，在易粟而猶可，顧彈雀以非宜。王章之孤，既採之而致富；弘節之後，亦賣之而被疑。則有怒闇投而按劍，感清節而還浦。哂楚人之賣櫝，悞趙相之去婦。鍾離辭之而委地，黄向得之而歸主。至於名傳火齊，價重木難，輦彼百斛，遺之一簞。張丑欺吏以出境，伍員行詐而度關。亦有麻姑擲米，漢皋解佩。或以照北荒之闕，或以飾九華之蓋。秦宓之薦定祖[一]，

[一] 秦宓：原作「秦密」，據四庫本及《三國志·蜀志·秦宓傳》改。

武子之稱衛玠。雖曰陰精，不能無纇。爾其翫兹鯨目，捋彼羊鬚，魚雖聞於及禍，岸或爲之不枯。秦冢徒懸於日月，大儒且解於裙襦。亦聞朱仲出入於漢庭，董偃優遊於主弟。得鮫人之泣，伺驪龍之睡。百琲獲季倫之賞，一斛受孫權之賜。或涉海以遐求，或入關而見棄。亦有蒼梧作壟，京洛揚灰。楚王之問奚恤，太叔之納桓魋，象罔之求赤水，商丘之詠河限。

復聞滋水魮魚，瀛洲紺翼，曾城列樹，開明廣植。成於咳唾，第其甲乙。蛇知隋氏之恩，鶴報噲參之德。復有綴衣致飾，照夜爲明。嘗聞求火以向日，更因買劍以傾城。飾首見步摇之狀，褰簾聞佩玉之聲。採濁水以無失，握靈蛇而自矜。鳥集燕昭之館，鳳儀少昊之庭。斯九品之奇秘，固希世而垂名者也。宋紹興刻本《事類賦》卷九。

珠賦[一] 並序

崔公度

高郵西北有湖名甓社，近歲夜見大珠，其光屬天，嘗問諸漁，皆言或遇於它湖

[一]《歷代賦彙》卷二七題作「珠湖賦」，入地理部湖類。

中，有竊謀之者，則風輒引舡而去，終莫能至。賦曰：

萬物之精，上爲列星，其在下者，因物而成形。故天下之偉寶，不妄其所託，託物之主，實内鍾乎神靈。吾嘗臨東海、旅南溟，泛淮江之湯湯，濟岳陽之洞庭，觀其溶液衍裕，蓋天地之委藏，祕恠惚恍，鮫虬峥嶸，豈世人之敢指名哉〔一〕？

若乃雲夢、震澤、浮梁、合浦，獸潛宫亭，神見牛渚，直湘、沅以南浮，懷涇、渭而北注，顧導東而成滄浪，激西而爲灔澦，延平誕奇，漢皐殊遇，率傳載之雜出，爲異物之所處。或設限於藩服，或效琛於王府。鑠高郵之經治，裂揚州之故部。

有湖隸旁，將三千所，大或萬頃，小亦千畝。迤邐兮聯絡，參錯兮駢布，由卑以自處兮，傾十數州之羡沃。穹山大野，谿谷原藪，晝夜走險，越千里而來赴者，莽不知其幾千百處。壓東南之湠漫，勢漻濭而無涯。魚則鰋、鯉、鯿、鱖，鯩、鰱、鱛、鯊，鳥則鴇、䳁、鳧、鷺，鴛、鶤、鴻、鴐，翥若煙海，會如泥沙。蟲、螺、蟹若蝦、蛤，卉、菱、芡而荷華。水不數舟，陸無筭車。溉灌乎民田，漕引乎國家。夾埭長陂，程水壤之固護；飭官命屬，厭功利之紛挐。

〔一〕之：原無，據《聖宋文海》卷四、《歷代賦彙》卷二七補。

迨夫地脈泉源，孰爲要遮，潛合陰附，應淮海之谽谺。微風翻瀾，矧其甚邪！其或駭怒決溢，隄防之所不加，泱漭千里，農民播溺，宛轉流離而不相救，又況其廬舍之與桑麻。噫！是亦涉者之厖觀矣！瑰祥恢恑，庶幾乎託焉。

間乃省貢書、攷圖編，所陳者，特盤飧之微，固不聞有把握之貴，爲當世之所傳，發詠乎川珍，翺翔乎水邊。爰有蘆人漁子，相語而來前，曰：「先生之念者，貨也。若夫川澤之精，理則不然。不寶於人，獨寶於天。今此有夜光之珠，産於深淵。我意其神，先生辨旃。其始也，天和景晴，湖波夜平。煙冉冉以四收，萬籟息而無聲。則是珠也，凛氣將之，若海月之升，含彩吐耀，周隅皆明。呀紺石而爲宫，被緑苔以垂纓。挹奔星之光芒，吸沆瀣之精英。木散景兮扶疎，草露實兮紅青。林烏警而移枝，羣犬愕兮争鳴。於是邛人徐呼，上流俱起，撫鴻罾以先趨，領罶笱之已試，連徽挺扠，灑網持柤。嗟雖鑑其眉睫，疑未曉其機器。方詭智之漸張[一]，果造形而已逝，而況伏見靡時，欻彼倏此，與蛟龍之爲朋，曾風雨而作衛。彼能三足而在禦[二]，鼈九肋而充饋。漢蛟蚱

[一] 智：原作「置」，據《聖宋文海》卷四、《歷代賦彙》卷二七改。又《古今事文類聚》續集卷二五、《古今圖書集成・食貨典》卷三二三等多作「置」，疑或爲「罝」之誤。

[二] 禦：《聖宋文海》卷四、《宋文鑑》卷七、《古今事文類聚》續集卷二五作「籞」。

之青骨，鄭黿羹之異味。觔牛悦水而黄奪，澤馬翫繩而足躓。犀狎偶而解角，翠因媒而折翅。江使被執於行役，巨魚爲腊於貪餌。文貝瑇瑁，出禍其腸腹，金華玉英，坐窮於淘縋。蜃蜃胎寒，熠燿自喜，怵絶意於遐引，適足殺其軀而已矣。是故號數選者，我固謂之貨也，能不爲珠之笑耶！」

予曰：「嗚呼噫嘻！信子言也，既明且哲，則大雅君子者耶？不常所居，擇利害而去就者耶？用以晦明，知在己者耶？色斯舉矣，學孔子之徒者耶？薄泥塗而不辱，不恥下賤者耶？川不涸，岸不枯，有德鄉里者耶？久而不聞，其遯世者耶？」既而復曰：「嗚呼噫嘻！照魏王之乘耶？燭隋侯之室耶？謂上幣耶？飾冠冕而佩耶？」

客有聞者，亦矍然而興曰：「嗚呼噫嘻！吾聞諸石室之書曰：『王者得之，長有天下，四夷賓服。』然則得之者或非其心，獨王者之心耶！」《皇朝文鑑》卷七。

《夢溪筆談》卷二一　嘉祐中，揚州有一珠甚大，天晦多見。初出於天長縣陂澤中，後轉入甓社湖，又後乃在新開湖中，凡十餘年，居民行人常常見之。予友人書齋在湖上，一夜忽見其珠甚近，初微開其房，光自吻中出，如横一金綫。俄頃忽張殻，其大如半席，殻中白光如銀，珠大如拳，爛然不可正視，十餘里間林木皆有影，如初日所照，遠處但見天赤如野火。倏然遠去，其行如飛，浮於波中，杳杳如日。古有明月之珠，此珠色不類月，熒熒有芒焰，殆類日光。崔伯易嘗爲《明珠賦》。伯易，高郵人，蓋常見之。近歲不復出，不知所往。樊良鎮正當珠往來處，行人至此，往往維船數宵以待現，名其亭爲玩珠。

《邵氏聞見録》卷一六 孫覺龍圖未第時，家高郵，與士大夫講學於郊外别墅。一夕晦夜，忽月光入窗隙。孫異之，與同舍望光所在。行二十里餘，見大珠浮遊湖面上，其光屬天，旁照遠近。有崔伯易者，作《感珠賦》記之。熙寧初，孫登科，爲河南縣主簿，自云。

《孫公談圃》卷上 崔公度伯易自號曲轅先生，作《太行山賦》，以太行近時忌，改作《感山賦》。裴煜得之，獻魏公，未及品藻，示永叔，永叔題其後曰：「司馬子長之流也。」魏公因薦其文。英廟欲擢以館職，魏公言：「未見其人之賢否，召與語未爲晚也。」後數日，伯易與友人會話，坐上忽賫告身至，乃授伯易潁川防禦推官、國子監直講。荆公嘗云：《感山賦》不若《明珠賦》。

錦賦

吴淑

伊織文之重錦，炳爛兮之纖麗。辟邪天馬之奇，博山交龍之制。昆昭有鸞章之美，員嶠有霜蠶之異。比管仲之登朝，哂尹何之學製。懸鄴中之斗帳，易護軍之縹被。四十里石氏之奢，三十兩齊桓之歸。憲英或聞於反卧，朱寵不當於殊賜。玉案報美人之贈，回文識寶滔之奇。雖其價如金，而不鬻於市。文彩之功，翻鴻走龍。尚方既聞於鄴下，鬭場亦列於江東。裼之將見於狐白，禁之恐傷乎女工。

若乃垂居士之帶，被虎賁之服，蒲陶兮鳳皇，明光兮温熟。賄荀偃而加璧，饋左師而先玉。別有虯龍列象，樓堞成形，甄琛既欣於晝服，項羽亦言於夜行[一]。挽車曾用於劉備，纜舟更説於甘寧。入夢而嘗聞割截，濯魚而愈見鮮明。

至若懷中探圖，指閒結彩，周王百純之獻，劉主千匹之賚。別有童子束髮，碩人褧衣，帆掛龍艦，帳開粉闈。籍孺以裹塵爲比，元方以覆被貽譏。白地韜杠，緑地蔽泥。或取於范氏之藏，或濯於蜀江之涯。淮南之待八公，周穆之亡盛姬。閻憲行化之美，武侯決敵之資。絳地交龍之麗，虎頭連璧之奇。或以重灘渙之彩，或以況萋斐之詞。忘免懷於顧復，傷宰予之見譏。宋紹興刻本《事類賦》卷一〇。

絲賦

吴淑

皎皎素絲，女所治兮。《周官》有辨物之職，時令著分繭之期。唯朱藍之是染，勿

[一] 言：明秦汴校刊本、四庫本作「嫌」。

菅蒯以輕遺。帨氏湅之而有法，方儲斷之而得宜。羔羊之革，素絲五緎。出綸方認於王言，縈社更聞於日蝕。分貴賤於繒錦，隨青黄於藍蘖，繅之既見於三盆，漚之亦言於七日。則有《書》稱厥篚，《詩》著其紑。或棼之而益亂，或貿之而來謀。凶則灰浮於水上，吉則夢掛於山頭。

亦有力系金鑪，細同密雨，直有朱繩，續聞命縷。或吐之而成錦，或歐之而跪樹。山濤收袁毅之遺，長倩誡孫弘之語。

爾其貴兹楚貢，絶彼商絃，墨子見之而興歎，園客繅之而上仙。乍想淑人之帶，遥思初仕之年。釣有伊緡之美，琴聞野繭之妍。伊絲枲之爲務，亦生民之所先。宋紹興刻本《事類賦》卷一〇。

錢賦

吴淑

若夫布貨之用，錢刀之制，夏商之前，其詳靡記。爾乃太公九府，上林三官。子母相權，單穆之諫周景；輕重爲制，管仲之輔齊桓。則有嚴道之賜鄧通，豫章之資吴濞。五分、半兩之名，契刀、錯刀之制。二品、十品之差，三銖、四銖之異。索輔涼州之說，秀之漢川之利。黃牛白腹，知漢祚之復興；青綺文襦，駭神童之遽至。甄茲赤仄，集此青凫。改肉好之制，辨么幼之殊。使趙勤而不拜，勞仙翁之見呼。

至於積彼水衡，藏於少府，寶此函方，薄茲阿堵。龐儉鑿井，邴原繫樹。嘉賓施之而并盡，孔祐遇之而不顧。蒙閻敞之見還，使五倫而督鑄。發此鹿臺，銷其鍾虡。或以掛杖頭而遊酒肆，或以貯壺中而通泉路。

別有聚令貫朽，散若泉流。剗山不竭，掘地斯求。輔國鑄鐘而表異，子廉飲馬而見投。或見生塵，或聞使鬼，少則坐之堂下，多則藏之都内。塘因華信，埒聞王濟，魏文家事之占，淮陰亭長之賜。或以敵戴碩之兒，或以買王導之子。

若其安息王面之象，罽賓騎馬之形，嘲崔烈之銅臭，笑江禄之鍾鳴。送謝譓而稱愧，餞劉寵而逾清。或聞成公之著論，或以沈郎而得名。

復聞應彼白水，甄茲紫石，《周官》外府，漢靈四出。或細甚浮水，或奸聞摩質。故道穆之論尤精，賈誼之言斯極。彼鴻都之聚，西園之積，咸賣官而鬻爵，斯爲政之大失。

若乃和嶠之癖，魯褒之神。三斗嗤元誕之濫，一囊矜趙壹之貧。始興之戲袁淑，季雅之賀僧珍。利則如刀，氣或如雲。綖貫兮鵝眼，榆莢兮鯨文。當千兮直百，厚郭兮大輪。揔金銀龜貝之異，誠難爲而具陳也。宋紹興刻本《事類賦》卷一〇。

冠賦

吴淑

夫冠者，所以飾首而別成人者也。若夫藹藹揚輝，金蟬翠緌，周之委貌，夏之毋追。柱後惠文，執法近臣之服；高山側注，行人謁者之儀。

爾其本於縮縫，始於緇布，黈纊如橘，垂旒若露。楚子通梁，魯儒章甫。見諸侯之繢緌，識天王之朱組。招虞人而不進，問仲尼而寧語。卑狹已傳於梁冀，毀裂詎堪於伯父。

若其戴北斗之奇製，題南部之嘉名，文雅既訝於欣泰，簡彝復怪於陳靈。鄙宋康之示勇，傷子路之結纓。大有寬饒之制，小聞子夏之稱。彈之蓋申於知己，溺之不喜於儒生。

至於魯國紫緌，衛文大帛，奇服青雲，華纓飛翮。漢高之作竹皮，段熲之爲赤幘[一]。

[一] 段熲：原作「段穎」，據四庫本及《後漢書·段熲傳》改。

則有服玆黼冔，戴此紘綖。弁師之司五冕，彦回之惜三蟬。豈畏郭彰之截角，唯訝劉虞之補穿。

復有上元九星之華，王母晨纓之美，衛叔芙蓉之飾，籍孺鵕鸃之麗。宋文拔貂以接下，楚莊絶纓而待士。集烏曾感於曾參，飛蟬更欣於朱異。收、冔之名既異，齊、楚之制亦殊。管仲曾言於救失，孫敖方喜於行誅。嘗聞伯之獺皮，江充蟬纚，御史豸角，虎賁鶡尾，士會斅冕，晉侯端委。或以樊噲作名，或以慕容爲氏。垂緌既表於遊惰，縞武因知其不齒。

亦有冠之而曾無醜士，遺之而信是小人。雲公見戲於燒燭，江淹獨欣於採薪。見彈治於梁相，從嗜好於鄒君。望汲黯而避武帳，辭王莽而挂東門。交讓知求舊之旨，枝木聞訾聖之言。觀其飾以貂鼲，簪之玳瑁，莊子縵胡之稱，齊將兜鍪之對。賜遠遊於于禁，加進賢於李繪。或以金貂换酒，或以氅纓請罪。

又若象玄武之威，採零陵之竹，認都人之緇撮，見野夫之草服。從楚莊之好，笑夫差之欲。魏牟之諷敗縰，王升之言愛縠。

及有練纓麻冕，瓊弁金顔。宦者四星，咸加於巧士；舞人八佾，并戴乎方山。愛此附蟬，鄙夫聚鷸。范子但言於求貨，許子未聞於自織。陳思之願武弁，御史之簪白筆。皆所以表成人之義，盡文章之飾也[一]。宋紹興刻本《事類賦》卷一二。

衣賦

吴淑

黄帝垂衣裳而天下治，蓋取諸乾坤。若夫縞衣綦巾，聊樂我員，或以取睢涣之麗，或以象翬翟之文。無褐而寧能卒歲，不衷而還復災身。蜉蝣之羽，衣裳楚楚。纊爲繭而緼爲袍，袂應規而袷如矩。中山則悟其顛倒，若敖則始於藍縷。短毋見膚，長毋被土，襜則蔽前，幅聞在下。周瑜既荷於百領，南粤亦蒙於三褚。驚耿恭之穿決，訝張融之贏故。范曄致思以精微，到溉顯名於率素。襲此黼領，被兹繡裳。我載兮子佩，上玄兮下黄。笑何容之焦背，驚陳暄之上堂。楚莊既見於博袍，沈慶俄聞於急裝。

爾其更始諸于，中生偏裻，紛袢戍削，紆餘委曲。被以曳婁，樂兹安燠。戴《禮》既明於五法，齊國亦供其三服。至於彦回羅襹，邊讓襜褕，聊以旌禮，期之煖膚。美朱勃之方領，偉江充之曲裾。意惻西華之葛，價騰王導之練。至夫法圭刀之形，列鵰雁之

[一]「陳思之願」以下：原闕，據明秦汴校刊本、四庫本補。

制，刺彼維鵜，戒其在笥。既順序而有文，亦從容而不貳。或被之而象天，或斷之而離地。尹、范則互爲出入，僑、札則交相贈遺。三命有葱衡之錫，一篋慰寒泉之思。則有顯宗之嘉郭賀，宋高之喜超宗。或挂神武之門上，或爛郭文之户中。伏儉德於晏子，挹清節於祭彤。載寢而暗驚持玉，長裾而乍喜陵風。「豈曰無衣，與子同澤」。莊子之對魏王，豫讓之報智伯。亦聞美管寧之儉，歎王允之清。識榮啟之縣蓑，見董威之結縉。若夫展白無文，緑黑有裏，授之九月，戒其三褫。在齊國而曾聞至骭，入漢宮而未嘗曳地。子夏既困於縣鶉，林既亦傳於衣葦。紱見方來，繡聞直指。觀采錯於張嵊，喜斕斑於萊子。復有袁忠之詣王朗，魏文之待楊彪。江湛浣之而稱疾，子服言之而見囚。

至若朱博大袑，儁生盛服，齊桓惡紫，晉文矯俗。析淪之綱，頻斯之玉。宋景之於翡翠，田文之譏綺縠。乘大車者如菼，祭先蠶者如鞠。委委蛇蛇，象服是宜。狐尾、虎文之飾，雉頭、火浣之奇。正色、間色之異，執衽、扱衽之儀。商火、夏山之制，前方、後蚪之規。識唐帝之三浣，辨漢高之五時。逢山甫而見補，遇武公而改爲。商紂投火以蒙寶，宋明憎風而用皮。三世方知其被服，五采則見其章施。馬援都布，仲尼逢掖。麤疏既訝於馬后，鮮明復稱於王吉。或振之而因浴，或題之而見易。王敦脱故而自如，桓冲怒新而理屈。既韜文而尚褧，亦用兵而去韍。斯蓋後聖有作而治其麻絲，變上古羽皮之質。宋紹興刻本《事類賦》卷一二。

深衣可以爲文武賦

服深衣者，可爲文武

楊傑

先王蓋有法，服古者謂之深衣。惟聖賢之被體，爲文武以圖徽。中規矩而應權衡，飾身以禮；可擯相而治軍旅，助德而威。

嘗聞服不妄成，義有所主。或專用於朝聘，或止臨於仕伍。獨此深衣，創從先古。約之以法，毋被土而毋見膚；服也在人，可以文而可爲武。自天子之貴，及庶人之卑，所純則異，隨時以爲。實善衣之亞者，俟兼材而副之。應六二爻，得正義直方之節；行三千禮，盡干戈揖讓之儀。其布十有五升，其裳十有二幅。用之燕饗燕饗協，用之師田師田肅。念養老之虞氏，昔嘗在躬；非學道之仲尼，孰能稱服？大抵袞衣非不華也，不得施於武；黼裘非不功也，不足用於文。兼爾適用，此其不羣。既可次於六服，又是率於三軍。設五法者聖人，昭然有制；持二柄於天下，衣以成勳。則知賓主交其信誠，師旅奮其剛果。將者尚其右，相者處其左。則必服有制度，然後人無懈惰。兼高下短長之法，義各有歸；參會同征伐之間，施無不可。

故曰足以鍛濯[一]，服而邃深。可秉威而章化，能安志以平心。亦猶委貌者田獵之冠，燕臣亦用；鷩冕爲饗射之服，祭事其任。後之人文不足以經邦，武不足以衛社，盛服雖被，成能蓋寡。噫！得無愧於深衣？不賢而識其小者。宋紹興刻本《無爲集》卷二。

天子龍衮賦

天子龍衮，文以爲貴　錫慶院試

范祖禹

德至尊者其服稱，禮甚盛者唯君全。作龍衮以昭物，表聖人之御天。繪以文章，既盡飾身之美；□其變化，斯爲取象之先。

稽若禮經，富哉天子。内之尊也，必有以副其外；表之著也，蓋有以彰其裏。乃衣龍章，以昭德美。始惟制法，攷古象而遠觀；終乃修容，飭帝躬而光被。若夫祭以嚴備，服而示恭。采交華於五色，衣炳象於羣龍。助國體之輝赫，壯天威之肅雍。有降有升，固異三公之服；或飛或躍，蓋尊萬乘之容。觀其驤首君躬，存身帝衮。若翔雲之初矯，如在天而益遠。珮玉焉以節其行步，冕旒焉以增其赫烜。絢采章之

[一] 鍛：四庫本作「澣」。

十二，其制昭昭；賁儀禮之三千，厥容宛宛。豈不以至廣大者函夏，極崇高者聖君。不尊不顯，何以一於衆？不美不飾，何以大其勳？是必以多爲貴，有放而文。下視華蟲，豈攀鱗之可及；旁開黼黻，疑奮翼以相分。上不可以降而卑，下不可以僭而擬。四靈之瑞，唯王者之應；六衣之用，唯人君而已。宜乎尊袞冕以陳之，案禮圖而得以。是故舜帝明而作服，制所由興；周人取以登山，文爲之始。則知大而化者聖之謂，化而神者龍之爲。服之身而益顯，稱其德以攸宜。彼交以爲旂，間日星而並麗；章而作黻，配山火以猶卑。又曷若服以昭明，文惟經緯。矯如奔翥之狀，蔚若騰陵之氣。故曰衣者身之章，其斯以知天子之貴。《范太史集》卷三五。

孔子佩象環賦

劉敞

謙以比德，取其無窮。聖人雖明而若蒙，雖盈而若沖。卻佩玉以居讓，用象環而飾躬。生而知之，謙不期於比德；文爲貴者，義可見於無窮。原夫服物者常士之儀，佩用者衆人之飾。左結右設，所以助成於儼恪；退揚進揖，所以豫防於淫慝。然而非上聖之法，豈中庸之德？故我以象爲佩，因環作則。瑳而備用，識純粹之積中；循之無復聞灉湖含膏之作，龍安騎火之名。柏巖兮鶴嶺，鳩阬兮鳳亭。嘉雀舌之纖嫩，翫蟬翼之輕盈。冬牙早秀，麥顆先成。或重西園之價，或侔圓月之形。并明目而益思，豈瘠氣而侵精。又有蜀岡牛嶺，洪雅烏程，碧澗紀號，紫筍爲稱。陟仙厓而花墜，服丹丘而翼生。至於飛自獄中，煎於竹裏，效在不眠，功存悦志。或言詩爲報，或以錢見遺。復云葉如梔子，花若薔薇，輕飈浮雲之美，霜苛竹籜之差。唯芳茗之爲用，蓋飲食之所資。

宋紹興刻本《事類賦》卷一七。

煎茶賦

黄庭堅

洶洶乎如澗松之發清吹，皓皓乎如春空之行白雲。賓主欲眠而同味，水茗相投而不渾。苦口利病，解膠滌昏。未嘗一日不放箸，而策茗椀之勳者也。

余嘗爲嗣直瀹茗[一]，因録其滌煩破睡之功，爲之甲乙。建溪如割，雙井如虀，日鑄

[一]「嗣直」上，《寶真齋法書贊》卷一五有「舍弟」二字。

如㝃。其餘苦則辛螫，甘則底滯，嘔酸寒胃，令人失睡，亦未足與議。

或曰：「無甚高論，敢問其次。」涪翁曰：「味江之羅山，嚴道之蒙頂。黔陽之都濡高株，瀘川之納溪梅嶺。夷陵之壓甎，臨邛之火井。不得已而去於三，則六者亦可以酌兔褐之甌，瀹魚眼之鼎者也。」

或者又曰：「寒中瘠氣，莫甚於茶。或濟之鹽，勾賊破家。滑竅走水，又況雞蘇之與胡麻。」

涪翁於是酌岐雷之醪醴，參伊聖之湯液，斮附子如博投，以熬葛僊之堊。去藙而用鹽，去橘而用薑[一]。不奪茗味，而佐以草石之良，所以固太倉而堅作强。於是有胡桃、松實，庵摩、鴨脚，勃賀、蘼蕪，水蘇、甘菊[二]，既加臭味，亦厚賓客。前四後四，各用其一，少則美，多則惡。發揮其精神，又益於咀嚼。蓋大匠無可棄之材，太平非一士之略。厥初貪味雋永，速化湯餅；乃至中夜[三]，不

[一] 橘：《寶真齋法書贊》卷一五作「桂」。

[二] 「於是」以下，《寶真齋法書贊》卷一五作：「於是倮松實、胡桃，炰鴨跗、菴摩以濟味，折菊英、水蘇，濯勃賀、蘼蕪以爲芳。」

[三] 中夜：乾隆本《宋黄文節公文集》正集卷一二作「終夜」。

眠耿耿。既作温齊，殊可屢歃；如以六經，濟三尺法。雖有除治，與人安樂。賓至則煎，去則就榻。不遊軒后之華胥，則化莊周之蝴蝶[一]。四部叢刊影宋乾道本《豫章黄先生文集》卷一。

南有嘉茗賦

梅堯臣

南有山原兮不鑿不營，乃産嘉茗兮囂此衆氓。土膏脈動兮雷始發聲，萬木之氣未通兮此已吐乎纖萌。一之日雀舌露，掇而製之，以奉乎王庭。二之日鳥喙長，擷而焙之，以備乎公卿。三之日槍旗聳，搴而炕之，將求乎利贏[二]。四之日嫩莖茂，團而範之，來充乎賦征。

當此時也，女廢蠶織，男廢農耕，夜不得息，晝不得停。取之由一葉而至一掬，輸之若百谷之赴巨溟。華夷蠻貊固日飲而無厭，富貴貧賤不時啜而不寧。所以小民冒險而

[一] 自「既作温齊」句下，《寶真齋法書贊》作：「日饗四五，得枕而卧，夢爲蝴蝶而飛去。」蓋爲初稿，集本曾經庭堅修改。

[二] 贏：原作「𣫦」，據《古今圖書集成·食貨典》卷二九三、《歷代賦彙》補遺卷一三改。

競騖，孰謂峻法之與嚴刑？

嗚呼！古者聖人爲之絲枲絺綌而民始衣，播之禾麰菽粟而民不飢，畜之牛羊犬豕而甘脆不遺，調之辛酸鹹苦而五味適宜，造之酒醴而讌饗之，樹之果蔬而薦羞之，於茲可謂備矣。

何彼茗無一勝焉，而競進於今之時？抑非近世之人，體惰不勤，飽食粱肉，坐以生疾，藉以靈荈，而消腑胃之宿陳？若然，則斯茗也，不得不謂之無益於爾身，無功於爾民也哉！

明正統刻本《宛陵先生文集》卷六〇。

茶僧賦

方岳

林子仁名茶瓢曰茶僧，予爲之賦。

秋崖人問茶僧曰：咨爾佛子，多生糾纏，今者得度，以何因緣？豈其能重譯陸羽之經，飽參趙州之禪也與？

纍彼灌莽，翳於原田，扶種族之匏落，引苗裔之蔓延。繫有尼父之歎，磊若壺公所懸。彼軀體之擁腫而猥大者，君子雖器之，而未知其孰賢。

或刳而中，或剖而邊，士操取飲於夜澗，鳥勸行沽於春煙。曾未若爾，出家在許瓢之後，而成佛在魏瓠之先也。

試嘗爲掃除霜苗，提攜出山，衣以駞尼之淺褐，喜其梵相之緊圓，與之轉法輪於午寂，戰魔事於春眠。山童敲雲外之臼，野老掬雪中之泉。瞬木上座其少休，與竹尊者而留連。嗽冰玉之一再，搜文字之五千。然後掛維摩拂，臥潙山餅，未嘗不歎曰，奇哉此僧之精研也！明嘉靖刻本《秋崖先生小藁》卷三七。

後杞菊賦 並敘

蘇軾

天隨生自言常食杞菊。及夏五月，枝葉老硬，氣味苦澀，猶食不已，因作賦以自廣。始余嘗疑之，以爲士不遇，窮約可也，至於飢餓嚼齧草木，則過矣。而余仕宦十有九年〔一〕，家日益貧，衣食之奉，殆不如昔者。及移守膠西，意且一飽，而齋

〔一〕宦：原作「官」，據四部叢刊本《經進東坡文集事略》卷一、明萬曆刻《蘇文忠公全集》卷一及《新刊國朝二百家名賢文粹》卷一七八、《全芳備祖集》後集卷二四、《古今事文類聚》後集卷二九改。

廚索然，不堪其憂。日與通守劉君廷式，循古城廢圃，求杞菊食之，捫腹而笑。然後知天隨之言可信不繆[一]，作《後杞菊賦》以自嘲，且解之云。

「吁嗟先生，誰使汝坐堂上稱太守？前賓客之造請，後掾屬之趨走。朝衙達午，夕坐過酉。曾盃酒之不設，攬草木以誑口。對案顰蹙，舉箸噎嘔。昔陰將軍設麥飯與葱葉，井丹推去而不齅。怪先生之眷眷，豈故山之無有？」

先生听然而笑曰：「人生一世，如屈伸肘。何者爲貧？何者爲富？何者爲美？何者爲陋？或糠覈而瓠肥，或粱肉而墨瘦。何侯方丈，庾郎三九。較豐約於夢寐，卒同歸於一朽。吾方以杞爲糧，以菊爲糗。春食苗，夏食葉，秋食花實而冬食根，庶幾乎西河、南陽之壽。」宋刻本《東坡集》卷一九。

蘇軾《與寶覺禪老》（明《蘇文忠公全集》卷六一） 近有《後杞菊賦》一首，寫寄，以當一笑。

張耒《杞菊賦・序》（《柯山集》卷一） 予到官之明年，以事之東海，道漣水，漣水令盛僑以蘇子瞻先生《後杞菊賦》示予。予不達世事，自初得官即不欲仕，而親老矣，家苦貧，冀斗升之粟以

[一] 天隨：《經進東坡文集事略》卷一作「天隨生」。

紓其朝夕之急。然到官歲餘，困於往來奔走之費，而家之窘迫益甚。向日悲愁歎嗟，自以爲無聊，既讀《後杞菊賦》而後洞然。如先生者猶如是，則予而後可以無歎也。

《烏臺詩案·與王詵往來詩賦》 當年並熙寧九年内作《薄薄酒》，又《水調歌頭》一首，復有《杞菊賦》一首並引。不合云：「及移守膠西，意其一飽。而始至之日，齋館索然，不堪其憂。」以非諷朝廷新法，減削公使錢太甚，齋醞廚薄事皆索然無備也。

《容齋五筆》卷七《東坡不隨人後》 自屈原詞賦假爲漁父、日者問答之後，後人作者悉相規倣。司馬相如《子虛》、《上林賦》以子虛、烏有先生、亡是公，揚子雲《長楊賦》以翰林主人、子墨客卿，班孟堅《兩都賦》以西都賓、東都主人，張平子《兩都賦》以憑虛公子、安處先生，左太冲《三都賦》以西蜀公子、東吳王孫、魏國先生，皆改名換字，蹈襲一律，無復超然新意稍出於法度規矩者。晉人成公綏《嘯賦》，無所賓主，必假逸群公子，乃能遣詞。枚乘《七發》，本只以楚太子、吳客爲言，而曹子建《七啟》，遂有玄微子、鏡機子。張景陽《七命》，有冲漠公子、殉華大夫之名。言話非不工也，而此習根著，未之或改。若東坡公作《後杞菊賦》，破題直云：「吁嗟先生，誰使汝坐堂上稱太守？」殆如飛龍搏鵬，騫翔扶摇於煙霄九萬里之外，不可搏詰，豈區區巢林翾羽者所能窺探其涯涘哉？

李耆卿《文章精義》 班固賦設問答最弱，如西都責東都主人之類。至子瞻《後杞菊賦》起句云：「吁嗟先生，誰使汝坐堂上稱太守。」便自風采百倍。

洪咨夔《著圖書所記》（《平齋集》卷九） 余誦天隨子《杞菊賦》，愛之，因取「著圖書所」名閑居之室。菊坡爲灑其扁，廉頑立懦之風可挹也。

《浩然齋雅談》卷上 甫里有《杞菊賦》，東坡有《後杞菊賦》，張南軒有續賦，夏樞密亦有續賦，亦各有意。

王若虛《文辨》（《滹南集》卷三四） 東坡《杞菊賦》云：「或糠覈而瓠肥，或粱肉而墨瘦。」諸本皆同。近觀秘府所藏公手書此賦，無瓠墨二字，固當勝也。

白珽《湛淵静語》卷一 舊讀天隨生、坡公、南軒三君子《杞菊賦》，皆食菊之苗耳。屈子「餐秋菊之落英」，都是食其花。

又 東坡《杞菊賦》末云：「吾方春食苗，夏食葉，秋食花，冬食根，庶幾乎西河、南陽之壽。」潁濱則不然，有詩曰：「春初種菊助盤蔬，秋晚開花插滿壺。微物不多分地利，終年乃爾任人須。天隨匕箸幾時輟，彭澤樽罍未遽無。更擬食根花落後，一依本草太傷渠。」長者之言也，不待食菊而自壽矣。

杞菊賦

張耒

予到官之明年，以事之東海，道漣水，漣水令盛僑以蘇子瞻先生《後杞菊賦》

示余。余不達世事，自初得官即不欲仕，而親老矣，家苦貧，冀斗升之粟以紓其朝夕之急。然到官歲餘，困於往來奔走之費，而家之窘迫益甚。向日悲愁歎嗟，自以爲無聊，既讀《後杞菊賦》而後洞然。如先生者猶如是，則余而後可以無歎也。

有蓬四垣，張子居官。童子晨謁，有駒在門。張子迎客，平生故人。予致其勤，餽客以飧。擷露菊之清英，剪霜杞之芳根。芬敷滿前，無有馨膻。客愠而作，謂余曷然？張子始歎，終笑以言：「陋雖爾棄，分則余安。子聞之乎？膠西先生，爲世達者，文章行義，遍滿天下。出守膠西，曾是不飽。先生不愠，賦以自笑。先生哲人，太守尊官，食若不厭，況於余焉！不稱是懼，敢謀其它？請卒予説，子無我嗟。冥冥之中，實有神物，主司下人，不間毫髮。夫德不稱享者殃，勞不償費者罰。予身甚微，余事甚賤，聊逍遥於枯槁，庶自遠於人患。」客謝而食，如膏如飴。兹山林之所樂，予與爾其焉之[一]。明趙琦美鈔本《張右史文集》卷一。

[一] 焉：四庫本、民國刻本作「安」。

後杞菊賦

張栻

張子爲江陵之數月，時方中春，草木敷榮，經行郡圃，意有所欣。非花柳之是問，眷杞菊之青青。爰命採擷，付之庖人。汲清泉以細烹，屏五味而不親，甘脆可口，蔚其芳馨。蓋日爲之加飯，而它物幾不足以前陳。飯已捫腹，得意謳吟。

客有問者曰：「異哉，先生之嗜此也！昔坡公之在膠西，值黨禁之方興，歎齋廚之蕭條，乃攬乎草木之英。今先生當無事之世，據方伯之位。校吏奔走，頤指如意。廣廈延賓，毬場享士。清酒百壺，鼎臑俎胾。宰夫奏刀，各獻其技。顧無求而弗獲，雖醉飽其何忌？而乃樂從夫野人之餐，豈亦下取乎葑菲？不然，得無近於矯激，有同於脱粟布被者乎？」

張子笑而應之曰：「天壤之間，孰爲正味？厚或腊毒，淡乃其至。猩脣豹胎，徒取詭異；山鮮海錯，紛糾莫計。苟滋味之或偏，在六府而成贅。極口腹之所慾，初何出乎一美。惟杞與菊，中和所萃，微勁不苦，滑甘靡滯，非若他蔬，善嘔走水。既瞭目而安神，復沃煩而蕩穢。驗南陽與西河，又頹齡之可制。此其爲功，曷可殫紀？況於膏粱之習[一]，貧賤則廢；雋永之求，不得則恚。茲隨寓之必有，雖約居而足恃。殆將與之終身，又可貽夫同志。子獨不見吾納湖之陰乎？雪消壤肥，其茸萋萋。與子婆娑，薄言掇之。石銚瓦椀，啜汁咀虀。高論唐虞，詠歌《書》、《詩》。嗟乎！微斯物，孰同先生之歸？」

於是相屬而歌，殆日晏以忘飢。明嘉靖刻本《新刊南軒先生文集》卷一。

《黄氏日抄》卷三九《續杞菊賦》云：「天壤之間，孰爲正味。厚或腊毒，淡乃其至。」

菊賦 並序

喻良能

喻子有轉園二畝，畦菊百本，日遊其間，乃爲之賦。其辭曰：

西風兮東籬，金英兮紫枝。著嘉名兮既遠，豈衆卉兮等夷。標黄華兮《月令》，寓

[一] 膏粱：原作「膏梁」，據四庫本及《古今事文類聚》後集卷二九、《御定歷代賦彙》卷一〇〇、《佩文齋廣群芳譜》卷四九改。

落英兮《楚辭》。生高岡兮蠋原隰，吟鮑昭兮賦潘尼。互松兮偕杞徑，淵明兮宅天隨。秋日兮淒淒，秋露兮離離。萬木槁兮既下，一雁鳴兮初飛。送孟嘉兮帽落，逆王弘兮白衣。其操兮箕山之潔，其韻兮竹林之絶。瀏兮禦寇之御風，慄兮馬曹之泛雪。臨清流兮子陵之居瀨，含夕霏兮真長之望月。

孤叢兮特秀，幽杳兮微透。紫蝶兮黄蜂，凛既寒兮猶淒。聘芙蓉以爲妃兮，命秋蘭以爲友。官槐斂迹以香逝兮，巖桂容沮而色黝。揖江梅以先發兮，曰子之茂兮其庸可後。邀黄葵以旅處兮，曰珠玉其在側，予豈不知予之陋。一束既多兮魏帝之賜，少者百年兮甘谷之壽。枝葉老硬兮飽予腹於五月，葩華丰好兮悦予目於重九。歲植百本，日遶百匝兮，抑臨風而三齅。四庫本《香山集》卷一。

甘菊賦

范浚

爾英之可藥兮，將使人壽而不死，因見髡於朱孺子。爾華之可蔬兮[一]，將使人飢而

[一] 華：原作「葉」，據四庫本改。

得羹，因見戮於天隨生。既髡既戮，根莖瘁秃。爾曾不如不材之木，大爲櫟瘿，細爲卷曲，永無濟世拯人之用兮，迄天年於窮谷。四部叢刊本《范香溪先生文集》卷七。

植菊賦

曾協

余問舍之未遂，憩供佛之餘屋。得閒地之函丈，遠莫待於種木。聊因既雨之澤，植以未霜之菊。商吹始披，朝露新沐。脱落塵坌，悦暢心目。斯時也，天地將塞，歲晏風積，飉浡澥以摇動，攬鄧林而辟易。洶洶蕘蕘，柯改葉脱。日將旦而起視，慘喬木之無色。旋俯盼於孤芳，曾不磷堅而淄白。瞻柔弱之自持，羡光彩之相射。彼羣妍之競春，散紅紫之紛如。顧慶賞之未已，倏顛沛於須臾。乍烏合而鳥散，正比夫市人之與販夫。況白頭之如新約，久要於索居。何此華之挺特，冀再蒇而猶初。處顧盼之近地，期香盡而色渝。豈跗萼之膠固，卒自遠於泥塗。當三徑之就荒，扳孤松以爲徒。形傳畫史之譜，功載醫師之書。還翠葆於槁項，滅空華於清矑。奉晨昏於甘旨，欣壽母之顔朱。故得英實騷人之腹，苗登天隨之案，供南陽之汲飲，入東籬之把玩。偉微物之異稟，宜君子之屢觀。命家僮以封植，俾本根之無患。春茁兮秋芳，永作幽人之伴。四庫本《雲莊集》卷一。

菊花賦

陳藻

律中無射兮，其聲商以高。金飇遒勁兮，朘百草而薨膏。清灝流地，特形一毛。醒方蘇於舊荄，脈已奮乎枝柯。津至有涯，葉窮秋毫。究舒厥盛，萼布嗷嘈。散散黃英，其情若何？土階茅屋，明良賡歌。富貴不淫，淫非吾曹。禹食非兮，溝洫勞。湯德且慙，孰恣於遨。艱難王業，周琢而磨。身弋綈兮道德麗，心經理兮投厥戈。曉露團團兮，曷瓊旒之孔多。數君恍其胥會兮，觀濟濟乎上袍。坤裳之德弸中彪外兮，藹相輝而盪摩。寂寥兮瀟灑，屋籬兮山阿。匪陶兮愛汝，乃汝兮則陶。蘂含章兮，叢婆娑。振振童子，標格非凡，志凌穹漢，迹混蓬蒿。展葉敷華，玉宇澄虛，青青衿佩，以翔以翱。崇臺顯榭，低回苦思，或謙光而抑抑；柴開蓽户，體胖心廣，或渙發而嚻嚻。或煙帷月幌，緣詩太瘦，鼓舞吟哦；幽姿逸態，層崖峻阜，寧肥遯兮與決科。千菲萬艷，其藻固掞天庭兮，名圈兮利牢。貌爽而癯，意肅而豪。甘忍飢以香廉，嗃撑腹而臭饕。芳譽籍籍，聘書徵入，警峭嵯峨。有人若我，異彼惡草，誰賦《離騷》？秦筆以刀，嗟俗吏之滔滔者哉！

爾其歷蘭省，步華館，坐邃閣兮正秘書之舛訛，審直辭而貶褒。序庠潔己以爲師，揚德馨於俊髦。徜徉容與乎金閨玉堂之内，判花視草，芬馥兮酷烈，秀茂兮森羅。霜臺凛凛，胡斥非慆。三軍出帥，靡頑弗鏖。作秋官於圜扉，刑自嚴而不苛。上公雖尊，吐哺迎客，誰飫豚羔。賤貴者時，吾常未始改兮，委委佗佗，如山如河。太陽正照，襟袍惟冷，齦齦庸流，微風生濤。肌膚可萎，氣餒詎可奪兮，縱十九載於匈奴，漢節不放而落旄。重九良辰，運來難逃。舉世我趨，榮傾敗荷。惜哉寸晷，容易蹉跎，明日人心，棄我粕糟。然其衰也，亦國老之皤皤。諸年少其焉如，太子安而不他。

是故歷代議養，執爵余飲，先萬乘而酕醄。毛嬙麗姬，鬒髮如雲，選花插髩，吾不使遭。讀書之眼，翳膜生眥[一]，神入其眶，耿如秋波。或乃三枝兩簇，散漫疎成，騷人墨客，適爾相過。千株萬朵，間以他卉，王孫公子，來往如梭。繁盛滿園，一望數畝，良金幾籯，敵此富有，非天下之至貴，孰能與於此哉！

[一] 眥：原作「皆」，據文意改。

萬物備我，不藏不韜。得之者性，失之者魔。愛玩不已，三嗅而作，吾執吾友，邪揄咍呵。遂相與言；不知者從乎優婆，採而獻諸蕃夷之摩訶；知之者從乎孟軻，而訪於酒糟也。

辭曰：　饑有饌兮丹霞拖，渴有飲兮涼雨沲，魂雖悦兮亡血臊。精物何産於厚地兮，全一清而予操。予將辟穀兮矧雞鵝，專餌汝兮亶至和。寒無用兮衣蓑。白日上升，舟兮誰篙？奚待尋乎海山兮六鼇。徐福去兮空回艘，彼不火食兮，啗仙杏與蟠桃，或棗或栗兮或蒲萄。飡术之實，不若飡其華之效。頃兮俄，乘羽化兮辭舊窠。朝玉帝兮履舃靴，下視塵寰兮天弢。慕我不及，歎白頭兮悶搔。四庫本《欒軒集》卷四。

種藥賦 並序

李復

藥，山蘋也，求必養之，而後用焉。

春芳條兮施於灌木，有隱德兮被褐而懷玉。是斷是遷兮出自幽谷，俾安其居兮益之以霢霂。俄月日於邁兮實繁其族，雨雪維霰兮何葵之衛足。烝之浮浮兮以果吾腹，惟予之疾兮惟爾之毒。四庫本《潏水集》卷七。

四君子湯賦

李石

藥固多變，味因以殊。一出聖人之制，四名君子之徒。執德而居，豈但反隅之舉？分方而治，足供調鼎之須。

原夫神農既已著經，黄帝因而治己。七十毒也，我固知味；四百病也，誰適可使？力調造化，謂君者爲群善之君；心在扶持，如子者乃通稱之子。肩股具體，齒齡可期。喬松下兮負仙人之質，百草魁兮荷國老之姿。權衡自有輕重，臭味何敢差池？左右前後，小人屬饜於此；元亨利貞，天下咸樂從之。且以子桑裹飯兮，以不貧爲憂；顔回飲瓢兮，以獨樂爲喜。酥酪鴈行兮，蒙起死之懿；膏粱稚子兮，有更生之美。將軍拔劍，自割肉以就烹；宰相隔牆，悟飲醇於妙理。

大抵氣之運也，或濕或燥；人所感也，有炎有涼。得不按之以脈，醫之以方？伏羲致无妄之喜，宣尼有未達之嘗。最調和之得所，縱瞑眩以何傷？此治人之强弱，況醫國之存亡。遂令觔下安危，因吐哺而歸漢；鼎中强弱，用滋味以干湯。

且以六官兮有國醫，六職兮爲尚藥。由中及外，爲益不少；自邇至遠，其利甚博。

方劑之書，若繁而簡；經濟之用，蓋詳而約。吹咀之誠既至，刀圭之仙可作。化人之國，繼周滿之遨遊；聖壽無疆，邁武王之安樂。迹夫造化小兒，固有百種，膏肓童子，豈無一薰？常不死者，此固有道，羡久生者，盍尊所聞。以標本而爲主，以佐使之從君。五福壽爲先，兹爲皇極；十全次爲上，永馭人群。

異哉！已然者治於未然，有備者愈於無備，藏室之抱一，聖門之絶四。大哉！四君子湯乎，此吾醫國之本意。清乾隆翰林院鈔本《方舟集》卷一。

酒賦

吴淑

魚麗於罶[一]，鰋鯉。君子有酒，旨且有。若夫儀狄初制，少康造始，九投百品之精，一宿三重之美。既陰陽之相感，亦吉凶之所起。挹此思柔，誦兹反耻。則有優韋曜而賜荈，爲穆生而置醴。定國數石而精明，鄭玄一斛而温偉。三日僕射，百錢阮子。陳諫每唱於迴波，養性亦澆於壘隗。

[一] 麗：原作「離」，據原注及《詩經・小雅・魚麗》、明秦汴校刊本、四庫本改。

爾其樂茲在鎬，挹此如澠。法鄭君之能釀，憶劉伶之解酲[一]。山濤既聞於八斗，陸納才堪於二升。陶侃則過限便止，孔顗則彌月不醒。文舉啁曹公之禁，簡雍譏先主之刑。伐木許許，釃酒有萸。傾荒外之樽，採海中之樹。三雅既聞於劉表，百榼仍傳於子路。賞鍾會之不拜，美孟嘉之得趣。酌此中聖，賜之上尊。梁武之稱臧盾，謝奕之逼桓溫。行朱虛之軍法，醉丞相之後園，或投醪而感義，或舉杯而殺人。謝朏曾聞於指口，管仲嘗憂其棄身。飲之孔偕，樂此今夕。營彼糟丘，溺茲窟室。子良持鎗以乍進，延之據鞍而自適。既營度於五齊，亦均調乎六物。遺羊祜而弗疑，折張昭而屢屈。嘉皇甫之質厚，鄙王琨之儉嗇。則有眠畢卓之瓮，入步兵之廚，飲瀛洲之玉膏，挹南岳之瓊酥。亦聞醉裏遺冠，甕頭加帽，銀鐺之寵思話，縹醪之賜崔浩。裴粲則勤以獻誠，陰鏗則仁而獲報。逢括頸於消難，見傾家之次道。復聞孔群喻之糟肉，公孫積其麴封。顯父之餞百壺，唐堯之舉千鐘。豈顧季鷹之身後，且醉高歡之手中。應彼東風，醞茲狂藥，冬釀兮夏成，汾清兮鄴酌。亦云王瞻三術，鄭舒五罪，漢有長樂之儀，吳有釣臺之會。一斗河東之賜，千日中山之醉。蘇微爲之而成疾，慶封爲之而易內。

[一] 劉伶：原作「劉靈」，據明秦汴校刊本、四庫本及《世説新語·任誕》改。

至若老羌之渴，次公之狂，倒山公之接離，脱相如之鷫鸘。故其成禮而弗繼以淫，無量而不及於亂。唯公榮而不與，獨崔暹而可勸。禮成宴醧，名稱聖賢。湛酒泉而在地，瞻酒旗之麗天。味兼百末，價重千錢。嘗美味於酃湖，酌不極於青田。復聞敗見宋樽，怪消秦獄，或以青州作號，或以建康爲目。名傳上頓，味稱美禄。阮孚以金貂相換，淵明以葛巾見漉。亦云曲阿既釀，邯鄲被圍，步白楊之野，坐黄菊之籬。高允敗德以爲訓，元忠坐酌而自怡。或取陶陶之樂，或矜抑抑之儀。

及夫行車酌醴，鳴鐘舉燧，哺糟兮歠醨，舉白兮揚觶。高昌洿林之貢，西域蒲桃之味。或以蟹螯俱執，或以彘肩并賜。《禮》有生禍之語，《書》著崇飲之旨。邴原有廢業之憂，范泰述傷生之理。苟忘濡首之戒，將貽腐脅之斃。故三爵以退，而百拜成禮。所以喻之於兵而譬之於水也。宋紹興刻本《事類賦》卷一七。

述釀賦

梅堯臣

少居楚鄉，楚多釀者，故惼識酒之然。夫酒之作也，必良其器，必香其泉。法式具舉，酸敗罕旃。取有豐約，味有醲泊，則曰聖曰賢。和神懌氣，積日彌年。自時厥後，兹道寖隳。昔飲其醇，今飲其醨。昔也熙熙，終日不亂，舒暢四肢；今也冥冥，迷魂倒魄，不知其醒。吾觀於世，未始達此。

夫以天下爲壚罌，兆庶爲粱米，君臣爲麴蘖，道德爲酒醴，酣仁漱義，四海薰和，莫知所以。逮乎率土澆弊，材不授矣；君臣乖異，法不施矣；道德遂薄，酒弗飴矣；餔詐啜僞，昏然而無歸矣。安得滌其具，更其術，時其物，清其室，然後漬以椒桂，侑以棖橘，吾將霑醉乎窮日。明正統刻本《宛陵先生文集》卷六〇。

濁醪有妙理賦 神聖功用，無捷於酒

蘇軾

酒勿嫌濁，人當取醇。失憂心於昨夢，信妙理之疑神。渾盎盎以無聲，始從味入；杳冥冥其似道，徑得天真。

伊人之生，以酒爲命。常因既醉之適，方識此心之正。稻米無知，豈解窮理；麴蘖有毒，安能發性。乃知神物之自然，蓋與天工而相並。得時行道，我則師齊相之飲醇；遠害全身，我則學徐公之中聖。湛若秋露，穆如春風。疑宿雲之解駁，漏朝日之暾紅。初體粟之失去，旋眼花之掃空。酷愛孟生，知其中之有趣；猶嫌白老，不頌德而言功。兀爾坐忘，浩然天縱。如如不動而體無礙，了了常知而心不用。坐中客滿，惟憂百榼之空；身後名輕，但覺一盃之重。

今夫明月之珠，不可以襦。夜光之璧，不可以餔。芻豢飽我而不我覺，布帛燠我而不我娱。惟此君獨遊萬物之表，蓋天下不可一日而無。在醉常醒，孰是狂人之藥；得意忘味，始知至道之腴。又何必一石亦醉，罔間州閭；五斗解酲，不問妻妾。結韈廷中，觀廷尉之度量；脱韡殿上，夸謫仙之敏捷。陽醉逿地，常陋王式之褊；嗚歌仰天，每譏楊惲之狹。我欲眠而君且去，有客何嫌；人皆勸而我不聞，其誰敢接？殊不知人之齊聖，匪昏之如。古者晤語，必旅之於。獨醒者，汨羅之道也；屢舞者，高陽之徒歟？惡蔣濟而射木人，又何狷淺；殺王敦而取金印，亦自狂疏。故我内全其天，外寓於酒。濁者以飲吾僕，清者以酌吾友。吾方耕於渺莽之野，而汲於清泠之淵，以釀此醪，然後舉窪樽而屬予口〔一〕。宋刻本《東坡後集》卷八。

《冷齋夜話》卷一 東坡曰：予少官鳳翔，行山求邸，見壁間有詩曰：「人間無漏仙，兀兀三杯

〔一〕予：原作「無」，據《皇朝文鑑》卷一一、《歷代賦彙》卷一〇〇改。四庫本《東坡全集》卷三三作「吾」。

醉。世上没眼禪，昏昏一覺睡。雖然没交涉，其奈略相似。相似尚如此，何況真箇是。」故其海上作《濁醪有妙理賦》曰：「嘗因既醉之適，方識人心之正。」然此老言人心之正，如孟子言性善，何以異哉？

《碧溪詩話》卷八　子瞻賦《濁醪有妙理》，首句云：「酒勿嫌濁，人當取醇。」其末乃曰：「濁者以飲吾僕，清者以酌吾友。」復立分別，則是濁醪無妙理矣，豈非萬斛洶湧，不暇點檢故歟？

《西溪叢語》卷上　東坡《濁醪有妙理賦》云：「濁者以飲吾僕，清者以飲吾友。」僕謂我也，或以爲奴僕，誤矣。

《敬齋古今黈》卷八　東坡《跋晁補之所藏與可畫竹》云：「《莊子》『世無有誰，知此疑神』。」四注本載東坡自説云：「孔子曰：『吾猶及史之闕文也。』自予少時，見前輩皆不敢輕改書，故蜀本大字書皆善本。《莊子》曰『用志不紛，乃疑於神』，此與《易》『陰疑於陽，必戰』，《禮》『使人疑汝於夫子』同。今四方本皆作凝。」又《濁醪有妙理賦》云：「失憂心於昨夢，信妙理之疑神。」四注本據此説，一斷以爲疑神。又《酒賦》云：「遊物初而神凝兮，反實際而形開。」則注家無所説。冶曰：四注所援東坡之説，吾恐非蘇子之言也。信如蘇子之言，則蘇子之見，厥亦偏矣。所謂「先輩不敢改書」，是固有理。若斷「凝神」以爲「疑神」，則吾不知其説也。《莊子》謂「用志不分，乃凝於神」，正如《繫辭》所謂「精義入神以致用」也。今東坡以爲與「陰疑於陽」、「使人疑汝於夫子」同，殆非也。案：張淏《雲谷雜紀》謂用志不分乃疑於神之語，出於《列子》，改作凝者，誤。與此所論有異。何者？陰疑於陽，乃見疑於陽。使人疑汝於夫子，乃見疑於人，此用志不分，亦見疑於神乎！凡人之心，以先入者爲主。東坡蜀人，先見蜀本，因目生心，承文立義，皦如星日，牢如膠漆，久之又久，心與理化，忽覽别本，如覩怪物，矛前盾後，能無改乎？東坡以蜀本爲善本，而四方本皆後人所改。又安知四方本不爲善本，而蜀本獨非前人之誤乎？

《歷代詩話》卷二〇《吾僕》　蘇軾《濁醪有妙理賦》云：「濁者以飲吾僕，清者以飲吾友。」吴旦生曰：杜子美《晦日》詩：「濁醪有妙理，庶用慰沈浮。」東坡因以爲題。按：昔人自稱曰僕，謂飲己以濁，而飲友以清也。或作奴僕之僕，非。

《賦話》卷三　宋蘇軾《濁醪有妙理賦》云：「得時行道，我則師齊相之飲醇；遠害全身，我則學徐公之中聖。窮通皆宜，纔是妙理。」通篇豪爽，而有雋致，真率而能細人，前無古人，後無來者。

濁醪有妙理賦次東坡韻　神聖功用，無捷於酒

李綱

盡棄糟粕，獨留精醇。導性理以通妙，知麯糵之有神。融方寸於混茫，處心合道；齊天地於毫末，遇境皆真。

厥初生民，時維司命。天有星以垂象，周建官而設正。泉香器潔，既曲盡於人爲；

氣烈味甘，乃資陶於天性。蓋百禮之所須[一]，寧五漿之可並。荒耽失職，當戒羲和之湎淫；温克自將，宜法文武之齊聖。良辰美景，明月清風。沸新篘之蟻白，滴小槽之珠紅。味流霞而細酌，掃浮雲之一空。醇德可嘉，頌觚瓢於劉子；醉鄉不遠，記風土於無功。恍爾神遊，窈然心縱。天光泰定而遺萬物，根塵解脱而忘六用。藉之飲藥，能資疾疢之痊；或使墜車，豈覺死生之重。

嗟夫！此異隨珠，寒可當襦；此異和璧，飢可代餔。療飢寒以飽暖，化憂忿爲懽娱。信麴生之風味，豈待坐之可無。霞散冰肌[二]，謝仙人之石髓；紅潮玉頰，殊北苑之雲腴。又曷貴盜醉甕下，見鄙州閭；得飲墦間，歸驕妻妾。三升起待詔之戀，千首矜翰林之捷。分田種秫，未訝淵明之迂；看劍引盃，更覺少陵之俠。治則醒而亂則醉，其智足稱；飲愈多而貌愈恭，其賢可接。是知察行觀德，莫酒之如。自昔達者，必取之歟。飲而粹者元魯山之德也，飲而拙者陽道州之政歟。袒裼相從，笑竹林之七逸；供帳出餞，賢都門之二疏。

[一] 百禮：《歷代賦彙》卷一〇〇同。道光刻本作「百體」。
[二] 霞散：《歷代賦彙》卷一〇〇同。道光刻本作「霧霰」。

故我取足於心，得全於酒。内以此而怡弟昆，外以此而燕賓友。雖一盃與一石同酣適之功，又何必吸百川以長鯨之口！四庫本《梁谿集》卷四。

《賦話》卷五　宋李綱《濁醪有妙理賦次東坡韻》云：「醇德可美，頌瓢觚於劉子；醉鄉不遠，記風土於無功。」又云：「霞散冰肌，謝仙人之石髓；潮紅玉頰，殊北苑之雲腴。」可與原唱競爽，而豪蕩之氣，微不逮矣。通篇次韻到底，創見於忠定此篇。

《春暉園賦苑卮言》卷六　賦通篇次韻到底，創見於李綱和東坡《濁醪有妙理賦》。雖豪蕩之氣未逮，而其中警句云：「醇德可親，頌瓢觚於劉子；醉鄉不遠，記風土於無功。」又云：「霞散冰肌，謝仙人之石髓；潮紅玉頰，殊北苑之雲腴。」亦可與原作競爽。元方虛谷《白鹿洞賦》，亦次朱子韻。

宋代辭賦全編卷之七十七

賦 飲食 二

洞庭春色賦 並引

蘇軾

安定郡王以黄柑釀酒，名之曰洞庭春色。其猶子德麟得之以餉予。戲作賦曰：

吾聞橘中之樂，不減商山。豈霜餘之不食，而四老人者遊戲於其間？悟此世之泡幻，藏千里於一斑。舉棗葉之有餘，納芥子其何艱。宜賢王之達觀，寄逸想於人寰。嫋嫋兮春風[一]，泛天宇兮清閒。吹洞庭之白浪，漲北渚之蒼灣。攜佳人而往遊，勤

[一] 春：原作「秋」，據《經進東坡文集事略》卷二、《吳郡志》卷三〇、三希堂石刻改。

霧鬢與風鬟[一]。命黄頭之千奴，卷震澤而與俱還。糅以二米之禾，藉以三脊之菅。忽雲烝而冰解，旋珠零而涕潸。翠勺銀罌，紫絡青綸。隨屬車之鴟夷，款木門之銅鐶。分帝觴之餘瀝，幸公子之破慳。我洗盞而起嘗，散腰足之痹頑。盡三江於一吸，吞魚龍之神姦。醉夢紛紜，始如髦蠻。鼓包山之桂楫[二]，扣林屋之瓊關。卧松風之瑟縮，揭春溜之淙潺。追范蠡於渺茫，弔夫差之惸鰥。屬此觴於西子，洗亡國之愁顔。驚羅襪之塵飛，失舞袖之弓彎。覺而賦之，以授公子曰：「烏乎噫嘻！吾言夸矣，公子其爲我刪之。」宋刻本《東坡後集》卷八。

蘇軾《與陳季常》（《蘇文忠公全集》卷五三）　在定日作《松醪賦》一首，今寫寄擇等，庶以發後生妙思，着鞭一躍，當撞破煙樓也。長子邁作吏，頗有父風。二子作詩騷殊勝，咄咄皆有跨竈之興，想季常讀此，捧腹絶倒也。

[一] 勤：原作「勒」，據《經進東坡文集事略》卷二、《吳都文粹》卷六、三希堂石刻改。
[二] 包：原作「巴」，據《經進東坡文集事略》卷二、《古今事文類聚》續集卷一三、三希堂石刻改。

又《自跋洞庭春色賦中山松醪賦》（《三希堂石刻》）始，安定郡王以黄柑釀酒，名之曰「洞庭春色」。其猶子德麟，得之以餉余，戲爲作賦。後余爲中山守，以松節釀酒，復爲賦之。以其事同而文類，故録爲一卷。紹聖元年閏四月廿一日，將適嶺表，遇大雨，留襄邑，書此。東坡居士記。

黄庭堅《書子瞻松醪賦後》（《豫章先生遺文》卷九）文章雲起風生，筆力山崩海立，非東坡先生，其孰能之？崇寧元年四月乙巳，蕭明之追余於太平山，書此。某甥洪炎同觀。

又《跋東坡思舊賦》（《山谷全書》别集卷六）東坡先生書，浙東西士大夫無不規摹，頗有用意精到，得其髣髴。至於老重下筆，沈著痛快，似顔魯公、李北海處，遂無一筆可尋。丹陽高述、齊安潘岐，其人皆文藝，故其風聲氣格見於筆墨間〔一〕，造作語言，想像其人，時作東坡簡畢，或能亂真，遇至鑑則亦敗矣。不深知東坡筆法者〔二〕，用余言求之，思過半矣。東坡書，彭城以前猶可僞，至黄州後掣筆極有力，可望而知真贋也。建中靖國元年四月乙未，早發峽州，舟中書。

《邵氏聞見後録》卷一九　柑橘二物，《草木書》各爲一條。安定郡王以黄柑釀酒，曰「洞庭春色」。東坡之賦，皆用橘事。豈以橘條下云，「其類有朱柑、乳柑、黄柑、石柑」乎？夫柑無故

〔一〕格：原作「俗」，據《豫章先生遺文》卷一一改。
〔二〕法者：原脱，據《豫章先生遺文》卷一一補。

事，名「洞庭春色」，亦橘也。

《苕溪漁隱叢話》後集卷四 《宋景文筆記》云：「蜀人見物驚異，輒曰噫嘻。李太白作《蜀道難》，因用之。汾、晉之間，尊者呼左右曰咄，左右必曰諾，而司空圖作《休休記》又用之。修書學士劉義叟爲余言：《晉書》『咄嗟而辦』非是，宜言『咄諾而辦』，然咄嗟前世人文章中多用之，或自有義。」苕溪漁隱曰：蘇子瞻，蜀人也，作《後赤壁賦》云：「嗚呼噫嘻！我知之矣。」《洞庭春色賦》云：「嗚呼噫嘻！我言夸矣。」皆用此語。

又後集卷三三 《詩説雋永》云：「秦湛處度爲韓膺胄作《枝巢詩》。建炎間在會稽，一日語仅云：『先得兩句：大勝商山老，同居一木奴。杌夌危中壘，高聳垛中雛。』未知後成篇否？」苕溪漁隱曰：《玄怪録》云：「巴邛人家有橘園，霜後諸橘盡收，餘二大橘如三、四斗盎，巴人異之，即令攀摘，輕重亦如常橘。剖開，每橘有二老人，相對象戲，談笑自若。一叟曰：橘中之樂，不減商山，但不得深根固蒂，爲人摘耳。」處度此詩，殊不善用事，此但言橘中之樂，不減商山，烏得便謂商山老？每橘有二老人，亦烏得謂之同居也？若東坡《洞庭春色賦》云：「吾聞橘中之樂，不減商山，豈霜餘之不食，而四老人者遊戲於其間。」謝無逸《詠橘詩》云：「巴邛清霜後，獨餘兩大橘。一朝剖而食，四老欣然出。乃知避世士，退藏務深密。」皆善用事，無疵病可指摘也。

《吴郡志》卷三〇 真柑出洞庭東、西山。柑雖橘類，而其品特高，芳香超勝，爲天下第一。浙東、江西及蜀果州皆有柑，香氣標格悉出洞庭下，土人亦甚珍貴之。其木畏霜雪，又不宜旱，故不能多植，及持久方結實。時一顆至直百錢，猶是常品，稍大者倍價。併枝葉剪之，飣盤時金碧璀璨，已可人矣。安定郡王以釀酒名洞庭春色，蘇文忠公爲作賦，極道包山震澤土風，而極於追鴟夷而酌西子，其貴珍之至矣。又有「三日手猶香」之詞，則其芳烈又不待言而知。

王世貞《跋坡老洞庭春色中山松醪二賦》（《弇州續稿》卷一六一）《洞庭春色》、《山中松醪》二賦，實此公《酒經》之羽翼，成而絕愛之，往往爲客書，所謂「人間合有數十本」者。余與敬美所見石本，一則草而瘦，一則楷而放，與此迹頗不同。此迹不惟以古雅勝，則姿態百出而結構緊密，無一筆失操縱，當是眉山最上乘，觀者毋以墨猪迹之可也。賦語流麗伉浪，亦自可兒。計此公將過嶺，留襄城，恰得五十九歲，與余正同。余不赴刑部侍郎，庶可免嶺外遊。第斷米汁來僅旬日，已與二賦無緣，不知此公而在，能首肯否？

婁堅《學古緒言》卷二三　信筆作草書，素盡又及於楮，覺筆墨氣韻，便爾有分，非楮不逮素也。聞之郡中善裝潢一老人，自嘉靖中倭夷人犯後，絕無佳紙。其言殆不妄。今吴俗雖趨於靡，工巧或有加於前，而絕無注意於紙者，可見俗之所鶩，於文字筆札，獨草草不能精諦矣。東坡諸賦，世人知有前、後《赤壁》，皮相者猶或訾之。能言《秋陽》者有幾，矧於《松醪》耶？記公小簡有手書此賦寄人子弟云：「以發少年妙思。」又有書賦後云：「予與吴傳正爲世外之遊，將赴中山，贈予張遇易水供堂墨一丸而別。始予嘗作《洞庭春色賦》，傳正獨愛重之，求予親書一本。

近又作《中山松醪賦》，不減前作，而傳正尚未見，乃取李氏澄心堂紙，杭州程奕鼠筆及其所贈易水供堂墨，録本以授其甥歐陽思仲，使面授傳正，且祝深藏之。」云云。公之遺蹟，或尚留人間，或已化爲塵土，所不可知，而斯文之傳，固無窮期也。予好公詩文，前後所書甚多，雖字畫不足珍，或託於公文而俱永。然意尤在世人能得之於語言蹊徑之外，何必區區求之字畫哉！

中山松醪賦

蘇軾

始予宵濟於衡漳，車徒涉而夜號[一]。燧松明而識淺，散星宿於亭皋。鬱風中之香霧，若訴予以不遭。豈千歲之妙質，而死斤斧於鴻毛。效區區之寸明，曾何異於束蒿。爛文章之糾纆，驚節解而流膏。嗟構廈其已遠，尚藥石而可曹。收薄用於桑榆，製中山之松醪。救爾灰燼之中，免爾螢爝之勞。取通明於盤錯，出肪澤於烹熬。與黍麥而皆熟，沸春聲之嘈嘈。味甘餘而小苦，歎幽姿之獨高。知甘酸之易壞，笑涼州之蒲萄。似玉池之生肥，非内府之烝羔。酌以瘦藤之紋樽，薦以石蟹之霜

[一] 車：《經進東坡文集事略》卷二、《古今事文類聚》續集卷一三、三希堂石刻作「軍」。

鼇。曾日飲之幾何，覺天刑之可逃。投拄杖而起行，罷兒童之抑搔。望西山之咫尺，欲褰裳以遊遨。跨超峰之奔鹿，接挂壁之飛猱。遂從此而入海，渺翻天之雲濤。使夫嵇、阮之倫，與八仙之羣豪。或騎麟而翳鳳，争榼挈而瓢操。顛倒白綸巾，淋漓宫錦袍。追東坡而不可及，歸餔歠其醨糟。漱松風於齒牙，猶足以賦《遠遊》而續《離騷》也。宋刻本《東坡後集》卷八。

蘇軾《書松醪賦後》（《蘇文忠公全集》卷六六）予在資善堂，與吳傳正爲世外之遊。及將赴中山，傳正贈予張遇易水供堂墨一丸而别。紹聖元年閏四月十五日，予赴英州，過韋城，而傳正之甥歐陽思仲在焉，相與談傳正高風，歎息久之。始予嘗作《洞庭春色賦》，傳正獨愛重之，求予親書其本。近又作《中山松醪賦》，不減前作，獨恨傳正未見。乃取李氏澄心堂紙，杭州程奕鼠須筆，傳正所贈易水供堂墨，録本以授思仲，使面授傳正，且祝深藏之。傳正平生學道既有得矣，予亦竊聞其一二。今將適嶺表，恨不及一别，故以此賦爲贈，而致思於卒章，可以超然想望而常相從也。

《苕溪漁隱叢話》前集卷四〇《王直方詩話》云：「東坡在定武，作《松醪賦》，有云：『遂從此而入海，渺翻天之雲濤。』蓋自定再謫惠州，自惠而遷昌化，人以爲語讖。」

《經進東坡文集事略》卷二　晁補之云：「《松醪賦》者，蘇公之所作也。公帥定武，飭廚傳，斷松節以釀酒，云：『飲之愈風扶衰。』」松，大廈材也。摧而爲薪，則與蓬蒿何異？今雖殘，猶可收功於藥餌。則世之用材者，雖斷而小之，爲可惜矣。儻因其能，轉敗而爲功，猶無不可也。」

《墨莊漫録》卷四　東坡知徐州，作黄樓，未幾，黄州安置。爲定帥作《松醪賦》，有云：「遂從此而入海，渺翻天之雲濤。」俄貶惠州，移儋耳，竟入海矣。在京師《送人入蜀》云：「莫欺老病未歸身，玉局他年第幾人？」北歸，果得提舉成都玉局觀。三事皆讖也。

《愛日齋叢鈔》卷二　東坡《松醪賦》。李仁甫侍郎舉賦中語，謂東坡蓋知之矣；又云：「東坡既再謫，親舊或勸益自儆戒。坡笑曰：『得非賜自盡乎？何至是？』顧謂叔黨曰：『吾甚喜《松醪賦》，盍秉燭，吾爲汝書此，倘一字誤，吾將死海上。不然，吾必生還。』叔黨苦諫，恐偏傍點畫偶有差訛，或兆憂耳。坡不聽，徑伸紙落筆，終篇無秋毫脱謬。父子相與粲然。」《松醪賦》之讖渡海，人知之，而未知其以驗生還也。

《隱居通議》卷四　東坡賦《山中松醪》，有曰：「遂從此而入海，眇翻天之雲濤。」句語奇健，可以見其胸次軒豁、筆端浩渺也。

《書畫跋跋》卷二下《蘇書中山松醪賦帖》　此賦不爲甚工，坡翁乃好書之，豈固有獨得韓公所謂「惟以自嬉」者耶？

愛新覺羅玄燁《題蘇軾中山松醪賦真蹟卷》（《御製詩二集》卷二一）中山停蹕憶松醪，開卷如親書興豪。大令漫教誇裹鐵，曹郎差可擬持螯。文章爛豈驚徽纆，拄杖投仍起續騷。二語槩括蘇句雪浪齋前重俯仰，髯翁曾此一揮毫。

酒子賦 並引

蘇軾

南方釀酒，未大熟，取其膏液，謂之酒子，率得十一。既熟，則反之醅中。而潮人王介石，泉人許珏，乃以是餉予。寧其醅之漓，以蘄予一醉。此意豈可忘哉，乃爲賦之。

米爲母，麴其父。烝羔豚，出髓乳。憐二子，自節口。餉滑甘，輔衰朽。先生醉，二子舞。歸瀹其糟飲其友。

先生既醉而醒，醒而歌之曰：吾觀稺酒之初泫兮，若嬰兒之未孩。及其溢流而走空兮，又若時女之方笄。割玉脾於蠭室兮，氄雛鵝之毰毸。味盎盎其春融兮，氣凜冽而秋淒。自我皤腹之瓜罌兮，入我凹中之荷盃。暾朝霞於霜谷兮，濛夜稻於露畦。吾飲少而輒醉兮，與百榼其均齊。遊物初而神凝兮，反實際而形開。顧無以酢二子之勤兮，出妙語爲瓊瑰。歸懷璧且握珠兮，挾所有以傲厥妻。遂諷誦以忘食兮，殷空腸之轉雷。宋刻本《東坡後集》卷八。

人日飲酒賦

張耒

歲後七日，其名爲人。愛此嘉名，酌酒懽欣。豈木行之始和，生庶彙而施仁。又曰人者三才之中，將中和之肇布，易嚴殺之餘冬也。乃命婦子，班坐行觴。酌已相祝，壽考無疆。有否必泰，無窮不通。請觀庭下之枯折，霜霰消而敷榮。羽蟲感陽而羣嬉，況乎雲間之飛鴻。於是三酌既醉，喜有所得。安局促而不歎，悟倚伏之無極。明趙琦美鈔本《張右史文集》卷三。

卯飲賦

張耒

張子晨起，落然四壁，千林霜曉，四顧寒寂。先生惘然而不自得，顧視壁間，若有物焉。短脰魁腹兮，長喙旁啄，而椎髻上直也。雖未知其何祥，而津津然有喜色矣。

於是童子趨而進曰：「是有客曰麴生者，願奉先生於頃刻。」先生欣然，三挹而進之。蓋其氣盎盎，冽而浮兮；其聲瀏瀏，和而幽兮；其質醇醇，毅以柔兮。先生曰：「甚矣！予之不敏也，今日乃知從子之遊。」於是體之栗然寒者温，心之鬱然結者散，已大忘於寒暑，尚何有於夜旦？挹麴生而告之曰：「吾將旦旦與君周旋，既導君以神良〔一〕，又餞君以芳鮮，而可乎？」麴生對曰：「斥子之泉，吾泉出兮；枵吾之腹，君腹實兮。陋彼昏之獻嘲，何啻富子於一日？」明趙琦美鈔本《張右史文集》卷一。

三酌賦

張耒

出公門而偃私，酌旨酒於良辰。緬再酌而三釂，恍如對乎佳賓。畏局促之傷懷，聊流暢乎心神。懲荒湎乎無算，悠然合乎禮文。蕩志文史，晤言《詩》、《書》。世醉不足，我醒有餘。頤妙物表，韜精道樞。冥會獨應，誰知我娛？明趙琦美鈔本《張右史文集》卷三。

〔一〕神良：四庫本、民國刻本作「良辰」。

招玉友賦

周紫芝

周子閒居既久，終歲杜門。寡徒少偶，寂無與言。形影相弔，自爲朝昏。客有謂余：「有賢公子者，吾不知其爲誰氏之子，亦莫知其何許人也。其爲人也，其中淵然而深，其外粹然而温。其德甚醇，其譽甚芬。顧風流之若此，豈凡伯之能群。若人者願奉杖屨於先生之前，先生其亦有意乎？」

周子曰：「嘻！吾聞之子白皙無垢，面如玉粲。人樂與進，無不盡歡。可與定交，取之必端。字曰玉友，見必解顔。豈謂是歟？」

客曰：「是也。」曰：「爲我折簡招之使來。」黎明在門，雜然詼諧。傾蓋如故，相視歡哈。乃與爲交，絶嫌與猜。

先生喜甚，崛然而起，顧謂公子曰：「昔酈寄賣禄以全國，常山戮餘以報私。曾歲月之幾何，倏膠漆之已離。外表表其冠玉，中屹屹而險巇。偉兹友之穆清，交逾久而益夷。豈甘醴之易壞，亦浩浩其無疵。挽夫君而與遊，視餘子其奚爲？又何必慕青州之從事，追逸軌而並馳也耶？」先生乃命客以偶坐，紛羽觴之淋漓。粲一笑之春温，契千載之夙期。翳二士之相忘，悵獨醒之可悲。然後峙連璧之嶙峋，起浮游於渺瀰。此兩玉人者，又相與爲汗漫之遊，逍遥乎六合之外，而莫知天地之可遺也。四庫本《太倉稊米集》卷四一。

椰子酒賦

李綱

伊南方之碩果，稟炎輝之正氣[一]。實石緻而睟文，膚脂凝而膩理。厥中枵然，自含天醴。釀陰陽之絪緼，蓄雨露之清泚。不假麯蘖，作成芳美。流糟粕之精英，雜羔豚之乳髓。何煩九醖，宛同五齊。資達人之嗽吮，有君子之多旨。穆生對而欣然，杜康嘗而愕爾。謝涼州之蒲萄，笑淵明之秫米。

氣盎盎而春和，色温温而玉粹。當炎荒之九秋，寄美人於千里。不費缾罍，以介壽祉。破紫殼之堅圓，剖冰肌之柔脆。酌彼窪樽，薦兹妙味。吸沆瀣而咀瓊瑶，可忘懷而

[一] 炎輝：《歷代賦彙》卷一〇〇同。道光刻本作「炎威」。

一醉。四庫本《梁谿集》卷三。

草堂春色賦

李正民

飲君以草堂之春色，侑君以海蛤之甘鮮。何羡兵廚之醞，寧思蟻慕之羶。顧十年其久困，將一麾而遠守。腹貯玉川之五千，食厭庾郎之三九。酒之醇醲兮，聊以澆其胸；蛤之柔脆兮，聊以爽其口。鄙周瑜之高困，舉王衍之阿堵。發孤笑於群憂，俄頓足而起舞。雖非仲由百榼，劉伶五斗，亦足以解庾信之愁，慰東陽之瘦矣。四庫本《大隱集》卷六。

獨醒賦

劉過

有貴介公子，生王謝家，冰玉其身，委身糟丘，度越醉鄉。一日，謂劉子曰：「麴糵之盛，糞土相似。釀海爲酒，他人視之，以爲酒耳。吾門如市，吾心如水。獨不見吾一伸[一]。廳事之南，豈亦吾之胸次哉。矮屋數間，琴書羅陳。日出内其有餘閒，散疲薾於一伸[一]。摩挲手植之竹，枝葉蔚然其已青[二]。此非筦庫之主人乎？其實超衆人而獨醒。」

劉子曰：「公子不飲，何有於醉？醉猶不知，醒爲何謂？若我者，蓋嘗從事於此矣。少而桑蓬，有志四方。東上會稽，南窺衡湘，西登岷峨之顛，北遊爛熳乎荆揚[三]。悠悠風塵，隨舉子以自鳴。上皇帝之書，客諸侯之門。發鴻寶之秘藏，瑰乎雄辭而偉文。得不踰於一言，放之如萬馬之駿奔。半生江湖，流落齟齬。追前脩兮不逮，途益遠而日暮。始寄於酒以自適，終能酡酶而涉其趣。操巵執瓢，拍浮酒船。痛飲而談《離騷》，白眼仰卧而看天。雖然，此特其大凡爾。有時墜車，眼花落井。顛倒乎衣裳，弁我側而不整。每事盡廢，違昏而盡省。人猶曰，是其酩酊者然也。至於起舞捋鬚，不遜罵坐，芥視天下之士，以二豪爲螟蛉與蜾蠃。兆謗稔怒，或賈奇禍，矧又欲多酌我

[一] 此句四庫本作「散菠菜子一升」。

[二] 已青：四庫本作「色青」。

[三] 揚：四庫本作「襄」，是。

耶〔一〕？今者不然，我非故吾，覺昨非其未遠〔二〕，掃習氣於一除。厭飲桮酒，與瓶罍而日疏。清明宛在其躬，泰宇定而室虛。譬猶醯酸出雞，蓮生於泥，糞壤積而菌芝。疾驅於通道大都，而去其蒺藜。當是時也〔三〕，豈不甚奇矣哉！夫以易爲樂者由於險，以常爲樂者本於變。是故汩没於是非者始知真是，出入於善惡者始認真善。今公子富貴出於襁褓，詩書起於門閥。頡頏六館，世襲科甲〔四〕。遊戲官初〔五〕，嚴以自律。所謂不纇之珠、無瑕之璧，又何用判醒醉於二物？」

公子聞而笑曰：「夫無倫者醉之語，有味者醒之説。先生舌雖瀾翻而言有條理，胸次磊落而倫不訛雜。子固以我爲未知醒之境界，我亦以子爲强爲醉之分別。」於是取酒對酌，清夜深沉。撥活火兮再紅，燭花燦兮熒熒。淡乎相對而忘言，不知其孰爲醉而孰

〔一〕耶：原無，據四庫本補。
〔二〕昨：原無，據四庫本補。
〔三〕此句四庫本作「當如是也」。
〔四〕科甲：原作「甲科」，不韻。據四庫本及上海古籍出版社校點本乙。
〔五〕初：四庫本作「箴」。

爲醒[一]。清鈔本《龍洲先生集》。

止酒賦

辛亥　劉克莊

余晚抱疢，謁告屏居。表如梔蠟之萎，裏如芭蕉之虛。庖屏魚蟹，筵卻果蔬。室靡樽罍，案無杯杅，乾糒數匙，僅給朝晡。垂首癡坐，如老浮圖。

門有剝啄，聲疾且麤。問客爲誰，肅入庭除。曰中山之族人，稱高陽之舊徒，戟手擢髮，數余之辜：「昔與吾子，情好素孚。長安之樓，臨邛之壚，新豐之市，步兵之廚，飲啐子同，遊息子俱。雖終朝之酣鬯，亦有時而空□。□王媪之見貰，泥便了之行酤。子嘗窮愁，浩歎長吁；我沃子胸，子顔爲舒。子嘗苦思，叩竭搜枯；我澆子舌，子唾成珠。頃刻非我，無以自娛，謂没齒之綢繆，忽晚節之闊疏。意者子於交朋，情久則渝，始不異於管、鮑，終有類於耳、餘者乎？」

余乃修禮容，吐款要而起謝曰：「幸容寬假，畢陳其愚。年事有老少，物理有乘

〔一〕而：原無，據四庫本補。

除。方其少也，則阮籍入林之始，王績逃鄉之初；及其老也，則陶公真止之後，涪翁剛制之餘。察其色則昔渥丹而今濕灰，量其腹則今椰子而昔瓠壺。覺形神之欲離，賴丹艾而小甦。縱麯糵以自伐，與堇雋其何殊！凡余之所悲傷感慨者乃今我，而客之所記憶責數者乃故吾。倘虛受沉湎之名，寧顯著絶交之書。又況鼹鼠之量已盈，鸛鶴之狀益臞，尚不思於節腹，久必至於戕軀。一旦庭設元會，朝賜大酺，稱兕觥於堂，陳獸尊於衢，九賓在列，萬玉環趨，弁嵬峨而屢側，步蹩躠而欠扶。縱明天子赦其不上船之罪[一]，賢宰相寬其吐車茵之誅，彼御史在前，執法在後，其肯汝貸也夫！」客乃踧踖失辭而去，顧命童子退而筆諸。清鈔本《後村先生大全集》卷四九。

菜羹賦 並敘

蘇軾

東坡先生卜居南山之下，服食器用，稱家之有無。水陸之味，貧不能致，煑蔓菁、蘆菔、苦薺而食之。其法不用醯醬，而有自然之味，蓋易具而可常享。乃爲之

[一] 船：原作「般」，據四部叢刊本改。

賦，辭曰〔一〕：

嗟予生之褊迫，如脱兔其何因？隱詩腸之轉雷，聊禦餓以食陳。無芻豢以適口，荷鄰蔬之見分。汲幽泉以揉濯，持露葉與瓊根。爨鉶錡以膏油，泣融液而流津。湯濛濛如松風，投糁豆而皆均。覆陶甌之穹崇，謝攪觸之煩勤。屏醯醬之厚味，却椒桂之芳辛。水初耗而釜泣，火增壯而力匀。滃漕雜而麋潰，信淨美之甘分。登盤盂而薦之，具七莢而晨飧。助生肥於玉池，與五鼎其齊珍。鄙易牙之效技，超伊傅而策勳。沮彭尸之爽惑，調竈鬼之嫌嗔。嗟丘嫂其已隘，陋樂羊之匪人。

先生心平而氣和，故雖老而體胖。計餘食之幾何，固無患於長貧。忘口腹之爲累，以不殺而成仁。竊比予於誰歟？葛天氏之遺民。四部叢刊本《經進東坡文集事略》卷二。

方岳《趙尉送菜》（《秋崖集》卷九）　山雲一塢住山翁，菘韭成畦帶雪鬆。飛食肉奚關我事，乳豚亦爲誰供？衡茅高枕人間世，蓑笠歸鋤雨外峯。曾讀坡公《菜羹賦》，斷無塵土到奇胷。

〔一〕辭：原無，據明成化刻本《東坡續集》卷三、萬曆刻本《蘇文忠公全集》卷一補。

服胡麻賦 並敘

蘇軾

始余嘗服伏苓，久之良有益也。夢道士謂余：「伏苓燥，當雜胡麻食之。」夢中問道士：「何者爲胡麻？」道士言：「脂麻是也。」既而讀《本草》，云：「胡麻，一名狗蝨，一名方莖，黑者爲巨勝。其油正可作食。」則胡麻之爲脂麻，信矣。又云：「性與伏苓相宜。」於是始異斯夢，方將以其說食之。而子由賦伏苓以示余。乃作《服胡麻賦》以答之。世間人聞服脂麻以致神仙，必大笑。求胡麻而不可得，則妄指山苗野草之實以當之。此古所謂道在邇而求諸遠者歟？其詞曰：

我夢羽人，頎而長兮。惠而告我，藥之良兮。喬松千尺，老不僵兮。流膏入土，龜蛇藏兮。得而食之，壽莫量兮。於此有草，衆所嘗兮。狀如狗蝨，其莖方兮。夜炊晝曝，久乃臧兮。伏苓爲君，此其相兮。我興發書，若合符兮。乃瀹乃烝，甘且腴兮。補塡骨髓，流髮膚兮。

是身如雲，我何居兮。長生不死，道之餘兮。神藥如蓬，生爾廬兮。

世人不信，空自劬兮。搜抉異物，出怪迂兮。槁死空山，固其所兮。至陽赫赫，發自坤兮。至陰肅肅，躋於乾兮。寂然反照，珠在淵兮。沃之不滅，又不燔兮。長虹流電，光燭天兮。嗟此區區，何與於其間兮。譬之膏油，火之所傳而已耶？宋刻本《東坡集》卷一九。

朱熹注《楚辭後語》卷六《服胡麻賦》第四十八　《服胡麻賦》者，翰林學士眉山蘇公軾之所作也。國朝文明之盛，前世莫及，自歐陽文忠公、南豐曾公鞏與公三人相繼迭起，各以其文擅名當世，然皆傑然自爲一代之文。於楚人之賦有未數數然者，獨公自蜀而東，道出屈原祠下，嘗爲之賦，以詆揚雄而申原志，然亦不專用楚語，其輯之亂，乃曰：「君子之道，不必全兮。全身遠害，亦或然兮。嗟子區區，獨爲其難兮。雖不適中，要以爲賢兮。夫我何悲，子所安兮。」是爲有發於原之心，而其詞氣亦若有冥會者。它詞則唯此賦爲近於《橘頌》，故録其篇云。

《鶴林玉露》甲編卷二　朱文公云：「二蘇以精深敏妙之文，煽傾危變幻之習。」又云：「早拾蘇張之緒餘，晚醉佛老之糟粕。」余謂此文公二十八字彈文也。自程、蘇相攻，其徒各右其師。孝宗最重大蘇之文，御製序贊，特贈太師，學者翕然誦讀。所謂人傳元祐之學，家有眉山之書，蓋紀實也。文公每與其徒言，蘇氏之學，壞人心術，學校尤宜禁絕。編《楚辭後語》，坡公諸賦皆不取，惟收《胡麻賦》，以其文類《橘頌》。編《名臣言行録》，於坡公議論，所取甚少。

服茯苓賦 並敘

蘇轍

余少而多病，夏則脾不勝食，秋則肺不勝寒。治肺則病脾，治脾則病肺。平居服藥，殆不復能愈。年三十有二，官於宛丘，或憐而受之以道士服氣法。行之期年，二疾良愈。蓋自是始有意養生之說。晚讀抱朴子書，言服氣與草木之藥，皆不能致長生。古神仙真人皆服金丹，以爲草木之性，埋之則腐，煮之則爛，燒之則焦，不能自生，而況能生人乎？余既汩没世俗，意金丹不可得也。則試求之草木之類，寒暑不能移，歲月不能敗者，惟松柏爲然。古書言松脂流入地下爲茯苓，茯苓又千歲則爲琥珀，雖非金石，而其能自完也亦久矣。於是求之名山，屑而瀹之，去其脈絡，而取其精華，庶幾可以固形養氣，延年而卻老者。因爲之賦以道之，詞曰：

春而榮，夏而茂。憔悴乎風霜之前，摧折乎冰雪之後。閲寒暑以同化，委糞壤而兼朽。兹固百草之微細，與衆木之凡陋。雖復效骨革於刀几，盡性命於杵臼，解急難於俄頃，破奇邪於邂逅；然皆受命淺薄，與時變遷，朝菌無日，蟪蛄無年。苟自救之不暇，矧他人之足延？乃欲擷根莖之么末，假臭味以登仙，是猶託疲牛於千里，駕鳴鳩而升天。則亦辛勤於澗谷之底，槁死於峰崖之顛。顧桑榆以竊歎，意神仙之不然者矣。

若夫南澗之松，拔地千尺。皮厚犀兕，心堅鐵石。鬚髮不改，蒼然獨立。流膏液於黄泉，乘陰陽而固結。象鳥獸之蹲伏，類龜黿之閉蟄。外黝黑以鱗皴，中絜白而純密。上灌莽之不犯，下螻蟻之莫賊。經歷千歲，化爲琥珀。受雨露以彌堅，與日月而終畢。故能安魂魄而定心志，卻五味與穀粒。追赤松於上古，以百歲爲一息。顔如處子，綠髮方目。神止氣定，浮遊自得。然後乘天地之正，御六氣之辨，以遊夫無窮。夫又何求而何得食？　明清夢軒本《欒城集》卷一七。

蘇轍《北使還論北邊事劄子五道》（《欒城集》卷四二）　本朝民間開版印行文字，臣等竊料北界無所不有。臣等初至燕京，副留守邢希古相接送，令引接殿侍元辛傳語臣轍云：「令兄内翰謂臣兄軾《眉山集》已到此多時，内翰何不印行文集，亦使流傳至此？」及至中京，度支使鄭顓押宴，爲臣轍言先臣洵所爲文字中事迹，頗能盡其委曲。及至帳前，館伴王師儒謂臣轍：「聞常服伏苓，欲乞其方。」蓋臣轍嘗作《服伏苓賦》，必此賦亦已到北界故也。

《復小齋賦話》卷上　范忠文鎮少時賦《長嘯却胡騎》，晚使遼，人相目爲長嘯公；元祐間，蘇子由使契丹，館客者侍讀學士王師儒，能誦其《茯苓賦》。此與雞林相以百金易白學士詩一篇，鑾人織梅都官《雪》詩於弓衣上，何以異？

老饕賦

蘇軾

庖丁鼓刀，易牙烹熬。水欲新而釜欲潔，火惡陳江右久不改火，火色皆青。而薪惡勞。九蒸暴而日燥，百上下而湯鏖。嘗項上之一臠，嚼霜前之兩螯。爛櫻珠之煎蜜，滃杏酪之蒸羔。蛤半熟而含酒，蟹微生而帶糟。蓋聚物之夭美，以養吾之老饕。

婉彼姬姜，顏如李桃。彈湘妃之玉瑟，鼓帝子之雲璈。命仙人之萼綠華，舞古曲之鬱輪袍。引南海之玻瓈，酌涼州之蒲萄。願先生之耆壽，分餘瀝於兩髦。候紅潮於玉頰，驚煖響於檀槽。忽纍珠之妙唱，抽獨繭之長繰。閔手倦而少休，疑吻燥而當膏。倒一缸之雪乳，列百桅之瓊艘。各眼灩於秋水，咸骨醉於春醪。

美人告去，已而雲散，先生方兀然而禪逃。響松風於蟹眼，浮雪花於兔毫。先生一笑而起，渺海闊而天高。明萬曆刻本《蘇文忠公全集》卷一。

吴曾《能改齋漫録》卷七　顔之推云：「眉毫不如耳毫，耳毫不如項絛，項絛不如老饕。」此言老人雖有壽相，不如善飲食也。故東坡《老饕賦》蓋本諸此。然《左氏傳》：「縉雲氏有不才子，貪於飲食，冒於貨賄。天下之民，以比三凶，謂之饕餮。」杜預注曰：「貪財爲饕，貪食爲餮。」何耶？無乃與東坡之説悟耶？予又按：漢服虔引《神異經》云：「饕餮，獸名。身如羊，人面，目在腋下，食人。」然則饕餮均能食人。且字皆從食，雖不以財食分别亦可矣。惟《離騷經》：「衆皆競進以貪婪兮，憑不厭乎求索。」王逸注云：「愛財曰貪，愛食曰婪。」蓋此二字，或可分别，以貪字從貝故耳。

《苕溪漁隱叢話》後集卷二八　苕溪漁隱曰：「東坡於飲食，作詩賦以寫之，往往皆臻其妙。如《老饕賦》、《豆粥》詩是也。」

《碧湖雜記》　東坡《老饕賦》，蓋文章之遊戲耳。按《左氏》：「縉雲氏有不才子，貪于飲食，冒於貨賄，侵欲崇侈，不可盈厭，聚斂積實，不知紀極，不分孤寡，不恤窮匱，天下之民，以比三凶，謂之饕餮。」《説文》曰：「貪財爲饕，貪食爲餮。」然則東坡之賦，當作「老餮」爲是。

《古今小品》卷一　流麗清曠，如春帆映日，浮於雲渚。

《賦話》卷五　古人作賦，未有一韻到底，創之自坡公始，《老饕賦》題涉於遊戲，而篇幅不長，偶然弄筆成趣耳。元人於《石鼓》等作，動輒學步，剌剌數百言不休，直如跛鱉之追騏驥矣。

玉延賦

陳與義

吾聞陽公之田，不墾不耕，爰播盈斗，可獲連城。資陰陽之淑氣，孕天地之至精。蜿蜒赤埴之腴，煌扈白虹之英。鶩山木之潤發，冒朝采之餘榮。逮百嘉之澤盡，候此玉之豐成。

王公大人方以不貪爲寶，辭秦玉而陋楚珩。雖三獻其奚售，乃舉贄於老生。囊中之法未試〔一〕，腹内之雷久鳴。搴石鼎而自濯，揩豕腹之彭亨。

春江浩其波濤，遠壑颯以松聲。俄白雲之漲谷，亂雙眼於晦明。擅人間之三絶，色味勝而香清。捧盃盂而笑領，映牖户之新晴。斥去嬾殘之芋，盡棄接輿之菁。收奇勳於景刻，匕未落而體輕。淩厲八仙，掃除三彭。見蓬萊之夷路，接閶闔於初程。

彼徇華之大夫，含三生之宿醒。汙之以蜂蜜，辱之以羊羹，合嘗逸少之炙，同傳孝

〔一〕「囊中」上原衍「老生」二字，據《全芳備祖》後集卷二五删。

叫，驅蛇蚓以縱横。吾何與大夫之迷疾，蓋以慰此玉之不平也。四庫本《簡齋集》卷一。儀之鯖。歎超然之至味，乃陸沈於聾盲。豈皆能於我遇，亦或卿而或烹[一]。起援筆而三

《遊宦紀聞》卷一　山藥曰薯蕷，一名玉延，簡齋嘗作《玉延賦》。

《須溪先生評點簡齋詩集》　句得賦體，有嫩有癡，蓋以典型勝滑稽。

遂寧糖冰賦　並序

劉望之

傘子山異僧所授，其法榨蔗成漿，貯以甕缶，列閒屋中，閱冬而後發之，成矣。其略曰：

逮白露之既凝，室人告予其亦霜。獵珊瑚於海底，綴珠琲於枯篁。吸三危之秋氣，陋萬蘂之蜂房。碎玲瓏於齒牙，韻沆爽於壺觴。四庫本《密齋筆記》卷三。

[一] 卿：原作「鄉」，據《古今合璧事類備要》别集卷五九、《全芳備祖》後集卷二五改。